문학교육론

문학교육론

2023년 8월 25일 초판 1쇄 펴냄
2024년 2월 19일 초판 2쇄 펴냄

지은이 최미숙·염은열·김성진·정정순·송지언·이상일
편집 이소영·조유리
디자인 김진운
본문조판 토비트
마케팅 김현주

펴낸이 윤철호
펴낸곳 ㈜사회평론아카데미
등록번호 2013-000247(2013년 8월 23일)
전화 02-326-1545
팩스 02-326-1626
주소 03993 서울특별시 마포구 월드컵북로6길 56
이메일 academy@sapyoung.com
홈페이지 www.sapyoung.com

ISBN 979-11-6707-119-4 93800

문학교육론

최미숙·염은열·김성진·정정순·송지언·이상일 지음

사회평론아카데미

일러두기
1. 이 책에 인용한 문학 작품, 교육과정, 기타 자료는 원본의 표기를 따르되, 의미상 오해의 소지가 있는 경우에만
   수정하였다.
2. 시, 소설, 동화, 드라마, 영화, 만화, 웹툰 등의 작품명은 〈 〉로, 시, 소설 등의 문학 작품이 책으로 발행된 경우에
   는 《 》로 표기하였다. 논문은 「 」, 책, 교과서는 『 』로 표기하였다.
3. 문학 작품이 처음 발표된 해를 괄호 안에 병기하였다. 다만, 잡지에 연재된 후 출간된 작품은 연재가 시작된 해
   와 끝난 해를 괄호 안에 병기하였다.

머리말

　이 책은 대학에서 문학 교육을 공부하는 학생들, 문학 교육학을 연구하는 대학원생들, 교육 현장에서 문학을 가르치는 교사, 우리 사회 곳곳에서 문학 교육을 실천하는 이들, 문학과 더불어 즐겁게 살아가는 모든 이들과 함께 머리를 맞대고 문학 교육의 의미 있는 방향을 모색하고자 기획했다.

　문학 교육을 학문의 대상으로 삼아 본격적으로 연구한 기간은 그리 길지 않다. 과연 문학 교육이 우리 생활에서 문학을 즐겨 읽고 표현하는 데 실질적으로 기여했는가 하는 비판과 대면하는 것은 문학 교육 연구자들에게는 숙명과도 같은 것이다. 대략 30여 년 동안 문학 교육학은 학교 안팎에서 쏟아지는 이러한 비판을 뼈아프게 받아들이면서 해결 방안을 모색하고자 노력해 왔다. 문학의 생활화, 문학의 수행과 향유, 독자의 주체적인 문학 행위 등을 논의하면서, 그 내용을 문학 교육과정, 문학 교수·학습 방법, 문학 평가 방법 등에서 구현하고자 노력했다. 이 책은 문학 교육의 변화를 위해 고군분투했던 그간의 문제의식과 논의 내용을 담고 있다.

　최근 문학을 둘러싼 환경의 변화는 문학 교육계의 또 다른 노력을 요구하고 있다. 문학의 존재 방식은 하루가 다르게 변화하고 있다. 문학은 더 이상 문자 형태로만 존재하지 않으며 미디어 텍스트와의 만남을 통해 다양한 방식으로 표현되고 있다. 우리 삶의 일부가 된 다양한 인터넷 플랫폼은 문학 교육의 장소를 학교 교실을 넘어 일상 삶의 영역으로 확장시켰다. 예전에는 학교 교육이 학교 밖과 엄밀하게 구분되어 있었지만, 이제 학교 안과 밖을 아우르는 문학 교육을 고민할 수밖에 없는 상황이 된 것이다. 이 책은 전통적 관점의 문학 교육론에서는 많이 다루지 않았던, 최근 새롭게 다변화하고 있는 문학 교육 현상 또한 담고자 노력하였다.

문학 교육의 초석을 다지는 데 중요한 역할을 했던 기존의 문학 교육론은 필자들이 기댈 수 있는 단단한 디딤돌이었다. 우리는 그간 축적된 연구를 발판으로 삼아 한 걸음 더 나아가고자 했다. 그러나 쉽지 않은 여정이었다. 오랜 논의 끝에 집필에 착수했을 즈음 갑작스럽게 코로나19 팬데믹을 맞이했다. 그 와중에도 우리는 비대면으로 혹은 대면으로 수십 차례 토론을 하면서 함께 원고를 다듬었다. 그러나 원고를 쓰는 내내 수시로, 탈고를 하는 지금 이 순간까지도 부족함과 아쉬움을 느낀다. 문학 교육학은 살아 있는 생명체와도 같아서 앞으로도 끊임없이 변화할 것이다. 이 책을 출발점으로 삼아 강의를 통하여, 학생들과의 토론을 통하여, 문학 교육에 관심을 가진 수많은 이와의 논의를 통하여, 무엇보다 문학 교육 연구자들의 논의를 통하여 우리의 부족함이 채워지고 문학 교육학이 보다 더 풍부해지리라고 믿는다. 물론 필자들도 항상 그 자리에서 함께할 것이다.

이 책은 총 4부로 구성되어 있다.

제1부에서는 문학 교육을 이해하는 데 기초가 되는 내용을 담았다. 문학의 본질에 대한 질문은 문학의 가치뿐만 아니라 문학 교육의 가치를 되새기는 데에도 꼭 필요한 질문이다. 문학을 보는 관점과 문학 교육의 관점을 이해하고, 학교 안과 바깥을 연계하고 아우를 수 있는 시각과 관점을 깆추는 것 역시 문학 교육을 이해하는 데 매우 중요하다.

제2부에서는 문학 교육의 내용, 특히 문학의 수행과 관련된 내용을 담았다. 작품 해석, 비평, 표현과 창작, 향유와 소통 등은 오랜 기간 문학 교육에서 중요하게 다룬 내용이다. 문학적 지식과 맥락을 바탕으로 한 의미 구성 활동

으로서의 해석, 작품의 가치를 판단하고 평가하는 비평 활동, 일상 언어생활에서의 문학적 표현과 문학 창작 및 재구성 활동 등이 모두 문학의 향유·소통과 더불어 이루어져야 한다는 내용을 담았다.

제3부에서는 문학 교육을 실천하기 위해 알아야 할 문학 교육과정, 문학 수업 설계, 문학 수업 성찰과 평가의 방법을 다루었다. 교육과정 문해력은 최근 교사에게 요구되는 중요한 능력 중 하나다. 문학 교육과정을 이해하고 재구성하는 방법을 익힘으로써 수업 전문성을 신장할 필요가 있다. 그런데 교사의 수업 전문성은 교사와 학생 간의 상호 작용을 통해서도 구현되지만 다른 동료 교사들과의 소통과 협력을 통해 보다 신장될 수 있다. 교사 개인을 넘어 동료 교사와 함께 문학 수업을 설계하고 문학 수업 비평을 시도해 볼 수 있도록 문학 수업 설계의 방법과 수업 비평의 원리 및 방법에 대해 안내하였다.

제4부에서는 미디어 생태계 속에서 변화하는 문학의 개념, 위상, 역할 등에 대해 탐색함으로써 전통적인 문학 교육의 시각을 보다 확장할 필요가 있음을 제안하였다. 그리고 통일 시대의 문학 교육, 세계화로 더욱 가까워진 세계문학과 문학 교육의 관계 등 장차 우리가 맞이하게 될 과제 혹은 우리가 대비해야 할 내용을 다루었다.

이 책이 세상에 나오기까지 애써 주신 분들이 많다. 우선 오랫동안 문학 교육론 발간을 독려했던 고하영 선생님이 아니었으면 이 책은 시작도 못 했을 것이다. 사회평론아카데미의 권현준 대표는 집필 과정에서 필자들에게 여러모로 도움을 주었다. 무더운 여름날 제대로 쉬지도 못하고 편집, 교정과 씨름하느라 고생한 편집자들에게도 진심으로 감사드린다.

2023년 8월
저자 일동

차례

제3부   문학 교육의 실천

제1부

문학 교육의 출발

1장 문학의 본질과 문학 교육의 가치

문학의 본질적 특징은 무엇인가, 문학은 우리에게 무엇을 줄 수 있는가를 묻는 것은 문학 교육의 목표와 내용, 방법에 대한 생각을 전개하기에 앞서 기초를 다지는 일에 해당한다. 문제는 문학의 본질에 대한 설명이 너무나 다양하다는 것이다. 상상력의 산물, 언어의 특수한 사용, 현실에 대한 모방 등이 문학의 본질에 대한 설명으로 폭넓게 받아들여졌지만, 그것으로 포괄하지 못하는 문학의 다양한 면모가 있다.

문학의 본질을 설명하려는 시도는 항상 제한적일 수밖에 없다. 문학은 언제나 시대와 인간의 요청에 따라 변화해 왔으며 앞으로도 계속해서 변화할 것이기 때문이다. 그런 이유로 문학의 본질에 대한 물음은 우리가 왜 문학 작품을 읽고 쓰는가, 우리가 왜 문학을 가르치는가라는 물음과 연결될 수밖에 없다.

1 문학은 어떻게 '문학'이 되었는가?

문학의 본질을 설명하고자 할 때 일반적으로 '언어를 통한 형상화', '심미적 체험', '부분과 전체가 유기적 관계를 맺는 구조물'과 같은 표현이 사용된다. 그동안 국어과 교육과정에서는 문학을 '가치 있는 경험을 언어로 형상화한 예술'로 정의해 왔다. 이러한 설명은 모두 문학의 소재가 인간의 가치 있는 경험이며, 문학의 매체 혹은 매재(媒材)가 언어임을 강조하고 있다.

1) 문학에 대한 일반적 정의

　　문학에 대한 이러한 정의는 최근 교육과정에서 '문학 작품은 구성 요소들과 전체가 유기적 관계를 맺고 있는 구조물'이나 '심미적 체험을 바탕으로 하는 다양한 소통 활동'임을 강조하는 성취기준으로 구체화되었다. 2022 개정 교육과정에서는 핵심 아이디어 항목에서 문학을 "인간의 삶을 언어로 형상화한 작품을 통해 즐거움과 깨달음을 얻고 타자와 소통하는 행위"로 규정했다. 이는 모두 문학이 지니는 언어 예술로서의 특징을 강조하고 있다. 이후 교육과정이 변화해도 이 내용이 변화될 가능성은 크지 않다. 고려가요 〈서경별곡(西京別曲)〉과 윤선도의 〈오우가(五友歌)〉 그리고 이육사의 〈교목(喬木)〉(1940)은 물론이요, 박지원의 〈호질(虎叱)〉이나 〈춘향전(春香傳)〉 그리고 채만식의 〈탁류(濁流)〉(1937)를 공통된 특징을 가진 '문학'으로 분류하는 이유는 이 작품들이 모두 인간의 체험을 언어를 통해 형상화하고 있기 때문이다.

2) 文學인가, 文인가?

　　인간의 체험을 언어를 통해 형상화하는 것이 문학이라는 규정은 현대의 독자들에게 너무나 당연한 것으로 받아들여져 '문학'이라는 용어는 예나 지금이나 늘 그런 의미를 가지고 있었던 것으로 생각하기 쉽다. 그러나 과연 조선 시대 사람들도 '문학'이란 용어를 보았을 때 우리와 비슷한 생각을 떠올렸을까? 조선 시대 사람들은 문학이라는 말보다 '문(文)'이라는 개념을 자주 사용했다. 그리고 '문'에 속한다고 생각했던 것 역시 오늘날 우리가 생각하는 고전문학과 일치하지 않았다. 조선 전기까지만 해도 선비들에게 문은 한시와 한문학이었고, 궁중의 노래였던 〈서경별곡〉이나 민간의 민요, 나아가 시조는 문의 범위에 포함되지 않았다. 조선 후기 양반에게도 당대 지식인으로서 갖춰야 할 삶의 자세를 드러낸 한시를 〈서경별곡〉이나 민요 부류와 함께 하나의 집합으로 묶을 수 있다는 발상은 기이한 것으로 받아들여졌을 가능성이 크다. 여기에 〈춘향전〉이나 〈유충렬전(劉忠烈傳)〉처럼 속된 흥미를 만족시키는 이야기책을 포함해 이 모두를 동질적인 '문학'이라 부를

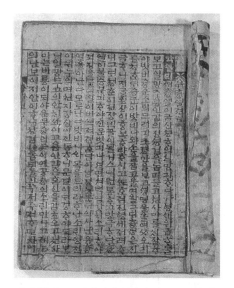

〈유충렬전〉 조선 후기에 창작된 것으로 추정되는 영웅 소설. 주인공 유충렬이 가문의 원수이자 나라를 어지럽힌 역적을 무찌르고 명(明) 황실이 다스리는 중원의 질서를 회복하는 이야기를 담고 있다. ⓒ국립중앙박물관

수 있다는 생각은 '문'에 대한 모욕으로 받아들여졌을 것이다. 앞에서 언급한 여러 가지 글과 노래 그리고 이야기를 하나로 묶어 '문학'이라 부를 수 있다는 생각은 지금의 학생들에게 너무나 자연스러운 것이지만 그러한 발상의 역사는 그리 길지 않다. 우리에게 익숙한 '문학'이라는 관념은 근대에 들어서야 형성된 것이기 때문이다.

중국과 우리를 포함한 전통적인 유교 문화권에서 '문학(文學)'이라는 용어는 '학문' 혹은 '박학(博學)'을 지시하는 말로 사용되었다. 『논어(論語)』에서 '문학'은 덕행(德行), 언어(言語), 정사(政社)와 함께 사과(四科)의 하나로 유교 경전을 배우는 학문의 이름으로 사용되었다. 전통적으로 동양 사회에서 문학은 학문이라는 의미를 크게 벗어난 적이 없었다(황종연, 1997: 458-461). 조선 시대 사대부들에게 문학은 현재 우리가 사용하고 있는 의미에서의 문학, 다시 말해 '인간의 가치 있는 경험을 표현한 언어 예술'이라는 의미보다는 '글공부'에 가까운 것으로 받아들여졌던 것이다.

3) '문학'의 탄생

그렇다면 우리가 아는 '문학'이라는 용어는 언제 탄생한 것일까? 1910년대 들어 일본 유학을 통해 새롭게 접한 서양이나 일본의 시, 소설 작품이 주는 낯섦을 경험한 지식인들은 과거로부터 전해진 '문학'이라는 익숙한 용어에 새로운 의미를 담기 시작했다. 그들은 '문학이란 무엇인가'를 물으며 다양한 종류의 글을 공통적으로 묶어 주는 특징을 찾기 시작했다. 1916년에 발표된 이광수의 〈문학이란 하

(何)오)는 현대의 독자들에게 익숙한 의미의 '문학'이라는 용어가 이 땅에 자리 잡게 되는 과정을 잘 보여 준다. 이광수는 자신을 비롯한 당시의 식자층은 물론이고 과거의 선비들에게도 익숙한 용어 '문학'이 더 이상 학문의 의미가 아닌 '인간의 감정과 체험을 기록한 작가의 상상력의 산물'임을 강조하고 있다.

> 금일, 소위 문학(文學)이라 함은 서양인이 사용하는 문학이라는 어의(語義)를 취함이니, 서양의 Literatur 혹은 Literature라는 어(語)를 문학이라는 어로 번역하였다 함이 적당하다. 고로, 문학이라는 어(語)는 재래의 문학으로의 문학이 아니요, 서양어에 문학이라는 어의를 표하는 자로의 문학이라 할지라.
>
> — 이광수, 〈문학이란 하(何)오〉

서양에서도 literature가 현재의 의미를 가지게 된 것은 19세기 이후이다. 문자라는 뜻의 litera에서 비롯된 Literatura는 원래 글에 관한 교양 혹은 박학을 뜻했다. 17세기까지만 해도 literature는 '독서를 통한 교양'이나 '독서량이 많아 박식한 상태'로서 지금으로 치자면 '문해력(literacy)'에 해당하는 단어였다(Williams, 1976/2010: 276-278). 18세기 들어 이 용어는 인문적 교양과 교육의 대상을 광범위하게 가리키는 말로 사용되었는데 주로 라틴어와 고대 그리스어로 기록된 고전 문헌을 지칭하였다(송무, 1997: 23-24). 지금처럼 상상적이고 창조적인 종류의 책을 뜻하는 동시에 시, 소설, 극 등의 장르를 포함하는 'literature'라는 개념은 19세기에 이르러 성립된다. 이 시기에 비로소 호메로스(Homeros)의 〈일리아드(Iliad)〉나 대니얼 디포(Daniel Defoe)의 〈로빈슨 크루소(Robinson Crusoe)〉(1719) 등이 모두 문학이라는 범주에 속한다는 인식이 광범위하게 받아들여지게 되었다(Williams, 1976/2010: 280).

이광수는 '문학의 정의'라는 항목에서 '물리, 박물, 지리, 역사, 법률, 윤리 등의 과학적 지식을 기록'한 것은 '문학'이라 부를 수 없으며, '사람의 사상과 감정을 기록한 것'이야말로 문학임을 강조하고 있다. 그는 여기서 한 발 나아가 문학은 학문과 구별됨과 동시에 종교, 윤리, 도덕과도 구별됨을 주장한다. 문학은 '사람의 정을 만족하게 하는 서적', '미감과 쾌감을 발하게 하는 서적'으로 제한되는 것이

〈로빈슨 크루소의 모험〉 초판본 이 소설은 난파된 배에서 혼자 살아남아 28년간 무인도에서 '작은 문명'을 일구어 낸 로빈슨 크루소의 모험담을 주 내용으로 하는데, 서양 근대 소설의 형성에서 중요한 자리를 차지하는 작품으로 평가받고 있다.

다. 이광수의 글은 고전이나 고전에 대한 공부를 통한 교양의 습득이 아니라 감정과 정서를 만족시키는 미감을 갖춘 특정한 종류의 글만이 문학이라는 생각이 자리 잡기 시작하는 시점을 알 수 있게 해 준다.

1910년대에 발표된 문학에 대한 이광수의 논의는 지금의 시각으로 볼 때 많은 한계를 가지고 있다. 조선의 문학 전통에 대한 무지와 폄훼, 당시 발표되고 있는 새로운 양식의 글에 대한 언급이 없는 추상적 설명, 나아가 일본을 거친 서구 사조에 대한 맹목적 수용 등 비판받아 마땅한 항목은 많다. 그러나 이광수의 이 글을 통해 현재 우리가 당연하게 생각하는 문학이라는 용어와 그 속에 담긴 함의가 이론의 여지가 없이 자명하고 불변의 것이 아니었음을 확인할 수 있다. 1910년대만 해도 학문이나 사상과 관련된 글과 구별되는 '심미성을 강조하는 언어 예술'로서의 문학이라는 생각은 독자들에게 알려 설득해야 하는 새로운 발상이었던 것이다.

4) 근대의 산물로서의 문학

문학을 포함한 예술이라는 영역의 독자성을 강조하려는 사고는 천재적 개인의 제안으로 갑자기 등장한 것은 아니다. 이는 근대 자본주의의 성립과 발전을 거치며 인간의 정신과 문화에 나타난 변화를 배경으로 한다. 막스 베버(Max Weber)에 따르면 중세 시대 종교와 형이상학 그리고 과학의 영역을 지배하던 단일한 실체로서의 정신이 근대로 이행하면서 과학, 도덕과 종교, 예술이라는 세 가지 주요 영역으로 분화되기 시작한다.[1] 시나 소설, 수필과 극 작품을 하나로 묶어, 학문적 성격의 글은 물론이요 역사나 철학과 같은 인문학과 구별되는 '문학'으로 부를 수 있다는 생각 역시 근대를 거치며 자리 잡게 된 인간 정신의 분화 경향과 맥을 같이한다. 이처럼 우리가 아는 '문학'이라는 용어는 근대의 형성과 근대화의 물결 속에서 탄생한 역사적 산물이라 할 수 있다.

2 문학의 본질을 정의하려는 여러 시도

문학이라는 용어는 근대에 들어와 과학이나 역사, 철학, 윤리나 종교를 다루는 글쓰기와 구별되는 독자적 특징을 가지는 것으로 받아들여지기 시작한다. 그렇다면 문학을 다루는 전문가 집단이 탄생하게 되는 것은 자연스러운 이치이다. 이전까지는 사회를 지배하는 상층 계급이라면 누구나 글쓰기를 통해 자신의 교양이나 정치적 자질을 표현할 수 있으며 표현할 능력을 갖추어야 한다고 생각했다. 한시나 시조는 교양을 갖춘 양반 문인이라면 누구나 쓰는 것이지 이러한 글을 쓰는 별도의 사람들이 따로 있던 것은 아니었다. 수군 장수였던 이순신 역시 "한산섬 달 밝은 밤에"로 시작되는 시조를 써 자신의 기개와 근심을 표현했던 것처럼 시조는 글을 아는 양반이라면 누구나 쓸 수 있는 것이었다.

1) 문학에 대한 전문가의 출현

'문학'의 독창성이라는 생각의 탄생

근대에 들어 상층 지식인이라면 누구나 현재 문학으로 분류되는 글을 쓸 수 있다는 믿음은 사라지고 문학은 '작가'라 불리는 새로운 전문가 집단이 '창작'할 수 있다는 생각이 서서히 퍼져 가게 된다. 앞서 살펴본 이광수만 해도 '문학의 독자성'을 주장했지만 스스로를 전문 작가로 인식하지는 않았다. 이광수는 늘 소설가

----

1   베버는 근대의 중요한 특징으로 '이성의 합리화'를 들었다. 이는 근대에 들어 과학, 도덕과 종교, 예술이 각자의 영역에서 진리, 도덕적 선, 미를 중심으로 한 각자의 규칙을 형성하면서 각 분야의 전문가들이 탄생하는 현상을 뜻한다. 이에 대한 자세한 설명은 위르겐 하버마스(Jürgen Habermas, 1985)를 참조하였다.

보다는 '문사(文士)'를 자처했고 자신의 직업을 '소설가'가 아니라 도산 안창호와 수양 동우회 운동을 함께한 '사상가'로 소개했다는 일화가 그것을 말해 준다. 이를 두고 김동인은 이광수가 전통적 '문인'에 가까웠고 그의 장편 소설 역시 예술성을 갖춘 근대의 문학에 도달하지 못하였음을 비판하였다. 김동인은 '참 예술'을 내세우면서 단편 소설의 미학에 큰 관심을 보이는데, 그 이유는 이광수가 보여 주지 못한 문학의 예술성을 자신의 작품이 실현하고 있음을 강조하기 위함이었다. 그가 생각한 '참 예술'은 당연히 전문성을 갖춘 '천재적 개인'의 창조 행위에 의해서나 가능한 것이다.

지금 이 시대에 작가는 자신의 이름을 걸고 상상력을 발휘해 독창적인 작품을 창작하고 이로 인해 작품에 대해 전적인 권리와 책임을 갖는다는 생각은 너무나 당연한 것으로 받아들여진다. 때로 작가는 남과 구별되는 천재성을 가진 존재로 부러움의 대상이 되기도 한다. 그러나 작가가 다른 사람은 알지 못하는 영감이나 창조성을 가지고 있다거나 작품은 그러한 천재성의 산물로 유일무이한 것이라는 믿음의 역사는 그리 길지 않다. 17세기 영국에서 윌리엄 셰익스피어(William Shakespeare)의 연극이 공연될 때, 대사는 물론이고 심지어 줄거리도 자유롭게 변형하는 각색이 당연한 것으로 전제되었다. 셰익스피어의 원전 작품이라는 개념도 낯선 것이어서 셰익스피어의 극본은 누구나 활용하여 '개선'할 수 있는 '공동체 공유 재산'처럼 받아들여졌다. 지금 같으면 저작권법 위반이나 셰익스피어의 원작에 대한 훼손 논란에 휩싸일 일들이 당시에는 아무런 문제가 없는 것으로 받아들여졌던 것이다. 이런 현상은 문학 작품이란 작가 개인의 산물이며 그런 이유로 독창성이 중요하다는 생각이 17세기까지는 보편적으로 받아들여지지 않았음을 말해 준다(이현석, 2003: 29-61). 서양의 경우 소설을 포함한 예술 작품이 권위를 지닌 '작가'의 독창적 창작물로 인식되기 시작한 것은 18세기 이후의 일로 알려져 있다.

18세기 중반 조선에서 돈을 받고 책을 빌려주는 세책점이 번성했는데, 최고 인기 품목은 소설이었다. 세책 업자들은 다수의 고객이 읽고 싶어 하는 소설을 구한 뒤 이를 필사한 책을 만들어 사람들에게 대여했다(이민희, 2007; 이윤석, 2016). 아무나 인기 있는 소설을 지어내지 못했을 것이고 새로운 이야기를 꾸며 낼 전문성을 가진 누군가는 양반과 같은 식자층이었을 것으로 추정된다. 그러나 이들은 자신이 지은 이야기가 자신의 것임을 밝힐 필요성을 느끼지 못했던 것으로 보인다. 많은 고소설 작품의 작가를 확인할 수 없는 이유는 소설과 같은 '허황된 이야기' 를 만들어 내는 일이 사회적으로 존경받을 만한 전문성과 무관한 것이라 생각했기 때문이다. 그에 비해 한시는 유학자들이 자신의 이름을 걸고 글을 썼으며 동료의 글에 대해서 자신의 이름을 걸고 평하는 경우 역시 쉽게 찾아볼 수 있다. 시 쓰기는 지배층에 속할 자질을 보여 주는 능력으로 받아들여졌기 때문이다(김성룡, 1997). 그렇다고 해서 시에 대한 평이 동료 문인 사이의 의견 교환 활동을 넘어 시에 대한 감식안을 갖춘 별도의 전문가 집단의 일인 것은 아니었다.

 잠|깐|!

세책점

돈을 받고 책을 빌려주는 가게로, 현대의 도서 대여점과 같은 곳이다. 18세기 중반 이후 한양을 중심으로 번성했으며 주로 소설을 빌려주었던 것으로 알려져 있다. 사진에서는 책을 빌린 사람이 '책이 재미가 있지만 낙서가 많아 보기가 어려우니 보수하여 달라'고 불평한 낙서를 확인할 수 있다.

현재 남아 있는 다른 세책본에서도 소설에 대한 감상에서부터 세책점 주인에 대한 욕설까지 당시 사람들의 생각과 욕망을 엿볼 수 있는 낙서를 많이 찾아볼 수 있다.

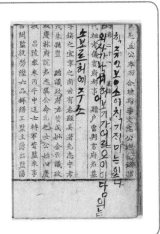

전문성의 산물로서의 문학

현재의 독자들은 문학 작품을 창작하는 전문가로서의 작가, 작가가 창작한 문학 작품을 평가하거나 우수한 작품을 선별하여 독자 대중에게 소개하는 전문가로서의 비평가를 익숙하게 받아들인다. 작가와 비평가라는 새로운 전문가 집단의 출현은 근대에 들어와 문학에 부여된 새로운 역할을 말해 주는 징표이기도 하다. 이 땅에 '문학'을 소개한다는 사명감을 가지고 '문학이란 무엇인가'를 진지하게 물으며 문학의 본질적 특징을 설명하고자 시도했던 1910년대의 이광수나 도덕, 윤리, 사상과 구별되는 별도의 영역으로서의 '참 예술'이 문학의 본질임을 내세웠던 김동인에게서 이미 문학의 본질을 해명하려는 시도가 나타나고 있었다. 이처럼 문학의 본질을 설명하려는 시도는 문학이 사회에 별도의 글쓰기 양식으로 사회에 자리 잡는 것과 거의 동시에 이루어졌다고 해도 틀린 말이 아니다.

2) 허구의 세계로서의 문학

문학의 허구성

문학을 정의하려는 다양한 시도 중 가장 널리 알려진 것은 문학을 허구, 즉 사실이 아닌 담화의 종류로 이해하는 방식이다. 고틀로프 프레게(Gottlob Frege)의 용어를 빌려 설명하자면, 허구는 이해될 수 있는 '뜻(sense)'을 지니고 있지만 그에 대응하는 '지시체(reference)'가 없는 세계이다(Frege, 1892/2017: 9). 허구적 인물 심청은 의미가 있지만 그에 대응하는 지시체가 없는 반면, 실제 인물 이순신은 의미와 지시체 모두를 가지고 있다.

허구성을 〈삼국지연의(三國志演義)〉의 예를 통해 설명해 보자. 이 소설의 전반부에는 유비, 관우, 장비 세 사람이 복숭아나무 아래에서 의형제를 맺고 고통받는 백성을 구제하기 위해 삶과 죽음을 함께할 것을 맹세하는 도원결의 장면이 등장한다. 그러나 정사의 기록에서 도원결의의 일화는 발견되지 않는다. 몰락하는 한(漢)나라의 부흥이라는 대의를 위해 세 사람이 형제가 되는 에피소드는 주인공 유비와 그를 따르는 세력에게 아우라를 부여하여 독자가 이들에 공감할 수 있는 근거를 제공하지만, 이는 어디까지나 역사적 사실이 아니다. 이처럼 사실 여부에 구애받지 않고 가공의 인물이나 이야기를 자유롭게 꾸며 낼 수 있는 문학의 특징을 허구성이라고 한다. 남성 시인도 여성 화자의 목소리로 사랑의 세레나데를 부를 수 있고, 환갑을 눈앞에 둔 시인도 아이의 목소리로 고향을 그리워할 수 있다. 이 모든 것은 문학의 허구성이 허락하는 자유를 기반으로 한다.

"그레고르 잠자는 어느 날 아침 불안한 꿈에서 깨어났을 때 자신이 흉측한 벌레로 변해 침대에 누워 있는 것을 발견했다."라는 문장으로 시작되는 프란츠 카프카(Franz Kafka)의 〈변신(Die Verwandlung)〉(1915)에서는 인간이 심지어 벌레로 변해 버리기도 한다. 이 사건은 분명 사실이나 과학의 원리에 부합하지 않는다. 그러나 독자는 대체 이런 일이 어떻게 가능한가라고 따지기보다, 몸은 다족류 벌레가 되었지만 생각은 평소 세일즈맨의 틀에서 벗어나지 못하고 여전히 출근이나 월급 걱정을 하는 주인공의 곤경에 동참하게 된다. 독자는 이 소설이 허구이기 때문에 이 모든 것이 가능하다고 받아들이는 '불신의 자발적 중단' 속에서 작품을 읽는다. 많은 사람이 문학의 중요한 본질로 허구성을 드는 근거는 이처럼 뚜렷하다. 특히 근대에 들어서 소설의 허구성은 진실성과 대립하는 것이 아니라 상보적인 것이자 삶의 진실을 더 잘 드러내는 수단이라는 생각이 확산하면서 허구성은 문학의 중요한 특징으로 확고한 자리를 차지하게 되었다.

😊 **잠|깐|!** ━━━

불신의 자발적 중단

현실에서는 일어날 수 없는 판타지나 환상적인 이야기를 받아들이기 위해 독자에게 필요한 태도나 심리 상태를 지칭한다. 평소에는 요정이나 유령처럼 존재하지 않는다거나 비현실적이라고 생각하는 것들을 독자가 이야기를 즐기는 과정에서 자연스럽게 받아들이게 되는 현상을 뜻한다. 새뮤얼 테일러 콜리지(Samuel Taylor Coleridge)가 처음 사용했던 '불신의 중단'이라는 말에서 유래했다.

허구성에 기반하지 않은 문학의 여러 사례

허구가 아니지만 우리가 문학으로 받아들이는 글 역시 적지 않다. 정조 무렵 청(淸)나라에 사절단 일원으로 열하에 다녀온 체험을 기록한 박지원의 《열하일기(熱河日記)》(1783)는 글쓴이의 개인적 체험을 바탕으로 자신의 의견이나 사상을 부각했다는 점에서 '허구성'과는 무관하다. 그러나 현대의 독자는 이 글이 원래 가지고 있던 여행에 대한 기록이나 사상이나 철학적 맥락에만 관심을 가지지 않고 연암 개인의 사고와 감정의 변화에 주목하면서 수필이라는 장르의 문학으로 이 글을 받아들인다. 이처럼 과거에는 역사나 철학에서 출발했으나 나중에 문학으로 평가되는 글들이 적지 않다. 〈연행가(燕行歌)〉(1866)나 〈일동장유가(日東壯遊歌)〉(1763)와 같은 기행 가사 역시 낭독하기 쉬운 박자에 맞춰 여행의 기록을 적었다는 점에서 허구성과 무관하지만 현재 우리는 '문학' 교과서에서 이 글을 만나게 된다. 이 작품들은 모두 현대에 들어와 문학의 영역으로 편입된 사례로 볼 수 있다.

호메로스의 서사시 〈일리아드〉는 서양인들이 자신들의 문학 전통을 설명할 때 빼놓지 않고 언급되는 작품이다. 그런데 〈일리아드〉는 우리가 이해하는 문학, 다시 말해 독자에게 즐거움을 주기 위한 허구의 산물로 국한되지 않는 여러 가지 특징을 가지고 있다. 그것은 그리스 시민의 생활을 유지하는 데 필요한 정보나 지침, 다시 말해 그리스의 사회적 관습이나 의례를 담은 백과사전의 역할 또한 가지고 있었다(Havelock, 1963/2011: 107, 155). 이 서사시에 전투를 앞둔 준비 과정, 장례식 절차, 배나 집을 짓는 절차와 규칙 등이 조목조목 나열되는 이유는 이 작품이 탄생했던 시대에 가지고 있던 '실용적' 기능 때문이다(Havelock, 1986/2021: 80). 〈일리아드〉를 읽는 현대의 독자들에게 악명 높은 '함선 목록' 장면은 트로이 원정에 참여한 도시 국가, 지도자, 선박이나 병력 수를 여러 페이지에 걸쳐 장황하게 나열하고 있는데, 이 역시 이 부분의 기원이 명령서이자 포고문이기 때문이다. 〈일리아드〉를 문학 작품으로 읽는 현대의 독자들이 이런 부분들을 건너뛰고 아킬레우스의 분노나 전투 장면처럼 극적 긴장감이 넘치는 부분에 집중하는 것은 조금도 잘못된 일이 아니다. 우리는 그리스의 장례식 절차나 회의 규칙을 알기 위해서가 아니라, 영웅의 모험담을 즐기기 위해 '문학 작품' 〈일리아드〉를 읽고 있기 때문이다.

 잠깐!

일리아드

고대 그리스의 대표적인 서사시로 그리스 도시 국가 연합과 트로이 사이에 벌어진 전쟁을 소재로 한다. 트로이의 왕자 헥토르와 그리스의 전사 아킬레우스의 대결을 중심으로 여러 영웅이나 전쟁에 개입하는 올림포스 신들의 이야기가 펼쳐진다.

사실의 기록에 충실한 글이 문학으로 분류되는 경우는 문학이라는 범주가 어느 정도 정착된 20세기 들어서도 자주 나타난다. 보고문학 혹은 르포르타주라 불리는 글에서 작가는 기자의 마음가짐으로 망각된 사실이나 사회를 지배하고 있는 세력이 억압하고 있는 사건의 이면을 독자에게 전달하는 것을 목표로 한다. 〈전쟁은 여자의 얼굴을 하지 않았다(У войны не женское лицо)〉(1985)와 〈체르노빌의 목소리: 미래의 연대기(Чернобыльская молитва)〉(1997) 등의 작품으로 노벨 문학상을 받은 스베틀라나 알렉시예비치(Svetlana Alexievich)는 사람들의 목소리를 그대로 담아내는 '목소리 소설'로 유명하다. 독자는 이 작품들에서 제2차 세계 대전에 참전했던 옛 소련의 여성 군인들이나 1986년에 발생했던 체르노빌 원자력 발전소의 폭발을 경험한 사람들의 육성을 들을 수 있다. 작가는 실존 인물들의 목소리를 편집하거나 중간중간에 작가 자신의 목소리를 집어넣으면서 원래의 목소리들이 새로운 화음을 형성하게 한다. 그 과정에서 과거 소비에트 국가 체제가 억압해 왔던 '작은 진실들'이 드러난다. 보고문학은 허구를 통한 사실의 가공보다는 사실의 전달을 강조하고 있지만 이런 작품들은 신문이나 잡지의 기사가 아니라 문학으로 받아들여진다. 1970년대 노동자의 공장 노동 현장이나 노동조합 활동을 기록한 유동우의 〈어느 돌멩이의 외침〉(1977)이나 석정남의 〈공장의 불빛〉(1984) 같은 수기들이 최근 들어 기록적 가치와 더불어 문학적 가치를 인정받기 시작한 것도 문학을 허구성의 틀에 가둘 수 없다는 생각에서 비롯된다.

3) 새로운 언어의 세계를 만들어 내는 문학

언어 사용의 특별한 방식

문학의 본질을 정의하려는 시도 중 빼놓을 수 없는 것이 '문학은 언어를 특별한 방식으로 사용하는 것'이라는 접근법이다. '일상 언어에 가해진 조직적 폭력'이라는 로만 야콥슨(Roman Jakobson)의 시적 언어에 대한 유명한 정의는 이를 대표한다. 문학을 음악이나 회화, 조각과 구별하는 일차적 특징이 작품을 만들기 위해 사용하는 재료가 언어라는 점에서 '언어 사용의 특별한 방식'이라는 설명은 문학의 본질적 특징을 규명할 때 빼놓을 수 없는 중요성을 지닌다.

파도가 부서지는 바다의 생동감 있는 모습을 표현한 정지용의 〈바다 2〉(1935)는 우리가 일상에서 사용하는 언어와 구별되는 '특별한 방식'의 언어가 무엇인가를 잘 보여 준다. 한여름 바닷가에 다녀온 뒤의 느낌을 누군가에게 전달할 때 우리는 '파도가 시원하게 부서졌다.'거나 '파도 소리가 찰싹찰싹 들렸다.'와 같은 말을 사용하곤 한다. 그러나 정지용의 이 시는 "꼬리가 이루 / 잡히지 않았다"나 "푸른 도마뱀떼같이 / 재재발렀다"와 같은 표현을 통해 파도가 부서지는 바다의 역동성을 완전히 새로운 방식으로 전달한다. 파도와 도마뱀이 경주하면 누가 더 빠른가와 같은 물음은 이 시를 즐기는 데에 조금도 필요하지 않다. 정지용이 제시한 언어적 표현을 거쳤기 때문에 바다는 비로소 도마뱀 떼의 모습으로 우리 눈앞에 나타나게 된다. 이처럼 시인의 독창적 언어 표현을 통해 사물은 지금껏 알지 못했던 새로운 모습으로 독자 앞에 나타날 수 있게 된다.

시의 언어에 대한 사르트르의 설명

장폴 사르트르(Jean-Paul Sartre)는 시의 언어에 나타나는 이러한 특징을 산문과 구별하고자 했다.

> 심지어 시는 말을 '사용하는' 것이 결코 아니라고까지 말할 수 있다. 그보다는 차라리 시는 말을 섬긴다고 하고 싶다. 시인은 언어를 '이용하기를' 거부하는 사람들이다. (…) 시인은 단번에 도구로서의 언어와 인연을 끊은 사람이다. 시인은 말을 기호로서가 아니라 사물로서 본다는 시적 태도를 단호하게 선택한 사람이다.
>
> (Sartre, 1947/1998: 17-18)

여기서 '말을 기호로서 사용'한다는 것은 일반적으로 통용되는 지시적 의미나 관습적인 어휘의 틀을 벗어나지 않는 언어의 사용을 뜻한다. 작가는 사전적 의미, 일반적 언어 사용의 규칙에 갇히지 않는 새로운 표현을 시도하거나 때로는 문법적 규칙이나 언중의 의사소통에 전제된 화용론적 관습을 과감하게 위반하기도 한다. 어떤 시인에게 언어는 '도구'나 '기호'로 이용되는 것이 아니라 그 자체의 가치를 지니는 사물로 파악되는 것이다. '시는 말을 섬긴다'라는 진술은 문학, 특히 시의 언어가 지니는 자족적 특징을 강조하고 있다. 언어 표현 행위 자체의 가능성을 극단까지 밀고 간 모더니즘 시, 미래파 시 작품들은 독자와의 의사소통에 관심이 없는 '외계어'에 가까운 새로운 언어의 세계를 만들어 내기도 한다.

일상의 언어에 기반한 문학의 언어

문학이 언어를 특별한 방식으로 사용하는 것은 틀림없으나 문학에서 사용되는 언어가 우리가 일상생활에서 사용하는 언어와 본질적으로 다른 것은 아니다. '일상 언어에 가해진 조직적 폭력'이 심오한 상징과 비유 혹은 운율을 형성하기 위한 음수나 음가의 변형, 나아가 극단적인 언어의 실험만을 뜻하는 것은 아니다. 〈제망매가(祭亡妹歌)〉는 일상생활에서 사용하는 언어를 크게 벗어나지 않으면서도 슬픔을 서정성으로 승화시키는 좋은 예를 보여 주고 있다. 혈육의 죽음이 불러일으키는 슬픔은 지극히 원초적인 것이어서 언어로 그 진폭을 담아내기가 쉽지 않다. 이 향가 작품은 주위에서 흔히 볼 수 있는 떨어지는 나뭇잎과 덧없는 죽음을 연결하고, "가는 곳을 모르는구나!(去奴隱處毛冬乎丁)"와 같은 영탄으로 받아들이기 힘든 슬픔을 표현하고 있다. "도를 닦으며 기다리련다(道修良待是古如)"로 표현된 구도자로서의 자세는 피할 수 없는 인간의 유한성을 인정하면서도 자신을 절망에서 건져 낸다. 〈제망매가〉의 예가 말해 주듯이 문학의 언어가 획기적인 비유나 난해한 언어적 기교만을 뜻하는 것은 아니다. 문학의 언어와 일상의 언어는 본질적으로 다른 것이 아니다. 문학의 언어는 일상의 언어에 내재한 표현력이나 발견의 힘을 극대화하고 있다는 점에서 일상의 언어와 뿌리가 같으나 모습이 다를 뿐이라고 보아야 할 것이다(김대행 외, 2000: 129-155).

새롭게 '탄생'하고 '생성'되는 문학의 본질

문학의 본질로 허구성이나 언어의 특별한 사용 등을 들 이유는 있다. 이를 통해 작품이 독자에게 주는 감동을 해명할 수 있는 실마리를 구할 수도 있다. 우리가 여기서 문제로 삼아야 할 것은 이런 특징을 문학의 본질로 고정하려는 태도이다. 문학의 본질에 대한 해명의 시도는 항상 그러한 설명의 역사적 맥락을 고려하는 가운데 이루어져야 한다. 앞서 살펴본 것처럼 과거에는 사실에 기초한 실용적 글쓰기에 속했던 글이 현대에 들어 문학으로 받아들여지곤 한다. 진화론을 대표하는 찰스 다윈(Charles Darwin)은 빼어난 문장으로도 유명한데 그의 유려한 문장을 높이 평가하는 독자에게 그의 글은 과학보다는 문학으로 읽히는 것이다. 정신분석학의 창시자로 꼽히는 지크문트 프로이트(Sigmund Freud)는 과학상을 받고 싶었던 자신의 소망과는 달리 독일 문학의 대표자 이름을 딴 괴테상을 받았다. 이는 모두 과학이나 학문에서 출발한 글이 문학으로 귀결된 사례라 할 수 있다.

테리 이글턴(Terry Eagleton, 1983/1986: 15-18)은 이런 현상을 두고 "어떤 텍스트는 태어날 때부터 문학이고 어떤 것은 후천적으로 문학성을 취득하는가 하면 어떤 것은 문학성이 강제적으로 떠맡겨지기도" 한다고 설명했다. 문학은 독자 집단과 독자가 속한 사회가 어떤 이유를 들어 인간을 이롭게 할 수 있는 '인간적 가치'를 높게 평가하는 텍스트 전체를 뜻하는 것이며 그런 이유로 문학은 존재론적 용어라기보다는 기능적 용어로 보아야 한다는 것이다. 이글턴은 계속해서 변화하는 문학의 특징을 포착하려는 시도를 '잡초'라는 단어의 정의 방식에 빗대어 설명한다. 그에 따르면, '잡초'는 특정 종류의 식물이 아니라 정원사가 이런저런 이유로 원하지 않는 식물을 뜻한다. 이와 마찬가지로 문학 역시 이런저런 이유로 그 가치, 특히 인문적 가치를 높게 평가하는 글 종류 전체를 의미한다는 것이다.

결국 문학에서 불변하는 내재적 특징을 찾는 일은 불가능할 뿐만 아니라 불필요한 일이다. 우리가 어떤 글을 문학으로 받아들여 그것을 문학으로 읽거나 문학으로 쓰는 행위 속에서 문학의 본질은 새롭게 생성되는 것이다. 11장에서 자세히 살펴볼 것처럼 디지털 미디어로 대표되는 다매체 환경 속에서 문학의 본질은 또다시 새롭게 변화하고 있다. 결국 문학이란 무엇인가라는 물음은 우리가 어떤 역사적 맥락에서 문학을 읽고 쓰는 가운데 무엇을 얻고자 하는가라는 '화용론적' 물음과 연결된다. 이제 문학의 본질을 규정하는 데 있어 필요한 것은 '문학이 있어 문학 교육이 있는 것이 아니라, 문학 교육이 있어 문학이 있다'(정재찬, 2013: 77)와 같은 발상의 전환이다.

3　우리는 문학 교육을 통해 무엇을 얻고자 하는가?

지금까지 우리는 이미 문학이라 규정된 작품을 가르치는 것이 문학 교육이라 생각해 왔다. 그러나 언어를 활용한 표현의 산물을 자신이 문학으로 받아들이는 과정에서 그것이 '문학'으로 규정되는 것이라면, 문학 교실에서 무엇을 가르치고 그 가르침을 통해 무엇을 얻고자 하는가라는 물음에 대한 답변이 역으로 문학의 본질과 범위를 규정할 수 있게 된다. 문학의 본질에 대한 해명의 시도와 우리는 문학을 통해 무엇을 얻고자 하는가라는 물음을 연결하는 것은 문학 교육이 문학의 본질을 규정할 수 있다는 발상의 전환에서 비롯된다.

1) 문학 교육의 인식적 목표

인간과 세계의 이해

인간이 성장하기 위해서는 자신을 둘러싼 인간과 세계에 대한 폭넓은 이해가 필요하다. 학교 교육이 세상의 다양한 면모에 대한 학습자의 경험을 강조하는 이유는 경험의 축적 속에서 자연스럽게 타인의 삶에 대한 이해가 싹틀 수 있기 때문이다.

인간의 직접 경험은 시간적이고 공간적인 제약으로 인해 한계를 가질 수밖에 없다. 한 개인에게 주어진 시간은 유한하지만, 세상은 너무나 넓다. 세상사에 대한 체험이 세상에 대한 이해의 폭을 넓혀 준다는 보장도 없다. 자신의 체험을 절대시하여 자신과 다른 삶, 다른 가치관을 가진 타인의 존재를 인정하지 못해 벌어지는 사회적 갈등이 그것을 말해 준다. 직접 경험이 성장의 중요한 원천임은 분명하지만, 독서와 같은 간접 경험 역시 중요하다. 특히 문학을 통한 간접 경험은 개인의 체험에 매몰되어 자신의 생각과 가치관을 절대시하는 한계를 보완할 수 있게 해 준다. 문학이 인간과 세계를 이해하고 자신과 타인 사이의 소통의 통로를 마련할 힘을 가지고 있기 때문에 우리는 학교에서 문학을 가르친다.

문학적 형상의 장점, 구체적 인식

그렇다면 다른 책도 많은데 왜 하필 문학 작품이어야 할까? 이런 상상을 해 보자. 1597년 4월의 어느 하루, 삼도 수군통제사 지위를 잃고 일개 병사의 신분으로 다시 수군 지휘 현장으로 돌아온 이순신은 어떤 하루를 보냈을까? 이런 궁금증을 해결하려면 이순신이 직접 기록한 〈난중일기(亂中日記)〉(1592~1598)를 읽어 보는 것이 하나의 길이 된다. 당시 이순신이 처리한 여러 공적인 일과 군데군데 드러나는 비통한 심정을 확인할 수 있다. 이순신 연구나 임진왜란을 다룬 역사서 역시 큰 도움이 된다. 이런 책들은 이순신 개인이 처했던 역사적 맥락을 파악해서 그가 당면했던 과제를 종합적으로 파악하는 데 큰 도움을 준다.

문학을 가르치는 사람들은 이순신을 다룬 역사소설을 읽어 보는 것이 가지는 장점을 말한다. 역사소설은 실제로 벌어진 역사적 사건을 소재로 했지만 어디까지나 허구성에 의존한다. 작가가 상상력을 발휘하여 만든 허구적 사건이나 인물이 추가될 수 있는 것이다. 역사소설의 허구성으로 인해 과연 과거의 역사를 이해하는 데 도움이 될 수 있을까라는 의문이 제기되기도 한다. 특정 역사소설이 역사적 사실을 왜곡했다거나 고증이 잘못된 것이라는 비판이 제기되는 경우도 있다. 그렇다면 역사소설과 같은 문학이 인간과 시대의 진실을 탐구하는 데 있어 역사나 사회과학 서적 이상의 가치를 인정받는 이유는 무엇일까?

일찍이 아리스토텔레스(Aristoteles)는 『시학(Peri Poietikes)』에서 "시는 보편적인 것을 말하는 경향이 더 강하고, 역사는 개별적인 것을 말하기 때문에 시는 역사보다 더 철학적이고 진지하다."(Aristoteles/천병희 역, 2017: 371)라는 구절을 통해 문학의 인식적 가치를 강조하였다. 여기서 '시'는 운문으로 표현된 희곡, 서사시 등을 모두 포괄하는 용어로 지금으로 치자면 '문학'이다. 문학은 일어난 일이 아니라 일어날 법한 일을 이야기함으로써 역사 서술보다 오히려 삶과 시대의 보편적 진실을 전달하기에 유리하다는 것이다. 이런 관점에 따르면 어떤 시대와 그 시대에 속한 인간을 이해하고 탐구하기 위해서라면 그것을 다룬 문학 작품을 읽는 것보다 좋은 방법은 없다. 이광수의 〈이순신(李舜臣)〉(1931)에서부터 김훈의 〈칼의 노래〉(2001)나 김탁환의 〈불멸의 이순신〉(2004)까지 이순신을 다룬 소설이 계속해서 창작되고 읽히는 이유는 뚜렷하다. 인간 이순신과 그가 속한 전란의 시대를 이해하면 각자의 시대를 살아가기 위한 삶의 좌표를 구하는 데 도움이 된다고 생각하기 때문이다.

물론 인간과 역사에 대한 탐구는 문학은 물론이요 역사나 철학을 포함한 인문학 전체에 주어진 책무이다. 그러나 문학은 다른 분야보다 특화된 '구체적 형상'을 통해 독자들이 대상을 생생하고 종합적으로 이해할 수 있게 돕는다. 정약용의 칠

정약용이 강진에서 유배 생활을 할 때 머물렀던 '다산초당'. 현재 건물은 원래 초가집을 복원하여 새로 지은 것이다. 당시 '탐진'이라 불렸던 강진에서 정약용은 『목민심서』 등의 많은 글을 집필했다. ©국가문화유산포털

언절구 한시 〈탐진촌요(耽津村謠)〉는 전체 15수라는 그리 길지 않은 분량이지만 역사서 한 권에 못지않은 전달력으로 강진에서 유배 생활을 하며 목격했던 농민의 억울함을 독자들의 눈앞에 펼쳐 놓는다. "새로 짜 낸 무명이 눈결같이 고왔는데(棉布新治雪樣鮮) 이방 줄 돈이라고 황두가 뺏어 가네(黃頭來博吏房錢)"라는 구절은 자신이 힘들여 짜 낸 무명을 속절없이 빼앗겨야 하는 농민들의 비통함을 생생하게 드러낸다. 이 수의 마지막 구절 "삼월 중순 세곡선이 서울로 떠난다고(三月中旬道發船)"는 가렴주구의 근원이 서울에 자리 잡은 권력자들임을 암시하고 있다. 정약용의 시선이 개인의 곤경에 멈추지 않고 조선 후기 세도가들이 벌이는 구조적 비리에 이르고 있음을 보여 주는 대목이다. 정약용의 한시는 조선 후기 농촌상과 정치 현실을 다룬 사료나 통계 수치를 활용한 역사 서술 못지않은 총체적 현실 인식 능력을 보여 준다. 이를 통해 숫자나 사실 기록만으로는 도달할 수 없는 농민의 애환과 그러한 현실을 그저 바라보고 있어야만 하는 지식인의 복잡한 심경을 독자들에게 전달한다는 점에서 문학이 가지는 구체적 현실 인식의 힘을 확인할 수 있다.

문학 교육의 인식적 가치와 문화의 계승

현실의 문학적 형상화가 비단 작가가 속한 시대에 국한되지 않음을 군이 자세히 설명할 필요는 없을 것이다. 우리가 인간과 세계를 이해하기 위해서 문학을 읽고 문학을 가르쳐야 한다고 설명할 수 있는 근거는 특정 시대에 국한되지 않는 오래 지속되는 삶의 진실을 문학이 보여 준다는 점에서 찾을 수 있다. 우리는 문학을 통해 세상과 인간을 이해하고 삶의 진실을 탐구할 수 있기 때문에 문학을 읽고 문학을 가르친다. 이를 문학 교육의 인식적 가치라 부를 수 있다.

문학이 한 집단의 문화적 전통과 사고의 정수로 꼽히면서 근대에 들어와 학교

교육에서 민족적 정체성 형성과 계승을 위해 문학 교육이 강조된 이유도 문학의 이러한 인식적 가치에 힘입은 바 크다. 이별에 대처하는 고려인들의 자세를 알 수 있는 고려 가요나 격동의 근현대를 거치며 많은 것을 잃었지만 무너지지 않고 지금의 우리를 가능하게 했던 민초들의 생명력을 그려 낸 〈수난이대〉(1957)를 배우며 한국인의 문화적 정체성을 다시 생각해 볼 기회를 가질 수 있다. 〈수궁가(水宮歌)〉의 문화적 전통이 계승되었기에 〈범 내려온다〉(2020)와 같은 노래가 탄생할 수 있었고 이것을 함께 즐길 수 있는 문화적 공감대가 형성된 것이다. 문화유산의 계승이나 문화적 정체성 교육에서 문학 교육이 항상 중요한 자리를 차지하는 현실적 이유는 이처럼 문학이 인간과 세상을 이해하고 전달하는 인식적 가치를 지니고 있기 때문이다.

2) 문학 교육의 윤리적 목표

인간은 자신이 추구하는 삶의 가치를 구체화하면서 성장한다. 그 과정에서 성장의 주체는 사회가 중요하게 생각하는 윤리적 가치에 비추어 삶의 목표를 설정한다. 그러나 자신의 선택 여부와 무관하게 주어진 규칙을 그대로 받아들이는 경우는 드물다. 인간은 자신의 다양한 경험에 조회하며 주어진 사회적 가치를 변형하거나 조절하여 수용하면서 자신의 가치관을 형성한다.

문학의 윤리적 가치

인간의 감정과 체험을 형상화하는 가운데 작가가 생각하는 삶의 방향에 대한 사고를 드러내는 문학 작품은 일찍이 그 윤리적 가치를 인정받아 왔다. 마사 누스바움(Martha Nussbaum)은 문학이 인간의 윤리성 함양에 큰 역할을 할 수 있음을 꾸준히 주장했는데, 상반된 가치 사이에서 갈등하는 작중 인물의 행동과 선택을 중심으로 소설을 읽는 가운데 독자가 윤리 감각을 형성하고 도덕성을 함양할 수 있다는 것이다(정진석, 2014: 117-144). '서사 윤리'라는 용어는 윤리적 가치가 이야기 형태와 밀접한 관련을 가짐을 말해 준다. 문학 교육은 물론이고 윤리 교육에 서사 문학을 활용한 윤리적 사고력 신장이 강조되는 이유도 문학의 본질적 특성이 윤리의 문제를 형상화하기 때문이다. 근대의 학교 교육이 일반화된 이래 문학 작품은 윤리적 가치를 실현하는 매재이며 윤리적 가치의 실천태로 인식되어 왔다(김대행 외, 2000: 207).

근대 유럽 사회에서는 인간과 세계를 신 중심으로 설명하는 종교적 세계관이 쇠퇴하고 과학적 사고가 일반화되면서 과거 종교가 담당했던 윤리 함양 역할을 문학이 대신해 왔다. 종교를 대신해 문학이 인간의 도덕성 신장을 위한 수단으로 활용될 수 있다는 주장은 서구 근대의 자국어 교육에서 문학이 큰 비중을 차지했던 이유를 짐작할 수 있게 해 준다. 시가 "우리를 구원할 수 있다."고 주장한 아이버 암스트롱 리처즈(Ivor Armstrong Richards, 1926: 82-83)의 선언은 종교를 대신할 문학의 윤리적 역할에 대한 기대가 얼마나 높았는지를 보여 준다.

작품에 형상화된 가치의 수용

문학이 형상화하는 주제는 인간과 사회의 나아갈 바를 보여 주고자 하며 그런 점에서 특정 시대의 가치관과 연결되어 있다. 모든 사람에게 보편적으로 적용될 수 있는 윤리적 가치를 표현하는 방식으로 문학의 윤리성을 이해하는 관점은 개인 윤리를 넘어 집단 윤리, 다시 말해 문학이 지닌 이념성을 강조한다. 조선 시대 양반 지배층의 이념적 특징을 잘 보여 주는 대표적인 문학 양식 중 하나가 시조다. 맹사성의 〈강호사시가(江湖四時歌)〉나 윤선도의 〈오우가〉는 자신이 이상적으로 생각한 선비의 삶을 알리고 그것이 널리 실현되기를 바라는 윤리적 실천, 이념적 실천의 일환이었다. 조선의 건국에 마지막까지 저항하다 피살되었다는 점에서 자신들의 정치적 반대파였던 정몽주의 〈단심가(丹心歌)〉가 조선 초기부터 많은 유학자에게 호의적으로 받아들여진 이유 역시 '충'과 '렬'이라는 공유할 수 있는 이념적 가치를 담고 있기 때문일 것이다.

작품에 담긴 이상적 삶의 모습이 그 작품이 탄생한 시대에 국한되는 것은 아니다. 〈심청전(沈淸傳)〉에 나타난 심청의 효심은 현대의 독자들에게 모방의 대상이자 도달할 수 없는 모범으로 받아들여진다. 〈춘향전〉이 거듭 영화나 드라마로 변주될 수 있는 이유는 현대의 독자들 역시 신분의 차이나 부당한 권력이 가로막을 수 없는 사랑을 아름답고 소중한 것으로 생각하기 때문이다. 이런 작품들은 조선 시대 사람들이 중요하게 생각했던 가치를 표현하는 데 그치지 않고 현대의 독자들에게도 그러한 삶의 모습이 현재 우리 삶에 어떤 참조점이 될 수 있는가를 생각할 수 있게 해 준다. 문학 작품이 형상화하는 모범적인 인간상이나 부정적 인간의 모습은 때로는 모방과 동화의 방식으로, 때로는 비판과 거리두기의 방식으로 독자의 도덕성을 기르는 데 중요한 역할을 수행해 왔다(최인자, 2001: 66-74).

가치 다원성 시대, 문학 교육의 윤리

가치의 다원성을 당연하게 생각하는 현대의 독자들에게 모두가 받아들여야 할 윤리적 가치가 객관적으로 존재하는가라는 물음이 제기되는 것은 피할 수 없다. 문학의 윤리 문제는 인간과 집단이 추구해야 할 도덕적 덕목을 명시적으로 제시하고 이를 세상에 전하려는 것에 국한할 수 없게 되는 것이다. 이상의 〈날개〉(1936)나 최명익의 〈비오는 길〉(1936)은 기존의 문학이 보여 주는 권선징악이나 정해진 도덕 덕목의 형상화 방식으로 설명하기 어려운 새로운 방식의 문학 윤리 문제를 제기한다.

가치 상대주의로 대표되는 사회적 변화 속에서 개인의 삶에 대한 성찰을 중심으로 문학의 윤리적 가치를 사고하는 것의 비중이 더욱 커지게 되었다. 〈서시〉(1941)와 〈쉽게 씌어진 시〉(1942) 등으로 대표되는 윤동주의 시는 일제의 폭압 속에서 양심을 지키려는 개인의 번민이 솔직하게 표현되어 있다. 일본 제국주의가 광기로 치닫고 있던 1940년대 초반 일본의 대학에서 "대학 노—트를 끼고 / 늙은 교수의 강의 들으러" 가는 자신의 모습을 부끄러워하는 마음은 시인을 "슬픈 천명"으로 인식하게 만든다. 자신의 분열에 대한 인식과 성찰이 동반되었기에 "나는 나에게 작은 손을 내밀어 / 눈물과 위안으로 잡는 최초의 악수"는 그저 변명이 아니라 자신의 불행한 현재를 긍정하면서 자신을 잃지 않으려는 태도를 형상화하는 윤리성을 획득한다. 이상적 자아와 현실적 자아의 분리, 관념과 현실의 분열 속에서 개인적 차원의 방황과 번뇌를 다루는 작품들은 독자 자신의 삶에 대한 내적 성찰을 자극하고 이를 통해 개인의 윤리 감각 형성에 기여할 수 있다.

개인의 번민이 앞서 살펴본 윤동주의 시처럼 긍정의 계기로 이어지지 못하는 작품도 많다. 주인공의 원점 회귀로 끝을 맺는 〈만세전〉(1924)과 같은 작품은 어떤 면에서 문학의 윤리적 가치를 대변하는가라는 의문이 제기될 수 있다. 이 소설은 이인화가 동경 유학 생활의 일상에 젖어 잊고 있었던 식민지인으로서의 정체성을 조선으로 돌아오는 여행의 과정에서 깨닫게 되는 여행의 기록을 담고 있다. 심청이나 춘향과 달리 이인화는 독자들이 도덕적 삶을 대변하는 모델로 받아들이기에는 적합하지 않은 모습을 여러 차례 보여 준다. 아내가 죽어 간다는 전보에도 주인공은 집으로 돌아가는 길을 재촉하지 않는다. 김천을 거쳐 경성으로 향하는 기차에서 목격한 조선의 실상이나 봉건적 습속에 젖은 조선인의 사고방식은 주인공에게 안타까움보다는 혐오감을 불러일으킨다. 조선의 현실을 목격하고 자신은 어쩔 수 없는 식민지인임을 확인했지만 이 모든 고민을 뒤로하고 가벼운 마음으로 동경의 대학으로 돌아가기로 결정하는 주인공의 모습은 독자의 비난을 불러일으키기 쉽다.

마음은 근대인을 지향하지만 몸은 봉건적 조선에 갇혀 이상과 현실, 의무와 욕망 사이에서 방황하는 이인화의 모습은 현대의 평범한 독자와 겹치는 면이 많다. 선뜻 위인이 되는 선택을 할 수 없지만 또 한편으로 '괴물'은 되고 싶지 않은 독자들에게, 모든 것을 잊고 자신을 그저 한 명의 대학생으로 받아들여 줄 동경으로 되돌아가려는 주인공의 모습은 바람직한 삶의 전범은 아니지만 많은 생각거리를 제공한다. 나라면 어떠했을까, 무엇이 주인공을 이런 선택으로 내몰았을까를 고민하는 역지사지의 경험은 모범을 모방하는 것 못지않게 인간의 윤리적 사고를 자극한다. 윤리적 행동에서 감정적 공감보다는 지성에 바탕을 둔 합리적 사고가 더 중요하다고 생각하는 사람들의 의견을 중시한다면(Bloom, 2016/2019), 이처럼 문학이 제공하는 갈등 상황에 대한 경험과 그에 대한 사고의 기회를 제공하는 것은 문학 교육의 윤리적 역할에서 중요한 자리를 차지하게 된다.

다문화 이해와 문학 교육

나와 다른 세계, 타인의 삶에 대한 문학의 관심은 다른 문화와 종교권에 속하는 사람들이 일자리를 찾아 국경을 넘어 이주하는 가운데 형성된 다문화 시대에서 중요성이 더욱 강조된다. 한국 사회에서 단일 민족이라는 말을 쓰는 것이 변화한 현실에 어울리지 않는다는 인식이 보편화된 지금, 다문화 교육의 필요성은 갈

수록 중요하게 부각되고 있다. 이주한 사람들의 삶과 문화를 이해하는 데에 문학의 역할은 적지 않다. 서로 다른 문화적 배경을 가진 사람들이 모여 살게 되면서 벌어진 크고 작은 갈등을 인식하고 이를 합리적으로 해결하기 위한 지혜를 찾는 데 이 문제를 형상화한 문학의 역할은 갈수록 커질 것이다.

3) 문학 교육의 심미적 목표

문학 평론가 김현은 고구마를 먹으며 즐겁게 소설을 읽던 어린 시절을 추억하는 글을 남긴 바 있다. 바라보는 것만으로도 바로 재미를 느낄 수 있는 다양한 오락물에 손쉽게 접속할 수 있는 지금의 독자들에게 낯설 수 있는 이 회고는 문학 작품을 읽는 근원적 이유가 즐거움에 있음을 말해 준다.

문학 작품이 주는 정서적 변화의 힘

우리가 어떤 실용적 목적을 달성하기 위해 시나 소설을 읽는 경우는 드물다. 예나 지금이나 〈홍길동전(洪吉童傳)〉을 손에 잡는 근본적 이유는 적서 차별이 존재했던 조선의 시대상을 알기 위해서도 아니고, 인간은 모두 평등하다는 사상을 배우기 위해서도 아니다. 독자들은 영웅적 주인공이 자신에게 주어진 어려움을 이겨 내고 자신의 목표를 실현하는 이야기를 즐기기 위해 〈홍길동전〉을 읽는다. 앞서 설명한 문학의 인식적 역할이나 윤리적 역할은 독서의 즐거움을 매개로 뒤따라오는 사후 효과에 가깝다.

문학이 주는 즐거움의 감정은 기쁨에서 슬픔과 분노, 공포의 감정을 넘나든다. 독자는 작가가 공들여 만들어 놓은 이야기의 흐름이나 시의 비유를 곱씹으며 문학적으로 승화되어 고양된 정서를 맛볼 수 있게 된다. 아리스토텔레스는 카타르시스라는 용어를 통해 비극의 주인공이 겪게 되는 비참한 운명을 지켜보며 관객이 가지게 되는 연민과 공포의 감정이 인간의 정념을 순화할 수 있음을 강조했다. 결국 문학 작품을 통해 얻게 된 정서적 변화가 인간의 삶을 고양하는 데 기여할 수 있다는 것이다.

문학의 심미성과 심미적 만족

문학을 통해 느낄 수 있는 정서는 규칙과 조화로움에 기반한 아름다움에서부터 추와 그로테스크가 주는 혼돈의 정서 그리고 골계미가 주는 웃음에 이르기까지 다양하다. 독자가 느끼는 이러한 정서적 변화 모두를 '심미적 만족'이라 부른다. 이마누엘 칸트(Immanuel Kant)는 심미적 만족이 식욕과 같은 일차적 감각 차원의 욕구 충족은 물론이요 도덕적 선(善)을 향한 의지가 충족되는 데에서 오는 만족과도 구별되는 특징을 가진다고 보았다. 그에 따르면 대상의 소유욕이나 대상의 실용성을 따지는 관심과 구별되는 '무관심적 관심'이 심미적 만족의 핵심 요인이다. 이는 대상의 형식을 바라보면서 우리의 정신에서 발휘되는 '상상력과 지성의 자유로운 유희'를 즐기는 태도에 의해 가능하다(Kant, 1790/1974: 58-60). 독자가 문학을 즐길 수 있는 이유도 문학이 당장 눈앞의 병마를 퇴치한다거나 일자리를 만들어 내는 실질적 목표에 거리를 두고 있기 때문이다. 김현은 이에 대해 문학은 그 쓸모없음으로 인해 인간을 억압하지 않는다고 설명한 바 있다(김현, 1977: 21).

대상의 형식에 대한 관조를 강조하는 칸트의 설명은 문학의 심미성과 그 효과를 해명하는 데 중요한 실마리를 제공한다. 문학은 오직 '말하려는 바'가 중요한 도로 표지판이나 여행 정보 책자와 달리 그것을 '말하는 방식'이 말하려는 바만큼이나 중요한 담론이다. 김승옥의 〈무진기행〉(1964)은 전라남도 순천 지역의 안개가 인간의 정신 건강에 미치는 영향에 대한 보고서가 아니기 때문에 '감수성의 혁명'이라 극찬을 받았던 문체를 음미하는 것이 중요하다(김혜영, 2010: 212-214). 자신에게 주어진 무책임의 시간을 무진에서 보내며 자신의 과거와 현재 그리고 어쩌면 미래의 모습을 마주하게 되는 주인공은 감각을 총동원한 안개에 대한 묘사로 인해 그의 심정이 더욱 잘 살아난다. 〈무진기행〉이 남성 주인공의 무책임한 방황 이야기에 그치지 않는 이유는 이 작품이 여러 층위의 '형식'을 갖추고 있기 때문이다. 문학은 오직 내용이 중요한 보고서가 아니라 형식에 의해 내용이 표현되어야 하는 수사적인 글이다. 문학의 심미성은 바로 그런 형식과 밀접한 관련을 맺는다.

심미성의 쓸모

흙을 빚어 음식을 담을 수 있는 토기를 만들던 아주 오랜 고대부터 인간은 이미 토기에 빗살 무늬 같은 장식을 새겨 넣었다. 프리드리히 실러(Friedrich Schiller)는 자연의 필연성이나 엄격한 도덕적 율법을 화해시키는 인간의 놀이 충동을 자유롭게 상상하고 발명하는 인간다움의 정수로 보고 예술을 통해 인간은 자유를 획득할 수 있다고 주장했다(Schiller, 1795/2012: 120-123). 대상에 대한 소유욕이나 당장의 실용성에 대한 집착을 버린 놀이와 예술은 '상상력과 오성의 자유로운 유희'를 가능하게 한다. 이 과정에서 '나와 대상의 표상 및 이러한 표상의 관계'를 확대함으로써 개방성, 자율성, 창의성이 촉진될 수 있다(Wenzel, 2005/2012: 111).

최소 노력으로 최대 효과를 추구하는 효율성 중심의 의사소통에서 가장 효과적인 표현은 '대박'이나 '어쩔티비'와 같은 유행어일지도 모른다. 언어의 경제성 원리만을 중시한다면, 다양한 해석 가능성과 뜻겹침을 유발하는 시의 언어는 비효율적인 낭비이다. "그립다 / 말을 할까 / 하니 그리워 // 그냥 갈까 / 그래도 // 다시 더 한 번"과 같은 김소월의 시 구절에 담긴 모호함은 제거의 대상이 되는 것이다. 조지 오웰(George Orwell)은 〈1984〉(1949)에서 다음과 같은 전체주의자의 말을 통해 다양한 언어 표현을 용납하지 못하고 효율성만을 추구하는 언어 표현 원리가 독재자를 돕게 됨을 지적하였다.

> '좋다(good)'라는 낱말을 예로 든다면, 그 반대말을 '안 좋다(ungood)'라고 하면 되지. 철자도 생판 다른 '나쁘다(bad)'라는 말이 뭣 때문에 따로 필요하겠나? (…) '좋다'는 말의 뜻을 더욱 강조하고 싶을 때도 마찬가지네. '탁월하다(excellent)'느니 '훌륭하다(splendid)'는 따위의 말들이 수두룩하게 있다 한들 무슨 소용이 있겠는가? '더 좋다(plusgood)'라는 말이면 충분하고, 이걸 더욱 강조하고 싶으면 '더욱더 좋다(doubleplusgood)'라고 하면 될 것이네.
> — 조지 오웰, 〈1984〉

실용성에 구속되지 않는 문학의 독특한 표현들은 기성의 종교나 도덕에 속박되어 관습화된 사고를 정당화하는 '종 노릇'에 그치지 않고 상상력을 발휘하여 인간과 세계를 새롭게 바라볼 수 있는 자유를 열어 줄 수 있다. 그런 이유로 맥신 그린(Maxine Greene)은 '심미적(aesthetic)'의 대립어는 '마취 상태(anesthetic)'라고 주장했다(Greene, 2001/2017).[2] 심미적 체험을 통해 학습자가 정서적 무감각 상태를 벗어나 다양한 관점을 공유하는 널리 깨어 있는 상태에 도달할 수 있는데, 여기서 심미성의 쓸모와 효용성을 찾을 수 있다.

창의성의 토대로서의 심미성

문학, 특히 시가 만들어 내는 유희의 언어는 인간의 사고를 자유롭게 하고 새로운 표현으로 인간의 문화를 변화하는 추동력을 만들어 낸다. 습관처럼 '살아 있네' 같은 유행이나 상투적 표현을 사용해서는 대화의 품위를 지킬 수 없음은 물론이고 틀에 박힌 생각에서 벗어나기 쉽지 않다. 심미성을 추구하는 문학의 언어가 문학 교육은 물론이고 국어 교육, 특히 화법이나 작문 교육에서 중요한 역할을 담당해야 하는 이유는 창의성과 개방성이 국어 사용 능력에서도 중요한 목표이기 때문이다. 물건의 구매욕을 자극하는 광고 장르나 자신을 선택해 줄 것을 요청하는 정치인의 홍보 영상에서 은유 혹은 환유 전략이나 소설의 시점을 활용하여 내러티브를 만들어 내는 창의적 표현이 자주 등장하는 것에서 문학의 언어가 단지 문학의 것만이 아님을 말해 준다.[2] 심미적 표현은 인간의 사고와 감수성을 살아 있게 만드는 방부제 역할을 수행하며 그런 이유로 문학의 심미성은 언어 활동 전반에서도 강조되어야 할 것이다.

| 김성진

참고문헌
_____

구인환 외(2007), 『문학교육론』, 삼지원.
김근호(2009), 「허구 서사 창작 교육 연구」, 서울대학교 박사학위 논문.
김대행 외(2000), 『문학교육원론』, 서울대학교출판부.
김동환(2018), 『소설교육의 맥락』, 월인.

....

2   광고 표상에 나타나는 원리와 전략이 문학 작품의 이해와 감상에 사용되는 문학 지식과 깊은 상관성을 가지고 있으며 광고 표현 및 이해 교육에 기여할 수 있음을 보여 준 사례를 참조할 수 있다. 이에 대한 자세한 사항은 염은열(2002)을 참조할 수 있다.

김민재(2022), 「문학교육에서 심미성 개념의 재맥락화 고찰: '가상성'을 중심으로」, 『문학교육학』 76, 43-85.

김성룡(1997), 「전범학습과 중세의 문학교육」, 『문학교육학』 1, 255-292.

김성진(2020), 「예술교육으로서의 문학교육에 대한 시론: 창작교육을 중심으로」, 『문학교육학』 66, 73-103.

김성진(2022), 「'근대 문학의 종언'과 문학교육: 읽기 중심주의에 대한 성찰」, 『문학교육학』 76, 86-112.

김창원(2011), 『문학교육론: 제도화와 탈제도화』, 한국문화사.

김혜영(2010), 「문체 중심 소설 읽기교육의 방향: 〈무진기행〉을 중심으로」, 『독서연구』 24, 211-258.

김현(1977), 『한국 문학의 위상: 그 전개와 좌표』, 문학과지성사.

송무(1997), 『영문학에 대한 반성: 영문학의 정당성과 정전 문제에 대하여』, 민음사.

염은열(2002), 「광고교육을 위한 문학 지식의 변용 가능성」, 『국어교육학연구』 15, 319-344.

오윤주(2018), 「심미적 문식성 신장을 위한 소설 교육 경험 연구」, 서울대학교 박사학위 논문.

이민희(2007), 『조선의 베스트셀러: 조선 후기 세책업의 발달과 소설의 유행』, 프로네시스.

이윤석(2016), 『조선시대 상업출판: 서민의 독서, 지식과 오락의 대중화』, 민속원.

이현석(2003), 『작가 생산의 사회사: 윌리엄 셰익스피어와 문학 제도의 형성』, 경성대학교출판부.

임경순(2003), 『국어교육학과 서사교육론』, 한국문화사.

전한성(2017), 『경험 서사 창작 교육의 이론과 실제』, 동국대학교출판부.

정래필(2013), 『기억 읽기와 소설교육』, 푸른사상.

정재찬(2013), 「문학 교수 학습 방법의 성찰과 전망: 상호텍스트성을 활용한 활동 중심의 현대시교육」, 『국어교육학연구』 47, 69-98.

정진석(2014), 『소설의 윤리와 소설 교육』, 사회평론아카데미.

조현일(2013), 「미적 향유를 위한 소설교육: 감정이입과 미적 공체험을 중심으로」, 『새국어교육』 96, 457-494.

진선희(2018), 『인간의 영성을 일깨우는 문학과 사랑의 교육학』, 역락.

최인자(2001), 『서사문화와 문학교육론』, 한국문화사.

최지현(2014), 『문학교육심리학: 이해와 체험에 관한 문학교육적 설명』, 역락.

황종연(1997), 「문학이라는 역어(譯語)」, 『동악어문논집』 32, 457-480.

Aristoteles(2017), 『수사학/시학』, 천병희(역), 숲(원서출판 미상).

Bloom, P.(2019), 『공감의 배신』, 이은진(역), 시공사(원서출판 2016).

Eagleton, T.(1986), 『문학이론입문』, 김명환·정남영·장남수(역), 창작과비평사(원서출판 1983).

Frege, G.(2017), 『뜻과 지시체에 관하여』, 김은정 외(역), 전기가오리(원서출판 1892).

Greene, M.(2017), 『블루 기타 변주곡: 맥신 그린 박사의 링컨 센터 인스티튜트 강의록』, 문승호(역), 커뮤니케이션북스(원서출판 2001).

Habermas, J.(1985), "Modernity: An Incomplete Project". In H. Foster(Ed.), *Postmodern Culture*, Pluto.

Havelock, E. A.(2011), 『플라톤 서설: 구송에서 기록으로 고대 그리스의 미디어 혁명』, 이명훈(역), 글항아리(원서출판 1963).

Havelock, E. A.(2021), 『뮤즈, 글쓰기를 배우다: 고대부터 현재까지 구술과 문자에 관한 생각』, 권루시안(역), 문학동네(원서출판 1986).

Kant, I.(1974), 『판단력 비판』, 이석윤(역), 박영사(원서출판 1790).

Richards, I. A.(1926), *Science and Poetry*, Paul Kegan.

Sartre, J. P.(1998), 『문학이란 무엇인가』, 정명환(역), 민음사(원서출판 1947).

Schiller, F.(2012), 『미학 편지: 인간의 미적 교육에 관한 실러의 미학 이론』, 안인희(역), 휴머니스트(원서출판 1795).

Wenzel, C. H.(2012), 『칸트 미학: 『판단력 비판』의 주요 개념들과 문제들』, 박배형(역), 그린비(원서출판 2005).

Williams, R.(2010), 『키워드』, 김성기·유리(역), 민음사(원서출판 1976).

2장 문학을 보는 관점과 문학 교육

　　같은 작품을 읽고도 읽은 사람마다 작품에 대한 해석이나 평가가 다른 경우를 많이 볼 수 있다. 이런 현상이 발생하는 이유는 무엇일까. 그 이유는 작품을 어떤 관점에서 접근했는가 혹은 어떤 방법으로 읽었는가와 밀접하게 관련된다. 사람들은 작품을 읽을 때 자신의 관점 혹은 특정 방법으로 읽게 마련이다. 누군가는 작품에서 삶의 모습을 읽기도 하고 또 누군가는 작가의 창작 의도를 생각하며 읽기도 한다. 표현 방식을 음미하며 읽는 경우도 있다. 이외에도 작품을 읽는 다양한 방법이 있다. 작품을 어떻게 읽고 평가할 것인가 하는 문제는 작품을 어떤 관점에서 접근할 것인가 하는 질문과 동일하다. 이 장에서는 문학을 보는 관점을 알아보면서 그동안 문학 교육이 고민해 온 다양한 과제를 성찰하고자 한다.

　　한편, 문학 교육을 어떤 관점에서 바라보는가에 따라 문학 작품의 어떤 측면을 중시할 것인가, 학습자는 문학을 어떻게 대할 것인가 하는 문제도 달라진다. 작품을 누가 창작했으며 그 작품이 문학사에서 어떤 의미가 있는지, 작품의 표현 방식에 드러난 다양한 속성은 무엇인지, 독자는 어떤 문학 활동을 할 것인지 등 어떤 점에 주목하는가에 따라 문학 교육을 기획하고 실천하는 문제가 달라지는 것이다. 이 장에서는 어떤 관점에서 문학 교육에 접근할 것인지에 대해서도 살펴보고자 한다.

1 문학을 보는 관점

문학 교육이 다루어야 할 중요한 교육 내용 중 하나가 독자의 주체적인 작품 해석 능력이라 할 때, 독자가 문학 작품을 어떻게 해석하고 평가할 것인가 하는 문제는 문학 교육 설계를 위한 필수 과제라 할 수 있다. 이러한 과제를 여기에서는 '문학을 어떤 관점에서 바라볼 것인가' 하는 측면에서 접근해 보고자 한다. 문학을 보는 관점에 대해서는 그동안 제안된 여러 이론 중에서 메이어 하워드 에이브럼스(Meyer Howard Abrams)의 논의를 중심으로 살펴볼 것이다. 에이브럼스가 제안한 관점만으로 문학 읽기의 모든 방식을 담아낼 수는 없다. 다만, 에이브럼스의 논의가 작품 읽기에 지속적인 영향력을 발휘하고 있다는 점을 고려하여, 문학을 바라보는 기본 틀의 차원에서 활용하고자 한다. 또한 에이브럼스의 논의를 이해하는 데 그치는 것이 아니라 문학을 바라보는 관점을 중심으로 그동안 문학 교육이 고민해 온 다양한 과제와 연관시키면서 논의를 확장해 나갈 것이다.

문학 작품은 작품을 창작한 '작가', 작품을 읽는 '독자', 그리고 그 작품이 배경으로 하는 당대 '현실' 등의 요소와 밀접한 관련을 지닌다. 이런 점에 주목하여 에이브럼스는 예술 작품의 총체적 상황을 구성하는 네 가지 요소로 '세계(universe)', '작가(artist)', '독자(audience)', '작품(work)'을 설정했다. 그리고 이 네 가지 요소 중에서 무엇을 중심으로 작품을 바라보는가에 따라 '모방론(Mimetic Theories), 표현론(Expressive Theories), 효용론(Pragmatic Theories), 객관론(Objective Theories)'으로 명명하였다(Abrams, 1971).[1] 작품이 다루는 세계와 관련지어 작품을 바라볼 경우는 '모방론', 작품을 창작한 작가와 관련지어 이해하는 경우는 '표현론', 작품이 독자에게 미치는 영향을 고려할 경우는 '효용론', 세계·독자·작가와 관련짓지 않고 오직 작품 그 자체를 독립적인 존재로 설정하고 접근해야 한다고 본 경우는 '객관론'으로 설명하고 있다. 에이브럼스는 작품을 중심에 두고 세계, 작가, 독자를 다음과 같은 삼각 구조로 배치하였다(Abrams, 1971: 6).

----

1 에이브럼스는 예술 전반을 대상으로 하여 논의했지만, 여기에서는 주로 문학에 초점을 맞추어 살펴볼 것이다. 참고로, 비평의 역사를 중심으로 서술한 『거울과 등불(The Mirror and the Lamp)』(1971)에서는 모방론, 효용론, 표현론, 객관론 순으로 서술하고 있지만, 여기에서는 모방론, 표현론, 효용론, 객관론의 순으로 살펴보고자 한다.

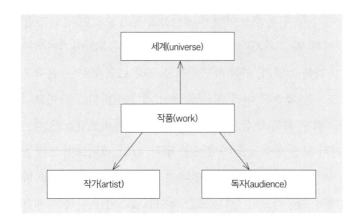

여기에서는 에이브럼스의 네 가지 관점을 바탕으로 하되, 각각 '현실과 인간 삶의 모방으로서의 문학', '작가의 내적 표현으로서의 문학', '독자를 통해 실현되는 문학', '독립적인 객관적 존재로서의 문학'으로 재범주화하여 살펴보고자 한다.

1) 현실과 인간 삶의 모방으로서의 문학

현실 세계와 모방론

우리는 작품에 표현된 당대 현실 혹은 인간 삶의 모습을 중심으로 작품을 읽는 경우가 많다. 문학 작품은 당대 사회를 살아가는 사람들의 삶의 모습이나 생각, 정서, 갈등 등을 담게 마련이다. 그런데 시대 흐름에 따라 사람들 생각, 정서, 갈등 등의 양상도 변화한다. 따라서 작품의 바탕이 된 당대 현실과 관련지어 등장인물이 어떤 삶을 살았는지, 어떤 생각을 하고 어떤 고민을 했는지, 그러한 고민과 갈등을 어떻게 해결하고자 했는지 등을 생각하며 읽을 필요가 있다. 이러한 읽기를 '모방론(Mimetic Theories)'의 관점에서 설명할 수 있다.

에이브럼스는 예술이 '현실 세계의 여러 측면을 모방'(Abrams, 1971: 8)한다고 보는 관점, 즉 현실 세계를 살아가는 인간의 삶을 모방하여 작품에 담아낸다고 보는 관점을 모방론으로 설명했다. 모방론에서는 작품이 현실 세계를 살아가는 인간 삶의 어떤 측면을 모방하고 있는지 파악하고자 하며, 또 그러한 측면을 '얼마나 진실성 있게 모방하고 있는가'(Abrams, 1981/1989; 최미숙, 2021)를 기준으로 작품을 판단한다.

플라톤의 '시인 추방론'과 아리스토텔레스의 '모방론'

'모방(mimesis)'이라는 용어가 문자상 처음 사용된 것은 플라톤(Platon)의 『국가(Politeia)』부터라고 한다(김윤식, 1983: 56). 플라톤과 아리스토텔레스(Aristoteles)는 모두 문학이 모방으로서의 특징을 갖는다고 보았지만, '모방' 자체에 대해서는 서로 다르게 생각했다.

플라톤은 『국가』에서 예술의 모방적 특성을 부정적인 관점에서 바라보았다. 플라톤은 진리이자 절대 불변의 순수 관념인 '이데아(Idea)'를 최상의 가치로 두었다. 그리고 현실 세계는 이러한 '이데아'를 모방하여 탄생한 것이라고 보았다. 그런데 예술 작품은 이 모방품으로서의 현실 세계를 또다시 모방하여 창작된 것이기 때문에 '이데아'로부터 가장 멀리 떨어져 있는 존재가 된다. 이런 관점에서 시를 진리가 아닌 모방품을 모방하는 부정적인 대상으로 보았으며, 시인을 국가에서 추방해야 한다고 주장했다(Platon / 박종혁 역, 2016).

이와 달리 아리스토텔레스는 『시학』에서 이데아의 모방이 아니라 "형상에 대한 모방, 삶의 양식에 대한 모방이라는 전제에서 출발"(윤병태, 1998: 597)한다. 아리스토텔레스에게 모방은 대상을 정확하게 복제하는 것이 아니라 대상이 고유하게 지니고 있는 형태를 추론하여 다시 나타내는 것이다. 이러한 모방을 통해 배움

 잠|깐|!

플라톤은 왜 국가에서 시인을 추방해야 한다고 주장했을까

플라톤은 세 종류의 침대를 예로 들어 모방을 설명했다. '이데아'로서의 침대(1단계), 목수가 제작한 침대(2단계), 화가가 그린 침대(3단계)가 그것이다. '이데아'로서의 침대는 '이데아'를 창조한 신이 만든 침대이다. 목수는 '이데아'로서의 침대를 모방하여 침대를 제작하며, 화가는 목수가 만든 침대를 다시 모방하여 그림으로 그린다. 시인은 화가와 같은 자리에서 모방품을 다시 모방하는 존재이며, 따라서 시인의 창작이란 진리로부터 가장 먼 3단계에 있다는 것이다. 플라톤에게 시는 본질이 아닌 외부 세계를 모방하기만 할 뿐 진리에 접근하지 못하는데도 사람들에게 진실한 표상이라는 환상을 심어 주는 위험한 것이었다. 시인은 진리와는 거리가 먼 환상을 만들어 내어 인간의 이성을 현혹하는 위험한 존재인 것이다. 플라톤은 이러한 이유 때문에 시인을 국가에서 추방해야 한다고 주장했다(Platon/박종현 역, 2016: 615-637).

과 즐거움을 얻는 것이 인간의 타고난 본성이며, 모방을 통해 어떤 형태를 만들어 낼 때에도 모방한 작품을 수용할 때도 독특한 즐거움을 느낀다고 보았다(Aristoteles/김한식 역, 2013: 88-97). 아리스토텔레스의 관점에 따르면, 플롯은 자연의 유기체적 조직과 질서를 모방한 것으로, '단지 스토리상 사건들의 순서가 아니라 단단히 얽혀 한 유기적 전체를 형성하는 사건들의 구조'(Childers & Hentzi, 1995/1999: 281)로 볼 수 있다.

모방에 대한 플라톤의 생각은 시를 다른 것과 구별되는 고유한 특수성을 가진 것으로 판단하지 않은 것이다. 그러한 생각은 예술을 "진리, 정의, 덕의 문제와 분리하지 않은 채"(Abrams, 1971: 9), 시를 "예술의 관점이 아닌 정치의 관점에서 바라본 것"(Abrams, 1971: 11)으로 모방을 통해 진실을 드러낼 수 있다는 예술의 특수성을 간과한 견해이다. 이에 비해, 아리스토텔레스는 모방으로서의 문학(예술 작품)을 인생의 보편적인 진실과 자연의 질서를 구현하는 가치 있는 것으로 옹호(한국문학평론가협회 편, 2006: 611)한다. 플라톤과 달리 아리스토텔레스는 문학 작품이 모방을 통해 인간과 자연의 보편성을 구현할 수 있다고 본 것이다.

리얼리즘을 통한 현실의 '반영'

근대 이후의 리얼리즘 역시 '현실의 모방', '당대 현실의 반영'이라는 관점을 취한다. 특히, 리얼리즘은 현실의 단순한 복사나 모방이 아니라 표현 주체인 작가의 관점으로 포착하여 재구성한 현실의 반영을 강조한다. "갖가지 모순을 포함하고 있는 현실의 경험을, 모순을 그대로 드러내면서 개별화하고 감각화하여 시대의 전체적인 맥락을 형상화하는"(김종철, 1983: 266) 작가의 의식과 태도를 중요시한다. 따라서 리얼리즘에 의하면 당대 현실을 드러낸다는 측면뿐만 아니라 현실의 핵심을 꿰뚫어 보는 작가의 치열한 현실 인식과 역사의식 또한 매우 중요하다. 그러한 현실 인식과 역사의식을 바탕으로 당대 인간의 삶을 얼마나 진실성 있게 담아내고 있는가를 강조하는 것이다.

당대 현실과 관련지어 작품 읽기

문학 작품은 항상 특정 시대 혹은 현실을 바탕으로 창작된다. 어느 시대 혹은 현실을 바탕으로 하는 작품인가에 따라 작품의 내용이나 특징이 달라지는 경우가 많다. 작품 중에는 당대 사회·역사·문화적 특성이 작품을 이해하고 평가하는 데 중요한 역할을 하는 경우가 있다. 윤동주, 이육사, 임화의 시, 조세희의 〈난장이가 쏘아올린 작은 공〉(1978), 황석영의 〈객지〉(1971) 등은 당대 현실과 관련지어 이해했을 때 더욱 풍부하게 이해하고 감상할 수 있는 작품이다. 이런 작품들처럼 시대나 현실이 중요한 요소로 부각되는 경우도 있지만 작품의 후면으로 물러서 있는 경우도 있다. 화자나 등장인물의 현실적 삶을 중요하게 다루는 작품을 읽을 경우 당대 현실과 관련지어 작품을 이해하는 과정은 매우 중요하다. 당대 현실과 직접적으로 관련이 적은 듯 보이는 작품을 읽을 때에도 인물의 생각이나 행동, 감정, 사건 등을 이해하기 위해 그 저변에 전제되어 있는 당대 현실에 대한 이해가 필요한 경우가 많다.

황석영의 〈삼포 가는 길〉을 모방론의 관점에서 읽어 보자. 이 작품은 1973년에 발표되었다. 소설 속 '삼포'라는 지명은 일자리를 찾아 타향으로 떠날 수밖에 없었던 1970년대 인물들에게 고향 이미지를 떠올리게 하는 장소다. 작품에 등장하는 인물들은 산업화 과정에서

영화 〈삼포 가는 길〉(1975)의 한 장면 정씨, 영달, 백화는 삼포로 가면서 서로의 상처를 이해하고 교감을 나누게 된다.

먹고살기 위해 고향을 떠나 떠돌면서 살아갈 수밖에 없었던 당대 민중의 모습을 보여 주고 있다. 교도소에서 출감한 후 공사장에서 목수 일을 하며 살아가는 '정씨', 공사장을 전전하는 뜨내기 노동자 '영달', 그리고 군부대 근처 술집에서 일하던 '백화', 이 세 사람은 모두 고향을 떠나 변변찮은 일자리를 찾아 유랑민처럼 떠돌아다니는 사람들이다. 정씨는 그리워하던 고향('삼포')으로 되돌아가고자 하지만 삼포 또한 근대화 바람이 불어 이미 관광호텔 공사판으로 변해 버렸다. 정신적인 안식처였던 마음의 고향마저 사라져 버린 것이다. 이 작품은 비슷한 운명의 세 사람의 삶을 통해 1970년대 근대화 과정에서 삶의 근거지를 박탈당하며 힘겹게

살아갔던 당대 인물들의 삶을 반영하고 있다. 이 작품의 의미는 여기서 그치지 않는다. 각자 고단한 삶의 과정에서도 서로의 상처를 이해하고 교감을 나누는 모습을 보여 줌으로써 민중의 삶 저변에 흐르는 공감과 정서적 연대의 모습 또한 보여주고 있다. 이는 당대 민중이 떠돌이 삶을 강요하는 산업화 과정에서도 서로 간의 연민과 연대로 삶을 버텨 내고자 했다는 것을 강조하는 작가의 시각이 반영된 것으로 볼 수 있다. 〈삼포 가는 길〉이 많은 독자층을 확보할 수 있었던 것은 고통과 절망으로 점철된 당대 현실 속에서 끈질긴 생명력으로 버텨 내며 살아갔던 등장인물들의 삶과 정서를 역동적이면서도 진실성 있게 담아냈기 때문일 것이다. 등장인물들은 "고향을 잃어버린 추방자, 사회적 불평등의 희생자, 자본주의화 시대에 있어서의 노동수탈의 대상자"로서 "이 시대 모든 인간의 보편화된 고향 상실과 소외를 극복해 낼 가능성을 원광석처럼 자기 속에 매장"(염무웅, 1976: 81)한 인물들인 것이다.

모방론의 관점에서 작품을 읽을 때, 당대 현실을 작품에 그대로 담고 있다고 해서 좋은 작품으로 평가할 수는 없다. 모방이란 현실의 겉모습을 본뜨는 것이 아니라 당대 현실의 본질이 담긴 삶의 국면을 통해 진실을 드러낼 때 비로소 의미가 있기 때문이다. 따라서 작품이 현실을 진실성 있게 담아내고 있는가, 그 현실의 어떤 측면을 강조하고 있는가, 그러한 현실을 통해 인간 삶의 어떤 측면을 드러내고자 하는가 등을 중심으로 작품을 읽을 필요가 있다. 〈삼포 가는 길〉의 경우에도 1970년대를 살아가는 당대 세 인물의 삶을 당대 현실과 기계적으로 관련지으며 읽는 방식이 아니라, 그러한 현실을 어떤 방식으로 보여 주고 있으며, 세 인물의 구체적인 삶이 당대 현실에서 어떤 의미가 있는지, 작품이 현실에 대해 어떤 목소리를 내고자 하는지 등에 유의하며 읽을 필요가 있다. 그런 관점에서 접근할 때, 고속 성장의 이면에서 고통받고 있었던 민중의 삶, 그러한 고통 속에서도 서로에게 궁극적 신뢰를 보내며 풀뿌리 같은 삶을 이어 갔던 이들의 정서적 연대 등을 중심으로 작품의 의미를 풍부하게 읽어 낼 수 있을 것이다.

모방론의 관점과 문학 교육

문학 교육에서는 오랫동안 당대 현실과 관련지어 작품을 이해하는 방식을 중요하게 다루어 왔다. 작품의 사회·문화·역사적 상황 혹은 맥락을 작품 읽기의 중요한 요인으로 다루어 온 것이다.

2022 개정 국어과 교육과정에서도 이러한 모방론의 관점을 찾아볼 수 있다. 관련 내용은 다음과 같다.

> - 문학 작품을 통한 소통은 작품의 갈래, 작가와 독자, 사회와 문화, 문학사의 영향 등을 고려하며 이루어진다.(공통 교육과정 '문학' 영역 내용 체계의 '핵심 아이디어')
> - 한국 문학은 한국인의 삶과 미의식을 반영하고 사회와 상호 작용하며 역사적으로 전개되어 왔다.('문학' 과목 내용 체계의 '핵심 아이디어')
> - [9국05-05] 작품에 반영된 사회·문화적 상황을 이해하며 작품을 감상한다.
> - [10공국1-05-01] 문학 소통의 특성을 고려하며 문학 소통에 참여한다.
> - [12문학01-04] 한국 문학에 반영된 시대 상황을 이해하고 문학과 역사의 상호 영향 관계를 탐구한다.

2022 개정 국어과 교육과정에서는 작품에 반영된 사회·문화적 상황, 사회·문화적 맥락, 시대 상황 등을 바탕으로 작품을 읽거나 문학 소통에 참여할 것을 제시하고 있다. 우선, '핵심 아이디어'에 모방론의 관점이 잘 드러나 있다. 공통 교육과정 '문학' 영역 내용 체계의 핵심 아이디어를 보면, 문학 작품을 통한 소통에서 고려해야 할 사항 중의 하나로 '사회와 문화'를 제시하고 있다. 이 핵심 아이디어는 '[9국05-05]', '[10공국1-05-01]' 성취기준과 밀접하게 관련된다. "[9국05-05] 작품에 반영된 사회·문화적 상황을 이해하며 작품을 감상한다."라는 내용은 모방론의 관점을 잘 드러내는 성취기준이다. '[10공국1-05-01]'의 성취기준 해설에서도 문학은 '일상적 언어 활동과는 달리 한 작품을 둘러싸고 작가 맥락, 독자 맥락, 사회·문화적 맥락, 문학사적 맥락 등이 다층적으로 작용'(교육부, 2022: 84)한다는 점을 강조하고 있다. 작품을 둘러싸고 있는 다양한 맥락 중 하나로 '사회·문화적 맥락'을 제시한 것이다.

'문학' 과목의 내용 체계에 제시된, "한국 문학은 한국인의 삶과 미의식을 반영하고 사회와 상호 작용하며 역사적으로 전개되어 왔다."라는 핵심 아이디어 역시 모방론의 관점을 반영하고 있다. 이 핵심 아이디어는 [12문학01-04] 성취기준과 밀접하게 관련된다. 문학 작품에 직접적 혹은 간접적으로 반영된 시대 상황을 이 해하고, 작품에 반영된 당대 사람들의 시대 의식, 등장인물이 드러내는 가치관, 당 대 현실을 드러내는 다양한 표현 등을 통해 문학과 역사의 상호 영향 관계를 탐구 할 것을 강조하고 있다.

문학 교육과정에서는 주로 사회·문화적 상황이나 맥락을 강조하고 있다. 작품 이 반영하고 있는 사회·문화적 상황이나 맥락은 등장인물의 말과 행동, 인물들 간 의 관계와 삶의 방식, 다양한 사건 등을 통해 파악하도록 지도하는 것이 좋다. 사 회·문화적 상황이나 맥락이 직접 드러나지 않고 창작의 배경으로 작용하는 작품 을 읽을 때에도 당대 상황이 반영된 소재, 인물 간의 대화, 사건 등을 단서로 삼아 그 안에 담긴 함축적 의미를 생각하며 작품을 읽도록 지도한다.

문학교육에서 모방론의 관점을 적용할 때 주의해야 할 사항이 있다. 당대 현실 을 그대로 작품 해석에 적용할 경우 자칫 기계적인 역사주의적 해석에 빠질 우려 가 있다. 이전 시기의 문학교육이 이런 점 때문에 많은 비판을 받았다. 일제 강점 기 창작 작품에서 '어둠'과 관련된 표현이 나오면 '일제 하의 고통스러운 현실'로, '밝음'과 관련된 표현이 등장하면 '광복을 향한 염원'으로 관행적으로 해석했던 경 향 때문이었다. 모방론의 관점에서 문학교육을 할 때는, 앞에서 서술했듯 작품에 표현된 당대 현실의 핵심을 꿰뚫는 시각, 그러한 시각이 드러내는 현실 인식과 역 사의식의 측면 등을 고려하면서 작품을 풍부하게 해석해야 한다. 등장인물, 플롯, 화자, 정서 등을 통해 당대를 살아가는 인간 삶의 어떤 국면을 얼마나 '진실성' 있 게 모방·반영하고 있는지 파악하면서 작품의 주제 의식을 이해하도록 지도할 필 요가 있다.

2) 작가의 내적 표현으로서의 문학

작가와 표현론

표현론(Expressive Theories)에서는 '작가가 겪었으면서 다른 사람들과 나누고 싶은 경험의 진실한 표현'(Eagleton, 2013/2016)으로 문학 작품을 바라본다. 작품 창작의 주체인 작가를 중심으로 작품에 접근하는 방식이다. 표현론은 작가의 감정, 정서, 상상력, 개성, 독창성 등이 작품 속에 표현되어 있다고 보고, 그 자취를 확인하면서 작품을 해석하고 평가한다. 다시 말하면, 작품이 "우연이든 아니든 간에 작가의 삶과 성격을 드러내 준다고 가정"(Childers & Hentzi, 1995/1999: 180)하며, "의식적으로나 무의식적으로나 그 작품 속에 드러냈을 작가의 특수한 기질이나 경험의 증거를 그 작품 속에서 찾아"(Abrams, 1981/1989: 59) 작품 해석에 활용하는 것이다. 표현론은 작품이 작가의 감정이나 개인적인 생각을 얼마나 진실하게 그리고 개성적이면서도 독창적으로 표현하고 있는가 하는 관점에서 작품을 해석하고 평가한다.

'작가'를 보는 관점의 변화

'천재적 개인'으로서의 작가 모방론과 비교할 때, 표현론의 중요한 특징은 문학 작품을 창작 주체인 작가와 밀접하게 관련지어 해석하고 평가한다는 점이다. 따라서 작품을 읽을 때 작가의 생각이나 감정의 표현에 드러나는, 다른 작가와는 구별되는 개성과 독창성을 발견하고자 한다. 이런 관점은 인간의 자유로운 본성을 표출하는 데 관심을 두면서 작가의 창의성과 자율성, 개성, 독창성 등을 존중했던 낭만주의와 밀접하게 관련된다. 훌륭한 작품은 천재적 개인으로서의 작가가 표현한 창조물이라는 낭만주의적 시각으로 자연스럽게 연결되는 것이다.

'생산자'로서의 작가 그런데 작가에 대한 이러한 관점을 비판하면서 문학 작품을 작가의 순수한 창작물로만 볼 수는 없다는 관점이 등장했다. 피에르 마슈레(Pierre Macherey)는 1966년에 출간한 『문학생산의 이론을 위하여』에서 "예술은 인간의 창조물이 아니라 생산물"(Macherey, 1966/2014: 104)이라고 주장했다. 이는 문학을 작가 개인의 순수한 산물로 규정하는 전통적인 입장을 거부하면서 작가를 '창조자'가 아니라 '생산자'로, 작품을 '창작'의 결과물이 아니라 '생산(production)'의 결과물로 보는 시각이다. '생산'이라는 용어는 예술을 천재적 개인의 창조물로 보았던 기존 관점을 비판하기 위한 것으로, 예술가가 주어진 사회적 조건과 맥락의 영향을 받아 작품을 만들어 낸다는 것을 강조하기 위한 것이다. 이 관점은 작가

롤랑 바르트(1915~1980) 프랑스의 비평가이자 철학자. 소설, 영화, 사진, 패션 등 현대 사회의 다양한 상징들에 대한 '읽기'를 시도했다. 1960년대 이후 프랑스를 중심으로 한 현대 문학과 이론의 전위적 움직임을 상징하는 인물로 평가받고 있다.

의 천부적 재능이나 작가의 주관성보다는 한 편의 작품이 등장하기까지의 문학 생산 조건은 무엇이며, 그것이 어떻게 작품을 문학적인 것으로 결정하고 그 생산을 규제하는가 등에 관심을 가진다. 이런 관점에서 볼 때 생산자로서의 작가는 "자신의 창작물에서 중심이 되는 주체가 아니라, 어떤 상황이나 체제의 한 요소"(Macherey, 1966/2014: 104)가 된다.

'저자의 죽음' 한편, 여기서 더 나아가 '작가는 죽었다'라는 선언도 등장했다. 오랜 기간 작가는 작품의 의미를 '창조'하는 사람으로 규정되어 왔다. 이러한 관점에서 작가의 관심이나 개인적인 삶, 작품 창작 의도 등을 작품 해석의 결정적인 요소로 다루곤 했다. 롤랑 바르트(Roland Barthes)는 이러한 관행을 단호히 거부했다. 바르트는 1968년에 발표한 「저자의 죽음(The death of the author)」에서, 텍스트란 그 이전 혹은 당대의 다양한 언어와 문화에서 길어 올린 '인용들의 짜임'이라고 보았다. 작가들이란 이미 존재하는 문장들을 뒤섞거나 재결합하여 텍스트를 재생산 혹은 인용하는 사람들이라는 것이다. 바르트는 문학 텍스트의 의미를 '저자(=신)의 메시지'로 접근했던 기존의 해석 방식을 비판하면서 '저자의 죽음'을 선언하고 '독자의 탄생'을 예고했다(Barthes, 1977). 이는 문학 작품의 의미를 해석할 때 작가가 설정한 의미를 유일한 해석의 원천으로 보지 않겠다는 선언이다. '저자의 죽음' 선언 이후 작품 해석의 주도권은 상당 부분 독자가 쥐게 되었고, 이는 독자 중심의 문학 교육을 설계하는 데에도 많은 영향을 미쳤다.

작가에 대한 재인식 작가의 의도로만 작품을 해석할 경우 독사의 주체직인 해석이나 다양한 해석 등은 자리 잡기 어려워진다는 점에서 '저자의 죽음' 선언이 문학 교육의 작품 해석 관행에 미친 영향은 매우 컸다. 작가만이 작품 의미의 원천이라고 보았던 관점에서 벗어나 독자 중심의 해석을 강조하게 된 것이다. 이런 맥락에서 우리는 "작품은 의미를 내포하고 있다기보다는 의미를 생산"(Eagleton,

2013/2016: 269)한다는 주장에 동의할 수 있다. 작품의 의미란 작품 그 자체에 원래 담겨 있거나 작가의 의도에 의해 결정되기보다는 독자에 의해 끊임없이 새롭게 생산된다고 보기 때문이다. 의미 생산의 실질적인 주체는 독자인 것이다. 하지만 그렇다고 해서 "독자가 원하는 어떤 의미라도 가능하다는 뜻은 아니"(Eagleton, 2013/2016: 269)라는 점을 고려해야 한다. 독자 중심의 문학 교육이라고 해서 작가는 뒤로 물러서고 독자만 전면에 나서는 방식을 의미하지는 않는다. 작가만이 의미의 원천이 아니듯 독자만이 의미의 원천이라고 보기는 어렵다. 문학 교육에서 독자와 작가의 소통을 강조하는 이유가 바로 여기에 있다. 문학 작품을 통해 '글쓰기 주체로서의 작가', '읽기 주체로서의 독자'가 서로 소통하며 대화를 나누는 과정이 바로 읽기의 과정이라는 점(최미숙, 2022)을 염두에 둘 필요가 있다.

작가와 관련지어 작품 읽기
김기림의 〈바다와 나비〉(2014: 174)를 읽어 보자.

(가)
아무도 그에게 수심(水深)을 일러 준 일이 없기에
흰나비는 도무지 바다가 무섭지 않다.

청(靑)무우밭인가 해서 내려갔다가는
어린 날개가 물결에 절어서
공주(公主)처럼 지쳐서 돌아온다.

삼월(三月) 달 바다가 꽃이 피지 않아서 서글픈
나비 허리에 새파란 초승달이 시리다.
— 김기림, 〈바다와 나비〉 전문

(나)
이 시는 김기림이 일본의 동북제국대학 영문학과를 졸업하고 귀국하여 3년

간의 공백을 깨뜨리고 발표한 첫 작품이다. 그는 1936년《조선일보》에 사표를 내고 스물여덟의 나이로 일본 유학을 떠났다. 이미 일본 대학 전문부를 졸업한 학력을 갖고 있고 처자가 있는 가장이 직장까지 버리고 새로운 공부를 위해 유학을 떠난다는 것은 그렇게 단순한 일이 아니었을 것이다. 그는 일본의 정규 대학에서 영문학 공부를 마치고 1939년 3월에 귀국하였다. (⋯)

이 나비는 실제의 나비가 아니라 김기림 자신을 비유한 것으로 보아야 한다. 일본 유학을 마치고 3월에 현해탄을 건너 돌아오는 김기림의 눈에 초승달이 비쳤을 것이고 거기서 새파란 초승달 아래 바다를 날아가는 나비의 애처로운 모습이 연상되었을 것이다. 그는 바다와 나비의 관계를 통하여 새로운 세계에 뛰어들었던 자신의 모습을 나타내고자 한 것이다.

그가 늦은 나이에 일본 유학을 떠난 데에는 그만한 이유가 있었을 것이다. 아무리 노력을 해도 원하는 시가 나오지 않고 이론 공부에 전념을 해도 창작의 진경이 보이지 않을 때 모든 것을 버리고 새로운 길을 뚫겠다는 생각이 떠올랐을 것이다. 새로운 환경에서 새로운 공부를 하면 거기서 문학의 새로운 일이 열리지 않을까 하는 생각이 들었던 것이다. 그래서 일본으로 건너가 체계를 갖춘 제국대학에 입학하여 영문학을 공부하였다. 그러나 시를 공부하고 문학 이론을 공부한다고 해서 시를 잘 지을 수 있는 것은 아니다. 그는 영문학이 무엇인지 영문학과가 무엇을 공부하는 것인지 명확히 파악하지 못한 상태에서 막연히 문학을 더 공부해야겠다는 생각으로 유학의 길로 나아갔다. 이것은 수심을 모르고 겁 없이 바다에 뛰어든 나비의 경우와 흡사하다. (⋯)

이 시는 김기림의 위기의식이 그대로 반영된 것이기에, 다시 말하면 그의 내면이 정직하게 드러난 것이기에 한 편의 시로서 큰 울림을 갖는다. 기교 위주의 과거의 시들과는 질적으로 구분된다. 시가 성공하려면 시인의 진심이 작용해야 한나는 창삭의 신실을 여기서도 확인할 수 있다. (⋯)

그러면 이 시는 김기림의 개인적 체험을 드러내는 데 국한되는 것이냐 하면 그렇지 않다. 여기에는 새로운 세계를 추구하는 자가 필연적으로 마주치게 되는 운명적 절망감이 나타나 있다.

(이숭원, 2008: 197-199)

김기림의 〈바다와 나비〉 1939년 잡지 《여성》에 발표된 작품이다. 1946년 신문화연구소에서 간행한 같은 제목의 시집 《바다와 나비》에도 수록되어 있다.

(가)는 1939년에 발표된 시다. (나)는 김기림 시인의 삶을 바탕으로 시인의 생각, 감정 등을 상상하면서 (가)를 해석하고 있다. (나)의 작품 해석 관점은 "수심을 모르고 겁 없이 바다에 뛰어든 나비"는 "실제의 나비가 아니라 김기림 자신을 비유한 것"이며, "바다와 나비의 관계를 통하여 새로운 세계에 뛰어들었던 자신(김기림-인용자)의 모습을 나타내고자 한 것"이라고 한 데서 잘 드러난다. (나)는 일본 대학 전문부를 졸업한 학력, 늦은 나이에 직장까지 버리고 감행한 일본 유학, 전공으로 택한 영문학 등 시인의 실제 삶을 바탕으로 시인의 생각과 감정 등을 마치 그대로 엿보는 듯 추적하면서 작품을 해석하고 있다. 그리고 이 시에는 시를 향한 시인의 생각, 열정, 내면 등이 정직하게 드러나 있다는 점에서 큰 울림을 갖는 시라고 높이 평가하고 있다.

한편, 작품에 독창적으로 표현된 작가의 개성적 측면을 이해하기 위해 작가의 생각이나 감정 등을 중요하게 참조할 수는 있지만 작가의 삶을 작품 해석에 그대로 연결시키는 태도는 경계해야 한다. 풍부한 작품 해석에 방해가 될 수 있기 때문이다. (나)의 경우, 시인의 개인적 체험을 참조하면서도 그것을 시의 표현 방식과 관련지어 풍부하게 해석했기에 "새로운 세계를 추구하는 자가 필연적으로 마주치게 되는 운명적 절망감"(이숭원, 2008: 199)이 표현되어 있다는 의미 있는 해석을 도출할 수 있었을 것이다.

작가에 대한 관점의 변화와 문학 교육

문학 작품이 특정 작가의 창작 과정을 거쳐 세상에 나온다는 점을 고려할 때, 작가 개인의 생각이나 감정에 주목하는 과정은 필요할 수 있다. 문학 교육에서도 이전에 작가의 삶, 작가의 작품 창작 의도 등을 작품 해석의 중요한 기준 중 하나로 다루어 왔던 것이 사실이다. 하지만 그 후 문학 교육에서 작가를 대하는 방식은 몇 차례 변화를 겪었다.

창작 교육의 본격적 등장 '작가'에 대한 관점의 변화는 창작 교육을 문학 교육의 중요한 교육 내용으로 선정하게 되었다. 현행 문학 교육에서는 문학 창작을 전문적인 작가의 창작 행위로만 보는 것이 아니라 일상인들의 문학 표현 행위 차원에서도 접근하고 있다. 이는 창작 교육을 실질적인 문학 교육 내용으로 선정했던 제7차 국어과 교육과정의 관점을 이어받은 것이다. 창작 교육의 본격적인 등장은 문학 창작이 "천재성을 부여받은 특별한 재능 있는 사람들에게 국한된 행위가 아니라는 인식이 확산"(교육부, 1999: 67)되면서 가능해졌다. 작가만이 작품을 창작하거나 생산하는 것이 아니라 일상인들도 자신의 생각과 정서를 작품으로 혹은 문학적 글쓰기를 통해 표현할 수 있다는 것이 문학 교육의 내용이 된 것이다. 나아가 2007 개정 국어과 교육과정 시기부터는 '문학의 수용과 창작'이라는 용어 대신 '문학의 수용과 생산'이라는 용어를 사용하여 문학 교육 내용을 범주화하기 시작했다. '문학의 수용과 생산'이라는 용어를 사용하기 시작한 것도 전문적이고 천재적인 작가의 창작 개념에서 벗어나 일상인들의 문학 창작, 문학 표현 교육 등을 강조하고자 했던 문학 교육의 방향과 밀접한 관련이 있다.

작가에서 독자로 작품 해석 교육에서도 작가의 삶, 작가의 작품 창작 의도 등을 중시하던 경향에서 점차 독자 중심의 작품 해석을 강조하는 방향으로 변화해 왔다. 특히, '저자의 죽음'이 본격적으로 논의된 이후 작품의 의미 해석의 무게가 작가에서 독자로 이동했다는 점도 중요하게 작용했다. 문학 교육에서도 이런 관점을 적극 수용하여 '독자 중심 문학 교육'을 강조하면서 독자의 주체적인 해석을 강조하게 되었다. 그런데 앞에서 서술했듯 작품을 읽을 때 작가를 완전히 지우는 것 또한 바람직하지 않다는 점을 고려해야 한다. 읽기 주체로서의 독자가 글쓰기 주체로서의 작가와 상호 소통하면서 작품을 읽는 방식 또한 중요하기 때문이다.

2022 개정 국어과 교육과정에서도 작품 읽기에서 독자뿐만 아니라 작가도 중요하다는 점, 작품을 통한 소통에서 작가의 의도, 작가 맥락 등도 고려해야 한다는

점을 반영하고 있다. 관련 내용은 다음과 같다.

- 문학 작품을 통한 소통은 작품의 갈래, 작가와 독자, 사회와 문화, 문학사의 영향 등을 고려하며 이루어진다.(공통 교육과정 '문학' 영역 내용 체계의 '국어', '공통국어1', '공통국어2' 과목의 '핵심 아이디어')
- [6국05-01] 작가의 의도를 생각하며 작품을 읽는다.

공통 교육과정 '문학' 영역 내용 체계의 '핵심 아이디어'에서는 문학 작품을 통한 소통을 원활히 수행하기 위해 학습자가 고려해야 할 항목으로 '작가와 독자', 즉 작가 맥락과 독자 맥락을 제시하고 있다. 작가에 대한 관점을 잘 드러내는 성취 기준으로는 '초등학교 5~6학년'에 "[6국05-01] 작가의 의도를 생각하며 작품을 읽는다."를 들 수 있다. 성취기준 해설을 보면, 작품을 만든 이에 대해 호기심을 가지고 작가라는 존재를 고려하면서 작품을 수용할 것을 제시하고 있다. 작가가 작품을 쓰게 된 계기나 상황 그리고 작가의 취지와 의도 등을 헤아림으로써 작품을 더 깊고 넓게 이해할 수 있다는 점, 작가에 관한 관심을 바탕으로 작가의 다른 작품들도 찾아 읽는 태도를 가짐으로써 능동적인 문학 향유자로 성장할 수 있다는 점, 나아가 다양한 상상의 세계를 펼쳐 보이는 창의성을 가진 인간에게 관심을 가짐으로써 학습자도 그러한 창의성을 가진 인간으로 성장하는 계기가 될 수 있다는 점 등을 강조하고 있다. 이와 더불어 작품의 의미는 작가의 의도에 한정되는 것이 아니며, 다양한 독자들의 해석이 더해져서 계속 생성되어 가는 것이라는 점을 전제로 해야 한다는 점도 강조하고 있다.

3) 독자를 통해 실현되는 문학

효용론이 바라본 '독자'

우리는 문학 작품을 읽고 어떤 감동을 느끼기도 하고, 이전에는 생각하지 못했던 새로운 깨달음을 얻기도 한다. 독자와 관련된 문학 작품의 이런 측면에 주목한 것이 효용론(Pragmatic Theories)이다. 효용론은 문학 작품을 '독자에게 특정 효과를 달성하려는 목적'(Abrams, 1971)을 가진 것으로 본다. 문학 작품을 '목적을 위한 수단, 즉 무언가를 성취하기 위한 도구로 보고 판단하는'(Abrams, 1971) 것이다. 효용론은 문학 작품이 독자에게 전달하는 '교훈(깨달음)'과 '쾌락(즐거움, 감동)'에 주목하는데, 그러한 교훈과 쾌락을 통해 독자에게 어떤 영향을 끼치는가 하는 점을 중요하게 다룬다. 따라서 효용론의 관점에서는 작품이 '우리 사회와 독자에게 어떤 효용이 있는가', '그러한 효용은 의미 있는 것인가', '그러한 효과를 효율적으로 달성했는가' 등을 기준으로 작품의 가치를 판단한다(최미숙, 2021).

문학이 주는 즐거움과 깨달음

인류 역사에서 오랫동안 문학 작품이 인간의 삶과 함께할 수 있었던 가장 근본적인 이유는 문학이 독자에게 어떤 '쓸모'가 있었기 때문일 것이다. 로마의 시인 호라티우스(Horatius)는 문학의 효용을 '즐거움'과 '교훈'이라는 관점에서 접근했다(Abrams, 1971: 16). 이후 많은 사람들은 문학이 독자에게 어떤 즐거움 혹은 어떤 깨달음을 주는가 하는 문제에 관심을 가져왔다. 일반적으로 문학의 가장 중요한 '쓸모'로 즐거움을 드는 경우가 많다. 문학 작품을 읽으면 우선 재미있고 감동적이고 다시 읽고 싶어지고 누군가에게 권하고 싶은 생각이 들었기에 그 긴 세월을 문

💬 **잠|깐|!**

〈라푼젤〉 읽기의 즐거움과 깨달음

그림 형제의 동화 〈라푼젤(Rapunzel)〉(1812)에는 마녀 때문에 깊은 숲속 높은 탑에 갇혀 외로이 지내는 열두 살짜리 소녀 라푼젤이 등장한다. 이 소녀를 숲속을 지나가던 왕자가 구출하는데, 왕자가 탑 위로 올라갈 수 있었던 것은 밧줄 대신 라푼젤의 긴 머리칼을 사용했기 때문이다. 다시 말하면 라푼젤의 머리칼이 그녀를 구원해 준 수단이었던 것이다. 브루노 베텔하임(Bruno Bettelheim)은 이 이야기를 읽은 다섯 살짜리 소년의 심리적 반응을 분석하고 있다. 그 소년은 〈라푼젤〉을 재미있게 읽었을 뿐만 아니라 자신의 몸이 자신을 위험으로부터 구원할 수 있는 생명줄이 될 수도 있다는 깨달음을 얻었다는 것이다. 여기서 소년이 배운 것은 문제의 구체적인 해결책보다는 문제의 해결에 필요한 어떤 태도, 예를 들면 부모에 대한 애증, 상반된 양가적인 감정, 부모 세계로부터 벗어나는 데 대한 불안감, 자신의 능력에 대한 불안감 등의 문제에 대한 태도로 확장될 수 있다고 한다. 문학은 다른 모든 의식 활동에 비하여 일의 성격보다는 놀이의 성격을 가지고 있다. 그런데 이 즐거움은 삶의 일에서 해방되었다는 점보다는 오히려 삶의 원초적 기능에 밀착되어 있다는 점에서 온다. 문학은 사람이 세계에서 사는 근본 방식에 깊이 관계되어 있기 때문이다(Bettelheim, 2010; 김우창, 1993).

학과 함께했을 것이다. 그런데 우리는 문학을 즐겨 읽으며 동시에 깨달음을 얻기도 한다. 이러한 즐거움과 깨달음은 분리된 것이라기보다는 서로 밀접하게 관련을 맺고 있는 것으로 보는 것이 적절할 것이다. 재미있기 때문에 깨달음을 얻을 수도 있고, 동시에 어떤 것을 깨닫는 과정에서도 즐거움을 느낄 수 있기 때문이다.

'독자의 위치'에 대한 변화

대상화된 객체로서의 독자　효용론은 문학 작품과 관련된 여러 요소 중에서 독자의 존재에 주목했다. 작품은 독자의 해석과 감상을 통해 그 존재 의의를 확인받을 수 있다는 점을 고려할 때, 효용론은 작품 읽기에서 독자의 중요성을 부각한 의미 있는 관점이다. 그런데 에이브럼스의 논의에 등장하는 효용론은 독자를 수동적인 위치에 가두어 두고 있다는 점, 작품을 통해 특정 효과를 거둘 수 있는 존재로 대상화했다는 점에서 다시 생각해 볼 필요가 있다. 독자에 대한 관심이 주로 '어떤 도덕적 교훈을 전달할 것인가', '어떤 효과를 미칠 것인가', '어떻게 하면 교훈을 재미있게 전달할 수 있을까' 하는 차원에 국한되어 있는 것이다. 이는 독자를 '작품을 이해하고 해석하는 주체'로 설정하기보다 객체로서의 독자, 즉 '작가의 관점에서 영향을 미칠 수 있는 대상'(문영진, 2007)으로 보았다는 것을 의미한다.

해석의 주체로서의 독자　'독자의 위치'는 많은 관심을 받으면서 변화를 거듭하고 있다. 우선, 1960년대 후반에 '문학 생산 이론', '저자의 죽음' 등의 논의가 본격적으로 이루어지면서 작품 해석의 중심은 상당 부분 '독자'로 이동했다. 특히 "독자의 탄생은 저자의 죽음이라는 대가를 치러야"(Barthes, 1977: 148) 한다는 바르트의 선언은 저자의 죽음을 딛고 일어선 독자의 본격적인 등장을 알리는 것이었다. '작품 의미의 원천'을 작가의 삶 혹은 작가의 의도에서만 찾았던 관점에서 벗어나고자 했으며, 또한 작품의 의미가 작품에 원래부터 내재하는 것이 아니라는 관점도 광범위한 지지를 얻게 되었다. 작가가 의도했던 의미보다는 독자의 주체적인 해석에 따른 의미를 중요하게 강조하기 시작한 것이다.

수용미학과 독자 반응 비평의 영향　작품의 수용에서 독자의 역할을 중요하게 설정한 수용미학과 독자 반응 비평의 등장은 독자를 바라보는 관점의 변화에 중요한 역할을 했다. 수용미학은 독자가 작품을 수용하는 과정에 관심을 두었다. 독자는 어떠한 텍스트에도 역사적으로 형성된 독자의 '기대지평(horizon of expecta-tions)'을 가지고 접근하며, 텍스트의 의미는 독서 과정에서 독자에 의해 구체화된다고 주장했다(Childers & Hentzi, 1995/1999: 371). 독자 반응 비평은 문학 텍스트의 내재적이고 객관적 특징을 중심으로 작품을 해석하던 기존의 관행을 비판하면서 "독자의 텍스트 참여와 독자에 의한 텍스트 의미의 생산"(Childers & Hentzi, 1995/1999: 359-360)을 강조했다. 이 두 이론은 독자를 문학 행위의 대상이 아니라 문학 행위의 주체로 설정하는 데 많은 영향을 줌으로써 독자(학습자) 중심의 문학 교육 논의에 결정적으로 기여했다.

독자의 주체적인 작품 읽기

다음 인용문은 이태준의 〈달밤〉(1933)을 읽고 고등학생이 작성한 글이다. 독자가 작품을 읽어 나가는 방식에 주목하면서 인용문을 살펴보자.

> 〈달밤〉은 주인공이 이사 온 집에 노란 수건 아저씨가 신문 배달을 오게 되면서 시작하는 이야기로, 황수건의 이야기를 중심으로 하는 소설이다. 주인공은 그의 이야기를 들으며 기쁨을 느낀다. 황수건은 백치인데, 거기에서 나오는 순수함이 그를 기쁘게 하는 것 같다. 이 작품을 보고 있으면 마음이 자연스럽게 따뜻해지는 것을 느낀다. 황수건, 그는 너무 재미있다. 마치 어린이가 재잘거리듯 자신이 하고 싶은 말을 말하는데, 허무맹랑한 이야기들이다. 그에 관한 소문들은 더욱 가관이다. 그의 행실에 관한 이야기가 나올수록 그의 우매함이 드러난다. 하지만 주인공과 나는 이를 이해한다. 그의 행동이 좋은 것이다. 그의 말도 안 되는 말을 듣고 있으면서도 기분이 나쁘지 않은 것은 아마 그의 백치기와도 연관이 있을 것이다. 내 친구가 이런 말을 한다면 나는 아마 미쳤다고 할 것이 뻔하다. 하지만 이 소설을 읽으며 나는 그러지 않았다. 주인공이 황수건에게 돈을 조금 주었을 때 잘했다고 생각했고, 포도값을 물어 줄 때 다행이라고 생각했으며 수건의 아내가 도망갔을 때 안됐다고 생각했다. 그가 어느새 좋은 것이다. 자연스럽게 감정 이입을 하도록 해 주는 작가의 실력에 정말 감탄했다. (…)

달밤의 마지막 장면은 내게 많은 생각을 하게 했다. 황수건은 1절밖에 모르는 일본어 유행가를 부르며 전에 피우지 않던 담배를 피우며 술에 취한 채 거리를 내려온다. 그의 모습이 어디인가 처량했다. 그리고 마지막, '달밤은 그에게도 유감한 듯하였다.' 이 구절을 읽고 나는 한동안 책에서 눈을 떼지 못했다. 만약 앞으로 누군가가 의도하지 않았지만 독자에게 강렬한 인상을 남기는 구절을 추천해 달라고 한다면 난 주저하지 않고 달밤의 마지막 구절을 추천해 줄 것이다. (…)

(조현일, 2013에서 재인용)

독자의 주체적인 작품 읽기는 독자 스스로 자신의 관점에서 작품을 읽어 나가는 과정을 중시한다. 작가의 의도, 당대 현실 상황, 작품 창작의 맥락 등은 독자가 주체적으로 작품을 읽는 과정에서 참조할 수도 있는 요소에 해당한다. 인용문을 보면, 독자는 자신의 시각으로 작품을 읽어 나가고 있다. 작가의 의도 혹은 당대 현실의 관점에서 읽어야 한다는 강박이 없다. 독자는 주인공(작품 속 화자), 황수건이라는 인물과 마치 대화하듯 생각을 나누며 즐겁게 읽고 있다. 등장인물에 대해 자신이 어떤 생각을 했고, 어떻게 느꼈는지, 그리고 무엇이 즐거운지 자연스럽게 서술하면서 작품을 자기화하는 과정을 보여 주고 있다. 소설을 읽어 가는 과정에서 자신이 생각했던 것, 주목했던 것, 즐겁게 느꼈던 것 등을 표현하고 있는 것이다. 문학 읽기 행위의 주체로서 "독자 나름의 주체적인 미적 공체험에 도달"(조현일, 2013: 483)하는 과정을 잘 보여 주는 글이라 할 수 있다.

독자와 문학 교육

효용론이 효용의 대상으로서의 독자에 주목했다면, 문학 교육에서는 스스로 작품을 향유하는 주체로서의 독자에 주목하고 있다. 문학 교육에서 '독자'에 대해 새롭게 인식하기 시작한 것은 제6차 국어과 교육과정부터라 할 수 있다. '중학교 국어' 2학년의 '동일한 문학 작품이라도 읽는 이의 경험이나 사전 지식, 취향 등에 따라 다르게 감상할 수 있다는 점'([2-문-(1)]), '고등학교 국어' 과목에서 '문학 작품은 독자를 통해서 새롭게 태어난다는 점'([문-(6)]), 고등학교 '문학' 과목에서 '수용자는 수동적인 소비자의 위치를 벗어나 주체적인 수용자로 위치 전환을 하게 되었다는 점'([(1)-(다)-①]) 등을 제시하면서 독자 중심 문학 교육의 포문을 열었다. 특히 독일의 수용미학과 미국 중심의 독자 반응 비평을 언급하면서 문학의 주체를 작가 편에 두는 논리가 지배적이었던 기존의 문학 교육을 비판하고 작품 수용의 주체로서 '독자'를 강조했다. 제6차 국어과 교육과정 이후 현재에 이르기까지 독자 중심 문학 교육은 문학 교육의 핵심 방향으로서의 위치를 차지하고 있다. 작가가 창작한 작품을 수동적으로 수용하는 존재가 아니라 주체적인 관점에서 능동적으로 작품을 읽고 즐기는 존재로 독자를 자리매김하고 있는 것이다.

2022 개정 국어과 교육과정에서도 '문학' 영역의 성취기준 대부분이 학습자(독자)가 수용과 생산 활동의 주체라는 점을 전제로 하고 있다. 그중에서도 독자의 작품 수용 특성을 잘 드러내는 성취기준을 제시하면 다음과 같다.

- [2국05-01] 말놀이, 낭송 등을 통해 말의 재미와 즐거움을 느낀다.
- [2국05-04] 시나 노래, 이야기에 흥미를 가진다.
- [4국05-05] 재미나 감동을 느끼며 작품을 즐겨 감상하는 태도를 지닌다.
- [10공국2-05-02] 주체적인 관점에서 작품을 해석하고 평가하며 문학을 생활화하는 태도를 지닌다.
- [12문학01-12] 주체적인 문학 활동을 생활화하여 지속적으로 문학을 즐기는 태도를 지닌다.

말의 재미와 즐거움, 작품에 대한 흥미, 재미나 감동을 느끼며 작품을 즐겨 감상하는 태도, 문학을 생활화하는 태도, 주체적으로 문학을 즐기는 태도 등은 독자의 주체적인 문학 활동, 나아가 문학을 향유하며 생활화하는 삶을 강조하는 교육 내용이다. 독자의 주체적인 문학 활동과 문학을 향유하는 태도는 문학을 완성시키는 동력이다. 문학은 독자를 통해 완성되기 때문이다. '독자의 창조적 해석이 작품을 완성'(김성진, 2021)하며, 작품을 즐기며 생활화하는 독자의 행위는 '작가의 작품 창작이 끝난 후에 이루어지는 부가적인 행위가 아니라 문학 작품을 비로소 완성하는 필수 행위'(최미숙, 2022)라는 점을 강조할 필요가 있다.

4) 독립적인 객관적 존재로서의 문학

자율적이고 독립적인 세계로서의 작품

작품을 읽을 때 작가, 독자, 현실 세계 등으로부터 작품을 분리하고 작품 자체를 자율적이며 독립적 실체로 보면서 읽는 방식이 있다. 작품을 '모든 외적인 것에서 분리하여 고립적인 것으로 간주하고, 내적 관계를 이루는 부분들로 구성된 자족적 실체'(Abrams, 1971: 26)로 보는 관점을 '객관론(Objective Theories)'이라 한다. 작품의 내적 관계를 이루는 여러 부분이 서로 긴장 관계를 유지하면서 하나의 통일성 있는 전체를 이룬다고 보면서 문학에 접근한다. 작품을 평가할 때에도 객관론은 '작품의 존재 양식에 내재하는 기준에 의해서만 판단'(Abrams, 1971)한다.

객관론의 대표적인 예에 해당하는 신비평은 문학 작품을 자율적이고 독립적이며 그 자체를 목적으로 한다고 보고, 문학 작품을 '객관적으로' 취급하는 데에 관심을 기울였다(Childers & Hentzi, 1995/1999). 신비평은 작품 자체의 내재적(intrinsic) 특질을 바탕으로 한 '객관적 의미'를 강조했으며, 의미란 작품의 언어 자체에 새겨져 있다고 보았다. 따라서 이미지, 상징, 역설, 아이러니 등 작품의 언어에 대한 엄밀하면서도 세밀한 분석을 통해 작품의 의미에 도달하고자 한다.

신비평의 시각: '의도의 오류'와 '감정의 오류'

신비평 이론가인 윌리엄 윔샛(William Wimsatt)과 먼로 비어즐리(Monroe Beardsley)는 '의도의 오류'와 '감정의 오류'라는 용어를 통해 작가의 의도, 독자의 정서적 반응과는 독립적으로 작품을 해석하고 평가해야 한다고 주장했다.

'의도의 오류(intentional fallacy)'란, 작가의 의도를 중심으로 작품을 해석하고 평가하는 것은 잘못이라는 관점이다. 작품의 의미는 작품 자체 내에 내재하는 것이기에 작품의 외부 요소인 "작가의 의도를 문학 작품의 성공을 판단하는 기준으로 이용할 수는 없"(Wimsatt, 1989: 20)다는 것이다. 또한 뛰어난 장인조차도 창작 과정에서 자신이 의도한 바를 완전히 알지 못하는데, '작가가 선언한 의도'와 '작품에 실제로 성취된 의도'가 동일하다는 것을 어떻게 확신할 수 있겠느냐고 주장했다. 작품은 작가의 의도와는 독립적으로 존재하며, 작가의 의도는 작품 해석의 단서를 제공하지만 작품 해석과 평가의 궁극적인 근거는 될 수 없다고 보았다 (Preminger et al., 1974: 399-400).

감정의 오류(affective fallacy)는 작품의 효과 혹은 독자에게 미친 정서적 영향을 중심으로 작품을 해석하고 평가하는 것은 잘못이라는 관점이다. 이런 오류가 발생하는 이유는 '작품'과 '그 작품이 낳은 효과'를 혼동하는 데서 발생한다고 보았다(Preminger et al., 1974: 8). 작품에 대한 독자의 정서적 반응과 작품의 의미는 다른 차원의 문제라는 것이다. 동일한 작품을 읽고서도 독자의 정서적 반응은 다른 경우가 많은데, 그러한 정서적 효과를 중심으로 작품을 해석할 경우 오류에 빠질 수 있다고 보는 입장이다.

'의도의 오류'와 '감정의 오류'는 이후 많은 비판을 받았다. '의도의 오류'는 작품을 '작가의 정신은 물론 역사적 배경으로부터 완전히 단절시켜 일종의 진공상태에서 작품의 의미를 찾으려'(이상섭, 1996: 225) 한다는 비판을 받은 바 있다. '감정의 오류' 역시 독자 중심 이론의 관점에서 통렬한 비판을 받았다. 엘리자베스 프로인드(Elizabeth Freund)는 '감정의 오류'가 전제로 하는 텍스트–독자 관계가 지극히 위계적인 질서를 바탕으로 한다는 점, 독자를 비평가의 작업에 의해 수동적으로 도움을 받는 미천한 존재로 설정한다는 점, 독자의 반응은 '시 자체'에 의해 규정되고 통제되기 때문에 결국 독자와 읽기는 눈에 보이지도 않고 소리 나지도 않고 인식될 수도 없는 유령과 같은 것에 지나지 않게 된다는 점(Freund, 1987/2005: 21) 등을 들어 '감정의 오류'가 지니는 한계를 지적했다.

객관론의 관점에서 작품 읽기

객관론의 관점은 작품 창작의 배경, 작품에서 담고 있는 현실 세계의 모습, 작가의 생각이나 감정, 독자에게 미치는 영향 등보다는 작품 자체에 표현된 언어 표현을 중심에 두고 작품을 읽는다. 이를 위해서는 작품 자체에 표현된 다양한 형식적 장치에 주목할 필요가 있다. 시를 읽을 때에는 운율, 비유, 상징, 이미지 등의 측면에서, 소설을 읽을 때에는 서술자, 시점, 플롯 등의 측면에서 이룬 성취를 중심으로 작품을 해석하고 평가한다.

김기림의 〈바다와 나비〉를 객관론의 관점에서 읽어 보자.

이 시에서 '바다'와 '나비'는 각각 파란색 이미지와 흰색 이미지로 표현되어 서로 대조를 이루고 있다. '나비'는 수심을 알지도 못한 채 바다를 "청무우밭"으로 착각하고 뛰어들지만 곧 "어린 날개가 물결에 절어서 / 공주처럼 지쳐서 돌아"온다. 이렇듯 '흰나비'는 바다를 제대로 알지도 못하면서 뛰어드는 연약하면서도 순진한 존재를 상징한다. 이에 비해 '바다'는 깊이를 드러내지 않는, 초승달마저 새파랗게 보이도록 하는 두렵고도 무서운 존재다. 이런 관점에서 '바다'는 흰나비에게 펼쳐진 가혹한 세계를 상징한다고 볼 수 있다. 나비와 바다의 이러한 대조적인 속성이 '푸른 바다'와 '흰나비'라는 색채 이미지를 통해 잘 드러나고 있다. 푸른색과 흰색의 색채 대비는 '가혹한 세상'과 '세상 물정을 모르는 어리고 순진한 공주'를 강렬하게 대비시키면서 냉혹한 현실에 내던져진 나비의 꿈과 좌절을 선명하게 드러내는 역할을 한다.

앞에서 보았듯, 〈바다와 나비〉는 시인 김기림이 일제강점기 1939년에 발표한 작품이다. 위 인용문은 김기림 시인의 감정이나 생각 혹은 이 시가 발표된 당대 현실을 바탕으로 한 해석이 아니다. 독자가 느낀 감동이나 깨달음을 중심으로 서술하지도 않았다. 그러한 외부적인 요소보다는 작품 자체에 표현된 파란색 이미지와 흰색 이미지 중심의 의미 구조를 바탕으로 바다와 나비의 상징적 의미를 살펴보고 있다. '바다'와 '나비'의 강렬한 색채 대비를 통해 '바다'라는 냉혹한 현실에 내던져진 연약하면서도 순진의 '나비'의 좌절을 읽어 내고 있는 것이다.

객관론의 관점에서 작품을 해석할 때 주의해야 할 점이 있다. 다양한 언어 표현 방법의 세밀한 분석에만 치중하다 보면 자칫 작품의 풍부한 감상과 멀어질 수 있다. 〈바다와 나비〉에 드러난 대조적인 시각적 이미지만을 부각시켜 분석한다면 이 시가 지닌 문학적 아름다움을 즐기기 어려울 것이다. 작품의 언어 표현에 대한 분석을 바탕으로 하여 풍부한 해석으로 나아가야 한다. 이 시에 표현된 시각적 이미지의 선명한 대비를 바탕으로 '냉혹한 현실로서의 바다', 그 바다에 무모하게 도전했던 '순진한 나비'의 좌절과 슬픔 등을 풍부하게 읽어 낼 때 의미 있는 작품 해석에 이를 수 있을 것이다.

통합적 문학론의 관점

에이브럼스의 네 가지 관점은 각각 작품을 보는 중요한 시각을 제공하지만 그중 어느 하나의 관점이나 방법만으로 작품을 읽는 것은 바람직하지 않다는 점도 고려해야 한다. 작품을 읽을 때 '통합적인 문학론의 관점'(윤여탁 외, 2020: 17)이 필요한 이유이다. '통합적인 문학론의 관점'이란 작품에 반영된 현실 세계, 작가, 독자, 작품의 언어적 특성 등을 입체적으로 고려하면서 작품에 접근하는 방식을 말한다. 이것이 네 가지 관점을 모두 한꺼번에 적용하여 작품을 읽자는 의미는 아니다. 작품의 특성에 따라 우선적으로 적절한 관점을 적용하되, 작품의 풍부한 해석을 위해 다른 관점 또한 포괄하면서 읽을 필요가 있다. 2022 개정 국어과 교육과정에도 이러한 관점이 드러나 있다. [10공국1-05-01] 성취기준 해설에서, "문학은 일상적 언어 활동과는 달리 한 작품을 둘러싸고 작가 맥락, 독자 맥락, 사회·문화적 맥락, 문학사적 맥락 등이 다층적으로 작용하는 특성이 있"다고 제시하고 있다. 작품을 어느 한 측면에서만 볼 것이 아니라 '다층적으로 작용하는 특성'을 고려하여 접근해야 한다는 통합론의 관점을 드러낸 것으로 볼 수 있다.

2 문학 교육을 보는 관점

문학 교육을 바라보는 관점에는 여러 가지가 있다. 여기에서는 김대행 외 (2000)의 논의를 참조하여 '실체 중심 문학 교육'과 '속성 중심 문학 교육'을 중심으로 살펴보고자 한다. 김대행 외(2000)에서는 문학 교육을 보는 관점으로 '실체 중심 문학 교육', '속성 중심 문학 교육', '활동 중심 문학 교육' 세 가지를 제안하면서 이 "세 가지 관점은 문학 교육에서 결코 배타적일 수 없으며 두루 포괄되어야"(김대행 외, 2000: 20-21) 한다고 강조하였다. 그런데 이후 문학 교육 논의에서 '활동 중심 문학 교육'은 '실체 중심 문학 교육', '속성 중심 문학 교육' 두 가지 관점과 각각 결합하여 이해하는 것이 좀 더 적절하다는 의견이 제기되었다. 문학 활동은 '실체', '속성'이라는 특성과 분리되어 존재하지 않으며, "실체 중심 문학 교육에서도 구현될 수 있고, 속성 중심 문학 교육에서도 구현"(정재찬, 2013)될 수 있다는 것이다. '활동 중심 문학관'은 문학을 설명하는 중점을 인간의 활동이라는 특성에 두는 관점이다. 이 관점에서 문학 교육을 설계하게 되면 문학 활동을 통해 문학에 대한 경험을 쌓아 감으로써 방법적 지식 혹은 절차적 지식과 같은 구체적이고 실제적인 지식을 습득할 수 있다(김대행 외, 2000). 그런데 이러한 문학 활동은 작품이라는 실체에 대한 이해를 바탕으로 해야 제대로 이루어질 수 있으며, 또한 작품의 속성에 대한 교육과 더불어 이루어질 때 비로소 활성화될 수 있다는 점을 고려할 필요가 있다. 이러한 시각에서, 여기에서는 문학 교육을 보는 관점을 '실체 중심 문학 교육'과 '속성 중심 문학 교육' 두 가지로 나누어 살펴보고자 한다.

1) 실체 중심 문학 교육

실체 중심 문학 교육이란

김대행 외(2000: 10-12)에 따르면, 실체 중심 문학관이란 '문학을 가시적인 어떤 대상으로 보아 그 존재와 가치를 설명함으로써 문학을 이해하고 문학에 접근하는 관점'을 말한다. '실체(實體, substance)'란 '현실적·구체적으로 존재하는 대상'을 뜻하는 말로서 문학에서는 실제로 창작되어 전하는 구체적 작품이나 그 작품의 작자를 뜻한다. 이 관점은 높은 가치 평가를 받은 작품을 대상으로 하여 그 작품의 존재와 가치를 이해하고자 하며, 작품의 가치와 시대적 삶과의 상관성, 작품과 작품 사이의 연관성 등에 주목하기 때문에 자연스럽게 문학사에 많은 관심을 갖는다. 장점으로는 작품이나 작가의 분류 또는 구분을 바탕으로 한 체계적인 지식 교육이 가능하다는 점, 같은 것을 공유한다는 동질감을 바탕으로 한 인간적·사회적 유대 형성에 중요한 역할을 한다는 점 등을 들 수 있다.

실체 중심 문학 교육의 한계와 극복

김대행 외(2000: 12-13)에서는 이미 역사적으로 있었던 것만이 문학 교육의 관심사가 될 때 발생할 수 있는 문제점을 제시하고 있다. 문학 교육이 작품과 작가라는 실체만을 고려하게 되어 이미 존재하는 작품을 이해하는 것으로 한정될 수 있다는 것이다. 그 결과 문학 교육이 문학적인 글을 쓰는 일조차도 보통 사람에게는 불필요한 일처럼 오해해 버리거나, 창작 교육도 전문적·예술적 차원의 교육으로 국한하게 된다고 우려하고 있다. 또한 문학의 체계적 분류나 지식에 중점을 두어 교육하게 되면 장르 구분을 앞세운 문학 교육이 문학을 별난 것으로 인식하게 하는 단점이 있다고 지적하고 있다. 나아가 문학의 체계를 지식으로 아는 데서 그치고 마는 위험이 클뿐더러, 문학의 다양성이나 변화에 대한 인식 또는 대응을 어렵게 한다는 것이다. 이렇듯 기존의 실체 중심 문학관만으로 문학 교육을 기획할 경우 문학 작품을 이해하고 감상하는 교육으로만 한정될 수 있어 이에 따른 여러 문제가 발생할 수 있다. 이를 극복하기 위한 노력이 필요하다.

실체 중심 문학 교육에 대한 성찰

실체 중심 문학 교육은 훌륭한 문학 작품을 대상으로 하여, 그 작품을 창작한 작가는 누구인지. 그 작품은 어떤 문학적 의미가 있는지, 그리고 그 작품을 어떻게 이해하고 감상할 것인지 등을 중심 교육 내용으로 삼는다. 그동안 제기된 여러 한계에도 불구하고 실체 중심 문학 교육은 오랫 동안 문학 교육에서 중요한 위치를 차지하고 있었다. 실체 중심 문학 교육은 인류의 문화유산으로 평가받아 온 작품을 읽는 경험을 중요하게 생각했던 사회적 요구와 밀접한 관련이 있다. 인류는 오랜 기간 의미 있는 문화유산으로 평가받아 온 문학 작품에 주목했다. 성장기의 학습자에게 문학 작품을 통해 인류의 문화유산을 습득할 수 있도록 했고, 그것을 발판으로 문화를 계승·창조하며 역사를 발전시켜 왔다. 또한 성장기의 학습자에게 훌륭한 문학 작품을 읽는 경험을 제공함으로써 문학을 통한 전인적 성장의 계기를 마련해 주어야 한다는 점은 학교 교육에 부과된 중요한 과제였다. 훌륭한 문학 작품을 읽고 감상하는 것만으로도 한 인간의 전인적 성장에 풍요로운 자산이 될 것이라는 공동체의 합의가 존재했던 것이다. 작품을 읽으면서 학습자들은 인간이란 무엇이며, 어떤 삶을 살아야 하는가, 의미 있는 삶이란 무엇인가 하는 근원적인 질문을 제기하고 그 질문에 스스로 답하면서 문학 경험을 삶의 자산으로 삼을 수 있었던 것이다. 이렇듯 실체 중심 문학 교육은 인류가 교육을 통해 구현하고자 했던 인문 교육의 본령에 부응하고자 했던 관점으로 볼 수 있다.

하지만 기존의 문학 교육 현장에서 보여주었던 실체 중심 문학 교육의 한계는 문학 작품을 타자화하여 분석의 대상으로 삼았다는 점이다. 학습자의 문학 능력 신장에 실질적인 도움을 주기보다는 단순 암기 위주의 형식적인 작품 이해 교육 으로 일관하곤 했다. 타자화된 채 분석의 대상으로만 혹은 암기 대상으로만 존재 하는 문학이 학습자의 삶과 함께하기는 어렵다. 이러한 한계를 극복하기 위해 실 체 중심 문학 교육은 좀 더 학습자 위주로, 다시 말하면 학습자의 문학 수용과 생 산을 아우르는 다양한 문학 활동을 포괄하는 방식으로 나아갈 필요가 있다.

실체 중심 문학 교육의 확장

문학을 바라보는 관점의 변화, 학습자의 문학 행위를 강조하는 최근 문학 교육 의 방향 등을 고려하여 실체 중심 문학 교육도 변화할 필요가 있다. 변화의 방향을 '활동 중심의 접근'과 '실체 범주의 확장'을 중심으로 살펴보자.

'실체'에 대한 활동 중심의 접근 실체 중심 문학 교육은 작품을 이해하고 표현하 는 다양한 활동을 포괄하는 방향으로 교육 내용을 확장할 필요가 있다. 작품에 대 한 주체적인 이해와 감상이 말하기와 글쓰기, 토론, 토의 등 다양한 활동과 결합하 도록 하는 방식이다. 문학 작품을 중심으로 이루어지는 모든 문학 활동은 문학 작 품에 대한 이해를 바탕으로 한다. 다시 말하면 문학 활동은 실체로서의 작품을 제 대로 이해했을 때 비로소 가능해지며, 또한 문학 활동을 수행하는 과정을 통해 작 품을 더욱 풍부하게 이해할 수 있다. 김대행 외(2000)의 논의대로 "작품에 대한 지 식, 작품에 대한 이해와 감상을 바탕으로 말하기와 글쓰기 등 다양한 표현 활동으 로 연결"하기 위해서도 실체 중심 문학 교육의 확장은 필요하다. 작품에 대한 지식 교육, 작품에 대한 이해와 감상에 치우친 교육이 아니라, 그것을 '바탕으로' 학습자 의 실질적인 문학 경험이 가능해지는 다양한 문학 활동으로 이어지도록 해야 하는 것이다. 작가의 관점에서 바라보든 독자의 관점에서 바라보든, 작품이란 결국 문 학 활동의 산물이기 때문이다. 작품에 대한 학습자의 이해와 표현 활동을 아우르 는 실체 중심 문학 교육을 기획할 필요가 있다.

'실체' 범주의 확장 '실체' 범주를 확장한다면 문학 교육에서도 다양한 교수·학습이 가능해질 것이다. '실체'가 '현실적·구체적으로 존재하는 대상'을 뜻하는 말이라 할 때, '실체'를 문학사적 평가를 받은 정전(正典)만으로 한정할 것이 아니라 좀 더 확장하여 학습자가 일상생활에서 접할 수 있는 다양한 형태의 작품도 포괄할 필요가 있다. 여기에는 정전뿐만 아니라 오늘날 창작되는 다양한 형태의 작품, 나아가 학습자가 창작한 작품도 포함할 수 있다. 실체 범주를 확장함으로써 작품을 독자의 읽기 대상으로만 설정하는 것이 아니라 학습자의 창작 활동을 통해서도 생산될 수 있는 것으로 볼 수 있다. 실체 범주의 확장을 통해 실체 중심 문학 교육은 학습자를 작품을 수용할 뿐만 아니라 생산하는 존재로도 설정할 수 있을 것이다.

2) 속성 중심 문학 교육

속성 중심 문학 교육이란

김대행 외(2000: 14-15)에 따르면, 속성 중심 문학관은 문학을 설명하는 중점을 문학의 특수한 성질에 두는 관점이다. 개개의 작품 또는 그 집합보다 문학을 이루는 본질에 대하여 주목하며, 그렇게 함으로써 문학 일반이라는 총체적인 대상을 설명하고자 하는 관점이다. '속성'은 '사물이나 현상의 본질을 이루는 성질'을 의미하며, 따라서 문학과 비문학의 구별을 가능하게 해 주고 그것의 본질을 드러내 이해하게 해 준다. 속성 중심 문학관이 중시하는 여러 내용 중 문학 교육은 특히 문학의 요소나 맥락에 관심을 기울인다. 요소 분석이란 시를 시답게 하는 요소로 율격이나 이미지를 설명하거나, 이야기의 요소로 인물, 사건, 플롯 등을 풀이하는 것을 의미한다. 맥락 분석이란 문학이 어떤 요인에 의해서 생성되는가, 문학의 생성과 향수에 어떤 요인들이 관여하는가, 문학에서 우리가 보아야 하고 알아내야 할 것은 무엇인가를 설명하는 것이다.

속성 중심 문학 교육에 대한 성찰

김대행 외(2000: 16-17)에 따르면, 속성 중심 문학관의 장점은 문학과 문학 아닌 것을 구분할 수 있게 해 주고, 문학을 문학답게 하는 자질이 무엇인가를 분명하게 해 준다는 점이다. 문학의 이해 또는 표현과 관련하여 심화되고 체계적인 지식으로 작용함으로써 대상을 더욱 깊이 있게 천착할 수 있게 해 주고, 그렇게 함으로써 수준 높은 교양인으로서 사회생활을 영위할 수 있게 해 준다. 반면에 문학다움에 대한 고정관념에 빠지거나 부질없는 가치 평가에만 매달리는 편벽된 시각을 갖게 함으로써 문학을 지나치게 도식적으로 파악하는 결과를 낳는 문제점도 지니고 있다. '문학은 이래야 한다'는 식의 생각에 사로잡힐 우려가 있으며, 또 속성 하나하나에 치우쳐 바라봄으로써 문학 작품에 대한 무의미한 분석 작업에 그치는 경우도 있다. 나아가 문학의 속성이란 것을 문학만이 지닌 특별하고 우월한 무엇으로 보게 함으로써 문학을 삶과 유리시켜 생각하게 만들 수 있다.

속성 중심 문학 교육이 문학의 속성만을 강조할 경우 문학이 인간의 가치나 성장과는 무관한 예술인 것처럼 오인하게 만들기 쉽다. 그 결과 진실이나 의미의 추구보다는 기교에만 매달리는 문학관을 낳게 만들기도 하고, 문학은 일상인의 능력과는 무관한 특별한 예술적 재능에 속할 따름이라는 식의 오해를 불러일으킬 우려가 있다(김대행 외, 2000: 17-18). 사실 문학 수업에서 작품의 표현 방법이나 기법에 대한 맹목적인 분석에만 치중했다는 비판은 오랜 기간 계속되었다. 문학의 속성에 대한 기계적 분석 위주의 교육이 이루어지면서 학교 안팎에서 많은 비판을 받은 것이다.

속성 중심 문학 교육의 확장

문학의 속성에 대한 활동 중심의 접근이 필요하다. 문학의 속성에 대한 이해는 실체로서의 작품을 이해하는 활동, 문학적으로 표현하는 활동뿐만 아니라 일상 언어 활동을 하는 데에도 중요한 역할을 한다. 속성 중심 문학 교육은 풍부하면서도 다양한 문학·언어 활동을 포괄하는 방향으로 교육 내용을 확장할 필요가 있다.

문학의 속성을 통한 풍부한 작품 이해 활동 문학의 속성에 대한 교육은 기계적인 속성 분석 혹은 부분적인 속성 이해에 그치지 않고 작품을 풍부하게 이해하고 감상하는 데 기여할 수 있어야 한다. 특히 속성 중심의 문학 교육은 운율, 비유, 이미지, 상징, 인물, 사건, 플롯 등을 단순한 기교 차원에서 접근해서는 안 된다는 점을 강조해야 한다(정재찬, 2006). 운율, 비유, 이미지, 상징, 인물, 사건, 플롯 등의 속성에 대한 이해가 중요한 이유는 "문학의 요소에 대한 이해를 통하여 문학이라는 전체상을 그리는 데 효과적인 방법"(김대행 외, 2008)이기 때문이다. 그런데 최근 문학교육이 문학의 속성만을 부분적으로 확인할 뿐 전체적인 작품 감상으로 나아가지 못하고 있다는 비판을 받고 있다. 속성에 대한 부분적인 이해에 그침으로써 학생들이 진정한 작품 감상에 이르지 못하고 있는 것이다. 이런 현상은 속성 중심 문학교육을 문학의 속성 자체만을 중심에 두고 있는 것으로 오해하는 데서 발생한다. 예를 들어 '운율의 특성을 바탕으로 작품을 이해하고 표현할 수 있다'라는 학습 목표를 떠올려 보자. 대부분의 교과서가 운율의 개념과 특성을 이해하고, 일상적 표현과 운율 표현의 차이를 통해 운율의 표현 효과를 확인하며, 작품에 표현된 운율 특성을 확인한 후 학습자 스스로 운율 표현을 해 보는 활동으로 구성되어 있다. 이는 속성의 개념과 특성을 이해한 후 속성이 잘 표현된 부분을 해석하며, 나아가 속성을 활용한 표현을 할 줄 알면 자연스럽게 작품 전체를 이해하고 또 표현할 수 있을 것이라는 믿음을 전제로 하고 있다. 하지만 이는 운율을 중심으로 작품 한 편을 온전하게 이해하고 감상하는 활동이 아니라 전체 작품 맥락에서 운율 표현만을 따로 떼어 내어 고립적으로 다룬다는 점에서 문제가 된다. 속성에 대한 부분적인 이해에 그칠 뿐 전체적인 작품 이해로 나아가기 어렵게 되는 것이다. 속성에 대한 이해를 바탕으로 작품 전체를 온전하게 감상하는 활동으로 나아갈 때, 속성 중심 문학 교육의 의의를 살릴 수 있다. 속성은 파악하되 정작 그 속성으로 표현한 작품의 진정한 이해는 사라져 버리는 교육을 경계해야 한다. 속성 중심 문학 교육은 속성에 대한 이해를 바탕으로 작품을 전체적으로 이해하고 해석하며 나아가 온전하게 표현할 수 있는 '풍부한 활동'을 통해 구현해야 한다는 점을 다시금 강조할 필요가 있다.

문학의 속성을 통한 다양한 언어·문화 활동 문학의 속성은 문학 작품에서만 발견할 수 있는 것이 아니다. 우리의 일상 언어 표현에서도 얼마든지 찾을 수 있다. "문학의 속성을 잘 구현할 수 있는 능력을 갖추는 것은 곧 일상의 언어 활동을 효율적으로 수행할 수 있는 능력으로 이어"(김대행 외, 2000: 25)질 수 있다. 속성 중심 문학 교육이 다양한 일상 언어활동을 포함해야 하는 이유이다. 또한 문학의 속성은 이미 "문학 작품뿐만 아니라 일상 언어 및 다양한 문화 현상을 이해하고 표현하는 데 중요한 항목으로 그 범주가 확장"(최미숙, 2019: 25)되었다. 문학의 속성을 바탕으로 우리 주변의 다양한 문화 현상을 분석하고 이해하며 표현할 수 있는 능력을 기를 수 있다. 이 점에서 속성 중심 문학 교육은 문학 작품뿐만 아니라 다양한 문화 현상, 특히 다양한 미디어 텍스트를 이해하고 표현하는 능력을 신장시키는 데에도 중요한 역할을 할 수 있다. 속성을 중심으로 실체로서의 문학을 이해하는 활동, 일상 언어에서 문학적 표현을 활용하여 표현하는 활동 그리고 다양한 문화 현상 및 미디어 텍스트를 이해하고 표현하는 활동 등을 아우르는 속성 중심 문학 교육으로 나아갈 필요가 있다.

실체 중심 문학 교육, 속성 중심 문학 교육은 이미 문학 교육에 적용해 온 관점으로, 문학 교육의 전개 과정에서 어느 한 가지 관점이 중점적으로 부각된 시기도 있었다. 하지만 두 가지 문학 교육 관점을 분리하여 서로 배타적인 것으로 이해해서는 곤란하다. 실체 중심 문학 교육과 속성 중심 문학 교육은 각각 한계를 지니고 있기도 하지만 장점 또한 지니고 있다. '실체'만, '속성'만 다루는 문학 교육이 아니라 각 관점이 지니는 장점을 중심으로 두루 포괄하여 문학교육을 기획할 필요가 있다(김대행 외, 2000: 21). 각 문학 교육관이 지니는 특성, 장점, 한계 등에 대한 이해를 바탕으로 한 포괄적인 접근이 필요한 것이다. | 최미숙

참고문헌
———

교육부(1999), 『제7차 고등학교 국어과 교육과정 해설』.
교육부(2022), 『국어과 교육과정』, 교육부 고시 제2022-33호[별책 5].
김대행 외(2000), 『문학교육원론』, 서울대학교출판부.
김성진(2021), 「문학교육은 저자성의 변화를 어떻게 수용할 것인가?」, 『국어교육』 173, 29-56.
김우창(1993), 『시인의 보석: 현대문학과 시인에 관한 에세이』(김우창전집 3), 민음사.
김윤식(1983), 『문학비평용어사전』, 일지사.
김종철(1983), 「역사·일상생활·욕망: 문학생산의 사회적 성격」, 김우창·김흥규(편), 『문학의 지평』, 고려대학교출판부.
김창원(1998), 「'술이부작(述而不作)'에 관한 질문: 창작 개념의 확장과 창작교육의 방향」, 『문학교육학』 2, 253-273.
노은희 외(2022), 『2022 개정 국어과 교육과정 시안 최종안 개발 연구』, 한국교육과정평가원.
류수열 외(2014), 『문학교육개론 II: 실제편』, 역락.

문영진(2007), 「비평 분류 방식의 변모와 서사교육적 가능성: 에이브럼즈 비평 분류 도식의 교육적 활용을 중심으로」, 『국어교육연구』 19, 361-397.

양정실(2012), 「우리나라 문학교육 연구에서 독자 반응 이론의 수용 현황과 전망」, 『문학교육학』 38, 99-123.

염무웅(1976), 「인간긍정의 문학」, 『한국문학의 반성』, 민음사.

유영희(2016), 「시 창작교육 목표의 내용 구조화 연구」, 『우리말글』 71, 85-112.

윤병태(1998), 「모방과 실재 2: 아리스토텔레스의 예술이론」, 『헤겔연구』 8, 593-609.

윤여탁·최미숙·유영희(2020), 『시와 함께 배우는 시론』(제2판), 태학사.

이상섭(1996), 『문학비평용어사전』, 민음사.

이숭원(2008), 『교과서 시 정본 해설』, 휴먼앤북스.

정재찬(2006), 「현대시 교육의 방향」, 『문학교육학』 19, 387-409.

정재찬(2013), 「문학 교수 학습 방법의 성찰과 전망」, 『국어교육학연구』 47, 69-98.

정재찬 외(2014), 『문학교육개론 I: 이론편』, 역락.

정재찬 외(2017), 『현대시교육론』, 역락.

조현일(2013), 「미적 향유를 위한 소설교육: 감정이입과 미적 공체험을 중심으로」, 『새국어교육』 96, 457-494.

최미숙(2019), 「문학교육의 '개념' 교육에 대한 비판적 고찰」, 『문학교육학』 62, 9-32.

최미숙(2021), 「독서의 방법(1)」, 한국독서학회, 『독서교육의 이론과 실천』, 박이정.

최미숙(2022), 「언어행위 관점에서 바라본 문학 작품 읽기: 독자와 작가의 대화를 중심으로」, 『국어교육』 176, 59-88.

한국문학평론가협회 편(2006), 『문학비평용어사전 상』, 국학자료원.

Abrams, M. H.(1971), *The Mirror and the Lamp: Romantic Theory and the Critical Tradition*, Oxford University Press.

Abrams, M. H.(1989), 『문학비평용어사전』, 최상규(역), 보성출판사(원서출판 1981).

Aristoteles(2013), 『시학』, 김한식(역), 펭귄클래식코리아(원서출판 미상).

Barthes, R.(1977), "The Death of the Author". In Stephen Heath(Trans.). *Image, Music, Text*, Hill and Wang.

Bettelheim, B.(2010), *The Uses of Enchantment: The Meaning and Importance of Fairy Tales*, Vintage Books.

Childers, J. & Hentzi, G.(1999), 『현대 문학·문화 비평 용어 사전』, 황종연(역), 문학동네(원서출판 1995).

Eagleton, T.(2016), 『문학을 읽는다는 것은』, 이미애(역), 책읽는수요일(원서출판 2013).

Freund, E.(2005), 『독자로 돌아가기: 신비평에서 포스트모던 비평까지』, 신명아(역), 인간사랑(원서출판 1987).

Macherey, P.(2014), 『문학생산의 이론을 위하여』, 윤진(역), 그린비(원서출판 1966).

Platon(2016), 『플라톤의 국가·정체』(개정증보판), 박종현(역), 서광사(원서출판 미상).

Preminger, A., Warnke, F. J. & Hardison, O. B.(eds) (1974), *Princeton Encyclopedia of Poetry and Poetics*, Princeton University Press.

Wimsatt, W. K.(1989), *The Verbal Icon: Studies in the Meaning of Poetry*, University of Kentucky Press.

3장 문학 교육 현상과 제도로서의 문학 교육

1인 미디어 시대가 됨에 따라 누구나 각자의 방식으로 생각과 감정을 표현하고 소통하는 것이 일상화되었다. 학생들의 문학 활동의 장 또한 확장되고 달라졌다. 학생들은 넘쳐 나는 새로운 경험과 정보의 바다에서 길을 잃고 떠돌 수도 있고 단순한 문학 소비자를 넘어 적극적인 비평가나 창작자로 성장하기도 한다.

국어 교사들 역시 문학 경험이나 문학 교육이 교실뿐만 아니라 우리 삶 도처에서 다양한 방식으로 일어나고 있다는 것을 인식할 필요가 있다. 학습 및 매체 환경과 학습자의 변화에 부응하여 문학 교육 생태계 역시 재구성되고 교사의 문학을 보는 관점이나 교육 방법 역시 진화할 필요가 있다. 학교 바깥 일상에서의 문학 경험과 학교 안에서 이루어지고 있는 문학 경험에 대한 이해를 바탕으로, 변화와 진화가 요구되는 시대, 어떻게 하면 학교에서의 문학 교육이 학교 바깥 일상에서의 문학 경험을 이끌어 주고 풍요롭게 할 것인지 고민해 보자.

1 일상의 문학 경험과 문학 교육 현상

1) 문학 향유의 일상성

우리는 문학한다. 이 말은 우리가 문학 수업 시간뿐만 아니라 일상의 여러 국면에서 자연스럽게 그리고 풍성하게, 의식적으로 혹은 무의식적으로 문학을 향유하고 경험하며 살아간다는 말이다. 어느 평범한 고등학생의 하루를 잠깐 엿보는 것으로 일상적으로 일어나는 문학 경험에 대해 이야기해 보자.

눈을 뜨고 늘 그렇듯이 스마트폰을 찾는다. 시간을 확인한 후, 밤새 온 SNS를 확인하고 간단히 답한 후, 좋아하는 노래를 틀어 놓고 학교 갈 준비를 한다. 늘 듣던 노래인데 오늘따라 노랫말이 가슴에 와닿는다. 문득 궁금해져서 뮤비를 보고, 밤새 업데이트된 웹툰과 웹소설을 빠르게 읽으며 아침밥을 먹는다. 업데이트가 되기를 늘 기다리던 웹소설인데… 요즘 회상 장면이 나와… 재미가 없다. 댓글을 보니 다른 사람들도 주인공이 현재로 돌아오길 바라는 의견이 많다. 회상 장면이 끝나고 이야기가 다시 시작되었으면 좋겠다는 댓글을 달고 집을 나선다. … 아파트 앞에서 ○○이를 만났다. ○○이는 회상 장면이 좋단다. 남주의 행동을 이해하는 데 도움이 된다나 뭐라나…. 첫 시간은 국어 시간이다. 선생님께서 시조가 고전시가이고 노래로 불렸다고 설명하시고, 여러 시조 작품에 대해 설명하신다. 많이 들어 본 내용들이지만 와닿지는 않는다. 쉬는 시간엔 아이들과 시조체로 이야기를 나누면서 놀았다. … 시조체 놀이… 제법 재미있다….

학생의 하루는 스마트폰을 손에 쥐는 것에서 시작된다. 스마트폰을 통해 무엇인가를 읽고 보고 경험하는데, 이 다양한 활동 중 문학 활동이 상당한 비중을 차지하고 있다. 일종의 시가라고 할 수 있는 대중가요를 듣고, 말과 이미지, 그리고 그 연쇄를 통해 서사가 만들어지는 뮤직비디오를 시청하는가 하면, 디지털 시대에 새로 태어난 문학 양식인 웹툰과 웹소설을 읽는다. 그리고 댓글을 달거나 친구와 이야기를 나누는 등 비평 활동도 수행한다. 물론 위 인용문에서 보듯이 학교에서도 문학을 접하고 공부한다. 학생은 국어 시간에 고전시가인 시조에 대해 공부했다.

이렇듯 학생들은 학교 안팎에서 의식적으로 혹은 무의식적으로 문학을 '한다'. 그렇게 문학 '하는' 과정에서, 즉 문학을 경험하거나 문학적 행위를 수행하는 과정에서 자신도 모르는 사이에 문학이 무엇인지 배우게 되고 문학 능력과 취향을 기르게 된다. 그리고 그렇게 생겨난 문학에 대한 앎과 능력과 취향이 일상에서 문학을 경험하고 문학 행위를 수행하는 데 다시 관여하고 또 바탕이 된다. 그런 점에서 체계적·의도적·의식적으로 이루어지는 것은 아니지만, 문학 교육 역시 교실 뿐만 아니라 교실 밖 일상에서도 일어나는 현상이라고 할 수 있다. 어쩌면 학교 바깥에서의 문학 경험이 더 강력한 문학 교육과정, 즉 '잠재적 교육과정'으로 작동하고 있을지도 모른다. 일상에서의 문학 경험은 학생들의 자발적인 참여에 바탕을 두고 있기 때문이다. 이런 점에서 문학에 대한 앎을 깊게 하고 문학에 대한 태도나 취향을 길러 주는가 하면 여러 문학 관련 제도나 문화를 형성하는 데 큰 영향력을 발휘하고 있는, 학교 바깥 문학 경험에 대해 주목할 필요가 있다.

문학 수업을 설계하거나 운영하려 할 때도 학교 바깥에서 이루어지는 학생들의 문학 경험에 대한 이해나 고려가 있어야 한다. 학교 바깥에서 일어나는 문학 현상을 고려한다는 것은 문학 수업 시간에 학생들의 호기심이나 흥미를 끌기 위하여 학교 바깥 문학 현상을 간단히 언급하고 넘어가고 만다거나 진지한 문학 혹은 본격 문학에서 벗어나는 예외적이고 일시적인 문화 현상으로 다루는 차원을 넘어서야 함을 의미한다. 우리의 문학관을 확장하고 그에 따라 문학 교육 생태계를 조정하는 데까지 나아가야 하며, 새로운 문학 양식이나 현상 역시 본격적인 학습 및 비평의 대상이 되어야 한다.

2) 매체의 다변화와 문학의 확장

매체는 수단이 아니라 그 자체로 내용이며 역량이다. 어떤 매체를 선택하는 순간 다룰 수 있는 주제나 내용 및 방법이 결정되고 다른 매체와 구별되는 특징 혹은 가능성 등을 실현할 수 있게 된다.

문자 이전에는 기억에 용이한 방식으로 서사가 조직되고 익숙함의 미학이 강조되었다면, 문자 이후의 시대에는 보다 읽기에 적합한 방식으로 서사가 조직되고 새로움의 미학이 강조되었다. 표현론적 혹은 미학적 차원에서의 차이는 물론이고 문학의 주체나 기능, 창작 방법 및 문학을 향유하는 방식도 매체가 달라짐에 따라 함께 달라졌다. 컴퓨터와 스마트폰으로 대표되는 복합 매체의 출현과 활용 역시 문학 지형에 많은 변화를 가져왔다. 기존의 문학 양식을 해체하고 확장하는 데서 나아가 상호 작용이 가능하며 복합 감각에 호소하는 매체 특성에 기댄 새로운 문학 양식이 출현하였고 그에 따라 문학 생산 및 향유 방식과 제도, 문화 등에도 많은 변화가 일어났다. 포노 사피엔스(phono-sapiens)로 일컬어지는 요즘 학생들은 학교급을 막론하고 디지털 매체이자 채널이며 플랫폼이 되는 스마트폰 등 단말기를 사용하여 언제든 손쉽게 다양한 방식으로 새로운 문학 양식을 경험할 수 있다. 따라서 말이나 문자와 같은 전통 매체에 대한 이해를 기반으로 하는 문학 교육 생태계가 확장·조정될 필요가 있다.

> 😃 **잠|깐|!**
>
> ### 포노 사피엔스(phono-sapiens)
>
>
>
> 2015년 《이코노미스트(The Economist)》 특집 기사에서 처음 등장한 단어로, '스마트폰(phono)을 손에 쥔 신인류(sapiens)'를 일컫는다. 매체이자 플랫폼인 스마트폰을 신체의 일부처럼 활용하는 세대의 출현은 교육과 비즈니스 모델의 전면적인 혁신을 요구하고 있다.

교육은 태생적으로 보수적인 속성을 지닐 수밖에 없지만, 그러나 미래 지향적인, '지금, 여기'에서의 실천이다. '지금, 여기' 우리 앞에 있는 학생들의 성장을 도모함으로써 미래를 준비하고 미래를 그려 가는 것이 바로 교육이다. 그런 점에서 문학 교육을 설계하고 운영하려면 '지금, 여기'에 대한 정확한 파악, 즉 학생들의 문학 능력 신장에 개입하는 문해 환경으로서의 문학 교육 환경이나 그 안에서 일어나고 있는 문학 현상 및 교육 현상에 대해 깊이 이해할 필요가 있다. 덧붙여 학교 바깥 문학 현상을 포함할 수 있도록, 제도 교육으로서의 문학 교육의 시각을 확장·조정하고 문학 교육 생태계를 재조정함으로써, 문학 교육의 내용과 방법을 수정·보완할 필요가 있다. 그래야만 교육과정 개정 때마다 강조되곤 했던, 삶과 배움의 일치, 곧 문학 교육의 실제성을 확보하고 학교 교육의 효과 또한 높일 수 있다. 디지털 시대에 출현한 새로운 양식과 문학 창작 및 향유의 변화 양상에 대해 살펴보려는 이유가 바로 여기에 있다.

기존 양식의 해체와 새로운 양식의 출현

디지털 복합 매체를 사용한 의사소통이 일상화되면서 말이나 문자에 바탕을 둔 기존의 문학 장르나 양식에 변화가 일어나고, 변화를 넘어 기존 장르가 해체되거나 복합 매체에 최적화된 새로운 문학 장르와 양식이 출현하기도 하였다.

학교에서 만난 학생들은 글쓰기가 어렵다고 호소하고 그래서 글쓰기를 기피하는 경향이 있다. 그런데 바로 그 학생들이 교실을 벗어나면 블로그나 카페, 밴드 등에 글을 올리고 페이스북이나 트위터, 인스타그램 등을 통해 심지어 익명의 사람들과 소통을 한다. 날짜를 쓰고 '나는 오늘 ~했다.'라고 적는 대신 오늘 찍은 사진을 올리면서 감각적인 한두 구절의 말이나 심지어 한 단어로 자신의 하루를 표현한다. 성찰보다는 자랑이나 과시에 머무는 경우가 많지만, 간과할 수 없는 문학적 시도임은 분명하다. 이런 현실을 감안하여 교육의 장에서도 수필에 대한 정의를 확장하고 매체 특성을 감안한 다양한 교육 방법을 탐구해 볼 필요가 있다.

기존 양식의 변화뿐만 아니라 달라진 매체 환경 속에서 새로운 문학 양식이나 장르가 출현하기도 한다. 웹소설의 출현과 장르로서의 성장이 그 예가 된다. 2018년 통계 자료에 따르면 마이너스 성장을 하고 있는 인쇄 소설에 비해 웹소설은 연간 129.6%로 빠르게 성장하고 있다(하승철, 2020: 330)고 한다. 교보문고가 집계한 최근 25년간 출간된 판타지 소설의 총량이 2020년 한 웹소설 플랫폼의 공모대전에 응모한 작품 수의 20분의 1에 불과할 정도(이융희, 2020: 304-305)라고 한다. 양적 성장과 그 속도가 가히 충격적이다. 연재로 이윤을 창출하는 전문 웹소설 작가들도 대거 출현했는데, 웹소설은 온라인상에서 비용을 지불했을 때 읽을 수 있다는 점에서 인기를 얻은 후 출간하여 수익을 내는 인터넷 소설과 비즈니스 모델에서 차이가 난다. 그 차이는 서사 미학의 차이로 이어진다. 웹소설은 모바일에 최적화된 스낵 컬처(snack culture)로, 독자의 요구나 반응에 기민하게 대응하는 것이 특징이다. 심지어 회귀적으로 작품이 수정되는 경우도 있어 원본 텍스트를 확정하는 것 자체가 쉽지 않다(이융희, 2020: 313). 삽화나 대화 주체인 인물의 이미지까지 제시하는 등 '읽기'가 아니라 '보기'를 위한 장치들이 활용되기도 한다. 비단 웹소설뿐만 아니라, 지금도 다양한 양식들이 출현하고 진화를 거듭하고 있다.

매체 환경의 변화에 따른 문해 환경의 변화와 문학 장르의 변신 혹은 새로운 장르의 출현은 매우 자연스러운 일이다. 세상의 변화에 발맞추어 그에 대한 미학적 대응인 문학 역시 달라질 수밖에 없기 때문이다. 그리고 웹소설 등 새로운 종의 출현은 기존 문학 양식의 발상과 표현에도 영향을 미칠 뿐만 아니라 문학 생태계는 물론이고 문학 교육의 생태계에도 영향을 미칠 수 있다. 따라서 문학 교육의 장에서도 그 변화, 구체적으로 변화의 양상과 방향 혹은 결과 등에 대해 잘 알고 있어야 하고 그에 대응하여 문학 교육의 관점과 교육 내용 및 방법 또한 확장하고 조정해야 한다.

향유 및 창작 방식의 변화

매체 환경의 변화는 오늘날 문학을 향유하는 방식의 변화까지 수반했다. 듣거나 읽던 문학이, 듣고 보고 읽는 문학으로 달라졌는데, 인쇄 문학조차 누군가가 이미지를 보여 주면서 읽어 주는 경우가 적지 않다. 흔히 '북튜버'는 책을 읽어 주거나 소개하는 유튜브 채널을 운영하는 사람을 일컫는데, 유명 출판사는 물론이고 저자나 유명 비평가, 이른바 셀럽이라 불리는 유명인, 일반인에 이르기까지 다양한 사람들이 북튜버로 활약하고 있다. 현대 독자들은 출판사나 여러 유관 기관, 학교에서 선정한 권장 도서 목록을 보고 책을 고르기보다는 자기가 좋아하는 북튜버가 소개하는 책을 찾아 읽는다. 북튜버나 유명인의 추천으로 절판되었던 책이 다시 소환되어 베스트셀러가 된 경우도 적지 않다. 학교 바깥 사람이나 채널 등이 문학 교사나 문학 수업보다 더 큰 영향력을 행사하는 상황인 것이다.

문학을 향유하고 유통하는 방식의 차이와 더불어 창작 방식의 변화도 감지된다. 웹소설의 경우 연재가 올라오자마자 독자의 적극적인 반응이 댓글의 형태로 따라붙는다. 독자의 댓글에 다른 독자들의 댓글이 더해지면서 금방 비평 여론이 형성되곤 한다. 작가는 구매자인 독자의 댓글을 의식하지 않을 수 없다. 때로 댓글의 내용을 반영하여 연재했던 내용을 수정하여 다시 올리는 경우도 있다. 애초에 독자와 충분히 소통하여 작품 창작의 방향을 정하기도 하고 독자가 창작의 과정에 참여하여 작품을 함께 완성하는 경우도 있다. 인터넷이라는 열린 공간 속에서 작가와 네티즌들의 소통 및 협업의 결과로 문학 작품이 만들어진다고 할 수 있다. 그 공간에서는 자연스럽게 독자와 작가의 경계가 허물어지고 독자가 작가로 성장하곤 한다.

인터넷 세상에서 일단 작가로 인정을 받으면, 혹은 공전의 인기작을 하나 띄우게 되면, 그 작품은 종이책으로는 물론이고 드라마나 영화로 만들어지기도 하고 여러 다른 콘텐츠나 상품으로 활용되어 엄청난 부가가치를 낳는다. 그렇게 되면 작가 또한 연예인과 같은 인기를 끌며 여러 매체를 통해 더 많은 사람과 소통할 수 있게 된다. 그런 점에서 독자 누구나 작가가 되어 성공할 수 있다는 희망의 서사가 있는 곳, 그러한 문학 창작·유통·향유 공간이 바로 인터넷 공간이다.

3) 다매체 시대의 양면

문학 경험의 확대

인터넷에 연결된 컴퓨터와 스마트폰은 현대인들의 필수품이 되었다. 컴퓨터와 스마트폰을 가지고 있다는 것은 무수히 많은 문학 작품이 전시된 개인 도서관을 가지고 있음을 뜻하며, 덧붙여 선택 가능한 여러 명의 북튜버 혹은 도서 큐레이터까지 가지고 있음을 의미한다. 심지어 멀리 있는 작가나 전문가로부터 작품 설명을 듣는 것도 가능해졌다. 그리고 독자로서 작가의 글쓰기에 개입하여 영향을 미칠 수도 있고 여차하면 자신도 작가로서 글을 올릴 수 있음을 의미한다. 이처럼 인터넷 세상에서는 자신이 처한 물리적 환경이나 사회·문화적 배경과 무관하게 동등한 인터넷 시민으로서의 자격이 주어진다. 그리고 질 높은 콘텐츠를 누구나, 그리고 어디서나 접할 수 있다는 점에서 비로소 문학 경험의 민주화가 실현되었다고 할 수 있다.

덧붙여 문학 향유 및 창작의 진입 장벽을 낮춘 효과가 있다. 누구나 자신의 수준과 취향에 맞는 작품을 다양하게 골라 읽을 수 있다. 등단이라는 제도를 통해 문인 사회에 진입하지 않고서도 누구나 작가가 될 수 있는 길이 그 안에 있다. 어떤 웹소설 작가는 자기 소설의 가장 독실한 독자야말로 자신의 가장 강력한 잠재적인 경쟁자라고 말하기도 하였다. 이른바 '덕후'가 되어 작품의 언어 구사와 서사 전개를 즐기고 탐구하다 보면 웹소설의 서사 문법에 대해 저절로 배우게 되고 결국 작가로 성장하는 경우가 적지 않기 때문이다.

이처럼 학교 바깥의 매체 환경은 학생들로 하여금 어렵지 않게 독자가 되고 비평가가 되고 작가가 될 가능성을 열어 주었다. 문학 수업을 듣는 우리 학생 중에 어쩌면 유명한 북튜버가 있을 수도 있고 어떤 작가의 후원자이자 독자로서 활약하는 비평가가 있을 수도 있으며, 수많은 독자를 거느린 파워 블로거가 있을 수 있는가 하면 심지어 웹툰이나 웹소설 작가가 있을 수도 있다.

문학 경험의 편식

디지털 세상에서는 자동 추천 알고리즘이 독자의 취향이나 선택 성향을 분석하고 독자와 비슷한 다른 사람들의 선택을 참조하여 독자가 좋아할 만한 영화나 웹툰, 블로그 등 문학 콘텐츠를 골라 준다. 독자 스스로 찾아 읽는 수고를 덜 수 있다. 독자들은 취향에 맞는 작품들에 대해서는 다른 누구보다 더 잘 알게 되고 취향이 같은 사람들과 소통하고 의견을 나누는 장에 참여할 수도 있다. 그 결과 현대 독자들은 어렵지 않게 관심 있는 장르나 분야에 대해 상당 수준의 감식안을 갖춘 사람이 되고 그 장르나 분야의 문학 생산과 소비, 향유에 중요한 역할을 담당할 수 있게 되었다. 그러나 취향에 맞는 문학 콘텐츠를 추천받아 즐기는 것이 긍정적인 결과만을 초래하는 것은 아니다. 특정 문학 콘텐츠나 장르에 대한 편식을 초래하는 큰 문제가 있다. 편식의 결과 정서적·미적 편향이 발생할 수 있으며 취향에서 벗어난 다른 작품이나 장르의 문학을 기피하게 되고 나아가 취향이 다른 독자와의 소통이 어려워지고 갈등이 발생하기도 한다.

덧붙여 문학 경험 및 문학 능력의 격차가 발생하는 것도 큰 문제다. 매체 환경을 잘 활용하여 전문가 못지않은 식견과 지식을 가지고 주체적으로 문학 행위를 하는 학생 독자들도 있지만 그 옆에 웹툰의 짧은 대사를 읽는 데도 부담을 느끼는 학생들이 있을 수 있다. 그래서 교실에서 표준화된 내용을 가르쳤을 때 그 누구도 만족하기 어려운 상황이 발생할 수 있다. 격차를 확인·인정하고 때로 활용하여 격차를 메우기 위한 노력, 예를 들면 학교 바깥에서 훈련된 학생들을 활용하여 문학 수업을 운영하는 등 새로운 접근 방법이 요구된다.

여기에 더해 학교 바깥에서 학생들이 향유하는 문학 작품이나 문학 콘텐츠의 질에도 심각한 문제가 있다. 창작 및 유통의 진입 장벽이 낮은 까닭에 훈련되지 않은 무수히 많은 작가가 생산해 낸 방대한 텍스트들이 존재한다. 설상가상으로 대부분의 문화 콘텐츠가 상업적 동기에 의해 생산·유통되고 있다. 전문 작가라 하더라도 인간 보편의 욕망에 호소하거나 자극적인 내용을 포함하여 불특정 구매자의 관심을 끌기 위해 노력할 수밖에 없다. 실제로 단기간 내 엄청난 성장을 한 웹소설의 경우, 그 많은 작품이 천편일률 운문화되고 연속극 형태로 진화하여 순정 만화화한 양상(김경애, 2017: 1367-1387)을 보여 주고 있다.

따라서 학교 안에서 학생들이 자신의 문학 취향을 인식하고 객관화할 수 있도록 도와주고, 다양한 문학 경험을 제공해 주는 한편, 보다 효과적인 문학 향유 및 창작의 방법을 안내하고 가르쳐 줄 필요가 있다. 그런 점에서 어쩌면 학교 안에서의 문학 교육이 더 중요해진 시대라고 할 수 있다. 학교에서의 문학 교육을 강화함으로써 일상의 문학 경험에 대해 성찰하게 하는 한편 다양한 양식의 문학 갈래를 경험하도록 하고 필요한 문학에 대한 지식을 제공함으로써 학교 안과 바깥에서의 문학 향유의 질을 끌어올릴 필요가 있는 것이다.

2 학교에서의 문학 교육

학교 바깥에서의 문학 경험 혹은 향유와 달리 학교에서의 문학 교육은 국가나 지역, 학교 단위의 교육 정책이나 교육과정에 근거를 두고 있는 의도적·체계적인 교육 활동이라는 특징이 있다. 그 대표적인 것이 정규 수업 시간에 이루어지는 문학 활동 및 학습이다. 초·중·고 학교급과 무관하게 학생들은 국어 시간이나 문학 시간에 문학을 배운다. '문학'은 국어과 교육과정에서 국어 교과의 한 영역이자 독립적인 선택 과목이라, 학교 교육의 중요한 내용이 되기 때문이다. 그러나 학교에서의 문학 경험이 국가 교육과정에 근거를 두고 있는 수업 시간에만 일어나는 것은 아니다. 학생들은 스스로 선택한 체험활동이나 동아리 활동 시간에도 문학을 배우거나 문학을 경험할 수 있다. 그런가 하면 최근에는 교과 구분을 넘어 전 학교 차원이나 심지어 학교를 벗어나 마을 등과 연계한 프로젝트 등(염은열, 2022ㄱ: 45-

76)을 수행하면서 문학을 활용하거나 문학적 표현을 시도하는 등 다양한 방식으로 문학 활동과 학습이 이루어지고 있다.

다양한 양상의 문학 경험이 학교에서 일어나는데, 여기서는 수업 시간과 수업 외 시간으로 나눠 살펴보고자 한다. 문학 수업은 교과 교육과정에 근거를 두고 있는 반면에, 수업 외 이루어지는 문학 활동은 교육과정은 물론이고 때로 교과를 넘어서거나 교과 통합을 지향하는 정책 및 제도에 근거를 두고 있다. 어떤 근거를 두고 실행되든 간에 학교에서의 문학 교육은 개인이 중심이 되어 주관적·비체계적으로 일어나는 일상에서의 문학 경험과는 달리 집단적 문식 활동의 하나로 의도적이며 체계적으로 일어난다는 특징이 있다.

1) 문학 수업: 의도와 현실의 차이

위계와 다양성을 갖춘 체계적 경험을 의도

문학 수업은 국가 수준의 제도이자 문서인 국어과 교육과정에 근거를 둔 교육 활동이다. 문학 활동은 창의적이고 효과적이며 문화적인 언어 활동으로, 국어 능력을 길러 주려는 국어 교과의 중심을 차지한다. 2022 개정 국어과 교육과정이 여섯 영역, 곧 '듣기·말하기, 읽기, 쓰기, 문법, 문학, 매체' 영역으로 구분되어 있기는 하지만 국어 교육에서 문학 교육은 국어과 전 영역에 걸쳐 실천되어야 하는 중요한 교육 내용이다. 문학 능력이란 문학 작품을 수용하고 생산하는 능력뿐만 아니라 '문학적으로 말하고 읽고 쓰는 능력'(김대행 외, 2000: 353)까지 포괄하기 때문에, 말하기 시간이나 읽기 시간에도 문학 양식이나 문학적 표현이 다뤄질 수밖에 없다. 더군다나 한국어를 제1언어로 하는 학생들을 대상으로 하는 교육이라는 점에서 학년이나 학교급이 높아짐에 따라 창의적이고 문화적인 언어 활동으로서의 문학 활동의 비중이 높아질 수밖에 없다. 고등학교 학교급에 이르러 '문학'이 심화 과목으로 개설·운영되는 이유가 여기에 있다.

국가 차원의 교육 기획에 따라 우리나라 초·중·고 학생들이라면 누구나 학교에서 문학에 대해 배우고 문학 작품을 수용하고 생산하며 문학적으로 소통하는 활동을 하게 된다. 문학 수업을 통해, 즉 교실에서의 다양한 문학 활동을 통해, 문학 관련 기능과 지식, 그리고 태도를 배운다. 문학 교육을 통해 1) 다양한 유형의 문학 작품을 이해하고 생산하는 데 필요한 기능을 익히고, 2) 문학 향유와 관련된 기초 지식을 갖추며, 3) 문학의 가치를 알고 문학 향유의 중요성을 알아 주체적으로 문학 활동을 하려는 태도를 기르게 된다. 이렇게 문학 관련 지식과 기능, 태도를 길러 주는 과정에서 그리고 그 결과로 학생들은 자신 및 세계에 대한 이해를 깊게 하고 심미적 즐거움까지 경험하게 된다. 그렇게 문학 교육은 '학생들'에게 '문학'을 가르침으로써, 모어 화자인 학습자들이 "인간다움을 성취할 수 있도록 돕는다"(김대행 외, 2000: 5).

초·중·고 문학 수업에서 가르쳐야 할 지식이나 기능, 태도가 무엇인지는 국어과 교육과정의 내용 체계에 잘 담겨 있다. 문학 영역 내용 체계에는 가르쳐야 할 핵심 지식이나 기능, 태도 간의 관계나 위계까지 표시되어 있다. 그리고 내용 체계에 나오는 핵심 내용들이 학생들이 도달해야 할 성취기준으로 또다시 구체화되어 학년군별로 제시된다. 성취기준은 각 학년군 문학 수업을 통해 도달해야 할 목표이며, 교사들은 성취기준에 도달하기 위하여 학년별로, 학기별로, 그리고 차시별로 문학의 무엇을 어떻게 가르칠 것인지 기획하여 수업으로 실천하게 된다.

2022 개정 국어과 교육과정에서 문학 영역의 내용 체계(자세한 설명은 8장 참고)를 인용하면 다음과 같다.

내용 체계에 따르면, 우리나라 초·중·고 학생들은 그림책이나 이야기, 소설 및 시에 이르기까지 '다양한 갈래'의 문학 작품들을 이해하고 생산하는 활동을 하되, 그러한 문학 활동의 도구이자 안내가 되는 문학 관련 '지식'을 이해하고, 문학 작품을 이해하고 해석, 감상하며, 비평 및 창작하는 '과정'에서 관련 '기능'을 익힌다. 그렇게 지식을 이해하고 기능을 익히는 과정에서, 그리고 그 결과로 다양한 미적·예술적 세계를 경험함으로써, 문학 및 문학 활동의 '가치'를 인식하고 그에 대한 긍정적 '태도'를 기른다. 그 과정에서 자신의 취향이나 정서를 인식·객관화하고 발전시키는 한편 미적 경험이나 정서, 취향의 다양성을 인식하고 존중하는 태도를 기른다. 나아가 삶의 다양한 국면에서 문학을 생활화함으로써 타자를 이해하고 공동체의 일원으로 성장함은 물론이고 정신적·문화적 풍요로움을 누린다.

이것이 국가 차원 문학 교육과정이 지향하는 이상이다. 그런데 문학 교육과정

[표 3-1] 2022 국어과 교육과정 중 문학 영역 내용 체계(교육부, 2022ㄱ: 11)

| 핵심 아이디어 | • 문학은 인간의 삶을 언어로 형상화한 작품을 통해 즐거움과 깨달음을 얻고 타자와 소통하는 행위이다.
• 문학 작품을 통한 소통은 작품의 갈래, 작가와 독자, 사회와 문화, 문학사의 영향 등을 고려하며 이루어진다.
• 문학 수용·생산 능력은 문학의 해석, 감상, 비평, 창작 활동을 통해 향상된다.
• 인간은 문학을 향유하면서 자아를 성찰하고 타자를 이해하며 공동체의 일원으로 성장한다. | | | |

범주		내용 요소			
		초등학교			중학교
		1~2학년	3~4학년	5~6학년	1~3학년
지식·이해	갈래	• 시, 노래 • 이야기, 그림책	• 시 • 이야기 • 극	• 시 • 소설 • 극 • 수필	• 서정 • 서사 • 극 • 교술
	맥락		• 독자 맥락	• 작가 맥락 • 독자 맥락	• 작가 맥락 • 독자 맥락 • 사회·문화적 맥락
과정·기능	작품 읽기와 이해	• 낭송하기, 말놀이하기 • 말의 재미 느끼기	• 자신의 경험을 바탕으로 읽기 • 사실과 허구의 차이 이해하기	• 작가의 의도를 생각하며 읽기 • 갈래의 기본 특성 이해하기	• 사회·문화적 상황을 생각하며 읽기 • 연관된 작품들과의 관계 이해하기
	해석과 감상	• 작품 속 인물 상상하기 • 작품 읽고 느낀 점 말하기	• 인물의 성격과 역할 파악하기 • 이야기의 흐름 생각하며 감상하기	• 인물, 사건, 배경 파악하기 • 비유적 표현에 유의하여 감상하기	• 근거를 바탕으로 작품 해석하기 • 갈등의 진행과 해결 과정 파악하기 • 보는 이, 말하는 이의 효과 파악하기 • 운율, 비유, 상징의 특성과 효과를 생각하며 감상하기
	비평		• 마음에 드는 작품 소개하기	• 인상적인 부분을 중심으로 작품에 대해 의견 나누기	• 다양한 해석 비교·평가하기
	창작	• 시, 노래, 이야기, 그림 등 다양한 형식으로 표현하기	• 감각적 표현 활용하여 표현하기	• 갈래 특성에 따라 표현하기	• 개성적 발상과 표현으로 형상화하기
가치·태도		• 문학에 대한 흥미	• 작품 감상의 즐거움	• 문학을 통한 자아 성찰 • 문학 소통의 즐거움	• 문학을 통한 타자 이해 • 문학을 통한 공동체 문제에의 참여 • 문학의 가치 내면화

은 일종의 이상태이자 이념태일 뿐 현실태가 아니다. 전개된 교육과정 혹은 실천된 교육과정은 의도된 교육과정과 다를 수밖에 없는데, 문학 교육과정의 의도가 실제 문학 수업을 통해 실현되려면 복잡한 교수학적 해석 및 변환의 과정을 거쳐야 하기 때문이다. 사실 문학 교육과정은 '맥락 배제적'인 표준화된 교육과정으로 이념적 지향을 선언한 문서일 뿐이다. "문학을 '규정(規定)'하고 있을 뿐 작품을 앞에 놓고 어떤 이야기를 펼쳐 나가야 하는가에 대한 안내를 포함하고 있지 않"을 뿐만 아니라 "문학 전문가들이 발굴하여 정리한 결과를 학습자에게 전달하겠다는 '교육의 의도'"만이 존재하는 문서이다(민재원, 2021: 53-58). 그런 점에서 문학 교육과정은 '실체성(reality)'을 부여하는 과정, 즉 교사가 학교나 교실, 학생 등 상황 맥락에 맞게 재구성하여 수업으로 실천할 때 비로소 의미를 지닌다(박윤경 외, 2021: 27). 수업을 하려면 '어떤' 작품을 선택하여 '어떤' 활동을 할 것인지, 그러한 활동을 통해 의도하는 변화나 효과는 무엇인지 등을 구체화해야 하는 것이다.

그렇다면 이상태로서 의도된 교육과정이 실제 교실에서 어떻게 실현되고 있는지 살펴볼 필요가 있다.

삶과 유리된, 획일화된 교실 수업

문학 교육과정에 근거를 둔 수업이라는 공통점은 있지만, 개별 교실에서 일어나는 문학 수업은 교사의 수만큼 다양하게 전개된다. "교사가 지니고 있는 여러 종류의 신념이나 교육적인 가치관, 그리고 개인적인 요구에 맞추어 이루어지는 예술"(Eisner, 1979/1983)이 바로 수업이라는 엘리엇 W. 아이스너(Elliot W. Eisner)의 견해를 받아들인다면 그 어떤 수업도 이전 수업 혹은 이후 수업과 같을 수 없다. 심지어 한 교사가 같은 내용을 가르치는 수업도 반마다 다를 수밖에 없다.

문학 수업의 획일화와 피상성   이론상으로 보면 문학 수업의 다양성을 걱정해야할 터인데, 실상은 정반대로 문학 수업의 획일화 사태가 문제시(정채찬 외, 2010)되고 있다. 획일화된 수업의 문제는 크게 보면 입시 제도나 평가 방식 및 누적된 수업의 관행이나 문화와 관련된다. 그러나 직접적으로는 그것들을 반영하고 있는 교과서의 문제(최미숙, 2006: 25-58; 김상욱, 2008: 67-85; 이상일, 2019: 11-43)와 직결된다. 문학 교육과정의 실현에 있어서 다원적 통로와 자료망을 구비하지 못한 환경에서 문학 교과서가 문학 교육과정의 특정 지표를 설명하는 유력한 증거물로 인식되어 왔다(박인기, 1994: 156). 그래서 실제로 많은 문학 교사들은 교재를 통한, 교재에 의한, 교재 중심의 문학 수업을 구상한다. 간혹 보조 교재나 자료들을 활용하는(염창권, 2002: 149-180) 정도이다.

문학 교육과정의 성취기준은 학년군 교육을 통해 도달해야 할 최종의 수준이나 목표(국어과 시안 개발팀, 2022: 27)이다. 그런데 그러한 성취기준을 우리 교과서에서는 단원의 학습 목표와 거의 일대일로 대응시키고 있다. 가령, 2022 개정 국어과 교육과정에 "[9국05-05] 작품에 반영된 사회·문화적 상황을 이해하며 작품을 감상한다."라는 성취기준이 있을 때, 이를 거의 그대로 단원의 학습 목표로 제시한다. 그리고 사회·문화적 배경이 드러나는 작품을 골라 제시하고 관련 단어나 구절을 작품에서 찾게 한 후 사회·문화적 배경과 연관 지어 작품의 의미를 해석하도록 한다. 지극히 기능적인 발상이며 접근이다. 사회·문화적 배경과 작품과의 관련성은 암시적이며 내밀하고 복합적이다. 관련성을 파악하여 작품을 깊이 있게 해석하려면 작품에 대한 꼼꼼한 읽기와 탐구 활동이 뒤따라야 한다. 문제는 수업 시간에 꼼꼼하게 읽고 탐구할 여유를 주지 않는다는 데 있다.

분석 위주의 지식 교육 양상은 다르지만 초등과 중등 교실 모두에서 문학은 학습 목표나 교과 지식을 배우기 위한 자료 혹은 분석 대상으로 다뤄지고 있다. 특히 초등 교실에서 문학 작품은 학습 목표 달성을 위한 자료로 다뤄지는 경우가 대부분이다. '비유적 표현과 그 효과에 대해 안다'는 학습 목표를 성취하기 위해 비유적 표현을 찾고 그 효과에 대해 이야기하는 활동을 한다. 갈래나 작품을 바꿔 그와 같은 활동을 한 번 더 한다. 대신 그 작품 자체에 대한 면밀한 탐구나 작가 및 창작 맥락 등에 대한 탐구는 거의 하지 않는다. 중등 문학 수업 역시 별반 다르지 않다. 문학 작품을 학습 목표 달성을 위한 자료로 다루는 경향은 여전하다. 갈래와 문학사적 위상을 감안하여 작품을 선정한 후 문학 지식이나 갈래 지식, 문학사적 지식 등을 가르치거나 신비평의 분석주의적 독해 방법에 따라 작품을 분석하는 식이다. 이러한 현상은 입시로 대표되는 객관식 선다형 시험이 여전히 존재하는 상황에서 생겨난 문학 교육의 왜곡상이라고 할 수 있다.

학교에서 작품을 분석하고 지식을 배우고 기능을 익히는 것은 그 자체로 문제가 없다. 그러나 기능이나 지식 학습이나 분석 자체가 목적이 될 수는 없다. 문학 작품을 학습 목표에 명시된 기능이나 지식을 가르치기 위한 수단으로 소비하고 마는 것은 문제가 있다. 학생들이 주체적으로 참여할 수 있는 문학 활동을 통해 자연스럽게 지식과 기능을 포함한, 문학 능력을 길러줘야 한다. 주체적으로 참여해야만 문학 활동의 과정에서 그리고 그 결과로 자신의 외부에 존재하던 지식을 자신의 지식, 곧 당사자적 지식(personal knowledge)으로 받아들이고 작품 이해 및 생산의 방법으로서의 기능을 익힐 수 있다.

🗨 잠|깐|!

당사자적 지식 혹은 인격적 지식(personal knowledge)

마이클 폴라니(Michael Polanyi)의 인식론에서 중요한 개념으로, 폴라니는 지식의 발견이나 학습의 과정에서 인식 주체인 학습자가 열정적으로 참여했을 때 당사자적 지식이 획득된다고 하였다. 기존의 인식론에서 말하는 객관적이고 절대적인 지식이란 단지 외부의 지식일 뿐이며, 학습자가 발견과 학습의 과정을 거쳐 스스로 체득했을 때 비로소 그 지식이 학습자의 것이 된다는 말이다. 당사자적 지식에는 인식 주체인 당사자와 분리될 수 없는 암묵적 차원(tacit dimension)이 존재한다. 문학 지식 또한 교사의 설명을 통해 전달되고 학습되는 것이 아니라 학습자 스스로 문학 활동을 통해 학습하고 발견해야만 암묵적 차원이 존재하는 살아 있는 지식이 될 수 있다.

제한적인 문학 경험 교육과정에서는 다양한 유형의 작품들에 대한 경험을 강조하고 있지만, 정작 학생들이 수업 시간에 접하는 작품이나 문학 경험은 지극히 제한적이다. 독점적인 지위를 누리고 있는 교과서에서 문학 작품을 찾기 어렵다는 점을 들면서 초등에는 문학 교육이 존재하지 않는다는 비판(김상욱, 2003: 283)이 있을 정도이다. 초등에 비해 나아 보이지만, 중등 역시 교과서에 실을 만한 분량의, 학습 목표 달성에 적절한 작품들이나 정전 중심의 교육이 이루어지고 있다. 학생들은 자신들이 발 딛고 있는 현실을 담은 이야기를 읽고 싶어 하지만, 교과서와 교과서에 바탕을 둔 교실 수업에서는 대개 인격 성장에 도움이 되거나 특히 문학사적 의미가 있는 작품들이 다뤄지고 있다. 오랜 세월을 살아남음으로써 스스로의 가치를 증명한 작품, 이른바 정전을 대상으로 하여 작품을 수용하고 생산하는 방법을 배우는 것은 제한된 시간 안에 전이력 있는 내용을 가르치려는 교육공학

적 기획의 측면에서 볼 때 적절하고 불가피하다. 문제는 열린 관점과 다양성을 위한 노력이 부재할 때 생겨난다. 열린 관점으로 교실에 와 있는 학생들의 문학적 요구나 취향, 경험을 또한 존중해야 하며, 학생들에게 문학 교과서에 담지 못한 다양한 작품 세계가 있음을 알게 해야 한다.

다행스럽게도 학습자인 학생들의 흥미와 관심, 나아가 실제 삶의 문제가 소외되어 버린 문학 수업에 대한 비판이 꾸준히 제기되고 문학 수업을 개선하려는 교사들의 움직임이 본격화되면서 학교 차원에서 여러 변화와 도전이 시도되고 있다.

2) 수업 혹은 배움의 확장: 실제 삶과 연계된 통합 교육의 지향

수업에 대한 반성과 성찰, 출구 찾기

8년 경력의 한 교사는 8년이라는 시간이 교과서를 가르치는 수업(교과서 진도 나가기 수업)을 현실로 받아들이는 과정이자 교과서에서 벗어나는 수업을 끊임없이 시도해 온 시간이었다고 말한다(하언지 외, 2018: 61-80). 이 교사는 교과서를 가르치는 수업이 불안했던 이유로, 첫째, 교과서의 부족한 점을 비판하면서 교육과정 재구성을 시도하도록 했던 교사 양성 기관에서의 교육 경험을, 두 번째로는 교과서로 수업을 했을 때 보인 학생들의 반응을, 마지막으로 하나의 자료일 뿐인 교과서를 가르치는 것에 대한 비판 담론을 들었다. 그 세 가지 이유로 8년 동안 끊임없이 교과서를 버리고 교육과정을 재구성하여 수업을 기획하고 실천하고자 노력했다고 한다.

고등학교에서 30년 동안 문학을 가르쳤다는 또 다른 한 교사(이낭희, 2019)는 교과서의 재구성, 특히 단원의 재구성은 학생을 위해서뿐 아니라 교사 자신을 위해서 꼭 필요한 일이었다고 말한다. 자신의 가슴부터 뜨겁게 달구어 놓아야 학생들의 가슴을 뜨겁게 할 문학 수업을 할 수 있어서 문학 수업을 다시 디자인했다고 한다. 그렇게 주체적으로 교육과정에 부합하는 최적의 수업 내용을 구성하고 적용하는 과정에서 교사 스스로 문학 수업 전문가로서 성장했다고 한다.

이 두 교사처럼 문학 수업을 개선하기 위해 교육과정에 따라 교과서를 재구성

(이하 '교육과정 재구성')하는 교사들이 늘어나고 있다. 교사 개인 차원뿐만 아니라 교사 학습 공동체 차원에서도 교육과정 재구성을 통해 새로운 문학 수업을 실천하는 사례가 보고되고 있다.

수업 변화를 유도하는 정책들: 삶과 연계된 융복합, 통합 수업 지향

최근에는 문학 시간뿐만 아니라 듣기·말하기, 읽기, 쓰기 등 국어 교과 내 타 영역과의 통합이나 심지어는 교과를 넘어선 차원의 통합을 통해 실제성을 지닌, 학생들의 삶과 연계된 문학 활동을 실천하는 사례가 늘고 있다. 사실 영역이나 교과를 넘어선 교육과정 재구성은 문학 수업을 개선하기 위한 시도 이상의 의미와 의도를 지닌다. 교과 간 단절과 교과목주의에 대한 비판 및 성찰, 학생들의 배움을 복원하려는 여러 교육 운동 및 실천의 연장선상에 있다. 그리고 달라진 삶의 환경과 인재상을 반영한 여러 정책이나 제도 등이 이를 뒷받침하고 있다.

2022 개정 교육과정 총론에서는 2015 개정 교육과정에서와 마찬가지로 10개의 범교과 학습 주제를 제안하면서 교과를 넘어선 차원의 연계와 통합을 주문하고 있다(교육부, 2022ㄴ: 15). "'범교과 학습 주제'에 대한 고려는 그 자체로 학교 안과 바깥을 연결할 수 있는 열쇠를 찾는 일이며 국어과가 민주적 세계 시민을 길러 내기 위한 교육적 기획에 참여하는 방식"(염은열, 2022ㄴ: 303)이다. 제6차 때 제안되긴 했지만 제7차 교육과정 문서에 이르러서야 '범교과 학습'이라는 개념으로 명시되었다. 그러나 명확한 개념 정의도 없이 다양한 민원성 요구를 수용하는 차원에서 주제가 정해짐으로써 학교 현장에 혼란을 주고 실효성조차 없었다는 비판(박순경, 2006; 이상은 외, 2008; 강현석 외, 2014; 이미숙 외, 2009)이 있었고 2015 개정 교육과정에 이르러 10개의 주제로 축소되었다. 2022 개정 교육과정에서도 범교과 학습 주제를 "교과와 창의적 체험활동 등 교육 활동 전반에 걸쳐 통합적으로 다루도록 하고, 지역사회 및 가정과 연계하여 지도"(교육부, 2022ㄴ: 15)하라고 명시하고 있다.

범교과 학습 주제

범교과 학습 주제란 모든 교과에서 또한 교과를 넘어서 가르쳐야 하는 주제를 말한다. 모든 교과에서 중시해야 할 가치나 방향을 담고 있는 주제이거나, 특정 교과에서 다룰 수 없을 정도로 복잡성을 지니는 현실의 문제를 다루기 위해 설정되었다. 2022 개정 교육과정에서는 총론 차원에서 범교과 학습 주제로 '안전·건강 교육, 인성 교육, 진로 교육, 민주시민 교육, 인권 교육, 다문화 교육, 통일 교육, 독도 교육, 경제·금융 교육, 환경·지속가능발전 교육'의 열 가지를 제시하고 있다. 총론 차원에서 제시한 우리와 달리, 많은 나라에서 국가 수준 교육과정 문서 안에 '범교과 교육과정'과 '교과 교육과정'을 나란히 설정하고 있다.

이렇게 교육과정에 명시했다는 것은 범교과 학습 주제를 교과와 창의적 체험 활동 시간에 가르쳐야 한다는 것을 의미한다. 문학 시간에도 '다문화 교육'이나 '민주시민 교육' 혹은 '환경·지속가능발전 교육' 등을 실행해야 하며, 이를 위해서는 문학 과목을 넘어 문학 경험과 주제를 통합하거나 융합하는 교육 활동을 기획·운영해야 하는 것이다. 그러나 교과 간 경계가 분명한 학교 현실에서 주제를 중심으로 한 통합 수업을 기획·운영하는 것은 쉽지 않다. 이에 교육과정(교육부, 2022ㄴ: 15, 22, 35)에서는 초·중·고 모든 학교급에서 '창의적 체험활동'[1] 시간을 편성·운영하라고 권한다. 또한 초·중학교의 경우 '연간 34주 중 학기별 1주, 연 2주의 수업 시간을 확보하여' 학교 자율 시간을 운영하도록 하고, 고등학교에서는 개별 학교에서 새로운 과목을 개설할 경우 융합 선택 과목을 개설하도록 권하고 있다. 이처럼 교육과정 문서 안에 교실을 넘어 학교 전반에서 문학 활동을 할 수 있는, 그리고 해야 하는 근거가 제시되어 있다. 이처럼 제도적으로 교과를 넘어선 학교 차원에서의 통합을 강조하는 것은 국가 차원에서도 학문 분과나 영역에 의해 분절되고 단절됨으로써 학교에서의 교육이 실제 세상에 대한 이해를 도모할 수 없게 되었음을 인정하고 반성한 결과이다. 동시에 범교과 학습 주제로 대표되는 삶의 문제나 미래 지향적인 화두가 한 교과 활동만으로는 달성될 수 없다는 점을 인식한 것이다.

....

1   초등학교는 전체 5,892시간 중 646시간, 중학교는 전체 3,366시간 중 306시간, 고등학교는 전체 3,072시간(192 학점) 중 288시간(18학점)의 시수를 편성하도록 하고 있다. 학교는 20% 범위 내에서 시수를 증감하여 편성·운영할 수 있다.

학교 안 다양한 문학 교육과 경험

학생들은 문학 수업 시간이 아니더라도 학교 차원의 교과 통합 활동의 장에서 문학 활동을 수행하고 문학을 배우고 있다. 실제로 환경 교육 프로젝트를 수행하면서, 환경과 관련된 다른 교과의 내용을 학습하기도 하지만 동시에 환경 이슈를 담고 있는 문학 작품을 깊이 이해하는 활동을 하거나 문학적 감성이 돋보이는 영상을 깊이 있게 분석하기도 하고 자신들의 주장을 효과적으로 드러내기 위하여 문학적 지식을 총동원하여 캠페인 문구나 영상을 제작하는 등 실제적인 생산 활동을 경험하고 있다. 덧붙여 이러한 교과 통합 활동으로뿐만 아니라 자치 활동이나 동아리 활동으로 문학 활동을 수행하기도 한다.

프로젝트 학습이나 교과 통합 수업을 운영할 때 문학 활동이 빠지는 경우는 드물다. 학교 차원에서 문학을 중심으로 다양한 방식의 통합 교육 혹은 프로젝트 학습을 실천하고 있는 A 중학교의 사례(염은열, 2022ㄱ: 45-76)를 살펴보자. 학교 차원에서 교육과정을 자율적으로 운영할 수 있게 됨에 따라 A 중학교에서는 핵심 역량 중심으로 학년별 교육과정의 목표를 설정하였고, 2월 교육과정 워크숍을 통해 학년별 공동의 교육과정을 구성한다. 학년별 교육과정을 학교 전체 차원에서 공유하고 조정한 후 다시 학년별 협의회를 통해 구체화한다. 그렇게 구성한 공동의 교육과정에 따라 각 학년의 여러 교과가 따로 또 같이 교육 활동을 실천한다. '따로'란 같은 주제를 중심으로 개별 교과가 그 교과의 교육 내용을 학습하는 것을, '같이'란 함께 모여 통합 수업을 운영하는 것을 의미한다. 가령, A 중학교의 1학년에서는 '행복 감성' 역량을 길러 주기 위해 '마을 탐구 프로젝트'를 수행하였다. 국어과에서는 '배움으로 마을에 기부하기' 프로젝트를 실천했고, 마을 지도 그리기나 체험활동, 역사 학습 등 타 교과 학습과 따로 혹은 같이 수업을 진행했다. 프로젝트의 최종 목표는 12월 인형극과 연극을 공연하는 것이다. 국어 시간에 배우고 준비한 내용을 바탕으로, 학생들이 직접 섭외한 마을 어린이집 7곳에서 교과서에 나오는 〈토끼와 자라〉 이야기와 환경 관련 주제가 드러나는 연극을 공연했다. 마을 지도 그리기 등 마을 알기 차원을 넘어, 그리고 마을 체험 등 마을의 자원을 끌어와 교육과정을 운영하는 데서 한 걸음 더 나아가 학교가 마을의 교육 및 문화 자원으로서 문학 활동을 운영하기에 이른 것이다.

잠|깐|!

> **프로젝트 학습(project based learning)**
>
> 행함으로써 배운다(learning by doing)는 개념에서 비롯된 접근 방법으로, 유행하는 기법이나 기술을 넘어 배움의 본질에 충실한 접근법이라고 할 수 있다. 거칠게 정의하자면 '복잡하고 실제적이면서 유의미한 문제에 대해, 학습자들이 주도적으로, 여러 자원을 찾아 활용함으로써 다양한 해결책이나 결과를 도출하여, 다양한 방식으로 공유하고 소통하는 접근법 혹은 학습 방법'이라고 할 수 있다. '학습자의 자기주도성'이나 '자발성', '실제성', '학교 안과 바깥의 연결', '협력과 소통' 등 우리 사회의 지향을 담은 접근법이라고 할 수 있다(염은열, 2022ㄴ: 304).

교실 안에서의 배움이든 교실 바깥에서의 배움이든 간에, 학교에서 일어나는 문학 경험은 제도의 지지를 받으면서 일어나는 집단적 문식 활동이라는 특징이 있다. 이러한 문식 활동은 체계적·의도적인 활동이라는 점에서 일상의 문학 경험과 달리 정서적 편식을 예방할 수 있고 다양한 경험을 제공해 줄 수 있다. 덧붙여 이러한 학교에서의 문학 경험은 우리나라 학생들만의 공동의 경험 혹은 공공의 기억으로 남게 되어, 집단적·문화적 정체성 형성에도 기여하게 된다.

3   학교 안과 바깥을 아우르는 문학 교육의 필요성과 방향

학교 바깥에서의 문학 경험과 학교 안에서의 문학 경험은 여러 가지 면에서 구분된다. 학교 바깥에서의 문학 향유나 경험은 개인이 주체가 된 비체계적인 주관적인 경험의 성격을 띠는 데 반해 학교에서의 문학 경험은 상대적으로 공적이며 체계적인 경험의 성격을 지닌다. 주관적이고 개인적이든 체계적이고 공적이든 간에 학생들의 문학 능력 향상에 상호 영향을 주고받으면서 관여하는 것은 물론이다.

그런 면에서 학교 바깥 일상에서 일어나는 문학 경험을 아우르고 활용하되, 그 경험을 이끌어 줄 수 있는 학교 안에서의 문학 교육이 요구된다. 학교 바깥의 문학 향유 및 생산 문화와 관련하여 학교 안에서의 문학 교육이 담당해야 할 역할 혹은 요구는 크게 네 가지로 정리할 수 있다.

첫째, 학교 바깥의 문학 환경에 대한 이해 및 성찰을 가능하게 하는 학교 교육이 필요하다. 학생들 스스로 자신들이 일상에서 즐기거나 쓰거나 만들거나 향유하는 문학 행위가 어떤 특성이 있으며 어떤 실천적 의미가 있는지, 어떤 한계나 제한점이 있는지 명확하게 인식하고 늘 성찰할 수 있도록 해야 한다. 학생들에게 매체 환경의 변화가 문학 경험의 민주화를 가능하게 했지만 동시에 문학 경험이 개별화 혹은 개인화함으로써 여러 문제를 낳고 있음도 인식할 수 있도록 해야 한다. 나아가 새로운 양식이나 현상을 소개하는 차원을 넘어서 새로운 텍스트나 현상에 대해 이해하고 성찰할 수 있는 경험이나 기회를 제공해 주어야 한다. 이를 위해서는 교육 주체인 교사 역시 열린 시각을 가지고 학교 바깥에서 펼쳐지는 문학 행위의 양상과 변화의 방향, 그 결과에 대해 명확하게 인식해야 한다.

둘째, 국어과 관련 영역, 특히 '매체' 영역과의 통합 등 연계 및 협력적 접근이 필요하다. 2022 개정 국어과 교육과정에서는 "기존 영역에 부분적으로 반영해 온 매체 관련 내용 요소를 수정·보완"하여 매체 영역을 여섯 번째 영역으로 설정하고 있다(교육부, 2022ㄱ: 3). 핵심 역량으로 '디지털 미디어 역량' 역시 강조하고 있다. '매체' 영역이 신설됨으로써 문학 영역의 '갈래'와는 구별되는 '매체 자료 유형'이 '매체' 영역에 설정되어 있다. 그러나 매체나 매체 유형의 선택은 문학 이해 및 창작에서도 본질적이고 중요한 문제이다. 어떤 매체와 매체 유형을 선택하느냐에 따라 예상 독자와 서사 전략, 향유 방식이 달라질 수밖에 없기 때문이다. 그런 점에서 수업 시간에 실제적인 문학 활동을 수행하도록 하려면 '문학'과 '매체' 영역을 연계하거나 통합하는 것이 필요하다.

셋째, 문학 경험의 개별화로 인해 생겨난 정서적·미적 편식과 그로부터 발생할 수 있는 편향과 문화적 갈등 및 소통의 문제를 완화하거나 해결하기 위한 의도적·체계적 개입이 필요하다. 2022 개정 국어과 교육과정에서는 "다양한 유형의 담화, 글, 국어 자료, 작품, 복합 매체 자료"를 가르치라고 명시하고 있다(교육부, 2022ㄱ: 6). 정서적·미적 편식을 지양하고 다양한 유형의 문학 작품을 경험함으로써 학생들의 균형 잡힌 성장 혹은 문학 능력 함양을 도모하여 궁극적으로는 다양한 사람들과 소통하고 문화를 공유하며 새로운 문화를 산출하는 데까지 나아가는 것을 의도하고 있다. 이를 위해서는 먼저 학생들이 문학 독자로서 자신의 경험과 취향, 문학 능력 등에 대해 객관적으로 인식할 수 있도록 해야 한다. 그리고 매체 환경의 변화와 달라진 문학 경험의 양상을 충분히 고려하여 학생들에게 필요한 문학 경험을 체계적으로 제공함으로써 학생 개개인의 정서적·미적 발달을 지원하는 동시에 취향이 다른 학생들 간의 존중과 소통의 문화 또한 만들어야 한다.

넷째, 학교 안팎의 변화는 교실에서 이루어졌던 문학 교육의 변화를 요구한다. 국어 시간에, 교실에서, 교사가 주도하여, 오프라인으로 진행하는 문학 수업이 더 이상 매체 환경의 변화로 인해 달라진 문학 경험, 즉 문학 향유와 소비, 생산과 창작의 변화를 반영할 수 없기 때문이다. 우리 학생들은 앉아서 듣고 배우는 학습자가 아니라 주체적으로 만들고 참여하면서 성장하는 학습자라는 점을 적극 인정하고 그 새로운 학습자들이 참여할 수 있는 교육 활동을 구성하는 데 노력을 경주해야 한다(염은열, 2023 : 261-291). 이제 훌륭한 독자를 길러 내는 데 그치지 않고 자신의 텍스트를 적극적으로 생산하는 '저자로서의 독자'를 길러 내기 위해서도 노력해야 한다(김성진, 2021: 29-56). 이를 위해 온·오프라인상에서 생산·유통·향유되는 문학 양식이나 현상을 아우르는 한편 연결 개념 혹은 관통 개념(big idea) 아래 통합적 실천(김창원, 2014: 7-37) 활동을 기획하여 학생들로 하여금 참여하도록 함으로써, 문학 교육의 실제성과 삶과의 연계성을 높일 필요가 있다.

학교 안과 바깥에서의 문학 경험을 통해 문학적 취향과 문학에 대한 배움이 일어난다. 그런 점에서 문학 교사의 관심과 시야는 학교 바깥의 문학 현상이나 문학 활동까지를 아우를 수 있어야 한다. 그리고 학교 안에서의 문학 교육은 학교 바깥에서 이루어지는 문학 경험까지 아우르고 또 활용하고 때로 선도할 수 있는 교육적 기획이자 실천이 되어야 하며, 이를 통해 학생 개인의 심미적·문화적 역량뿐만 아니라 우리 사회의 문화 역량까지 높일 수 있어야 한다.　　　　　　　| 염은열

참고문헌

강현석·전호재(2014), 「교육과정 개정에서 범교과 학습 주제의 교육과정 적용 방안 연구」.

『학습자중심교과교육연구』 14(11), 239-264.

교육부(2022ㄱ), 『국어과 교육과정』, 교육부 고시 제2022-33호[별책 5].

교육부(2022ㄴ), 『초·중등학교 교육과정 총론』, 교육부 고시 제2022-33호[별책 1].

국어과 시안 개발팀(2022), 『2022 개정 국어과 교육과정 시안 개발 연구 토론회 자료집』, 한국교육과정평가원.

김경애(2017), 「'보는' 소설로의 전환, 로맨스 웹소설 문화 현상의 함의와 문제점」, 『인문사회 21』 8(4), 1367-1387.

김대행(1998), 『국어교과학의 지평』, 서울대학교출판부.

김대행 외(2000), 『문학교육원론』, 서울대학교출판부.

김미혜 외(2016), 「초등 예비교사의 교과 통합 수업 능력 신장을 위한 프로젝트 수업 사례 연구」, 『학교와 수업 연구』 1(1), 75-99.

김상욱(2003), 「초등 문학교육의 발전 방향」, 『문학교육학』 12, 279-300.

김상욱(2008), 「2007 교육과정에 따른 중학교 교과서의 개발 방향」, 『우리말교육현장연구』 2(1), 67-85.

김성진(2021), 「문학교육은 저자성의 변화를 어떻게 수용할 것인가?」, 『국어교육』 173, 29-56.

김성진(2022), 「'근대 문학의 종언'과 문학교육: 읽기 중심주의에 대한 성찰」, 『문학교육학』 76, 87-112.

김정안 외(2015), 『주제통합수업』, 맘에드림.

김창원(2014), 「통합형 국어과 교육과정 구성의 방향과 과제」, 『청람어문교육』 51, 7-37.

노은희 외(2022), 『2022 개정 국어과 교육과정 시안(최종안) 개발 연구』, 한국교육과정평가원.

민재원(2021), 「문학 교육과정의 보완 방향에 대한 이론적 접근 연구: 루만의 '관찰' 개념이 가지는 의의를 중심으로」, 『문학교육학』 70, 41-69.

박순경(2006), 「한국 교육과정에서의 '범교과학습'의 실태와 개선 방안」, 『교육과정연구』 24(2), 159-182.

박윤경·김미혜·장지은(2021), 『교육과정 문해력 프로토콜』, 교육공동체 벗.

박인기(1994), 「문학교육과정의 구조에 관한 연구」, 서울대학교 박사학위 논문.

송지언(2015), 「웹툰 〈미생〉의 일 서사에 대한 문학치료학적 접근」, 『문학치료연구』 36, 161-195.

염은열(2012), 「학교 바깥 고전시가의 변용과 향유에 대한 교육적 성찰: 〈가시리〉를 예로」, 『문학치료연구』 23, 77-107.

염은열(2022ㄱ), 「국어과 교육과정에 대한 현장으로부터의 질문과 도전: 교육과정 기획자로서의 교사의 출현」, 『문학교육학』 74, 45-76.

염은열(2022ㄴ), 「예비교사의 교과 통합 수업 능력 함양을 위한 국어과 강좌 운영 사례」, 『한국초등국어교육』 75, 291-322.

염은열(2023), 「문학하는 시대, 다시 '문학' 속으로」, 『문학교육학』 79, 261-291.

염창권(2002), 「초등학교 문학 수업의 문화기술적 연구: 교과서 활용 양상을 중심으로」, 『문학교육학』 9, 149-180.

이낭희(2019), 『나만의 문학 수업을 디자인하다: 30년차 문학 교사가 전하는 생생한 문학 수업 교수법』, 휴머니스트.

이미숙 외(2009), 『범교과 학습의 체계화 방안 탐색을 위한 세미나』(연구자료 ORM 2009-19), 한국교육과정평가원.

이상은·소경희(2008), 「각국의 교육과정 문서에 제시된 범교과적 교육과정(Cross-Curricula) 접근 방식 분석: 영국, 호주, 캐나다, 한국을 중심으로」, 『교육과정연구』 26(1), 59-79.

이상일(2019), 「문학 교과서 개발과 구성의 경직성에 대한 비판적 고찰: '작은 교과서'를 지향하며」, 『문학교육학』

64, 11-43.

이용희(2020), 「디지털 매체 기반 장르문학 연구의 가능성: 웹소설 연구를 위한 제언」, 『한국언어문화』 73, 301-320.

정재찬·박상철(2010), 「문학교육과정 실천태(實踐態)로서의 문학 교재와 수업에 관한 고찰」, 『문학교육학』 31, 237-265.

정정순(2021), 「디미털 미디어 환경에서의 '댓글시'에 대한 문학교육적 탐색」, 『문학교육학』 73, 285-308.

최미숙(2006), 「제7차 초등학교 국어 교과서에 대한 비판적 점검」, 『국어교육학연구』 27, 25-58.

최미숙(2007), 「매체 환경에 따른 국어교육의 변화: 국어과 교육과정을 중심으로」, 『국어교육학연구』 20, 243-265.

최승복(2020), 『포노 사피엔스 학교의 탄생: 스마트폰 종족을 위한 새로운 학교가 온다』, 공명.

하승철(2020), 「웹소설 구독 행태 분석을 통한 성공적 연재 방안 제언」, 『인문사회 21』 11(5), 329-342.

하언지·정광순(2018), 「교과서 벗어나기 수업을 하는 교사의 동인 탐색」, 『학습자중심교과교육연구』 18(5), 61-80.

한국문학교육학회(2001, 2002), 「기획 특집 문학 생활화의 방법 1-4」, 『문학교육학』 7-10, 한국문학교육학회.

한혜원·김유나(2015), 「한국 웹콘텐츠의 동향 및 유형 연구」, 『이화어문논집』 35, 31-52.

Eisner, E. W.(1983), 『교육적 상상력: 교육과정의 구성과 평가』, 이해명(역), 단대출판부(원서출판 1979).

제2부

문학 교육의 내용과 수행

4장

해석하기

　　스포츠 경기를 관람하기 위해서는 해당 스포츠의 규칙을 알아야 한다. 야구를 좋아하는 사람은 야구의 규칙에 대한 지식을 바탕으로 실제 야구 선수들의 작은 움직임의 의미까지 정확하게 읽어 내며 해설할 수 있다. 경기에서 이기기 위한 감독과 선수들의 수 싸움과 관련된 이러한 해설을 들으면서 야구 경기를 관람하면 야구가 훨씬 재미있어진다. 여기에 현재 응원하는 팀의 전년도 성적이 어떠한지, 특정 선수의 다른 선수들과의 관계는 어떠한지 등도 게임을 이해하는 데 중요한 정보로 활용되는 경우가 많다. 게임의 규칙과, 게임과 관련된 맥락에는 무엇이 있는지 알고 스포츠 경기를 관람할 때 게임을 더 잘 즐길 수 있다.

　　문학도 마찬가지다. 문학 작품이 어떠한 규칙(문학적 장치)을 동원하여 의미화되어 있는지, 문학 작품을 둘러싼 중요한 맥락에 무엇이 있는지에 주목하여 작품을 해석해 가면 작품의 의미가 분명해지고 풍부해진다. 이 장에서는 문학 작품 해석하기와 관련된 내용을 살펴보기로 하자.

1　문학 작품의 해석이란?

　　해석하기는 문학 작품을 수용하는 과정에서 이루어지는 핵심 활동으로서 문학 교육에서 중요한 내용이다.[1] 문학 활동이 크게 문학 작품의 수용 활동과 생산 활동으로 나뉜다고 볼 때, 해석하기는 '수용'이라는 범주의 핵심적인 활동에 해당한다. 예를 들면 김소월의 〈진달래꽃〉(1925)을 해석한다는 것은 작품 수용하기라는 문학 활동을 하는 것으로, 그 자체가 문학 수업에서 다루어지는 중핵적인 교육 내용이 된다.

일반적으로 문학 작품을 볼 때 꼼꼼한 해석 활동을 수행하지 않더라도 자연스럽게 작품을 읽고 향유할 수 있다. 가령 〈어린 왕자〉(1943)를 읽었다고 말하는 초등학생이 있다고 할 때, 우리는 그 초등학생이 그 작품을 읽으면서 즐겁고 좋은 경험을 했을 것이라고 생각한다. 하지만 왕자와 장미, 왕자와 여우의 관계, 그리고 이 작품에서 핵심 내용이기도 한 길들임의 의미 등과 관련하여 〈어린 왕자〉에서의 알레고리적 장치들에 대해 정밀하게 해석했을 때 〈어린 왕자〉의 의미가 독자에게 한층 더 깊이 있게 다가갈 가능성이 크다는 점 또한 부인하기 어렵다. 즉 꼼꼼한 해석의 과정을 거쳐 작품의 의미를 파악할 때 이해의 폭이 더 넓어지고 깊이가 더 깊어질 수 있다.

1) 해석의 개념

우리가 작품을 읽으며 해석을 하는 이유는 작품의 의미를 파악하기 위해서이다. 작품의 의미 파악을 통해 우리는 작품에서 형상화한 인간과 세계를 이해할 수 있다. 즉 언어로 형상화한 작품을 해석하는 활동을 수행함으로써 작품에 펼쳐진 세계의 의미를 파악할 수 있으며, 이를 통해 작품을 이해하게 된다. 이렇게 볼 때 해석은, 문학 텍스트를 이해하는 과정에서 어려움을 겪는 부분을 다양한 방법으로 해소할 수 있는 '이해의 기술'(김정우, 2004: 20)이자, 이해에 도달하는 과정이라 정의할 수 있다. 하이데거의 표현에 따르면 해석은 이해의 전개 이외의 다른 것이 아니다(Grondin, 2017/2019: 91).

여기서 해석 활동을 통해 도달하게 되는 문학 작품의 '의미'란 무엇인지에 대해 살펴볼 필요가 있다. 에릭 D. 허시(Eric D. Hirsh)는 '의미(meaning)'와 '의의(significance)'를 구별하여, 창작 당시 작가가 의도했던 것을 작품의 '의미'로, 이에 비

....

1   문학 교육학의 학문적 정립 단계에서부터 '해석' 활동은 문학 교육 내용으로 지속적인 논의 대상이 되어 왔다. 교육 내용으로서의 해석에 대한 선구적인 연구로 김창원(1994), 최미숙(1993)의 논의를 참조할 수 있다. 김창원(1994)은 시 텍스트 해석 모형을 제시하고자 하였으며, 최미숙(1993)은 '부재 요소'를 중심으로 해석 원리를 탐색하였다.

해 독자들에 의해 서로 다르게 실현된 의미를 '의의'로 불렀다. 허시는 '작가가 의도한 의미'를 문학 작품의 의미라고 본 것이다(Hirsh, 1967). 허시가 논의한 '의미'는 작품 해석에서 작가의 의도를 절대시함으로써 작품의 의미를 고정될 수 있는 것으로 보았다는 한계를 지닌다.

한편, '작가가 의도한 의미', '독자마다 다르게 실현되는 의미'를 포괄하면서 그 외에 '작품 자체의 언어 구조 중심의 의미'를 더하여 세 가지 층위로 정리한 경우도 있다(김준오, 2017:170~171). 작품 자체의 언어 구조에 초점을 맞추어 읽어냈을 때 드러나는 의미, 작가가 작품을 창작하는 과정에서 의도한 의미, 독자마다 수용의 맥락에 따라 다양하게 읽힐 가능성을 인정하는 의미 등이 그것이다.

이러한 세 가지 층위는 작품 해석의 방법론 차원에서 논의(최미숙, 2012)한 객관론적 접근, 표현론(생산론)적 접근, 수용론적 접근에 각각 대응한다. 객관론적 접근은 텍스트 중심 해석에, 표현론(생산론)적 접근은 작가 중심 해석에, 수용론적 접근은 독자 중심 해석에 해당한다. 객관론적 접근은 작품이라는 언어 구조물을 통해서 파악되는 의미에 초점을 맞춘다. 표현론(생산론)적 접근은 작가가 어떤 의도를 가지고 작품을 창작하였는가에 주목하여 작품의 의미를 파악하려고 한다. 수용론적 접근은 작품을 읽는 독자들이 독자의 사회문화적 맥락 속에서 새롭게 읽어 내는 의미에 주목한다. 이 외에도 2장에서 살펴본 모방론의 관점에서도 작품의 의미를 파악할 수 있다. 모방론적 관점은 작품에 표현된 당대 현실 혹은 인간 세계의 모습에 주목하여 의미를 파악한다. 작품을 해석한다는 것은 다양한 관점이 서로 긴밀하게 관여할 수 있도록 열어 두면서 작품을 보다 깊이 있게, 그리고 보다 풍성하고 입체적으로 이해해 가는 과정이다.

작품을 해석할 때에는 작품에 대한 객관론의 관점에서 출발하는 것이 좋다. 객관론의 관점에 따른 꼼꼼한 분석은 작품에 대한 밀도 있는 이해를 가능하게 하며, 전체 의미는 작품의 부분부분에 대한 해석 과정이 지속적으로 반복 순환되면서 구축된다. 부분은 전체를 통해서만 비로소 의미를 가지며, 전체 또한 각 부분에 대한 이해를 바탕으로 할 때 온전한 형체를 드러내는 해석학적 순환(hermeneutic circle)이 필요하다. 여기서 중요한 것은 객관론적 관점에서 강조하는 작품에 대한 정밀한 분석과 이러한 분석을 기반으로 한 작품의 의미 구축의 과정이 독자의 문학

해석학적 순환(Hermeneutic circle)

해석학자인 프리드리히 슐라이어마허(Friedrich Shleiermacher)
에서 비롯된 용어로, 빌헬름 딜타이(Wilhelm Dilthey), 마르틴 하
이데거(Martin Heidegger) 등 여러 해석학자가 발전시켜 사용하
였다. 슐라이어마허는 텍스트에 대한 이해는 해석학적 순환을 통해
이루어진다고 주장하였다. 부분은 전체를 통해서 의미를 가지게 되
고, 전체 또한 부분을 이해하여야 그 모습을 드러낸다는 것으로, 대
상에 대한 이해의 구축은 부분과 전체 사이의 지속적인 순환을 통
해 이루어진다고 본 것이다. 예를 들면 부분으로서의 A를 이해하기
위해서는 전체 B에 대한 이해를 바탕으로 접근해야 하고, B를 이
해하기 위해서는 A를 이해해야 한다고 할 때, 이들은 모두 해석학
적 순환 관계 속에 놓여 있는 것이다. 문학 작품의 경우, 작품의 구성 부분을 이해하기 위해서는 작
품 전체에 대한 이해를 바탕으로 해야 하며, 또한 작품의 구성 부분을 이해해야 작품 전체의 의미
를 파악할 수 있다. 해석학적 순환의 관점에서는 이러한 부분과 전체의 상호 순환을 통해 독자들이
작품을 더 깊고 풍부하게 해석할 수 있다고 본다(Abrams, 1989; Ramberg & Gjesdal, 2003; 정
기철, 2003).

경험 속으로 긴밀하게 통합되어야 한다는 점이다. 텍스트에만 초점을 맞출 경우
주체, 즉 독자가 소외될 수 있으므로 작품을 해석할 때에는 항상 해석 주체로서의
독자의 중요성을 염두에 둘 필요가 있다. 해석학자인 한스게오르크 가다머(Hans-
Georg Gadamer)가, 이해를 텍스트의 주제와 독자의 사정 사이의 대화로 사유했던
것(Grondin, 2017/2019: 83)이 이를 잘 보여 준다.

　　문학 교육에서는 이처럼 서로 다른 관점 혹은 서로 다른 방법론을 통해 접근할
수 있는 다양한 층위의 의미들을, 모두 작품 해석 활동을 통해 도출할 수 있는 의
미로 포함하여 다루고 있다. 서정주의 〈밀어(密語)〉(1947)라는 작품을 보자(김준오,
2017: 170-171).

　　　　순이야. 영이야. 또 돌아간 남아.

　　　　굳이 잠긴 햇빛의 문을 열고 나와서
　　　　하늘가에 머무른 꽃봉오릴 보아라

한없는 누에실의 올과 날로 짜 늘인

채일을 두른 듯 아늑한 하늘가에

뺨 부비며 열려 있는 꽃봉오릴 보아라

순이야. 영이야. 또 돌아간 남아.

저, 가슴같이 따뜻한 삼월의 하늘가에

인제 바로 숨쉬는 꽃봉오릴 보아라

— 서정주, 〈밀어〉 전문

서정주는 산문 〈해방〉에서 해방 직후의 느낌과 감정을 소개하면서 산문의 말미에 〈골목〉과 〈밀어〉를 덧붙이고 있다. 광복 직후의 "내가 이 세상에 생겨나서 처음으로 들어보는 음색(만세 소리)"의 감동이 시 〈밀어〉로 이어졌다는 점을 알 수 있게 하는 부분이다. 이 글에 의하면 1945년 겨울에 〈골목〉을 썼고, 1946년 봄의 착상을 바탕으로 여름에 쓴 것이 〈밀어〉이다.

이러한 창작의 연원을 바탕으로 〈밀어〉를 해석할 때 주제는 광복의 기쁨이 되며, 이것이 시인이 의도한 의미라 할 수 있다. 즉 이 시는 "민족의 광복에 어울리는 발원과 회심의 언어"(김준오, 2009: 89)이자, "해방 공간에서 놀랍고도 아름다운 운율과 언어로 광복을 노래한 것"(황종연, 1994: 314)이다.

하지만 문학 작품 자체만 놓고 볼 때 광복이라는 시대적 맥락은 드러나 있지 않다. '굳이 잠긴 햇빛의 문'이라는 표현을 통해 그간의 상황이 어둡고 암울했음을 해석해 낼 수 있고, 마침내 그 문이 열려 '하늘가에 꽃봉오리'가 머물고 있을 뿐만 아니라, '인제 바로 숨쉬는 꽃봉오리'라는 표현을 통해 감격적인 환희의 순간, 혹은 기다렸던 희망이 실현되는 순간을 맞이하였음을 파악할 수 있다. 이처럼 온전히 문학 텍스트의 언어적 구조를 중심으로 해석할 때 객관론적 접근을 통한 의미가 실현된다.

또한 '꽃봉오리'는 그것이 독자 개개인의 삶의 맥락에 따라, 혹은 그간의 개인적인 경험과 지식에 따라 다른 의미로 해석될 수 있으며, 이 경우 여러 다양한 의미들이 실현 가능하다. 예컨대 개인적인 억압적 환경으로부터 벗어난 자유의 상태를 의미하는 것으로 해석할 수도 있으며, 자신을 괴롭히던 어떤 문제가 마침내 해결된 심리적 해방감을 의미하는 것 등으로도 해석 가능하다.

2) 해석의 다양성과 수용 가능성

해석은 텍스트에 대한 정밀한 들여다보기를 통해 텍스트의 의미를 능동적으로 구성해 가는 행위이다. 능동성을 강조하는 차원에서 볼 때 해석 행위는 수동적인 의미 발견이 아닌 능동적 의미 생산과 연결된다. 능동적 의미 생산은 해석의 다양성, 복수성으로 귀결되며 이 경우 '어떤 해석이 수용 가능한가' 하는 준거의 문제가 제기된다. 이때 '타당한 근거' 및 '그럴듯함의 논리'를 갖추고 있는 해석인가 하는 것이 그 해석의 수용 가능성을 결정하게 된다. 즉 해석은 독자가 텍스트의 의미를 구성해 가는 가운데, 텍스트, 작가, 다른 해석 등과의 관계를 염두에 두면서 자신의 해석을 뒷받침할 수 있는 타당한 근거와 그럴듯함의 논리를 갖추어 가는 생산적 활동이다.[2]

해석자는 기존의 해석 결과를 전수받는 수동적 존재가 아니라 능동적인 생산자로서의 역할을 수행한다. 문학 교실에서 특정 해석이 마치 정답인 것처럼 받아들여지는 해석의 정전성은 해체(이명찬, 2008)될 필요가 있다. 정설의 지위나 권위에 대한 담론적 해체를 통해 다양한 해석 텍스트를 다룰 필요가 있는 것이다(정재찬, 2007). 해석 텍스트는 '문학 텍스트에 대하여 중층적 관계를 설정하면서 해석의 관점과 논리를 구성하는 양상을 보여 주는 텍스트'(양정실, 2006)로 학습자의 해석 텍스트 또한 문학 수업에서 활용 가능하다. 특정 문학 연구자 혹은 비평가의 해석이 주어진 문학 작품에 대한 유일한 해석인 것처럼 다루어지는 것은 문제가 있으며, 이미 정답처럼 정해진 해석을 외우기만 하면 되는 문학 수업에 대한 학습자의 문제 제기(우신영, 2016)는 정당하다.

....

2   참고로 김정우(2002)에서는 '타당한 근거 혹은 그럴듯함의 논리'를 갖추어야 한다고 보았는데, 이 장에서는 타당한 근거와 그럴듯함의 논리, 즉 or가 아닌 and의 조건으로 보고 있다. 해석의 타당성 문제에 천착한 논의로 김미혜(2003)를 참조할 수 있다.

일반적으로 문학 교육에서 해석의 다양성은 비유나 상징을 포함하고 있는 시 작품(예컨대 한용운 시에서의 '님'의 의미)이나, 혹은 인물의 행위의 의미(예컨대 〈심청전〉에서 심청이 인당수에 몸을 던진 행위의 의미) 등과 관련된 서사 작품을 제재로 하여 교육 내용으로 구현되는 경우가 많다. 그리고 이때 다양한 복수의 해석을 수용할 수 있게 하는 준거는 타당한 근거를 갖추고 있는가 하는 것이다. 실제 해석하기의 수행과 관련된 중학교 문학 영역 성취기준이 "근거를 바탕으로 작품을 해석하고, 다른 해석들과 비교하여 자신의 해석을 평가한다."([9국05-08])로 제시된 것을 통해서도 알 수 있듯 해석 결과의 수용 가능성을 판단하는 데 '근거'가 중요하다. 앞서 제시하였던 서정주의 〈밀어〉에 대한 해석에서 작품 생산의 맥락을 바탕으로 작품의 의미를 '우리나라의 독립의 기쁨'으로 볼 수도 있고, 개인적인 억압적 상황으로부터의 벗어남, 문제적 상황의 해결 등으로 다양하게 해석할 수 있다고 보았을 때 그렇게 해석한 근거가 작품 내에서의 이미지들 및 이미지들 간의 관계에 대한 설명을 통해 명확하게 제시되어야 하는 것이다.

주어진 텍스트에 대한 주체적 해석이 가능하기 위해서는 우선 해당 텍스트에 대한 면밀한 이해를 통해 텍스트에서 구현된 세계(상황이나 장면, 이미지 등)를 파악해야 한다. 이후 해석될 필요가 있는 문제에 대하여 텍스트 내외의 정보들과 지식들을 바탕으로 타당한 근거를 제시하면서 주체적으로 해석하여야 한다. 다만 해석의 결과가 다른 독자들에게도 널리 받아들여질 수 있을 때, 그 해석은 수용 가능한 해석이 된다. 즉 해석 공동체 입장에서 보았을 때 '그럴듯함(plausibility)'(Dutton, 1977)[3]을 가지고 있을 때 그 해석은 다양한 해석 중 하나로 폭넓게 수용된다.

요컨대 문학 작품을 주체적이고 능동적으로 수용한다는 것은 작품에 대한 꼼꼼하고 면밀한 이해를 전제로 하여 작품에 대한 자신만의 관점을 바탕으로 해석할 수 있다는 것을 의미한다. 주어진 작품에서의 특정 상황이나 장면, 혹은 이미지 등은 독자들마다 서로 다르게 해석할 수 있는 여백이 있다. 이때 독자는 왜 그렇게

....
3   데니스 더턴(Denis Dutton)에 따르면 그럴듯함은 과학 연구 및 미학적 비평 분야에서 주로 쓰이는 용어로, 후자의 경우 예술 작품에 대한 비평적 해석의 적절성과 관련된 논의에서 자주 쓰이는 개념이다. 그는 '그럴듯함'을 비평의 본질을 이해하는 데 핵심이라고 보았다.

잠|깐|!

해석 공동체(interpretative community)

스탠리 피시(Stanley Fish)가 『이 교실에 텍스트는 존재하는가?(*Is There a Text in This Class?*)』 (1980)라는 책에서 사용한 개념이다. '해석 공동체'는 어떤 텍스트를 해석할 때 수용 가능한 의미에 대한 공통의 가정과 공통의 해석 전략을 적용하는 독자 집단을 일컫는다. 해석은 이 공동체 내에서 정당성과 권위를 보장받는다. 이 개념은 하나의 텍스트가 의미를 가지는 것은 텍스트 자체에 의해서만은 가능하지 않다는 전제에서 나온다. 피시가 보기에 텍스트의 의미는 그것을 읽는 공동체가 가지는 의미 체계가 확립되어 있어야 발생할 수 있다는 것이다.

해석하였는가 하는 타당한 근거를 제시할 수 있어야 한다. 또한 그러한 해석의 결과가 해석 공동체 내에서 수용 가능한가, 즉 그럴듯함을 지니고 있는가 하는 부분도 같이 점검할 수 있어야 한다.

문학 교육과정에서의 해석하기

문학 교육 내용으로서의 해석하기는 문학 텍스트가 실현하는 다양한 의미를 읽어 내는 과정이자, 그 과정을 통해 의미에 도달하는 과정이다. 문학 교육학계에서 해석하기가 중요한 교육 내용으로 포함되기 시작한 것은 2011 개정 국어과 교육과정에서부터이다. 2015 개정 국어과 교육과정에서의 문학 영역 내용 체계에서는 기능 범주의 하위 내용 요소 중 하나로 '이해·해석하기'를 동시적인 활동으로 제시하였다. 2022 개정 교육과정에서는 과정·기능 범주에서 '작품 읽기와 이해', '해석과 감상'으로 제시하고 있다. 참고로 2022 개정 국어과 교육과정에서 해석 활동과 관련된 성취기준은 아래와 같다.

> [6국05-03] 소설이나 극을 읽고 인물, 사건, 배경을 파악한다.
> [9국05-08] 근거를 바탕으로 작품을 해석하고, 다른 해석들과 비교하여 자신의 해석을 평가한다.
> [10공국2-05-02] 주체적인 관점에서 작품을 해석하고 평가하며 문학을 생활화하는 태도를 지닌다.

일반적인 문학 수용의 양상을 '문학 작품에 대한 이해와 감상'이라고 말할 때, 다소 투박하게 정리하자면 이해는 인지적 사고 중심의 수용을, 감상은 정의적 사고 중심의 수용을 가리키는 것으로 본다. 해석은 이러한 인지적 사고 중심의 수용 활동에 대해 좀 더 방법론적 차원에서 접근한 용어라 할 수 있다. 앞의 초등학교 문학 성취기준의 해설에는 "이 성취기준은 작품을 이루는 주요 요소를 중심으로 작품을 분석하고 이해하는 능력을 기르게 하기 위해 설정하였다."라는 설명이 나온다. 이는 인지적 접근 중심의 이해 및 해석 활동이 작품의 형상화 방법과 밀접하게 관련되어 있다는 점을 반영한 것이다. '해석'이라는 활동을 제시하고 있는 성취기준에서 특히 '근거'의 제시를 강조하는 것이나 해석의 다양성과 관련하여 해석의 '방법'에 대한 논의가 지속적으로 이루어지는 것도 이러한 맥락에서 이해 가능하다.

여기서 어떻게 해석할 것인가 하는 문제를 생각해 볼 수 있다. 즉 해석의 과정이 원활하게 이루어지기 위해서는 문학 작품이 어떻게 의미화되어 있는지 파악할 수 있어야 한다. 이는 일종의 문학 작품의 코드를 해독하는 작업이며, 이러한 문학의 코드에 해당하는 것이 흔히 말하는 문학적 장치 혹은 문학 형상화 방법이 된다. 작가는 문학적 장치들을 동원하여 문학이라는 대상을 조직하는 것이며, 독자는 이러한 문학적 장치들을 염두에 두면서 해당 작품을 해석해 간다. 그러므로 독자는 해석의 도구로서의 문학적 장치에 대한 지식을 바탕으로 우선적으로 작품의 의미를 구축해 갈 필요가 있다.

요컨대 독자는 문학이라는 텍스트가 어떻게 직조되어 있는지를 꼼꼼히 읽어 내는(close reading) 해석의 과정을 통해 의미를 구성한다. 이렇게 구성된 의미(작품의 내용과 주제 및 주된 정조와 정서)를 바탕으로 이해가 이루어진다. 의미 구성 전략으로서의 문학적 장치에 대한 지식은 이러한 꼼꼼한 읽기를 가능하게 하는 해석의 도구가 된다. 여기서 문학적 장치에 대한 지식은 문학의 구성 요소에 대한 지식, 즉 문학의 형상화 방법에 대한 지식으로서, 흔히 속성 중심의 문학관에서 일컫는 속성에 해당하는 것이다. 또한 작품을 둘러싼 맥락들에 대한 지식[4]을 통해서도

....

4   예컨대 '나는 〈무정〉이 1917년에 발표되었다는 것을 안다. / 나는 이광수가 납북되었다는 것을 안다.' 등의 내용이

작품에 대한 포괄적이고 심화된 이해로 나아갈 수 있다.

2 문학 작품 해석하기

문학 작품이라는 개인의 창작물이 나오기까지 작가는 자신이 속한 사회·역사·문화적 맥락 속에서 고군분투하면서 특정한 의도를 가지고 해당 작품을 직조한다. 작가의 경험을 바탕으로 작가 개인의 세계관과 인생관, 삶에 대한 고뇌와 일체의 감정 등이 문학적 장치를 활용하여 구체화된 것이 바로 문학 작품이다. 즉 문학은 가치 있는 경험의 언어적 형상화이다. 이러한 작품의 형상화 과정에서 동원되는 문학적 장치들을 이해하고 작품의 의미를 구축해 갈 때, 그리고 작품 형상화 과정을 둘러싼 맥락, 즉 작가는 어떤 사람인지, 어떤 사회·역사적 환경에서 작품을 썼는지 등과 관련하여 맥락을 이해할 때 작품의 의미는 훨씬 더 풍부하면서도 깊이 있게 다가온다.

독자는 다양한 문학적 장치에 주목하여 작품을 해석함으로써 작품의 표면에 드러나지 않는 이면의 의미까지도 탐구해야 한다. 즉 작품을 읽으면서 일관된 의미를 쌓아 가기 위하여 종종 드러나지 않은 함축적 의미나 작가의 의도 등 불확정적으로 남아 있는 부분들을 추적하여야 한다. 볼프강 이저(Wolfgang Iser)가 작품이 전개하는 문학적 기법들과 관습을 알고, 텍스트의 의미 생산 방식들을 체계적으로 지배하는 법칙인 그 텍스트의 '약호들(codes)'을 아는 독자를 '이상적 독자'(Iser, 1978)로 본 것과 같은 맥락에서 학습독자 또한 이러한 해석의 과정을 거칠 필요가 있다.

해석 활동을 수행하는 과정에서 동원하는 전략[5]으로 페리 노들먼(Perry Nodleman, 1994/2001)은 구체화하기, 캐릭터 분석하기, 플롯 파악하기, 주제 찾기, 구조

....

이에 해당하는데, 이를 능력지(~할 줄 안다)와 구별하여 명제지(~라는 것을 안다)로 구분한 경우도 있다. 이삼형 외 (2007: 270-273) 참조.

5   노들먼은 '공란 채우기'라는 표현을 쓰고 있지만, 엄밀하게 개념 규정이 되어 있지는 않다.

분석하기(단어, 이미지, 아이디어), 화자와 서술자 파악하기 이렇게 여섯 가지를 제시하였다. 노들먼이 제시한 여덟 가지 전략은 우리가 교실에서 문학 작품을 해석할 때도 흔히 활용하는 문학적 장치라는 점에서 문학 교육의 장에서도 주목할 필요가 있다.

국어과 교육과정 문학 영역 및 문학 과목에서 다루어지고 있는 교육 내용에 초점을 맞추어 이 장에서는 해석 활동을 크게 문학적 장치에 주목하여 의미 구축하기, 작품의 맥락을 고려하여 해석하기 두 측면으로 나누어 살펴보기로 한다. 문학적 장치에 주목하여 의미 구축하기에서는 서술자 및 시적 화자 파악하기, 비유와 상징 파악하기, 반어와 역설 파악하기 등 문학적 전략에 대한 파악이 작품을 해석하는 데 어떻게 긴밀하게 관여하는지 살펴본다. 작품의 맥락을 고려하여 해석하기는 작품을 둘러싼 정보들을 어떻게 작품에 대한 이해에 효과적으로 동원할 수 있는지, 동원한 지식들을 어떻게 작품 해석과 이해에 활용할 수 있는지 살펴본다.

1) 문학적 장치에 주목하여 의미 구축하기

조각가가 자신이 원하는 형상을 조각하기 위해서는 재료의 형질에 대한 이해가 필수적이다. 어느 정도의 강도로, 어떤 방향 혹은 결을 따라서 조각해 갈 것인지는 재료에 대한 정확한 이해를 통해 결정된다. 이러한 예술의 재료에 대한 이해를 바탕으로, 조각가 자신의 연마된 조각 기술이 더해져서 비로소 훌륭한 조각 작품이 완성된다. 문학이라는 언어 예술은 어떠한가? 우선은 문학이라는 예술의 재료인 언어에 대한 정확한 이해가 선행될 필요가 있다. 이를 바탕으로 작품을 만들어 내는, 즉 일종의 시 작법, 소설 작법 등의 언어를 다루는 지식과 기술이 축적되어 발휘될 때 문학 작품이라는 언어 예술이 완성된다.

우선 문학 작품의 매재인 언어의 속성에 대해 살펴보자. 언어는 내가 경험하고 느끼는 것들을 표현하는 매재로서 부족함이 없는가? 일반적으로 작가들은 언어라는 매재에 대해 절망하는 경우가 많으며, 이는 흔히 언어의 불완전성 등으로 설명된다. 그리고 작가들은 이러한 언어의 불완전성 때문에, 혹은 언어의 불완전성으로 인한 절망을 극복하기 위해 문학을 한다. 왜 그럴까? 친한 친구와 일상적인 담소를 나누고 집에 들어왔는데, 여느 날과 다른 감정이 엄습했다고 해 보자. 재미 없다거나 지루하다거나 심심하다거나 외롭다거나 이러한 종류의 어휘들을 아무리 떠올려 봐도 그때의 자신의 감정을 정확하고도 적실하게 표현할 말을 찾기 어렵다면 어떨까? 그럴 때 비유적 표현이나 상징적 표현, 반어나 역설적 표현을 통해, 혹은 특정 상황에 처한 허구적 인물의 형상화를 통해 효과적으로 자신이 마주한 문제적 감정을 표현해 볼 수 있다.

'하루 종일 집에서 하는 일 없이 뒹굴거렸다.'라는 표현은 일상적이지만, 그 상황에 처한 '나'의 감정을 적실하게 드러내지 못한다. '실내에서 유일하게 한 일은 웅크림이라는 도형을 발명한 것뿐입니다.'(서윤후, 〈독거청년〉)라는 표현에는 웅크림의 동작이 독자에게 구체적으로 환기되며, 화자의 무력감이 현장감 있게 전달된다. 화자의 웅크림이 도형으로, 즉 비유라는 문학적 전략을 통해 표현됨으로써 그 동작의 지속성, 경직성 등이 자연스럽게 환기되며, 발명이라는 표현 또한 아무것도 한 것 없음이라는 무력감을 역설적으로 강화한다.

표현하고자 하는 바를 정확하게 표현하고자 하는 욕구는 기존의 관습적이고 일상적인 언어들로 충족되기 어려우며, 따라서 문학적 표현들이 전략적으로 요청된다. 원하는 조각상을 만들기 위해 조각가가 끊임없이 연마하듯, 원하는 바를 언어로 온전히 구현하기 위해 작가는 끊임없이 언어와 씨름한다. 문학 교육의 측면에서 이는 '형식과 표현'의 문제로 접근된다. 문학의 내용이 무엇을 표현할 것인가와 관련된 것이라면, 문학의 형식이나 표현은 어떻게 표현할 것인가(way of saying)와 관련된 것이다(Brooks & Warren, 1976: 1-16). '어떻게' 언어화할 것인가의 문제가 형식의 문제이자 표현의 문제이고, 포괄적으로 말하여 형상화 방법의 문제이자 독자 입장에서는 해석해야 할 문학적 전략이 된다.

작가의 생각이나 관념이나 정서 등을 이미지나 사건 등을 통해 시나 소설 등으로 감각화, 구체화하여 표현하는 것이 형상화(形象化)이다. 그러므로 형상화 방법에 대한 지식은 문학 작품을 해석하는 데 유용한 도구가 될 뿐만 아니라, 작품을 생산하는 데에도 동원되는 기본적인 작품의 구성 원리라 할 수 있다.

갈래의 특성에 따른 형상화 방법을 중심으로 작품을 수용하는 내용이 고등학교 문학 과목의 주요 내용으로 포함되는 것도 이 때문이다. 물론 이때 형상화 방법은 작품의 내용과 긴밀하게 유기적 연관을 맺으면서 작품 속에서 기능하게 된다. 사회에 대한 분노의 내용이 발라드에서보다는 록이나 헤비메탈 장르에서 더 잘, 더 자주 표현되는 것과 마찬가지로 갈래적 특성은 표현하고자 하는 내용과 밀접하게 관련되어 있다.

갈래의 특성에 따른 형상화 방법과 관련하여 현재 대부분의 교과서에서는 '서정 갈래, 서사 갈래, 극 갈래, 교술 갈래'의 사분법에 기반한 갈래 이론을 따르고 있다. 네 갈래의 형상화 방법에 대한 탐구가 필요하다. 서정 갈래의 형상화 방법으로는 운율, 시적 화자, 비유와 상징 등의 다양한 표현 방법과 이에 따른 이미지 등이 주로 다루어진다. 서사 갈래의 형상화 방법으로는 서술자(시점), 갈등의 전개, 인물의 성격과 유형, 직접 제시와 간접 제시 등이 주로 다루어진다. 극 갈래의 형상화 방법으로는 해설, 지시문, 대사 등의 요소들과 갈등의 전개, 간접 제시 등의 내용을 교육 내용으로 포함하고 있다. 교술 갈래의 형상화 방법으로는 작가의 개성이 드러나는 표현과 문체 등에 주로 초점을 맞춘다. 이러한 형상화 방법에 대한 이해는 갈래별 주요 특성에 대한 이해이며, 이러한 이해는 해당 작품들을 효과적으로 해석하는 데 밑바탕이 된다.

이 절에서는 문학 교육과정 내용에 기반하여 서술자 및 시적 화자, 비유와 상징, 반어와 역설 등 문학적 장치에 대한 파악이 작품을 해석하는 데 어떻게 긴밀하게 관여하는지 살펴보기로 한다.

화자, 서술자·초점자 파악하기

문학 작품에는 작가의 생각이나 느낌, 사상과 경험 등을 효과적으로 전달해 줄 누군가(작가가 문학 장치로 설정한 서술자 혹은 화자)가 항상 존재한다. 누가 말을 하고 있는가 하는 문제와 함께, 주로 누구의 시선에서 사태를 바라보고 있는가 하는 셈을 같이 살펴야 한다. 다음의 소설을 참조해 보자.

> 허 생원은 계집과는 연분이 멀었다. 얽둑배기 상판을 대어설 숫기도 없었으나 계집 편에서 정을 보낸 적도 없었고, 쓸쓸하고 뒤틀린 반생이었다. 충주

집을 생각만 하여도 철없이 얼굴이 붉어지고 발밑이 떨리고 그 자리에 소스라
쳐 버린다.

충주집 대문에 들어서서 술좌석에서 짜장 동이를 만났을 때에는 어찌 된 서
슬엔지 발끈 화가 나 버렸다. 상위에 붉은 얼굴을 쳐들고 제법 계집과 농탕 치
는 것을 보고서야 견딜 수 없었던 것이다. 녀석이 제법 난질꾼인데 꼴사납다.
머리에 피도 안 마른 녀석이 낮부터 술 처먹고 계집과 농탕이야. 장돌뱅이 망신
만 시키고 돌아다니누나. 그 꼴에 우리들과 한몫 보자는 셈이지. 동이 앞에 막
아서면서부터 책망이었다.

걱정두 팔자요 하는 듯이 빤히 쳐다보는 상기된 눈망울에 부딪칠 때, 결김
에 따귀를 하나 갈겨 주지 않고는 배길 수 없었다. 동이도 화를 쓰고 팩하게 일
어서기는 하였으나, 허 생원은 조금도 동색하는 법 없이 마음먹은 대로는 다
지껄였다.

— 이효석, 〈메밀꽃 필 무렵〉

소설을 해석하고 이해하는 데 중요한 것은 왜 특정 인물의 시선에서 바라보고
말하고 있는가 하는 질문을 던지고 그 질문에 대한 답을 찾아가야 한다는 점이다.
이 소설에서는 누가 말하고 있으며 누구의 시선으로 보고 있는가? 그리고 왜 그
런가?

문학 수업에서 이 작품은 흔히 '삼인칭 전지적 시점'으로 설명된다. 소설에서
표면적으로 '나'라는 인물이 드러나지 않으므로 삼인칭 시점이 되며, 인물의 심리
가 상세하게 묘사되어 있다는 점에서 전지적 시점이다. 이때 서술자는 "충주집을
생각만 하여도 철없이 얼굴이 붉어지고 발 밑이 떨리고 그 자리에 소스라쳐 버린
다." 등에서 알 수 있듯이, 허 생원과 동이 중 주로 허 생원의 시선에서 사태를 바
라보고 있다. 따라서 허 생원의 심리가 주도적으로 드러난다. 특히 "머리에 피도
안 마른 녀석이 낮부터 술 처먹고 계집과 농탕이야. 장돌뱅이 망신 시키고 돌아
다니누나. 그 꼴에 우리들과 한몫 보자는 셈이지." 등의 표현에서는 허 생원의 심
리가 따옴표로 처리될 수 있을 정도로 직접적으로 표현된다. 삼인칭 전지적 시점
이라 하더라도 허 생원이라는 인물이 일종의 초점자가 되어 소설 속의 사건이 전

개되고 묘사되는 것이다.

말하는 주체와 구별되는 초점자(focalized person)는 누구의 시선에서 보고 있는가 하는 문제로, 즉 보는 주체에 해당한다. 현대 소설에서 '누가 보는가'는 '누가 지각하고 이해하고 느끼고 욕망하고 희망하는가'의 문제로, 독자의 해석과 체험에 강한 영향을 미친다(김성진 외, 2023: 219-220). "녀석이 제법 난질꾼인데 꼴사납다."라는 서술은 허 생원의 동이에 대한 평가로, 서술자가 초점자의 생각을 그대로 말한 것이다. 독자는 이때 초점자의 생각을 서술자의 권위에 준해 받아들이게 된다.

소설에서 작가는 왜 특정 인물의 시선을 선택하는가?

작가는 소설 속 여러 인물 중에 왜 '허 생원'이라는 인물에 초점을 맞추어 그 삶의 내력과 현재의 삶을 형상화하고 있을까? 작가가 집중해서 말하고 싶은 주제, 즉 떠돌이인 장돌뱅이 삶의 애환, 그리고 그 과정에서 부딪치고 경험하는 인간사 및 인간 본연의 정을 드러내는 이 작품의 주제 의식을 이 인물이 가장 효과적으로 드러낼 수 있기 때문이다. 자기 삶의 어떤 부분을 소설로 쓴다고 생각해 보라. 자기 자신을 '나'라는 주인공으로 설정할지 혹은 '그' 혹은 '그녀'로 설정할지, 그리고 '나' 혹은 '그(녀)'의 심리를 자세히 서술할지 아니면 거리를 둔 채 관찰하는 방식으로 서술할지 먼저 결정해야 할 것이다.

서술자 혹은 초점자의 중요성과 그 역할에 대한 이해는 이를 바꾸어서 써 보게 하면 더 명료하게 드러난다. 〈메밀꽃 필 무렵〉(1936)을 만약 동이의 시선에서 다시 쓴다면 어떻게 될까? 원 작품과는 다른 내용과 주제의 소설이 될 것이다. 마찬가지로 허 생원과 동이의 인연의 핵심 연결고리인 성 서방네 처녀의 시선이나 목소리가 이 소설에 등장한다면 이 소설은 또 어떻게 달라질까? 소설 속 여러 인물의 시선이나 심리 등을 고려하여 누구의 목소리로 동일한 사건이나 사태를 표현할지, 그렇게 표현할 때 소설의 분위기나 주제 의식이 어떻게 달라지는지 생각해 보게 하는 활동은 서술자 혹은 초점자 설정의 중요성과 기능에 대해 효과적으로 이해할 수 있게 해 준다.

교과서에 수록 빈도가 높은 주요섭의 소설 〈사랑손님과 어머니〉(1935)의 경우 여섯 살짜리 여자아이인 '옥희'의 시선에서 사태를 바라보고 기술하는 것의 효과는 분명하다. 과부를 대하는 당시 사회적 분위기뿐만 아니라 남녀 간의 사랑에 대한 이해도 부족한 어린아이의 시선에서 서술함으로써 사태를 관습적 시선으로부터 자유로운 천진난만하고 순수한 시각에서 바라보게 한다. 동시에 당대의 과부 혹은 재혼과 관련된 사회적 편견을 효과적으로 비판하는 데 기여한다. 이는 '신빙성 없는 서술자'로 설명되기도 하는데, 작가가 의도적으로 이러한 장치를 설정한 것이라 할 수 있다. 어린아이의 시선으로 장면들이 서술되지 않았을 경우, 당대 사회·문화적 맥락 속에서 하숙생인 아버지 친구와 과부인 어머니 사이의 심리적인 긴장은 신파로 전락할 위험이 다분하다고 볼 수 있다.

요컨대 서술자와 초점자는 작가가 현실에 대하여 어떠한 문제의식을 가지고 어떤 주제 의식을 드러내고자 하는지에 따라 아주 중요하게 고려되는 문학적 장치로, 작가의 허구적 대리인이다. 누가 말하는가 그리고 누구의 시선으로 바라보는가 하는 서술자 및 초점자의 설정은 작품을 해석하고 이해하는 데 핵심적인 역할을 하게 된다.

시에서 누가 말하는가?

서술자와 마찬가지로 시에서의 화자 또한 시 작품을 이해하는 데 가장 우선적으로 고려될 필요가 있는 시적 장치이자 형상화 방법이다. 화자는 시 텍스트에서 시인이 표현하고자 하는 주제 의식을 효과적으로 실현하기 위해 시인이 고안한 목소리이다. 시인의 경험이 직접적인 발화 내용이 되는 경우 자전적 화자로 드러나기도 하지만, 대체적으로 시를 통해 가상의 화자를 설정하여 발화하는 것으로 보는 것이 타당하다.

시인은 화자에게 일정한 성격을 부여하고, 알맞은 표정과 태도를 취하게 함으로써 시인의 의도를 효과적으로 드러낸다. 서정시에서는 일반적으로 독백적인 일인칭 화자(자전적 화자)가 자주 드러나지만, 가상의 상상적 인물이거나 혹은 사물이 발화하는 형태의 시도 적지 않다.

다음 시를 예로 살펴보자.

엄마야 누나야 강변 살자,

뜰에는 반짝이는 금모랫빛,

뒷문 밖에는 갈잎의 노래

엄마야 누나야 강변 살자.

— 김소월, 〈엄마야, 누나야〉 전문

〈엄마야, 누나야〉(1922)의 경우엔 화자가 소년이라는 것을 알 수 있다. 이 시에서 주목할 필요가 있는 것은 '엄마'와 '누나'라는 청자가 직접적으로 드러나 있다는 점이다. 소년 화자는 엄마와 누나를 듣는 이로 설정하여 발화하고 있다. 즉 이 시는 소년으로 보이는 화자가 '엄마'와 '누나'라는 청자에게 발화하는 소통 구조를 지니고 있으며, 이는 시인인 김소월이 불특정 독자에게 효과적으로 주제를 전달하기 위해 동원한 문학적 장치이다.

여기서 아버지나 형을 청자로 설정한다면 어조와 분위기는 사뭇 달라질 것이다. 왜 김소월 시인은 소년 화자를 설정한 것이며, 왜 청자를 엄마와 누나로 설정한 것일까? 소년이라는 화자의 설정, 그리고 여성성을 지닌 존재들에 대한 호명은 이 시를 따뜻한 보살핌이 필요한 존재의 발화로 읽는 것을 가능하게 한다. 따라서 이러한 장치는 이상적인 공간에서의 안정을 추구하는 주제 의식을 효과적으로 강조하는 데 기여한다.

현대시나 고전시가 등에서 사물이나 동물, 혹은 상상의 인물 등이 발화하는 소통 구조를 지닌 경우가 있는데 이들은 '배역시'라고 할 수 있다.

도대체 내가 무얼 잘못했습니까

— 이외수, 〈지렁이〉 전문

이외수의 1행시인 〈지렁이〉(2006)는 지렁이의 발화로 이루어져 있어 배역시에 해당한다. 지렁이를 발화하는 주체로 설정함으로써 특별히 잘못한 일이 없음에도 불구하고 외형에 따른 멸시와 배척의 문제, 당사자에게 귀책사유가 있지 않은 어떤 고통 혹은 생존의 위협 등에 대한 집단적 방관의 문제를 효과적으로 표현하고 있다.

한 편의 시 작품 안에서는 단일한 목소리가 처음부터 끝까지 일관되게 발화하는 경우가 일반적이지만, 둘 이상의 화자의 목소리가 드러나는 일 또한 적지 않다. 가령 기형도 시인의 〈엄마 걱정〉(1991)이라는 시의 경우 동일한 한 화자만 존재하는 것으로 읽을 수도 있지만, 엄밀하게 말하면 1연의 유년 화자와 2연의 성인 화자는 같은 발화 주체라고 하기 어렵다. "열무 삼십단을 이고 / 시장에 간 엄마 / 안 오시네"라고 발화하고 있는 1연의 화자와, "지금도 내 눈시울을 뜨겁게 하는"이라고 발화하고 있는 2연의 화자는 동일 인물이기는 하지만 언술 내용의 주체와 언술 행위의 주체로 구별된다. 1연의 '나'는 언술 내용의 주체로서 어린 시절의 유년 화자이고 2연의 '나'는 회상을 하고 있는 성인 화자인 언술 행위의 주체인 셈이다.

시에서의 화자 중심의 문학 수업 설계의 예

두꺼비 파리를 물고 두엄 위에 치달아 앉아
건너 산 바라보니 백송골이 떠 있거늘 가슴이 금즉하여 풀떡 뛰어 내닫다가
두엄 아래 자빠지거고
모처럼 날랜 날세망정 어혈질뻔 하괘라

이 시조를 대상으로 시적 화자와 관련된 문학 수업을 설계한다면 우선 초장과 중장의 화자는 같지만, 종장의 화자는 다르다는 점을 파악할 수 있어야 한다. 초·중장의 화자는 대상(두꺼비)을 관찰하고 있는 화자이며, 종장의 화자는 '두꺼비' 자신이다.

다음으로 왜 서로 다른 화자가 한 작품에서 발화하고 있는지 그 이유 및 효과를 교육 내용으로 다룰 필요가 있다. 이 시조의 경우에도 서로 다른 두 화자는 아예 별개의 발화자로서 이는 시조의 내용을 효과적으로 전달하는 데 긴밀하게 작동한다. 두 발화자가 각각 누구인지를 파악한 것을 바탕으로, 발화자의 심리적 태도가 어떠한지도 같이 파악할 필요가 있다.

이 시조에서 두꺼비를 묘사하는 초·중장에서의 화자의 시선이 호의적이지 않

다는 점을 통해 이 작품이 두꺼비에 대한 풍자의 의도를 지니고 있다는 점을 파악할 필요가 있다. 두꺼비는 "파리" 등의 약자에게 강한 모습을 보이다가, "백송골"이라는 강자가 나타나자 "가슴이 금즉하여 풀떡 뛰어 내닫다가 두엄 아래 자빠지"는 우스꽝스러운 모습을 보인다. 즉 두꺼비의 놀라는 모습이나 넘어지는 모습을 희화화하고 있는 것을 알 수 있으며, 이를 통해 화자의 대상에 대한 비판적 태도가 확인된다.

종장의 발화는 초·중장에서처럼 삼인칭 관찰자의 시선으로 표현되지 않고 두꺼비의 일인칭 발화로 바뀌어 드러난다. 종장에서의 두꺼비의 직접 발화의 내용은 우스꽝스러운 자신의 모습에 대한 자화자찬이자 자기 합리화로, 독자로 하여금 웃음을 유발하게 하며 골계미를 자아낸다.

초장과 중장에서의 관찰자적 시선을 지닌 화자의 냉소적 어조, 종장에서의 어리석은 두꺼비의 자기 발화를 통해 효과적으로 대상에 대한 풍자가 이루어지고 있으며 이를 통해 상위 계급 혹은 권력자(양반 혹은 지배 계층 등)에 대한 비판적 문제의식을 잘 드러내고 있다.

서술자·초점자, 화자와 관련된 문학 교육 내용

소설에서의 서술자 및 초점자 그리고 시에서의 화자와 관련된 교육 내용은 중학교에서 주로 다루어져 왔다. 참고로 2015 개정 교육과정에서의 해당 내용 관련 성취기준은 "작품에서 보는 이나 말하는 이의 관점에 주목하여 작품을 수용한다."이다. 2022 개정 교육과정에서는 "보는 이나 말하는 이의 특성과 효과를 파악하며 작품을 감상한다."로 일부 진술이 바뀌었으나 교육 내용은 대동소이하다.

이 성취기준은 작품 내에서 형상화된 세계가 어떤 관점으로 전달되고 있는지 파악할 수 있도록 하는 데 초점이 있다. 동일한 대상, 동일한 사건이라 하더라도 보는 사람 혹은 말하는 사람의 관점에 따라 작품 속의 세계는 다른 모습으로 형상화된다. 누구의 시선으로 어떤 사건을 초점화하고, 또한 해당 사건을 어떻게 프레임화하느냐에 따라 작품의 분위기나 주제가 달라지므로 서술자가 누구인가, 누구의 관점으로 보고 있는가 하는 점을 꼼꼼히 살펴야 한다.

요컨대 작가의 입장에서 주제를 효과적으로 구현하기 위한 핵심적 장치 중의 하나가 서술자와 초점자 그리고 화자이다. 그러므로 독자는 문학 작품을 해석하고 이해할 때 누가 말하는가, 누구의 관점에서 말하는가 하는 서술자 혹은 화자의 설정 및 특정인의 관점의 설정 문제를 우선적으로 살펴보아야 한다. 그리고 이러한 설정이 작품 전체의 분위기 및 의미 형성에 어떻게 영향을 미치며, 주제 의식에 효과적으로 기여하는지 분석할 수 있어야 한다.

화자 및 서술자·초점자와 관련하여 일반적으로 문학 수업에서 다루어지는 수업 내용 및 활동은 다음과 같이 정리할 수 있다.

> ■ 시의 소통 구조 이해하기
> ■ 시에서 화자의 어조 및 태도 이해하기[6]
> ■ 시에서 화자가 처한 상황과 정서 이해하기
> ■ 소설의 서술자 이해하기
> ■ 시점과 초점자 이해하기
> ■ 화자 혹은 서술자의 효과(분위기 및 주제 형성) 이해하기
> ■ 화자 혹은 서술자 바꿔 쓰기

비유와 상징 파악하기

어떻게 표현하는가 하는 문제는 결국 표현하고자 하는 내용을 얼마나 효과적으로, 적실하게 표현할 수 있는가 하는 문제와 직결된다. 효과적이고 적실한 표현이라 함은 표현하고자 하는 경험 혹은 내용의 진실치에 얼마나 최대한 가깝게 표현할 수 있는가 하는 문제이다. 구체적인 예를 들어 비유와 상징에 대해 살펴보자.

직서적인 표현 및 효과 파악하기

예를 들어 '어두워진 밤하늘을 올려다보니 별이 빛나고 있었다.'라는 문장은 밤하늘에 빛나는 별을 직서적으로 표현한 것이다. 일상적인 경험의 내용을 특별한 문학적 장치의 동원 없이 기술하였다. 문학적 장치를 동원하여야만 더 적실하고 효과적인 표현이 되는 것은 아니다. 어떤 경험적 진실을 표현하려 하느냐에 따라

....

6   참고로 화자의 어조와 태도에서 반어와 풍자를 같이 다루기도 한다.

그 표현의 방법은 달라질 것이며, 따라서 비유나 상징 등의 표현을 동원하지 않은 일상적이고 담담한 문장이 빛을 발할 때도 있다. 이는 역으로 말하면 비유나 상징, 반어나 역설적 표현 등을 쓴 경우에는 그것이 작품의 내용이나 주제, 정서 등을 표현하는 데 반드시 효과적으로 기여하여야 한다는 것을 의미한다. 멋져 보이기 위한 문장 혹은 장식을 위한 문장이 되어서는 안 된다는 의미다.

> 山뽕잎에 빗방울이 친다
>
> 멧비둘기가 난다.
>
> 나무등걸에서 자벌기가 고개를 들었다 멧비둘기켠을 본다
>
> — 백석, 〈산비〉 전문

이 시의 경우 비유적 표현이나 상징적 표현 없이 산에 비가 내리는 장면을 묘사하고 있다. 뽕나무잎에 빗방울이 후드득 떨어지는 모습, 비둘기가 날아오르는 모습, 나무 등걸에서의 애벌레의 모습을 마치 자연 다큐멘터리에서의 카메라 시선의 이동처럼 연속적으로 한 장면에 포착하여 담아내고 있다. 산에 비가 내릴 때의 바로 그 순간을 포착하여, 마치 연속 동작 혹은 동시 동작인 것처럼 각 행 속에 서로 다른 장면을 감각적으로 배치하였다.

> 소낙비는 오지요
>
> 소는 뛰지요
>
> 바작*에 풀은 허물어지지요
>
> 설사는 났지요
>
> 허리끈은 안 풀어지지요
>
> 들판에 사람들은 많지요
>
> — 김용택, 〈이 바쁜 때 웬 설사〉 전문

* 바작: 지게에 짐을 싣기 좋도록 하기 위해 대나 싸리로 걸어 접었다 폈다 할 수 있게 만든 조개 모양의 물건.

초등학교 국어 수업 시간에 다뤄지기도 하는 김용택 시인의 이 시 또한 소나기

가 내릴 때의 농촌의 한 장면을 직서적인 표현으로 효과적으로 묘사하여 웃음을 유발하고 있다. 특별한 문학적 표현 방법을 활용하지 않았지만, '~지요'의 반복을 통해, 소낙비, 뛰는 소, 바작에 허물어지는 풀을 연쇄적인 장면으로 포착하여 제시하고, '이 바쁜 때' 설사까지 난 긴급한 상황 즉, 한꺼번에 여러 급한 일들이 동시에 일어난 상황을 효과적으로 잘 표현하고 있다.

비유적인 표현 및 효과 파악하기

비유는 이질적인 두 대상 사이의 유사성의 발견이라는 유추적 사고를 통해 이루어진다. 하나의 대상 혹은 특정 상황에서의 경험 등에 대한 적실한 표현이 없을 때, 이를 다른 대상으로 끌어와 표현하고자 할 경우 비유적 표현이 자주 활용된다.

예를 들어 '칠흑 같은 밤에 별이 보석처럼 빛난다.'라는 문장을 보자. '칠흑'과 '보석'이라는 이질적인 대상을 동원하여 밤의 어두움과 별의 빛남을 빗대어 표현하고 있다. 칠흑은 옻칠처럼 검고 광택이 있는 빛깔을 가리키는바, 밤이라는 원관념과 비교하였을 때 '깜깜함, 어두움, 검음'이라는 유사성을 지니고 있으며, 이를 바탕으로 '칠흑 같은 밤'이라는 직유적 표현이 성립된다. 별과 보석이라는 두 대상 또한 '밝음, 빛남, 눈에 띔'이라는 유사성을 통해 '별이 보석처럼 빛난다.'라는 직유적 표현이 이루어진 것이다.

그러므로 비유적 표현을 해석하는 과정에서 면밀히 살펴야 하는 것은 무엇을, 왜 다른 어떤 것으로 표현하고자 했는가 하는 점이다. 이를 흔히 원관념과 보조관념으로 나누어 설명하지만, 두 이질적인 대상을 찾아서 그 유사성만을 확인하는 데에서 그칠 것이 아니라, '왜 다른 대상이 아닌 그 대상에 빗대었는가' 하는 점을 시 전체의 주제 의식과 관련지어 꼼꼼하게 살피는 것이 필요하다. 그러한 해석의 과정을 통해서 시 전체의 의미가 점점 깊이 있게 다가오게 되는 것을 확인할 수 있을 것이다.

길은
포도 덩굴.

몇 백 년을 자라서
땅덩이를 다 덮었다.

이 덩굴
가지마다

포도송이 같은
마을이 있고

포도 알 같은
집들이 달렸다.

포도알이 늘 때마다
포도송이는 자꾸 커 가고

갈봄 없이
자라기만 하는
이 덩굴을 통하여

사람과 사람이 도와 가고
마을과 마을이 이어져서

세계가
한 덩이로 되었다.

— 김종상, 〈길〉 전문

비유는 초등학교 고학년 단계에서부터 다루어지는 문학 교육 내용[7]으로 문학
적 표현 원리의 핵심이다. 초등학생들에게 주로 읽히는 위의 시에서도 '길'은 '포

도 덩굴'로 빗대어 표현되고 있다. 길이 잇닿아 있는 곳에 마을이 형성되어 있으니, 마을은 포도송이가 되고, 그 마을을 이루고 있는 집집은 포도알이 된다. 좀 더 구체적으로 설명하면 포도 덩굴 자체가 길을 품고 있는 '땅덩이'가 됨으로써 구조적 은유로 기능한다.

오랜 정주의 과정을 통해 형성된, '땅덩이를 다 덮은' 인간의 마을이 포도송이이고, 각각의 집들이 포도알이 되는 식으로 비유가 확장되는 것이다. 이러한 비유는 실제 인간 세계의 삶의 모습에 대한 현실적 묘사라기보다 동화 속의 공동체적 이미지를 닮아 있다. 그래서 "사람과 사람이 도와 가고 / 마을과 마을이 이어"져서 '세계가 한 덩이'가 된다. 시인이 소망하는 삶의 모습이 동심에 가깝게 표현된 것이다.

비유는 시 이외에도 소설, 수필, 고전산문과 고전시가 등 다양한 장르의 문학 작품 및 비문학 산문에서도 효과적인 표현 방법으로 활용된다. 이 경우 교육 내용의 핵심은 비유적 표현이 전체 텍스트의 주제 의식에 어떻게 효과적으로 기여하는가 하는 점을 분석해 낼 수 있어야 한다는 점이다. '칠흑 같은 밤에 별이 보석처럼 빛난다.'라는 표현이 '어두운 밤에 별이 빛난다.'와 어떻게 다른지, 왜 칠흑 같은 밤이어야 하고, 왜 별이 보석처럼 빛난다고 표현한 것인지 꼼꼼히 살펴서 해석하는 과정은 작품 전체의 분위기와 정서, 나아가 작품 전체의 주제를 이해하는 데 중요한 역할을 한다.

상징적인 표현 및 효과 파악하기

기본적으로 상징은 원관념이 드러나지 않은 비유로 설명된다. 즉 보조관념으로서의 이미지만 존재하며, 원관념에 해당하는 것이 텍스트에 드러나 있지 않다. 해당 문학 작품에서 특정 시구 혹은 이미지가 비유적 표현인지 상징적 표현인지 종종 헷갈려 하는 경우를 볼 수 있는데, 원관념이 시에 드러나 있는지 드러나 있지

....

7 초등학교 고학년에서 비유적 표현의 특성과 효과에 대한 학습이 이루어진다. 참고로 성취기준은 "[6국05-02] 비유적 표현의 효과에 유의하여 작품을 감상한다."(2022 개정 국어과 교육과정)이다. 중학교에서는 운율, 상징과 함께 다루어진다. 참고로 2022 개정 국어과 교육과정에서의 해당 성취기준은 "[9국05-01] 운율, 비유, 상징의 특성과 효과에 유의하며 작품을 감상하고 창작한다."이다.

않은지를 우선적으로 살피면 된다.

동시에 상징은 숨은 원관념이 사물이나 대상이 아닌 피상적인 관념인 경우가 대부분이다. 현실적인 경험 세계가 아닌, 역사적 질곡에 대응하기 위한 세계관으로서의 관념이 앞섰던 한용운 시인이나 이육사 시인의 시에서 상징적 이미지가 자주 발견되는 것은 이 때문이다. 이러한 원관념이 하나의 의미로 특정되지 않는, 다의성을 지니고 있다는 점을 고려하여 그 이미지를 해석해 가야 한다는 점에서 독자에게 더러 상징적 표현의 의미를 해석하는 것이 어렵게 느껴지기도 한다.

"오늘 밤에도 별이 바람에 스치운다."는 주지하다시피, 윤동주의 〈서시〉(1941) 마지막 행이다. 정확히는 한 행으로만 구성된 하나의 연으로서 2연 전체에 해당하는 행이다. 8행으로 이루어진 1연과 달리, 2연은 이 시행 하나로만 구성되어 있는데, 이는 시적 화자가 당면한 '오늘 밤'의 현실이 그만큼 엄중하고도 압도적이라는 것을 의미한다. 그러므로 이 시구는 일상에서 늘 당면하게 되는 여러 날 중의 '오늘'이 아니며, '밤'과 '별'과 '바람'의 의미는 자연 현상 그 자체가 아닌, 새로운 관념을 지닌 의미로 읽히게 된다. "잎새에 이는 바람에도 / 나는 괴로워했다."라는 1연의 시구를 참조할 때 '바람'은 화자를 괴롭게 하는 어떤 대상이다. 그것이 고난과 시련의 의미일 수도 있고, 화자를 각성하게 하는 외적 자극의 의미일 수도 있다. 이는 맥락 속에서 독자가 상상적으로 유추해야 하는 것으로, 원관념에 해당하는 것이 드러나 있지 않다는 점에서 상징적 표현에 해당하는 것이다. '밤' 또한 부정적이고 억압적인 현실을 상징하는 것으로, '별'은 이러한 현실 속에서 시적 화자가 지키고 또 지향하고자 하는 가치를 상징하는 것으로 읽을 수 있다.

상징적 표현은 운문이 아닌 소설이나 수필 등에서도 자주 활용되는 문학 장치이다. 수필인 피천득의 〈은전 한 닢〉(1932)을 보자.

내가 상하이에서 본 일이다. 늙은 거지 하나가 전장에 가서 떨리는 손으로 일 원짜리 은전 한 닢을 내놓으면서, "황송하지만 이 돈이 못쓰는 것이나 아닌지 좀 보아 주십시오." 하고 그는 마치 선고를 기다리는 죄인과 같이 전장 사람의 입을 쳐다본다. 전장 주인은 거지를 물끄러미 내려다보다가, 돈을 두들겨 보고 "좋소." 하고 내어 준다. 그는 '좋소'라는 말에 기쁜 얼굴로 돈을 받아서 가슴 깊이 집어넣고 절을 몇 번이나 하며 간다. 그는 뒤를 자꾸 돌아보며 얼마를 가 더니 또 다른 전장을 찾아 들어갔다. 품속에 손을 넣고 한참 꾸물거리다가 그 은전을 내어놓으며, "이것이 정말 은으로 만든 돈이오니까?" 하고 묻는다. 전장 주인도 호기심 있는 눈으로 바라보더니, "이 돈을 어디서 훔쳤어?" 거지는 떨리 는 목소리로 "아닙니다, 아니에요." (…) "이것은 훔친 것이 아닙니다. 길에서 얻 은 것도 아닙니다. 누가 저 같은 놈에게 일 원짜리를 줍니까? 각전(角錢) 한 닢 을 받아 본 적이 없습니다. 동전 한 닢 주시는 분도 백에 한 분이 쉽지 않습니 다. 나는 한 푼 한 푼 얻은 돈에서 몇 닢씩 모았습니다. 이렇게 모은 돈 마흔여덟 닢을 각전 닢과 바꾸었습니다. 이러기를 여섯 번을 하여 겨우 이 귀한 '대양(大 洋)' 한 푼을 갖게 되었습니다. 이 돈을 얻느라고 여섯 달이 더 걸렸습니다." 그 의 뺨에는 눈물이 흘렀다. 나는 "왜 그렇게까지 애를 써서 그 돈을 만들었단 말 이오? 그 돈으로 무얼 하려오?" 하고 물었다. 그는 다시 머뭇거리다가 대답했 다. "이 돈 한 개가 갖고 싶었습니다."

— 피천득, 〈은전 한 닢〉 전문

이 작품에서 '은전'은 상징적 표현에 해당한다. 은전은 모든 과정을 인내하게 하는 어떤 과실이다. 하지만 이 과실은 어떤 의미를 지니는 것일까? 그것은 해당 사회가 추구하는 물질적 가치이거나 혹은 맹목적 추구의 대상일 수도 있을 것이 며, 소유욕 자체일 수도 있다. 그 과실을 소유하는 것, 즉 가시적으로(혹은 과시적으 로) 드러나는 결과만으로 맹목의 과정이 정당화될 수 있는가 하는 의문을 갖게 하 기도 한다는 점에서 도달한 결과 혹은 획득한 승전물의 허상을 상징하는 것으로 볼 수도 있을 것이다. 구체적인 사물 자체 이면의 숨겨진 의미를 다각도로 생각하 게 한다는 점에서, 즉 다의성을 지니고 있다는 점에서 상징적인 장치에 해당한다.

교육 내용으로서의 상징 또한 비유와 마찬가지로 상징적 표현 혹은 상징적 이 미지를 바탕으로 작품을 해석하면서 그것이 전체 작품의 의미에 어떻게 기여하는 지 분석할 수 있어야 한다. 비둘기나 십자가 등 제도나 관습에 의해 특정 사물이 상징적 이미지로 표현된 경우나 문학적 전통 속에서 축적된 문학적 상징 등의 경우처럼 '관습적 상징'에 해당하는 경우에는 그 의미가 대체로 쉽게 해석된다. 인류의 오랜 체험 속에서 축적된 '원형적 상징'으로 기능하는 경우 또한 보편적으로 받아들여지는 의미 체계 속에서 그 의미를 유추할 수 있는 경우가 많다. 하지만 작가 개인이 고유하게 창조해 낸 '개인적 상징'의 경우 다의성을 띠게 되면서 열린 이미지로 기능하게 된다.

😊 **잠|깐|!**

상징의 종류

상징은 일반적인 시론(詩論)에서 대체로 크게 세 가지로 나뉜다(Wheelwright, 1983).
- 관습적 상징: 사회·문화적으로 의미가 공유되어 있는 보편적 상징으로, 제도적 상징이나 문학적 전통에서의 상징 등이 이에 해당한다. 십자가나 비둘기의 의미, 매란국죽(梅蘭菊竹)의 의미 등을 예로 생각해 볼 수 있다.
- 원형적 상징: 종교나 풍습 등 인류 문화에서 어느 정도 보편적으로 발견되는 상징으로 자연물이 그 대상인 경우가 많다. 원형적 체험 혹은 집단 무의식과 관련지어 해석되기도 한다. 물이나 불, 태양 등의 이미지가 이에 해당한다.
- 개인적 상징: 작가 개인이 창조해 낸 상징으로, 자신의 작품에서 특수하고 개별적인 의미로 사용하는 상징이다.

짧은 시로 인구에 곧잘 회자되는 정현종의 〈섬〉(1978)이라는 시를 간단히 살펴보자.

> 사람들 사이에 섬이 있다.
> 그 섬에 가고 싶다.
>
> ― 정현종, 〈섬〉 전문

2행으로 이루어진 시 전문에서 알 수 있듯, 이 시에서 '섬'이라는 이미지는 개인적 상징으로 기능한다. 사람들 사이에 섬이 존재할 리 없으며, 따라서 섬은 어떤 관념을 대리하고 있는 상징적 이미지이다. 그렇다면 이때 섬이 의미하는 것은 무엇일까? 흔히 개별자로서의 사람들이 각자 고독자로 존재하는 것으로 보고, 섬을 사람들 간의 유대감, 연대감 혹은 정서적 공감 등의 의미로 해석하여 소외된 개별자들의 연결에 대한 열망을 표현한 것으로 해석한다. 하지만 그와는 반대로 섬을 오히려 사람들에게 버림받은 어떤 존재, 약자, 혹은 주위에 있으나 잊힌 어떤 타자로 해석하여 그 타자에게 손을 뻗고 싶다는 의미로 해석하는 경우도 있다. 즉 개인적 상징은 시 텍스트의 언어적 구조 내에서 다른 표현들과 서로 긴밀하게 유기적으로 연결되는 한에 있어서는 다양한 해석 가능성으로 열린다.

이때 특정 해석의 수용 가능성은 해석자가 속한 집단, 즉 해석 공동체 내에서의 소통 과정을 통해 자연스럽게 높아질 수 있다. 소통의 과정에서 미처 고려하지 못했던 표현이 새롭게 주목받을 수 있게 되며, 간과했던 의미가 새롭게 부상하게 되기도 하는 것이다. 그러므로 상징적 표현을 포함하고 있는 문학 작품을 다루는 문학 교실에서는 해석의 다양성이라는 차원에서 독자들의 서로 다른 관점과 의견을 자유롭게 표현할 수 있는 환경을 조성하는 것이 필요하며, 이러한 소통의 과정에서 자연스럽게 수용 가능한 다양한 의미를 함께 발견해 가도록 하는 것이 중요하다.

반어와 역설 파악하기

문학 교육 내용으로서의 반어와 역설은 개성적인 표현 방법으로 다루어지는 경우가 많다. 이들 두 표현 방법이 종종 함께 다루어지기도 하는 것은 이 두 표현이 모두 모순적인 불일치를 전제하고 있는 표현이라는 점 때문이다. 반어에는 의도와 표현의 불일치가 있으며, 역설에는 표현된 내용에서의 불일치 혹은 모순이 존재한다. 참고로 반어의 경우에는 앞서 간단히 언급했듯 화자의 태도 및 어조와 관련하여 다루어지기도 한다. 모순을 포함하고 있는 두 표현을 먼저 보도록 한다.

- 빛 공해로 심야에도 별을 볼 수 없으니 얼마나 아름다운 도시의 밤이냐.
- 어둠이 물러가도 별은 여전히 빛나고 있었다.

반어: 의도와 표현의 불일치 및 그 효과 파악하기

"빛 공해로 심야에도 별을 볼 수 없으니 얼마나 아름다운 도시의 밤이냐."라는 표현에서 두드러지는 것은 '얼마나 아름다운 도시의 밤이냐'에 드러나 있는 빈정

거림이다.[8] 독자는 이 표현을 접하자마자, '아름다운 밤'이 진심으로 '아름다움'을 느껴서 한 표현이 아니라는 것을 간파한다. 이는 '빛 공해로 심야에도 별을 볼 수 없으니'라는 앞의 문장을 통해 구축되는 의미이다. 인공적인 도시의 불빛으로 인해 늦은 밤에도 도시의 하늘에서는 별을 보기가 어렵다. 이를 도시의 야경으로 아름답게 표현하는 경우도 있겠지만, 이 문장에서는 이를 빛 공해로 표현하고 있다. 별이 빛나는 밤이어야 아름다울 텐데, 도시의 밤은 그렇지 못한 것이다. 그러므로 '얼마나 아름다운 도시의 밤이냐'는 아름답지 않은 도시의 밤에 대한 야유이자 분노이고, 빛 공해를 없애야 한다는 주장을 내포하는 반어적 표현이 된다.

반어에서는 의도와 표현의 불일치가 중요하다. 즉 표현하고자 하는 의중과 반대로 말하는 것이 반어적 표현이다. 가지 말라고 잡고 싶은데 '잘 가'라고 얘기하고, 펑펑 눈물이 날 것 같은데 "죽어도 아니 눈물 흘리오리다."(김소월, 〈진달래꽃〉)라고 말하는 것이 그것이다. 현진건의 소설 〈운수 좋은 날〉(1924)은 제목 자체가 반어적 표현이라는 점을 독자는 작품을 다 읽을 때쯤 깨닫게 된다. 인력거꾼인 김 첨지에게, 유난히 손님이 많아서 다른 날보다 돈이 더 잘 벌리는 그날이 아내의 죽음을 마주하게 되는 최악의 날이 되는 것이다. 이 경우 반어적 표현은 독자에게 묵직한 페이소스(pathos)를 유발한다.

역설: 진술 자체에 존재하는 모순 및 그 효과 파악하기

불일치 혹은 모순이 존재한다는 점에서 역설도 반어와 다르지 않다. 반어가 언어 표현상의 모순을 내재하고 있지 않다면 역설은 진술 자체에 모순이 존재한다는 점에서 다르다. "어둠이 물러가도 별은 여전히 빛나고 있었다."라는 표현은 상식적으로, 혹은 논리적으로 성립할 수 없는 내용의 문장이다. 즉 역설적 표현이다. 어둠이 걷히고 밝아지면 태양의 밝은 빛으로 인해 별은 더 이상 빛을 내는 존재로 지각되지 않는다. 그럼에도 불구하고 독자 입장에서는 이러한 표현이 경우에 따라서는 더 효과적으로 진실을 함의하고 있다는 점을 읽어 낼 수 있다. 이 문장에

....

8   그러므로 반어적 표현에서는 어조가 중요한 경우가 많다. 이를 실제 화자(에이런)가 아닌 아둔한 화자(알라존)를 표면에 내세우는 것으로 분석하기도 한다.

서 '별'은 자연 현상으로서의 별이 아닌 상징적 의미를 지니게 되며, 이러한 상징적 의미를 바탕으로 역설적 표현은 표면적 현상 이면의 심층적인 진실을 드러내게 된다. 존재감을 드러나게 해 주는 주변 여건이나 환경이 사라졌어도, 여전히 스스로의 존재감만으로도 빛나는 존재들이 우리 주변에는 더러 있는 것이다.

역설적 표현의 핵심은 논리적으로 혹은 상식적으로 말이 되지 않지만, 진실을 담고 있는 표현이라는 점에 있다. 역설적 표현 중 일반적으로 쉽게 떠올리는 표현은 "소리 없는 아우성"(유치환, 〈깃발〉), "찬란한 슬픔"(김영랑, 〈모란이 피기까지는〉), "고요의 절규"(김윤성, 〈애가(哀歌)〉) 등 모순 형용이다. 이들 표현에서 쉽게 알아차릴 수 있듯이 수식을 받는 대상인 피수식어와 수식을 하는 형용어인 수식어가 상식적으로 공존하기 어려운 경우가 많다. 아우성이고 절규인데 어떻게 소리가 없고 고요할 수 있을 것이며, 슬픔이 어찌 찬란할 수 있는지 의문이 생긴다. 하지만 깃발이 깃대에 매인 채로 바람에 나부끼는 모습에서, 미지의 세계로 뛰쳐나가고자 한 어떤 갈망을 읽은 시인 유치환에게 그 모습은 '아우성'으로 보인 것이며, 그럼에도 불구하고 바람에 나부끼는 깃발의 모습 자체만 존재하는 형상이므로 소리가 없을 수밖에 없는 것이다. 그러므로 역설적 표현에는 그러한 모순적 표현으로밖에 표현될 길이 없는 내적 필연성이 존재한다. 역설적 표현의 해석은 이러한 필연성을 찾아 공감하는 작업이 되어야 한다.

이러한 모순 형용 외에 일반적으로 역설적 표현으로 곧잘 떠오르는 것은 "바쁜 것이 게으른 것이다."(한용운, 〈사랑의 끝판〉), '지는 것이 이기는 것이다.', '살고자 하는 자는 죽을 것이요, 죽고자 하는 자는 살 것이다.' 등이다. 이들 표현은 삶의 어떤 극적인 국면에서의 진실 혹은 깨달음이나 철리(哲理) 등을 표현하고 있는 심층적 역설에 해당한다. "님은 갔지만은 나는 님을 보내지 아니하였습니다."(한용운, 〈님의 침묵〉)라는 표현은 시적 맥락을 떠나서 볼 때엔, 말도 안 되는 생떼에 불과한 것으로 읽힐 수 있다. 하지만 1920년대 중반 일제강점기의 한복판에서 형형한 눈빛을 밝히며 조국의 부재를 극복하고자 한 한용운이라는 시인의 작품(〈님의 침묵〉) 속에서 읽을 경우 의미는 완전히 달라진다. 님은 갔지만 부재하고 있는 것이 아니다. 님은 부재하는 것이 아니라 침묵하고 있을 수밖에 없는 상황에 처한 것이며, 따라서 시적 화자인 '나'는 님을 보낸 것일 수 없게 된다.

그러므로 역설적 표현에 대한 해석 활동은 이러한 모순적 표현으로만 효과적으로 드러나는 삶의 한 단면이나 진실, 깨달음 혹은 이치를 파악하고 공감하는 과정이 되어야 한다. 자식을 위해 일생을 헌신한 부모님의 얼굴에서 발견한 깊이 팬 주름은 '세상에서 가장 아름다운 주름'일 수밖에 없는 것이다. 역설을 교육 내용으로 다루는 문학 수업에서는 역설적 표현이 작품 전체의 주제 의식과 긴밀히 연계된 작품을 선정하여 해석하기 활동을 수행하는 것이 좋다.

반어와 역설 교육

반어와 역설은 작가의 표현 태도 혹은 개성적인 발상과 표현이라는 차원에서 문학 교육 내용으로 포함되어 다루어져 왔다. 즉 교육 내용으로서의 반어와 역설은 제7차 교육과정 이후에 주로 작품의 특성 그리고 작가의 태도와 관련하여 그 의미와 효과를 파악하고 이해하는 데 중점을 두어 왔다. 이후 2015 개정 교육과정, 2022 개정 교육과정에서는 표현 원리(개성적인 발상과 표현) 차원에서 강조되고 있다고 볼 수 있다. 반어와 역설 관련, 2022 개정 교육과정 성취기준은 "[9국05-06] 자신의 경험을 개성적인 발상과 표현으로 형상화한다."이다. 이때 개성적 발상과 표현에 해당하는 것으로 반어, 역설, 풍자 등을 다루게 된다. 개별 작품에서 반어와 역설이 작가의 태도를 어떻게 드러내는지, 개성적인 발상을 통해 작품 전체의 의미에 어떻게 기여하는지를 중심으로 주로 교과서 활동으로 구체화되어 반영되어 온 것이다.

문학 수업에서는 우선 반어와 역설에서 대립적인 의미 자질을 각각 구성해 낼 수 있을 때 시의 참된 의미 맥락을 구성할 수 있다는 점(김남희, 2015: 137)을 간과하지 말아야 한다. 여기서 더 나아가 반어와 역설도 비유와 상징 등의 표현 방식과 마찬가지로, 각각의 표현들이 어떻게 작품에서 표현하고자 하는 내용이나 주제 의식과 긴밀하게 연관되어 효과적으로 작동하는지, 그것이 작품의 주된 정서 및 정조를 유발하는 데 어떻게 기여하는지 등 반어와 역설의 의미 효과를 살피는 방식으로 다루어질 필요가 있다. 또한 이러한 표현 방식을 활용하지 않았을 경우 어떻게 다르게 표현될 수 있었겠는지 생각해 보고, 해당 내용을 반어 및 역설 등의 표현 방식을 활용하여 표현하였을 때 어떻게 표현 효과가 달라지는지 세심하게 살피는 활동 등을 해 볼 수 있을 것이다.

2) 작품의 맥락을 고려하여 해석하기

작품을 둘러싼 맥락, 즉 작품 바깥에 존재하는 정보를 작품 수용의 중요한 준거로 삼는 외재적 접근에서 주로 활용하는 맥락으로는 '생산론적 맥락, 반영론적 맥락, 문학사적 맥락' 등이 있다. '작가'(생산론적 맥락), '사회·문화적 배경'이나 '시대(역사)적 배경'(반영론적 맥락), '연관성'(상호텍스트적 맥락) 등의 용어가 포함된 성취기준들이 맥락에 대한 이해를 바탕으로 작품을 수용하는 활동을 교육 내용으로 제시하고 있는 것들이다. 2022 개정 국어과 교육과정에는 다음의 성취기준들이 있다.

> [6국05-01] 작가의 의도를 생각하며 작품을 읽는다.
> [9국05-05] 작품에 반영된 사회·문화적 상황을 이해하며 작품을 감상한다.
> [9국05-07] 연관성이 있는 다른 작품들과의 관계를 파악하며 작품을 감상한다.
> [12문학01-02] 문학의 여러 갈래들의 특성과 문학의 맥락에 대해 이해한다.
> [12문학01-04] 한국 문학에 반영된 시대 상황을 이해하고 문학과 역사의 상호 영향 관계를 탐구한다.

작품을 둘러싸고 있는 맥락에 해당하는 이러한 외재적 정보가 작품을 해석하고 이해하는 데 필수적이지 않은 경우도 있지만, 작품에 따라서는 꼭 필요한 경우도 있다. 작품의 맥락에 관한 사실적 지식을 활용할 때 비로소 작품 전체의 의미망이 온전히 드러나면서 작품에 대한 이해가 깊어지고 풍성해질 수 있는 경우이다. 교과서에 자주 수록되는 작품인 성삼문의 시조를 보기로 한다.

수양산(首陽山) 바라보며 이제(夷齊)를 한(恨)하노라.
주려 죽을진들 채미(採薇)도 하는 것가.

비록에 푸새의 것인들 그 뉘 땅에 났더니.

— 성삼문

*채미(採薇): 고사리를 캔다는 의미로 생계를 위해 나물을 채취하는 것을 의미.

　　외적 정보에 대한 조회 없이 텍스트의 언어적 구조 중심으로 의미 구축을 진행해 간다면 우선적으로 1행을 통해, '수양산'을 바라보면서 '이제(夷齊)'라는 인물을 '한(恨)'하는 화자를 상상해 볼 수 있다. 표면적으로 화자가 드러나 있지 않지만, '수양산'을 바라보며 '이제'라는 인물에 대해 한탄하고 있다는 점은 쉽게 파악이 된다. 2행에서 화자는 청자인 '이제'에게 차라리 굶주려 죽을지언정 나물을 캐어 먹으며 연명하였느냐고 묻는다. 1행에서 한탄의 대상이 된 인물이 드러나고, 2행에서는 그 인물의 문제적 행동이 제시되었다. 3행에서는 왜 그 행동이 문제적인지 이유가 드러난다. 비록 고사리 등의 풀(푸새의 것)이라 하더라도 그것이 누구의 땅에서 난 것이냐는 질문을 제시함으로써, 풀이 나는 땅이 여전히 수양산임을 지적하고 있다.

　　하지만 독자는 왜 그 행위가 책망의 대상이 되는지는 이해하기 어렵다. 즉 텍스트 외적인 정보를 참조하지 않고 언어적 구조만 두고 보았을 경우 여기서 해석을 더 진행하는 것이 쉽지 않다. 독자는 수양산이 어디 있는 산인지, 이제라는 인물은 누구인지 작품 내에서 추가적 정보를 파악할 수 없다. 동시에 산에서 나물을 캐 먹으며 연명한 것이 왜 한탄의 대상이 되는지 납득하기도 쉽지 않다.

　　이를 이해하기 위해 독자는 사마천의 『사기(史記)』를 참조하여야 한다. 이 경우 고전문학 작품에서 일반적으로 자주 발견되는 전고(典故)에 해당하는 것으로, 시인이 기존 유명 작품들의 내용이나 모티프를 가져와서 작품을 창작하는 것을 가리킨다. 이 작품에 상호텍스트적으로 반영된 고사(古事)는 다음과 같다.

　　중국 주(周)나라의 무왕(武王)이 은(殷)나라 수왕(紂王)을 벌하고 임금이 되사, 은나라의 백이(伯夷)와 숙제(叔齊) 형제는 주나라 곡식을 먹는 것을 부끄럽게 여겨, 수양산에 몸을 숨기고 고사리를 캐 먹으며 지내다 굶어 죽었다는 기록이 『사기』에 남아 있다. 즉 왕에 대한 충심(忠心)이 이 고사의 핵심이다. 그런데 이 시조의 화자는 다른 임금을 섬길 수 없어 산속 은거의 삶을 선택했음에도 불구하고, 이제가 여전히 무왕이 다스리는 땅에서 난 나물을 캐 먹으면서 연명했다고 비판하는 것이다.

이러한 중국 고사에 관한 정보는 이 시조가 창작될 당시의 '역사적 맥락(반영론적 맥락)'과 함께 이해될 필요가 있다. 즉 수양대군이 조카인 단종을 폐위하고 스스로 왕위(세조)에 오른 계유정난(癸酉靖難)에 대한 이해 없이 이 시조를 온전히 이해했다고 말하기 어려운 것이다. 중국 고사에서와 마찬가지로 폐위된 왕에 대한 충심이 시조를 관통하는 핵심 내용이 되기 때문이다.

동시에 이러한 격동의 역사적 상황 속에서 충절을 지키겠다는 내용의 시조를 읊는다는 행위의 문제성을 이해한다면 성삼문이 어떤 인물인지 독자로서 궁금해지지 않을 수 없다. 즉 '작가론적 맥락(생산론적 맥락)'에 대한 이해가 필수적으로 요청된다. 성삼문이 폐위된 왕인 단종의 복위를 꾀하다가 발각되어 세조에게 죽임을 당한 여섯 명의 신하, 즉 사육신(死六臣) 중의 하나라는 점이 이 시조를 이해하는 데 중요한 사실이 되는 것이다. 실제로 시조의 내용은 '차라리 굶어 죽을지언정'에서 드러나듯 죽음을 각오한 자의 비장한 심경 고백이다.

이러한 맥락적 정보들을 종합하여 볼 때, 시조를 쓴 사람인 성삼문과 화자는 동일인으로 볼 수 있으며(자전적 화자), 따라서 이 시조는 은나라의 충신 '이제(백이, 숙제)'와 성삼문 자신을 비교하며 자신의 굳은 의지를 강조하고 있는 절의가(節義歌)가 된다. '수양산'이 '수양대군'을 가리킬 수 있음을, 즉 중의적인 기능을 하고 있음을 이해할 수 있게 되는 것도 이러한 외적인 맥락적 정보들을 활용할 때 가능하다.

다른 사육신들이 남긴 시조들을 참조함으로써 시조의 정서와 의미의 진폭을 확장할 수도 있다. 이 경우 작품 바깥의 '상호텍스트적 맥락'에 조회하는 것으로, 참고로 박팽년("가마귀 눈비 맞아"), 유응부("간밤에 불던 바람에"), 이개("방 안에 켰는 촛불") 등의 시조가 있다. 또한 어린 단종이 폐위 이후 영월로 유배되어 갈 때 그를 호송한 금부도사인 왕방연이 쓴 시조("천만리 머나먼 길에")도 같이 참조해 볼 수 있다. 그리고 충의를 강조하는 작품들의 전통에 주목하여 볼 때 문학사적 맥락을 중심으로 한 접근도 가능할 것이다.

이상과 같이 작품의 의미를 온전히 이해하기 위해 작품 바깥의 맥락적 정보가 필요한 경우, 문학 교실에서는 이러한 다양한 맥락들을 활용할 수 있도록 수업을 설계할 필요가 있다. 우선 작품의 언어 구조에 집중하여 해석을 진행해 본 후, 독자가 작품을 둘러싼 맥락적 정보들을 직접 찾아보게 하는 방식의 활동을 할 수 있을 것이다. 혹은 작품을 읽기 전에 미리 작품과 관련된 자료들을 교사가 선별하여 제공하는 것도 고려해 볼 수 있다.

| 정정순

참고문헌

강민규(2023), 「신비평이 시 교육에 남긴 유산에 관한 재고」, 『독서연구』 66, 65-101.

고영화(2007), 「충절(忠節)을 주제로 하는 시조의 경험 교육 내용 연구」, 『문학교육학』 24, 195-216.

고정희(2009), 「흥비부를 통한 시조 정전(正典) 교육의 반성적 고찰」, 『국어교육연구』 24, 199-233.

고정희(2018), 「문학교육에서 장르 지식의 위상과 활용 방안: 가사 장르를 중심으로」, 『국어교육연구』 41, 377-415.

김남희(2015), 「현대시 교육에서 시론의 위치: 반어와 역설을 중심으로」, 『문학교육학』 49, 119-144.

김미혜(2003), 「텍스트 해석에 있어서 타당성의 조건에 관한 연구: 오장환의 〈수부(首府)〉에 대한 해석을 중심으로」, 『국어국문학』 115, 461-486.

김성진(2008), 「소설교육에서 해석의 다양성 문제 재론」, 『우리말글』 42, 155-180.

김성진(2009), 「청소년소설의 현실 형상화 방식에 대한 연구」, 『우리말글』 45, 247-265.

김성진(2022), 「'근대 문학의 종언'과 문학교육: 읽기 중심주의에 대한 성찰」, 『문학교육학』 76, 87-113.

김성진 외(2023), 『현대소설교육론』, 사회평론아카데미.

김정우(2002), 「국어교육에서의 해석에 대한 비판적 검토」, 『국어교육학연구』 15, 201-234.

김정우(2004), 「시 해석 교육 내용 연구」, 서울대학교 박사학위 논문.

김종철 외(2011), 「고전소설 이해 교육 연구: 중고등학교 학습자의 삽화 이해를 중심으로」, 『국어교육연구』 27, 331-398.

김준오(2009), 「한국 현대시 어디까지 왔나: 언어 형식을 중심으로」, 『현대시와 장르 비평』, 문학과지성사.

김준오(2017), 『시론』(제4판), 삼지원.

김창원(1994), 「시 텍스트 해석 모형의 구조와 작용에 관한 연구」, 서울대학교 박사학위 논문.

민재원(2016), 「현대시 교육에서 학습자의 활동 촉진을 위한 지식의 구체화 방향 고찰(2): '비유'의 조작적 정의와 활용의 전제를 중심으로」, 『새국어교육』 109, 153-190.

서정주(2016), 《미당 서정주 전집 7: 문학적 자서전》, 은행나무.

송지언(2016), 「기다림의 사설시조에 나타난 웃음의 해석: '임이 오마 하거늘'을 중심으로」, 『고전문학과 교육』 32, 261-285.

송지언(2005), 「시조의 관습성과 탈관습성을 통한 고전문학교육의 구상」, 『고전문학과 교육』 10, 81-106.

양정실(2006), 「해석 텍스트 쓰기의 서사교육 방법 연구」, 서울대학교 박사학위 논문.

염은열(2001), 「고전문학의 교육적 대상화에 대한 연구: 문화론적 관점을 중심으로」, 『고전문학과 교육』 3, 182-203.

염은열(2023), 「시조 번역, 그 해석과 창안의 여정에 대한 탐구: R. Rutt의 시조 영역을 예로」, 『한국시가연구』

58, 395-429.

우신영(2015), 「현대소설 해석교육 연구: 독자군별 해석텍스트의 분석을 중심으로」, 서울대학교 박사학위 논문.

우신영(2016), 「학습자의 문학교육 경험 연구」, 『교육연구』 65, 7-43.

유영희(2012), 「현대시교육에서 문학 지식의 확장과 적용에 관한 연구」, 『국어교육학연구』 45, 386-424.

윤여탁 외(2017), 『현대시교육론』, 사회평론아카데미.

이명찬(2008), 「한국 근대시 정전과 문학교육: 정전인가 해석의 정전성인가」, 『한국근대문학연구』 9(2), 43-65.

이삼형 외(2007), 『국어교육학과 사고』, 역락.

이상일(2012), 「고전소설의 인물 비평 교육 연구 서설: 인물 비평의 개념, 위상, 방법」, 『국어교육학연구』 44, 425-452.

정기철(2003), 「낭만주의 해석학: 해석학적 순환을 중심으로」, 『해석학연구』 12, 17-42.

정재림·이남호(2014), 「소설교육에서 '해석의 적절성'에 대한 고찰」, 『어문논집』 71, 238-261.

정재찬(2007), 「시교육과 시해석: 이육사의 시를 중심으로」, 『문학교육학』 23, 153-173.

정재찬 외(2017), 『현대시 교육론』, 역락.

정정순(2010), 「시교육에서 알레고리 문제: 김기림의 〈바다와 나비〉를 중심으로」, 『문학교육학』 33, 309-328.

정정순(2011), 「이용악의 〈오랑캐꽃〉 해석과 시교육」, 『문학교육학』 36, 421-444.

정정순(2016), 「현대시 교육에서 시인론의 향방: 이상의 〈거울〉을 중심으로」, 『어문학』 132, 283-304.

조희정(2003), 「〈도산십이곡〉에 대한 교육담론 속의 독해」, 『고전문학과 교육』 5, 285-323.

조희정(2018), 「국어과 교과서 고전 시가 제재 단원의 이론과 개념 연구: 2009 개정 국어과 교과서 송강 가사 교육 내용을 중심으로」, 『문학교육학』 59, 79-121.

조희정(2019), 「기억과 고통의 서사로 〈숙영낭자전〉 읽기」, 『문학치료연구』 50, 93-131.

최미숙(1993), 「시 텍스트 해석 원리에 관한 연구: '부재(不在)요소'의 의미 실현 방식을 중심으로」, 서울대학교 석사학위 논문.

최미숙(2012), 「기호·해석·독자의 문제와 문학교육학」, 『문학교육학』 38, 125-154.

최지현(2007), 「문학 독서의 원리와 방법」, 『독서연구』 17, 63-82.

최홍원(2015), 『고전문학 경험교육론: 고전문학이 묻고, 경험이 답하다』, 역락.

황종연(1994), 「신들린 시, 떠도는 삶」, 김우창 외, 『미당 연구』, 민음사.

Abrams, M. H.(1989), 『문학비평용어사전』, 최상규(역), 보성출판사(원서출판 1981).

Brooks, C. & Warren, R.(1976), *Understanding Poetry*, Holt Rineheart and Winston.

Dutton, D.(1977), "Plausibility and Aesthetic Interpretation", *Canadian Journal of Philosophy* 7(2), 327-340.

Hirsch, E. D.(1967), *Validity in Interpretation*, Yale University Press.

Grondin, J.(2019), 『현대 해석학의 지평』, 최성환(역), 동녘(원서출판 2017).

Nodleman, P.(2001), 『어린이 문학의 즐거움』, 김서정(역), 시공주니어(원서출판 1994).

Iser, W.(1978), *The Act of Reading: A Theory of Aesthetic Response*, The Johns Hopkins University Press.

Wheelwright, P.(1983), 『은유와 실재』, 김태옥(역), 문학과지성사(원서출판 1962).

• 인터넷자료

Ramberg, B., & Gjesdal, K.(2003), "Hermeneutics: Continuations", Stanford encyclopedia of philosophy. https://plato.stanford.edu.

5장

비평하기

평소 문학 작품을 즐겨 읽고 감상하는 취미를 가진 사람도 자신의 문학 향유는 비평과 무관하다고 생각하는 경우가 많다. 비평이란 해당 분야에 정통한 지식과 글쓰기 경험을 가진 비평가들이나 하는 일이라는 선입견 때문이다. 그러나 비평은 우리 생각보다 훨씬 가까이 일상인의 문화 속에 자리 잡고 있다. 마르틴 하이데거(Martin Heidegger)의 말투로 표현하자면, 우리가 비평에 대해서 아무것도 모르고 비평하지 않아도 우리는 늘 비평에 임하고 있다.

자신이 읽은 문학 작품에 대해 SNS 공간에 간단히 평을 쓸 때, 영화를 본 뒤 별점과 함께 한 줄 평을 적을 때 당신은 이미 비평의 길로 들어서고 있다. 유튜브나 팟캐스트에서 자신이 좋아하는 작가나 책을 소개하면서 이 작품이 왜 좋은지를 홍보하는 당신은 이미 비평가이다. 문학이나 음악 그리고 영화와 같은 예술 작품을 경험하면서 자신의 판단을 거쳐 작품을 평가하는 일이 비평의 본질이기 때문이다.

1 비평의 특징과 내용

문학이란 무엇인가, 특정 문학 작품의 의미는 무엇인가, 작가는 어떤 일을 하는가, 한 작가 또는 작품의 가치는 무엇인가 등을 논의하는 일을 문학 비평이라고 한다(이상섭, 2001: 132). 이 정의에 따르면 비평은 문학에 관련된 모든 논의를 포괄하는데, 이론 비평에서 실제 비평 그리고 기술 비평과 인상 비평 등 비평의 양상은 다양하다. 르네 웰렉(René Wellek) 역시 비평을 '문학에 관한 담론'으로 정의했는데, 여기서도 비평은 구체적 작품에 대한 담론은 물론이요 문학에 대한 메타적 진술을 포괄하는 넓은 의미를 가지게 된다.

1) 비평과 문학 연구의 차이

넓은 의미의 비평과 좁은 의미의 비평

르네 웰렉은 비평이라는 개념이 지나치게 포괄적인 의미를 가져 여러 가지 혼란을 가져오게 된다고 생각했다. 비평을 '문학과 관련된 모든 논의'로 확장해 문학의 원리나 미학과 같은 메타적 진술을 포함하는 경우 '문학 연구'와 비평을 구별하기 어렵기 때문이다. 그는 비평을 넓은 의미와 좁은 의미로 나누어 살펴봄으로써 비평과 관련된 논의를 명료하게 하자고 제안했다. 넓은 의미의 비평은 "특정한 문학 작품에 대한 기술, 분석, 해석, 평가"는 물론이요 "문학의 원리, 이론, 미학에 관한 논의 또는 과거에 시학이나 수사학으로서 논의되었던 학문이라고 할 수 있는 것을 포함"한다. 좁은 의미의 비평은 그중에서 "특정한 문학 작품에 집중하여 작품을 분석, 해석하고 평가하는 것"을 뜻한다(Wellek, 1981/1998: 365). '비평하기'는 좁은 의미의 비평과 밀접한 관련을 맺는다.[1]

판단과 가치 평가로서의 비평

'비평'이라는 말을 들을 때에 대부분의 사람들은 새로 나온 문학 작품에 대한 서평, 여러 작품을 비교하며 해당 작품의 가치를 살펴보는 비평가의 글 혹은 영화 사이트에 소개된 최신 영화에 대한 평을 떠올린다. 그리고 이런 종류의 글은 문학이나 예술 작품에 대한 연구를 담은 학술 논문과는 구별된다고 생각한다. 비평은 특정 시기, 특정 작가의 구체적인 작품에 대한 해석을 바탕으로 작품의 가치를 평가하는 일을 주로 하기 때문이다.[2] 개별 작품에 대한 가치 평가를 강조할 때, 비평

....

1   비평하기에 작용하는 비평 이론 역시 현대 비평의 중요한 영역이지만 비평 이론 자체에 대한 탐구는 고도의 전문성을 요구하는 학문의 영역이기 때문에 이번 장에서는 이론 자체가 아니라 실제 비평과 관련되는 이론의 문제만을 다루려고 한다.

에서 가장 중요한 것은 '문학에 대한 기술적이고 해석적이고 역사적 설명과 대비되는 작품에 대한 평가적이고 판단적'인 속성이다(Wellek, 1981/1998: 365). 문학 연구와 비평을 구별하면서 비평이 행하는 구체적 작품에 대한 가치 평가를 강조하기 위해서 '실제 비평'이란 용어를 사용하기도 한다.

비평의 어원이 말해 주는 바

비평의 어원이나 역사를 살펴보아도 비평의 특징을 작품에 대한 판단과 가치 평가로 강조하는 것이 타당함을 알 수 있다. 비평(critic)이라는 용어는 고대 그리스어 'kritikos'에서 기원하는데, 이 말은 배심원으로 참여하여 평결을 내리는 사람을 지칭했다. 비평의 라틴어 어원 criticus/criticos 역시 '판단과 심판'이라는 의미를 가지고 있다(Caroll, 2008/2015: 30). criticism이라는 단어는 17세기 초반 잔소리꾼을 지시하는 'critic'이나 혹평이라는 행위를 의미하는 'critical, critique'와 구별되어 새롭게 나타났다. 이 말은 17세기 후반에 이르러 '문학을 해설하거나 평가하는 행위를 글로 표현한 저작물'이라는 뜻으로 받아들여지면서 현재 '비평' 하면 떠오르는 의미를 가지게 되었다(Williams, 1976/2010: 120-122).

시나 소설과 구별되는 문학의 독자적 장르로서 비평은 '작품의 의미가 어떻게 형상화되어 있는가를 밝히면서 작품의 가치를 평가하는 담론적 실천 혹은 담론 양식'을 뜻한다. 이처럼 비평하기의 가장 중요한 특징은 구체적인 작품에 근거를 둔 판단과 가치 평가이다. 그런데 2022 개정 교육과정 국어의 내용 체계에서는 비평의 내용 요소를 '다양한 해석 비교·평가하기'로 제시하고 있다. 지금까지 설명한 것처럼 비평하기의 일차적 대상이 작품이고 평가의 초점 역시 작품이란 점을 고려할 때, 이는 잘못된 것으로 '작품에 대한 평가와 판단'으로 수정해야 한다.[3]

비평하기의 세부 내용을 살피기 이전에 검토해 보아야 할 두 가지 오해가 있

----

2   문학 연구도 작품의 문학사적 가치를 평가하지만, 연구는 비평가의 주관적 판단이 앞서는 비평에 비해 보다 엄밀한 객관성을 요구한다는 점에서 비평과는 구별된다.
3   '다양한 해석에 대한 비교·평가'는 비평과 무관하다고 볼 수는 없지만 이는 비평 논쟁과 같은 '메타 비평'에서 중요한 비중을 차지하는 내용 요소이다. 마찬가지로 "[9국05-08] 근거를 바탕으로 작품을 해석하고, 다른 해석들과 비교하여 자신의 해석을 평가한다."와 그에 대한 해설도 작품에 대한 평가로서의 비평과 여러 해석에 대한 비교·평가를 구별하지 못하고 있다는 점에서 비평의 핵심 내용을 포괄하지 못하고 있다.

다. 그것은 첫째, 비평은 독자가 내리는 제멋대로의 평가이기 때문에 어떤 객관성도 가질 수 없다는 생각과 둘째, 비평은 작품이 가지고 있는 부정적 속성을 발견하여 그 한계를 밝히는 것에 주력한다는 생각이다. 이 오해를 바로잡는 과정에서 비평하기의 본질적 특징이 자세히 드러나게 될 것이다.

2) 주관적 판단으로서의 비평

비평의 주관성이란?

비평에 대한 흔한 오해 중 하나는 비평이란 작품을 읽고 떠오르는 독자의 느낌이나 생각을 제시한 의견 표명에 불과한 것이고 그런 점에서 객관성을 가질 수 없다고 보는 것이다. 비평은 비평가 개인의 주관적 평가를 본질적 속성으로 포함하고 있기 때문에 무엇이 더 좋은 작품인가를 판단하려는 시도는 마치 어떤 라면의 맛이 더 좋은가를 구별하려는 일처럼 쓸데없는 일이라는 것이다. 비평적 판단의 자의성을 강조하기 위해 '취미를 가지고 논쟁한다는 것은 어리석은 일이다.'라는 오래된 격언이 동원되기도 한다.

문학 작품에 대한 비평이 자연과학이 보여 주는 정도의 엄밀한 객관성을 확보할 수 없다는 점에서 그러한 지적은 일부 타당하다. 그러나 비평의 판단은 단순한 개인의 의견 제시 이상의 객관성을 가질 수 있다. 비평의 주관성이란 비평가가 제멋대로 판단한다거나 비평가 개인의 주관적 판단에 그친다는 뜻 이상의 적극적인 의미를 갖기 때문이다. '비평의 주관성'은 두 가지 의미를 내포하고 있다. 무엇보다 이 말은 작품에 대한 판단과 평가가 비평가 개인의 주관을 거치게 된다는 점을 강조한다. 여러분은 '직접 사용해 본 제 이름을 걸고 제품의 품질을 보장할 수 있다'는 방식의 제품 광고를 본 기억이 있을 것이다. 나 자신의 체험을 바탕으로 다른 사람에게 제품을 권하는 광고는 비평의 주관성이 뜻하는 바를 잘 보여 준다. 비평의 주관성이란 이처럼 나의 눈으로 작품을 직접 읽고 판단했다는 비평하기의 '과정'을 강조한다.

나의 작품 읽기 경험을 거친 판단에 대한 강조는 비평의 주관성의 두 번째 의미 '비평 주체의 독립적 판단에 대한 자의식'으로 연결된다. 작품에 대한 소문이나 선입견을 따라가거나 다른 사람들이 널리 받아들이고 있는 평가의 기준을 그저 적용하는 것으로는 작품의 가치를 제대로 평가할 수 없다. '주관적 판단'은 세간의 의견을 맹목적으로 따르는 습관을 경계하면서 항상 깨어 있는 자세로 새로운 작품과 문화를 체험하면서 자신의 관점으로 작품을 판단하는 태도를 강조한다. 현재의 다매체 시대가 정보의 민주화, 정보의 개방성과 같은 긍정적 측면을 가져왔다는 점은 재론의 여지가 없지만, 정보의 과잉 속에서 입소문에 휩쓸려 타인을 쉽게 재단하고 소문을 추종하는 부작용이 나타난 것도 엄연한 사실이다.[4] 주관적 판단을 강조하는 비평하기를 통해 '소문이 아닌 나의 눈으로 작품과 세상을 보라.'는 태도를 확산시킬 수 있다.

타인의 동의를 요청하는 주관적 판단

많은 사람들은 뮤지컬 관람이나 문학 작품에서 얻은 감동을 다른 사람들과 공유하고 싶어 한다. 자신의 멋진 체험이 다른 사람에게도 멋진 것으로 받아들여질 것이라 기대하기 때문이다. 하지만 나에게 감동을 주었던 예술 작품이 다른 사람에게도 항상 좋게 받아들여지는 것은 아니다. 자신이 감상한 영화나 소설이 훌륭하다는 평가가 다른 사람에게 동의를 요청할 수 있으려면 판단의 근거를 갖추어야 한다. 이마누엘 칸트(Immanuel Kant, 1790/1974: 57)는 작품에 대한 판단이 '주체 안에서 일어나는 쾌락의 감정과 관련되는 주관적 판단'이지만 후각이나 미각처럼 '대상이 주는 쾌감에 종속되는 감각적 쾌'가 아님을 강조했다. 비평하기와 같은 주관적 판단은 감각에 종속되지 않고 '대상의 형식에 대한 성찰'의 과정을 거친다. 그로 인해 예술 작품에 대한 주관적 판단이 그저 개인의 판단에 그치지 않고 타인에게 동의를 요청할 수 있게 된다는 것이다.[5]

비평의 판단은 감정이나 즐거움과 관련된 주관적 판단이지만, 지적 작업을 거치면서 다른 사람의 동의를 구하거나 반박의 대상이 될 수 있나. 비평가의 주관적

....

4   현재 진행 중인 디지털 혁명을 바탕으로 한 지식 정보화 사회가 '근대의 극복'이라기보다는 '근대의 귀결'이며, 이에 따라 '숙고가 먼저고 디지털은 나중이다.'라는 태도가 중요하다는 마르쿠스 가브리엘(Markus Gabriel, 2018/2021: 24-37)의 주장은 비평의 주관성과 연결하여 되새겨 볼 가치가 있다.
5   칸트에 따르면 '취미 판단'은 혀와 입 등의 미각과 관련된 '감관 취미'와 자연미나 예술미를 핀정하는 '반성 취미'로 구별되며, 진정한 의미의 심미적 판단은 후자이다(坂部惠 외, 1997/2009: 422).

판단과 평가가 타당한 이유에 근거하여 논리적으로 전개될 때, 비평은 다른 사람에게 자신의 판단에 대한 동의를 요청하는 설득력을 갖추게 된다. 이 경우 비평 주체의 주관적 판단은 한 개인을 넘어선 '상호 주관성'에 도달함으로써 나름의 객관성을 갖추게 된다.

작품에 대한 자신의 판단과 가치 평가를 위해 타당한 근거를 마련하고 이에 따라 타인에게 동의를 요청하는 토론의 과정은 작품이 지니는 의미의 폭을 넓혀 작품을 더욱 살아 있게 만들어 줄 수 있다(이인화, 2013). 어떤 라면이 가장 맛있는가를 따지는 것은 큰 의미가 없지만, 이 시대에 어떤 시가 더 좋은가를 따지는 비평은 작품의 의미를 더욱 풍성하게 만들어 줄 수 있다는 점에서 문학의 수용과 생산에서 큰 의미를 가질 수 있다.

3) 비판적 읽기로서의 비평

작품의 한계를 발견하기

매슈 아널드(Matthew Arnold)는 시 〈셰익스피어(Shakespeare)〉(1849)에서 "다른 이들은 우리의 평가를 받습니다. 그대는 거기에 해당하지 않습니다."라는 구절로 셰익스피어를 찬양하였다(Havelock, 1986/2021: 71). 여기에 더해 해럴드 블룸(Harold Bloom)은 셰익스피어가 '문학의 기준과 한계' 자체이며, 이후의 문학은 아무리 위대하더라도 그가 창조한 인간성의 원형을 모방하는 것에 불과하다고 주장했다(이경원, 2021: 39-41). 이들의 극찬에는 시대를 초월하여 언제 어디서나 고전으로 대접받는 위대한 문학 작품이 드물지만 가능하다는 발상이 담겨 있다.

20세기 후반 들어 영국에서 일군의 비평가가 이러한 평가에 반기를 들기 시작했다. 18세기 이후 영국이 근대 자본주의 세계 체제의 패권 국가로 자리 잡는 과정에서 셰익스피어의 위대함이 과도하게 부풀려졌다는 것이다. 이들은 셰익스피어의 작품에도 서구 식민주의자나 성차별주의자로서의 편견이 숨겨져 있으며 이를 발견하여 폭로하는 것이 셰익스피어 비평의 중요한 임무임을 강조하였다. 〈햄릿(Hamlet)〉(1603)이나 〈리어왕(King Lear)〉(1608)이 뛰어난 작품이기는 하지만 그 어떤 문학도 넘어설 수 없는 위대한 지평으로 모두에게 감동을 주는 보편성을 가지고 있다는 식의 평가는 유럽 백인 남성의 시각을 보편적 표준으로 강요하는 식민주의자의 정치적 무분별함에 기반하고 있다는 것이다. '셰익스피어는 인도와도 바꿀 수 없다.'는 말은 그들의 오만함이 어디에까지 이를 수 있는가를 잘 보여준다.

작품의 가치에 대한 평가는 시대에 따라 변화한다. 작품 평가의 기준은 변화하는 시대의 가치관이나 문학 외적인 다양한 사회적 담론의 영향을 받으며 변화하고 새롭게 형성된다. 비평가의 작품 해석과 평가를 통해 새로운 기준이 생성되기도 한다.[6] 인간이 시대의 한계를 벗어날 수 없는 것처럼 인간이 창작한 문학 작품 역시 완전할 수 없다. 때로는 한 작품 내에 같은 자리에 서기 어려운 모순적 입장이 병존하기도 한다. 1910년대 선각자로 자처했으며 당시 조선 사회에 필요한 교육의 중요성을 설파하고 남녀 사이의 사랑과 애정에 대한 새로운 사고를 알려 독자들을 열광시켰던 이광수의 〈무정〉(1917) 역시 예외가 아니다. 근대화에 대한 턱없는 낙관주의가 당시 식민지 현실에 대한 인식을 가로막는 한계를 곳곳에서 드러냈기 때문이다.

문학을 포함한 예술 작품에 숨겨져 있는 인종적 편견이나 성적 편견 혹은 이데올로기적 모순을 발견하는 일을 '비판적 읽기'라고 한다. 현대 비평은 지금까지 높은 평가를 받아 왔던 정전(正典)에 숨겨져 있는 한계를 발견하여 재평가하는 일을 비평하기의 중요한 역할로 강조하고 있다. 가치의 다원성, 가치의 상대주의를 특징으로 하는 현대 문화에서 작품에 담긴 한계나 모순을 발견하는 비판적 읽기의 중요성은 점점 더 강조되고 있다. 회의와 의심의 시선에서 자유로울 수 있는 '절대 예술'은 지금까지 존재한 바 없었고 앞으로도 나타나지 않을 것이기에 비판적 읽기는 판단과 가치 평가를 본질로 하는 비평의 중요한 일부를 이룬다.

....

6 죄르지 루카치(György Lukács)의 리얼리즘 비평이 그 예라 할 수 있다. 그는 진보적인 사회의식을 담고 있는 에밀 졸라(Émile Zola)의 소설에 비해 오노레 드 발자크(Honoré de Balzac)의 작품이 리얼리즘 차원에서는 더 빼어나다고 주장했다. 루카치는 진보 진영으로부터 좋은 평가를 받지 못했던 발자크를 재조명하면서 중요한 것은 작가의 세계관이나 작품에 담긴 사회의식이 아니라 작품이 역사의 운동 방향을 얼마나 예술적으로 재현하는가임을 강조하였다. 이 과정에서 루카치는 리얼리즘 비평의 강조점을 정치적 참여 의식 여부에서 '역사의 방향성에 대한 예술적 재현'으로 옮겨 놓았다.

비판적 읽기에 대한 오해

비판적 읽기는 종종 작품에서 부정적 특징을 찾아내어 그 한계를 폭로하는, 작품에 대한 흠잡기로 오해되곤 한다. 그 최악의 결과는 셰익스피어를 그저 제국주의자로, 현진건을 그저 성차별주의자로 판정하는 것이다. 비판적 읽기를 단순화시켜 오해하는 일에는 비평 주체의 오만한 자아 중심주의가 자리 잡고 있다. 작품이 한계를 지닐 수 있는 것과 마찬가지로 작품을 비판적으로 읽는 비평 주체 역시 자신이 지닌 편견을 완전히 극복할 수 없는 유한한 주체이다. 그리고 작품이 비판적 읽기의 대상이 될 수 있다면, 비평 주체 역시 작품이 자신에게 던지는 '비판적 의문'의 대상이 될 수 있다. 인간과 역사 그리고 문학에 대한 자신의 평가 기준을 뒤흔들어 놓는 작품에 마음을 열고 지금까지 공고하게 지켜왔던 자신의 척도를 되돌아보게 하는 경험 역시 비판적 읽기의 본질에 속한다(김성진, 2004: 137-143; 김성진, 2012: 341-348).

비판적 읽기가 필요한 이유는 정전 역시 시대의 중력을 벗어날 수 없고 훌륭한 문학 작품이나 예술로 받아들여지게 하는 '시금석' 역시 변경될 수 있기 때문이다. 그러나 고전으로 받아들여진 작품에 한계가 발견되었다고 해서 지금까지 이 작품에 붙여져 왔던 '위대한'이나 '탁월한'과 같은 수식어를 반드시 폐기해야 하는 것은 아니다. 고전은 많은 독자에게 영감을 주었기 때문에 위대한 것이지, 그 작품이 위대하기 때문에 많은 독자에게 영감을 주는 것은 아니다(Rorty, 1998/2003: 160). 진정한 비판적 읽기는 작품의 한계는 한계대로 꿰뚫어 보는 동시에 삶에 대한 통찰을 담고 있는 작품의 미덕을 놓치지 않는 안목을 바탕으로 한다. '문학 비평은 사랑을 빚진 데서 시작되어야 한다.'는 조지 스타이너(George Steiner, 1959/2019: 23)의 잠언은 비판적 읽기가 그저 작품에 대한 흠잡기로 오해되곤 하는 '비평의 과잉' 시대에 두고두고 곱씹어 볼 가치가 있다. 교사가 때로 학생을 질책하는 이유는 학생이 가진 가능성을 살려 더 좋은 방향으로 성장시키기 위한 것임과 마찬가지로, 작품에 대한 비판은 작품에 대한 너그러운 사랑을 바탕으로 행해진다.

비평하기의 목표

비평의 궁극적 목표는 무엇이 좋은 문학 작품인가를 스스로 찾아낼 수 있는 안목, 그리고 좋은 문학 작품이 독자에게 무엇을 선물할 수 있는가를 파악할 수 있는 안목을 갖추는 것이다. 그런 점에서 비평하기는 문학 교육의 목표와도 직접적으로 연결된다. 독자는 작품 속에 그려진 새롭고 낯선 세계를 만나 자신의 삶을 넓히고 새로운 시각으로 인간과 사회를 바라봄으로써 자신의 삶을 더욱 풍요롭게 만들기 위해서 작품을 읽는다. 비평하기 역시 독자의 그런 지평 내에서 수행된다. 비평 주체는 작품을 비평하는 과정에서 스스로가 비평의 대상이 되기도 하는데, 이는 작품이 자신에게 가하는 의문의 힘을 외면하지 않을 때 가능하다. 비평 주체와 작품의 상호 작용 속에서 작품에 대한 가치 평가가 이루어질 때 비평은 작품의 한계는 한계대로 통찰하면서 그 한계 속에서도 빛을 발하는 인간에 대한 통찰을 되살려 낼 수 있게 된다. 독자는 비평하기를 통해 문학과 예술을 감상하고 즐기면서 자신의 안목을 형성하고 동시에 작품과 관련된 자신의 텍스트를 형성하는 발판을 마련할 수 있다.

2 작품에 대한 가치 평가의 근거

작품에 대한 가치 평가는 즉흥적 평가가 아니라, 타당한 이유와 근거를 거쳐 이루어진다. 평가의 근거는 작품을 읽고 작품의 의미를 해석하는 과정에서 등장하는 작품 내적 근거에서부터 비평 주체의 문학에 대한 평소 생각, 문학을 설명하는 논리적 구조라 할 수 있는 비평 이론, 해당 작품을 연결할 수 있는 문학사적 지식과 같은 작품 외적 근거까지 다양하다. 작품에 대한 가치 평가의 근거는 종종 문학의 세계를 넘어 인간과 세상을 바라보는 관점이나 역사적 신념으로까지 확장되기도 한다.

1) 작품에 대한 기술과 해석의 필요성

기술, 해석 그리고 가치 평가

비평은 이 책 4장에서 살펴본 이해나 해석을 바탕으로 이들과 긴밀한 연관 관계 속에서 이루어진다.[7] 작품 내에서 발견되는 여러 요소에 근거하지 않는 가치 평가는 자신의 선입견을 투사하는 데 그친다. 이와 관련하여 마리로르 라이언(Marie-Laure Ryan)은 비평에서 기술(description)과 해석(interpretation), 판단(judgement)을 구별해야 할 필요성을 이야기했다. 이 논의에 따르면 "마담 보바리는 한 시골 의사의 아내이다."는 기술적 진술이고, "마담 보바리는 현실과 허구를 분간하지 못했기 때문에 자살을 하기에 이른다."는 해석적 진술이다(Ryan, 1981/1998: 83). 기술적 진술과 해석적 진술을 토대로 〈보바리 부인〉(1857)은 근대인의 욕망이 모방을 통해 증폭되면서 좌절되는 과정을 훌륭하게 보여 주었다거나 '보바리즘'이라는 용어를 탄생시킬 정도의 파급력을 가져왔다는 판단이 가능해진다. 여기서 '판단'은 작품에 대한 가치 평가와 같은 의미를 갖는다.

작품에 대한 가치 평가는 작품에 대한 비평가의 주관적 판단이기 때문에, 그것이 독자에게 타당하게 받아들여지기 위해서는 기술과 해석에 바탕을 두어야 한다. 마리로르 라이언은 작품의 가치를 평가하는 비평의 성공 여부는 '성실성'에 달려 있다고 보았다. 여기서 성실성은 교육과정의 용어로 말하자면 '타당성'을 뜻하는데, 이는 기술과 해석이 얼마나 충실하게 이루어졌느냐와 관련을 맺는다.

기술의 두 차원

황석영의 〈삼포 가는 길〉(1973)을 읽고 독자가 작품에 대한 가치 평가를 내리는 과정을 예로 들어 보자. '정 씨와 영달은 길 위에서 만난 뜨내기 신세이다.'나 '삼포로 가는 여정을 같이하며 세 사람, 그중에서 특히 백화와 영달은 서로에 대한 유대감을 획득하게 된다.'와 같은 진술은 작품 속에서 확인 가능한 정보를 풀어

....

7 문학 수용 관련 용어를 정리하려 시도한 이인화의 연구 역시 비평을 '문학 텍스트의 가치를 인식하고 평가하는 활동'으로 정의하면서 비평이 해석을 동반하는 가치 평가 활동이지만 비평과 해석은 강조점이 다르다고 보았다(이인화: 2022, 319).

서 쓴 것이다. 소설을 비평할 때 이처럼 작품의 내용을 요약하거나 풀어 쓰는 기술(description)을 통해 가치 평가의 기초를 다지게 된다.

한편 작품의 내용에 대한 요약이나 풀어쓰기와 구별되는 작품의 형식에 대한 기술도 있다. '〈삼포 가는 길〉은 여로형 서사에 속한다.'와 같은 진술은 '여로형 서사'라는 문학 지식을 활용하여 작품의 형식적 특징을 분류하고 있다. 이는 줄거리 요약이나 주인공의 성격에 대한 정리와 구별되는 작품에 대한 메타 언어적 진술로, 장르나 기법에 대한 문학 지식에 기반해 있다.

내용 요약이나 풀어쓰기, 형식에 대한 메타 언어적 진술로 대표되는 기술은 추가 근거를 가져올 필요 없이 그 자체로 비교적 명료한 판정이 가능하다. 사실 확인 차원의 진술에 바탕을 두고 있기 때문에 비평은 독단적인 별점 매기기로 빠지지 않고 타인을 설득할 수 있는 타당성의 기초를 다질 수 있게 된다.

의미 부여 행위로서의 해석

4장에서 다룬 것처럼 해석(interpretation)은 작품을 읽고 이를 독자 자신의 언어로 이해하여 작품의 의미를 풍부하게 구성하는 활동을 뜻한다. 해석은 분석적인 사고를 바탕으로 작품의 구성 요소들이 전체와 맺는 관계에 주목하면서 작품을 수용하여 작품의 의미를 풀이한다. 진위의 판정이 비교적 명료하여 이견의 여지가 많지 않은 기술과 달리 해석은 자료를 바탕으로 '그럴 수 있다고 생각되는 명제'를 제출한다. 해석은 다른 추가적인 근거를 통해 얼마든지 변경 가능하고 기존에 타당하게 받아들여졌던 해석 역시 얼마든지 변경되거나 전복될 수 있다. 그동안의 교육과정에서는 해석의 이런 측면을 '해석의 다양성'이라는 용어로 강조하였다. 문학 작품의 해석은 작품에 근거한 타당성을 지향하면서 동시에 창의적인 의미를 구성함으로써 작품의 의미를 확장하는 것을 목표로 한다(김정우, 2004; 김미혜, 2007).

'정 씨가 찾아간 고향 삼포가 공사판으로 변해 버린 모습은 산업화 과정에서 민중이 보편적으로 경험했던 고향 상실의 문제를 형상화하고 있다.'는 진술은 비평 주체가 작품의 결말에 담긴 의미를 구성하여 읽어 내고 있다는 점에서 해석에 속한다. 특히 마지막 문장 "기차가 눈발이 날리는 어두운 들판을 향해서 달려갔다."는 서로 다른 해석을 가능하게 한다. '눈발이 날리는 어두운 들판'에 주목할 경우 두 사람이 처한 암담한 현실을 강조하는 쓸쓸한 분위기를 담고 있는 것으로 해석될 수 있다. 반면 '달려가는 기차'에 주목한다면 고난 속에서 꿋꿋하게 살아갈 민중의 질긴 생명력을 강조하는 것으로도 해석될 수도 있다. 이처럼 해석은 작품의 다른 부분에 주목하거나 다른 근거를 활용하여 새로운 의미를 생성하는 것을 장려한다.

비평의 가치 평가는 작품에서 강조하고 싶은 의미를 구성하는 해석 행위를 동반하기 때문에 구체성을 확보할 수 있다. 또한 작품의 새로운 면모를 밝혀내어 작품의 가치를 재평가할 수 있게 한다.

기술과 해석에 근거한 가치 평가의 예

비평문 〈닭 울음소리와 초인의 노래〉(2018)는 이육사의 〈광야〉(1945)에 대해 식민지 시대 저항시의 높은 수준을 보여 주는 작품이라는 평가를 내리고 있다. 이러한 가치 평가는 시에 대한 기술과 해석의 과정을 거쳤기 때문에 설득력을 갖추고 있는데 그 예를 살펴보도록 하자.[8]

이 비평문은 시에 제시된 광야의 특징을 다음과 같이 풀어서 기술하고 있다.

> 〈광야〉의 특징은 무엇보다도 접근이 금지되었거나 개척하기 어려운 땅이라는 점이다. 그 땅을 "차마 범하진" 못하고 한번 휘달리는 것으로 자신들의 작업을 끝내고 제 위치를 결정해 버린 산맥들은 그 광야에 길 닦기를 포기했을 뿐만 아니라 그곳을 터부의 땅으로 남겨 두었다. 반면에 "큰 강물"은 긴 세월의 도움을 받아 비로소 이 땅에 자신의 길을 낼 수 있었다. 그 세월이 "부지런"하다는 것은 그 계절이 쉬지 않고 근면하게 이어졌다는 뜻이고 그 기간 내내 강물의 노력이 또한 그렇게 부단했다는 뜻이다.
>
> — 황현산, 〈닭 울음소리와 초인의 노래〉, 194쪽

....

8   전문은 황현산(2018, 192-197)을 참조할 것.

시의 일부를 풀어 쓰는 행위가 시 자체를 대신할 수는 없지만 불확정적이고 모호성을 갖춘 언어적 구조물을 일상적인 언어로 풀어서 기술하는 일은 비평의 과정에서 우회할 수 없는 관문이기도 하다. 비평가는 이를 바탕으로 '시의 중층적 대립 구도'라는 형식적 특징을 지적하고 이것이 가지는 의미를 다음과 같이 해석하고 있다.

> 이 구도의 최소 단위에서 제2연의 '산맥의 성급한 포기'가 제3연의 '강물의 끈질긴 도전'과 대립하고, 제4연의 '시인의 가난한 노래'가 제5연의 '초인의 당당한 노래'와 대립하며, 중간 단위에서 '자연의 교훈'을 우의하는 제2·3연이 '인간의 실천'을 나타내는 제4·5연과 대립되며, 마지막 단계에서 첫 연의 '닭 울음소리가 없는 천지개벽'과 마지막 연의 '초인의 노래가 있는 인간 개벽'이 대립된다.
>
> ― 196쪽

이 비평문에는 비평가가 작품을 풀이하고 해석하는 과정이 여러 차례 나타난다. 그로 인해 이육사가 "이 시를 통해, 민족의 가장 처절한 고난이 자신의 한 몸을 꿰뚫었던 그 시간을 민족이 자랑해야 할 가장 거룩한 시간으로 바꾸"었으며 그런 이유로 「광야」를 민족서정시라고 부르는 것이 마땅하다."는 가치 평가가 설득력을 얻게 된다.

2) 비평 이론의 역할

비평 이론이란 무엇인가?

비평 이론은 문학 작품과 작품이 소통되는 세계를 설명하는 개념의 체계를 뜻한다. 비평 이론에는 좋은 문학 작품의 특징, 문학과 인간의 관계, 문학과 사회의 관계, 문학 작품의 역할과 같은 문학에 대한 여러 가지 가정이 담겨 있다. 비평 이론의 심층부에는 인간과 사회 역사를 바라보는 관점 역시 자리 잡고 있다. 비평 이론이 작품 읽기와 독립된 지식의 체계를 형성하는 경향에 대해 비판적인 사람들도 비평 이론에 근거하지 않은 해석은 있을 수 없다고 생각한다. 비평 이론이 문학을 바라보는 세계관과 같은 것이기 때문이다. 비평하기에는 의식적 차원이건 전(前) 의식적 차원이건 비평가가 작품을 읽는 관점이 포함되어 있다.

세상에 대한 관점이 다양한 것처럼 문학에 대한 관점을 지식으로 구조화한 비평 이론 역시 다양할 수밖에 없다. 가장 널리 알려진 비평 이론의 구별법은 표현론, 반영론, 수용론, 구조론인데, 이 책 2장에서 그 자세한 내용을 확인할 수 있다. 구조주의 언어학의 등장 이후 현대 비평 이론은 이러한 구별법을 활용하면서 새로운 문제의식을 포함한 복잡한 개념의 체계를 발전시키고 있다.[9]

왜 이론이 필요한가?

독자가 작품을 읽고 그것을 해석하고 평가할 때, 독자는 암암리에 자신의 문학관을 바탕으로 그런 작업을 수행한다. 어떤 독자도 백지상태에서 작품을 접하지 않는다. 독자는 항상 문학, 나아가 인간과 사회에 대한 일정한 전제와 가정을 바탕으로 작품을 읽고 평가한다. 주어진 대상을 아무런 전제 없이 파악하여 의미를 부여하는 식의 해석은 불가능하다. 무엇인가를 해석하는 행위에는 언제나 '이해의 앞선 구조'가 자리 잡고 있다. 비평 이론에 대한 지식이 없는 독자들도 언제나 이론에 입각하여 작품을 읽는다고 주장할 수 있는 이유는 비평 이론이 바로 그러한 이해의 앞선 구조와 같은 것이기 때문이다. 비평 이론은 작품과 관련된 독자의 앞선 경험, 앞선 관점, 앞선 파악과 밀접한 관련을 맺는다.[10]

작품을 읽을 때 독자는 암암리에 자신이 평소 생각하던 문학에 대한 관점을 작동시킨다. 세 살 아이에게도 철학이 있듯이 문학을 접하는 평범한 독자도 나름의 이론을 가지고 있다. 각종 비평 이론서에 제시된 비평 이론은 문학을 바라보는 독자의 관점이나 앞선 이해를 바탕으로 이론가들이 이를 추상적인 명제로 구조화하고 체계화하여 진술한 것이다.

....

9   '비평이란 무엇인가', '비평 이론이란 무엇인가'라는 제목을 단 책을 찾아보면 다양하고 정교한 이론의 모습을 확인할 수 있다. 대표적인 것으로는 로이스 타이슨(Lois Tyson, 2006/2012)을 들 수 있다.

10 이는 무엇을 무엇으로 해석하여 의미를 파악하는 행위는 언제나 예지(Vorhabe), 예시(Vorsicht), 예파(Vorgriff)와 같은 '이해의 앞선 구조'에 의존한다는 하이데거의 통찰과 관련이 있다(Heidegger, 1927/1995: 218-219).

비평 이론은 자기도 모르는 가운데 작용하는 독자의 문학에 대한 이해, 관점을 바탕으로 하는 실천적이고 관여적인 지식이다. 그런 점에서 비평 이론은 독자가 작품을 평가하는 과정에서 도구처럼 임의로 사용할 수 있는 가치 중립적 지식이 아니다. 작품에 대해 초연하게 거리를 두면서 개인의 관점을 배제한 이해와 해석을 가능하게 하는 '무관점의 지식'이야말로 비평 이론의 특징과 가장 거리가 멀다. 강경애의 〈인간 문제〉(1934)를 읽으면서 1930년대 여성 노동자의 삶에 관심을 가지기 시작한 독자는 비록 '전형성'이나 '민중성'과 같은 리얼리즘 이론의 개념에 대해 아는 바가 거의 없어도 사회 역사적 맥락을 강조하는 리얼리즘 이론의 영향 속에서 작품을 읽는 것이다.

신비평의 예

문학 작품은 작품을 둘러싼 외부 세계나 작가의 의도, 독자의 반응과 별개로 독립해 있는 자족적이고 폐쇄적인 언어 체계이며 그 체계의 내적 구성 요소가 얼마나 조화를 이루는가에 따라 작품의 완성도가 결정된다고 생각하는 문학관을 형식주의 비평 이론 혹은 절대주의 비평 이론이라 부른다. 절대주의 비평 이론을 대표하는 신비평의 예를 통해 비평에 작용하는 이론의 역할을 살펴보도록 하자.

클린스 브룩스(Cleanth Brooks)가 책 제목으로도 썼던 '잘 빚어진 항아리'라는 비유가 강조하듯이, 신비평은 문학 작품은 외부와의 관계가 차단된 자족적 실체로서 모든 의미가 작품에 내재해 있다고 가정한다. 작품의 의미를 저자의 의도에서 찾으려 한다거나(의도의 오류), 작품의 의미를 독자가 갖게 되는 감정적 효과에서 찾으려는 한다거나(감정의 오류), 작품을 다른 어떤 것으로 풀어 설명하거나 요약하려 시도하는 것(풀어쓰기의 오류)은 모두 언어 예술로서의 문학 작품을 오독하는 행위에 지나지 않는다(Tyson, 2006/2012: 298). 작품은 부분이 전체 속으로 녹아들어 통일적으로 결합한 유기체이며, 작품이 보여 주는 언어적 긴장감을 파악하기 위해서는 '훈련된 감식안'이 필요하다. 신비평가들은 역설, 모호성, 긴장, 아이러니 등에 대한 이론에 힘입어 유기체로서의 작품의 미적 가치를 설명하고 평가하고자 했다.

설명문이나 논설문과 달리 시에는 의미를 풍부히 하기 위해서 여러 뜻이 겹치는 표현이 자주 등장한다. 윌리엄 엠프슨(William Empson)은 좋은 시의 요건 중 하나로 뜻이 여러 개가 한데 겹쳐서 한꺼번에 작용하는 것을 들었다. 시의 언어는 그런 '모호성(ambiguity)'을 가지고 있다는 것이다.[11] 엠프슨은 모호성을 "아주 사소하다 할지라도 한 토막의 말에 서로 다른 반응을 보일 수 있는 여지를 제공하는 미묘한 차이"라고 정의하였다(Empson, 1955: 3). 예를 들어 "청산리 벽계수야"로 시작되는 황진이의 시조는 '푸른 시내'로도 '사람의 호'로도 풀이될 수 있는 '벽계수'와 '밝은 달'로도 자신의 기생 이름 '명월'로도 풀이될 수 있는 뜻 겹침의 표현을 재치 있게 활용하여 '쉬이 감'과 '쉬어 감' 사이의 긴장 관계를 형성하고 있다. 한용운의 〈이별은 미의 창조〉(1926)는 이별의 미를 "아침의 바탕[質] 없는 황금(黃金)", "밤의 올[絲] 없는 검은 비단", "죽음 없는 영원(永遠)의 생명(生命)", "시들지 않는 하늘의 푸른 꽃"과 비교하고 있다. 나름 절대적인 미를 표상하는 이 네 가지에 담긴 의미가 겹겹이 쌓이면서 '이별의 미(美)'는 이 넷으로도 온전히 포착될 수 없는 초월적 아름다움을 가진 것으로 형상화되는 것이다. 신비평의 가정에 따르면, 이런 '뜻 겹침'이 있기 때문에 시는 빼어난 시가 되는 것이다(이상섭, 1988: 106-137). 이 접근법에서 황진이의 개인사나 한용운의 불교 사상은 예술로서의 시를 이해하는 데 별다른 도움을 주지 못하는 '외재적 사물'에 그친다.

리얼리즘의 예

신비평의 가정과 달리 1960년대 후반 이후 비평 이론은 작품 자체보다도 작품을 둘러싼 역사적이고 문화적인 맥락을 중시하는 방향으로 전개되고 있다. 전통적인 리얼리즘 비평에서부터, 1960년대 이후 서구에서 출현한 페미니즘 비평, 탈식민주의 비평 등은 강조하는 바는 각각 다르지만 문학을 탄생시킨 사회적이고 역사적인 맥락을 중시하는 공통점을 지닌다.

죄르지 루카치(György Lukács)를 중심으로 전개된 리얼리즘 이론은 문학 작품을 통한 현실의 '객관적 반영'이 가능하다고 생각했다. 그런데 이는 중립적인 자리

....

11 이상섭은 ambiguity라는 용어를 도입한 엠프슨의 취지를 살리기 위해서는 애매모호함, 알쏭달쏭함이라는 부정적 뉘앙스를 가진 '모호성'이라는 말보다는 '뜻 겹침'이라는 용어를 사용하는 편이 낫다는 제안을 하였다(이상섭, 1988: 106-137).

에 서서 현실을 관찰하는 태도가 아니라, 역사의 진행 방향에 대한 탐구 정신과 역사의 진보를 이끌어 가는 민중과 연대하려는 태도에 의해 가능하다. 리얼리즘 이론은 이를 '민중성'이라는 용어로 강조하였다.

리얼리즘 이론에서 현실을 반영하기 위한 문학적 형상으로 강조되는 것이 '전형성'이다. 현실을 꼼꼼히 묘사하는 것만으로는 현실을 예술적으로 반영할 수 없으며, 세부 현실의 묘사에 더해 '전형적 상황에서 전형적 인물을 형상화'해야 한다. 그리고 전형성이 예술적 가치를 가지기 위해서라면 한 시대나 인간의 일반적 특징을 보여 주는 데 그치지 않고 살아 있는 개별자, 개별인으로서의 특징 역시 그려 내야 한다. "그들 각자는 전형적인 인물이면서도 동시에 특정한 개별인, 즉 만년의 헤겔이 표현했던 바의 '이 사람'이기도 합니다."(Marx & Engels, 1978/1989: 85-86)라는 프리드리히 엥겔스(Friedrich Engels)의 발언은 전형성의 의미를 명료하게 드러내고 있다.

그렇다면 무엇을 근거로 전형적 상황과 전형적 인물을 판단할 수 있을까? 리얼리즘 이론은 역사는 진보하는 것이며, 그것은 민중에 의해 가능하다는 역사에 대한 관점을 내포하고 있다. 그로 인해 특정 시대의 전형성이 무엇인지를 판단할 수 있다고 생각한다. 리얼리즘 이론에 따르면, 식민지 시대 소작 쟁의를 그린 이기영의 〈고향〉(1933)은 전형성의 형상화를 통해 역사의 발전 방향을 보여 주는 작품으로 평가된다. 그에 비해 박태원의 〈소설가 구보씨의 일일〉(1934)과 같은 작품은 민중과 괴리된 도시 지식인의 내적 고민에 집착하여 역사의 방향성도 현실에 대한 객관적 반영도 모두 놓치는 한계를 보여 주는 작품이 된다.

민중성이나 전형성과 같은 리얼리즘 이론의 중요 개념에 담긴 역사의 발전 방향에 대한 가정을 모두가 받아들이는 것은 아니며 그런 점에서 리얼리즘의 역할에 대해서는 여러 의문이 제기되었다. 그러나 평범한 사람들의 삶을 사실적으로 그리면서 그들의 삶에 담긴 애환과 희망을 포착하려는 리얼리즘의 정신은 여전히 중요하다. 레이먼드 카버(Raymond Carver)의 《대성당》(1983)에 실린 단편들, 그중에서도 〈별것 아닌 것 같지만, 도움이 되는〉이나 최은영의 장편 〈밝은 밤〉(2021)과 같은 작품이 대표적인 예이다.

탈식민주의의 예

대니얼 디포(Daniel Defoe)의 〈로빈슨 크루소(Robinson Crusoe)〉(1719)는 카리브해 연안에서 난파되어 홀로 살아남은 주인공이 오랜 무인도 생활을 거쳐 고향으로 돌아가기 위해 분투하는 이야기를 그려 내고 있다. 문명의 흔적이라고는 찾을 길이 없는 무인도에서 집을 짓고 발견한 씨앗으로 농사를 시작한 뒤 나중에는 치즈를 만들거나 술을 담그는 등 나름의 문명을 이루는 이야기를 담은 이 작품은 세계 명작의 하나로 손꼽히며 영국은 물론이고 한국이나 일본에서도 지금까지도 인기를 얻고 있다. 이 소설에는 주인공이 죽음의 위기에 처한 흑인을 구한 뒤, 그를 자신의 하인으로 삼아 노동을 시키고 나중에는 기독교도로 변화시키는 이야기가 등장한다. 이 에피소드는 야만의 세계에 기독교와 문명을 전파했다는 서구인의 자부심이 담겨 있는 것으로 해석된다.

그런데 로빈슨 크루소가 '프라이데이(Friday)'라는 이름을 붙여 준 카리브해 흑인의 시각으로 이 이야기를 읽는다면, 주인공 로빈슨 크루소의 행동이나 그의 선교 행위는 상당히 다른 뉘앙스를 가지게 된다. 서구인이 '야만'의 상징으로 본 것들이 자연과 호흡하며 살아가는 사람들의 정상적 행동일 수 있고, 역으로 주인공의 행동이 자연을 정복하거나 파괴하려는 전형적인 식민지 정복자의 행동으로 읽힐 소지가 충분하다.[12] 탈식민주의 비평 이론은 "작가나 주인공이 아니라 그 반대의 입장에서 본다면 유럽의 야만적 정복의 역사"를 읽어 낼 수 있다는 가정 위에서 "정복자의 편에서 세계를 보는 것이 아니라 피정복자의 입장에서 세계와 역사를 보는 문학"이 되어야 함을 강조한다(영미문학연구회, 2001: 457-458).

식민지 경험이 있는 한국이나 중국 그리고 베트남의 경우 탈식민주의 비평 이론에서 시사받을 점이 적지 않다. 〈만세전〉(1924)에서 주인공 이인화가 기차에서 갓 장수와 대화하는 장면의 예를 들어 보자. "이게 산다는 꼴인가? 모두 뒈져 버려라!", "무덤이다! 구더기가 끓는 무덤이다!"와 같은 이인화의 절규에는 생존 경쟁이나 자연 도태를 강조하는 진화론의 시각에서 조선인을 멸시하여 타자화하는 식

....

12 프랑스 작가 미셸 투르니에(Michel Tournier)는 프라이데이를 주인공으로 삼아 그의 시각으로 〈로빈슨 크루소〉를 고쳐 쓴 〈방드르디, 태평양의 끝(Vendredi ou les Limbes du Pacifique)〉(1967)을 발표했다.

민주의자의 사고가 암암리에 작용하고 있다. 탈식민주의 비평은 그동안 명작으로 평가받아 왔던 작품 속에 숨겨진 무의식 차원의 식민주의를 발견하여 그것을 비판적으로 검토하는 일을 비평의 중요한 임무로 보고 있다.

비평 이론과 작품 읽기의 관계

앞서 강조한 것처럼 비평 이론을 공부해 보지 못한 독자 역시 무의식 차원에서 나름의 비평 이론에 의존하여 작품을 읽고 있지만, 문학 작품을 좀 더 깊이 있게 읽기 위해서라면 비평 이론에 관심을 가질 필요가 있다. 그런데 비평 이론을 작품 읽기에 기계적으로 적용하는 것으로 비평 이론과 비평하기의 관계를 이해하는 것은 경계의 대상이다. 이런 태도는 이론에 의해 작품을 함부로 재단하는 습관으로 연결될 수 있기 때문이다. 박목월의 〈나그네〉(1946)를 현실 재현의 관점에서 비판하기 위해 리얼리즘 시 이론을 동원하는 일은 비평 이론이 자신의 선입견을 정당화하기 위한 도구로 사용되는 것과 같다.

작품을 읽고 해석하고 평가하는 일에는 '이론의 적용'이라는 말로 요약될 수 없는 다층적이고 중층적인 면이 나타난다. 비평 이론과 작품 읽기는 '해석학적 순환'의 관계를 형성하고 있기 때문이다. 자신이 작품을 읽고 평가하려 할 때 작품에 대한 실감을 어떻게 구체화할 것인가를 고민하면서 자신의 실감이 어떤 비평 이론의 영향 속에서 나타난 것인가를 확인하고 성찰하려는 태도가 중요하다. 이 과정에서 자신의 평가와 판단을 뒷받침할 수 있는 자원으로 비평 이론을 활용한다면, 비평 이론과 작품 읽기의 바람직한 순환 관계를 형성할 수 있을 것이다.

3 비평하기의 실제: 기술, 해석, 평가의 삼중주

최재서가 1936년에 발표한 〈리얼리즘의 확대와 심화:《천변풍경》과《날개》에 관하여〉라는 비평문은 1930년대 후반 조선 문단에 등장하여 큰 주목을 받았던 두 작품을 자신의 관점에서 평하고 의미를 부여했던 글로 비평사에서 중요한 자리를 차지하고 있다. 여기서는 〈날개〉(1936)에 대한 비평을 중심으로 비평하기의 실제를 살펴보기로 하자.

최재서는 이 비평문에서 이상의 〈날개〉와 박태원의 〈천변풍경〉(1936)이 "항간에 흔히 보는 즉흥적 창작이 아니라 오랫동안 작자의 손때를 올린 듯싶은 작품"이자 '작자의 일정한 의도'가 '어느 정도까지는 작품 위에 실현되어 있음'을 기뻐하지 않을 수 없는 작품이라는 긍정적 평가로 비평을 시작하고 있다(최재서, 1961: 312). 널리 알려진 것처럼 〈날개〉는 주인공의 정신적 분열에 초점을 맞춘 심리 소설이고, 〈천변풍경〉은 청계천 인근에 사는 서민들의 애환을 그린 세태 소설이다. 사뭇 다른 경향을 보여 주는 이 두 작품을 최재서는 어떤 이유로 같은 부류로 묶었으며, 무엇에 근거하여 어떤 과정을 거쳐 두 작품에 대해 긍정적 평가를 내리고 있는가?

😊 **잠|깐|!**

최재서(1908~1964)

1930년대 '주지주의 비평'을 대표했던 식민지 시대의 대표적인 비평가이다. 영문학을 전공하고 강단에 있으면서 당시 문학에 대한 진단을 담은 비평문을 여럿 발표하였다. 특히 이상과 박태원의 소설에 대한 비평 〈리얼리즘의 확대와 심화: 《천변풍경》과 《날개》에 관하여〉는 임화의 반박 비평을 촉발하여 당시 비평의 수준을 높인 중요한 비평문으로 평가된다.

---

1) 성격과 행동에 대한 기술과 그 의미의 해석

(가)

그는 '그날 그날을 그저 까닭 없이 펀둥펀둥 게으르고만 있으면 만사가 그만인' 생활 무능력자이다. 그는 완전히 아내에 의지하여 사는 기생 식물적 존재이다. 그러나 그의 무능력은 다만 경제생활에 있어서만이 아니라 본능적 생활에 있어서도 그러하다. 그는 과연 그의 아내를 사랑한다. 그러나 그것은 여성에 대한 남성의 사랑이 아니라 주인에 대한 개의 외복(畏服)이다.

— 최재서,《《천변풍경》과《날개》에 관하여: 리얼리즘의 확대와 심화〉, 319-320쪽

(나)

그가 배반하고 나온 현실을 의식 속에서 되새김질해 보는 과정이 없었더라면 그는 영원히 구하지 못할 패배자였을 것이다. 패배를 당하고 난 현실에 대한 분노—이것이 즉 이상의 예술의 실질이다. 그리고 현실에 대한 분노를 그는 현실에 대한 모독으로써 해소시키려 하였다. 이 현실 모독은 어떠한 형식을 가지고 나타났는가? 그는 풍자, 위트, 야유, 기소(譏笑), 과장(誇張), 패러독스, 자조, 기타 모든 지적 수단을 가지고 가족생활과 금전과 성과 상식과 안일에 대한 모험을 수행하고 있다.

— 321쪽

최재서는 (가)에서 주인공의 성격을 '생활 무능력자', '기생 식물적 존재'라 요약하고, 주인공의 아내에 대한 사랑이 어떤 특징을 가지고 있는가를 풀어서 기술하고 있다. 이를 바탕으로 (나)에서 작품의 의미를 본격적으로 해석하고 있다. 최재서는 현실에서 패배한 주인공이 '현실을 의식 속에서 되새김질해 보는 과정'을 겪고 있는 것에 주목했다. 그리고 이 작품의 의미는 '현실에 패배한 현대인의 분노와 현실에 대한 모독'을 '지적 수단'과 관련된 여러 기법으로 형상화한 것이라 해석하고 있다.

최재서는 작품의 다른 장면, 즉 주인공이 돈을 들고 나가서 그것을 써 버리려 밤새 돌아다니지만 결국 돈을 쓰지 못하고 집으로 그저 돌아오는 행동에도 주목하였다. 비평가는 이런 행동에서 주인공이 '금전을 사용할 기능을 상실'하여 버린 존재라는 의견을 이끌어 낸다. 이를 바탕으로 이 장면에 대해 "논 가신 섯을 부끄러워할 시대를 소망했던 루소보다 한층 심각한 돈에 대한 모독"이라는 의미를 부여한다. 그 결과 돈을 장난감처럼 대할 뿐 돈을 사용할 줄 모르는 주인공의 행동은 '모든 상식과 안일의 생활에 대한 모독'의 의미를 가진 것으로 해석된다.

2) 비평 이론의 활용: '객관적 관찰'의 태도로서의 리얼리즘

최재서는 비평문 말미에서 〈날개〉를 '우리 문단에 드물게 보이는 리얼리즘의 심화'라 평하면서 이 작품을 리얼리즘으로 분류하고 있다. 앞서 살펴본 리얼리즘에 대한 설명에 비추어 보자면 〈날개〉는 리얼리즘과 거리가 먼 작품이다. 그 당시는 물론이고 지금도 〈날개〉는 리얼리즘 소설보다는 '심리 소설'로 분류된다. 그런데 최재서는 완전히 다른 경향으로 이해되고 있는 〈천변풍경〉과 〈날개〉를 모두 리얼리즘으로 분류하였는데, 그에 따르면 전자는 리얼리즘의 확대임에 비해 후자는 리얼리즘의 심화이다.

> 〈천변풍경〉은 도회의 一角에 움직이고 있는 세태 인정을 그렸고 〈날개〉는 고도로 지식화한 소피스트의 주관세계를 그렸다. 그러나 관찰의 태도와 묘사의 수법에 있어서 이 두 작품은 공통되는 특색을 가지고 있다. 즉 그들은 될 수 있는 대로 주관을 떠나서 대상을 보려고 하였다. 그 결과는 박씨는 객관적 태도로써 객관을 보았고 이씨는 객관적 태도로써 주관을 보았다.
>
> — 312쪽

최재서는 〈천변풍경〉의 소재가 "세태 인정"이라는 말로 요약되는 도시인의 생활이며, 〈날개〉의 소재는 "고도로 지식화된 소피스트의 주관 세계"로서, 소재의 측면에서는 두 작품이 대립하고 있음을 인정한다. 두 작품이 대립하는 경향에 속한다는 통념은 이런 소재의 차이에서 비롯한다. 그러나 최재서는 두 작품이 비록 소재는 대립하지만 소재에 대한 "관찰의 태도와 묘사의 수법"에서는 공통점을 지니고 있음을 강조하였다. 그것은 바로 "대상을 객관적 태도로" 관찰하여 그리는 것이고, 최재서가 보기에 이것이야말로 리얼리즘의 핵심이다.

그에 따르면 어떤 소재든 객관적으로 관찰하는 태도로 형상화한다면 리얼리즘이 될 수 있다. 〈날개〉는 인간의 분열된 심리를 소재로 하고 있지만 주인공의 자기 분열을 관찰하는 태도로 그려 내고 있기 때문에 리얼리즘에 속한다. 이러한 최재서의 리얼리즘 이론은 앞에서 설명한 리얼리즘과는 크게 다르다.

민중성이나 전형성을 강조하는 리얼리즘 이론에 입각해서 두 작품을 비평했던 임화는 〈세태소설론〉(1938)에서 두 작품이 모두 리얼리즘의 수준에 도달하지 못했다는 평가를 내렸다. 그에게 리얼리즘 소설이란 '성격과 환경의 조화'를 통해 현실의 전체상을 재현하는 것을 목표로 하는 것인데, 이는 현실에 대한 관찰이 아니라 실천적 관여의 태도를 바탕으로 할 때 가능하다. 두 사람이 이처럼 같은 작품에 대해 상반된 평가를 내리게 된 이유는 각각 다른 방식의 리얼리즘 이론에 근거하여 작품을 비평했기 때문이다. 이처럼 작품에 대한 가치 평가에서 비평 이론은 자신의 평가를 정당화하기 위한 중요한 근거로 활용된다.

3) 상호텍스트성의 환기

최재서는 〈날개〉와 〈천변풍경〉을 비교하거나 〈날개〉의 주인공이 돈을 대하는 태도를 루소의 관점과 비교하고 있다. 이처럼 비평 주체는 작품의 해석 단계에서 해당 작품이 다른 작품과 맺고 있는 연관 관계를 밝히기도 한다. 하나의 작품이 다른 작품과 맺고 있는 관계를 상호텍스트성이라고 하는데, 이를 환기함으로써 작품의 의미가 더 잘 드러나기도 한다(우신영, 2015: 187-194).

앞서 살펴본 〈광야〉에 대한 비평은 상호텍스트성의 해명에 더 많이 의존하고 있는데, 특히 1936년 루쉰(魯迅)이 타계했을 때, 이육사가 그를 애도하여 추도문을 썼고 그의 단편소설 〈고향〉(1923)을 번역하여 발표한 점에 주목했다. 비평가는 루쉰의 단편소설 〈고향〉의 마지막 문장 "희망은 길과 같은 것이다. 처음부터 땅 위에 길이 있었던 것은 아니다. 사람들이 많이 다니다 보면 길이 만들어진다."와 〈광야〉의 연관 관계를 제시하였다(황현산, 2018: 197). 〈광야〉에 내재된 희망의 의미가 루쉰의 작품과 상호텍스트적으로 연결되면서 구체화되는 사례라 할 수 있다.

4) 작품에 대한 전체적 평가

최재서는 앞서 살펴본 기술과 해석의 과정을 통해 〈날개〉에 대한 자신의 평가를 구체화했다. '현대의 분열과 모순에 이만큼 고민한 개성도 없거니와 그 고민을 부질없이 영탄하지 않고 이만큼 실재화한 예를 보지 못'했다는 것이다(최재서, 1961: 322).

　물론 작품에 대한 평이 항상 좋은 점에 대한 서술만으로 이루어지는 것은 아니다. 최재서는 이 소설의 아쉬움으로 "이 작품에 모랄이 없다는 것"을 들었고 이것이 구성상의 결함으로 연결된다는 지적을 다음과 같이 덧붙였다.

> 　이 작품의 모든 삽화는 그 하나하나가 모두 수수께끼 모양으로 되어 있다. 작자가 최초의 출발점으로 딛고 나선 패러독스를 이해만 한다면 다음은 대수(代數)의 공식을 풀듯이 우리는 지력만을 가지고도 비교적 용이하게 그 삽화의 수수께끼를 해석할 수 있다. 그리고 이 하나하나의 삽화를 연결하는 데 그는 인위적인 수단밖에 가지지 않았다. 이 작품은 생활 속으로서부터 우러난 생활 자체의 리듬으로써 구성되지 않고 한 장면 장면을 인위적으로 연결할 뿐이다. 이것이 작품에서 예술적 기품과 박진성을 박탈하는 최대 원인일까 한다.
>
> ─323쪽

　지금까지 최재서가 〈날개〉를 비평할 때 어떤 과정을 거쳐 작품에 대한 가치 평가에 이르게 되는가를 살펴보았다. 최재서의 평가에 동의하지 않는 사람들에게도 이 비평문은 현재까지도 검토할 가치가 있는 것으로 받아들여지고 있다. 그것은 최재서의 비평이 작품에 나타난 주인공의 성격이나 행동에 대한 충실한 요약적 기술을 바탕으로, 비평 주체의 개성적 관점으로 주인공의 행동을 해석하여 작품에 독창적 의미를 부여하는 해석의 과정을 거치고 있기 때문이다. 이 과정에서 최재서의 방식으로 이해된 리얼리즘 이론이 근거로 활용됨을 확인할 수 있었다. 비평이 단지 개인의 주관적 판단에 그치지 않고 작품에 대해 들어 봄 직한 의견을 설득력 있게 제시하기 위해서라면, 이처럼 기술, 해석, 평가의 삼중주가 조화를 이루어야 한다.

4 일상 속 비평의 새로운 모습

1) 모두가 할 수 있는 비평

앞에서 비평하기의 실제를 비평가 최재서의 비평문을 가지고 예를 들었지만 비평하기가 전문적인 비평가가 쓴 글로 국한되는 것은 아니다. 비평 주체의 작품 읽기와 이론적 관심을 바탕으로 자신의 판단을 전개하는 글은 꼭 비평가라는 직함을 가지고 있는 사람들만이 쓸 수 있는 것이 아니다. 비평하기는 문학을 읽고 즐기는 사람이라면 누구나 수행할 수 있다. 비평하기의 원형이 작품을 읽고 자신이 가진 지식과 이론적 관심을 바탕으로 자신의 판단을 남기는 행위이기 때문이다.

이 예처럼 독자가 인터넷 서점에 평점과 동시에 작품에 대한 자신의 판단을 남기는 행위 역시 비평에 다름 아니다. 비평이 꼭 긴 글의 형태를 취해야 하는 것도 아니다. SNS에 영화나 뮤지컬이나 다양한 공연을 즐기고 소위 '짤방'과 함께 그에 대한 자신의 소감과 평가를 남기는 것도 소박하지만 비평하기의 일환이다. 블로그나 동호회 사이트에 남기는 짤막한 평가나 댓글에도 비평의 태도가 나타난다. 이런 댓글도 앞서 말한 것처럼 자신의 평가에 대한 성찰이 동반된다면 얼마든지 본격적인 비평으로 발전할 수 있다.

2) 그림과 대화로 실현된 비평

seo_gyul 애욕의 한국소설 : 황순원, 카인의 후예 (하)
#애욕의한국소설 #황순원 #카인의후예 #한국소설

비평하기가 꼭 '비평문'으로 대표되는 글의 방식으로 수행되어야 하는 것도 아니다. 비평하기의 방식은 그림이나 그래픽의 방식으로도 얼마든지 가능하다. 이 예는 자신의 인스타그램에 다양한 한국 소설을 읽은 뒤 자신의 생각과 평가를 만화의 방식으로 표현한 것이다. 황순원의 〈카인의 후예〉(1953)에 그려진 오작녀 캐릭터에 대

한 기존의 평가에 만족하지 못하는 독자이자 비평가이자 만화 작가의 생각이 '오작녀의 타는 눈'에 대한 클로즈업 신으로 강조되고 있다.[13] 이 사례는 비평이 반드시 글로 된 비평문이어야 한다는 생각에 갇힐 필요가 없음을 말해 준다.

최근에는 유튜브나 팟캐스트처럼 인터넷이 가져온 변화 속에서 다양한 커뮤니케이션 방식을 활용하여 독자이자 아마추어 비평가로서 작품에 대한 자신의 평가를 전달하는 방식도 쉽게 찾아볼 수 있다. 청소년과 그들의 부모가 함께 읽을 책을 소개하는 〈우리가 사랑하는 사춘기〉와 같은 팟캐스트는 현직 교사와 문학을 전공한 교수가 다양한 주제의 책을 읽고 우리가 함께 던질 수 있는 질문을 깊이 있게 제시한다. 이 팟캐스트에 접속하면 운영진들이 서로 이야기해 보고 싶은 책을 선정하여 편안하게 대화하면서 작품에 대한 생각과 평가를 나누는 대화를 들을 수 있다. 이 역시 변화된 문식성 환경에 맞추어 변화된 방식으로 나타난 비평이 실천된 예가 될 수 있다. 2022 개정 교육과정에서 "비평 활동은 비평문 작성만이 아닌, 대면 토론이나 온라인 대화, 영상 제작 등 다양한 방식으로 이루어질 수 있다."(교육부, 2022: 138)고 명시하고 있는 것도 이러한 비평의 변화된 모습을 고려한 것이라 할 수 있다.

지금까지 살펴본 것처럼 비평은 문학과 예술을 즐기는 누구나 하고 있고 할 수 있으며 우리 문화의 모든 곳에 존재한다. 현대의 문학 비평이 고도로 전문화되어 작품을 읽는 독자와의 소통이 갈수록 어려워지는 별종의 문학 제도로 변질되는 경향을 보이고 있지만, 여전히 비평에는 문학 연구의 변질된 전문가주의와 구별되는 평범한 독자의 문학 향유가 중요한 자리를 차지하고 있다. 그런 점에서 문학교육에서 비평은 전문성이 강조되는 '비평 장르'보다는 일상인 독자가 문학을 향유하는 과정에서 실천하는 '비평 활동'으로 이해될 필요가 있다(김성진, 2012: 209-228). 이 책에서 '비평하기'라는 용어를 사용하는 이유도 일상인의 문학 향유와 연결되는 비평의 본래적 특징을 되살리기 위함이다. 모든 예술과 문화가 비평 속

....

13   이 그림 외에 다양한 한국 소설에 대한 자신의 해석과 평가를 담은 인스타그램의 만화는 팔로워들의 관심 속에서
      『애욕의 한국소설』(서귤, 2021)로 출판되었다.

에서 비평과 더불어 탄생하고 소통되는 우리 시대에 문학 향유 능력을 길러 주기 위한 문학 교육을 실천하기 위해서라면 비평의 중요성은 더욱 강조되어야 할 것이다.

| 김성진

참고문헌

교육부(2022), 『국어과 교육과정』, 교육부 고시 제2022-33호[별책 5].
김근호(2010), 「현대소설 작가 비평의 문학교육적 실천 모형」, 『국어교육』132, 163-201.
김동환(2008), 「비평 능력 신장을 위한 문학 독서교육」, 『독서연구』20, 111-138.
김미혜(2007), 「지식 구성적 놀이로서의 시 읽기 교육 연구」, 서울대학교 박사학위 논문.
김성진(2004), 「비평 활동 교육의 내용 연구」, 서울대학교 박사학위 논문.
김성진(2012), 『문학비평과 소설교육』, 태학사.
김정우(2004), 「시 해석 교육 내용 연구」, 서울대학교 박사학위 논문.
서귤(2021), 『애욕의 한국소설』, 이후진프레스.
영미문학연구회(2001), 『영미문학의 길잡이 2: 미국문학과 비평이론』, 창작과비평사.
우문영(2011), 「비평교육의 방법 연구」, 공주대학교 박사학위 논문.
우신영(2015), 「현대소설 해석교육 연구: 독자군별 해석텍스트의 분석을 중심으로」, 서울대학교 박사학위 논문.
이경원(2021), 『제국의 정전 셰익스피어: '이방인'이 본 '민족시인'의 근대성과 식민성』, 한길사.
이상섭(1988), 『자세히 읽기로서의 비평』, 문학과지성사.
이상섭(2001), 『문학비평 용어사전』(증보 개정판), 민음사.
이상일(2012), 「고전소설의 인물 비평 교육 연구 서설: 인물 비평의 개념, 위상, 방법」, 『국어교육학연구』44, 425-452.
이인화(2013), 「소설 교육에서 해석소통의 구조와 실천에 대한 연구」, 서울대학교 박사학위 논문.
이인화(2022), 「문학교육에서 수용 계열 개념어에 대한 연구」, 『문학교육학』76, 283-330.
조희정(2011), 「대학 교양 수업의 비평문 쓰기 교육 연구: 내용 생성 전략을 중심으로」, 『작문연구』12, 359-396.
진가연(2021), 「은유에 중심을 둔 문학 비평 활동 교육 연구」, 『독서연구』60, 351-381.
최미숙(2010), 「문학 독서 교육에서 비평의 역할과 의미: 김소월의 「산유화」에 대한 비평을 중심으로」, 『독서연구』24, 108-137.
황석영(1961), 〈삼포 가는 길〉, 《삼포 가는 길: 황석영 중단편전집 2》, 창작과비평사.
황현산(2018), 〈닭 울음소리와 초인의 노래〉, 《황현산의 사소한 부탁》, 난다.
황혜진(2008), 「비판적 문해력 신장을 위한 드라마 비평문 쓰기교육 방법 연구」, 『독서연구』20, 139-168.
坂部惠 외 편(2009), 『칸트 사전』, 이신철(역), 도서출판b(원서출판 1997).
Aristoteles(2017), 『수사학/시학』, 천병희(역), 숲(원서출판 미상).
Caroll, N.(2015), 『비평철학』, 이해완(역), 북코리아(원서출판 2008).
Empson, W.(1955), *7 Types of Ambiguity: A Study of Its Effect in English Verse*, Meridain Books.
Gabriel, M.(2021), 『생각이란 무엇인가: 인간의 생각감각에 대하여』, 전대호(역), 열린책들(원서출판, 2018).

Havelock, E. A.(2021), 『뮤즈, 글쓰기를 배우다: 고대부터 현재까지 구술과 문자에 관한 생각』, 권루시안(역), 문학동네(원서출판 1986).

Heidegger, M.(1995), 『존재와 시간』, 소광희(역), 경문사(원서출판, 1927).

Kant, I.(1974), 『판단력 비판』, 이석윤(역), 박영사(원서출판 1790).

Marx, K. & Engels, F.(1989), 『마르크스 엥겔스의 문학예술론』, 김영기(역), 논장(원서출판 1978).

Rorty, R.(2003), 『미국 만들기: 20세기 미국에서의 좌파 사상』, 임옥희(역), 동문선(원서출판 1998).

Ryan, M.(1998), 「비평·쾌락·진리 : 비평적 진술의 유형론」, Paul Hernadi 편, 『비평이란 무엇인가』, 최상규(역), 예림기획(원서출판, 1981).

Steiner, G.(2019), 『톨스토이냐 도스토예프스키냐』, 윤지관(역), 서커스(원서출판 1959).

Tyson L.(2012), 『비평이론의 모든 것: 신비평부터 퀴어비평까지』, 윤동구(역), 앨피(원서출판 2006).

Williams, R.(2010), 『키워드』, 김성기·유리(역), 문학동네(원서출판 1976).

Wellek, R.(1998), 「문학 비평의 역사적 조망」, Paul Hernadi 편, 『비평이란 무엇인가』, 최상규(역), 예림기획(원서출판, 1981).

6장

표현·창작하기

문학 교육이 단편적인 지식 이해와 도식적 작품 분석 위주로 이루어지고 있다는 비판은 오랫동안 문학 교육을 괴롭혔다. 이에 문학 교육은 작품에 대한 주체적인 해석과 감상을 독려하는 한편, 문학적 글쓰기 같은 문학 생산 활동을 강조하면서 개선을 모색해 왔다. 그러나 문학 교육의 생태계 안에서 문학적 표현과 창작은 여전히 작품의 해석과 감상에 비해 소홀하게 다루어지고 있다.

이 장에서는 일상의 언어생활을 풍부하게 해 주는 '문학적 표현'과 전통적인 문학 생산 활동인 '재구성과 창작'에 대해 살펴볼 것이다. 나 자신이 설계하고 실천하는 문학 교실이라면, 문학적 표현 교육과 창작 교육을 어떤 형태로 구체화할지, 또 어떤 점에 주목하고 어떤 점에 유의하면서 수업을 진행해 나갈지 고민하면서 읽어 보자.

1 문학적 표현 교육

1) 문학적 표현의 개념과 특성

문학적 표현이 필요해!

"오늘도 건물 옥상에서 자야 해요."

지난 3일 오후 8시쯤 경기 안양시 안양역에서 만난 수지(가명, 17) 양은 오늘 밤을 어디서 보낼 거냐는 질문에 아무렇지도 않게 말했다. 수지 양의 손에 이끌려 찾은 상가 건물 옥상 여기저기에는 죽은 벌레들이 널브러져 있었다. 지난 5일간 여기서 잠을 잤다는 수지 양은 "누가 왔다 갔다는 티를 내면 경비원이 문을 걸어 잠글까 봐 벌레들을 안 치운다. 학원 전단지를 깔고 앉으면 괜찮다."고 했다. 수지 양은 손바닥만 한 전단지를 두 장 깔고 앉아 벽에 기대 잠을 청했다. 수지 양은 "누구와 밤에 함께 있는 게 처음"이라며 훌쩍였다.

— 김혜리, 「오늘도 전단지 깔고 옥상서 자야죠」

위 글은 '가정 밖 청소년'에 대해 다룬 기획 기사의 첫머리이다. 이 기사는 "오늘도 건물 옥상에서 자야 해요."라는 취재원 '수지'의 말로 시작된다. 이어서 기자는 취재원인 '수지'와 만나던 시간과 장소에 대한 정보를 밝힌 뒤 죽은 벌레들이 널브러져 있는 상가 건물 옥상의 열악한 환경, 전단지를 바닥에 깔고 벽에 기대어 잠을 청하는 '수지'의 모습을 간결한 필치로 묘사한다. 기자의 일인칭 시점으로 쓰인 이 기사는 독자들에게 마치 상가 건물 위에서 '수지'를 직접 목격하고 있는 듯한 생생한 현장감을 느끼게 해 준다.

그런데 만약 이 기사의 첫머리를 '가정 밖 청소년'에 관한 통계 자료를 제시하거나 청소년 전문가의 인터뷰 내용을 인용하면서 시작했다면 어땠을까? 아마도 객관적인 데이터와 해당 분야 전문가의 권위가 기사의 신뢰성을 높여 주었을지 모른다. 그러나 과연 지금의 기사보다 가정 밖 청소년 문제에 대한 독자의 관심과 공감을 더 효과적으로 끌어낼 수 있었을까?

위 기사에서 주목할 점은 사실과 정보의 객관성과 정확성을 미덕으로 하는 기사문에서조차 정보의 파급력과 호소력을 높이기 위해 한 편의 소설을 써 나가듯 장면과 상황을 실감 나게 표현하고 있다는 것이다. 이처럼 문학적 표현은 문학과 직접적으로 관련된 상황에만 쓰이는 표현이 아니다. 어버이날 부모님께 감사 편지를 쓸 때, 처음 만난 사람들에게 자신을 멋지게 소개하려 할 때, 마음에 품은 사람에게 사랑을 고백하는 편지를 쓸 때, 사회 관계망 서비스(SNS)의 시작 화면을 멋진 문구로 장식하고 싶을 때, 어떤 상품을 광고하거나 행사를 홍보할 때 등등 우리는 일상의 다양한 개인적·사회적 의사소통 상황 속에서 표현 효과를 높이기 위해 개성 있고 참신한 문학적 표현이 필요한 상황과 자주 마주치게 된다. 일상 언어생활에서의 필요성! 이것이 우리가 문학적 표현 능력을 갖추어야 하는 이유이자, 문학적 표현 교육을 해야 하는 이유이다.

문학적 표현이란?

문학적 표현이란 '문학과 관련되어 있거나 문학의 특성을 지닌 표현'을 말한다. 이러한 사전적 의미는 얼핏 보면 매우 명료해 보이지만 실상은 그렇지 않다. 문학적 표현 교육에서 '문학적'의 의미는 상당히 다층적이어서, 단순히 '문학적 수사나 기법'을 의미하는가 하면, '문학적 사유'라는 상당히 포괄적인 개념을 뜻하기도 한다(정재림, 2019: 270). 그렇다면 문학 교육에서 '문학적 표현'은 어떤 의미로 사용되고 있을까? 2022 개정 국어과 교육과정에 제시된 '문학의 생산'과 관련된 성취기준을 통해 살펴보자.

> [2국05-03] 작품 속 인물의 모습, 행동, 마음을 상상하여 시, 노래, 이야기, 그림 등으로 표현한다.
>
> [4국05-04] 감각적 표현에 유의하여 작품을 감상하고, 감각적 표현을 활용하여 자신의 생각이나 감정을 표현한다.
>
> [6국05-05] 자신의 경험을 시, 소설, 극, 수필 등 적절한 갈래로 표현한다.
>
> [9국05-01] 운율, 비유, 상징의 특성과 효과에 유의하며 작품을 감상하고 창작한다.
>
> [9국05-06] 자신의 경험을 개성적인 발상과 표현으로 형상화한다.
>
> [10공국1-05-03] 작품 구성 요소의 유기적 관계와 맥락에 유의하여 작품을 수용하고 생산한다.
>
> [12문학01-08] 작품을 읽고 새로운 시각으로 재구성하거나 주체적인 관점에서 작품을 창작한다.
>
> [12문영01-04] 문학 창작과 영상 창작의 요소와 기법을 바탕으로 문학 작품과 영상물을 수용·생산한다.
>
> [12문영01-09] 문학 작품과 영상물을 통해 창의적 사고를 표현하고 세계와 적극적으로 소통하는 태도를 가진다.

위 성취기준들은 문학 교육이 실천되고 있는 학교 교실에서 '문학적 표현'이 어떤 의미를 지니고 있는지 이해할 수 있는 단서가 된다. 먼저 '시, 노래, 이야기, 그림'([2국05-03])으로 표현한다든가, '시, 소설, 극, 수필'([6국05-05]) 등의 갈래로 표현한다는 것은 곧 문학 갈래의 양식적 특징과 형상화 방법을 사용하여 표현한다는 것을 의미한다. 또한, '상상'([2국05-03]), '새로운 시각'([12문학01-08]), '개성적인 발상과 표현'([9국05-06]) 등은 문학적 표현이 갖추어야 할 요건이나 덕목을 가리키는데, 문학적 표현이 사고와 발상의 독창성과 창의성을 기반으로 한다는 것을 말해 준다. '운율, 비유, 상징'([9국05-01]), '감각적 표현'([4국05-04]), '작품 구성 요소'([10공국1-05-03])는 운율, 이미지 등 문학의 특성이나 구성 요소와 관련되는 표현, 또는 비유·상징·감각적 표현과 같은 수사적 표현 기법을 활용한 표현이 문학적 표현임을 의미한다.

문학적 표현이 곧 '문학과 관련되어 있거나 문학의 특성을 지닌 표현'이라는 점을 상기하면서 교육과정의 관련 성취기준을 함께 고려할 때, 문학적 표현은 다음의 세 가지로 정의할 수 있다.

① 문학 갈래(시, 소설, 극, 수필 또는 서정, 서사, 극, 교술)의 양식적 특성과 형상화 방법을 활용한 표현
② 문학에서 자주 사용하는 수사적 표현 기법(비유, 상징, 반어, 역설, 풍자 등)을 활용한 표현
③ 표현 대상에 대한 개성 있고 창의적인 발상과 사고를 바탕으로 한 참신한 표현

이 세 가지 중 어느 하나에라도 해당하면 문학적 표현이라 부를 수 있다. 다만, 문학적 표현에 대한 이 세 가지 정의는 상호 배타적인 것이 아니라, 오히려 시도 간섭하고 중첩되는 경우가 많다. 예를 들어 표현 주체가 어떤 사회 현상을 비판하기 위해, 시조라는 문학 갈래의 형식을 활용하면서, 풍자의 기법을 병행하고, 그 와중에 대상에 대한 창의적 발상과 사고가 동반될 수 있는 것이다.

한편, 문학적 표현의 세 가지 정의에는 빠져 있지만, '문학 작품의 내용이나 일

부 구절을 활용한 표현'도 문학적 표현이라 부를 수 있다. "장발장 범죄 늘어나: 취약 계층 지원책 마련", "취업이냐 창업이냐 그것이 문제로다"와 같은 신문 기사 제목과 같이, 문학 작품에 등장하는 주인공의 이름이나 문학 작품 속의 유명한 구절을 활용한 표현도 넓은 의미에서 문학적 표현이라 할 수 있다.

그러나 문학의 형상화 방법이나 수사적 표현 기법을 정교하게 적용한 것만으로 좋은 문학적 표현이 되지는 않는다. 자신의 삶과 세계에 대한 깊은 성찰과 깨달음을 바탕으로 하여 상황과 맥락에 부합하면서도 표현의 의도를 잘 살려야만 독자나 청자의 공감과 감동을 이끌어 낼 수 있는 좋은 문학적 표현이 된다. 학생들이 좋은 문학적 표현을 할 수 있기 위해서는, 첫째, 표현 대상을 다양한 관점에서 세밀하게 살피는 관찰력, 둘째, 대상의 본질과 핵심을 간파하는 통찰력, 셋째, 대상이 지닌 새로운 의미를 발견하거나 만들어 내는 창의력, 넷째, 관찰·통찰·창발의 과정이나 결과를 소통 가능한 언어적 형상으로 나타낼 줄 아는 언어 구성 능력을 갖추어야 한다. 섬세한 관찰력과 통찰력이 없으면 애초에 창의적인 발상과 표현이 불가능하고, 설령 대상을 세밀하게 관찰하여 개성적인 발상을 하는 데까지 나아갔다 하더라도 이를 적절한 언어적 형상으로 구성해 내지 못하면 그 창의성과 개성은 퇴색해 버리고 만다.

2) 문학적 표현 활동의 실제

문학적 표현 활동: 발상과 사고의 경험

대부분의 교육이 '배워서 잘 알고 잘하게 되는 것'을 지향하듯이, 문학적 표현 교육 또한 '문학적 표현 능력의 향상'을 기본적인 목표로 삼는다. 문학적 표현 능력은 효과적인 의사소통을 위해 자신의 경험과 생각을 문학적으로 표현할 수 있는 능력을 의미한다. 문학적 표현 능력은 문학적 표현의 개념, 효과, 원리, 방법 등을 이해하는 지식의 측면, 문학의 표현 기법이나 형상화 방식을 활용하여 대상을 창의적으로 표현하는 기능의 측면, 의사소통 상황에서 문학적 표현을 적극적으로 활용하는 표현 습관과 같은 태도의 측면을 포괄한다. 그런데 여기서 중요한 점은, 문학적 표현 교육이 단지 문학적 표현에 관한 지식의 습득, 기능의 숙달, 태도의 형성에만 한정되지 않는다는 것이다. 문학적 표현 교육은 학생들이 일상생활에서 만날 수 있는 대상과 상황에 대한 자신의 생각과 감정을 문학적으로 표현하고 소통해 보는 '문학적 표현 활동의 경험'을 중시해야 한다.

'고기는 씹어야 맛을 안다.'는 속담처럼, 문학적 표현 교육은 학습자의 표현 활동으로 구현될 때 비로소 가치 있는 교육적 경험이 된다. 다만, 표현 과정에서 거치게 되는 활동들을 나열하거나 기계적으로 수행하는 데 그치고 만다면, 학습자의 표현 능력 신장을 기대하기는 어렵다. 표현 능력은 반복적인 연습을 통해 자동화되는 기능이 아니라 생각을 구체화하고 범주를 확장하는 언어적 사고 활동 혹은 언어적 상상력이 작용하는 창조 행위이기 때문이다(염은열, 2000: 151-155). 즉, 문학적 표현 교육이 '문학적 표현 활동'으로 구현되어야 한다는 것은, 표현의 기능이나 기법보다 표현 과정에서 학습자가 경험하는 발상과 사고가 더 중요하다는 의미이다.

문학적 표현은 표현 대상을 개성 있고 참신하게 언어화하는 것도 중요하지만 어디까지나 의사소통의 효과를 높여 줄 수 있어야 한다. 표현 주체의 개성이 드러나면서 참신한 발상과 사유를 담고 있는 표현이라 할지라도 표현의 의도를 제대로 반영하지 못하고 표현의 맥락에 부합하지 않으면 아무런 의미가 없다. 이런 점에서 문학적 표현 능력은 단순한 표현 기술이 아니라 표현 대상, 표현의 상황과 맥락, 표현 방식의 효과 등을 종합적으로 고려하고 초인지적으로 성찰해야 하는 복합적인 고등 사고 능력이라 할 수 있다.

일상생활과 교실에서 만나는 문학적 표현의 사례: 비유를 중심으로

우리는 일상생활에서 다양한 문학적 표현들을 만나게 된다. 그중 비유는 가장 흔히 접할 수 있는 문학적 표현 방식 중 하나이다. 비유는 추상적인 관념이나 정서를 구체적 형상으로 나타내려 할 때, 또는 복잡한 개념이나 원리를 보나 쉽게 설명하고자 할 때 효과를 발휘하는 표현 방식으로, 때로는 표현 대상에 새로운 의미를 부여해 주기도 한다. 비유적 표현이 사용된 공익 광고와 국어 교과서에 제시된 '자기 소개하기' 학습 활동의 사례를 살펴보자.

[그림 6-1] 공익 광고 1(음주운전 경계)   **[그림 6-2]** 공익 광고 2(반려동물 보호)

[그림 6-1]은 음주운전에 대한 경각심을 일깨우고자 하는 목적의 광고이다. 이 광고는 문구와 이미지에 모두 비유적 표현이 사용되었다. 먼저 "음주운전, 방아쇠를 당기는 것과 같습니다."라는 광고 문구는 음주운전을 총 쏘는 행위에 빗대어 표현하였고, 광고 이미지에서도 총알을 술에, 방아쇠를 운전대에 비유하고 있다. 이는 음주운전이 사람의 목숨을 위협할 만큼 위험한 행위라는 점을 부각하기 위한 것으로서, 원관념인 음주운전과 보조관념인 총은 '생명 위협'이라는 의미적 자질을 공유하고 있다. 만약 이 광고가 "음주운전은 위험합니다.", "음주운전은 범죄입니다.", "음주운전, 절대 하지 마세요."와 같이 직설적 표현의 문구를 사용했다면 어땠을까? 광고의 설득적 메시지에는 변함이 없었겠지만 비유적 표현이 주는 생동감과 참신성은 사라져 버렸을 것이다.

[그림 6-2]는 반려동물을 유기하거나 학대하지 말라는 메시지를 담은 광고이다. 이 광고 또한 비유를 주된 표현 방식으로 하고 있다. 사람들이 반려동물을 대하는 상반된 태도를 각각 '가족'과 '장난감'에 비유하면서, 강아지 인형과 살아 있는 강아지 사진을 반씩 합쳐 놓은 이미지를 사용하여 표현의 참신성을 더하고 있다. "가족이 되고 싶었지만 장난감이 되었습니다!"라는 문구에서는 '가족'과 '장난감'이

란 보조관념이 환기하는 원관념의 두 가지 의미 자질, 즉 '삶을 함께 살아가야 하는 가족'과 '싫증 나면 버려도 되는 장난감'의 의미를 선명하게 대비시키고 있다.

국어 교과서에 제시된 비유적 표현하기 활동의 예를 살펴보자.

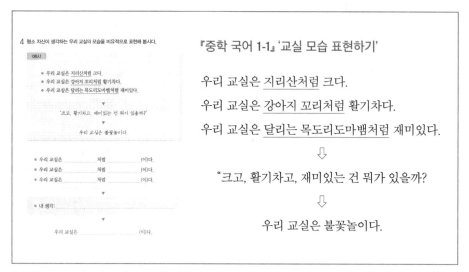

[그림 6-3] '교실 모습 표현하기' 활동의 예(류수열 외, 2019: 22)

[그림 6-3]은 교실의 모습을 비유적으로 표현하는 활동의 예이고, [그림 6-4]는 비유적 표현을 활용한 자기 소개하기 활동의 예이다. [그림 6-3]에서는 '크고 활기차고 재미있는' 교실의 속성을 각각 '지리산, 강아지 꼬리, 달리는 목도리도마뱀'에 비유하고 있는데, 이들 보조관념들은 원관념인 '교실'과 각각 '크다', '활기차다', '재미있다'라는 의미 자질을 공유한다. 이어서 '크고, 활기차고, 재미있는 건 뭐가 있을까?'라는 질문이 이어지고, 이 세 가지 의미를 모두 포괄하는 '불꽃놀이'를 보조관념으로 활용하여 '우리 교실은 불꽃놀이다.'라는 은유적 표현이 완성된다.

'[그림 6-4] 비유를 활용한 자기 소개하기' 활동에서는 '부드럽고, 키가 크고, 행동이 느리고, 붙임성이 좋은' 자신의 특성들을 차례로 제시하면서, 이들 특성을 각각 '아이스크림, 나무, 거북, 자석'에 빗대어 표현하고 있다. 자기 소개의 첫 문단을 중심으로 살펴보자. 이 학생은 자신을 "겉으로는 차가워 보여도 속으로는 부드

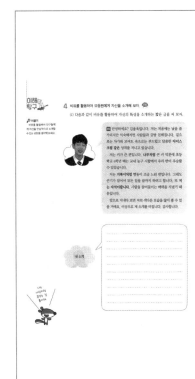

『중학 국어 1-1』 '비유를 활용한 자기 소개하기'

안녕하세요? 김용욱입니다. 저는 처음에는 낯을 좀 가리지만 익숙해지면 사람들과 금방 친해집니다. 겉으로는 차가워 보여도 속으로는 부드럽고 달콤한 **아이스크림 같은** 성격을 지니고 있습니다.

저는 키가 큰 편입니다. **나무처럼** 큰 키 덕분에 초등학교 6학년 때는 교내 농구 시합에서 우리 반이 우승할 수 있었습니다.

저는 **거북이처럼** 행동이 조금 느린 편입니다. 그래도 끈기가 있어서 모든 일을 끝까지 하려고 합니다. 또 **저는 자석이랍니다.** 사람을 끌어들이는 매력을 지녔기 때문입니다.

앞으로 지내다 보면 저의 색다른 모습을 많이 볼 수 있을 거예요. 이상으로 제 소개를 마칩니다. 감사합니다.

[그림 6-4] '비유를 활용한 자기 소개하기' 활동의 예(신유식 외, 2019: 20)

럽고 달콤한" 성격의 소유자로 파악하고, '차가움, 부드러움, 달콤함'의 특성을 나타내기 위해 이 세 가지 의미 자질을 모두 지니고 있는 "아이스크림"을 보조관념으로 활용하였다. 만약 '차가움'만을 드러내고자 했다면 '얼음'이나 '고드름'을 사용할 수도 있었을 것이고, '부드럽고 달콤함'에만 주목했다면 '솜사탕', '생크림' 등의 보조관념으로도 가능했을 것이다. 그러나 자신이 애초에 표현하려 했던 세 가지 의미 자질을 효과적으로 표현하려면 '아이스크림'과 같이 이들 의미 자질을 모두 지니고 있는 소재를 발견해 내거나 생각해 내야 한다.

학생들은 이 활동을 수행하는 과정에서 여러 문제 상황과 마주하게 된다. 먼저 스스로 대상의 의미나 특성을 발견하여 이를 언어적으로 명료화하는 단계이다. [그림 6-3]의 활동에서는 대상의 특성이 '크다, 활기차다, 재미있다'로 이미 주어져 있지만, [그림 6-4]에서는 표현 대상인 '자기 자신'의 특성을 학생 스스로 발견해야 한다. 만약 자기 자신의 특성을 이끌어 내지 못한다면 더 이상 활동을 이어갈 수 없게 된다. 다음으로 학생들은 대상의 의미나 특성을 효과적으로 표현해 낼수 있는 보조관념을 찾아야 하는 과제와 만나게 된다. 대상에 대하여 자신이 표현하려는 특성과 의미적 유사성을 지니고 있는 구체적인 소재를 찾아내야 하는 것이다. 비유적 표현의 독창성과 참신성이 바로 이 지점에서 결정된다. 또한, 비유적 표현에서 보조관념으로 사용되는 소재는, 표현하고자 하는 대상과의 의미적유사성뿐만 아니라 담화 맥락을 공유하는 독자나 청자와의 소통성도 확보해야한다.

이처럼 '표현 대상을 관찰하여 표현 상황에 맞는 의미와 속성을 이끌어 낼 수있는가?', '그 속성을 잘 나타내는 보조관념을 떠올릴 수 있는가?'라는 두 가지 문제 상황을 학생 스스로 해결할 수 있는지의 여부가 비유적 표현 활동의 성패를 좌우한다. 이에 비하면 비유의 언어적 형식이나 수사적 기법은 부수적인 문제이다. '저는 아이스크림처럼 달콤하고 부드러운 사람입니다.'라고 직유법을 사용할지, '제 성격은 아이스크림이에요. 달콤하고 부드럽죠.'와 같이 은유법을 사용할 것인지의 문제보다, '나'의 성격이 '부드럽고 달콤함'을 발견하는 것, 그리고 이를 효과적으로 표현하기 위해 '아이스크림'이라는 보조관념을 떠올리는 사고와 발상이문학적 표현 활동에서 훨씬 더 중요하다는 것이다.

문학적 표현 활동 지도상의 유의점

그렇다면 국어 교사는 문학적 표현 활동을 지도할 때 어떤 점에 유의해야 할까? 물론 활동의 내용과 목적, 표현 대상과 표현 방식, 표현의 상황과 맥락, 학습자의 개성과 수준 등 다양한 변인에 따라 지도상의 유의점에도 차이가 있을 것이다. 그러나 이러한 변인들과 관계없이 문학적 표현 활동에 일반적으로 적용되는 지도상의 유의점이 있다.

첫째, 문학적 표현 활동을 지도할 때에는 표현의 결과만큼이나 그 표현을 완성하기까지의 모든 발상과 사고의 과정이 중요하다는 점을 염두에 두어야 한다. 교사는 학생들이 표현 대상을 관찰하여 의미를 발견하고, 그것을 언어적 형상으로 구체화하기까지의 사고 과정을 체계적으로 경험할 수 있도록 활동을 설계해야 한다. 이를 위해 교사는 학생들이 수행하는 활동의 내용과 구조를 자기주도적 학습 활동이 가능한 수준으로 정교화하거나, 학생들과 활동의 과정을 함께하면서 활동의 수행 중에 마주치는 구체적인 문제들을 같이 고민하며 해법을 모색해 나가야 한다.

둘째, 문학적 표현 활동의 주체가 학습자라는 사실을 간과하지 말아야 한다. 활동의 주체가 학습자라는 것은 활동 중에 발생하는 문제 상황을 해결하는 주도적 책임이 교사가 아닌 학생에게 있다는 것을 의미한다. 문학적 표현 활동은 학생들이 개성과 창의성을 발휘해야 하는 활동이고, 개성과 창의성은 교사가 대신해 줄 수 없는 자질이다. 창의적이고 개성 있는 문학적 표현은 표현의 형식보다는 표현의 내용에 좌우되고, 표현의 내용은 표현 주체의 발상과 사고를 거쳐 도출된다. 학생 스스로 발견하고 생각해 낸 것이 아닌 내용을 문학의 형식이나 수사적 표현 기법을 써서 나타내는 것만으로는 문학적 표현 교육의 가치를 온전히 실현하기 어렵다.

결국 문학적 표현 활동 수업의 핵심은 학습자가 개성 있고 창의적인 '발상과 사고의 과정'을 '자기주도적'으로 수행해 나가는 데 있다. 그러므로 교사는 학생들이 스스로 창의적 발상과 사고를 통해 표현 활동을 주도해 갈 수 있는 생태학적 환경을 조성하는 데 힘을 쏟아야 한다.

2 문학의 재구성과 창작

1) 문학 생산 활동: 재구성과 창작

문학 생산 활동의 기본은 새로운 문학 텍스트를 만들어 내는 것이다. 문학 생산 활동에는 기존의 작품을 모방하거나 변형하는 '재구성'과 새로운 문학 텍스트를 지어내는 '창작'이 있다. 문학 교실에서 이루어지는 재구성과 창작은 학습 목적의 문학 생산 활동으로서, 학생 개개인이 작가가 되어 문학 텍스트를 생산해 보는 개인적 창조 행위이면서 동시에 교사나 동료 학생들과의 활발한 대화를 통해 이루어지는 사회적 소통 행위이다.

문학의 재구성, 수용과 생산을 연계하는 총체적 문학 경험

'문학의 재구성'은 문학 텍스트의 내용, 형식, 표현 등의 변화를 통해 새로운 텍스트를 생산하는 활동이다. 문학의 재구성은 선행 텍스트를 원작으로 삼아 이루어지는 모방, 변용, 개작이라는 점에서 선행 텍스트 없이 이루어지는 창작과 구별된다. 〈춘향전〉과 같은 고전소설의 수많은 이본과 재창작물, 김춘수의 〈꽃〉(1959)을 패러디한 오규원이나 장정일의 시, 베스트셀러 소설을 원작으로 한 영화나 드라마 등은 모두 기존의 작품을 창조적으로 재구성한 것이다.

창작의 경험이 거의 없는 학생들이 갑자기 시나 소설 같은 문학 텍스트를 창작하는 것은 쉽지 않은 일이다. 설령 문학 텍스트를 창작해 본 경험이 있다 할지라도 완결된 내용과 형식을 갖춘 문학 텍스트를 완성하기까지는 적지 않은 시간과 노력이 필요하다. 그러나 문학의 재구성 활동은 기존의 문학 작품을 바탕으로 이루어진다는 점에서 창작 활동보다 학습자의 시간적·인지적 부담이 적으며, 원작에 대한 이해와 해석을 바탕으로 한다는 점에서 수용과 생산을 연계하는 유기적이고 총체적인 문학 경험을 가능하게 한다.

창작, 문학 생산을 통한 성찰과 소통의 경험

문학 창작은 한 편의 완결된 문학 텍스트를 지어내는 활동이다. 제7차 국어과 교육과정에서 창작 교육을 도입한 이후로 문학 교육에서 창작은 '특별한 재능을 가진 사람의 창조 행위'나 '전문 작가들의 고유한 영역'이 아니라, '누구나 일상적으로 즐겨 행할 수 있는 문학 생산 활동'으로 간주되어 왔다. 그리고 실제로 현재 초·중등학교의 문학 교실에서 이루어지고 있는 창작 교육은 창작의 전략과 기법의 습득보다 문학 창작 및 소통의 경험 그 자체를 더 중시하고 있다. 다시 말하면 오늘날의 창작 교육은 창작 지식 교육이나 창작 기능 훈련이 아니라, "창작에 대한 인식, 창작의 방법과 행위, 창작에 대한 성찰 등을 포괄하는 창작 경험 교육"(김근호, 2009: 3)을 지향하고 있다는 것이다.

경험 교육으로서의 창작 교육은 시 쓰기나 소설 쓰기 같은 창작 활동을 수행하면서 자신의 삶과 세계를 되돌아보고, 창작의 과정과 결과를 교실 구성원들과 함께 나누는 문학 생산과 소통의 경험을 쌓아 가는 데 큰 의미를 둔다. 학생들은 지속적인 창작 활동을 통해 자기 자신과 세계에 대한 정서적·심미적·윤리적 인식을 심화·확장하면서 문학 소통의 본질과 구조를 체득해 나갈 수 있다.

문학 교사, 문학 생산 활동의 안내자이자 동반자

문학의 재구성이나 창작 활동이 이루어지는 문학 교실에서 교사의 수업 방식과 태도는 수업의 향방과 성패를 좌우한다. 학생들의 문학 생산 활동이 가치 있는 경험이 되기 위해 국어 교사는 수동적인 관찰자가 아닌 적극적인 참여자여야 한다. 교사는 학생들이 창작 활동을 체계적으로 수행할 수 있도록 활동의 과정을 이끌어 주는 안내자이자, 학생들이 창작 활동의 단계마다 만나게 되는 구체적인 문제들을 함께 고민하고 해결해 나가는 동반자이며, 학생들이 생산한 문학 텍스트를 읽고 평가하는 비평가이기도 하다. 그러므로 교사는 문학 생산 활동이 이루어지는 모든 단계에서 학생들과 긴밀한 대화적 소통 관계를 유지해야 한다.

문학 생산 활동을 지도하는 문학 교사는 자기 스스로 먼저 문학 생산 활동의 교육적 가치와 효용에 대한 확신을 가져야 한다. 교사 스스로『국어』또는『문학』교과서에 학습 활동으로 제시된 재구성하기, 창작하기 등을 굳이 수업 시간을 할애할 정도로 중요한 활동이 아니라고 여긴다거나, 수업의 진도나 평가에 얽매여서 도식적인 창작 지식 교육과 기계적인 창작 기능 교육에 머무르고 만다면, 이는 학생들에게서 제대로 된 문학 생산 활동을 해 볼 수 있는 천금 같은 기회를 앗아가 버리는 것이다. 교사에게는 학생들이 문학 활동을 수행하는 과정에서 시간과 공간을 넘나들며 '지금 여기에서' 문학적인 '끌림'과 '감동'을 느낄 수 있도록(이낭희, 2019: 18), 그리고 이러한 끌림과 감동이 대화와 소통을 통해 다른 학생들에게까지 확산될 수 있도록, 활발한 문학 소통이 이루어지는 문학 교육 생태계를 조성하고 유지해야 할 책임이 있다.

2) 문학 텍스트 재구성하기

문학의 재구성은 학생들이 창작의 부담감을 덜면서 문학 생산에 참여해 볼 수 있는 좋은 통로이다. 문학의 재구성은 그 자체로도 수용과 생산을 겸하는 의미 있는 문학 활동이며, 이후 창작 활동을 보다 수월하게 수행하도록 하는 비계(scaf-folding)로서의 의미도 지닌다. 문학을 재구성하는 방법은 재구성의 목적, 관점, 대상, 요소 등에 따라 매우 다양하다. 여기에서는 '갈래 바꾸기, 매체 바꾸기, 맥락 바꾸기'로 나누어 살펴본다.

갈래 바꾸기

모든 문학 갈래는 저마다의 형상화 방식과 미적 특질을 지닌다. 그래서 문학의 갈래는 교실에서 이루어지는 모든 문학 활동을 통어하는 '문학 활동의 기본 틀'(정재찬 외, 2014: 318)로서의 위상을 점하고 있다. 원작을 다른 갈래로 바꾸어 써 보는 활동은 원작과 다른 미적 구조를 지닌 문학 텍스트를 만들어 내는 창조 행위로서, 비유하자면 이미 조리된 음식을 다른 그릇에 담아내는 행위를 넘어 다른 조리법을 써서 새로운 음식을 만들어 내는 것이다.

갈래 바꾸기를 통한 재구성의 예

시를 소설로, 소설을 극으로, 극이나 수필을 시나 소설로 재구성해 보는 갈래 바꾸기(또는 장르 변환)는 문학 텍스트를 재구성하는 대표적인 방식이다. 학습자가 기존 작품의 갈래를 바꾸어 보는 활동을 수행하기 위해서는 먼저 원작의 갈래와 목표 갈래의 특성을 충분히 고려하면서 작품을 꼼꼼히 읽고 이해하는 과정이 필요하다.

기존의 작품을 다른 갈래로 재구성한 예는 전문 작가들에게서도 쉽게 찾아볼 수 있다. 판소리계 소설 〈심청전〉을 각색한 채만식의 희곡 〈沈(심) 봉사〉(1936)[14]

....

14 채만식의 희곡 〈심(沈) 봉사〉는 1936년 작과 1947년 작이 있다. 1936년 작 〈심 봉사〉는 7막 19장으로, 1947년 작 〈심 봉사〉는 3막 6장으로 구성되어 있다. 심청이 환생하지 않는 희곡 〈심 봉사〉에서 심청은 희생양으로서의 의미가 부각되며, 심청의 효성보다 심 봉사의 이기적인 욕심과 어리석음이 강조된다.

를 살펴보자.

장 승상 부인 어쩌면! (심 봉사를 들여다보며) 정말 눈을 떴구려! 원 이런 신통
할 도리가 또 있을까?

심 봉사 네, 하도 반가워서 눈이 그냥 번쩍 떠졌습니다. 그런데 그런데.

장 승상 부인 원, 어쩌면 몽운사 부처님의 영험이 인제야 발현했나 보우. 그것
도 다 심청이가 죽은 정성이지요.

심 봉사 네, 심청이가 또 죽었어요?

장 승상 부인 네, 아니 아니구 이걸 어쩌나 내가 입이 방정이야, 그 애가 또 아
니라 하고 달아났지! 이건 어쩌면 좋습니까?

왕후 할 수 없지요. 일희일비라니 눈 뜬 것이나 다행한 일이니 바른대로 말
해 주시오.

장 승상 부인 여보, 심 생원. 그런 게 아니라 심청이는, 정말 심청이는 저 임당
수에서….

심 봉사 네, 임당수에서? 아니 아까 그건?

장 승상 부인 아까 그건 거짓말 심청이고 그래서 심 생원이 눈을 뜨니까 질겁
을 해서 달아났다우. 그리고 정말 심청이는, 여보 심 생원 정말 심청이는
임당수에서 아주 영영 죽었….

심 봉사 (자기 손가락으로 두 눈을 칵 찌르면서 엎드러진다.) 아이구 이놈의 눈구
먹! 딸을 잡어먹은 놈의 눈구먹! 아주 눈알맹이째 빠져 버려라. (마디마
디 사무치게 흐느껴 운다.) 아이구우 아이구우.

무대 위에서 단소로 시나위를 아주 얕게 분다. 장 승상 부인은 손을 대지도 못하고
서서 눈물을 흘린다. 다른 인물들도 추렷이 보고만 있다.

— 채만식, 〈沈(심) 봉사〉

윗글은 채만식의 희곡 〈심 봉사〉의 결말부이다. 희곡 〈심 봉사〉는 대체로 소설
〈심청전〉의 서사 골격을 따르면서도 서사 진행에 사실성을 부여하고 결말 구조에

반전을 주어 비극성을 강화한 것이 특징이다. 〈심청전〉에서는 물에 빠진 심청이 살아 돌아와 왕후가 되지만 〈심 봉사〉에서는 이러한 낭만적인 설정이 삭제되어 있다. 또한 심 봉사가 심청과 재회하여 눈을 뜨는 행복한 결말도 비극적 반전으로 치환된다. 〈심 봉사〉에서 왕궁 잔치에 참석한 심 봉사는 심청 행세를 하는 궁녀를 심청으로 잘못 알고 놀라서 눈을 뜨지만, 이내 모든 진상을 알고 자신이 딸을 죽음으로 내몰았다고 자책하며 스스로 두 눈을 찔러 버린다.

시를 소설로, 소설을 시로 재구성한 사례도 많다. 이러한 서정-서사 간 갈래 변환은 사건의 전개와 갈등을 공유하는 서사 갈래와 극 갈래 간의 변환보다 상대적으로 재구성의 폭이 크다고 할 수 있다. 소설가 임철우는 곽재구의 시 〈사평역에서〉(1981)를 바탕으로 소설 〈사평역〉(1983)을 지었는데, 원작 시에 충분히 드러나지 않았던 인물과 사건을 추가하고 인물들 간의 대화와 행동 장면들을 구체적으로 표현하였다. 또한, 시인 서정주는 〈춘향전〉에서 영감을 얻어 '춘향의 말'이라는 부제가 붙은 세 편의 연작시 〈추천사〉(1955), 〈다시 밝은 날에〉(1955), 〈춘향유문〉(1955)을 지은 바 있다. 임철우의 〈사평역〉과 서정주의 연작시는 다른 갈래의 원작을 바탕으로 하면서도 작가의 상상력과 창의성이 적극 반영되어 '창작'이나 다름없는 수준의 내용 변화를 보여 주는데, 이는 문학의 재구성이 작품 내용과 형식의 기계적인 변환이 아니라 원작에 대한 세밀한 해석을 기반으로 한 창조적인 문학 생산 행위임을 말해 준다.

갈래 문식성

학생들이 원작의 갈래를 바꾸어 보는 재구성 활동을 수행하려면 먼저 기본적인 '갈래 문식성'을 갖추고 있어야 한다. 갈래 문식성이란, 문학 갈래를 분류하고 갈래별 특징을 이해한 후, 갈래별 특징을 고려하여 개별 갈래의 문학 텍스트를 수용하고 생산할 줄 아는 능력(정재찬 외, 2014: 358)을 말한다. 가령 황순원의 소설 〈소나기〉(1953)를 연극이나 뮤지컬로 공연하게 되었다고 가정해 보자. 먼저 공연의 의도와 목적에 맞게 원작 소설을 희곡이나 시나리오로 각색하는 과정이 필요할 것이다. 그러나 이때 소설과 희곡에 대한 갈래 문식성을 제대로 갖추지 못했다면 각색 작업이 순탄치 않을 것이고 이로 인해 공연을 준비해 가는 과정에서 많은 어려움을 겪게 될 것이다.

학습자에게 부족한 갈래 문식성을 채우는 역할은 당연히 교사의 몫이다. 국어 교사는 갈래 변환 활동 수업을 진행하기에 앞서 학생들이 기본적인 갈래 문식성을 갖추고 있는지 확인하고 점검해 보아야 한다. 그래서 만약 활동을 수행하는 데 지장이 있을 정도로 갈래 문식성이 부족한 학생들이 있다면, 이들이 필요한 갈래 지식을 익힐 수 있는 선수 학습(prerequisite learning)이 이루어질 수 있도록 해야 한다. 문학의 갈래는 모든 학교급에서 반복 심화되어 나타나는 중요한 내용 요소로서, 문학 텍스트의 구조와 형식을 결정하고 모든 문학 활동의 기본적인 틀이 되는 만큼, 문학 교육의 가장 중요한 교육 내용 중 하나이다.

매체 바꾸기

우리는 오늘날 다양한 매체를 통해 다층적으로 의미를 생산하고 교환하는 다중 문식성(multiliteracies)의 시대를 살고 있다. 이는 문학 소통에 있어서도 마찬가지이다. 예전에는 말과 글로만 존재하던 문학이 오늘날에는 문자, 음향, 그림, 영상 등이 다채롭게 결합한 복합 양식 텍스트나 멀티미디어 콘텐츠로 존재하는 경우가 많아졌다. 이에 따라 문학 교실에서도 말과 글로 된 구비문학과 문자 문학의 범주를 넘어 웹툰, 애니메이션, 광고, 영화, 드라마 등의 다양한 매체 자료로까지 제재 활용의 범위가 넓어지고 있다.

매체 문식성

앞서 원작을 다른 갈래의 문학 텍스트로 변환하는 활동을 수행하기 위해 갈래 문식성이 필요했듯이, 원작을 다른 매체로 재구성하기 위해서는 매체 문식성(media literacy)이 요구된다. 매체 문식성이란 매체를 통한 의사소통 상황에 자신을 연결하고, 매체 텍스트를 주체적으로 수용하고 생산하는 능력(정재찬, 2009ㄴ: 325)이다. 다시 말해, 매체 문식성은 다양한 매체를 통한 의사소통 상황에서 매체 자료를 이해하고 선용할 수 있는 소통 능력으로서, 매체의 특성에 대한 이해를 바탕으로 매체 자료와 매체의 소통 양상을 비판적·메타적으로 해독·분석·평가할 수 있는 능력, 그리고 매체 자료를 창의적으로 생산할 수 있는 능력을 포괄하는 개념이다.

매체 문식성은 문학 작품의 매체 변환 활동을 수행하기 위해 꼭 필요한 선수 능력이면서, 동시에 매체 변환 활동의 수행을 통해 학습자가 습득하고 향상할 수 있는 교육의 결과이기도 하다. 오늘날 매체 문식성은 단지 문학 영역뿐만 아니라 국어과의 모든 영역에서 중요한 위상을 지닌 소통 능력으로 인식되고 있다.

매체 바꾸기를 통한 재구성의 예: 영상시 만들기

매체 변환을 통한 문학 재구성 활동의 대표적인 예로 영상시 만들기가 있다. 영상시는 동영상, 문자, 그림, 소리, 음악 등이 통합된 시 장르로서, 디지털 시대에 새롭게 등장한 서정 문학이다. 영상시에는 시인들의 새로운 창작 방법이자 작품으로서의 영상시와 기존의 시 텍스트를 영상으로 변용하여 나타내는, 새로운 시 향유 방식으로서의 영상시가 있다(이신애, 2016: 1). 여기에서는 기존 시를 영상으로 변환하는 새로운 향유 방식으로서의 영상시를 다룬다.

기존 시 텍스트를 영상시로 재구성하기 위해서는 먼저 원작 시를 꼼꼼히 읽고 해석하는 과정을 거치게 된다. 이 과정에서 학습자는 원텍스트에 잠재된 인지적·정서적 의미를 발견하고 주체적으로 해석하여, 이를 시각적·청각적 이미지로 떠

💬 **잠|깐|!**

영상시 만들기 수업의 절차

영상시 만들기 수업은 학습자 스스로 시를 선택하고, 시를 읽고, 자신의 감성으로 시 속 상황에 맞는 이미지와 음악을 입혀 영상시로 재구성하고 재창조하는 수업이다. 이미지와 음악 등을 입히는 과정에서 학습자 개개인이 지닌 문학적 감성과 공감 능력, 표현 능력이 응집될 수 있다. 영상시 만들기 수업은 다음과 같은 절차로 진행할 수 있다.

① 학생 스스로 인상적인 한 편의 시를 선정한다. 교사는 추천 시 목록을 제공할 수 있다.
② 시를 읽고 화자를 중심으로 시 속의 상황을 능동적으로 해석한다.
③ 시의 전체적인 분위기와 각 연의 내용에 걸맞은 이미지(사진, 그림)를 직접 사진으로 찍거나 그림으로 그려 파일로 저장한다. 이미지를 인터넷에서 내려받아 사용일 경우 출처를 밝혀야 한다.
④ 분위기에 어울리는 음악을 선정한다. 이때도 출처를 밝힌다.
⑤ 동영상 편집 프로그램을 활용하여 손수제작물(UCC)로 영상시를 제작한다.
⑥ 수업 시간을 활용하여 영상시 개별 제작 설명서를 작성한다.
⑦ 학급 베스트 영상시를 선정하여 공유하거나 학교의 문학 관련 행사에서 전교생과 공유한다.

(이낭희, 2019: 187-188)

올리는 작업을 수행한다. 시를 해석하는 방향과 수준에 따라 영상시 제작에 사용할 이미지, 사진, 영상, 음악 등이 선택되고, 이에 따라 영상시의 분위기와 정서도 달라진다.

다음은 어느 고등학생이 실제로 제작한 영상시 〈너를 기다리는 동안〉의 일부이다.

[그림 6-5] 학생 영상시(황지우, 〈너를 기다리는 동안〉)(이낭희의 산책 문학 여행(문학수업감성블로그))

[그림 6-5]는 황지우의 시 〈너를 기다리는 동안〉(1990)을 원작으로 하여 제작한 영상시의 일부이다. 이 영상시는 화면 프레임 안에 시 텍스트를 한 행씩 띄우면서, 각 시행의 의미와 시상의 전개에 어울릴 법한 이미지나 영상을 대응시키고 효과음과 배경음악을 입혀 서정성을 강화하였다. 원작 시에 대한 학생의 감동과 성찰이 이미지와 음악을 매개로 원텍스트와 결합하면서 종이에 인쇄된 원작 시와는 다른 분위기를 자아내는 독자적인 문학 콘텐츠가 탄생한 것이다. 문자 문학으로 존재하는 원작 시를 '밑그림'이라 한다면, 이 영상시처럼 다른 매체로 재구성한 콘텐츠는 개별 독자의 작품 해석과 미적 취향에 맞게 '채색한 그림'이라 할 수 있다.

그 외에도 문학 작품의 매체를 변환하는 재구성 활동은 학습자의 개성과 수준,

관심과 흥미, 매체의 특성 등에 따라 다양한 형태로 구성할 수 있다. 시나 소설을 읽고 떠오른 생각이나 느낌을 그림이나 음악으로 나타내는 활동, 좋아하는 작가나 작품을 소개하는 광고 영상이나 팜플렛을 제작해 보는 활동, 문학 텍스트를 활용하여 사회 관계망 서비스의 대문 화면을 꾸며 보는 활동 등 학습자가 개성과 창의성을 발휘할 수 있는 매체 변환 활동은 그 종류와 방식이 다양할 뿐 아니라 원작을 재구성하는 편폭 또한 천차만별이다.

문학 교실에서의 매체 변환 활동은 문자 문학인 원작을 다른 매체로 변환하는 활동이 주를 이루지만, 이와 반대로 영화, 드라마, 연극, 뮤지컬, 만화, 웹툰 등을 문자 문학으로 바꿔 써 보는 활동도 얼마든지 가능하다. 문학 텍스트를 다른 매체와 서로 변환해 보는 재구성 활동은 시시각각 변화하는 매체 환경과 학습 환경 속에서 살아가는 오늘날의 학생들에게 문학의 맛과 멋, 문학이 주는 감동과 즐거움을 감각적·직관적으로 체험해 보는 기회를 제공하며, 문학 활동의 영역을 매체 자료의 생산과 소통 경험으로까지 확장해 준다는 점에서 큰 의의가 있다.

맥락 바꾸기

맥락을 바꾸면 작품도 달라진다

문학 작품의 수용과 생산은 모두 저마다의 상황과 맥락 속에서 이루어진다. 그래서 동일한 작품이라 할지라도 수용과 생산의 맥락이 달라지면, 작품에 대한 해석과 평가는 물론 작품의 문학사적 위상도 달라질 수 있다. 예컨대 〈홍길동전〉의 경우, 작품이 창작된 조선 시대에는 작품에 담긴 현실 비판적 성격, 소설에 대한 부정적 인식 등으로 인해 거센 비판을 받았지만, 오늘날에는 문학 교육의 대표적인 정전으로 자리 잡았다. 이는 〈홍길동전〉을 해석하고 향유하는 사회·문화적 맥락과 문학사적 맥락이 달라졌기 때문이다.

맥락 바꾸기를 통한 문학의 재구성은 작품의 수용과 생산에 관련된 다양한 맥락, 즉 '작가·독자 맥락, 사회·문화적 맥락, 문학사적 맥락'에 의도적으로 변화를 주어 원작의 내용, 형식, 표현을 바꾸는 문학 생산 행위이다. 어떤 작품이든 창작되고 향유되어 온 맥락 중 어느 하나라도 변하면, 원작이 존재하는 조건이 바뀌어

잠|깐|!

조선 시대의 '소설 배격론'

조선 시대의 많은 유학자는 소설이 사람의 마음을 어지럽히고 풍속을 어지럽힌다는 등의 이유로 소설을 부정적으로 평가했다. 소설을 부정적으로 여긴 대표적인 유학자로는 이덕무, 정약용 등이 있는데, 다산 정약용은 소설과 같은 글이 사람이 만든 가장 큰 재앙이라고까지 혹평하였다. 시간이 흐르면서 소설의 도덕교육적 효용과 허구성을 인정하는 소설 긍정론이 점차 등장하였다. 소설 배격론은 문학과 예술의 가치와 위상이 시대적·사회적 맥락에 따라 달리 평가될 수 있다는 점을 잘 보여 주는 사례라 할 수 있다.

그에 맞게 텍스트의 내용, 형식, 표현 등에 크고 작은 변형이 필요해진다. 그러므로 맥락 바꾸기를 통한 재구성은 작품을 둘러싼 다양한 상황과 맥락에 작은 변화를 주는 것에서부터 출발한다.

기존 작품의 예상 독자를 달리 설정하거나 작품의 시간적·공간적 배경을 바꾸어 보는 것은 각각 독자 맥락과 사회문화적 맥락에 변화를 주는 대표적인 방식 중 하나이다. 가령 〈춘향전〉이나 〈흥부전〉의 독자를 초등학생 독자로만 한정해 보자. 당장 초등학생이 이해하기 어려운 장면이나 표현은 생략하거나 쉬운 표현으로 바꾸어야 할 것이고, 반대로 너무 소략하거나 단순한 구성을 보이는 장면에는 인물 간 대화나 부연 서술을 추가하고, 작품에 대한 이해도와 흥미도를 높이기 위해 주요 장면에는 삽화나 이미지를 삽입할 수 있을 것이다. 만약 작품의 시대적 배경을 현대로 설정한다면 작품이 또 어떻게 달라질 것인가? 시대적 배경을 달리 설정한다는 것은 작품에 반영된 사회·문화적 환경이 통째로 바뀐다는 의미이므로, 작품 속 인물의 말투와 행동, 사건의 세부 내용과 전개를 오늘날의 맥락에 맞게 재구성해야 하는 상황을 맞게 된다. 여기에 작가 맥락까지 바꾸어서 작품에 투영된 가치관, 인간관, 윤리관을 달리 설정할 경우, 원작과는 전혀 다른 주제 의식을 지닌 작품으로 재탄생할 수도 있다. 단, 여기서 한 작품의 독자 맥락, 작가 맥락, 사회·문화적 맥락, 문학사적 맥락은 상호 배타적이지 않으며 서로 중첩되거나 영향을 주고받는 관계에 있으므로, 하나의 맥락을 바꾸면 그에 따라 다른 맥락들도 함께 바뀌게 되는 경우가 많다.

맥락 바꾸기를 통한 재구성의 예: 〈허생의 처〉와 〈흑설공주〉

맥락 바꾸기를 통한 재구성의 예로 이남희의 소설 〈허생의 처〉(1987)를 들 수 있다. 〈허생의 처〉는 연암(燕巖) 박지원(朴趾源)의 소설 〈허생전〉을 허생 처의 시각에서 재구성한 작품이다.

> 사람들은 남편을 뛰어난 인재라고 했다. 능히 천하를 경영할 재주가 있다고 칭찬하는 이도 있었다. 그러나 남편이 죽는지 사는지 아내가 모르고, 아내가 죽는지 사는지 남편이 모르면서 뛰어난 인재가 되는 거라면 그 뛰어난 인재라는 말은 분명 이 세상에서 쓸모없는 존재라는 뜻이리라. 이 세상이 돌아가는 법칙이란 성현들이 주장하는 것처럼 그렇게 복잡하고 어려운 것은 아닐 것이다. 사람이 행복하게 살며, 자식을 낳아 기르고, 또 그 자식에게 보다 좋은 세상을 살도록 해 주는 것. 그것 말고 무엇이겠는가.
>
> 어머니는 죽고 서모는 살아남았다. 난 판단할 수 없다. 어머니는 죽어 잠시 세간의 칭송을 받았는지는 모르나 서모는 욕을 먹으면서까지 살아남아 자식들을 키우고 집안을 돌보았다. 지금도 청안에서 윤복이 뒤를 돌봐 주고 있는 것이다.
>
> ―이남희, 〈허생의 처〉

작품의 제목에서도 알 수 있듯이, 〈허생의 처〉는 원작 〈허생전〉에서 초반부에 잠시 등장하는 '허생 처'를 일인칭 주인공 서술자로 하여 재구성한 작품이다. 이 작품에서 허생 처는 봉건 시대가 강요하는 수동적 여성상을 거부하고 능동적이고 주체적인 삶을 살고자 하는 적극적인 인물로 그려진다. 원작에서는 초반부에 잠시 등장하고 마는 보조 인물인 허생 처가 작가의 재해석을 통해 주인공으로 탈바꿈한 것이다. 연암은 〈허생전〉에서 '허생'을 조선 후기 사회의 구조석 모순을 비판하고 대안을 제시하는 진취적 인물로 그렸지만, 이남희는 여성주의적 시각에서 허생이 지닌 가부장적 의식 구조를 부각하면서, 이를 '허생 처'의 시각에서 신랄하게 비판한다. 이처럼 〈허생의 처〉는 원작과 다른 작가 맥락과 사회·문화적 맥락을 적용함으로써 남성 중심의 가부장적 이데올로기에 대한 비판 의식을 담아 재구성한 작품이다.

원작의 맥락을 바꾸어 재구성한 흥미로운 사례로, 여성학자 바버라 워커(Barbara G. Walker)가 지은 《흑설공주 이야기(*Feminist Fairy Tales*)》(1996)가 있다. 이 책에서 워커는 〈백설공주〉, 〈미녀와 야수〉, 〈알라딘과 요술램프〉 등 누구나 알고 있는 유명한 동화들을 여성주의 시각에서 다시 썼다. 이 책 속의 이야기들은 원작 동화에 담긴 여성에 대한 편견과 차별적 시선을 거부하며, '백마 탄 왕자님'과의 결혼을 꿈꾸는 여성 인물의 이야기를 주체적으로 자신의 삶을 개척해 가는 재기 발랄한 여성의 활약담으로 바꾸어 놓았다.

모방을 거쳐 창조로

기존의 문학 작품을 모방하여 새로운 미적 구조와 주제 의식을 가진 작품을 생산하는 것은 문학 교실에서도 자주 사용되고 있는 대표적인 문학 재구성 방식의 하나이다. 기본적으로 모방은 모방의 주체가 원작의 작가와 다르다는 점에서 작가 맥락의 변화로 볼 수 있다.

기존 문학 작품의 모방을 통한 재구성의 구체적인 예로 모방시 쓰기를 들 수 있다. 모방시 쓰기는 주로 원작 시의 운율, 표현, 시적 구조, 시상 전개 등의 형식적 장치는 활용하되, 소재, 주제, 시어 등의 내용적 요소를 바꾸는 방식을 취한다. 그러나 모방시는 원작 시의 단순한 형식적 복제 이상의 의미를 지닌다. 모방의 과정에서 시적 발상이나 시적 표현을 수정하고 변형하면서 '시적 의미의 독자적 차별화'(최미숙, 2004: 98) 단계로 나아감으로써 원작의 창조적 재구성이 가능하기 때문이다. 또한, 모방의 과정에서 대상을 변형하고 수정하면서 창조가 이루어질 수 있다는 점을 생각할 때, 모방시 쓰기는 본격적인 시 창작으로 가는 중간 단계로서의 의미를 지니고 있기도 하다(최미숙, 2005: 375).

모방시를 쓰는 과정에서 원작 시의 소재나 주제가 비판적 인식이 가능한 대상으로 풍자되거나 희화화될 경우에는 패러디 효과가 발생하기도 한다. 김춘수의 〈꽃〉(1959)을 패러디한 것으로 유명한 장정일의 〈라디오같이 사랑을 끄고 켤 수 있다면〉(2018)을 살펴보자.

꽃	라디오같이 사랑을 끄고 켤 수 있다면
	-김춘수의 '꽃'을 변주하여-
김춘수	장정일

내가 그의 이름을 불러 주기 전에는
그는 다만
하나의 몸짓에 지나지 않았다.

내가 그의 이름을 불러 주었을 때
그는 나에게로 와서
꽃이 되었다.

내가 그의 이름을 불러준 것처럼
나의 이 빛깔과 향기에 알맞은
누가 나의 이름을 불러다오.
그에게로 가서 나도
그의 꽃이 되고 싶다.

우리들은 모두
무엇이 되고 싶다.
너는 나에게 나는 너에게
잊혀지지 않는 하나의 눈짓이 되고
싶다.

내가 단추를 눌러 주기 전에는
그는 다만
하나의 라디오에 지나지 않았다.

내가 그의 단추를 눌러 주었을 때
그는 나에게로 와서
전파가 되었다.

내가 그의 단추를 눌러 준 것처럼
누가 와서 나의
굳어 버린 핏줄기와 황량한 가슴 속
버튼을 눌러 다오.
그에게로 가서 나도
그의 전파가 되고 싶다.

우리들은 모두
사랑이 되고 싶다.
끄고 싶을 때 끄고 켜고 싶을 때 켤
수 있는
라디오가 되고 싶다.

두 시는 시상의 전개 방식과 통사 구조가 거의 동일하지만 작품에 담긴 메시지는 전혀 다르다. 김춘수의 〈꽃〉에서는 서로에게 무의미한 "몸짓"이 "이름"을 불러 주는 행위를 통해 서로에게 소중한 존재인 "꽃"과 "눈짓"이 되는 관계의 변화에 초

잠|깐|!

패러디(parody)

익살·풍자 효과를 위하여 원작의 표현이나 문체를 자기 작품에 차용하는 형식 또는 그러한 작품. 패러디는 다른 노래에 대응하는 노래, 파생하는 노래라는 뜻의 그리스어 '파로디아(parodia)'에 그 어원을 두고 있다. 패러디는 아리스토텔레스의 『시학(Peri Poietikes)』에 등장할 정도로 그 기원이 오래되었으며, 문학·음악·미술·영화 등의 모든 예술 분야에서 광범위하게 발견된다. 원작과 패러디 작이 모두 새로운 의미를 지니면서 상호텍스트적 연관을 맺는다는 점에서, 패러디는 단순한 모방이나 표절과 구별되는 창조적 생산 행위라고 할 수 있다.

점이 있다. 그에 반해 장정일의 시에서는 "단추"를 누르는 행위를 통해 "전파"가 되고 "끄고 싶을 때 끄고 켜고 싶을 때 켤 수 있는 / 라디오"가 되는, 가볍고 자기 중심적인 사랑을 풍자하는 데 초점이 있다.

장정일의 패러디 시는 "김춘수의 '꽃'을 변주하여"라는 부제를 달고 있어 그 시의 원작을 분명하게 지시하고 있다. 이처럼 패러디에서 패러디의 대상이 된 원작을 분명하게 드러내는 것을 '원작의 전경화(foregrounding)'라고 한다. 원작을 표면에 내세워 원작을 불러들이면서도 원작과 구별되는 새로운 문학 텍스트를 생산한다는 점에서 패러디 텍스트와 원텍스트는 대화성을 유지하고 있다. 두 텍스트는 유사성을 지니고 있지만, 생산된 텍스트의 내용이 새롭고 미적 효과가 분명할수록, 즉 두 텍스트 사이의 차이가 강조될수록 패러디의 효과는 극대화되며 두 텍스트 사이의 대화적 성격도 의미를 지닌다(정재찬 외, 2014: 356-357).

모방시 쓰기와 같은 활동을 통해 패러디 효과와 같은 차별적 의미 생산이 가능하다는 점은, 문학의 재구성이 기존 작품의 단순 반복이나 복제가 아님을 다시금 상기시켜 준다. 문학의 재구성은 원작의 내용, 형식, 표현에 대한 독자의 주체적 해석과 비평을 바탕으로 원작이 존재하는 상황과 조건에 변화를 주거나 원작의 갈래나 매체를 바꾸는 방식으로 원작과 다른 새로운 작품을 재생산하는 창조적 문학 생산 행위이다.

3) 창작하기

경험과 실천으로서의 창작 교육

학생들은 문학을 일방적으로 수용하는 독자 역할에 만족하지 않고 직접 문학을 창작하는 작가가 되어 볼 수 있다. 자신의 일상생활에서 얻은 경험을 바탕으로 이루어지는 문학 창작 활동은 학생들이 스스로 자신의 삶을 진지하게 되돌아보면서 세계와 타자에 대해 보다 폭넓고 깊은 이해를 할 수 있는 계기가 된다.

> 왜 자기 이야기를 써야 할까. 청소년기의 막바지, 자기 삶의 소중한 이야기를 짚어 보는 것은 자신의 정체성과 자신을 둘러싼 관계들의 의미를 확인하는 작업이다. 나는 누구인가. 나는 어떤 삶을 살아왔으며 어떻게 살고 싶은가. 나를 기쁘게 한 존재, 괴롭고 슬프게 하는 것들은 무엇인가. 혼돈 속에서 자기 존재를 외면하고 방기하는 아이들도 있다. 이러면 안 되는데 하면서도 관성에서 벗어나지 못한다. 관계 때문에 괴로워하는 아이들, 앞날에 대한 희망과 불안, 해맑은 웃음이 그치지 않는 교실이지만 난마처럼 내면이 얽혀 있는 아이들도 많다. 글 한 편 쓴다고 달라질 것은 없지만, 잠시 멈추어 열여덟 살 내 이야기를 써 보는 시간은 자신을 치열하게 응시하게 만든다. 빛나는 혹은 아픈 무엇을 길어 올리는 과정을 거치며 생각은 깊어지고 마음이 정화될 수 있을 것이다.
>
> (조향미, 2019: 134)

문학 창작 교육은 학생들의 실제 창작 활동과 소통 활동을 전제로 이루어진다. 창작의 개념, 과정, 의의 등에 대한 지식을 이해하는 것만으로는 창작 교육이 지닌 교육적 가치를 구현할 수 없다. 학생들이 즐거운 마음가짐과 적극적인 태도로 자신의 생각과 경험을 시, 소설, 희곡, 수필로 써 보고, 자신이 쓴 텍스트를 교실 구성원들과 나눠 읽으며 의견을 나누어 보는 문학 창작과 소통 활동이 균형 있게 이루어질 때 비로소 문학 창작 교육을 했다고 말할 수 있다.

창작 교육은 기본적으로 학습자의 문학 창작 능력 향상을 목표로 한다. 단, 여기에서 문학 창작 능력은 창작의 기술뿐만 아니라 창작의 경험까지 두루 포괄하는 개념이며, 학교 문학 교육에서는 창작 기술보다 창작의 경험에 무게 중심을 두고 있다. 경험 교육으로서의 창작 교육을 강조할 경우, 교사는 학생들이 제출하는 창작의 결과보다 결과물이 나오기까지의 창작의 과정에 더 주목해야 한다. 이때 창작의 '과정'이란, 단지 창작 활동의 결과물에 앞선 창작 수행 과정을 중시한다는 시간적 선후 관계에 국한된 개념이 아니라, 학습자가 창작을 수행하면서 겪는 내적 변화를 더 중시하는 개념이다(김성진, 2020: 97). 이러한 관점에서 보건대, 창작 교육의 진정한 가치는 창작 기술의 숙련도나 창작물의 완성도에 있는 것이 아니라 창작 활동을 수행하는 과정에서 일어나는 학습자 내부의 변화에 있다. 그러므로 비록 학생들이 불완전하거나 미숙한 작품을 생산해 내더라도, 창작 활동을 수행하면서 학습자의 상상력이나 생각의 깊이가 성장했다면 그것은 유의미한 창작 경험이 되는 것이다(송지언, 2012: 8).

창작 활동과 문학 교사의 역할

문학 교실을 중심으로 이루어지는 창작 활동은 전문 작가가 직업적으로 하는 창작이나 개인 혹은 집단이 취미나 교양으로 하는 창작과는 차이가 있다. 문학 교실에서의 창작은 기본적으로 학습을 목적으로 한 창작이므로 학습자의 창작 수행 과정에서 교사와 학생 간, 학생과 학생 간의 즉각적인 상호 작용과 피드백을 전제한다(김창원, 1998: 268). 이런 점에서 문학 교실에서의 창작은 학생 개개인이 독자적으로 행하는 개인 창작을 넘어 문학 교실 구성원들과의 적극적인 소통을 기반으로 이루어지는 집단 창작의 성격을 지니고 있다.

창작 교육은 학생들의 창작 동기를 자극하고 창작 활동을 안내하는 교사의 교수·학습 계획에 따라 체계적으로 진행된다. 교사는 학생이 스스로 창작을 계획하여 완결된 문학 텍스트로 완성하기까지의 모든 과정에 적극적으로 개입한다. 그러나 교사의 개입이 학생들이 창작할 문학 텍스트의 내용과 형식에까지 직접 관여하는 것을 의미하지는 않는다. 교사는 어디까지나 학생들이 창작하는 문학 텍스트의 독자로서, 창작 활동이 주어진 계획과 절차 안에서 체계적으로 이루어질 수 있도록 이끄는 안내자이자, 창작 수행 과정에서 학생들이 마주하게 되는 세부적인 문제 상황들에 대하여 함께 고민하고 소통하는 보조적 동반자에 머물러야 한다.

문학 창작 수업을 설계하고 진행함에 있어서 문학 교사는 다음의 사항에 유의해야 한다.

첫째, 문학 교사는 학생들이 창작 활동을 즐겁고 가치 있는 문학 경험으로 인식할 수 있도록 하는 데 최우선의 목표를 두어야 한다. 학생들이 문학 창작을 가치 있는 교육 활동으로 여기고 즐겁게 수행할 수 있을 때, 자발적인 창작 동기를 형성하여 창작 활동을 주도해 나가게 된다. 창작이 즐겁고 가치 있는 일로 여겨지면, '무엇을 쓸 것인가?', '어떻게 쓸 것인가?'의 문제는 상대적으로 쉽게 해결할 수 있는 문제가 된다. 또한, 학생들이 자신의 창작 활동이 지닌 가치를 제대로 이해해야 동료 학생들의 창작에 대해서도 진지하게 상호 작용할 수 있다.

둘째, 교사는 창작의 결과보다 창작의 과정을 중시해야 하며, 이때 학생들의 창작 활동이 분절화된 창작 과정의 단순 이행이나 각 활동 단계에서 요구되는 기능의 연습에만 치우치지 않도록 유의해야 한다. 일반적으로 창작 활동은 '가치 있는 소재나 주제 찾기 – 갈래 정하기 – 내용과 형식 구상하기 – 초고 쓰기 – 고쳐쓰기'의 과정으로 진행된다. 그런데 이러한 창작의 과정은 분절적이고 일방향적인 절차가 아니라 유기적이고 회귀적인 통합을 전제한다. 그러므로 학생들은 창작 활동의 수행 과정에서 창작의 앞뒤 과정을 자유롭게 넘나들면서 활동을 탄력적으로 진행해 나갈 수 있어야 한다. 또한, 교사는 창작 과정의 각 단계에서 필요한 지식과 기능을 안내할 책임이 있지만, 그것이 학생들의 상상력과 창의적 사고를 방해하거나 창작 활동에 흥미를 잃을 정도로 과도한 지식 학습이나 기능 연습이 되지 않도록 균형을 유지해야 한다.

셋째, 창작 교육은 단기간의 일회성 과제가 아닌 장기간의 지속적인 활동으로 계획하여 실행해야 한다. 문학의 재구성이나 창작과 같은 문학 생산 활동은 문학 경험 교육의 측면에서 지식·이해 범주나 기능·과정 범주의 학습보다 가치·태도 범주에 속하는 문학의 생활화를 더 중요시한다. 문학의 생활화는 학습자가 문학의 수용과 생산 활동에 지속적으로 참여하면서 문학의 가치와 본질을 체득할 때 형성될 수 있다.

넷째, 경험 교육, 태도 교육의 측면에서 창작 활동을 강조할 때, 창작 수행에 대한 평가도 그에 적합한 방식으로 이루어져야 한다. 창작 교육은 학생들의 창작 활동을 중심으로 이루어지므로, 기본적으로 수행평가의 방식을 취하게 된다. 이때 창작 활동 과정에서 얻은 배움과 성장을 평가할 수 있는 구체적인 방법으로 관찰법, 면접법, 포트폴리오 평가 등을 활용할 수 있다. 평가 기준과 척도를 설정할 때에도 창작에 대한 사전 지식이나 창작한 텍스트의 우수성보다 창작 수행으로 얻은 배움과 창작 활동에 임하는 태도에 무게 중심을 두어야 한다. 이에 따라 평가 결과의 해석과 피드백도 성장 참조 평가(growth referenced evaluation)나 능력 참조 평가(ability referenced evaluation)의 관점에서 이루어지는 것이 적절할 것이다.

다섯째, 교사는 창작 주체인 학생들의 자율성과 창의성을 침해하지 않도록 유의해야 한다. 교사는 학생들의 모든 창작 과정을 함께하는 동반자이자 안내자이다. 그러나 창작 수업이 진행되는 교실 안에서 활동의 주도권은 항상 창작 주체인 학생에게 있으며, 창작 과정에서 일어나는 모든 문제 상황을 해결하는 주체도 학생이어야 한다. 학생들의 창작 활동에 대해 교사가 방관자적 관찰자로 일관해서도 안 되지만, 자칫 창작의 과정에 지나치게 간섭하여 학생들 스스로 만들어 가야 할 문학 텍스트의 핵심적인 내용과 구조에까지 영향을 미치게 된다면, 이는 결국 학생들의 상상력과 창의성을 제한해 버리는 부작용을 낳을 수 있다. 그러므로 창작 교실 속에서 교사는 학생들과 활발한 대화적 관계를 유지하면서도 창작 활동에 임하는 학생들의 자율성을 최대한 보장해 주어야 한다.

문학 창작과 갈래

문학 창작 활동은 기본적으로 창작의 소재와 창작할 텍스트의 갈래를 정하는 것에서 시작된다. 문학의 갈래는 저마다의 표현 양식과 미적 특성을 지니고 있으므로 어떤 갈래의 문학 텍스트를 창작할 것인가에 따라 텍스트의 내용과 형식이 정해지고 그에 따라 창작 활동의 방향과 세부 과제들이 결정된다.

가령 서정 갈래인 시를 창작하는 경우라면, 대상에 대한 시적 발상, 시적 화자의 감정과 정서 등을 어떻게 설정할 것인지, 또 이를 어떤 이미지를 사용하여 어떤 어조로 표현할 것인지 등을 고민하게 될 것이다. 시조와 같은 정형시가의 경우에는 그 형식적 특성 또한 중요한 고려 사항이 된다. 소설과 같은 서사 문학을 창작하는 경우라면, 먼저 사건 전개와 갈등 구조를 구상한 후 인물의 성격, 시공간적 배경, 서술자의 성격과 시점 등을 세부적으로 설정해 나갈 수 있다. 특히 소설 창작의 경우에는 개인의 신변잡기적인 내용을 다루더라도 그 내용에 허구적 요소를 섞어 사회적 문제의식의 틀 안에서 녹여 낼 수 있어야 한다(김근호, 2023: 315). 극문학의 경우에는 실제 공연이나 상영을 염두에 두고 인물의 대화, 독백, 동작, 표정, 말투, 심리 등이 구체적으로 드러나도록 해야 한다. 서술자가 있는 소설과 달리 구체적인 시공간 속에서 사건이 전개되므로 상황을 정확하게 드러낼 수 있는 구체적 장면 설정과 인물들의 대사나 행동 지시에 주의해야 할 것이다(정재찬 외, 2014: 363). 교술 갈래의 경우 그 일반적 특성을 도출하기 어려울 정도로 다양한 하위 갈래들이 존재한다. 다만, 교술 문학은 대개 사건이나 상황을 구체적으로 나타내는 것보다는 그것의 의미나 교훈 등을 전달하는 데 관심을 두는 경우가 많으므로, 창작 의도에 맞는 세부 갈래의 구조나 양식을 선택하여 활용하되, 창작 주체의 사유와 성찰의 과정과 내용이 잘 드러날 수 있도록 해야 한다.

학생들의 창작 활동 수행 시 먼저 창작 계획서를 작성해 보는 것도 이후의 활동을 안정적으로 수행해 나가는 데 큰 도움이 될 수 있다. 창작 계획서는 글의 개

[표 6-1] 소설 창작 계획서 양식의 예(김근호, 2023: 317)

소설 창작 계획서

이름:

작품 제목	
작품 주제	
등장인물	
인물의 성격	
배경 설정	
사건 구성	
줄거리 요약	
형식적 특성	
예상 독자	
참고문헌 또는 자료 조사 방식	

요에 해당하는 것으로, 창작 활동의 초기 단계에서 창작하려는 작품의 내용과 구조를 구상하여 체계적으로 정리한 문서이다. 일반적으로 사용되는 창작 계획서 양식이 따로 있는 것은 아니지만, 갈래에 따라 창작 시 고려해야 할 주요 요소가 달라진다. 창작 계획서는 창작할 작품의 내용과 구성이 일관성과 유기성을 잃지 않도록 해 주며, 학습자가 자신의 창작 과정을 메타적으로 점검하는 데에도 도움을 준다.

문학 창작에서 문화 콘텐츠 생산으로

오늘날의 문학은 신문, 잡지, 단행본 등의 인쇄 매체를 중심으로 한 과거의 소통 방식을 넘어서 인터넷, 사회 관계망 서비스, 누리소통망, 텔레비전, 라디오 등 다양한 매체를 통한 광범위한 소통 양상을 보인다. 이에 따라 근대 이후 줄곧 문자 문학 중심의 문학 문화도 다매체 문학 콘텐츠의 생산과 소비로까지 그 범위가 빠르게 확산되었다. '문자와 말을 넘어 영상, 이미지, 그림, 사진, 소리 등이 통합된 멀티 언어로 빚어내는 멀티포엠(multipoem)'(이상옥, 2011: 8)과 같은 새로운 문학 장르가 출현한 것도 이미 오래전의 일이다.

다매체 시대의 문학 문화의 변화와 학습자의 변화는 앞으로의 문학 교육이 가장 주목해야 하는 지점이다. 오늘날의 학습자들은 이미 태어날 때부터 자연스럽게 디지털 다매체 환경 속에 있었고, 그에 따라 전통적인 문자 문학보다 웹툰, 인터넷 동영상, 게임, 애니메이션 등과 같은 문화 콘텐츠에 훨씬 익숙해져 있다. 이는 단순한 문화적 유행이 아니라 문학의 재료인 언어의 변화이며 언어를 사용하는 인간의 변화이다.

다매체 시대의 언어 환경 변화와 그에 따른 학습자의 변화로 인해, 문학 교육은 문학과 그 표현 방식을 공유하는 문화 콘텐츠의 수용과 생산으로까지 그 지평을 넓혀 가야 하는 새로운 과제를 안고 있다. 다매체 시대를 살아가는 학생들이 수동적인 문화 콘텐츠 소비자에 머무르지 않고 능동적인 문화 콘텐츠 생산 주체로서 살아갈 수 있도록 하는 문학 교육의 내용과 방법을 고민해야 한다. 문학 창작 교육 또한 이러한 언어 환경과 학습자의 변화에 적극적으로 부응해 나가야 할 것이다.

| 이상일

참고문헌

교육부(1997), 『국어과 교육과정』, 교육부 고시 제1997-15호[별책 5].

교육부(2022), 『국어과 교육과정』, 교육부 고시 제2022-33호[별책 5].

김근호(2009), 「허구 서사 창작 교육 연구」, 서울대학교 박사학위 논문.

김근호(2023), 「현대소설 재구성과 창작」, 김성진 외(2023), 『현대소설교육론』, 사회평론아카데미.

김대행 외(2000), 『문학교육원론』, 서울대학교출판부.

김성문(2014), 「창의적 글쓰기를 위한 시조의 활용 방안 고찰」, 『어문론집』 59, 123-146.

김성진(2007), 「문학의 창조적 재구성 내용 연구: 메타소설화를 통한 수용과 창작의 통합을 중심으로」, 『국어교육학연구』 30, 143-172.

김성진(2012), 「애도의 서사 윤리와 문학치료」, 『문학교육학』 37, 63-85.

김성진(2020), 「예술교육으로서의 문학교육에 대한 시론: 창작교육을 중심으로」, 『문학교육학』 66, 73-103.

김성진(2022), 「'근대 문학의 종언'과 문학교육: 읽기 중심주의에 대한 성찰」, 『문학교육학』 76, 87-112.

김신정(2008), 「다매체 문화 환경과 문학 능력」, 『문학교육학』 26, 37-61.

김영도(2015), 「사진을 활용한 문학적 글쓰기 연구」, 『교양교육연구』 9(3), 473-512.

김정우(2006), 「시 이해를 위한 시 창작교육의 방향과 내용」, 『문학교육학』 19, 211-240.

김정우(2014), 「노년 세대의 문학이 가지는 치유의 기능」, 『문학교육학』 44, 73-106.

김창원(1998), 「'술이부작(述而不作)'에 관한 질문: 창작 개념의 확장과 창작 교육의 방향」, 『문학교육학』 2, 253-273.

김혜영(2009), 「소설 창작교육의 방향」, 『문학교육학』 30, 357-392.

류수열(2005), 「화응형 시조를 통해 본 반응적 글쓰기의 가능성」, 『한국언어문학』 54, 135-156.

류수열 외(2019), 『중학 국어 1-1』, 금성.

류수열·주세형·남가영(2021), 『국어교육 평가론』, 사회평론아카데미.

류은영(2009), 「내러티브와 스토리텔링: 문학에서 문화콘텐츠로」, 『인문콘텐츠』 14, 229-262.

박태진(2008), 「서사 능력과 서사물 쓰기의 새로운 방법 모색: 고등학교 자기서사 창작교육의 활성화를 중심으로」, 『문학교육학』 27, 29-54.

박태진(2012), 「문학독서와 문학창작을 통해 형성되는 자가치유 제의 교육적 의의 탐색: 이승하의 문학독서와 문학창작을 사례로」, 『한어문교육』 27, 75-106.

서울대학교 국어교육연구소(1999), 『국어교육학사전』, 대교출판.

송지언(2011), 「돈호법을 중심으로 본 시조 작시법」, 『작문연구』 12, 169-201.

송지언(2012), 「시조 의미구조의 경험 교육 연구」, 서울대학교 박사학위 논문.

신유식 외(2019), 『중학 국어 1-1』, 미래엔.

인도현(2009), 『기슴으로도 쓰고 손끝으로도 써라』, 한거레출판.

염은열(2000), 『고전문학과 표현교육론』, 역락.

염은열(2009), 「문학교육의 관점에서 본 문학치료학 이론」, 『문학치료연구』 12, 35-58.

염은열(2010), 「문학 교사 '되기'에 대한 치료적 접근의 필요성과 그 방향 탐색」, 『문학치료연구』 14, 273-303.

염은열(2011), 「자기 위안을 위한 이야기로 본 〈만언사〉의 특징과 의미」, 『문학치료연구』 19, 9-40.

우한용(2005), 「창작교육의 이념과 지향」, 『창작교육, 어떻게 할 것인가』, 푸른사상.

유영희(1995), 「패러디를 통한 시 쓰기와 창작 교육」, 『국어교육연구』 2, 75-96.

이낭희(2019), 『나만의 문학 수업을 디자인하다: 30년차 문학 교사가 전하는 생생한 문학 수업 교수법』, 휴머니스트.

이명찬(2008), 「시 창작교육 방향의 탐색: 창작 과정에 대한 이해를 바탕으로」, 『문학교육학』 27, 55-78.

이상옥(2011), 「멀티포엠과 디카시(詩)의 전략」, 『한국문예비평연구』 35, 1-24

이신애(2016), 「영상시를 활용한 현대시 이미지 교육 연구」, 서울대학교 석사학위 논문.

이은영 외(2019), 『중학 국어 1-1』, 동아출판.

임경순(2004), 「문학 수업에서 글쓰기 교육의 방향과 유형」, 『문학교육학』 15, 325-354.

정재림(2019), 「중학교 국어 교과서의 '문학적 표현 교육'에 대한 비판적 고찰」, 『한국어문교육』 28, 269-294.

정재찬(2009ㄱ), 「문학교육을 통한 개인의 치유와 발달」, 『문학교육학』 29, 77-102.

정재찬(2009ㄴ), 「미디어 시대의 문학교육」, 『문학교육학』 28, 315-345.

정재찬(2014), 「치유를 위한 문학교수학습 방법」, 『문학교육학』 43, 35-62.

정재찬 외(2014), 『문학교육개론 I: 이론편』, 역락.

정재찬 외(2019), 『고등학교 문학』, 지학사.

정정순(2007), 「쓰기 영역에서의 시 쓰기 교육 내용 설정론」, 『한국초등국어교육』 33, 247-270.

정정순(2009), 「맥락 중심의 시 창작 교육: 비유적 발상을 중심으로」, 『문학교육학』 30, 127-151.

정정순(2010), 「초등학교 시교육에서 '인상적인 표현'의 문제: 2007 개정 교육과정을 중심으로」, 『초등교육연구』 25, 163-181.

정정순(2018), 「담론적 실천으로서의 자화상 시 쓰기의 문학교육적 의미: 언술 행위 주체로서의 '나'에 대한 이해를 중심으로」, 『문학치료연구』 46, 93-121.

정진석(2006), 「문학교육에서 서사의 극화 원리에 대한 연구」, 서울대학교 석사학위 논문.

조향미(2019), 『우리의 문학 수업』, 양철북.

진선희(2008), 「문학 소통 '맥락'의 교육적 탐색」, 『문학교육학』 26, 219-253.

최미숙(2004), 「문학적 글쓰기에 있어서의 창조성-시의 영향과 모방을 중심으로」, 『문학교육학』 15, 83-106.

최미숙(2005), 「현대시 교육 방법에 대한 고찰: 국어 교과서의 '학습 활동'을 중심으로」, 『국어교육학연구』 22, 355-380.

최미숙(2015), 「현대시 교육에서 은유의 문제」, 『문학교육학』 49, 315-342.

최미숙 외(2016), 『국어교육의 이해』(3판), 사회평론아카데미.

최종윤(2022), 「매체 문식성 교육과 쓰기 교육의 통합 방향 모색」, 『새국어교육』 132, 291-316.

한국문학평론가협회(2006), 『문학비평용어사전』, 국학자료원.

황예인(2022), 「문학적 소통의 의미와 교육 내용 탐구」, 『문학교육학』 75, 143-172.

Hernadi, P.(1983), 『장르론: 문학분류의 새방법』, 김준오(역), 문장(원서출판 1972).

Walker, Babara G.(2002), 『흑설공주 이야기』, 박혜란(역), 뜨인돌(원서출판 1996).

김혜리, 「오늘도 전단지 깔고 옥상서 자야죠」, 경향신문, 2021년 8월 9일.

이낭희, 이낭희의 산책 문학여행(문학수업감성블로그), https://m.blog.naver.com/PostView.naver?blogId= nanghee777&logNo=220374785950&navType=by.

7장 향유하기와 소통하기

문학 작품의 감상은 종종 '낯선 곳으로의 여행'에 비유되곤 한다. 책장을 펼치는 순간 우리는 일상에서 벗어나 새로운 세계로 빨려 들어간다. 미지의 세계에 대한 두려움과 설렘을 안고 작품 안으로 들어가면 그 안에는 내가 아닌 다른 사람들의 삶이 전개되고, 전에 본 적 없던 풍경이 펼쳐진다. 그 세계는 작가와 독자의 상상이 함께 빚어내는 세계로서, 동일한 작품이라도 누가 읽는지 또는 언제 읽는지에 따라서 조금씩 다른 모습을 드러낸다. 그 속에는 온갖 종류의 즐거움이 있고 우리는 보물찾기 하듯 작품 속 세계를 찬찬히 탐색하며 거닐면 되는데 그것이 곧 감상이다. 또한 우리는 같은 작품을 읽은 다른 사람들과 저마다 자신이 본 색다른 풍경들에 대해 이야기 나누면서 그 세계를 한층 더 풍부하게 음미하는 즐거움을 누릴 수도 있다. 문학 교육이 어떤 상황에서도 놓치지 말아야 할 하나의 과제가 있다면, 그것은 바로 학생들에게 문학을 향유하고 소통하는 즐거움을 일깨우는 것이 아닐까.

1 향유하기

1) 문학 향유하기의 의미

문학 향유의 의미와 인접 개념들

향유(享有)의 사전적 의미가 '누리어 가짐'이라는 점을 토대로, 문학의 향유란 문학이 주는 효용과 즐거움을 누리는 행위이자 삶을 풍요롭게 해 주는 자산으로 문학을 인식하는 상태라 설명할 수 있다. 문학의 즐거움은 단지 문학 작품에서 즉각적인 재미를 얻는 것에 그치지 않고, 전에는 알지 못했던 깨달음을 얻거나 아름다움을 발견할 때, 또는 깊은 정서적 울림을 경험할 때 느끼는 고양감을 포괄한다. 또한 문학 작품에서 의미를 찾아내고 그것을 통해 자기 자신을 재발견하게 될 때 얻는 성취감도 문학이 주는 즐거움이다. 문학이 우리에게 주는 풍부한 즐거움은 문학을 기꺼이 누리고 가질 만한 가치가 있는 것으로 만든다.

문학의 향유는 작품을 읽는 수용 활동에만 국한되는 것이 아니라, 일상생활에서 문학적인 표현을 사용하고 시나 소설을 창작하는 생산 활동으로도 확장된다. 이러한 향유는 문학을 매개로 한 소통 활동으로도 자연스럽게 이어진다. 작가와 독자가 작품을 매개로 소통할 뿐만 아니라, 동일한 작품을 감상한 독자들도 저마다의 감상으로 다른 독자들과 소통한다. 문학은 인류가 함께 성취하고 축적해 가는 유산이므로 문학의 향유는 그 자체로 문화에 참여하고 문화를 창조하는 행위가 된다.

문학을 누리고 가진다는 것은 문학을 나의 것이자 가치 있는 것으로 인식하면서 기꺼이 문학 활동을 지속해 나가는 것을 의미한다. 문학 교육에서는 문학 작품을 자신의 삶과 연관 짓고 의미를 부여하는 활동을 '내면화' 또는 '자기화'라고 한다(이인화, 2022: 323). 그리고 문학 작품을 감상하는 일을 자신의 삶 속에서 능동적, 지속적으로 이어 가는 것을 문학의 '생활화'라고 부른다. 다른 말로, 문학의 생활화는 인간이 삶을 영위하는 데에 음식이나 의복이 꼭 필요한 것처럼 문학도 없어서는 안 될 것으로 인식하는 것은 물론이고 더 나아가 인간다운 삶, 참된 삶을 실천하고자 하는 사람에게 생활화되지 않으면 안 되는 것으로 알고 실천하는 것을 의미한다(김대행, 2001).

이렇듯 문학의 향유는 문학의 수용과 생산 그리고 소통을 아우르는 개념이면서 그것이 우리에게 즐거움을 주고 개인의 삶과 인류의 문화를 풍요롭게 하는 가치 있는 일이라는 평가가 포함된 개념이라 할 수 있다. 따라서 문학의 향유를 위해서는 문학을 즐길 수 있는 지식과 능력은 물론이고 문학을 대하는 긍정적인 태도, 문학을 애호하는 마음도 필요하다. 문학을 대하는 긍정적인 태도는 문학으로부터 즐거움을 얻은 긍정적인 경험으로부터 형성된다. 이런 점에서 볼 때, 문학 교육은 그 자체로 문학 향유의 과정이면서 동시에 교실 바깥에서도 학생들이 문학 향유자가 되도록 이끄는 것을 궁극적인 목표로 삼는다.

국어과 교육과정에서의 문학 향유

2022 개정 국어과 교육과정은 문학 영역의 핵심 아이디어에서 '문학 향유자'라는 개념을 소개하고 있다. 문학 향유자가 곧 문학 교육이 추구하는 이상적인 상태라고 보는 것이다. 구체적인 성취기준에서는 주로 가치·태도의 범주로 설정되어 있는 성취기준들에서 향유와 향유의 인접 개념들이 제시되고 있다.

핵심 아이디어	• 문학은 상상력과 창의성을 발휘하여 인간의 삶을 언어로 형상화하는 생산 행위이자 그 결과물을 통해 타자와 소통하고 아름다움을 향유하는 수용 행위이다. • 문학은 세계에 대한 인식과 형상화 방식에 따라 여러 갈래로 나뉘며 문학 작품의 생산과 수용에는 다양한 맥락이 작용한다. • 한국 문학은 한국인의 삶과 미의식을 반영하고 사회와 상호 작용하며 역사적으로 전개되어 왔다. • 문학 향유자는 문학을 통해 자아를 성찰하고 타자를 이해하며 공동체의 문제 해결에 참여하는 태도를 지니고 주체적으로 문학을 생활화한다.

[2국05-01] 말놀이, 낭송 등을 통해 말의 재미와 즐거움을 느낀다.

[2국05-04] 시나 노래, 이야기에 흥미를 가진다.

[4국05-05] 재미나 감동을 느끼며 작품을 즐겨 감상하는 태도를 지닌다.

[6국05-06] 작품을 읽고 자신의 삶과 연관 지어 성찰하는 태도를 지닌다.

[9국05-03] 인간의 성장을 다룬 작품을 읽으며 문학의 가치를 내면화한다.

[10공국2-05-02] 주체적인 관점에서 작품을 해석하고 평가하며 문학을 생활화하는 태도를 지닌다.

[12문학01-01] 문학이 인간과 세계에 대한 이해를 돕고, 삶의 의미를 깨닫게 하며, 정서적·미적으로 삶을 고양함을 이해한다.

[12문학01-12] 주체적인 문학 활동을 생활화하여 지속적으로 문학을 즐기는 태도를 지닌다.

[12문영01-08] 문학 작품과 영상물을 비판적으로 수용하며 자신의 삶을 성찰한다.

이 성취기준들에는 재미, 즐거움, 감동, 태도, 내면화, 생활화, 삶의 성찰과 같은 키워드가 포함되어 있다. 이 키워드들은 문학 향유의 자질이라 할 수 있는데, 작품 안에 객관적으로 존재하는 것이 아니라 작품의 어떤 부분을 독자가 발견하여 규정하는 것이다. 교육과정에서는 여러 성취기준을 통해 학습자가 이러한 문학 향유의 결과로 자신의 삶을 성찰하고 문학의 가치를 내면화함으로써 삶이 정서적, 미적으로 고양될 수 있다고 설명한다. 이는 곧 문학 교육의 지향을 표명한 것으로 볼 수 있다. 다만, 문학에 대한 명제적 지식을 확충하거나 일회적이고 단편적인 문학 활동에 참여하는 것만으로는 문학의 가치를 내면화하고 문학을 생활화하는 태도를 충분히 갖기는 어렵다. 따라서 문학의 향유를 위해 무엇을 어떻게 가르쳐서 배우게 할지에 대해서는 지금까지 축적된 연구들과 현장의 사례들을 통해 지혜를 모을 필요가 있다.

2) 문학 향유하기와 심미적 독서

문학의 향유는 문학이 주는 즐거움을 경험하고 배움으로써 그 즐거움을 거듭 경험하기 위해 스스로 기꺼이 문학과 함께 시간을 보내는 일상의 태도를 통해 이루어진다. 다시 말해 즐거움은 즐길 만한 대상과 그것을 즐기는 주체가 만났을 때 생겨난다. 아무리 근사한 대상이 눈앞에 있어도 내가 그것을 즐기지 못하면 즐거움이 생겨나지 않는다. 문학 작품을 접할 때, 이렇게 문학 작품을 즐기고자 하는 독서의 형태를 '심미적 독서'라고 한다.

문학 작품이 악보라면, 독자는 연주자

'텍스트'는 언제나 자신을 읽어 줄 존재, 즉 '독자'를 기다린다. 우리가 읽고 있는 텍스트가 '시'인지 아닌지는 어떻게 알아볼까? 어떤 텍스트는 정말로 시처럼 생겼으니까, 또는 필자가 자신이 쓴 것이 시라고 하니까 우리는 그것이 시라고 생각한다. 여기서 중요한 것은 독자가 어떤 텍스트를 만나서 그것을 시로 읽어 내었을 때 그 텍스트가 비로소 시가 된다는 점이다. 독자가 어떤 텍스트를 문학으로 읽어 주지 않으면 그 텍스트는 독자에게 문학으로 다가오지 못한다. 김춘수의 시가

"내가 그의 이름을 불러 주었을 때 / 그는 나에게로 와서 / 꽃이 되었다."라고 노래했던 것처럼 말이다.

이와 같이 독자와 텍스트 사이의 능동적이고 미적인 상호 작용을 강조한 연구자가 루이스 로젠블랫(Louise M. Rosenblatt)이다. 그의 저서 『독자, 텍스트, 시(*The Reader, the Text, the Poem*)』에 따르면, 시(문학)는 이미 완성된 의미를 지니고서 자족적으로 존재하는 대상이 아니라 '텍스트와 독자가 화합하여 서로에게 영향을 미치는 동안 발생하는 하나의 사건(event)'이다(Rosenblatt, 1978/2008: 21). 앞서 4장에서 살펴본 바와 같이 텍스트가 가지고 있는 여러 독특한 자질이나 문학의 언어가 의미를 표현하는 고유한 방식을 하나하나 발견해 나가면서 그것들을 서로 연결 지어 종합하는 것이 독자가 작품을 해석하는 과정이라면, 이때 독자는 자신이 문학 작품을 읽어 온 과거의 경험과 이미 배워서 알고 있는 문학에 대한 지식을 바탕으로 자신이 아는 만큼 자신의 눈에 들어오는 작품 속 무언가를 찾아 해석을 시도하게 된다. 또한 독자는 문학 작품을 읽는 동안 마음속에서 활성화되는 모든 것들, 즉 과거의 온갖 기억, 현재의 심리 상태나 고민거리, 미래에 일어날 일들에 대한 기대 같은 것들을 의식적으로나 무의식적으로 작품과 연결 지음으로써 작품이 자신에게 호소하는 의미를 파악하게 된다.

독자와 텍스트의 상호 작용을 강조하는 이러한 관점은, 신비평과 같은 비평이론이 문학 작품은 그 자체로 완결된 의미를 지니고 있으며 누구든 충실하게 읽어내기만 한다면 그 의미에 도달할 수 있다고 간주한 것과는 다른 입장을 취한다. 이처럼 문학 작품을 인간의 의도로부터 독립된 실재로 보는 관점이 있는가 하면, 문학 작품이 인간의 의도와 지향을 담은 행위이며 작가와 작품 속 인물과 독자들 사이의 대화적 관계 속에서 의미를 실현하는 활동으로 보는 관점도 있다(Olsen, 1978/1999: 13-14). 문학을 행위로 보자면, 문학을 감상하는 것은 '악보'인 작품을 독자가 새롭고 고유하게 '연주'해 내는 행위로 비유할 수 있다.

'심미적 독서', 아름다움을 발견하며 성장하는 경험

문학을 '하나의 사건'으로 보는 관점을 계속해서 따라가 보자. 긴 작품을 다 읽느라 시간을 들이는 대신 요약된 줄거리를 보는 것은 어떨까. 어려운 작품을 이해하려고 애쓰는 대신 권위 있는 누군가의 설명을 듣는 것은 어떨까. 이것들은 어쩌면 우리가 문학을 접하는 익숙한 방식일지도 모른다. 하지만 직접 읽는 것이 아니라 누군가의 '중개'를 통해 작품을 접하는 것은 그 작품에 대한 배경지식을 넓히는 데에는 도움이 되겠지만 그 작품을 하나의 사건으로 경험하게 해 주지는 못한다. 감상은 누가 대신해 줄 수 있는 일이 아니다.

여러 사람이 하나의 작품을 동시에 감상한다고 해도 작품을 통해 경험하는 것은 동일하지 않다. 또한 〈어린 왕자〉(1943)와 같은 작품이 나이가 들어 감에 따라 새롭게 읽히는 것처럼, 한 사람이 하나의 작품을 감상한다고 해도 첫 번째 감상과 두 번째 감상이 동일하지 않다. 감상의 주체인 독자가 달라지면 결국 감상의 내용도 달라지기 때문이다. 요컨대 문학 작품을 감상하는 것은 다른 사람이 아닌 내가 내 삶의 어느 특정한 시점과 상황에서 겪게 되는 특별한 사건이다.

이러한 문학 감상의 특징을 로젠블랫은 '심미적 독서'라는 개념으로 설명했다. 심미적 독서는 '아름다움'을 발견하고자 하는 경험이라는 점에서 실용적인 목적을 갖는 비심미적 독서와 구별된다. 정보 습득 목적의 독서 같은 실용적 목적의 독서가 독서를 통해 얻는 성과에 집중하는 반면, 심미적 독서는 독자가 독서하는 동안 자기 내면에서 일어나는 일 자체를 즐긴다(Rosenblatt, 1978/2008: 43). 감상을 다른 사람이 대신해 줄 수 없는 이유는 읽는 사람에 따라, 읽고 있는 상황에 따라 작품 속에서 발견할 수 있는 아름다움이 다르기 때문이기도 하지만, 아름다움이 있다는 사실을 그저 전해 듣기만 하고 아름다움을 발견했을 때의 기분을 직접 느껴 보지 못한다면 독서라고 할 수 없기 때문이기도 하다. 그래서 문학을 즐겨 읽는 사람들은 비록 독서 과정이 험난하더라도 감동, 깨달음, 전율이라는 아름다움이 다가올 순간을 기대하며 문학이라는 사건을 기꺼이 겪어 낸다.

문학 작품 속에는 무수한 아름다움의 가능성이 깃들어 있고 그 가능성을 실현하는 것은 저마다의 안목과 취향을 갖춘 독자이다. 그런데 감상의 주체로서 독자의 역할이 중요하다고 해서 심미적 독서가 독자의 자유로운 판단에만 맡겨지는 것은 아니다. 심미적 독서는 문학 작품 자체에 집중하면서 작품을 읽고 있는 그 순간에 몰입할 때 이루어진다. 심미적 독서는 작품을 읽는 것 그 자체가 목적이 되므로 작품을 읽는 동안 작품이 나에게 불러일으키는 다양한 의미와 정서들에 집중하고 그것들이 낱낱이 흩어지지 않고 전체적인 구도 안에 종합되도록 주의를 기울여야 한다. 독자는 자신의 경험과 지식을 작품과 연결 지으면서 작품에 집중하는 과정을 통과해야만 하는 것이다.

이러한 과정을 통해 작품 속에서 생생하면서도 독특한 의미와 가치를 발견하게 될 때, 그 독서는 다른 일상적인 경험과 구별되는 하나의 특별한 경험이 된다. 또한 독자는 작품을 통해 새로운 것을 받아들임으로써 자신이 이전에 느끼지 못했던 것, 깨닫지 못했던 것을 알아 가며 성장한다. 이 성장은 그 자체로 뿌듯하고 즐거우며 바람직한 일이다. 심미적 독서는 독자가 자기의 세계를 가지고서 텍스트에 참여하는 능동적인 행위 없이는 이루어질 수 없고, 동시에 독자가 문학 작품인 텍스트가 가진 고유한 자질과 아름다움을 온전히 파악하려는 노력 없이도 이루어질 수 없다. 하지만 수고로움을 기꺼이 감수할 만큼 심미적 독서가 주는 기쁨도 크다.

문학 수업에서 심미적 독서가 더 잘 이루어지려면?

심미적 독서로 즐거움을 맛보기 위해서는 독자의 능동적인 자세가 무척 중요하다는 것을 살펴보았다. 스스로 즐기면서 문학 작품을 감상할 때 우리는 저절로 능동적인 자세를 갖게 된다. 그런데 안타깝게도 교실 안에서는 그렇게 되지 못할 때가 있다. 어떻게 하면 문학 수업에서 심미적 독서가 더 잘 이루어질 수 있을까.

'재미있다' 또는 '재미없다'는 반응은 어떤 자극에 대해 즉각적이고 즉물적으로 나타나는 것처럼 느껴지기도 하지만 가만히 생각해 보면 꼭 그렇지만은 않다. 재미없던 것이 점점 재미있어지기도 하고, 한때 그렇게 재미있었던 것이 시간이 지나 시들해지기도 하기 때문이다. 주체가 재미를 인식하기 위해 갖추어야 할 조건들이 있다고 한다. '자발성과 자유감'이 바탕이 되어야 하고 '자기 통제력'을 발휘할 수 있어야 한다(김선진, 2013). 아무리 좋은 일이라도 억지로 해야 한다면 재미있을 수가 없으므로 나 스스로 하고 싶어서 해야 하고, 내가 나의 능력을 발휘해서 그 일을 주체적으로 이끌어 나갈 수 있어야 한다. 자기 통제력을 가지기 위해서는 그 일에 대한 필요한 만큼의 사전 지식과 수행력을 갖추고 있어야 한다. 내가 할 수 있는 일이 전혀 없어서 무력감만 느끼게 되는 일에서 재미를 느끼기는 어려울 것이다.

재미의 요소들을 문학 수업에 적용한다면 다음과 같은 시사점을 도출할 수 있다. 첫째, 학생들이 자신감을 가질 수 있어야 한다. 수업 시간에 다루는 작품이 너무 어렵거나 너무 낯설다면 심미적 독서를 방해할 수도 있다. 또한 작품을 읽어 나가는 데 필요한 배경지식과 문학 작품을 특징짓는 속성들, 문학 감상의 원리를 충분히 알지 못하면 얼마든지 흥미롭게 읽어 나갈 수 있는 작품도 학생들은 막막해할 것이다. 문학 수업에서도 지식을 습득하고 그 지식을 적용하는 연습을 해 보는 것이 필요한 이유이다. 둘째, 학생들이 자유롭게 할 수 있는 학습 활동이 필요하다. 정답을 찾는 것이 아니라 저마다의 감상을 표출할 수 있는 활동이 필요한데, 감상문을 쓰거나 자신의 감상을 발표하는 것 외에 학생들이 흥미를 느끼고 보다 자유롭게 해 볼 수 있는 활동을 다양하게 시도하는 것이 중요하다. 학생들이 문학을 즐길 줄 아는 소양을 갖추고 문학을 즐길 수 있는 다양한 방법을 경험하게 하면 문학 수업이 문학의 향유로 이어질 것이다.

3) 문학 향유하기의 실제: 문학이 주는 여러 가지 즐거움

문학은 우리에게 다양한 즐거움을 준다. 문학 수업 시간에 시나 소설을 읽으면서 즐거움을 느껴 본 기억이 흐릿하다면, 아이돌 음악이나 힙합을 들으면서 또는 드라마나 영화를 보면서 즐거움을 느꼈던 순간을 떠올려 보아도 좋겠다. 많은 사람이 즐기는 대중적인 장르들에서 우리가 경험하는 즐거움의 요소 중 상당수가 아주 옛날부터 문학 속에서 점차 다듬어지거나 변형되면서 이어져 온 것들이다.

문학 속에 즐거움이 내재해 있다는 것은 분명한 사실이지만 그런 즐거움들은 작품 속에 가능성으로 존재하므로 그것을 발견해 주는 독자와 만났을 때 비로소 구체적인 감각으로 실현된다. 우리가 문학 속에서 어떤 즐거움을 발견할 수 있는지를 미리 안다면, 문학을 향유하는 데에 그리고 그런 수업을 하는 데에 길잡이로 삼을 수 있을 것이다.

페리 노들먼(Perry Nodelman)은 문학이 주는 즐거움이 얼마나 다양한가를 스무 개 남짓한 긴 목록으로 보여 주고자 했다(Nodelman, 1992/2001: 57-60). 문학이 주는 즐거움의 목록은 우리가 각자 새롭게 발견해 나간다면 얼마든지 더 길어질 수 있다. 여기서는 일단 '말소리와 표현이 주는 즐거움, 이미지와 정서를 상상하는 즐거움, 스토리를 따라가는 즐거움, 형식을 발견하는 즐거움, 형식을 비교하는 즐거움, 형식에 맞추어 쓰는 즐거움, 문학을 통해 성찰하는 즐거움, 문학 경험을 확장하는 즐거움, 문학에 대해 대화하는 즐거움' 등을 살펴보려고 한다.

말소리와 표현이 주는 즐거움

말의 맛이라는 것이 있다. 재미있거나 독특한 말소리, 운율이 있는 구절, 잘 맞춰진 대구, 율동감이 있어서 술술 잘 읽히는 구절 등을 문학 작품 속에서 만나면 입에서 맴도는 말의 맛을 느낄 수 있다.

졸졸졸
졸졸졸
졸음이 와
잠 속으로 떠내려갈 것처럼
꿈속으로 떠내려갈 것처럼
졸음이 와
졸졸졸
졸졸졸
아, 졸려
한잠 자야겠어

— 최승호, 〈졸음〉 전문

〈졸음〉(2007)은 시인이 직접 '말놀이 동시'라고 이름을 붙인 동시 중의 한 편이다. '졸'이라는 발음의 공통성을 매개로 전혀 다른 의미의 단어를 연결 지어 '솔솔 졸 졸음이 온다'는 재미난 표현을 썼다. 졸졸졸 흘러내리는 물처럼 나에게 스며든 졸음이 급기야는 나를 떠내려 보낼 듯이 쏟아지는 상황을 이렇게 표현했다. 1행부터 8행까지의 거울상 반복, 즉 대칭 구도 형태의 시행 배치도 낭송해 보면 점점 잠에 빠져드는 느낌과 잘 어울린다. 말놀이 동시 중에는 이처럼 같은 소리가 반복되도록 음절, 낱말, 문장 등을 이어 나가는 연결형 말놀이 동시가 많다. 어린이들은 말놀이 동시를 즐기면서 음운 인식, 어휘력, 표현력을 향상할 수 있고, 나아가 문학 문화에 참여하고 문화적 문해력을 기를 수 있다(김미혜, 2021: 78-79). 이런 효용 때문에 국어과 교육과정에서도 초등학교 저학년에서 말놀이 동시 및 말놀이를 다루어 오고 있다.

어린이가 성장하여 청소년이 되면 랩 음악에 친숙해지는 경우가 많다. 랩은 '시를 소리 내어 노래하는 퍼포먼스'(Bradley, 2009/2017: 21)라 할 수 있다. 누가 설명해 주지 않아도 몸으로 먼저 느낄 수 있는 랩의 멋진 리듬감은 시의 운율과 매우 밀접한 관련을 가지고 있다. 시인 윌리엄 버틀러 예이츠(William Butler Yeats)가 말했듯이 시가 일상어의 리듬을 한층 정교화하여 그것을 깊은 감정과 결합한 것이라면, 랩은 라임(rhyme)을 활용하여 일상어의 리듬을 다듬고 거기에 음악의 비트를 더해 그 리듬을 한층 강렬하게 부각시키는 것이다(Bradley, 2009/2017: 41). 랩과 시는 공통분모를 가지고 있는 것만큼 차이도 분명하지만, 청소년들은 랩을 즐기면서 문학이 언어를 다루는 독특하고도 정교한 방식이 있다는 것을 자연스럽게 이해하게 될 것이다.

산에는 꽃 피네
꽃이 피네
갈봄 여름 없이
꽃이 피네

산에
산에
피는 꽃은
저만치 혼자서 피어 있네

산에서 우는 작은 새여
꽃이 좋아

산에서
사노라네

산에는 꽃이 지네
꽃이 지네
갈봄 여름 없이
꽃이 지네

— 김소월, 〈산유화〉 전문

여운이 남는 3음보와 구절의 반복을 자주 사용한 김소월의 시는 말소리의 아름다움을 즐기면서 암송하기에도 좋다. 〈산유화〉(1925)를 보면 1연, 2연 그리고 4연의 1, 2행과 4행이 모두 'ㅔ' 발음으로 끝나는 질서를 가지고 있다. '꽃이 피네' 또는 '꽃이 지네'가 반복되는 것은 구절의 반복이나 형태론적 반복이라 할 수 있는데, 여기에 '산에'의 반복이 추가되어 동일한 음의 반복이 시 전체에 걸쳐 나타난다. 이처럼 동일한 음이 일정한 위치에서 반복되는 것은 시에 통일감과 율동감을 부여한다.

소설에서도 말소리와 표현이 주는 즐거움을 맛볼 수 있다. 일제강점기의 김유정과 채만식, 도시화, 산업화 시대의 이문구 등은 토속어와 사투리의 향연을 펼쳐 읽는 재미를 주는 소설을 썼다(박기범, 2016). 너무도 생생해서 조금은 낯설기까지 한 구어체의 소설들은 서술자가 이야기를 하고 인물들이 살아 움직이는 그 장소에 독자를 데려다 놓은 듯한 현장감을 준다.

유자는 육이오 난리 이듬해에 한내(대천)의 구장태로 이사 오면서 대남국민학교에 전학하였다. 그는 전학하고 며칠이 안 되어서부터 스스로 존재를 드러내었다. 아무 데서나 주워대는 그 입담이 밑천이었다. 다른 아이들이 밥 먹을 때 모이를 먹고, 다른 아이들이 죽 먹을 때 여물을 먹었는지, 나이답지 않게 올되고 걸었던 그 입은, 상급생이나 선생님들 앞에서도 놓아먹인 아이처럼 조심성이며 어렴성이라곤 없이 넉살 좋게 능청을 떨어 대었던 것이다.

일테면 여선생님이 쉬는 시간에 교문 밖에 나가서 딴전을 보다가 늦게 들어온 그를 불러 세우고 왜 늦었느냐고 다잡으며 따끔하게 혼내 줄 기미를 보이면

"일학년짜리 지집애가 오재미루 찜뿌를 허다가 사리마다 끈이 쌔서 끊어져 흘렀는디, 그냥 보구 말 수가 읎어서 그것 좀 나우 잇어주다보니께 이냥 늦었번겼네유."

하고 '힘 하나 안 들이고' 넌덕스럽게 너스레를 떨며 둘러방치기를 하는 것이었다.

― 이문구, 〈유자소전〉

우리말과 문화가 억압되던 시대, 사투리가 잊혀 가는 시대에 이러한 소설들은 흐릿해져 가는 말들의 감각을 되살려 놓고 그 언어를 쓰던 사람들의 목소리가 오래도록 살아 있게 만든다.

이미지와 정서를 상상하는 즐거움

문학은 언어로 이미지를 재현하기 때문에, 독자는 상상력을 발휘하여 이미지를 머릿속에서 그려 내어야 한다. 작품 속의 묘사를 토대로 내가 이미 알고 있는 이미지들을 조합하여 전에 본 적 없는 새로운 이미지를 그려 내게 하는 것이 문학이 우리에게 주는 또 다른 즐거움의 하나이다. 공상 과학 소설을 읽고 신비로운 요정의 이미지나 괴상한 외계인의 이미지를 제 나름대로 그려 보았다가, 나중에 그 소설이 영화로 만들어졌을 때 상상했던 이미지와 영화 속에서 구현된 이미지를 비교해 보고 때로는 놀라고 때로는 실망하는 경험도 한다.

그런데 상상도 이미 알고 있는 지식과 앞서 경험한 감각을 토대로 구성되는 것이라, 때로는 문학 작품의 이미지와 내용을 상상하는 즐거움을 오롯이 누리기가 어려울 때도 있다. 그럴 때 그러한 이미지를 더 생생하게 느낄 수 있는 새로운 경험이 주어진다면 상상하는 즐거움도 더 커질 수 있을 것이다. 다음은 어느 국어 선생님의 수업 사례이다.

어느 가을 무렵, 김종길의 시 〈성탄제〉를 배울 때이다. 어릴 적 아파서 열에

들떠 있을 때 아버지가 수십 리 눈길을 걸어서 해열제로 좋다는 빨간 산수유 열매를 구해 와 이마를 짚어 줄 때 아버지의 서늘한 옷자락의 느낌이 지금 어른이 되어 눈발이 차갑게 와 닿았을 때와 연결되는 따스한 시이다. 시 속의 하얀 눈과 빨간 산수유 열매의 시각적 이미지, 그리고 열로 뜨거운 이마와 서늘한 옷자락으로 대비되는 촉각적 이미지를 생생하게 이해시키기 위하여 아이들을 학교 근처 숲으로 데리고 갔다. 봄에 이곳을 오가며 노란 산수유 꽃이 많이 핀 것을 본 적이 있기 때문이다. 과연, 그곳에는 빨간 산수유 열매가 다닥다닥 달려 있었다. 아이들 몰래 준비해 온 솜뭉치를 꺼내서 그 위에 열매를 올려놓았다. 하얀색과 빨간색이 대비되어 간신히 시 속으로 아이들을 데리고는 갔으나, 탄성을 내지른 그 순간의 경험이 아이들의 삶에 과연 얼마나 윤기를 보태 주었을는지는 모른다.

(김명희, 2016: 199)

김명희 선생님은 시골 학교에서 근무한 덕분에 문학 작품 속에 나오는 꽃과 나무를 학생들에게 직접 보여 주면서 수업을 할 수 있었다면서 멋진 장면을 여럿 소개했다. 동백꽃(생강나무꽃)이 피는 3월에는 김유정의 〈동백꽃〉(1936)을 마타리와 싸리꽃, 칡꽃이 피는 8월에는 황순원의 〈소나기〉(1953)를 메밀꽃이 피는 9월에는 이효석의 〈메밀꽃 필 무렵〉(1936)을 수업하는 것이 좋다고 한다.

> 그리고 뭣에 떠다 밀렸는지 나의 어깨를 짚은 채 그대로 퍽 쓰러진다. 그 바람에 나의 몸뚱이도 겹쳐서 쓰러지며 한창 퍼드러진 노란 동백꽃 속으로 푹 파묻혀 버렸다.
> 알싸한 그리고 향긋한 그 냄새에 나는 땅이 꺼지는 듯이 온 정신이 고만 아찔하였다.
>
> ― 김유정, 〈동백꽃〉

알싸한 향이 나는 노란 '동백꽃'은 겨울에 피는 붉은 동백꽃이 아니라 실은 생강나무꽃이다.[1] 노란색 동백꽃도 있나? 알싸하고 향긋한 냄새는 어떤 냄새일까?

수업 시간에 이런 의문을 가졌던 학생들도 더러 있었을 것이다. 생강나무꽃은 초봄에 다른 꽃들보다 먼저 피어나 달큰하면서도 알싸한 향기를 뿜어내며 봄의 시작을 알린다. 사춘기 소년 소녀의 풋풋한 사랑에 잘 어울리는 그런 향기이다. 그렇게 생강나무꽃 향기는 우리를 소설의 공간, 인물의 마음속으로 데려간다.

그런데 문학의 이미지는 실제의 감각을 재현하는 것에만 머무르지는 않는다. 비유적 이미지나 상징적 이미지는 작가의 독자적인 상상 작용에서 비롯되어 작가의 내면에서 형성된 것이다. 그러므로 이러한 이미지들을 감상할 때는 오히려 실제의 감각에 갇히지 않고 상상력을 발휘하는 것이 더 중요하다(김미혜, 2008: 382-383). 우리 국어 교과서에 심지어는 고등학교 교과서에까지 너무 많은 삽화를 싣고 있는 것은 아닌지 고민해 볼 필요가 있다.

김명희 선생님의 수업에서처럼 이미지가 재현하는 실제의 감각을 경험해 보는 것은 교실 안 제한된 경험 세계 속에서 살아가는 학생들에게 감각 경험의 폭을 넓혀 줌으로써 궁극적으로는 상상의 폭을 넓혀 줄 수 있을 것으로 기대된다. 이런 경험은 삽화나 사진을 보는 것과는 또 다른 측면이 있다. 이미지를 생생하게 느끼고 상상하는 것은 작품 속의 분위기와 인물의 정서를 느끼고 상상하는 것과도 밀접하게 연관되기 때문에 그 자체로 문학을 감상하는 즐거움이 될 뿐만 아니라 이어서 살펴볼 다른 즐거움들의 기반이 된다는 점에서 더욱 중요하다.

스토리를 따라가는 즐거움

할머니의 옛날이야기를 듣는 것은 재미있었다. 드라마를 볼 때도 다음 회가 궁금하다. 인간은 이야기를 지어내고 이야기를 듣고 읽기를 반복하며 살아가는데, 이는 과거에도 현재에도 변함이 없다. 천일하고도 하룻밤 동안 끊임없이 재미있는 이야기를 술탄에게 들려줄 수 있었던 비상한 능력 덕분에 자신의 목숨을 구하고 왕비가 된 셰에라자드의 이야기는 사람들을 매혹시키는 이야기의 즐거움을 생생하게 보여 준다. 〈천일야화(千一夜話)〉에는 우연히 마주친 사람의 사연

....

1 생강이 열려서 생강나무가 아니라 나무에서 생강 냄새가 나서 생강나무인데, 강원도에서는 방언으로 이 나무를 동백, 산동백, 개동백이라고 부른다고 한다. 국립국어원 온라인 소식지 「쉼표, 마침표」(https://www.korean.go.kr/news/index.jsp?part=view&idx=9630) 참조.

이 궁금해서 가던 길을 멈추는 행인들과 사람 못지않게 사람들의 이야기에 호기심을 보이는 정령들이 계속해서 등장하면서 이야기가 꼬리에 꼬리를 물고 이어진다.

> 폐하! 상인과 암사슴을 데리고 온 노인이 이야기를 나누고 있었는데 노인이 또 한 명 나타났고, 그 뒤에는 검정개 두 마리가 졸졸 따라오고 있었습니다. 노인은 그들 곁으로 와서 인사를 한 후, 이런 곳에서 무엇을 하고 있느냐고 물었습니다. 이에 암사슴을 데리고 온 노인은 상인과 정령 사이에서 일어난 일이며, 상인이 하게 된 맹세에 대해 알려 주었습니다. 그리고 오늘이 바로 약속한 날이어서 자신은 일이 어떻게 될는지 보고 싶어서 남아 있노라고 덧붙였습니다. 두 번째 노인 역시 이 일에 흥미를 느껴 첫 번째 노인처럼 남아 있기로 작정하고, 두 사람 곁에 자리를 잡았습니다. (…)
>
> 폐하! 암사슴을 데리고 있는 노인은 정령이 상인을 붙잡아 무자비하게 죽이려 하는 모습을 보고는 이 괴물의 발밑에 몸을 던지더니 그의 발에 입을 맞추며 이렇게 말했습니다. "정령들의 왕이시여! 이 늙은 몸이 이렇게 무릎을 꿇고 당신께 비오니, 제발 노여움을 잠시 거두시고 제 말을 좀 들어 보십시오. 나와 여기 있는 이 암사슴에 얽힌 이야기를 해드리겠습니다. 만약 내 이야기가 당신이 목숨을 빼앗으려 하는 이 상인의 사연보다도 더 신기하고도 놀랍다고 느껴지신다면, 이 상인이 지은 죄의 삼분의 일만 경감해 주지 않으시렵니까?" 정령은 노인의 제안에 대한 잠시 생각하더니 대답했습니다. "그래 좋다! 그렇게 하겠다."
>
> ── 앙투안 갈랑, 〈천일야화〉

〈천일야화〉 속의 행인과 정령처럼 우리도 결말이 알고 싶어서 손에서 책을 놓을 수 없을 때가 있다. 보다 적극적으로는 다음에 무슨 장면이 펼쳐질지 예상하고 그 예상이 맞는지 혹은 빗나가는지 알아보는 재미로 책을 읽어 나간다. 때로는 너무나도 아름다운 묘사나 감동적인 장면을 만나 그 순간을 음미하기 위해 잠시 책장을 덮었다가 다시 돌아오는 순간도 있을 것이다. 이런 순간들이 모두 문학 작품에 몰입하여 스토리를 따라가며 느끼는 즐거움이다.

문학 작품은 독자들이 스토리를 따라올 수 있도록 인물, 사건, 배경에 대해 적절한 정보를 제공하기도 하고, 필요한 경우에는 의도적으로 정보를 차단하기도 하면서 독자의 즐거움을 유도한다. 가령 앞으로 일어날 일에 대해 복선(伏線)을 깔아두기도 하고, 독자가 예상하지 못한 방향으로의 반전(反轉)을 펼쳐 보이기도 한다. 독자는 여러 단서들을 수집하면서 스토리를 따라가는데 결말이 어떠한가에 상관없이 그 과정 자체를 즐길 수 있다.

형식을 발견하는 즐거움

거칠게 말해서 내용이 무엇을 말하는가를 가리킨다면 형식은 어떻게 말하는가를 가리킨다. 대체로 내용은 인물의 성격, 줄거리, 주제 등이고, 형식은 운율, 시점, 구조, 플롯 등이다. 사실상 문학에서 내용과 형식을 분리하기란 쉽지 않다. 다만 문학을 구성하는 여러 요소가 어울려서 하나의 작품을 형성하게 되는 것은 분명하다. 작품 속에서 내용과 형식은 서로 긴밀하게 연관되어 있는 경우가 많지만, 또 어떤 작품에서는 내용과 형식이 충돌하여 독특한 효과를 발생시키기도 한다 (Eagleton, 2007/2010: 123-130).

어떤 작품을 보고 그 안에서 내가 배워서 알고 있거나 다른 작품에서 이미 본적 있는 요소를 발견했을 때 느낄 수 있는 즐거움이 있다. 내 힘으로 뭔가를 찾아 냈다는 뿌듯함이다. 이러한 뿌듯함은 문학 교육과정에서 강조하듯이 내용과 형식을 연관 지어 작품을 해석할 수 있을 때 성취감으로 발전한다. 또 작품들 사이에서 특정한 패턴이 유지되거나 변형되는 것을 비교해 보는 탐구의 즐거움도 경험할 수 있다.

동네서
젤 작은 집
분이네 오막살이

동네서
젤 큰 나무

분이네 살구나무

밤사이
활짝 펴 올라
대궐보다 덩그렇다.

— 정완영, 〈분이네 살구나무〉 전문

이 시가 시조라는 것을 알아챘다면, 그것은 시조의 형식을 잘 이해하고 있다는 뜻이다. 시조는 초장과 중장에서 동일한 4음보 율격을 반복하였다가, 종장에서는 4음보를 유지하되 첫 음보를 3음절로 고정하고 둘째 음보를 5음절 이상으로 늘여 율격의 변화를 줌으로써 종장이 시의 종결부임을 표시한다. 이러한 율격적 짜임을 통해 초장과 중장에서의 균형과 반복, 종장에서의 전환과 마무리를 담아내는 것이 시조이다(김학성, 2015: 143). 〈분이네 살구나무〉(1979)의 초장과 중장은 율격적으로, 통사적으로, 의미상으로 완전한 균형과 반복을 보여 준다. 종장은 율격적 변화와 함께 살구나무에 눈부시도록 환하게 꽃이 피어난 모습으로 전환과 마무리를 이루었다. 동네서 젤 작은 집이 대궐보다 더 빛나는 집이 되는 따뜻한 전환이다.

형식을 비교하는 즐거움

전설과 동화, 소설, 영화에 이르기까지 이야기 장르에는 반복되는 특정한 패턴이 있다. 여러 이야기에서 자주 보이는 모티프(motif), 전형적인 플롯(plot), 장르의 공식(fomula) 등이 그러한 예이다. 많은 이야기를 알고 있다면 그만큼 많은 패턴을 알아볼 수 있을 것이고, 이야기가 앞으로 어떻게 펼쳐질지 예측하거나, 동일한 패턴을 가지고 있는 작품들을 비교하거나, 기존의 패턴에서 벗어나는 작품을 발견하면서 풍성하게 문학을 즐길 수 있을 것이다.

신화 연구자인 조지프 캠벨(Joseph Campbell)은 전 세계의 신화를 두루 관찰한 결과 '영웅의 여정'이라는 보편적인 패턴이 존재한다는 것을 밝혀내었다. 아이가 어른이 되는 통과제의 구조의 서사적 재현이라 할 수 있는 영웅의 여정은 '모험에의 소명'을 받은 주인공이 '관문을 통과'하여 낯선 세계로 진입하여 '시련'을

겪으면서 과업을 완수하고 세상에 이로운 결과를 가지고 '귀환'하는 과정을 담아
낸다(Campbell, 1949/2018). 영웅의 여정을 단순하게 말하자면 주인공이 보통 세
상을 떠나 낯선 세상으로 갔다가 다시 보통 세상으로 돌아오는 모험과 성장의 플
롯이다. 어린이 문학은 보다 소박한 버전인 집-바깥-집의 패턴을 많이 보여 준다
(Nodelman, 1992/2001: 320).

초등학교 국어 교과서에도 실린 적 있는 〈종이 봉지 공주〉(1981)는 왕자가 용
을 물리치고 납치된 공주를 구출한다는 매우 전형적인 서양 민담(fairy tale)의 패
턴을 패러디한 동화이다. 힘세고 능동적인 왕자와 연약하고 수동적인 공주의 성
역할을 전복시킨 이 동화에서는 공주가 왕자를 구출하기 위해 모험을 떠난다. 전
형적인 패턴을 보여 주는 페르세우스(Perseus) 신화의 한 부분과 〈종이 봉지 공주〉
의 구조를 비교해 보자.

페르세우스와 안드로메다	〈종이 봉지 공주〉
모험 중인 영웅 페르세우스가 위기를 겪고 있는 에티오피아에 도착한다.	아름다운 공주 엘리자베스는 비싸고 좋은 옷이 많았다. 공주는 로널드 왕자와 결혼하기로 되어 있었다.
◎ 불행 또는 결여가 알려지고, 주인공이 파견된다. → 안드로메다 공주가 뱀 형상의 바다 괴물 케토에게 제물로 바쳐진다.	◎ 주인공에게 과제가 부여된다. → 어느 날 용이 나타나 엘리자베스의 옷을 몽땅 태워 버리고 왕자를 잡아간다.
→ 영웅이 공주를 발견하고 왕에게 자신이 공주를 구출하면 공주와의 결혼을 허락해 달라고 한다.	◎ 주인공이 집을 떠난다. → 공주는 종이 봉지를 주워 입고 왕자를 구하러 간다.
◎ 주인공과 적이 직접적인 싸움에 돌입한다. → 영웅이 바다 괴물을 물리친다.	◎ 주인공과 적이 직접적인 싸움에 돌입한다. → 공주는 용이 제풀에 지쳐 잠들게 한다.
◎ 불행 또는 결여가 해소된다. → 공주를 구출한다.	◎ 과제가 해결된다. ◎ 정체가 드러난다. → 공주가 왕자를 구출하지만, 왕자는 공주의 옷차림에 대해 불평한다.
◎ 주인공이 결혼하고 왕이 된다. → 영웅은 공주와 결혼한다.	◎ 주인공이 결혼하고 왕이 된다.[2] → 공주는 왕자와 결혼하지 않는다.

〈종이 봉지 공주〉의 엘리자베스는 문제가 발생했을 때 스스로 그것을 해결하

....

2   이 표는 『민담 형태론(Морфология сказки)』을 토대로 두 이야기의 구조를 분석해 본 것이다. 러시아의 민속학
     자 블라디미르 프로프(Vladimir Propp)는 민담의 플롯을 구성하는 성분으로 인물들의 행동을 31가지의 기능으로
     나누어 제시하였다(Propp, 1928/2013). 표에서 '◎' 뒤에 진술된 내용은 31가지 기능 중에서 해당 이야기와 관련된
     항목이다.

기 위해 주저 없이 길을 떠난다. 입고 갈 옷이 모두 불타 버린 난감한 상황도 엘리자베스를 막지 못할뿐더러 누구의 허락도 구하지 않는다. 엘리자베스는 용을 힘으로 무찌르지 않고 기지를 발휘해서 대적하고, 죽이는 대신에 피곤에 지쳐 잠들게 만든다. 이렇게 자신만의 방식으로 왕자 구출이라는 목적을 달성하는데, 구출을 하고 보니 왕자는 겉모습만 왕자일 뿐 자기에게 걸맞은 짝이 아니라는 사실이 드러난다. 그래서 둘은 결혼하지 않는다.

〈종이 봉지 공주〉가 이야기의 전형적인 패턴을 따르지 않는 것은 단지 여자아이가 주인공이기 때문만은 아니다. 엘리자베스는 중요한 것과 중요하지 않은 것을 뚜렷하게 구분할 줄 알고, 자신이 가진 것이나 성취한 것을 잃어버리는 것을 두려워하지 않는다. 그것이 엘리자베스가 가진 용기의 근원이다. 종이 봉지를 입고도 당찬 이 주인공은 아직 집으로 돌아가지 않았다. 이렇듯 아주 낯익은 패턴과 아주 낯선 패턴 사이 어느 절묘한 지점에서 즐거움이 탄생한다.

형식에 맞추어 쓰는 즐거움

〈춘향전〉에 이런 장면이 나온다. 신관 사또가 부임한 남원에서 잔치가 열리는데, 운봉 수령이 분위기를 돋우려고 나서서 제안을 한다. "이런 잔치에 풍류로만 놀아서는 맛이 적으니 운자(韻字)를 따라 시 한 수씩 지어 보면 어떻겠소?" "그 말이 옳다." 다들 찬성하니 운봉 수령이 운자를 내는데, '높을 고(高), 기름 고(膏)' 두 글자이다. 운자 두 글자를 제시했다는 것은, 4행으로 된 한시를 짓는데 뜻은 다르지만 소리가 같은 글자를 두 번째 행과 네 번째 행의 제일 마지막에 배치하여야 한다는 의미로 곧 한시 '절구(絶句)'를 즉석에서 창작해 보자는 것이다. 이때 말석에 허름한 차림새로 앉아 있던 암행어사 이몽룡이 붓을 잡고 써 내려간 시가 바로 이 '어사출두시'이다.

금준미주(金樽美酒)는 천인혈(千人血)이요
옥반가효(玉盤佳肴)는 만성고(萬姓膏)라
촉루낙시(燭淚落時)에 민루락(民淚落)이요
가성고처(歌聲高處)에 원성고(怨聲高)라

절구와 같은 한시는 이처럼 운자를 가지고 있는데, 운자가 있으면 같은 시를 소리 내어 읽었을 때, 소리가 일정한 위치에서 반복되는 안정감과 그 운자를 기점으로 시의 의미상의 단락이 나누어지는 짜임새가 느껴진다. 운봉 수령은 지체 높은 양반들이 모인 풍족한 잔치 자리의 흥을 돋우면서 신관 사또의 비위를 맞추려는 의도로 운자를 정했을 텐데, 암행어사로 온 이몽룡은 그것을 비틀어서 백성들의 고혈을 착취하는 벼슬아치들의 횡포를 비판하는 시를 써낸 것이다. 눈치 빠른 운봉 수령은 이 시를 보고 큰일이 났음을 짐작하고 서둘러 도망갈 채비를 한다.

여기서 우리가 주목할 지점은 돌아가며 시를 써서 발표하는 것이 잔치의 분위기를 살리는 즐길 거리 중의 하나였다는 점이다. 현대인들 사이에는 시라고 하면 천부적인 시인이 밤을 꼬박 새운 고뇌 속에 어렵사리 탄생시킨 것이고, 평범한 사람과는 거리가 먼 것이라는 인식이 있는 듯하다. 그런 시를 즉석에서 써내고 사람들 앞에서 발표하라니 얼마나 부담스러운 일이겠는가. 하지만 시 쓰기를 고통으로 받아들이거나 놀이로 받아들이는 이 간극 속에 우리가 무언가 잃어버린 것이 있다.

잔치 자리에서 운에 맞추어 시를 써내는 일은 '놀이'의 성격을 지녔다. 말하자면 수수께끼나 퍼즐처럼, 인지적인 부담이 가해지지만 그것을 극복했을 때 짜릿한 성취감을 맛볼 수 있는 그런 성격의 놀이인 것이다. 물론 거기에 더해 한자리에 모인 사람들이 서로 특정한 문화 자원을 공유하고 있다는 동질감을 느끼고, 자신의 소양과 능력을 뽐낼 수 있는 기회이자 한편으로는 상대방보다 더 나은 것을 내놓고자 하는 경쟁심이 개입되기도 한다. 중세의 한자 문화권 사회에는 이러한 '화운시(和韻詩)'의 전통이 있었다. TV에서 인기 있는 예능 프로그램을 보다 보면, 출연자들이 돌아가면서 삼행시나 사행시를 짓는 장면을 자주 볼 수 있는데, 화운시 짓기와 삼행시 짓기는 문학적인 말놀이라는 점에서 서로 크게 다르지 않다.

문학을 통해 성찰하는 즐거움

노들먼은 문학을 통해 나를 돌아보는 즐거움도 여러 가지 언급했는데, 가령 '우리 자신을 비추는 거울을 발견하는 즐거움, 문학을 통해 우리의 감정, 사고, 도덕적 판단이 영향을 받는다는 것을 깨닫는 즐거움, 문학에 반영된 현실을 통해 우리 존재의 의미를 생각하는 즐거움'과 같은 것들이다(Nodelman, 1992/2001: 59). 작품을 통해 타자와 세계 그리고 나 자신을 새롭게 이해하게 될 때 또는 작품이 던지는 질문이 마음을 움직여서 나의 과거를 반성하거나 미래의 내 모습을 다짐하게 될 때가 있다. 이런 때에 경험하는 즐거움을 성찰의 즐거움이라고 할 수 있을 것이다. 문학을 통해 성찰하는 즐거움은 문학이 나를 흔들어 놓는 경험이다.

성찰이란, '대상의 의미를 탐색하는 과정을 통해 자신을 되돌아보고 새롭게 발견하는 사고 행위'(최홍원, 2008: 21) 또는 '한 개인이 자신과 세계 그리고 그 관계를 탐구하면서 구성하는 자기 정체성 형성의 경험'(박세원, 2006: 42)이다. 개인은 성찰을 통해서 '참된 자기의 발견, 자신감과 자존감의 증대, 효과적인 문제 해결과 관계 형성 등 다방면에 걸친 지적 통찰과 행동 변화를 성취할 수 있다'(송재홍, 2007: 5). 성찰을 막연히 반성과 동일시하기 쉽지만, 과거를 돌아보고 나의 한계를 깨닫는 일이 과거의 나를 해체하고 더 나은 나를 구성하는 일로 나아가야 한다는 점에서 성찰은 반성을 넘어선다.

> 인생은 살기 어렵다는데
> 시가 이렇게 쉽게 씌어지는 것은
> 부끄러운 일이다.
>
> 육첩방은 남의 나라.
> 창밖에 밤비가 속살거리는데,
>
> 등불을 밝혀 어둠을 조금 내몰고,
> 시대처럼 올 아침을 기다리는 최후의 나,
>
> 나는 나에게 적은 손을 내밀어
> 눈물과 위안으로 잡는 최초의 악수.
>
> ─ 윤동주, 〈쉽게 씌어진 시〉 부분

어느 교과서의 학습 활동에는 '부끄러운 일이다.'를 넣어 자신을 성찰하는 내용의 시구를 만들어 보는 활동이 있다고 한다. 성찰 활동이 학습자의 자발적 계기 없이 작품을 모방하는 활동에 그치고, 개인의 반성과 참회에만 초점을 맞추고 만다면 아쉬움이 남는다(민재원·구영산, 2018: 95, 99). 이 시는 화자의 내면에서 성찰이 깊어지는 경과를 보여 주는 시이다. 지금의 내 모습에 부끄러움을 느낀 것에서부터 오히려 성찰은 시작된다. 그 성찰의 결과로 나를 새롭게 발견하고 자기 정체성을 새로이 형성했음을 '부끄러운 나'와 '최후의 나' 사이의 "최초의 악수"라고 이 시는 표현했다. "창밖에 밤비가 속살거려 / 육첩방은 남의 나라"로 시작했던 시가 "최후의 나"를 만나기 직전에 "육첩방은 남의 나라. / 창밖에 밤비가 속살거리는데,"로 반전된 것은 우연이 아닐 것이다. 어두운 현실을 초월하여 "시대처럼 올 아침"으로 생각이 미치면 식민 체제하에서 빼앗긴 언어로 시를 쓰고 있는 지금 여기의 나를 부끄러워할 일만은 아닌 것이다(김정우, 2017: 30). 문학을 통한 성찰의 즐거움은 이런 "눈물과 위안"의 즐거움이 아닐까.

문학 경험을 확장하는 즐거움

'어른이든 아이든 열심인 독자는 낯섦이나 지루함을 두려워하지 않고, 자신에게 제공되는 경험에 전념하면서 즐겁게 집중해서 읽는다. 그들은 자신이 읽은 것을 집중적으로 생각한다.'(Nodelman, 1992/2001: 62-63) 문학에 대해서 배우고 능동적인 자세로 문학을 대하며 '전념'한다면 앞서 살펴본 여러 가지 즐거운 경험을 차곡차곡 쌓아 갈 수 있다.

기억하는 작품들의 목록이 길어지고 다양해지면서 전에는 이해되지 않던 작품이 이해되거나 여러 작품을 비교하면서 새로운 이해에 도달하기도 한다. 감상 능력의 성장을 경험하는 것은 커다란 즐거움이 되고 더 많은 작품을 감상하고자 하는 동기가 된다. 어떤 작품이 마음에 들어서 그 작가의 작품들을 찾아보게 되고 좋아하는 작가가 생기기도 한다. 문학이 주는 긍정적인 경험은 문학에 대한 긍정적인 태도가 되고 문학을 애호하는 향유자에게 문학은 삶을 풍요롭게 하는 자산이 된다.

문학을 향유하는 방식도 혼자 하는 독서를 넘어서서 더욱 다양해질 수 있다.

윤동주 문학관의 제2전시실 '열린 우물'
https://www.jfac.or.kr/site/main/content/yoondj01

문학에 대해 다른 사람들과 대화하는 즐거움은 노들면도 가장 강조했던 즐거움인 만큼 이어지는 '소통하기'에서 좀 더 이야기해 보려고 한다.

한편 온몸으로 문학을 느끼기 위해서 문학 여행을 떠날 수도 있다. 좋아하는 작가가 살았던 곳, 내가 좋아하는 작품이 탄생한 곳 또는 작품 속에 묘사된 장소에 가서 그 장소를 직접 보고 느껴 보는 것이 커다란 설렘을 주기도 한다. 전국에 있는 문학관도 문학을 향유하는 색다른 경험을 제공한다. 인왕산 자락에 자리한 '윤동주 문학관'은 윤동주의 생애와는 전혀 무관한 장소지만, 그 건축물 자체가 윤동주의 시를 형상화했다는 점이 인상적이다. 용도 폐기된 지 오래된 거대한 물탱크 두 개를 전시실로 바꾸었는데, 하늘을 향해 열려 있는 곳은 시 〈자화상〉(1939)을 모티프로 삼았고, 사방이 막혀 있어 문을 닫으면 칠흑같이 어두워지는 두 번째 공간은 암울한 시대를 견뎠던 윤동주의 심정이 이런 것이었을까 생각하게 한다. 이곳에서는 공간 경험을 통해 시를 보다 생생하게 말 그대로 입체적으로 감상하는 체험을 하게 된다.

2 소통하기

1) 문학으로 소통하기의 의미

언어는 사람들 사이에 생각과 감정이 잘 통할 수 있도록 고안된 발명품이다.

그런데도 말로는 다 표현할 수 없는 무언가가 늘 우리 마음속에 있다. 이러한 언어의 불완전성을 또 다른 소통의 가능성으로 바꾸어 놓는 끊임없는 도전이 문학이다. 문학은 인간의 내면을 치밀하게 들여다보고 전에는 쓰이지 않았던 새로운 표현을 시도함으로써 소통되지 않았던 것들이 새로이 소통될 수 있도록 한다. 그런 점에서 우리가 문학 작품을 읽고 쓰는 것 자체가 소통을 지향하는 행위라고 볼 수 있다.

문학을 매개로 하는 소통은 작품을 수용하거나 생산하는 과정에서 개별 주체의 내면에서 구성되는 상상의 소통, 잠재적 소통까지도 포괄할 수 있지만, 여기서는 수용이나 생산 그 자체를 넘어서는 특별한 행위로서 주체들 사이에서 일어나는 실제적 소통에 주목할 것이다. 실제 작가와 실제 독자 사이에서 또는 독자들 사이에서 감정과 의견이 교환되는 소통이 문학을 향유하는 구체적인 한 방식이 되기 때문이다. 가령, 구비문학의 현장에서는 연행자와 청중 사이에서 또는 청중들 사이에서 소통이 즉각적으로 일어난다. 하지만 문자 문학의 경우에는 대체로 감상이 끝난 뒤에 대화 상대자를 만나고 나서야 소통이 이루어질 수 있다. 따라서 문학으로 소통한다는 것은 문학 향유자들 사이에서 일어나는 매우 적극적인 행위라할 수 있다.

문학을 통한 소통은 일상의 다른 소통과는 구별되는 특징이 있다. 마치 심미적 독서가 실용적 목적의 독서와 다르게 독서의 과정에서 아름다움을 발견하는 것 자체를 즐기는 것과 마찬가지로, 문학으로 소통하기 역시 소통의 과정에서 이루어지는 상호 이해와 교감을 즐긴다. 문학에 비추어진 나를 타자 앞에 드러내었을 때 이해와 공감을 받는 일은 타자와 연결될 수 있다는 안도감과 자아의 성장을 경험하는 만족감을 준다. 이는 소통을 하는 동안 서로가 서로에게 귀 기울이는 의식적인 노력 덕분에 얻게 되는 결과이다. 나의 마음을 알아주는 사람을 만나고, 여러 사람들과 함께 공명(共鳴)할 수 있기에 문학을 통한 소통은 치유의 힘을 지닌다(김성룡, 2012: 196).

2022 개정 국어과 교육과정에서도 '소통하기'를 문학과 관련된 중요한 활동으로 다루고 있다. 소통과 관련된 성취기준으로는 다음과 같은 것들이 있다. 대체로 작품에 대한 수용의 결과를 다른 사람과 공유하는 것을 '소통하기'로 보고 있다.

[4국05-03] 작품을 듣거나 읽고 마음에 드는 작품을 소개한다.

[6국05-04] 인상적인 부분을 중심으로 작품에 대한 의견을 나눈다.

[9국05-09] 문학을 통해 타자를 이해하고 공동체의 문제에 참여하는 태도를 지닌다.

[10공국1-05-01] 문학 소통의 특성을 고려하며 문학 소통에 참여한다.

[12문학01-09] 다양한 매체로 구현된 작품의 창의적 표현 방법과 심미적 가치를 문학적 관점에서 수용하고 소통한다.

[12문학01-10] 문학을 통하여 자아를 성찰하고, 타자를 이해하며 상호 소통한다.

[12문학01-11] 문학을 통해 공동체가 처한 여러 문제들을 이해하고 문제 해결에 참여하는 태도를 지닌다.

또한 2022 개정 국어과 교육과정은 문학의 생활화를 강조하면서 "학교 안팎에서 이루어지는 다양한 문학 활동에 참여"할 것을 권장하고 그러한 문학 활동의 예로 "사회 관계망 서비스(SNS)를 활용한 문학 감상 및 창작물 공유, 낭송·낭독 모임, 작가와의 만남, 문학 동아리, 북 콘서트, 문학관 방문, 문학 답사 등"을 소개하기도 했다.

2) 문학으로 소통하기와 행위로서의 문학

학습 활동 차원의 소통

문학으로 소통하기는 세 가지 차원으로 나누어 생각해 볼 수 있다. 첫 번째는 문학 학습 활동 차원에서의 소통하기이다. 문학 수업 시간에 함께 읽은 작품에 대해 자신의 소감을 발표하는 학습 활동은 우리가 가장 흔히 접해 온 문학으로 소통하기의 형태라고 할 수 있다. 문학 수업은 선생님의 설명을 듣는 것에서 그쳐서는 안 되고 학생이 직접 작품을 읽고 느끼며 자신의 생각을 자신의 언어로 표현해 보는 활동이 필요하다. 문학에 대해 이야기하고, 글로 쓰고, 토론하고, 발표하는 학습 활동은 학생들이 문학 감상의 능동적인 주체가 되도록 독려함으로써 감상의 성장을 이끌어 낸다.

하지만 단지 수용의 결과를 확인하는 후속 활동이자 학생들의 성취감을 북돋아 주기 위한 흥미 위주의 활동에서 그친다면 행위로서의 문학이 원래 가지고 있는 소통의 속성을 충분히 살려 내기 어려울 수 있다. 또한 현행 교육과정은 수용의 결과를 다른 사람과 소통한다고 규정하고 있기 때문에 자칫 학습자의 위치를 수용자의 위치로만 축소할 염려가 없지 않다. 문학적으로 표현하기, 패러디 및 재창작하기, 창작하기와 같은 생산 활동 역시 학습 활동 차원에서의 소통하기로 보다 적극적으로 시도될 필요가 있다.

문학 교육은 학습자의 모든 개별적인 감상을 독려하는 것에서부터 시작되지만 학습자가 혼자서 도달한 감상에서 그치지 않고 학습자와 교사 간의 상호 작용, 학습자 간의 상호 작용을 통해 보다 '그럴듯한' 감상으로 발전시켜 가는 것에 목표를 둔다. 다시 말해 교실 안의 상호 작용을 통해 '독자 자신의 주관성으로부터의 거리'를 획득함으로써 문학 감상을 한 단계 진전시키고 또한 '자기 자신을 새롭게 이해'하게 되기를 기대하는 것이다(김정우, 2004: 18). 이러한 차원의 소통하기는 이미 '반응 중심 문학 교육', '대화 중심 문학 교육' 등의 문학 수업 방식으로 자리 잡고 있다.

문화적 행위로서의 소통하기

두 번째는 문화적 행위 차원에서의 소통하기이다. 독자가 문학 작품을 감상할 때는 단지 눈앞의 텍스트 그리고 단지 한 사람의 작가와만 소통하는 것이 아니다. 작품을 탄생시킨 작품 너머의 풍부한 문화 요소들과도 소통하는 것이다. 이렇게 문학을 통해 문화가 전수되고 갱신되며, 나아가 문학 그 자체가 문화를 이룬다. 독자가 순수하게 홀로 문학 작품가 대면하는 것이 아니라는 점을 강조하는 개념이 '해석 공동체(interpretative community)'이다.

문학 교육은 어떤 의미에서 교실 안의 해석 공동체를 함께 만들어 가는 과정이다. 이 경우에 기존의 권위 있는 해석을 배우는 것은 학생들이 앞 세대의 해석 공동체가 축적한 배경지식과 해석 전략들을 익혀서 자기 세대의 해석 공동체를 새롭게 구축할 준비를 한다는 의미로 새롭게 이해될 수 있을 것이다. 교실 안의 해석 공동체는 각자의 해석을 공유하고 경쟁, 협상, 조정 등을 통해 심화된 해석을 공동으로 구성하는 활동을 수행한다(이인화, 2013). 다른 사람들에게 공감을 이끌어 내는 해석을 할 수 있다는 자신감이 있을 때 학생들은 주체적이고 창의적인 해석에도 기꺼이 도전할 것이다.

이렇게 성장하는 해석 공동체는 문화 공동체이기도 하다. 문화 공동체는 단지 가치 있는 문화유산을 함께 기억하고 계승한다는 의미만을 지니는 것이 아니라, 그것을 기반으로 서로 활발하게 소통할 수 있고 또 새로운 문화적 산물과 가치를 창조할 수 있게 한다는 점에서 중요하다. 물론 공동체를 강조한다고 해서 개인의 개성이 완전히 무시될 수는 없다. 개인의 개성이 공동체에 생기와 창조성을 부여하기 때문이다. 그러므로 문학 교육은 '개성에서 보편으로, 보편에서 개성으로 이어지는 변증법'을 필요로 한다'(정재찬 외, 2017: 27).

윤리적 행위로서의 소통하기

마지막으로 공동체를 위한 윤리적 행위 차원에서 문학을 매개로 하는 소통하기를 생각해 볼 필요가 있다. 문학이 공동체의 문제를 해결하기에 충분한 힘을 발휘했던 것은 아니라 할지라도, 문학은 언제나 공동체의 위기를 포착하고 기억하는 일을 담당해 왔다. 보다 근본적으로 문학은 우리에게 어떻게 살아야 할 것인가 하는 질문을 끊임없이 던져 줌으로써 개인에게는 성찰의 기회가, 사회에는 한 시대의 의제가 된다. 그렇기 때문에 문학을 매개로 한 소통은 개별 독자들이 공동체가 처한 여러 가지 문제들을 인식하고 다른 독자들과 함께 문제 해결에 참여할 수 있는 가능성을 확장한다.

2015년 노벨문학상을 수상한 스베틀라나 알렉시예비치(Svetlana Alexievich)는 그동안 거의 기록되지 않았던 여성들의 전쟁 회고담을 모아 『전쟁은 여자의 얼굴을 하지 않았다(У войны не женское лицо)』라는 책을 출판했다. 이 책 외에도 작가는 실제로 그 일을 겪은 사람들의 이야기를 인터뷰하여 세상에 들려주는 방식을 선택했다. 전형적인 소설에서 벗어나는 이 작가의 작품들은 점점 더 소통이 어려워지는 시대에 우리가 귀 기울여야 할 목소리가 묻히거나 잊히지 않게 하려는 문학의 새로운 시도를 보여 준다.

물론 공동체가 처한 문제를 사람들에게 알리는 일은 일차적으로 뉴스와 기사들이 담당한다. 하지만 전쟁의 추이에 대한 객관적인 수치들, 국제 정세에 미치는 영향에 대한 분석들은 때로는 전쟁을 경제 뉴스나 정치 뉴스와 다를 바 없는 하나의 창백한 '뉴스거리'로 만들기도 한다. 또한 영화인지 게임인지 실제인지 잘 분간이 되지 않는 이미지들은 심지어 전쟁을 한순간의 스펙터클한 볼거리로 전락시켜 버리기도 한다. 그러므로 정보가 넘쳐 나는 이러한 시대에 알렉시예비치의 시도는 전쟁을 한 사람, 한 사람이 겪은 생생하고도 가혹한 경험들의 집합이라는 거대한 무게감으로 실감하게 만든다.

알렉시예비치의 소설들이 조금은 독특하다고 하더라도 문학은 다른 어떤 방식으로든 인간 삶에서 일어날 법한 일들을 보여 준다. 그리하여 독자들로 하여금 단지 그러한 일들에 대해서 인지하는 것에 그치지 않고 타인의 삶을 상상하고 그들의 입장에 서 보게 한다. 또한 눈앞의 사태를 객관적인 시각으로 바라보면서도 동시에 사건에 연루된 사람들에 대해 깊은 공감 능력을 가진 '분별 있는 관찰자'의 감정에 접근하게 한다(Nussbaum, 1995/2013: 42). 이때 문학으로 소통하기는 더 나은 사회를 함께 상상하는 일이라는 점에서 윤리적 실천이 된다.

3) 문학으로 소통하는 다양한 방식들

문학 수업에서

문학 수업에서 독자와 독자 사이, 즉 학생들 간의 상호 작용을 촉진하는 다양한 학습 활동이 시도되고 있다. 그런데 교실 안에서 이루어지는 학생들 간의 소통은 동질 집단 내에서의 소통이라는 점에서 반응의 다양성을 경험하는 데에는 어느 정도 한계가 있을 수 있다. 하지만 교실을 넘어서서 세대 간 상호 작용을 문학 수업에 도입하는 방식도 있다. 학생들과 은퇴한 교사들 또는 학생들과 예비교사인 대학생들이 같은 작품을 읽고 반응 일지(response journal)를 작성하여 편지의 형태로 주기적으로 교환하는 것이다(이지영, 2010). 반응 일지는 문학 감상을 비형식적인 에세이 형태로 쓰는 것인데, 인상적인 부분이나 등장인물에 대한 느낌, 작품과 자신의 삶을 관련짓는 내용 등을 쓰되 학생들이 완결된 글을 써야 한다는 부담을 덜고 편안하고 자유롭게 반응을 표현할 수 있게 하는 양식이다.

세대 간 소통을 문학 수업에 도입함으로써 참여자들은 낯선 대화 상대자를 만나 감상의 차이를 발견하는 흥미로움과 공감의 반가움을 맛본다. 또한 서로 직접 만나지는 않더라도 편지라는 개별적이고 다정한 소통 방식을 통해 서로에게 집중하고 교감하는 정서적으로 충만한 경험을 하게 된다.

일상에서

문학은 일상에서 여러 가지 방식으로 소통된다. 인터넷이 중요한 소통 수단이 된 오늘날, 문학으로 소통할 대화 상대자를 찾고 소통하는 방법은 더 다양해지고 더 손쉬워졌다. 사람들은 SNS로 자신이 좋아하는 시나 소설의 한 구절을 그대로 옮겨 적거나 이미지화하여 '업로드'하기도 하고 그것을 보고 마음에 든 사람들은 '좋아요' 표시를 하거나 '퍼 나르기'를 하면서 낯선 사람들과 연결된다. 내 취향에 맞는 시를 추천받고, 나만의 시선집을 만들어 친구들과 공유할 수 있는 전문적인 앱을 이용할 수도 있다. 온라인과 오프라인을 넘나드는 문학 동호회와 독서 모임도 찾아보면 많다.

보다 적극적인 독자들이 기획하는 소통의 채널들도 있다. 대중적인 인기를 누리는 드라마나 영화 분야에서는, 핵심 장면을 간추려 주거나 재미있게 패러디를 하거나 또는 작품을 꼼꼼하게 분석하고 결말을 예측하는 등 다양한 2차 창작물들을 생산하는 '크리에이터'들이 '팔로워'를 모으고 있다. 아동과 청소년들에게 추천해 줄 만한 책을 리뷰해 주는 채널이 있었으면 좋겠다는 생각에 국어 교사와 국어 교육 연구자들이 모여 직접 만들어 가는 팟캐스트와 유튜브 채널도 있다.

 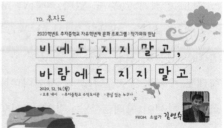

유튜브 채널 '우리들이 사랑하는 사춘기'의 북리뷰 추자중학교에서 개최한 작가와의 만남 프로그램
코너

웹툰 작가들이 자신의 창작물을 인터넷에 게시하고 댓글로 직접 독자들과 소통한 지는 이미 오래되었다. 북콘서트처럼 문학 전문 출판사가 주도하는 이벤트들, 학교에서 개최하는 작가 초청 강연은 독자들이 좋아하는 작가들을 직접 만나 이야기를 들어 볼 수 있는 기회를 제공해 준다. 작가를 만나는 행사만큼은 온라인보다는 오프라인 행사가 인기다.

| 송지언

참고문헌

김대행(1989), 『우리 시의 틀』, 문학과 비평사.

김대행(2001), 「문학 생활화의 패러다임」, 『문학교육학』 7, 9-23.

김명희(2016), 『시간과 공간의 흐름을 타는 국어수업』, 창비교육.

김미혜(2008), 「시 교육에 있어서 이미지 이해의 문제에 대한 고찰: 박목월 초기 시의 이미지를 중심으로」, 『문학교육학』 25, 377-404.

김미혜(2021), 「말놀이 동시의 효용적 가치와 초기 문해력 교육」, 『문학교육학』 73, 57-87.

김선진(2013), 『재미의 본질: 재미란 무엇인가?』, 경성대출판부.

김성룡(2012), 「사회적 의사소통으로서의 문학」, 『문학치료연구』 25, 155-201.

김정우(2004), 「시 해석 교육 내용 연구」, 서울대학교 박사학위 논문.

김정우(2017), 「성찰과 저항의 슬픔: 윤동주 시의 탈식민성」, 『한국시학연구』 50, 11-42.

김학성(2015), 「시조의 형식 원리와 그 미적 운용의 묘」, 『현대시조의 이론과 비평』, 보고사.

민재원·구영산(2018), 「시 읽기 교육에서 성찰의 주체 설정 방향 연구: 고등학교 『문학』 교과서의 '자아 성찰' 관련 단원에 대한 검토를 중심으로」, 『문학교육학』 58, 73-109.

박기범(2016), 「구어체 소설의 문학교육적 가치」, 『문학교육학』 51, 209-234.

박세원(2006), 「초등학생의 도덕적 자기 정체성 형성을 돕는 성찰적 스토리텔링 활용 방법」, 『교육학논총』 27(2), 39-56.

손예희(2011), 「어느 시 향유자의 체험에 대한 교육적 단상」, 『국어교육연구』 27, 77-106.

손태도(2018), 「고전문학의 향유방식과 교육; 과거, 현재, 미래」, 『고전문학과 교육』 37, 5-45.

송재홍(2007), 「자아성찰 학습을 위한 교과교육의 이해와 개발」, 『교육종합연구』 5(2), 1-24.

오윤주(2018), 「청소년 문학의 향유 맥락과 문학교육적 함의」, 『문학교육학』 58, 195-228.

이인화(2013), 「소설 교육에서 해석소통의 구조와 실천에 대한 연구」, 서울대학교 박사학위 논문.

이인화(2022), 「문학교육에서 수용 계열 개념어에 대한 연구」, 『문학교육학』 76, 283-330.

이지영(2010), 「대화 일지의 내용 분석에 관한 연구: 교대생과 초등학생의 대화 일지 교류를 중심으로」, 『문학교육학』 31, 211-236.

임재해(2018), 「구비문학의 사회적 소통과 정서적 공감 기능」, 『구비문학연구』 49, 5-58.

정재찬 외(2017), 『현대시교육론』, 역락.

최홍원(2008), 「시조의 성찰적 사고 교육 연구」, 서울대학교 박사학위 논문.

Bradley, A.(2017), 『힙합의 시학』, 김봉현·김경주(역), 글항아리(원서출판 2009).

Campbell, J.(2018), 『천의 얼굴을 가진 영웅』, 이윤기(역), 민음사(원서출판 1949).

Eagleton, T.(2010), 『시를 어떻게 읽을까』, 박령(역), 경성대학교출판부(원서출판 2007).

Nodelman, P.(2001), 『어린이 문학의 즐거움 1, 2』, 김서정(역), 시공주니어(원서출판 1992).

Nussbaum, M.(2013), 『시적 정의: 문학적 상상력과 공적인 삶』, 박용준(역), 궁리(원서출판 1995).

Olsen, S. H.(1999), 『문학 이해의 구조』, 최상규(역), 예림기획(원서출판 1978).

Propp, V.(2013), 『민담 형태론』, 어건주(역), 지식을만드는지식(원서출판 1928).

Rosenblatt, L. M.(2008), 『독자, 텍스트, 시: 문학 작품의 상호 교통 이론』, 김혜리·엄해영(역),
한국문화사(원서출판 1978).

제3부

문학 교육의 실천

8장 문학 교육과정

정부에서 행정적으로 고시(告示)한 교육과정은 교사들에게 오랫동안 외부로부터 '주어진 문서'였다. 교사는 '위'로부터 주어진 교육과정의 내용을 이해하고 학교 현장에 적용하는 일을 과제로 설정했으며, 내용을 변경하거나 수정하는 일은 가능하지 않은 것으로 생각했다. 그런데 최근 이루어지고 있는 '교사 전문성' 논의는 교육과정을 대하는 교사의 태도에 대해 많은 변화를 요구하고 있다. 무엇보다 그동안 교사의 가장 중요한 역량이라고 생각했던 '수업 전문성'에 더하여 '교육과정 전문성' 또한 강조하고 있다. 여기서 교육과정 전문성은 수업 전문성과 분리된 것이 아니라 서로 긴밀하게 관련을 맺고 있는 개념으로 볼 수 있다. 이 장에서는 이런 점을 염두에 두고 문학 교육과정은 어떤 특징을 지니는지, 현행 문학 교육과정은 어떻게 구조화되어 있는지, 교사가 교육과정을 해석하고 실천하기 위해 어떤 관점을 지녀야 할지 등에 대해 살펴볼 것이다. 이를 통해 교사가 지녀야 할 교육과정 전문성을 고민해 보고자 한다.

1 문학 교육과정과 문학 교육

1) 학교 교육과 교육과정

학교 현장에서 '학생들에게 무엇을 가르칠 것인가' 하는 질문은 교육을 계획할 때 가장 중요하게 고려해야 할 사항이다. '무엇을 가르칠 것인가' 하는 질문은 그것을 '왜' 가르쳐야 하는가, 또 '어떻게 가르쳐야 하는가' 하는 질문과도 밀접하게 관련된다. 바로 이 지점이 교육과정에 대한 문제의식이다. 교육과정은 '무엇을 가르쳐야 하며, 그것을 왜 가르쳐야 하는가, 어떤 것은 가르쳐야 하는데 왜 어떤 것을 가르칠 필요가 없는 것인가. 그리고 그것을 어떻게 가르쳐야 하는가'라는 질문으로부터 출발한다. 이는 학교 교육뿐만 아니라 모든 교육 행위를 통틀어 가장 기초적인 질문에 해당하며, 이에 대한 대답을 마련해야 비로소 교육이 시작될 수 있다. 학교 교육에서는 이러한 질문에 대한 대답을 '교육과정'에 담아 왔다.

교육과정은 '커리큘럼(curriculum)'의 번역어이다. 커리큘럼은 원래 라틴어인 쿠레레(currere)에서 유래한 것으로, 쿠레레란 '경마장에서 말이 뛰는 길(course of race)'을 의미했다. 경마장에서 말이 뛰는 길은 정해져 있으며, 다른 길로 뛰는 것은 허용되지 않았다. 이러한 어원을 고려하여 일반적으로 교육과정은 공부하는 학생들이 '마땅히 따라가야 할 길 또는 코스'라는 의미로 사용되고 있다(김재춘 외, 2017: 17). 좁은 의미에서 볼 때, 교육과정은 '단위과정에서 이수해야 할 내용의 목록'이라는 의미를 지닌다. 이에 비해 넓은 의미로는 "일정한 프로그램 아래 교육의 전(全) 과정을 마칠 때까지 학습해야 할 목표와 내용, 그 학습을 위한 연한(年限)과 시간 배당, 그리고 교수와 평가 방법 등을 포함한 교육의 전체적인 계획"(서울대학교 국어교육연구소, 1999: 25)으로 본다. 일반적으로 학교 교육에서 교육과정 용어를 사용할 때는 넓은 의미로 사용한다.

우리나라는 해방 이후 교수요목 시기부터 '국가 수준의 교육과정 체제'를 유지하고 있다. 국가 수준의 교육과정 체제란 국가가 교육과정을 개발하고, 지역 단위와 학교에서 교육과정을 운영하는 중앙집권적인 방식을 의미한다. 국가 수준 교육과정 체제의 장점으로는 국가의 교육 시책이나 교육의 방향을 전국 단위에서 일시에 구현할 수 있다는 점, 교육 내용을 표준화함으로써 지역, 학교, 교사 등의 차이에 따른 교육의 질적·양적 차이를 미리 방지할 수 있다는 점 등을 들 수 있다. 하지만 국가 주도의 획일적인 교육으로 치달을 수도 있다는 점, 교육의 다양성을 저해할 수 있다는 점 때문에 최근에는 교육의 다양성을 구현할 수 있는 '지역 혹은 학교 단위의 교육과정 구성과 실행'을 점점 강조하는 추세다.

문학 교육과정[1]은 문학 교육의 방향, 문학 교육의 내용, 문학 교수·학습 및 평가 방법에 이르기까지 제도 교육으로서의 문학 교육을 계획하고 실행하기 위한 전반적인 지침에 해당한다. 문학 교육을 통해 학생들이 어떤 능력을 갖게 될 것으로 기대하는지, 무엇을 가르쳐야 할지, 어떻게 가르치고 평가할 것인지 등의 문제의식을 교육과정에 담고 있다. 문학 교육과정에 따라 학생들은 인류의 문화유산인 훌륭한 작품을 읽고 감상할 수 있으며, 문학 작품을 읽는 데 필요한 각종 지식 및 방법을 배운다. 문학이란 무엇인지, 문학 작품을 어떻게 읽어야 하는지, 문학 작품이 우리 삶에 어떤 의미가 있는지 등도 배울 수 있다. 우리 사회의 실질적인 문학 독자는 사실 학교의 문학 교육을 통해 성장한다. 그리고 문학 교육의 구체적인 방향, 내용과 방법은 문학 교육과정을 통해 구조화된다. 그런데 그러한 문학 교육과정의 핵심 내용이 학문적 연구 결과, 학교 현장의 요구, 사회의 요구 등을 수렴하면서 끊임없이 변화한다는 점도 고려해야 한다.

2) 사회의 변화와 교육과정

한 사회에서 교육과정은 마치 살아 있는 유기체와도 같다. 사회의 변화, 시대적 요구 등과 유기적 관련을 맺으면서 인간상, 교육 목표, 교육 내용 등을 교육과정에 담아낸다. 사회의 변화와 요구에 따라 문학 교육에서 중요하게 다루어야 할 지식의 성격, 교육 내용, 교육 방법 등이 달라지기도 한다. 여기에서는 사회의 변화와 교육과정의 관계를 '사회가 요구하는 인간상의 변화', '매체 언어 문화의 변화 수용', '사회가 요구하는 역량의 변화' 등의 관점에서 살펴보자.

사회가 요구하는 인간상의 변화

1990년대 중반, 우리 사회는 단순 암기형 인재가 아닌 창의적 인재를 육성해야 한다는 점을 대대적으로 강조하기 시작했다. 학습 내용을 암기하는 학생에게 유리한 교육 방식과 평가 방식에 대한 사회적 차원의 비판은 이미 오래전부터 제

....

1   문학 교육과정이라는 문서가 따로 존재하는 것은 아니다. 다만 여기에서는 국어과 교육과정에 명시된 공통 교육과정 및 고등학교 '국어' 과목의 '문학' 영역 내용, 고등학교 '문학' 과목의 내용을 의미하는 용어로 사용하고자 한다.

기되어 오던 것이었는데, 실질적 변화의 방아쇠 역할을 한 것은 1993년에 개봉된 영화 〈쥬라기 공원〉이었다. 호박 속에 갇힌 모기에게서 공룡의 DNA를 채취하여 6,500만 년 전에 멸종한 공룡을 복원시킨다는 상상을 CG로 실감 나게 구현한 이 영화는 개봉 당시 엄청난 흥행을 거두었다. 여러 언론에서 "영화 〈쥬라기 공원〉이 현대자동차 150만 대를 수출한 판매액과 맞먹는다."라는 기사를 쏟아 내기 시작했고 영화 〈쥬라기 공원〉 한 편으로 벌어들인 수익이 약 10억 달러에 달한다는 목소리들이 커졌다. 자연스럽게 암기형 인재가 아니라 창의적 인재를 길러 내는 교육이 필요하다는 의견이 힘을 얻기 시작했다. 단순 지식을 강조하던 기존 교육과의 차별성을 강조하기 위해 교육을 통해 길러 내야 할 새로운 인간상을 '신지식인', '창의적 인재' 등으로 불렀고, 이어 학교 교육과정에서도 창의성을 강조하기 시작했다. 1997년에 고시된 제7차 국어과 교육과정에서는 "제7차 교육과정이 적용될 21세기는 지성과 감성이 조화를 이룬 창의적인 인간을 요청"한다고 하면서 창의적 인재 양성을 교육의 중요한 방향으로 설정했다. 문학 교육계 역시 문학에 대한 단순 지식·암기 중심의 문학 교육에서 벗어나 창의성을 강조하는 문학 교육으로 나아가야 한다고 오랜 기간 주장해 왔는데, 그러한 주장이 당시 사회적 요구와 결합하면서 힘을 얻게 되었다. 이후 학생들을 창의성을 갖춘 사람으로 성장시킨다는 것은 문학 교육과정이 일관되게 담아내고자 하는 중요한 지향

😀 잠│깐│!

스푸트니크 쇼크(Sputnik Shock)와 학문 중심 교육과정

사회의 요구에 따른 교육과정의 변화는 미국의 학문 중심 교육과정 도입에서도 살펴볼 수 있다. 1957년 10월 4일, 소련이 인류 역사상 처음으로 스푸트니크(Sputnik)라는 이름의 인공위성을 발사했다. 스스로를 세계의 중심이자 주인이라고 생각해 왔던 미국은 소련의 인공위성 발사로 큰 충격을 받았고, 인공위성 이름을 딴 이른바 '스푸트니크 쇼크(Sputnik shock)'에 빠져들었다. 세계 최고의 경제 부국인 미국도 해내지 못한 일을 가난한 농업 국가인 소련이 먼저 해냈다는 사실을 접한 미국의 충격은 매우 컸다. 동서 냉전 이데올로기의 대치 상황에서 소련의 인공위성 기술력이 미국 군사력에 대한 우위를 보여 주는 징표일 수 있다는 우려도 있었다. 국가적 위기의식을 느낀 미국은 이러한 사태의 원인 중 하나로 교육을 지목했고, 곧바로 학교 교육을 바꾸기 위한 시도에 착수했다. 국가 경쟁력 제고에 가장 중요한 과목이라고 생각했던 수학, 과학 등의 교육을 강화하기 위하여 경험 중심으로 이루어지던 기존의 교육을 학문 중심 교육으로 바꾸었다. 이때 개발된 교육과정을 학문 중심 교육과정이라 부른다(김재춘, 2012).

점이 되었다.

매체 언어 문화의 변화 수용

매체 언어 관련 내용을 국어 교육의 본격적인 내용으로 담기 시작한 것은 2007 개정 국어과 교육과정부터이다. 매체 언어 교육의 본격적인 도입은 당시 인터넷을 비롯한 미디어 발달에 따른 언어생활의 변화를 국어 교육의 실질적 내용으로 다루어야 한다는 사회·국어 교육 학계·학교 현장의 요구를 수용한 결과였다. 직접 대면하여 말하고 듣거나, 문자로 이루어지던 소통방식이 각종 매체의 발달에 따라 새로운 방식으로 변화하였고, "국어 교육은 본질적으로 매체의 교육"(김대행, 1998 ㄱ: 8)이라는 의견에 따라 "변화하는 매체 언어의 환경에서 바람직한 사회적 태도를 지니도록 교육"(김대행, 2007 ㄱ: 6-7)해야 한다는 논의가 힘을 얻게 되었다. 국어과 교육과정에서는 듣고 말하고 읽고 쓰는 활동, 문법과 문학 활동 전반에 걸쳐 매체 언어 교육을 강조하기에 이르렀다. 예를 들면, 애니메이션에 나타난 반언어적·비언어적 표현을 이해하는 것, 영화에 등장하는 인물의 가치관이나 사고방식을 비판적으로 이해하는 것, 영상 언어의 특성을 살려 영상물을 만드는 것 등을 국어교육적 관점에서 하나의 '언어 활동'으로 보게 된 것이다(최미숙, 2007). 문학 교육과정에서도 시와 노랫말, 대중가요, 영화, 드라마, 만화, 웹툰, 애니메이션, 광고, 텔레비전 프로그램 등을 적극 도입하면서 문학 교육의 내용을 확대하였다. 2022 개정 국어과 교육과정에서도 '문학'을 "음성 언어와 문자 언어는 물론 복합양식 언어로 이루어진 형태를 포괄"(노은희 외, 2022 ㄴ: 87)하는 유연한 관점을 취하고 있다.

사회가 요구하는 역량의 변화

최근 학교 교육은 사회가 요구하는 '학습자의 역량 구현'을 위한 교육과정을 강조하고 있다. 예전에는 '각 교과별'로 학생들에게 어떤 지식을 전달해야 하는지, 어떤 능력을 갖출 수 있도록 해야 하는지를 우선 고민했다. '국어과', '수학과', '사회과' 등 이미 존재하는 각 교과의 논리로 개발한 교육 내용이 교과별 교육과정 구성의 기초를 형성했던 것이다. 그런데 최근에는 관점을 달리하여, 각 교과별 교육과정 구성에 앞서 교육이 지향하는 인간상의 구현을 위해 학교 교육의 전과정을 통해 중점적으로 기르고자 하는 역량을 먼저 설정하는 방식으로 교육과정 개발 방식이 변화하였다. 그리하여 인간상에 따른 역량을 먼저 설정한 후, 그러한 역량의 신장을 위해 각 교과별로 교육 내용을 어떻게 구조화해야 하는가를 고민하는 방식으로 바뀐 것이다.

2015 개정 국어과 교육과정은 문·이과 통합 교육이 필요하다는 사회적 요구에 따라 '미래 사회가 요구하는 융합형 인재' 양성을 목표로 하였고, 비판적·창의적 사고 역량, 자료·정보 활용 역량, 의사소통 역량, 공동체·대인 관계 역량, 문화 향유 역량, 자기 성찰·계발 역량을 기를 수 있도록 하였다. 2022 개정 국어과 교육과정은 미래 사회가 요구하는 역량을 함양하는 데 중점을 두고자 했으며, 국어과 역량으로 '비판적·창의적 사고 역량, 디지털·미디어 역량, 의사소통 역량, 공동체·대인 관계 역량, 문화 향유 역량, 자기 성찰·계발 역량'(노은희 외, 2022ㄴ)을 설정하였다. '문학' 영역에서는 '문화 향유 역량, 비판적·창의적 사고 역량, 자기 성찰·계발 역량, 공동체·대인 관계 역량 등'(노은희 외, 2022ㄴ)을 기를 수 있도록 했으며, '문학과 영상' 과목은 '문학 작품과 영상물을 수용·생산하는 능력을 길러 교육, 연구, 창작, 문화산업 등 관련 분야의 진로에 필요한 문화적 역량을 함양'(노은희 외, 2022ㄴ)하도록 하였다.

3) 문학 교육관의 변화와 교육과정

문학 교육과정은 사회의 변화뿐만 아니라 문학 교육학 이론의 발전에 따라서도 변화를 거듭한다. 여기에서는 그동안 문학 교육학의 관점에 따라 문학 교육과정이 어떠한 변화를 보였는지 살펴보자.

문학의 '경험', '지식', '수행'을 포괄하는 방향으로 변화

초기 문학 교육은 훌륭한 문학 작품을 읽는 '경험'을 중요하게 다루었다. 이어 문학 교육은 점차 문학 작품을 이해하는 데 필요한 '지식', 작품을 이해하고 표현하는 다양한 '수행' 활동 등을 포괄하는 방향으로 변화하였다. 다음 인용문을 통해 그러한 변화를 살펴보자.

(가)

- 문학 작품을 감명 깊게 낭독할 수 있다.(1학년)

- 문학 작품의 낭독을 듣고 감동을 받는다.(1학년)

- 여가를 즐기어 독서하는 태도와 습관을 기른다.(1학년)

- 양서(良書)를 선택하여 읽는다.(1학년)

- 희곡이나 시나리오를 읽는 데 흥미를 느낀다.(1학년)

- 독서를 통하여 자기의 성장에 도움이 되도록 한다.(2학년)

- 간단한 창작을 할 수 있다.(2학년)

- 창작에 흥미를 가지고 개성적인 글을 쓴다.(3학년)

- 희곡이나 시나리오를 써 본다.(3학년)

- 널리 알려진 고전 작품을 읽는다.(3학년)

- 우리말로 번역된 세계의 뛰어난 문학 작품을 읽는다.(3학년)

— 제1차 중학교 교육과정의 국어과 '문학' 관련 내용 중 일부

(나)

(1) 역사나 실화 등을 허구화한 소설을 통하여, 이야깃거리와 소설적 구성이 다름을 안다.

(2) 낭만적 소설이나 모험적 소설을 즐기며, 거기에 등장하는 인물들의 유형을 파악한다.

(3) 소설에서 시간적, 공간적 배경을 파악한다.

(4) 소설에서 작자와 작중 화자를 구별하여 이해한다.

(5) 희곡은 본질적으로 작자의 개입 없이, 인물들의 말과 행위만으로 표현된다는 것을 안다.

(6) 희곡의 대사는 인물들의 속성에 각각 어울리는 억양이나 말투로 이루어져 있음을 안다.

(7) 시의 율격을 이루는 요소들을 이해하고, 시의 음악적 효과를 즐긴다.

(8) 시에서 시인과, 시 속에서 노래하는 사람을 구별하여 이해한다.

(9) 문학적 산문의 내재율적 속성을 느낀다.

(10) 사람과 사람 사이의 관계를 주제로 한 문학에 흥미를 느낀다.

— 제4차 중학교 교육과정의 국어과 1학년 '문학' 영역 내용

(다)

[6국05-06] 작품을 읽고 자신의 삶과 연관 지어 성찰하는 태도를 지닌다.

[9국05-01] 운율, 비유, 상징의 특성과 효과에 유의하며 작품을 감상하고 창작한다.

[9국05-06] 자신의 경험을 개성적인 발상과 표현으로 형상화한다.

[10공국1-05-01] 문학 소통의 특성을 고려하며 문학 소통에 참여한다.

[12문학01-10] 문학을 통하여 자아를 성찰하고, 타자를 이해하며 상호 소통한다.

— 2022 개정 국어과 교육과정

작품을 읽는 '문학 경험'의 강조 초기 문학 교육은 '훌륭한 문학 작품 읽기', '작품을 읽는 태도와 습관 기르기', '창작하기' 등을 기초로 하는 '문학 경험의 교육'을 중시했다. 이는 제1차 교육과정기부터 제3차 교육과정기까지의 교육과정이 경험 중심 교육과정의 특징을 보였던 것과 무관하지 않을 것이다. (가)를 보면, '양서(良書)', '널리 알려진 고전 작품', '세계의 뛰어난 문학 작품' 등을 읽는 데 흥미를 느끼고, 감명 깊게 낭독하며, 또 작품 낭독을 듣고 감동을 받는 문학 경험을 강조하고 있다. 물론 작품 이해를 위해 현대 문학의 종류를 알아야 한다거나(1학년), 현대 문학의 특징이 무엇인지 연구한다(3학년)는 내용도 있지만, 이 시기의 문학 교육과정은 주로 훌륭한 문학 작품을 선택하여 읽는 경험을 하도록 하는 데에 초점을 두고 있었다. 한편, 부분적으로 등장하기는 하지만 '자기가 좋아하는 형식으로 시를 짓는다.(2학년)', '간단한 창작을 할 수 있다.(2학년)', '창작에 흥미를 가지고 개성적인 글을 쓴다.(3학년)', '희곡이나 시나리오를 써 본다.(3학년)' 등에서 볼 수 있듯 문학 작품을 읽는 경험뿐만 아니라 창작을 하는 경험 또한 제시하고 있음을 알 수 있다.

작품 이해를 위한 '지식'의 강조 제4차 국어과 교육과정 시기에 이르러 문학 교육과정은 문학 작품의 이해와 감상, 문학 작품 이해를 위한 문학 지식을 강조한다.

이는 제4차 국어과 교육과정이 지식의 구조를 중시했던 학문 중심 교육과정의 관점을 취했던 점과 밀접한 관련이 있을 것이다. (나)를 보면, 각 항목이 대부분 '… 안다', '… 파악한다', '… 이해한다' 등으로 서술되어 있다. 물론, '… 즐긴다', '… 느낀다'로 제시한 경우도 있지만, 전반적으로 어떤 지식 내용을 아는 것, 이해하는 것 등을 중시하고 있다. 이전 시기의 교육과정에서 볼 수 있었던 창작 교육 내용은 등장하지 않는다. (나)를 살펴보면, '소설의 구성, 인물 유형, 소설의 시간적·공간적 배경, 작가와 작중 화자의 구별, 희곡의 특성, 시의 율격, 시의 화자, 내재율' 등에 대한 지식의 이해를 강조하고 있다. 문학 작품을 제대로 이해하고 감상하기 위해 관련 문학 지식을 아는 것은 매우 중요하다. 문학 교육 내용의 기초에 해당하는 것이기도 하다. 그런데 문학 지식 교육은 지식의 이해를 바탕으로 주체적으로 작품을 이해하고 감상하는 활동으로 나아갈 때 의미가 있다. 실질적으로 제4차 국어과 교육과정 시기의 문학 교육은 독자의 주체적이고 능동적인 문학 이해와 감상 교육으로 나아가지 못했다는 비판을 많이 받았다. 지식 위주의 교육이 독자의 주체적인 문학 능력의 신장에까지 이르지 못하고 단편적이고 파편적인 지식의 교육에 그쳤기 때문이다.

지식·경험을 포괄하는 '수행'의 강조　제7차 국어과 교육과정에서는 '주체적으로 작품을 수용할 뿐만 아니라 창작하는 활동' 또한 강조했으며, 2007 개정 국어과 교육과정에서는 기존의 단편 지식 중심 교육이 아니라 학습자의 주체적인 문학 능력 신장을 위한 개념적 지식, 방법적 지식 등을 강조하기 시작했다. 문학 교육과정이 '문학의 경험'을 중시하던 경향과 '지식'을 강조하던 경향을 긍정적으로 포괄하면서 독자의 문학 '수행' 활동을 강조하는 방향으로 나아가게 된 것이다. 문학을 주체적으로 즐길 수 있는 주체를 길러 내기 위해서는 '일상생활에서의 즐거운 문학 경험', '문학 활동의 기초 역할을 하는 지식과 방법에 대한 이해', '문학을 수용하고 생산하는 문학 수행 활동'이 모두 조화를 이루어야 한다는 점을 상소한 것이라 할 수 있다. (다)의 '운율, 비유, 상징의 특성과 효과에 유의하며 작품을 감상하고 창작한다.'를 예로 들어 살펴보자. '운율, 비유, 상징의 특성'을 알고, 표현법이 지니는 효과를 이해하며, 나아가 표현법의 특성과 효과를 바탕으로 작품을 감상하고 창작하는 활동을 할 수 있도록 제시하고 있다. 그리고 '성취기준 적용 시 고려 사항'에서 "개별 작품에 대한 이해에 그치지 않고 문학과 사회의 영향 관계나 다른 작품들과의 관계 등 작품을 둘러싼 다양한 맥락을 고려하며 작품을 수용하고 생산하는 능력(교육부ㄱ, 2022: 55)"을 기르도록 할 것을 강조하고 있다. '운율·비유·상징에 대한 이해', '문학의 수용과 생산 활동', '감상과 창작을 통한 문학의 경험'을 모두 포괄하도록 하고 있는 것이다.

😀 **잠|깐|!**

'경험 중심 교육과정'과 '학문 중심 교육과정'

경험 중심 교육과정은 교육과정의 의미를 '학교의 지도하에 학생들이 가지게 되는 모든 경험'으로 정의한다. 경험 중심 교육과정의 관점은 교육과정을 '학생 개개인에 따라서 다르게 나타나는 경험 자체'라고 본다. 따라서 전통적인 교과목을 중요시하기보다는 인간 일상생활의 여러 영역에서 발생하는 문제들을 중심으로 교육 내용을 조직하는 방식을 더 선호한다(김재춘 외, 2017: 138-139).

학문 중심 교육과정은 '경험 중심 교육과정'에 대비되는 용어로서 학교에서 '지식의 구조'를 가르쳐야 한다고 보는 관점이다. 여기서 '지식의 구조'란 '각 학문의 기저를 이루고 있는 핵심 개념과 원리'를 뜻하는데, 주로 수학과와 과학과의 교육 내용이 예로 제시된다. 학문 중심 교육과정에서는 지식의 기본 개념, 원리 등을 학교 교육의 중심 내용으로 삼되, 학생들의 발달 단계에 맞게 교육 내용을 표현하고 계열적으로 조직하여 제시해야 한다고 보았다. 이후 최첨단의 학자들에게나 이해될 수 있는 '지식의 구조'를 어린 학생들의 교과에도 반영시키려고 함으로써, 학교 교육을 지나치게 어렵고 재미없는 것으로 만들어 버렸다는 비판을 받았다(김재춘 외, 2017: 112-116). 참고로, 우리나라에서 학문 중심 교육과정은 수학과, 과학과, 사회과 교육과정의 경우 제3차 교육과정 시기에, 국어과의 경우는 제4차 교육과정 시기에 적용되었다.

일방적 수용자에서 주체적인 문학 행위자로의 변화

문학 교육과정은 작품 중심·작가 중심 문학 교육에서 독자 중심 문학 교육으로 변화했으며, 그 과정에서 학습자의 위상은 '일방적 수용자'에서 '능동적인 주체'로, 더 나아가 '주체적인 문학 행위자'로 변화를 거듭하고 있다. 오랫동안 문학 수업에서 작품 해석은 그 내용이 이미 정해진 채 학생들에게 전달되었다. 교사는 전문적인 연구자들에 의해 논의된 작품 해석 내용을 학생들에게 그대로 전달하고, 학생들은 그 해석 내용을 일방적으로 수용하는 수업이 이루어진 것이다. 이런 수업으로는 학생들의 주체적인 문학 능력, 능동적인 문학 능력을 신장시킬 수 없다는 비판이 제기될 수밖에 없었다.

이에 대한 대안을 마련하고자 문학 교육과정은 작품에 대한 하나의 해석, 작가의 의도 중심의 해석 등을 강조하던 방식에서 벗어나 '독자의 주체적인 문학 능력', '다양한 작품 해석' 등을 강조하는 방향으로 나아갔다. 제6차 국어과 교육과정 시기에 중학교 교육 내용으로 "[2-문-(1)] 하나의 문학 작품에 대하여 생각하거나 느낀 점을 서로 이야기하여 보고, 읽는 이에 따라 감상이 다를 수 있음을 안다."라고 함으로써 감상의 다양성을, 고등학교 '문학' 과목에서는 '작품은 수용자의 상황에 따라 다양하게 해석될 수 있음을 안다.', '작품의 해석과 평가에는 다양한 시각과 방법이 있음을 이해한다.'라고 함으로써 '해석의 다양성'을 강조하기 시작했다. 이후 독자의 주체적인 문학 능력과 관련하여 '해석의 다양성'은 문학 교육과정의 기본 내용이 되었으며, 2022 개정 국어과 교육과정에서도 "[9국05-08] 근거를 바탕으로 작품을 해석하고, 다른 해석들과 비교하여 자신의 해석을 평가한다."라는 성취기준을 통해 독자에 따른 작품 해석의 다양성을 강조하고 있다.

한편, 학습자를 수용자로 보던 관점에서 더 나아가 직접 작품을 생산하는 주체로 설정할 필요가 있다는 문학 교육계의 논의에 따라 제7차 국어과 교육과정부터 '창작 교육'을 본격적으로 도입했다. 한 편의 작품 창작뿐만 아니라 문학적인 표현을 사용하여 말하거나 글을 쓰기도 하고, 작품에 대해 자신의 의견을 표현하기도 하고, 작품을 개작·모작·재구성하기도 하는 등의 활동이 문학 수업의 내용으로 자리 잡았다. '일방적 수용자에서 주체적인 문학 행위자로의 변화'에서 보여 주는 문학 교육의 관점은 학습자를 수용과 생산을 아우르는 문학 행위의 주체로 설정하고자 하는 것이다. 2022 개정 국어과 교육과정에서도 '핵심 아이디어'에서 학습자의 '문학 행위'를 강조함으로써 이러한 관점을 보여 주고 있다.

2 문학 교육과정의 이해

여기에서는 2022 개정 국어과 교육과정에 반영된 문학 교육의 특징을 중심으로 문학 교육과정에 대해 살펴보도록 하자.

1) 국어과 교육과정과 문학 교육

2022 개정 국어과 교육과정에서 '초등학교 1학년~중학교 3학년'은 '공통 교육과정', '고등학교 1학년~3학년'은 '선택 중심 교육과정'으로 편성하고 있다. 초등학교, 중학교의 경우 '국어' 과목을, 고등학교의 경우는 공통 과목으로 '공통국어1', '공통국어2'를 두고 있다. 고등학교 일반 선택 과목으로 '문학', 진로 선택 과목으로 '문학과 영상'이 있다. 2022 개정 국어과 교육과정의 교과목 구성을 정리하면 [표 8-1]과 같다.

[표 8-1] 2022 개정 국어과 교육과정의 교과목 구성(노은희 외, 2022ㄴ: 45)

교과(군)	공통 과목	선택 과목		
		일반 선택	진로 선택	융합 선택
국어	공통국어1 공통국어2	화법과 언어 독서와 작문 문학	주제 탐구 독서 문학과 영상 직무 의사소통	독서 토론과 글쓰기 매체 의사소통 언어생활 탐구

2) 공통 교육과정 '문학' 영역의 내용 체계

공통 교육과정 '문학' 영역 내용 체계는 [표 8-2]와 같다. 참고로, 고등학교 공통 과목인 '공통국어1', '공통국어2'의 '문학' 영역 내용 체계는 공통 교육과정 '문학' 영역과 동일하다.

핵심 아이디어

'문학' 영역 '핵심 아이디어'는 2022 개정 국어과 교육과정에서 표방하는 문학 교육의 관점을 잘 드러내는 부분으로, '국어', '공통국어1', '공통국어2' 과목 모두 동일한 내용으로 구성되어 있다. 핵심 아이디어는 '문학' 영역 학습'을 통해 '학생들이 성취하기를 기대하는 결과이자 내용 체계의 설계를 위한 핵심 조직자'(교육부, 2022ㄱ)로서 내용 체계의 제일 상단에 위치한다. 핵심 아이디어에서는 문학을 보는 관점, 문학 작품을 통한 소통, 문학의 수용과 생산, 문학에 대한 가치·태도

[표 8-2] '국어' 과목의 '문학' 영역 내용 체계

핵심 아이디어	• 문학은 인간의 삶을 언어로 형상화한 작품을 통해 즐거움과 깨달음을 얻고 타자와 소통하는 행위이다. • 문학 작품을 통한 소통은 작품의 갈래, 작가와 독자, 사회와 문화, 문학사의 영향 등을 고려하며 이루어진다. • 문학 수용·생산 능력은 문학의 해석, 감상, 비평, 창작 활동을 통해 향상된다. • 인간은 문학을 향유하면서 자아를 성찰하고 타자를 이해하며 공동체의 일원으로 성장한다.			
범주	**내용 요소**			
	초등학교			중학교
	1~2학년	3~4학년	5~6학년	1~3학년
지식·이해 — 갈래	• 시, 노래 • 이야기, 그림책	• 시 • 이야기 • 극	• 시 • 소설 • 극 • 수필	• 서정 • 서사 • 극 • 교술
지식·이해 — 맥락		• 독자 맥락	• 작가 맥락 • 독자 맥락	• 작가 맥락 • 독자 맥락 • 사회·문화적 맥락
과정·기능 — 작품 읽기와 이해	• 낭송하기, 말놀이하기 • 말의 재미 느끼기	• 자신의 경험을 바탕으로 읽기 • 사실과 허구의 차이 이해하기	• 작가의 의도를 생각하며 읽기 • 갈래의 기본 특성 이해하기	• 사회·문화적 상황을 생각하며 읽기 • 연관된 작품들과의 관계 이해하기
과정·기능 — 해석과 감상	• 작품 속 인물 상상하기 • 작품 읽고 느낀 점 말하기	• 인물의 성격과 역할 파악하기 • 이야기의 흐름 생각하며 감상하기	• 인물, 사건, 배경 파악하기 • 비유적 표현에 유의하여 감상하기	• 근거를 바탕으로 작품 해석하기 • 갈등의 진행과 해결 과정 파악하기 • 보는 이, 말하는 이의 효과 파악하기 • 운율, 비유, 상징의 특성과 효과를 생각하며 감상하기
과정·기능 — 비평		• 마음에 드는 작품 소개하기	• 인상적인 부분을 중심으로 작품에 대해 의견 나누기	• 다양한 해석 비교·평가하기
과정·기능 — 창작	• 시, 노래, 이야기, 그림 등 다양한 형식으로 표현하기	• 감각적 표현 활용하여 표현하기	• 갈래 특성에 따라 표현하기	• 개성적 발상과 표현으로 형상화하기
가치·태도	• 문학에 대한 흥미	• 작품 감상의 즐거움	• 문학을 통한 자아 성찰 • 문학 소통의 즐거움	• 문학을 통한 타자 이해 • 문학을 통한 공동체 문제에의 참여 • 문학의 가치 내면화

등을 제시하고 있는데, 구체적인 내용을 살펴보면 다음과 같다.

- 문학은 인간의 삶을 언어로 형상화한 작품을 통해 즐거움과 깨달음을 얻고 타자와 소통하는 행위이다.
- 문학 작품을 통한 소통은 작품의 갈래, 작가와 독자, 사회와 문화, 문학사의 영향 등을 고려하며 이루어진다.
- 문학 수용·생산 능력은 문학의 해석, 감상, 비평, 창작 활동을 통해 향상된다.
- 인간은 문학을 향유하면서 자아를 성찰하고 타자를 이해하며 공동체의 일원으로 성장한다.

첫째 항목에서는 문학 교육에서 문학을 어떻게 접근하고 있는지, 학습자가 문학을 어떻게 바라보아야 할지 잘 드러내고 있다. 특징적인 것은 문학을 "인간의 삶을 언어로 형상화한 작품을 통해 즐거움과 깨달음을 얻고 타자와 소통하는 행위"라고 명시하는 데서 알 수 있듯, 문학을 '독자가 수행해야 할 행위'의 관점에서 바라보고 있다는 점이다. 최근 문학 교육은 학습자가 주체적으로 실천하는 '문학 행위'를 강조하고 있다. '언어 행위로서의 문학'(최미숙, 2022), '학습자의 행위 주체성을 통한 문학 교육 생태계의 재구성'(염은열, 2023) 등은 문학이 분석의 대상으로만 타자화되었던 이전의 관점으로부터 벗어날 것을 요구하는 것이다. 독자의 주체성, 능동성에서 더 나아가 '행위성'을 강조하는 관점으로 볼 수 있다.

둘째 항목에서는 문학 작품을 통한 소통 과정에서 무엇을 고려해야 하는지 제시하고 있다. 고려해야 할 사항으로는 '문학 작품 갈래의 특성', 문학 작품을 둘러싼 다양한 맥락으로서의 '작가와 독자', '사회와 문화', '문학사의 영향' 등을 들고 있다. 셋째 항목에서는 문학의 수용과 생산 능력의 신장을 위한 다양한 활동 형태를 해석, 감상, 비평, 창작으로 제시하고 있다. 넷째 항목에서는 문학 교육의 궁극적 지향점이 문학을 향유하면서 자아를 성찰할 뿐만 아니라 타자를 이해하면서 공동체의 일원으로 성장할 수 있도록 한다는 점을 강조하고 있다. 특히 문학의 향유를 통한 인간의 성장을 제시했다는 점에 주목할 필요가 있다. 문학의 수용과 생산이 문학 작품의 해석, 감상, 비평, 창작 활동으로 국한되는 것이 아니라 궁극적으로 문학의 향유와 함께 이루어져야 한다는 점, 나아가 문학의 향유가 자아를 성찰하고 타자를 이해하며 공동체의 일원으로 성장하는 데 중요한 역할을 한다는 점을 강조하고 있다.

내용 체계

2022 개정 국어과 교육과정에서는 '문학' 영역의 내용을 크게 '지식·이해', '과정·기능', '가치·태도'로 범주화하였으며 각 범주별로 하위 범주를 두고 있다. '지식·이해'는 '갈래'와 '맥락'을 하위 범주로 하고 있으며, '과정·기능'은 '작품 읽기와 이해', '해석과 감상', '비평', '창작'을 하위 범주로 하는데 주로 문학의 수용과 생산 활동으로 구성되어 있다. '작품 읽기와 이해', '해석과 감상', '비평'은 주로 수용 활동과 관련이 있으며, '창작'은 생산 활동과 관련이 있다. '과정·기능' 범주에서는 작품 이해·해석·감상·비평·창작 활동에 필요한 개념, 방법적 지식, 수용과 생산의 전략 등이 중요한 내용으로 선정되어 있다. '가치·태도' 범주는 '문학에 대한 태도'와 '문학 주체의 정체성 형성'에 관련된 내용(노은희 외, 2022ㄴ: 217)을 담고 있다.

성취기준

'국어', '공통국어1', '공통국어2' 과목의 '문학' 영역 성취기준을 정리하면 [표 8-3]과 같다. '문학' 영역의 성취기준은 내용 체계의 세 가지 범주 중 '과정·기능', '가치·태도'의 내용 요소들을 중심으로 제시되어 있다. '지식·이해'의 내용 요소들은 문학 영역의 모든 성취기준에 결합되어 있다고 전제했기 때문이다(노은희 외, 2022ㄴ).

초등학교 저학년 시기 '초등학교 1~2학년', '초등학교 3~4학년'의 교육 내용으로 '재미', '즐거움', '흥미', '재미나 감동' 등 문학 활동의 재미와 즐거움을 강조하고 있다. 문학 활동의 재미와 즐거움은 문학이 우리 삶과 오랜 기간 함께 할 수 있었던 핵심적인 속성이다. 초등학교 저학년 시기의 성취기준은 문학을 읽고 표현하는 활동 자체가 재미있고 즐거운 것이라는 점을 초등학교 저학년 시기부터 느껴야 궁극적으로 문학의 생활화에 이를 수 있다는 관점을 반영한 것으로 볼 수

[표 8-3] '문학' 영역 성취기준

	성취기준
초등학교 1~2학년	[2국05-01] 말놀이, 낭송 등을 통해 말의 재미와 즐거움을 느낀다. [2국05-02] 작품을 듣거나 읽으면서 느끼거나 생각한 점을 말한다. [2국05-03] 작품 속 인물의 모습, 행동, 마음을 상상하여 시, 노래, 이야기, 그림 등으로 표현한다. [2국05-04] 시나 노래, 이야기에 흥미를 가진다.
초등학교 3~4학년	[4국05-01] 인물과 이야기의 흐름을 중심으로 작품을 감상한다. [4국05-02] 자신의 경험을 바탕으로 작품 속 세계와 현실 세계를 비교하여 작품을 감상한다. [4국05-03] 작품을 듣거나 읽고 마음에 드는 작품을 소개한다. [4국05-04] 감각적 표현에 유의하여 작품을 감상하고, 감각적 표현을 활용하여 자신의 생각이나 감정을 표현한다. [4국05-05] 재미나 감동을 느끼며 작품을 즐겨 감상하는 태도를 지닌다.
초등학교 5~6학년	[6국05-01] 작가의 의도를 생각하며 작품을 읽는다. [6국05-02] 비유적 표현의 효과에 유의하여 작품을 감상한다. [6국05-03] 소설이나 극을 읽고 인물, 사건, 배경을 파악한다. [6국05-04] 인상적인 부분을 중심으로 작품에 대한 의견을 나눈다. [6국05-05] 자신의 경험을 시, 소설, 극, 수필 등 적절한 갈래로 표현한다. [6국05-06] 작품을 읽고 자신의 삶과 연관 지어 성찰하는 태도를 지닌다.
중학교 1~3학년	[9국05-01] 운율, 비유, 상징의 특성과 효과에 유의하며 작품을 감상하고 창작한다. [9국05-02] 갈등의 진행과 해결 과정을 파악하며 작품을 감상한다. [9국05-03] 인간의 성장을 다룬 작품을 읽으며 문학의 가치를 내면화한다. [9국05-04] 보는 이나 말하는 이의 특성과 효과를 파악하며 작품을 감상한다. [9국05-05] 작품에 반영된 사회·문화적 상황을 이해하며 작품을 감상한다. [9국05-06] 자신의 경험을 개성적인 발상과 표현으로 형상화한다. [9국05-07] 연관성이 있는 다른 작품들과의 관계를 파악하며 작품을 감상한다. [9국05-08] 근거를 바탕으로 작품을 해석하고, 다른 해석들과 비교하여 자신의 해석을 평가한다. [9국05-09] 문학을 통해 타자를 이해하고 공동체의 문제에 참여하는 태도를 지닌다.
공통국어1	[10공국1-05-01] 문학 소통의 특성을 고려하며 문학 소통에 참여한다. [10공국1-05-02] 갈래에 따른 형상화 방법의 특성을 고려하며 작품을 수용한다. [10공국1-05-03] 작품 구성 요소의 유기적 관계와 맥락에 유의하여 작품을 수용하고 생산한다.
공통국어2	[10공국2-05-01] 한국 문학사의 흐름을 고려하여 작품을 수용한다. [10공국2-05-02] 주체적인 관점에서 작품을 해석하고 평가하며 문학을 생활화하는 태도를 지닌다.

있다.

초등학교 고학년 시기 '초등학교 5~6학년'부터 문학의 수용과 생산을 위한 기본 개념과 방법을 바탕으로 한 활동이 시작된다. '비유', '인물·사건·배경' 등의 개념이나 방법적 지식을 다루기 시작하며, '시, 소설, 극, 수필' 등 문학 장르를 바탕으로 한 창작 활동을 시작한다. 또한 작가 맥락(작가의 의도), 독자 맥락(자신의 삶과 연관지어 성찰하는 태도)에 따른 문학 활동이 이루어지도록 하고 있다. '중학교 1~3

학년'에서는 문학적 장치 혹은 속성을 중심으로 문학의 수용과 생산방법에 대한 교육이 본격적으로 이루어진다. 초등학교 단계에서부터 시작된 문학에 대한 흥미나 감동, 문학 활동을 위한 기본 개념과 방법을 바탕으로 작품을 분석하고 이해하는 활동으로 나아갈 수 있도록 구조화하고 있다. '공통국어1', '공통국어 2'에서는 이제까지의 교육을 바탕으로 문학 소통과 문학사 교육이 이루어지도록 하고 있다. 중학교 1~3학년에서 학습한 문학적 장치 혹은 문학 속성에 대한 학습이 작품 구성 요소의 유기적 관계와 맥락에 대한 학습으로 연계될 수 있도록 구조화하였음을 알 수 있다.

전반적으로 문학 영역의 성취기준이 주로 문학의 수용 중심으로 제시되어 있고, 창작 관련 활동이 소략한 점은 아쉬움으로 남는다. 그동안 문학 교육은 문학의 수용 활동 못지않게 생산 활동 또한 강조해 왔다. 특히 학생의 행위 주체성을 강조하는 최근 교육의 경향을 고려할 때, 문학적 표현 및 문학 창작 교육은 앞으로도 강조해야 할 교육 내용이라 할 수 있다. 이는 앞으로 학교 현장에서 문학적 표현 혹은 창작 관련 성취기준을 통합한 다양한 형태의 수업을 통해 보완할 필요가 있다.

3) 선택 중심 교육과정의 '문학', '문학과 영상' 과목

'문학' 과목

고등학교 일반 선택 과목 '문학'의 내용 체계는 [표 8-4]와 같다. '문학' 과목은 초등학교 및 중학교 '국어'와 고등학교 '공통국어1', '공통국어2'의 '문학' 영역을 심화·확장한 과목이다. 내용 요소는 대부분 공통 교육과정 '문학' 영역과 유사하다. 다만 '지식·이해' 범주에서 문학의 본질, 한국 문학의 특성에 대한 이해를 강조하는 차이를 보인다. 핵심 아이디어에 '문학 향유자'라는 용어가 등장했다는 점에 주목할 필요가 있다. '향유자'라는 용어는 기존에 사용하던 '생산자'와 '수용자'를 포괄하면서 동시에 문학을 즐기는 주체의 측면을 강조하기 위한 것으로 보인다. '문학' 과목의 성취기준은 [표 8-5]와 같다.

[표 8-4] '문학' 과목의 내용 체계

핵심 아이디어	• 문학은 상상력과 창의성을 발휘하여 인간의 삶을 언어로 형상화하는 생산 행위이자 그 결과물을 통해 타자와 소통하고 아름다움을 향유하는 수용 행위이다. • 문학은 세계에 대한 인식과 형상화 방식에 따라 여러 갈래로 나뉘며 문학 작품의 생산과 수용에는 다양한 맥락이 작용한다. • 한국 문학은 한국인의 삶과 미의식을 반영하고 사회와 상호 작용하며 역사적으로 전개되어 왔다. • 문학 향유자는 문학을 통해 자아를 성찰하고 타자를 이해하며 공동체의 문제 해결에 참여하는 태도를 지니고 주체적으로 문학을 생활화한다.
범주	**내용 요소**
지식·이해	• 문학의 본질과 기능 • 한국 문학의 성격과 역사 • 한국 문학의 보편성과 특수성
과정·기능	• 문학의 특성 탐구하기 • 문학 작품 해석하기 • 문학 작품 감상하기 • 문학 작품 비평하기 • 문학 작품 재구성·창작하기 • 문학 소통하기
가치·태도	• 문학을 통한 자아 성찰과 타자 이해 • 문학과 공동체 참여 • 문학의 생활화

[표 8-5] '문학' 과목의 성취기준

과목	성취기준
문학	[12문학01-01] 문학이 인간과 세계에 대한 이해를 돕고, 삶의 의미를 깨닫게 하며, 정서적·미적으로 삶을 고양함을 이해한다. [12문학01-02] 문학의 여러 갈래들의 특성과 문학의 맥락에 대해 이해한다. [12문학01-03] 주요 작품을 중심으로 한국 문학의 범위와 갈래, 변화 양상을 탐구한다. [12문학01-04] 한국 문학에 반영된 시대 상황을 이해하고 문학과 역사의 상호 영향 관계를 탐구한다. [12문학01-05] 한국 작품과 외국 작품을 비교하며 읽고 한국 문학의 보편성과 특수성을 파악한다. [12문학01-06] 문학 작품에서는 내용과 형식이 긴밀하게 연관됨을 이해하며 작품을 수용한다. [12문학01-07] 작품을 공감적, 비판적, 창의적으로 감상하며, 다양한 방식으로 작품에 대해 비평한다. [12문학01-08] 작품을 읽고 새로운 시각으로 재구성하거나 주체적인 관점에서 작품을 창작한다. [12문학01-09] 다양한 매체로 구현된 작품의 창의적 표현 방법과 심미적 가치를 문학적 관점에서 수용하고 소통한다. [12문학01-10] 문학을 통하여 자아를 성찰하고, 타자를 이해하며 상호 소통한다. [12문학01-11] 문학을 통해 공동체가 처한 여러 문제들을 이해하고 문제 해결에 참여하는 태도를 지닌다. [12문학01-12] 주체적인 문학 활동을 생활화하여 지속적으로 문학을 즐기는 태도를 지닌다.

'문학과 영상' 과목

'문학과 영상'은 초등학교 및 중학교 '국어'와 고등학교 '공통국어1, 공통국어2'의 '문학' 영역과 '매체' 영역 관련 내용을 통합적으로 심화·확장한 과목으로, 2022 개정 국어과 교육과정에서 신설된 진로 선택 과목 중 하나다. '문학과 영상'의 내용 체계는 [표 8-6]과 같다.

'문학과 영상'은 문학 작품과 영상물을 수용·생산하는 능력을 길러 교육, 연구, 창작, 문화산업 등 관련 분야의 진로에 필요한 문화적 역량을 함양하는 데에 목적이 있다(교육부, 2022ㄱ). '문학과 영상' 과목의 내용 역시 '지식·이해', '과정·기능', '가치·태도'로 범주화되어 있다. 2022 개정 국어과 교육과정에서는 '영상'을 "시각적 요소와 청각적 요소의 결합과 배치를 통해 영화, 드라마, 광고, 애니메이션 등 다양한 장르를 창출해 온 분야"(교육부, 2022ㄱ: 162)로 설명하고 있다. 핵심 아이디어에서 제시하고 있듯, 문학과 영상은 긴밀한 연관 관계 속에서 상호 작용하면서 발전해 왔으며 앞으로도 서로 변용과 창조의 계기로 작용하면서 발전하게 될 분야라 할 수 있다.

'문학과 영상' 과목의 성취기준은 [표 8-7]과 같다.

[표 8-6] '문학과 영상' 과목의 내용 체계

핵심 아이디어	• 문학은 다양한 형상화 방법을 가진 언어 예술인 동시에 다른 예술 분야에 영감을 주는 상상력의 원천이다. • 영상은 시각적 요소와 청각적 요소의 결합을 통해 현실 세계와 상상의 세계를 효과적으로 구현한다. • 문학과 영상은 긴밀한 연관 관계 속에서 발전해 왔으며 상호 작용을 통해 서로 변용과 창조의 계기가 된다.
범주	내용 요소
지식·이해	• 문학의 형상화 방법 • 영상의 형상화 방법 • 문학과 영상 관련 문화적 소양
과정·기능	• 단일양식과 복합양식의 특성과 효과 고려하여 수용하기 • 인쇄물과 디지털 매체를 통한 공유의 특성과 효과 고려하여 수용하기 • 문학과 영상의 영향 관계와 상호 작용의 효과 파악하기 • 문학 창작의 요소와 기법에 유의하여 수용·생산하기 • 영상 창작의 요소와 기법에 유의하여 수용·생산하기 • 유사한 소재를 중심으로 통합적으로 수용하기 • 적절하고 효과적인 경로로 창작물 공유하기

가치·태도	• 비판적 수용과 성찰 • 창의적 사고와 적극적 소통 • 윤리적 책임 인식과 능동적 참여

[표 8-7] '문학과 영상' 과목의 성취기준

과목	성취기준
문학과 영상	[12문영01-01] 문학과 영상의 형상화 방법과 그 특성을 이해한다. [12문영01-02] 양식과 매체에 따른 특성과 효과를 고려하여 문학 작품과 영상물을 해석하고 비평한다. [12문영01-03] 문학 작품과 영상물 간의 영향 관계와 상호 작용의 효과를 파악한다. [12문영01-04] 문학 창작과 영상 창작의 요소와 기법을 바탕으로 문학 작품과 영상물을 수용·생산한다. [12문영01-05] 소재가 유사한 문학 작품과 영상물을 비교하면서 통합적으로 수용한다. [12문영01-06] 문학 작품과 영상물을 효과적으로 전달할 수 있는 경로와 매체를 선택하여 공유한다. [12문영01-07] 문학과 영상에 관련된 진로와 분야에서 요구하는 문화적 소양에 대해 탐구한다. [12문영01-08] 문학 작품과 영상물을 비판적으로 수용하며 자신의 삶을 성찰한다. [12문영01-09] 문학 작품과 영상물을 통해 창의적 사고를 표현하고 세계와 적극적으로 소통하는 태도를 가진다. [12문영01-10] 문학 작품과 영상물의 수용과 생산 활동에 따르는 윤리적 책임을 인식하면서 주체적이고 능동적으로 참여한다.

3 문학 교육과정의 해석

1) 문학 교육과정 내용 조직의 원리

문학 교육과정 내용 조직의 원리를 '계속성', '계열성과 위계성', '통합성'의 차원에서 살펴보고자 한다. 교육과정 내용 조직의 원리는 교육과정을 이해하는 데에는 물론 교육과정을 재구성하는 데에도 유용하게 활용될 수 있다.

계속성

'계속성'이란 교육 내용 요소를 수직적으로 반복하는 것, 즉 교육 내용의 여러 요소를 일정 기준에 따라 종적으로 반복하여 제시하는 원리이다. 이 원리는 교육에서 다루어야 할 "중요한 개념, 원리, 사실 등을 어느 정도 계속해서 반복 학습할 수 있도록 하기 위한 것"(우한용 외, 1997: 154)이다. 중요한 개념, 원리, 사실 등을 동일 학년에 반복하여 제시할 수도 있으며 몇 개의 학년 혹은 학년군에 반복하여 제시하는 방식을 취할 수도 있다(최미숙, 2014).

2022 개정 국어과 교육과정의 경우 계속성을 고려한 예로 '비유' 관련 교육 내용을 들 수 있다. '초등학교 5~6학년'의 성취기준으로 "비유적 표현의 효과에 유의하여 작품을 감상한다."([6국05-02])를, '중학교 1~3학년'의 성취기준으로 "운율, 비유, 상징의 특성과 효과에 유의하며 작품을 감상하고 창작한다."([9국05-01])를 제시하고 있는데, 이는 '비유'를 초등학교와 중학교에 걸쳐 계속해서 반복 학습할 수 있도록 하기 위한 것이라 할 수 있다.

항목	성취기준	
비유 표현	• [6국05-02] 비유적 표현의 효과에 유의하여 작품을 감상한다.	• [9국05-01] 운율, 비유, 상징의 특성과 효과에 유의하며 작품을 감상하고 창작한다.

한편, '계속성'을 구현한 또 다른 예로 일본의 자국어 교육과정에 제시된 비유 관련 내용을 들 수 있다. 일본의 자국어 교육과정(文部科学省, 2017ㄱ; 2017ㄴ; 2018)에서는 '표현의 기법'이라는 항목에서 초등학교, 중학교, 고등학교에 걸쳐 비유 관련 내용을 제시하고 있다. 이를 통해 비유 관련 내용을 '소학교 5~6학년', '중학교 1학년', '현대의 국어(고등학교)'에서 반복하여 학습할 수 있도록 하였다.

소학교 5~6학년	중학교 1학년	현대의 국어(고등학교)
비유나 반복 등의 표현 방식을 공부하여 깨닫는다.	비유, 반복, 도치, 체언 끝맺기 등의 표현 기법을 이해하고 사용한다.	비유, 예시, 다른 말로 바꿔 말하기 등의 수사법, 직접적 표현과 완곡한 표현을 이해하고 사용한다.

계속성을 구현하기 위해서는 몇 가지 전제가 있다. 우선, 해당 교육 내용이 반복하여 교육할 필요가 있을 정도로 핵심적이고도 중요한 내용이어야 한다는 점이다. 그리고 단순 반복의 형태보다는 심화 반복의 형태로 구조화하는 것이 좋다. 이

런 점에서 계속성의 원리는 다음에서 서술할 '계열성, 위계성'과 밀접한 관련을 지닌다.

계열성과 위계성

'계열성'은 '교육과정의 종적 조직에 관계되는 원칙'(서울대학교 교육연구소 편, 1994)이라는 점에서 계속성과 같은 특성을 공유하고 있다. 그러나 계속성이 중요한 개념, 원리, 사실 등의 반복에 관한 원리라면 계열성은 "선행 경험의 배경에 토대하여 후속 경험을 계획하는 것"(우한용 외, 1997: 155)이며, 이를 통해 궁극적으로 "질적인 심화성과 양적인 확대성의 원리"(우한용 외, 1997: 155)를 구현하고자 하는 것이다.

일반적으로 "계열성이 선행/후행 개념에 입각한 원칙이라면 위계성은 상위/하위 개념에 의존"(김창원, 2011: 125)한다. 여기서 위계성에서의 상위/하위 기준은 일반적으로 '문학 능력의 발달'을 전제로 하는 경우가 많다(최미숙, 2014). "계열성이 선행 학습 내용과 후행 학습 내용이 하나의 일관된 개선을 이루어 체계적으로 제시되어야 한다는 뜻"(김창원, 2011: 125)이라면 위계성은 문학 능력 발달 단계를 기준으로 하여 상위인가 하위인가 하는 차원에서 접근해야 한다는 의미이다. 예를 들면, 저학년에서는 문학 일반의 속성을 바탕으로 하다가 고학년으로 갈수록 구체적인 장르, 개별적 특성, 변별적인 관습 등으로 전개하는 경우를 들 수 있다(김대행, 1998ㄱ: 171). 이는 지적 능력의 발달이 일반적이고 포괄적인 데서 점차 특수하고 구체적이며 개별적인 데로 나아간다는 점을 바탕으로 한 것이다.

국어과 교육과정의 경우 실제 교육 내용 조직 과정에서 '학습의 단계'를 고려하는 경우가 많다. 학습의 단계는 계열성, 위계성과 밀접한 관련을 지니고 있어, 계열성과 위계성의 원리 중 어느 것을 적용했는지 분명하게 구별하기 어려운 경우가 많다. 계열성과 위계성을 동시에 구현했거나 그 차이를 가리기 어려운 경우가 존재하는 것이 사실이다. 이런 점 때문에, 국어 교육 논의에서는 위계성의 의미를 계열성을 포함하여 사용하는 경우가 많다. 그 이유는 아마도 교육 내용을 조직할 때 '선행/후행'의 방식이 학년별이나 학년군별 혹은 학교급별로 배치되었을 경우 동시에 '상위/하위'의 모습을 띠는 경우가 많기 때문일 것이다(최미숙, 2014).

2022 개정 국어과 교육과정에서도 공통 교육과정의 경우 "내용 요소의 계열성과 위계성을 고려하여 학년(군)별 수준과 범위를 선정"(노은희 외, 2022ㄴ: 54)했음을 밝히고 있다. 계열성과 위계성을 따로 구분하지 않고 있는 것이다. 다음은 2022 개정 국어과 교육과정에서 계열성과 위계성이 드러난 성취기준(및 기타)의 예를 제시해 본 것이다.

항목	성취기준			
인물의 이해	• [2국05-03] 작품 속 인물의 모습, 행동, 마음을 상상하여 시, 노래, 이야기, 그림 등으로 표현한다.	• [4국05-01] 인물과 이야기의 흐름을 중심으로 작품을 감상한다.	• [6국05-03] 소설이나 극을 읽고 인물, 사건, 배경을 파악한다.	
문학적 표현 및 창작	• [2국05-03] 작품 속 인물의 모습, 행동, 마음을 상상하여 시, 노래, 이야기, 그림 등으로 표현한다.	• [4국05-04] 감각적 표현에 유의하여 작품을 감상하고, 감각적 표현을 활용하여 자신의 생각이나 감정을 표현한다.	• [6국05-05] 자신의 경험을 시, 소설, 극, 수필 등 적절한 갈래로 표현한다.	• [9국05-06] 자신의 경험을 개성적인 발상과 표현으로 형상화한다.

'인물의 이해' 관련 성취기준을 살펴보자. 작품 속 '인물'에 대한 내용이 '초등학교 1~2학년'에서는 인물의 모습, 행동, 마음을 상상하는 활동으로, '초등학교 3~4학년'에서는 인물과 이야기의 흐름을 중심으로 작품을 감상하는 활동으로 제시되었다. '인물의 모습, 행동, 마음을 상상하는 활동'에서 '인물의 성격과 역할에 대한 이해를 바탕으로 시간적 순서나 인과관계를 생각하며 이야기의 흐름을 파악하는 활동'으로 심화되고 있는 것이다. 더 나아가 '초등학교 5~6학년'에서는 인물의 성격과 사건의 전개 과정의 관계, 인물의 성격이 사건 전개 과정에 끼치는 영향, 사건의 전개 과정과 배경의 관련, 배경의 변화에 따른 사건 전개 과정의 변화 등을 파악하여 작품을 깊이 있게 감상하도록 하고 있다.

계열성과 위계성의 관점에서 창작 교육 내용을 살펴보자. '초등학교 1~2학년'에서는 작품 속 인물의 모습, 행동, 마음을 상상하여 다양한 장르로 표현하는 활동부터 시작하도록 하고 있다. 작품 속 다양한 인물의 특성을 고려하면서 이어질 이야기를 상상하여 표현하는 활동은 작품의 이해와 감상이 전제되어야 가능하다. '초등학교 3~4학년'에서는 작품에 나타난 감각적 표현을 활용하여 자신의 생각이나 감정을 표현하도록 하고 있다. '초등학교 1~2학년'과 '초등학교 3~4학년'의 성취기준이 작품을 읽은 후 표현하는 활동이라면, '초등학교 5~6학년'에서는 자신의 경험을 적절한 갈래로 표현하라고 함으로써 갈래별 창작 교육이 이루어지도록 하고 있다. 이러한 창작 교육은 '중학교 1~3학년'에서 자신의 경험을 개성적인 발상과 표현으로 형상화하는 활동으로 심화되고 있다. 초등학교 저학년에서는 학습자의 부담을 고려하여 '시, 노래, 이야기, 그림 등으로 표현하는 활동'(초등학교 1~2학년)부터 시작해서 '감각적 표현을 활용하여 자신의 생각이나 감정을 표현하는 활동'(초등학교 3~4학년)으로 구체화하고, 점차 '갈래별 특성에 따른 표현'(초등학교 5~6학년), '개성적인 발상과 표현으로 형상화하는 활동(중학교 1~3학년)으로 심화시켜 나가며, 고등학교 단계에서는 작품 구성 요소의 유기적 관계와 맥락에 유의하여 작품을 생산하는 활동('공통국어1')을 하도록 하고 있다.

통합성

'계열성'이 내용의 수직적 조직에 관련된 것이라면, 통합성은 내용의 수평적 조직에 해당한다(이경섭, 1999: 277). 통합성은 어느 한 영역에 제시된 경험, 능력 등의 교육 내용을 다른 영역의 그것들과 어떻게 상호 관련시키느냐 하는 문제이다(우한용 외, 1997: 156). 통합성을 고려하여 서로 밀접한 관련을 지닌 교육 내용을 각기 다른 영역의 동일 학년(군)에 배열할 경우, 교육과정 내용을 학교 현장에서 실천하는 데 많은 도움이 된다. 예를 들어 비유 표현과 관련된 내용을 '쓰기' 영역에서 글쓰기 방법으로 제시하고, '문학' 영역에서도 작품의 이해와 표현 방법으로 제시하는 경우를 생각해 보자. 학교 현장에서 '쓰기' 영역과 '문학' 영역을 통합하여 비유의 개념을 이해하고 문학 작품을 이해하고 표현하며, 또한 비유 표현을 활용하여 일상적인 글을 쓰는 수업을 할 수 있을 것이다.

2022 개정 국어과 교육과정에서는 "국어과의 영역 간 통합적 국어 활동 강화"(노은희 외, 2022ㄴ: 20)를 강조하고 있다. 통합성을 구현하는 방식으로는 '국어과 교육과정의 여섯 영역 간 통합', '지식·이해'와 '과정·기능'의 통합, '과정·기능'과 '가치·태도' 등의 통합도 가능하다. 다음은 영역 간 통합의 예를 제시한 것이다.

'읽기' 영역	'문학' 영역
• [2국02-04] 인물의 마음이나 생각을 짐작하고 이를 자신과 비교하며 글을 읽는다.	• [2국05-03] 작품 속 인물의 모습, 행동, 마음을 상상하여 시, 노래, 이야기, 그림 등으로 표현한다.

두 성취기준은 모두 '초등학교 1~2학년'에 제시되었으며 '인물에 대한 이해'라는 공통분모를 지니고 있다. [2국02-04] 성취기준은 글에 등장하는 인물의 마음과 생각을 짐작하는 능력과 타인에 대한 공감 능력을 기르기 위해 설정한 것이다. 인물의 마음이나 생각을 짐작하는 활동은 [2국05-03]의 작품 속 인물의 모습, 행동, 마음을 상상하는 활동과 밀접한 관련이 있다. 두 성취기준을 통합하여 자신이 읽은 글 혹은 작품 속 인물을 자신과 비교하면서 시, 노래, 이야기, 그림 등으로 표현하는 활동이 가능할 것이다. 통합성을 구현하기 위해서는 단순히 관련 있는 요소의 결합으로 그치는 것이 아니라 교수·학습 과정에서 유기적인 통합이 이루어지도록 해야 한다.

한편, 교과 내 통합뿐만 아니라 다른 교과의 성취기준 중 국어과와 서로 밀접한 관련이 있는 성취기준을 통합하여 교육하는 교과 간 통합도 가능하다. 더 나아가 문학의 생활화와 관련지어 국어과 교육과정 내용과 학교 밖 생활을 통합한 수업도 진행할 수 있을 것이다.

2) 문학 교육 기획과 교육과정 재구성 주체로서의 교사

교사의 현장 실천을 통해 완성되는 '교육과정'

교육과정은 국가가 고시한 추상적인 문서라는 성격을 지닌다. 교육과정은 학교 교육의 기본 틀과 개략적인 교육 내용 및 방법을 제시하기에, 학교 교육에서 구현해야 할 구체적인 내용을 담아내지는 못한다. 바로 이 부분이 교사가 교육과정을 재구성해야 하는 출발점이 된다. 추상적인 교육과정을 학교 현장에 맞게 구체화하기 위해서는 교사의 역할이 중요하다. 추상적으로 서술되어 있는 교육 내용을 학교 교실에서 살아 숨 쉬도록 구체화하는 것, 즉 성취기준을 학교 현장에서 구현할 수 있도록 의미 있는 문학 활동으로 구체화하는 것이 교사의 중요한 과제다.

교육과정에 교사가 적극 개입해야 하는 것이다.

그동안 교사에 대해서는 '수업 시간에 학생들을 잘 가르치는 사람'이라는 관점에서 바라보았다. 이런 관점에서 보면, 교사는 주어진 교육과정을 교실 수업에서 적용하는 역할을 하는 사람이다. 하지만 최근 교사에게 요구되는 중요한 전문성 중 하나는 '교육과정 재구성' 능력이다. 오랫동안 중요하게 생각했던 "수업 전문성을 넘어 교육과정 전문성"(박윤경 외, 2021: 14)을 강조해야 한다는 논의, 즉 "교육과정이 지향하는 바를 읽어 내고 이를 구현할 수 있는 교사의 전문적 역량"(박윤경 외, 2021: 22)이 필요하다는 논의가 부상하고 있다. 행정적 고시로 공포되는 교육과정이란 그 자체로 하나의 실체일 것이다. 하지만 교육과정은 학교 교육에서 실질적으로 구현될 때 비로소 살아 숨 쉬는 실체로 완성된다는 점(박윤경 외, 2021)을 강조할 필요가 있다.

앞서 서술했듯 우리나라는 국가 수준의 교육과정 체제를 유지하고 있다. 국가가 교육과정을 개발하고, 각 지역과 학교 단위에서 그 교육과정을 적용하는 방식이다. 그런데 이러한 중앙집권적 방식 때문에 문제점이 발생할 수 있다는 점도 고려해야 한다. 전국 단위의 획일적인 교육이 이루어질 수 있으며, 지역이나 학교 단위 단위에서 이루어질 수 있는 창의적인 교육의 모색이 어려워진다. 무엇보다 교사의 역할이 주어진 교육과정을 적용하는 존재로 축소된다는 점이 문제다. 최근에는 이런 점을 고려하여 지역 교육청 단위의 차별화된 교육 시책을 강조하면서 특색 있는 교육을 하고자 노력하고 있다. 지역 단위 혹은 학교 단위에 특화된 문학 교육의 실질적 견인차로서의 교사를 강조하는 흐름 또한 부각되고 있다.

교육과정을 학교 현장에서 실행하기 위해서는 교사의 역할이 중요하다. 이제 우리 사회는 더 이상 교육과정을 기계적으로 적용하거나 실행하는 존재로서의 교사가 아니라, '교육과정의 기획자이자 연구자'(염은열, 2021)로서의 교사를 요구하고 있다. 국가에서 개발한 교육과정은 지역이나 단위 학교에서 실질적으로 구현될 때 그 효과를 입증할 수 있다. 국가 수준의 교육과정 체제를 운영한다 하더라도, 교사가 직접 지도하는 학교 현장은 지역에 따라 혹은 학습자의 특성에 따라 다양한 모습을 띨 수밖에 없다. 교사는 이러한 현장의 특성에 맞게 교육과정을 재구성하여 지도할 필요가 있다. 그것이 학생들의 배움과 성장에 실질적인 도움을 줄 것이기 때문이다. 교육과정 재구성이란 '교육과정의 성취기준을 학생들의 지역적 특성, 학력 수준 등의 환경과 교사의 교육과정 운영 역량 등을 고려하여 수업으로 새롭게 구성'(강대일, 2020)하는 것이다. 교육과정 재구성의 예로는 '범교과 주제를 중심으로 한 교과 간 통합 수업', '국어과 교육과정의 영역을 통합하여 실제 세계의 문제를 해결하기 위한 프로젝트형 수업'(염은열, 2021) 등을 들 수 있다.

학교 현장 친화적인 교육과정 재구성 수업

영역 간 성취기준 통합을 통한 교육과정 재구성 국어과 교육과정은 하위 범주로 '듣기·말하기, 읽기, 쓰기, 문법, 문학, 매체' 영역을 두고 각 영역별로 교육 내용을 구성하고 있다. 여기서 여섯 영역은 전체 국어 교육 내용을 일목요연하게 구조화하기 위해 세분한 것이라는 점을 고려해야 한다. 즉, 영역별로만 교육하라는 의미는 아니라는 점이다. 교육과정을 학교 현장에서 구현하는 과정에서 교사는 지역이나 학교 현장의 특성, 학습자의 학업 성취 정도, 학습자의 흥미나 관심, 교수·학습의 효율성 등을 고려하여 영역 통합 수업, 성취기준 통합 수업을 기획하고 운영할 수 있다.

예를 들면, 앞에서 서술했듯 '읽기' 영역의 "[2국02-04] 인물의 마음이나 생각을 짐작하고 이를 자신과 비교하며 글을 읽는다." 성취기준은 '문학' 영역의 "[2국05-03] 작품 속 인물의 모습, 행동, 마음을 상상하여 시, 노래, 이야기, 그림 등으로 표현한다."와 통합하여 지도할 수 있다. 또한 '매체' 영역의 "[2국06-02] 일상의 경험과 생각을 글과 그림으로 표현한다." 성취기준은 '문학' 영역의 "[2국05-02] 작품을 듣거나 읽으면서 느끼거나 생각한 점을 말한다."와 통합하여 수업할 수 있다. '중학교 1~3학년'의 "[9국05-01] 운율, 비유, 상징의 특성과 효과에 유의하며 작품을 감상하고 창작한다."와 "[9국06-05] 매체 자료의 재현 방식을 이해하고 광고나 홍보물을 분석한다." 성취기준도 통합하여 지도할 수 있다. 문학의 중요한 표현 방식인 운율, 비유, 상징 등은 매체 텍스트가 현실을 재현하는 중요한 방식이기도 하기 때문이다. 다양한 광고나 홍보물, 영상 텍스트 등에 사용된 표현 방식을 이해하고 분석하는 과정에서 운율, 비유, 상징의 특성과 효과 분석은 중요한 역할을 할 수 있을 것이다.

한편, 이제까지의 문학 수업은 학습 목표에 적절한 작품을 선정한 후 그 작품을 중심으로 수용하고 생산하는 교육을 진행해 왔다. 그런데 학습자의 발달 단계와 주제 의식을 중심에 놓고 적절한 작품을 선정한 후, 그 작품으로 다룰 수 있는 여러 성취기준을 통합하여 수업을 계획하고 실행하는 방식도 의미가 있을 것이다. 이는 문학 교육이 한 편의 작품을 온전히 읽는 데에만 초점을 두기보다 학습자가 문학 작품으로 어떤 활동을 하는 것이 의미 있는가 하는 것으로 초점을 옮길 필요가 있다는 것을 의미한다.

문학 활동 중심의 교육과정 재구성 '교육과정→교과서→교실'이라는 선형적 방식으로 내려오는 기존의 구조를 학습자의 문학 활동 중심으로 새롭게 구조화하는 방안을 고민할 필요가 있다. 국가가 고시한 교육과정으로부터 수직적으로 학교 교실로 내려오는 방식으로는 학교 현장에 맞는 문학 교육을 구현하기 어렵기 때문이다. 교육과정의 성취기준 하나하나에 얽매이는 교육으로부터 벗어나 학습자에게 어떤 문학 활동이 필요할 것인가를 수업의 출발점으로 삼아 교육과정을 재해석하자는 것이다. 이는 교육과정을 무시하거나 한쪽으로 밀어내자는 것을 의미하는 것이 아니다. 교육과정을 근거로 하되, 학습자의 학업 성취 정도 혹은 흥미 등을 중심으로 교육과정을 새롭게 재해석하자는 것이다. 예를 들면, 문학에 흥미를 느끼지 못하는 '초등학교 5~6학년' 학습자를 대상으로 교사는 학습자에게 문학의 흥미를 갖도록 교육과정을 재구성할 수 있다. "[6국05-04] 인상적인 부분을 중심으로 작품에 대한 의견을 나눈다."라는 성취기준을 지도하면서 학습자의 흥미를 이끌어 내기 위해 '1~2학년'에 있는 "[2국05-04] 시나 노래, 이야기에 흥미를 가진다."와 통합하여 지도할 수 있다. 또 학습자의 수준이나 흥미를 고려하여 '이야기를 읽고, 인상적인 등장인물을 선택한 후 그 이유를 작품과 관련지어 말해 보라'는 활동을 교사가 새롭게 설정하여 지도한 다음, 인상적이라고 생각하는 이유를 중심으로 작품에 대한 의견을 말하는 활동으로 나아갈 수도 있다.

이러한 지도의 핵심은 이미 짜인 교과서로 정해진 학습 활동만 진행하는 수업으로부터 벗어나자는 것, 또 교과서 내용도 학습자의 학업 성취도, 흥미나 관심 등을 고려하여 재구성하자는 것이다. 이런 교육이 가능하기 위해서는 교육과정에 대한 이해뿐만 아니라 교사 스스로 교육과정을 재구성하고 학습자의 특성에 맞게 교육과정을 새롭게 재해석할 수 있어야 할 것이다.

교과 간 성취기준 통합을 통한 교육과정 재구성　학교 교육과정은 각 교과별로 개발되고 있다. 교육과정에서는 각 교과가 엄격하게 분리되어 있으며, 각 교과는 해당 전공 교사들만 지도할 수 있다. 그런데 학습자의 삶과 생활은 분리된 교과처럼 각 학문 분야로 명확하게 구분되지 않는다. 학습자가 일상생활에서 실질적으로 부딪히는 다양한 문제 상황 역시 각 교과별 해결 방안을 단순히 합쳐 놓은 것으로 해결되지는 않을 것이다. 이런 점을 고려할 때 교과 간 성취기준의 통합 교육은 학교 현장에서 적극적으로 고려해야 할 사항이라 할 수 있다. 국어 교사라고 해서 국어과 교육과정에만 관심을 가질 것이 아니라 학습자의 발달 단계에 맞는 다른 교과의 교육과정에 대해서도 관심을 가져야 한다. 그래야 '범교과 주제를 중심으로 한 교과 간 통합 수업'이 실질적으로 가능해질 것이다. 특히 학습자의 '역량'을 교육의 지향점으로 설정한 후 교육과정 내용을 구성하는 최근 경향을 고려할 때, 교과 간 성취기준의 통합을 바탕으로 한 교육과정 재구성은 앞으로 더 중요해질 가능성이 크다.

몇 가지 예를 들어 보자. 국제 사회가 지구 환경 보전을 위해 공동 노력을 다짐하며 제정한 '환경의 날'을 기념하여 환경 및 생태 관련 주제 통합 교육을 기획할 수 있다. 2022 개정 국어과 교육과정의 "[9국05-09] 문학을 통해 타자를 이해하고 공동체의 문제에 참여하는 태도를 지닌다." 성취기준에서는 "가정, 학교, 이웃 사회, 생태환경 등 다양한 공동체의 문제와 그 해결 과정을 담은 작품을 읽고, 학습자가 속한 공동체의 문제에 대한 인식 능력과 실천적 참여 능력을 함양"할 것을 제시하고 있다. 이 성취기준은 2022 개정 사회과 교육과정의 "[9사(지리)12-02] 지역 개발과 환경 보존을 둘러싼 글로컬 환경 이슈에 관심을 가지고 자신의 웰빙 및 공동체의 지속가능한 발전을 위해 참여하고 실천한다.'라는 성취기준과 통합하여 지도할 수 있다. 이 성취기준은 "환경과 인간의 공존을 추구하며 자신과 타인 및 지구촌 구성원 전체의 웰빙을 기반으로 한 지속가능한 발전을 위해 참여하고 실천하는 기회를 제공하는 데 초점"을 두고 있다. 이렇듯 밀접한 관련이 있는 두 성취기준을 통합하여 생태환경 관련 문학 작품을 읽고, 작품이 담고 있는 문제

의식을 우리 사회에 적용하는 수업을 할 수 있다. 생태 관련 해결 방안을 모색하기 위한 토론을 할 수도 있고 보고서를 작성할 수도 있다. 생태환경을 위한 우리 모두의 공동 실천을 제안하는 글을 쓴 후 인터넷 게시판에 올리는 활동도 가능할 것이다. 한편, 매년 5월 20일 국가기념일로 지정된 '세계인의 날'은 다양한 민족·문화권의 사람들이 서로 이해하고 공존하는 다문화 사회를 이루어 가자는 취지로 제정되었다. 5월의 교육 내용으로 '세계인의 날'의 취지에 맞게 사회과와 국어과가 관련 성취기준을 통합하여 '다문화'를 주제로 한 통합 교육을 기획하는 방안도 가능하다.

그동안 학교 현장에서 교육과정 재구성은 주로 프로젝트 형식으로 진행되는 경우가 많았다. 그런데 최근 학교 현장에서는 교육과정 재구성을 장시간의 프로젝트로만 국한하지 않고, 차시 통합·차시 축소 등 다양한 형태로 진행하는 경우가 점점 늘고 있다고 한다. 다행스러운 현상이다. 학교 현장에 실질적인 도움이 되는 교육과정 재구성을 지속적으로 고민하고 실천하는 태도가 필요하다. | 최미숙

참고문헌

강대일(2020), 「평가계획서만 잘 짜도 절반은 성공」, 한국교육신문, 2020년 3월 5일.
교육부(2022ㄱ), 『국어과 교육과정』, 교육부 고시 제2022-33호[별책 5].
교육부(2022ㄴ), 『사회과 교육과정』, 교육부 고시 제2022-33호[별책 7].
김대행(1998ㄱ), 「매체언어 교육론 서설」, 『국어교육』 97, 7-44.
김대행(1998ㄴ), 「문학 교육론의 시각: 영국 자국어 교육의 연극관을 중심으로」, 『문학교육학』 2, 143-175.
김대행(2007ㄱ), 「매체환경의 변화와 국어교육의 방향」, 『국어교육학연구』 28, 5-36.
김대행(2007ㄴ), 「국어교육의 위계화」, 『국어교육연구』 19, 7-44.
김성진 외(2023), 『현대소설교육론』, 사회평론아카데미.
김재춘(2012), 『교육과정』, 교육과학사.
김재춘 외(2017), 『예비·현직 교사를 위한 교육과정과 교육평가(5판)』, 교육과학사.
김정우(2020), 「생태문학교육의 방향과 내용: 통합적 운영과 융합과목으로서의 가능성을 중심으로」, 『국어교육』 169, 1-27.
김창원(2011), 『문학 교육론: 제도화와 탈제도화』, 한국문화사.
노은희 외(2022ㄱ), 『2022 개정 국어과 교육과정 시안 개발 연구 토론회 자료집』(2022. 4. 22.), 교육부.
노은희 외(2022ㄴ), 『2022 개정 국어과 교육과정 시안(최종안) 개발 연구』, 한국교육과정평가원.

문영진 외(2019), 『처음 시작하는 현대소설 교육론』, 창비교육.

박윤경·김미혜·장지은(2021), 『교육과정 문해력 프로토콜』, 교육공동체벗.

서울대학교 교육연구소 편(1994), 『교육학용어사전』, 하우.

서울대학교 국어교육연구소(1999), 『국어교육학사전』, 대교출판.

양정실(2017), 「문학 교육과정 성취기준 해석과 교과서 구현 방식」, 『문학교육학』 55, 149-172.

염은열(2021), 「국어과 교육과정에 대한 현장으로부터의 질문과 도전: 교육과정 기획자로서의 교사의 출현」, 『문학교육학』 74, 45-76.

염은열(2023), 「문학하는 시대, 다시 '문학' 속으로: 진화와 전환을 위한 문학교육론」, 『문학교육학』 79, 261-291.

우한용 외(1997), 『문학교육과정론』, 삼지원.

윤여탁·최미숙·유영희(2020), 『시와 함께 배우는 시론』(제2판), 태학사.

이경섭(1999), 『교육 과정 쟁점 연구』, 교육과학사.

정재찬 외(2017), 『현대시 교육론』, 역락.

정혜승(2021), 「역량 함양 국어과 교육과정 개선 방안(안)」, 『2022 개정 국어과 교육과정 재구조화 연구 공청회 자료집』, 교육부.

최미숙(2007), 「매체 환경에 따른 국어교육의 변화: 국어과 교육과정을 중심으로」, 『한말연구』 20, 243-265.

최미숙(2014), 「교육과정론」, 정재찬 외, 『문학교육개론I: 이론편』, 역락.

최미숙(2022), 「언어행위 관점에서 바라본 문학 작품 읽기: 독자와 작가의 대화를 중심으로」, 『국어교육』 176, 59-88.

최미숙 외(2023), 『국어교육의 이해』(개정4판), 사회평론아카데미.

최지현(2006), 『문학교육과정론』, 역락.

文部科学省(2017ㄱ), 小学校学習指導要領(2017年告示).

文部科学省(2017ㄴ), 中学校学習指導要領(2017年告示).

文部科学省(2018), 高等学校学習指導要領(2018年告示).

9장 문학 수업 설계

문학 수업은 문학을 매개로 여러 학생과 교사가 한자리에서 만나는 소통과 교감의 자리이다. 문학 수업에서 학생과 교사는 서로의 이야기를 경청하면서 자신의 세계를 확장해 나간다. 이상적인 문학 수업에서는 학생도 성장하지만 교사도 성장하고, 문학 작품 역시 자신의 의미역을 넓히고 동시대가 공감하는 새로운 의미를 얻게 된다. 학생과 작품 사이에 상호 작용이 일어나지 않는 교사의 설명 위주의 수업이나 거듭 작품으로 돌아가 몰입하지 않고 흥미 위주의 활동으로만 끝나는 수업이 한계를 갖는 것은 그 때문이다. 여기서는 더 나은 문학 수업에 대한 학계와 현장의 고민과 도전이 모여 이룬 지금까지의 성과를 소개한다. 문학 향유의 즐거움과 문학으로 소통하는 즐거움이 온전하게 살아나는 문학 수업이 좀 더 많아지기를 기대한다.

1 문학 수업 설계를 위한 준비

수업은 학생들에게 학습이 일어나도록 수업의 환경을 의도적, 계획적으로 조직한 것이다. 학습이 일어난다는 것은 학생들이 무언가를 배워서 익히는 경험을 통해 지식을 습득하고 행동이나 태도 또는 잠재력의 변화를 이루게 됨을 말한다. 이러한 변화가 학생들에게 일어날 수 있도록 교사의 교수 활동과 학생의 학습 활동 그리고 교육 내용과 교수 매체의 상호 작용을 조직하고 활동의 순서와 시간을 계획하는 것이 수업의 설계이다. 이때 수업을 구성하는 여건을 총체적으로 고려하면서, 교육 내용과 학습 활동이 서로 유기적으로 연결되고 단계적으로 진전되도록 계획하는 것이 중요하다. 일반적으로 수업을 설계하고 준비할 때 확인할 항목들로는 다음과 같은 것들이 있다.

- 학습 목표: 교육과정의 성취기준을 확인하고, 차시 수업 목표를 구체화한다.
- 학생 분석: 학생의 선수 학습, 배경지식, 흥미, 요구 등을 파악한다.
- 수업 내용: 교과서를 검토하고 학생을 고려하여 제재와 학습 내용을 정한다.
- 교수·학습 활동: 교수·학습 모델이나 방법들을 참고하여 수업의 절차를 계획한다.
- 수업 자료: 수업 자료를 만들고, 필요한 기자재를 준비한다.
- 학생 평가: 평가 계획을 수립하고 평가 문항과 채점 기준을 작성한다.

그런데 문학 수업을 설계할 때는, 일반적인 수업의 설계를 따르면서도 다른 수업과는 조금 다른 문학 수업의 특성과 본질에 대한 고려가 필요하다.

1) 문학 수업의 특성에 대한 고려

문학 수업은 학생들이 문학 작품을 수용하고 생산하는 능력을 기르고 문학 향유를 통해 인간다운 삶, 풍요로운 삶을 영위하는 문학 애호가로 성장하는 것을 지향한다. 이때 문학 애호가로의 성장은 문학에 취미를 갖는 것을 넘어서서 지적, 정서적 성장의 조화를 이룬 '전인적 인간'으로의 성장(김대행, 2008: 48), 도덕적·심미적 감수성을 지니고 타자와 더불어 살아가는 사회의 책임 있는 일원이자 인류의 문화를 계승하고 창조하는 주체로의 성장을 의미한다.

문학 수업이 문학을 넘어서서 인간의 삶과 인격을 지향하는 것은 문학의 본질이 그러하기 때문이다. 물론 다른 교과들의 궁극적인 지향도 이와 다르지 않겠지만, 문학은 그 자체가 인간의 삶을 표현한 것이다. 문학은 현실의 복잡다단함 속에서 어느 한곳에 주목하고 그것을 언어로 형상화하여 제시한다. 그래서 문학을 통한 삶의 간접 경험은 현실 세계에서의 직접 경험을 새롭게 인식할 수 있는 힘을 주고 때로는 직접 경험보다도 강렬한 경험이 되기도 한다(김대행, 2008: 90). 그러므로 문학 수업은 어떤 수업보다 '나는 누구인가', '어떻게 살 것인가'와 같은 질문에 직접적으로 연결되는 수업이라 할 수 있다.

이러한 문학의 본질과 문학 수업의 지향을 고려할 때, 문학 수업은 '목표보다는 과정에, 기능의 숙달보다는 체험의 심화와 다양화에 수업의 중점이 놓인다.'(윤여탁 외, 2017: 116) 물론 문학에 관한 지식과 문학 능력을 갖추는 것이 한 차시 한 차시 문학 수업의 구체적인 목표가 될 것이고 이 목표들 역시 중요하지만, 이러한 목표들의 궁극적인 지향은 문학 수업이 끝난 후의 학생들의 삶의 변화에 있다. 그런 점에서 교육과정 성취기준이 "운율, 비유, 상징의 특성과 효과에 유의하며 작품을 감상하고 창작한다."([9국05-01]) 또는 "작품 구성 요소의 유기적 관계와 맥락에 유의하여 작품을 수용하고 생산한다."([10공국1-05-03])와 같이 기술되어 있는 것은, 문학 수업이 문학을 수용하고 생산하는 여러 경험의 축적임을 표명한 것으로 받아들일 수 있다.

문학 수업이 다양한 문학 경험을 축적하는 과정이라는 점과 함께 또 하나 중요한 특징은 그러한 문학 경험을 여럿이서 함께 해 나간다는 점이다. 문학 수업은 독자가 문학을 만나는 시간일 뿐만 아니라 문학을 매개로 학생과 학생이 그리고 학생과 교사가 만나는 시간이다. 그래서 우리는 혼자서 작품을 감상할 때와는 또 다른 경험을 문학 수업을 통해 할 수 있다. 여럿이 함께 작품을 감상하기 때문에 혼자서는 미처 발견하지 못했던 것이 새롭게 보이고, 나와는 다르게 반응하는 타자와 대화하면서 타자를 이해하는 것은 물론 나 자신에 대해서도 조금 더 이해하게 된다. 교실에서 동료들과 선생님과 함께 문학을 수용하고 생산하는 일은 교실 밖에서는 좀처럼 경험하기 힘든 특별한 경험이다. 그래서 문학 수업을 설계할 때, 이 '함께하는 경험'이라는 점을 잘 활용할 필요가 있다.

2) 문학 교사의 역할에 대한 고려

문학 수업은 수업에서 다루는 작품과 학생과 교사가 서로 어떻게 관계를 맺는지에 따라 성격이 얼마든지 달라질 수 있다. 이때 가장 중요한 것은 학생들이 직접 문학을 만나는 것이다. 교사가 작품에 대한 권위 있는 해석이나 문학사적 지식을 소개하고 중요한 개념에 대해 설명할 수 있지만, 수업이 이러한 교사의 설명에만 치중하거나 학생들이 교사의 설명에 지나치게 의존한다면 학생들은 문학을 직접 경험하는 것이 아니라 문학에 대한 설명을 접하는 것에 그치고 말 수 있다.

그래서 문학 교사는 지식을 전달하거나 학습 활동을 안내하는 역할을 넘어서서 학생과 문학 사이의 상호 작용을 촉진하는 역할을 해야 한다. 학생 중심의 교육을 강조하는 교육학 연구자들도 일찍이 교사는 무대 위에서 1인극을 펼치는 '지식 전달자'가 아니라 학생 옆에서 학생의 능동적인 학습을 이끌어 주는 '촉진자(facilitator)'가 되어야 한다고 주장했다(Patterson, 1977).

촉진자로서의 교사는 수업에 임할 때 다음과 같은 점에 노력을 기울인다(허형, 2010). 첫 번째로 교사의 내용 전달 활동을 줄이고, 학생이 직접 해 보는 활동을 늘린다. 이를 위해서는 수업을 준비할 때 배움이 어떻게 촉발되고 어떤 단계를 거쳐 발전하는지를 고려하여 학습 활동을 설계하는 데에 많은 공을 들여야 한다. 또한 학생들에게 그러한 학습 활동이 자신의 삶에 관련되어 있고, 의미 있으며, 도전할 만한 가치가 있다는 점을 인식하게 해 주어야 한다.

두 번째로 수업에서 학생의 자율성과 책무성을 높인다. 학습 목표를 학생들이 각자 자신의 수준과 흥미에 맞게 자신의 말로 진술해 보게 하는 것이 이런 점에서 의미가 있다. 또한 수업 내용과 관련하여 자신만의 탐구 주제를 찾고, 학습을 위해 필요한 자료를 직접 조사해 보고, 감상하고 싶은 작품을 직접 선택하는 기회를 주는 것도 좋다. 또는 문학 수업의 설계 과정에서부터 학생을 참여시키는 방법도 있다.

세 번째로 교사는 학생들에게 매력 있는 역할 모델이 된다. 교사는 해당 교과에서 주어진 과제를 어떻게 수행하는지 그리고 그 과제에 어떤 자세로 임하는지 학생에게 모범을 보여야 한다는 의미이다. 그런데 이때 교사는 단지 과제 수행에 대한 능숙함만이 아니라 인간적인 진실성을 보이는 존재여야 한다. 자신이 경험한 즐거움과 어려움, 성공과 시행착오에 대해 진솔하게 들려주고, 자신에게서 배우려는 학생들을 소중한 인격체로 존중하면서 그들의 말을 경청하는 자세가 학생에게 진실함으로 다가갈 것이다.

여기서 문학 수업의 교사가 학생들에게 보여 주어야 할 역할 모델에 대해 좀 더 살펴보자. 보통 교사와 학생의 관계는 '장인(匠人)과 도제(徒弟)' 관계로 비유되곤 한다. 전문가인 교사의 시범을 학생들이 면밀하게 관찰하고, 교사의 도움을 받아 연습하고 결국에는 교사의 도움 없이 학생 스스로 과제를 완수할 수 있는 단계로 나아가는 수업의 원리를 '책임이양의 원리'라고 한다(박태호, 2022: 60). 문학 수업에서도 이것은 여전히 중요한 원리로 작동할 수 있다. 특히 교사의 지원 없이 학생이 독립적으로 자신이 원하는 작품을 선택해서 감상하는 활동으로 나아가는 기회가 현재의 문학 교실에는 부족한 면이 있기 때문에, 문학 수업을 개선하는 데에 기준으로 삼을 만하다.

그런데 문학을 해석하고 비평하는 전문성과 학생의 문학 경험을 촉진하는 전문성은 문학 교실에서 조금 다르게 작동할 가능성이 있다. 실제로 문학 교실에서 선생님의 해석과 비평에 학생들이 쉽게 압도되는 경우를 많이 볼 수 있다. 학생들이 보기에도 선생님의 설명이 자신들의 설명보다 훨씬 설득력이 있기 때문에, 자기 스스로 그보다 더 나은 설명을 해내려는 의지가 금방 꺾여 버리는 것이다. 따라서 문학 교사가 갖추어야 할 문학에 대한 전문성은 완결된 해석을 내어놓는 결과의 전문성보다도 문학에 대한 감상을 계속해서 갱신해 나아갈 수 있는 과정의 전문성이어야 하고 그래야 그 전문성이 학생의 문학 경험을 촉진하는 전문성으로 자연스럽게 이어질 수 있다.

문학 교사는 수업 시간에 다루는 작품을 먼저 감상해 본 선행 경험자인 동시에, 교실에서 학생들과 함께 그 작품을 다시 읽는 경험의 동료가 되는 것이 중요하다. 문학 수업을 통해 학생들의 감상이 성장하기를 기대하는 만큼 교사 스스로가 성장하는 감상자가 되어야 하는 것이다. 우리는 교실에서 함께 문학을 경험하면서 '아, 저런 느낌을 받을 수도 있구나, 저렇게 생각할 수도 있구나' 하는 발견의 순간을 거쳐 자신의 감상을 더 깊고 넓게 발전시키게 된다. 교사도 학생들의 낯선 반응에 귀 기울이고 학생 입장에서 생각해 봄으로써 작품을 새롭게 볼 수 있다. 학생들과 교사가 작품을 함께 감상하면서 일어나는 이러한 '교감'을 '공감적 조정(sympathetic regulation)'이라고 한다. 교사의 문학 경험과 학생의 문학 경험이 교수·학습 과정에서 서로 교류되면서 각자 심화되고 풍요로워진다는 의미이다(윤여탁 외, 2017: 130). 학생들을 통해서 어떤 작품을 새롭게 볼 수 있게 되는 것은 문학 교사가 누릴 수 있는 가장 행복한 경험 중 하나이다.

2 문학 수업 설계의 구체화

지금부터 살펴볼 여러 가지 문학 수업의 형태는 어떻게 하면 학생이 문학 작품을 능동적으로 감상하고 다양하고도 창의적인 반응을 표출하도록 이끌 수 있을까 하는 고민에서 모색한 결과물들이다. 그러므로 교사의 설명보다는 학생의 활동에 초점을 맞춘 수업의 형태들을 보여 준다.

기존의 문학 교육 논의에서는 이와 같은 문학 수업의 형태에 대해 '교수·학습 방법'이나 '교수·학습 모델(절차 모형)'과 같은 용어를 사용하기도 했다. 그런데 방법은 언제나 내용과 유기적으로 결합되어 실현되어야 하므로, 일반화 또는 표준화된 수업의 방법을 기계적으로 수업 상황에 적용하려는 것은 적절하지 못하다. 마찬가지로 교수·학습 모델이 제안하는 수업의 절차 역시 그 자체가 하나의 예시이므로 얼마든지 변용의 가능성이 있는데, 오히려 주어진 절차를 모두 수행하는 데에 급급하여 각 활동 사이에서 일어나야 할 학습의 전이가 제대로 이루어지지 못한 채 활동들이 파편화되는 것을 경계해야 한다. 마치 우리가 작문 수업 시간에 성공적인 글쓰기 전략을 배웠다 하더라도 실제 상황에 맞게 전략을 선택하고 변형함으로써 자기만의 노하우로 발전시키지 못한다면 글을 잘 쓸 수 없는 것처럼, 문학 수업의 방법이나 모델도 수업에서 추구하는 목표와 수업 내용, 학생들의 특성 등과 같은 구체적인 상황에 부합하지 않으면 성공적인 문학 수업이 될 수가 없다. 그런 점에서 여기서 소개하는 문학 수업의 형태가 표준화된 모델이라고 이해하기보다는, 학생들의 문학 활동에 초점을 두고 실제 문학 교실에서 시도되고 있는 다양한 문학 수업의 한 형태로 이해하는 것이 바람직할 것이다.

1) 반응 중심의 문학 수업

반응 중심의 문학 수업은 문학 영역의 교수·학습 이론 중에서 가장 대표적인 것으로 '독자 반응 이론', 특히 루이스 로젠블랫(Louise M. Rosenblatt)의 이론을 토대로 고안되었다. 문학 현상의 중요 요소인 '작가-텍스트-독자' 중에서 전통적인 문학 수업이 텍스트의 분석이나 작가의 의도 파악에만 집중한 결과, 문학 수업이 작품 해석에 대한 하나의 '정답'을 찾는 행위로 오도되었다는 문제의식에서 출발하였다. 따라서 독자의 반응을 문학 수업의 중심에 놓고, 학생들이 자신의 생각과 감정을 자유롭게 표현하고 교실에서 동료 학생들과 소통하는 과정을 통해 반응을 성장시키는 것을 지향한다.

다만 로젠블랫의 독자 반응 이론이 독자에게만 모든 권한을 부여한 것은 아니라는 점에 주의할 필요가 있다. 그의 관점에 따르면 문학적 경험은 독자와 텍스트 사이에서 심미적 '거래(transaction)'라는 양방향의 상호 작용을 통해 의미를 형성하는 과정이다(Rosenblatt, 1938/2006: 26-27). 독자들은 자신의 경험 세계라는 프리즘을 통해 문학 세계를 이해하고 그에 반응한다(정정순, 2018: 164). 그리고 이 반응은 항상 텍스트 속의 '언어적 기초'로부터 형성되어 전체 텍스트를 포괄할 수 있는 해석으로 발전되어야 한다(양정실, 2012: 104).

그러므로 반응 중심 문학 수업은 학생이 반응을 표출한 것으로 만족하고 끝나는 수업이 아니고 그렇다고 학생의 반응이 맞고 틀린지를 판별해서 오류를 교정하는 데에 목적을 두는 수업도 아니다. 이 수업은 반응의 공유를 통해 학생들이 다른 사람과 교감하고 자신의 반응을 성찰하는 것에 초점을 둔다.

반응 중심 문학 수업의 일반적인 절차는 다음과 같다(경규진, 1993; 정정순, 2016).

1단계: 텍스트와 학생의 거래 → 반응의 형성
　☑ 작품 읽기
　☑ 반응 기록
2단계: 학생과 학생 사이의 거래 → 반응의 명료화
　☑ 반응의 공유
　☑ 반응에 대한 질문
　☑ 반응에 대한 토의
　☑ 반응에 대한 성찰적 쓰기
3단계: 텍스트와 텍스트의 상호 관련 → 반응의 심화

☑ 다른 작품과 관련짓기

　1단계는 학생들이 문학 작품 읽기를 정보나 지식을 습득하기 위한 수단이 아니라 작품 자체의 재미와 감동을 즐기는 심미적 독서로 접근할 수 있도록 격려하고, 텍스트와 학생 사이의 거래를 촉진하는 단계이다. 이를 위해서는 우선 학생들이 가지고 있을지도 모르는 문학에 대한 부정적 선입견을 제거하고 자유로운 수업 분위기를 형성해야 한다. 학생들의 반응 형성을 돕기 위해 어려운 어휘나 표현 또는 작품 이해에 도움을 줄 수 있는 배경지식에 대한 간단한 설명을 제공할 수도 있다. 뿐만 아니라 문학 작품에 대한 학생들의 반응 형성을 활성화할 수 있는 활동으로 이 단계를 구성하는 것이 매우 중요하다.

　2단계는 학생들이 서로의 반응을 공유함으로써 자신의 반응을 명료화하고 자신과 다른 반응을 접하여 반응을 확장할 수 있는 기회로 삼는 단계이다. 이를 위해 학생들은 여러 반응 사이에서 공통점과 차이점을 발견하며, 서로 질문하고 때로는 토의하는 다양한 활동들을 할 수 있다. 이 과정을 거쳐 학생들은 자신의 반응을 보다 분명하고 구체적으로 기술하는 동시에 자신의 반응을 성찰하면서 발전시키는 글쓰기를 할 수 있다.

　3단계는 새로운 작품을 먼저 읽은 작품과 비교하여 감상함으로써 자신의 반응을 한 단계 더 심화하는 단계이다. 동일 작가의 다른 작품을 더 찾아 읽을 수도 있고, 주제나 소재 면에서 비교될 수 있는 작품을 찾아 읽을 수도 있다. 관련지어 읽을 수 있는 작품의 유형은 매우 다양한데, 이러한 과정을 통해 학생들은 문학적인 심미안과 인문학적 통찰을 얻을 수 있을 것이다.

　'텍스트와 학생의 거래'란 학생이 자신이 가진 언어적, 문화적 자원과 텍스트를 관련짓는 활동이므로, 단지 '텍스트가 어떻다'고 설명하는 것에 그치지 않고 '텍스트가 내게 어떤 의미를 던져 주는가?'에 집중할 필요가 있다(경규진, 1995: 2). 수업은 이 과정을 '격려'하고 모든 학생의 반응을 교사와 동료가 '경청'해야 한다. 그리고 '학생과 학생 사이의 거래'를 통해 학생 스스로는 자신의 반응을 '탐구'해야 한다. '나는 왜 이런 반응을 하게 되었을까?', '다른 사람들과 왜 다른 반응을 하게 되었을까?'와 같은 질문에 스스로 대답하기 위해 노력해야 하는 것이다(정정순,

2018: 165).

다음은 이러한 반응 중심 문학 수업의 지향을 반영한 수업의 흐름을 개괄해 본 것이다.

학습 목표	문학 작품을 감상하고 친구들과 대화를 나눈 내용을 바탕으로 감상문을 쓴다.		
관련 성취기준	[12문학01-10] 문학을 통하여 자아를 성찰하고, 타자를 이해하며 상호 소통한다.		
작품	함민복, 〈눈물은 왜 짠가〉	학년	고등학교 1, 2학년
학습 흐름	교수·학습의 내용과 활동		

반응 준비	• 능동적 반응 형성과 공유에 대한 동기 유발
	• 반응 중심 감상 활동의 방법과 절차 안내
	• 반응의 활성화를 위한 도입 활동
	  - 눈물을 맛본 경험과 그때의 느낌 떠올려 보기
	  - 〈눈물은 왜 짠가〉는 시일까? 수필일까? (열린 질문)		

반응 형성	• 작품 읽기
	  - 작품 속 인물들의 행동과 그 행동에 담긴 정서 파악하기
	  - 작품의 표현상의 특징 발견하기(윤여탁 외, 2021: 573)
	• 작품에 대한 개인 반응 정리(개별 활동)
	  - 내가 이해한 작품 속의 상황 설명해 보기
	  - 작품에 대한 나의 전반적인 인상 말하기
	  - 작품 속에서 가장 인상적인 구절과 그 이유 말하기
	  - 인물들의 정서 중에서 가장 공감 가는 정서와 가장 이해하기 어려운 정서 말하기
	  - 작품의 표현상 특징과 그 특징이 나에게 주는 느낌 말하기		

반응 명료화	• 반응 공유와 질문(모둠 활동 또는 전체 활동)
	  - 반응 발표하기
	  - 동료의 반응 중에서 공감 가는 반응에 대해 말하기
	  - 동료의 반응 중에서 이해하기 어려운 점에 대해 질문하기
	• 반응에 대한 토의
	  - 이해하기 어려웠던 인물의 정서에 대해 논의하기
	  - 학생들 사이에 엇갈린 반응에 대해 논의하기
	• 반응에 대한 성찰적 쓰기
	  - 인물의 행동과 정서를 나의 경험과 관련지어 이해하기
	  - 이해하기 어렵거나 공감하기 어려웠던 부분에 대한 감상의 변화 기록하기
	  - 동료의 반응과 나의 반응이 달랐던 부분에 대한 생각 쓰기		

반응 심화	• 다른 작품과 관련짓기
	  - 함민복의 〈그날 나는 슬픔도 배불렀다〉를 감상하고 비교하기(정재찬, 2015)
	  - 두 작품을 함께 감상하고 생겨나는 반응의 변화 발견하기
	  - 성찰적 쓰기 보완하기
	• 정리 활동
	  - '〈눈물은 왜 짠가〉는 시일까? 수필일까?'에 대한 자신의 생각 정리하기		

2) 대화 중심의 문학 수업

대화 중심의 문학 수업은 반응 중심의 문학 수업과 마찬가지로 학생의 능동적인 감상과 교실 안에서의 소통을 강조한다. 이른바 '다양한 목소리의 향연'(정정순, 2016: 268)으로서의 문학 수업을 지향한다는 점이 이 두 문학 수업의 근본적인 공통점이다. 이때 반응 중심 문학 수업이 텍스트와 나를 연관 짓는 거래 또는 상호 교섭으로서의 반응 형성과 소통을 통한 반응의 성찰에 초점을 맞춘 것이 특징이라면, 대화 중심의 문학 수업은 서로 다른 관점 간의 대화를 통해 보다 그럴듯하고, 설득력 있는 해석으로 나아가는 것을 지향한다. 이 과정에서 교사가 특별한 역할을 띠고 수업 중의 대화에 한 일원으로 참여한다는 것이 큰 특징이다.

여기서 '대화'란 다양한 목소리들의 교환을 통해 목소리의 차이, 관점의 차이를 인정하면서 좀 더 타당한 목소리를 찾아가는 과정을 중시하는 개념이다. 한 작품을 놓고 다른 사람과 서로 질문하고 답하는 과정에서, 타인과 나의 생각이 일치하는 반가움을 경험하기도 하고 내 사유를 구체화하는 계기를 얻기도 할 것이다. 때로는 전혀 이질적인 사유를 만나 당황하고 머뭇거리고 갈등하면서 새로운 작품 이해의 차원을 경험하게 되기도 할 것이다(최미숙, 2006: 5).

대화 중심 문학 수업에서 '대화'의 의미는 미하일 바흐친(Mikhail Bakhtin)의 이론에서 착안한 바가 많다. 바흐친은 대화를 '서로 동등한 권리와 동등한 의미를 지닌 의식 간의 상호 작용을 담는 특수한 형식'으로 정의했다(Bakhtin, 1979/2006: 440-441). 그러므로 진정한 대화가 이루어지는 교실이라면 '대화 주체 간의 상호성'이 존중되어야 한다(서명희, 2021: 118). 문학 수업을 구성하는 주체인 학생과 교사 그리고 문학 작품이 각자 서로의 목소리를 내며 소통하되, 그 소통은 누구 하나가 권위를 독점하는 일방적인 소통이 되어서는 안 되는 것이다.

대화 중심 문학 수업의 일반적인 절차는 다음과 같다(최미숙, 2006: 247; 윤여탁 외, 2017: 177).

1. 감상에 필요한 지식과 원리 이해
   ☑ 해당 작품과 관련 있는 문학적 지식과 원리 이해하기

☑ 대화 중심의 감상 활동 방법 안내

2. 낭송 또는 낭독

　☑ 작품의 분위기나 어조 파악하기

　☑ 낭독자의 목소리를 선택하여 낭송 또는 낭독하기

3. 〈대화 1〉 독자 개인의 내적 대화

　☑ 작품 이해에 필요한 질문을 스스로 생성하고 답하기

　☑ 상호 경쟁적인 읽기 중 가장 타당한 근거를 제시할 수 있는 읽기 선택하기

　☑ 독서 스토리 작성하기

4. 〈대화 2〉 학생과 학생 사이의 횡적 대화

　☑ 자신이 선택한 해석의 근거와 다른 독자의 해석의 근거를 비교하기

　☑ 타당한 근거와 관련 있는 내용을 텍스트에서 찾아보기

　☑ 애매한 해석 내용을 명료화하기

　☑ 각 근거의 설득력을 비교하여 타당한 해석 판단하기

5. 〈대화 3〉 교사와 학생 사이의 종적 대화

　☑ 그동안의 대화 과정에서 제시되지 않은 새로운 관점 제시하기

　☑ 그동안의 경쟁적 대화를 정리하고 좀 더 근거 있는 해석의 가능역 설정하기

　☑ 오독이 발생한 경우 수정하기

6. 정리 및 확장 활동

　☑ 가장 타당하다고 생각되는 시의 의미 정리하여 독서 스토리 완성하기

　☑ 모작, 개작, 모방시 창작하기

　〈대화 1〉은 독자 내면에서 이루어지는 대화를 의미하는 것으로, 문학 작품이 독자에게 제기하는 질문에 대해 독자가 스스로 대답하고 반문하고, 공감하거나 비판하면서 이루어진다. 학생과 작품 사이에서 일어나는 이 내적 대화는 '이 텍스트는 무엇을 말하고 있는가?'라는 질문에서 시작해서 '그것을 어떤 방식으로 말하고 있는가?', '텍스트 안의 무엇이 나에게 그런 생각을 가능하게 했는가?' 등의 질문으로 전개된다(최미숙, 2006: 11) 내적 대화의 출발점은 독자가 알고 있던 상식, 익숙했던 정서로는 충분히 이해되지 않는 새로운 세계가 작품을 통해 독자 앞

에 드러나는 순간이다. 익숙했던 인식의 틀을 깨고 새로운 세계로 나아가는 것은 갈등과 고통을 수반하기도 하지만, 발견과 성장의 즐거움 또한 동반한다(최미숙, 2006: 15).

〈대화 2〉는 독자 간, 즉 학생과 학생 사이에서 이루어지는 횡적 대화이다. 이 단계의 대화에서 학생들은 자신의 문학적 사유를 공개하고 타인의 사유를 접하면서 사유의 폭을 넓힌다. 또한 해석의 근거를 제시하고 서로 다른 해석을 두고 토론하는 과정을 통해서, 내적 대화의 결과인 '독자 나름의 근거 있는 해석'을 '좀 더 타당한 해석'으로 발전시켜 나갈 수 있는 길을 마련하게 된다(최미숙, 2006: 15-16). 이 과정은 네가 옳으냐 내가 옳으냐를 가리는 경쟁의 과정이 아니라, 나의 가치관과 타자의 가치관, 나의 감수성과 타자의 감수성이 만나서 문학적 사유를 성장시키는 협동 학습의 과정이다(최미숙, 2005: 9).

〈대화 3〉은 교사와 학생 사이에서 이루어지는 종적 대화로, 작품에 대한 보다 깊은 이해와 보다 넓은 식견을 가진 이상적인 독자인 교사가 현실적인 독자인 학생을 '타당한 해석'으로 이끌어 주는 대화이다. 〈대화 1〉과 〈대화 2〉를 통해 해결하지 못했던 부분, 오독으로 끝난 부분이 교사의 지도 아래 새롭게 이해될 수 있다. 이때 교사의 역할은 답을 제시하는 것이 아니라 질문을 던지는 것이다. 교사는 학생들의 견해에 대하여 비판적인 질문을 하거나 새로운 관점을 제시함으로써 문학적 사유의 발전을 유도해야 한다. 또 시의 표면적 진술에 숨어 있는, 겉으로 말해지지 않은 것을 학생들이 읽어 낼 수 있도록 질문을 던지면서 대화를 새로운 국면으로 전개해 나아가는 것도 교사의 몫이다(최미숙, 2006: 17-18).

대화 중심 문학 수업은 궁극적으로 '내적 대화의 활성화'를 지향한다(윤여탁 외, 2017: 180). 〈대화 2〉와 〈대화 3〉은 내적 대화를 확장하고 심화하는 교수·학습의 단계이며, 학생들은 교실 밖에서도 이 내적 대화를 통해 자기 주도적으로 문학을 즐기는 문학의 생활화를 성취할 수 있기 때문이다. 또한 활성화된 내적 대화는 수업이 끝난 이후에도 끝나지 않고 지속되는 특성을 갖는다. 작품과의 대화, 동료 학생들과의 대화, 교사와의 대화는 다음 수업에서, 일상생활 속에서 순환적으로 지속될 것이다.

이러한 내적 대화의 활성화와 대화의 순환을 경험하는 것은 학생에게 기대되

학습 목표	작가 맥락, 사회·문화적 맥락 등을 고려하여 작품을 감상하고 문학 소통에 참여한다.		
관련 성취기준	[10공국1-05-01] 문학 소통의 특성을 고려하며 문학 소통에 참여한다. [12문학01-01] 문학이 인간과 세계에 대한 이해를 돕고, 삶의 의미를 깨닫게 하며, 정서적·미적으로 삶을 고양함을 이해한다.		
작품	시조, 월산대군, 〈추강에 밤이 드니〉	학년	고등학교 1학년
학습 흐름	교수·학습의 내용과 활동		
감상에 필요한 지식과 원리 이해	• 문학의 가치, 문학 소통의 가치를 통한 동기 유발 • 대화 중심 감상 활동의 방법과 절차 안내 • 작품의 표현상의 특징과 작가에 대한 간략한 소개		
낭송 또는 낭독	• 작품에 나타난 시조의 율격 이해 - 3장 6구 4음보로 작품 분석 - 월산대군 시조의 병렬과 전환 구조 파악 • 작품의 분위기를 파악하고 시조 낭송하기 - 달빛의 아름다움을 느껴 본 경험을 떠올리며 시조의 율격에 맞추어 시조 낭송하기		
독자 개인의 내적 대화	• 스스로 질문을 생성하고 답하기 - 이 작품에서 느껴지는 정서는 무엇인가? - 작가는 어떤 상황에서 이 작품을 썼을까? • 가장 타당한 근거를 제시할 수 있는 읽기 선택하기 • 독서 스토리 작성하기		
학생과 학생 사이의 횡적 대화	• 서로의 해석 및 해석의 근거 비교하기 - 작품에서 느껴지는 정서에 관한 다양한 의견 비교하기 - 왜 그런 정서를 느꼈는지에 대한 근거 비교하기 • 타당한 근거와 관련 있는 내용을 텍스트에서 찾아보기 - 긍정적인 정서와 관련된 시어, 부정적인 정서와 관련된 시어를 각자 분류해 보고, 동료들과 이야기 나누기 - '무심(無心)'의 의미를 조사하고 해석과 관련짓기 • 애매한 해석 내용을 명료화하기 - 작품에서 이해하기 어려운 부분을 이해하기 위해서 어떤 정보를 더 알아보면 좋을지에 대해 생각해 보기		
교사와 학생 사이의 종적 대화	• 오독이 발생한 경우 수정하기 • 앞선 대화 과정에서 제시되지 않은 새로운 관점 제시하기 - 윤선도의 〈어부사시사〉, 황희의 〈사시가〉 등 낚시를 소재로 한 다른 시조를 통해 당시의 문화 알기 • 경쟁적 대화를 정리하고 근거 있는 해석의 가능역 설정하기 - 그동안의 대화를 종합하여 작품의 복합적인 정서를 어떤 근거 자료와 연관 지어 판단할 수 있는지 정리하기		
정리 및 확장 활동	• 독서 스토리 완성하기 - 대화 중심의 문학 감상 과정을 통해 경험한 감상의 변화 과정을 중심으로 독서 스토리 완성하기 • 모방시 창작하기 - 내가 아름다움을 느낀 순간의 시간적 배경과 모순 어법을 활용하여 〈추강에 밤이 드니〉를 모방한 시조 짓기 - 창작 시조로 온라인 시화전 개최하기		

는 문학 수업의 성과일 뿐만 아니라, 교사에게도 성취해야 할 성장의 국면이라 할수 있다. 수업을 통해 학생들의 목소리를 들은 교사는 다른 각도에서 작품을 재경험하고, 작품에 새롭게 부여되는 현재적 의미에 대해 고민하면서 독자로서 성장하고, 대화를 통해 학생들에 대한 이해를 확장하고 이들에게 다가가는 방법을 모색하면서 교사로서도 성장하게 된다(서명희, 2021: 136-137).

앞의 표는 이러한 대화 중심 문학 수업의 절차에 따른 수업 흐름의 예시이다.

3) 토론 중심의 문학 수업

토론 중심의 문학 수업은 토론 활동을 통해 학생들이 문학 작품의 의미를 구성하고, 해석의 타당성을 확보해 나가는 것을 목표로 하는 수업이다. 즉, 토론 자체가 학습 목적이 되는 듣기·말하기 영역의 수업과 다르게 토론이 교실에서 이루어지는 문학 활동의 형태이자 문학 수업의 학습 목표를 달성하기 위한 수단이 된다. 감상의 성장을 위해 학생의 능동적인 반응 형성과 학생 사이의 대화를 강조한다는 점에서 앞서 살펴본 반응 중심 및 대화 중심 문학 수업과 공통분모를 갖고 있지만, 토론의 형식을 갖춤으로써 대화를 보다 쟁점화한다는 차이가 있다.

토론 중심의 문학 수업은 '문학 토의', '문학 토론', '모의 심판' 등 다양한 개념으로도 일컬어지는데, 각 개념들이 서로 뚜렷하게 구별되는 방법상의 차이를 갖는 것은 아니다. 단지 논제의 성격 면에서 약간의 차이가 있을 수 있으므로 작품의 내용이나 학습 목표의 성격에 따라서 수업에 가장 적합한 명칭을 선택할 수 있을 것으로 보인다. 문학 토의는 작품 속 인물이나 사건에 대해 자신의 경험이나 다른 사람의 이야기를 참조하여 이리저리 해석하고 평가하면서 심층적인 해석으로 나아가는 대화의 방식이다(최인자, 2007: 8-9). 문학 토론은 독자들이 자신의 해석을 공동체 구성원과 공유하고 타자의 해석과 경쟁, 협상, 조정함으로써 해석을 발전시키는 동시에 공동체의 해석 지평을 확장하는 과정이다(이인화, 2013: 254). 모의 심판은 문학 작품이 던지는 윤리적 질문들에 대해 바람직한 대답을 검토하고 대안을 모색하는 윤리적 가치 탐구를 지향한다(김성진 외, 2023: 412).

일반적인 토론 중심의 문학 수업은 다음과 같은 과정으로 진행될 수 있다(문영진 외, 2019: 394).

1. 계획 단계
   ☑ 작품 선정 및 읽기
   ☑ 논제 정하기
2. 진단 단계
   ☑ 토론 방법에 대한 사전 지식의 진단
   ☑ 소설 이해에 대한 학생의 수준 진단
3. 토론 단계
   ☑ 토론 진행 방식 안내
   ☑ 토론의 진행
4. 평가 단계
   ☑ 학생 간 평가
   ☑ 교사 평가
5. 내면화 단계
   ☑ 토론 내용의 요약·정리
   ☑ 자신의 입장 작성

토론은 일반적으로 어떤 사안에 대하여 찬반의 의견을 나누어 대립하는 것을 기본 구도로, 논리적 설득의 과정을 거쳐 의견을 수렴하고 문제를 해결하는 것을 지향한다. 하지만 문학 수업에서의 토론은 문학 작품을 둘러싼 해석의 차이가 드러나도록 권장함으로써 학생 개인의 해석을 심화하고 확장하는 동시에 해석 공동체가 공유하는 의미의 폭을 확장하는 것을 목표로 한다(이인화, 2013: 252). 따라서 대립되는 해석 중에서 우열을 가리는 것에 초점을 맞추기보다는 각각의 해석을 뒷받침할 수 있는 다양한 근거가 발견되고 충분히 검토될 수 있도록 토론을 이끌어 가는 것이 중요하다.

토론 중심 문학 수업을 진행할 때 핵심이 되는 논제는 교사가 정하기보다는 학생들이 스스로 논의하여 정하는 것이 좋다(남지현, 2015). 논제를 교사가 정하는 경우에 학생들이 작품을 감상하는 시야가 제한될 수 있는 반면에, 학생들 스스로 논제를 정하는 상황에서는 보다 비판적인 관점에서 작품을 바라보면서 작품의 다양한 지점에 주목할 수 있는 가능성이 열리기 때문이다. 토론 중심 문학 수업에서 다룰 논제의 종류로는 다음과 같은 것들이 있다. 첫 번째, 작품 속 인물의 행동과 그들이 겪는 갈등을 자신의 삶에 조회해 보고 그 의미와 가치에 대해 토론한다. 두 번째, 작품에 사용된 문학적 형상화 방식이 적절했는지 효과적이었는지에 대해 토론한다. 세 번째, 문학 작품이 지닌 문학사적 가치나 공적 맥락에서의 의의에 대해 토론한다(이인화, 2013: 275).

다음은 이러한 토론 중심 문학 수업의 절차에 따른 수업 흐름의 예시이다.

학습 목표	인물들 사이에 생겨난 갈등을 파악하고, 관련된 논제를 정해 토론한다.		
관련 성취기준	[9국05-02] 갈등의 진행과 해결 과정을 파악하며 작품을 감상한다.		
작품	김유정, 〈동백꽃〉	학년	중학교 2학년
학습 흐름	교수·학습의 내용과 활동		
계획 단계	• 작품 선정 및 읽기 • 소설 속에 나타난 인물 간 갈등 파악하기 • 논제 정하기 - 모둠별로 토론해 보고 싶은 논제 정하기 - 논제의 예시: '나'와 점순이는 화해하게 될까? 점순이의 행동은 사랑일까, 폭력일까?		
진단 단계	• 토론 방법에 대한 사전 지식의 진단 • 소설 이해에 대한 학생의 수준 진단 - '나'와 점순이 사이의 갈등이 시작된 계기 설명하기 - 점순이가 수탉들을 싸움 붙이는 이유 설명하기 등		
토론 단계	• 토론 진행 방식 안내 • 사회자, 토론자, 청중 등 역할 정하기 • 토론 진행 - 상반된 입장의 유형 파악하기 - 각 입장의 근거 발표하기 - 상반된 입장에 대해 질문하거나 반박하기		
평가 단계	• 학생 간 평가 - 상대적으로 더 설득력이 있었던 입장 선정하기 - 인상적이었던 근거들에 대해 의견 나누기 • 교사 평가 - 각 입장에 대해 추가로 질문하거나 반박하기 - 보완할 수 있는 근거 소개하기		
내면화 단계	• 토론 내용의 요약·정리 • 자신의 입장 작성 - 토론의 내용을 토대로 논제에 대한 자신의 생각 쓰기		

4) 질문 중심의 문학 수업

질문은 수업에서 가장 중요한 요소 중의 하나이다. 전통적이고 일반적인 수업에서도 교사가 질문하고 학생이 대답하거나, 학생이 질문하고 교사가 대답하는 활동은 빠질 수가 없다. 하지만 여기서는 학생이 질문을 하고 그 질문이 문학 수업의 중심이 되는 수업에 대해서 다루고자 한다. 학생 질문 중심의 문학 수업은 문학 작품을 감상할 때 학생들이 이해에 어려움을 겪는 부분을 발견하여 해결하고 학생이 궁금하게 여긴 지점으로부터 감상을 발전시켜 나가기 위해 학생들이 직접 질문을 생성할 것을 독려한다. 문학 수업에서 학생은 정해진 답을 수용하는 존재가 아니라 자신의 질문을 발견하는 존재가 되기를 바라는 것이다.

이 수업에서 학생이 제기한 질문을 중요하게 생각하는 데에는 두 가지 구별되는 초점이 있다. 첫 번째는 그동안 학생들이 정말로 무엇을 모르는지 모르는 채로 혹은 간과한 채로 문학 수업이 진행되었다는 반성과 함께, 학생들이 저마다 문학 작품을 충실하게 감상하고 그 과정에서 즐거움을 느끼기 위해서는 이 이해되지 않은 부분이나 잘못 읽은 부분이 해소되어야 한다는 문제의식이다. 이를 위해서는 문학 수업이 학생들에게 자신이 모르는 것, 궁금하게 여기는 것을 안심하고 드러낼 수 있는 시간이 되어야 한다. 이러한 경험이 축적되면 문학 작품, 나아가서는 세계에 대해 질문을 던지는 자세가 활성화될 것이다.

두 번째는 문학 작품에 대한 능동적인 감상을 촉진하는 가장 좋은 방법 중에 하나가 질문이라고 보는 관점이다. 해석학자인 한스게오르크 가다머(Hans-Georg Gadamer)는 텍스트는 '텍스트 자체가 제기한 질문에 대한 대답으로 존재'하므로 텍스트를 해석하려는 사람은 '텍스트를 비추고 있는 그 질문을 찾기 위해 텍스트의 주제에 몰입하여 거듭 질문을 던져야 한다'고 했다(Gadamer, 1960/2012: 285-286). 말하자면 어떤 핵심적인 질문을 찾아내었을 때, 그 텍스트가 해석자에게 온전하게 의미를 드러낸다는 말이다. 물론 여기서의 핵심적인 질문은 이미 객관적으로 결정되어 있는 것이 아니라 해석자가 텍스트를 바라보는 입장과 역량에 따라 해석자에게 의미 있는 진술로 구체화되는 것이다. 학생들이 이러한 질문에 도달하기 위해서는 거듭 질문하고 또 질문을 발전시켜 나가도록 설계된 수업의 과정과 교사의 전문적인 지원이 필요하다.

다음은 학생이 생성한 질문을 동료들과 협력하여 해결하는 한편 개별적인 질문들을 핵심 질문으로 발전시켜 탐구하는 수업 절차의 예시이다(송지언·권순정, 2014: 136-137).

1. 질문 생성 단계: 텍스트와의 만남(개별 활동)
   ☑ 개별적으로 텍스트 읽기
   ☑ 텍스트를 읽으며 떠오르는 질문-텍스트 지향 질문-정리
2. 질문 교류 및 선별 단계: 타자와의 만남(모둠 활동)
   ☑ 모둠원들과 질문지를 돌려 보며 질문에 교차 응답
   ☑ 반 전체와 공유할 모둠 대표 질문 선정
3. 질문 공유 및 탐구 단계: 타자와의 만남(전체 활동)
   ☑ 반 전체에서 모둠 대표 질문 공유 후 간단한 논의
   ☑ 모둠 대표 질문 중에서 반 대표 질문 선정 및 핵심 질문으로 개선
   ☑ 핵심 질문에 대한 자료 조사
   ☑ 핵심 질문에 대한 충분한 논의
4. 질문 성찰 단계: 자기와의 만남(개별 활동)
   ☑ 핵심 질문에 대한 자신의 답변 정리
   ☑ 후속 질문-자기 지향 질문-에 대한 자신의 생각 정리

위의 수업 절차는 '배움의 공동체 수업'의 원리를 바탕으로 한 것이다(손우정, 2012). 이 수업은 학생의 현재 앎의 수준에서 제기되는 질문에서 출발하여 텍스트, 타자 그리고 자기 자신과의 다면적인 만남과 대화를 통해 그리고 개별 학습으로 시작하여 모둠 학습과 전체 학습을 거쳐 다시 개별 학습으로 돌아가는 과정을 통해 배움을 성장시킨다. 즉, 학생이 생성한 최초의 질문을 여러 단계에 걸쳐 새로운 국면에서 탐구하게 함으로써 질문에 답을 얻는 것은 물론 질문 또한 발전시켜 나가는 과정이다. 질문 생성 – 질문 논의의 과정을 수준을 높여 가며 여러 차례 반복하는 것이 이 수업의 특징이다.

잠|깐|!

IB 교육과정에서의 질문 중심 문학 수업

국내에서 이루어지고 있는 IB 문학 수업도 학생 질문 중심으로 진행되고 있는데, 문학 논술 작성을 최종 목표로 하기 때문에 글쓰기가 더 강조된다. 수업 절차는 다음과 같다.

① 작품 읽기, ② 학생 질문 중에서 몇 가지를 교사와 함께 의견 나누기, ③ 학생 질문 중에 집중적으로 논의하고 싶은 것을 선별하여 학생 주도로 토론하기(interactive oral), ④ 성찰적 글쓰기(reflective statement), ⑤ 교사가 새로 제시하는 3~4개 질문에 대해 글쓰기, ⑥ 앞서 쓴 글 중에 하나를 발전시켜 문학 논술하기(literary essay)(송지언, 2018: 77-78).

IB(International Baccalaureate)는 세계 여러 나라에 공통된 커리큘럼을 제공하는 국제 공인 교육과정이다. 우리나라에서는 주로 외국인 학교나 국제 학교에서 이 프로그램을 채택하는데, 경기 수원외국어고등학교, 충청남도 삼성고등학교 등에서도 운영하고 있다.

이러한 과정에서 학생들은 다양한 질문들을 생성하게 되고, 교사는 학생들의 작품 이해 수준과 경향을 선명하게 파악할 수 있다. 오른쪽은 〈춘향전〉을 중학생, 고등학생 그리고 예비 교사인 사범대 학생을 대상으로 수업했을 때, 학생들이 생성한 질문들의 실제 사례를 분류한 것이다(송지언, 2014). 첫 번째 유형은 학생들이 질문 생성 단계에서 개별적으로 생성한 '텍스트 지향 질문'이다. 이 질문들은 텍스트의 독해 과정에서 생겨나는 질문이다. 두 번째 유형은 질문 성찰 단계에서 생성한 후속 질문으로 '자기 지향 질문'이다. 이 질문들은 텍스트가 나에게 불러일으키는 반향에 집중하는 질문이다. 교사는 학생이 생성한 질문의 특징을 파악하고 그에 적합한 교육적 안내를 할 수 있어야 한다.

학생들이 개별적으로 생산한 텍스트 지향 질문 중에서 토론의 여지가 있는 질문은 모둠 대표 질문으로 선정하여 반 전체에서 검토한다. 이때 질문을 핵심 질문(essential question)으로 발전시킬 수 있다. 좋은 핵심 질문은 깊이 있는 감상과 능동적인 학습을 추동한다. 핵심 질문은 하나의 최종적인 정답이 없는 개방적인 질문이고, 사고를 촉발하고 지적으로 몰입하게 하여 토론과 논쟁을 유발한다. 후속 질문을 이끌어 내고 시간이 지나도 계속해서 다시 생각하게 하는 질문이며, 문학뿐만 아니라 다른 분야에도 적용될 수 있는 전이력 있는 질문이다.

예를 들어, 〈벌거숭이 임금님〉(1837)이나 〈오이디푸스왕〉을 읽은 후에는 공통

학생들의 텍스트 지향 질문

질문 유형	특징	예시
불완전한 독해	텍스트에 명시되어 있는 정보임에도 불구하고 학생이 파악하지 못해서 제기한 질문이다. 동료 학생들이 알려 주거나, 교사가 텍스트의 관련된 부분을 다시 읽게 한다.	- 춘향이가 옥에 갇힌 이유는?(중학생) - 이몽룡이 거지가 된 이유는?(중학생)
배경지식의 부족	텍스트의 시대적, 문화적 배경에 대한 이해 등 배경지식의 부족으로 생성된 질문이다. 교사가 관련된 정보를 제공한다.	- 이몽룡이 장모에게 반말을 하는 이유는? (중·고등학생)
불완전한 추론	텍스트에 명시적으로 설명되지 않은 내용 중에서 이해에 필요한 단서를 충분히 포착하지 못하거나, 상징적인 의미를 파악하는 데 실패하여 제기한 질문이다. 텍스트에 제시된 단서들에 주목하게 하고 다시 추론해 보게 한다.	- 춘향이는 왜 유언으로 이몽룡에게 선산발치에 묻어 달라고 했는가?(중·고등학생)
예상과의 불일치	학생의 관점에서 생각할 때 인물의 행동이 예상에서 벗어나 이해하기 어려울 때 제기되는 질문이다. 인물의 성격과 상황을 좀 더 깊이 있게 탐색해 보는 시간이 필요하다. 핵심 질문으로 발전할 가능성이 있다.	- 춘향이는 왜 거지꼴로 돌아온 이몽룡을 보고도 화내지 않을까?(중·고등학생) - 왜 이몽룡은 과거 공부를 하면서 춘향이에게 소식을 전하지 않았을까?(중학생)
해석의 빈틈 발견	텍스트에서 전체적인 일관성에서 벗어난다고 판단되는 부분에 대해 스스로 만족할 만한 해석을 내놓지 못해 제기하는 질문이다. 학생들 간의 대화나 토론이 흥미롭게 진행될 수 있는 질문이다. 핵심 질문이 될 가능성이 많다.	- 이몽룡은 춘향이를 진정으로 사랑하는가? (중·고·대학생) - 춘향이는 왜 정절은 지키면서 혼전 순결은 지키지 않는가?(대학생)

학생들의 자기 지향 질문

질문 유형	특징	예시
감상의 자기화	작품의 내용을 자신의 삶과 연관 짓는 질문이다. 인물에 대한 텍스트 지향 질문이 '나라면 어땠을까?'의 형태로 이어지는 경우가 많다. 이전 단계에서 인물에 대한 탐구가 충분히 다루어졌을 때 더 좋은 질문과 더 의미 있는 답변을 도출할 수 있다.	- 나에게도 춘향이와 같은 용기가 있을까? (중학생) - 만약 나라면 변 사또가 되지 않을 수 있었을까?(고등학생)
작품에 대한 평가	작품의 문학사적 가치, 미학적 성취에 대한 학생의 평가와 관련된 질문이다. 작품이 자신에게 주는 가치를 일반화하여 확장하는 질문이다. 작품에 대한 자신의 반응과 동료 학생들의 반응을 종합적으로 고찰하고, 작품에 대한 전문가의 해석이나 비평을 참조하여 답변을 작성할 수 있다.	- 시대가 계속 변하는데도 〈춘향전〉이 고전으로 남을 수 있는 동력은 무엇일까?(대학생)

적으로 '볼 수 있는 사람은 누구이고, 볼 수 없는 사람은 누구인가?' 하는 질문을 제기할 수 있다. 이 질문은 작품의 주제를 관통하는 질문이면서 나 자신의 삶과 인간에 대한 보편적인 이해로도 확대될 수 있는 질문이다. 개별 작품을 넘어서서 문학 수업에서 반복적으로 다루어질 수 있는 핵심 질문의 예로는 다음과 같은 것들이 있다(McTighe & Wiggins, 2013/2016 참조).

- 무엇이 노래를 기억 속에 남게 만드는가?
- 다른 장소와 시대에 쓰인 이야기는 내게 무엇을 말해 주는가?
- 어떤 요소가 작품을 명작으로 만드는가?
- 우리는 작품으로부터 어떤 진실을 배울 수 있을까?
- 소설과 현실은 어떤 관계가 있는가?

그런데, 일반적으로 학생들이 한 번에 이러한 핵심 질문에 도달하기는 쉽지 않다. 그래서 질문을 발전시켜 나가는 과정이 필요하고 적절한 교사의 개입도 필요하다. 학생들은 선행한 질문들을 해결하면서 작품에 대한 이해를 진전시킨 후 그다음 단계로 '비평적으로 더 유효한 후속 질문'을 다룰 수 있게 된다. 이렇게 학생들과 교사가 함께 '감상 질문의 연쇄'를 구성하는 문학 수업은 다음과 같이 진행할 수 있다(조희정, 2017: 61-67). 우선 학생들이 생성한 질문 중에서 유사한 질문을 모으고 그 질문들과 질문에 대한 각 학생의 답을 서로 비교해 보는 시간을 갖는다. 자신의 의견과 유사하지만 조금씩 다른 동료들의 생각은 해석의 빈틈을 메울 수 있게 해 주는 비계(scaffolding)가 된다. 그리고 교사는 서로 관련된 학생 질문을 종합적으로 검토하여 이 질문들을 한 단계 더 발전시킨 후속 질문을 직접 제안한다. 교사가 처음부터 질문을 제기하는 것은 학생 질문 중심 문학 수업의 취지에 부합하지 않지만, 학생들의 질문을 토대로 작품을 새롭게 볼 수 있는 화두를 던져 주는 것은 학생들의 질문 생성 능력과 문학 감상 능력을 성장시킬 수 있다는 점에서 의미가 있다.

만약 수업에서 선정한 작품이 학생들이 이해하기에 큰 어려움이 없어서 보다 간략하고 초점화된 질문 중심의 문학 수업을 진행하고자 한다면, 다음과 같은 절차를 따르는 것도 가능하다. 교사가 '질문 초점'을 제시하거나 학생들이 작품의 핵심어를 찾는 활동을 통해 생산할 질문들의 범위를 제한한 다음 질문 생성과 개선에 집중하는 방식이다(박수현, 2022 참고).

1. 준비 단계
   ☑ 개별적으로 텍스트 읽기 및 텍스트 내용 이해 점검
2. 질문 생성 단계
   ☑ 교사가 반 전체에 질문 초점 제시 및 질문 생성 규칙 안내
      또는 모둠별로 학생들 스스로 작품의 핵심어 선정하기
   ☑ 개별적으로 질문 초점(또는 핵심어)에 관련된 질문 여러 개 생성
   ☑ 모둠에서 질문들을 공유하고 우선순위 질문 선정
   ☑ 교사의 도움을 받아 우선순위 질문의 개선
3. 질문 탐구 단계
   ☑ 모둠별로 우선순위 질문 하나를 선택하여 토론 진행
   ☑ 개별적으로 우선순위 질문에 대한 자신의 생각 글쓰기
4. 마무리 단계
   ☑ 질문 생성과 탐구의 결과에 대한 글쓰기 및 발표

여기서 '질문 초점'이란 '학생 질문에 시동을 걸기 위한 자극'으로서 명확한 초점이 드러나는 짧은 진술의 형태로 제시된다. 학생의 질문 생성을 촉발하기 위한 것이므로 질문의 형태를 띠어서는 안 되고 교사의 선호나 성향을 드러내는 것도 좋지 않다(Rothstein & Santana, 2011/2017: 62-64). 문학 수업에서는 특히 작품의 주제를 관통하는, 말 그대로 화두(話頭)가 될 수 있는 내용을 간단명료하게 제시해야 하기 때문에 학생들이 직접 찾아내기는 어렵고 교사가 미리 준비하여 제시하는 것이 적절하다. 김애란의 소설 〈노찬성과 에반〉(2016)에서는 '용서받을 수 없는 일'(박수현, 2022: 142) 또는 '돌봄의 자격', 〈춘향전〉에서는 '내가 원하는 삶, 사회가 요구하는 삶' 같은 것들이 질문 초점이 될 수 있다. 질문 초점은 학생들이 너무 다양한 질문을 제출하면 수업을 운영하기 어렵다고 판단될 때 또는 작품의 핵심에서 동떨어진 질문들을 생성해 내는 것을 방지하고자 할 때 사용한다. 학생들이 스

스로 할 수 있는 활동으로 바꾼다면 작품에서 '핵심어' 찾기로 대체할 수 있다.

질문 초점 제시 또는 핵심어 선택 후에는 학생들이 직접 질문을 생성하는데, 이때 안내할 수 있는 질문 생성 규칙에는 다음과 같은 것들이 있다(Rothstein & Santana, 2011/2017: 50). ① 가능한 한 많은 질문을 한다. ② 질문 생성 단계에서는 어떤 질문에 대해 답, 토의, 평가하기 위해서 멈추지 않는다. ③ 모둠에서 나오는 모든 질문을 받아 적는다. ④ 질문의 형태가 아닌 진술이 나오더라도 일단 적고 질문의 형태로 바꾼다.

질문을 선별할 때는 작품 이해에 중요한 질문, 개인이나 사회와 연결 지어 이야기할 만한 질문을 우선순위 질문으로 고르게 한다. 학생들이 질문을 선별하고 정교화하는 데에 도움을 줄 수 있는 방법으로는 교사의 '메타 질문'를 활용할 수 있다. 메타 질문의 예로는 '이 중에서 가장 궁금한 질문은 어떤 것인가요?', '이 중에서 가장 참신한 질문은 어떤 것인가요?', '다양한 답이 가장 많이 나올 것 같은 질문은 어떤 것인가요?', '서로 연관된 질문은 어떤 것들인가요?' 같은 것들이 있다(정혜승 외, 2020 참고).

질문 중심의 문학 수업은 문학 작품 이해의 측면에서도 이상적인 교육의 측면에서도 하나의 정답을 찾는 것이 아니라 '평생을 함께할 질문'(McTighe & Wiggins, 2013/2016: 30)을 얻는 것이 문학 교육의 주체들이 함께 추구해야 할 지향이라고 본다. 그러므로 수업의 끝은 질문에 대한 답을 찾아서 배움을 완료한 지점이 아니라, 앞으로 그 질문에 대한 답이 지속적으로 확충되고 발전되며 또 새로운 질문으로 전이되는 변화의 시작점이 된다.

5) 프로젝트 중심의 문학 수업

프로젝트 중심의 문학 수업은 프로젝트 기반 수업(PBL; Project Based Learning)을 도입한 문학 수업으로 기존의 활동 중심 문학 수업보다 학생 주도의 활동을 강화한 다양한 형태로 실행된다. 2022 개정 국어과 교육과정에서는 국어 교과의 하위 영역에서 프로젝트 수업을 적용할 수 있도록 안내하고 있는데, 특히 문학 영역의 교수·학습 방법 중 하나로 프로젝트 수업에 대해 다음과 같이 설명한다.

- '문학'의 학습에서 학습자가 실생활과 연계된 학습 경험을 갖게 하고, 나아가 학습한 내용을 자신의 삶에 적용하는 역량을 갖추게 하며, 학습자가 주도적으로 설계하는 교수·학습을 운영하기 위해 프로젝트 기반의 수업을 활용할 수 있다.
- 프로젝트 수업은 학습자를 둘러싼 실생활의 문제나 탐구 문제를 해결하기 위해 학습자가 스스로 문제의식을 가지고 학습 주제를 선정하는 단계에서부터 조사 및 연구, 발표 및 공유, 평가에 이르는 전 과정에 적극적으로 참여하는 수업 방법이다.
- 예를 들어 한 작가를 선정하여 지역 문학관을 건립하기 위한 제안서를 작성하는 프로젝트를 수행한다면 작가 및 작가의 대표작 선정, 작품 소개 방법, 작품 전시의 순서나 방법, 문학관 방문자들의 수준과 특성을 고려한 의미 있는 문학관 프로그램 개발 등에 대해 학습자들이 다양하게 의견을 교환하며 프로젝트를 기획하게 할 수 있다.

프로젝트 수업은 단지 흥미로운 활동을 하는 것 자체에 의미를 부여하지 않는다. 프로젝트 수업은 몇 가지 중요한 초점들을 가지고 있다(Larmer, Mergendoller & Boss, 2015/2017: 25-26). 첫 번째는 실생활과 연관된 실제적 과제를 수행하는 것이다. 이는 학생들이 교과에서 배운 지식과 원리가 실제로 어떻게 사용되고, 삶에서 어떤 가치를 지니는지를 깨닫게 하려는 목적을 지닌다. 여기서 실제적(authentic) 과제란, 학생이 삶에서 부딪힐 수 있는 현실적인 과제들을 실제로 사용되는 여러 가지 지식과 기술을 동원하여 해결을 시도하고 또 프로젝트의 결과물이 현실에 실제로 적용되어 영향을 미치는 것을 의미한다.

두 번째로 실제적 과제는 적당히 어렵고 복합적인 성격을 지닌 것이 좋다. 도전적인 과제가 주어졌을 때, 학생은 수업에서 배운 내용을 기억해서 단순하게 적용하는 것으로는 과제를 해결할 수 없는 어려움에 직면하게 된다. 학생들은 그동안 배운 모든 지식을 교과를 넘나들며 조회하고 종합하고 재구성하면서 적용하는 문제 해결력을 발휘해야 한다. 또한 과제가 어렵다는 것은 혼자서 해결하기 어려우므로 협력 학습이 요구된다는 의미이기도 하고, 과제에 대한 답을 교사가 이미 알고 있는 것이 아니고 가능한 답이 하나만 존재하는 것도 아니라는 점과도 연결된다.

세 번째로 프로젝트의 수행 과정은 학생 주도적으로 진행되어야 한다. 프로젝트 주제 선정부터 문제 해결 과정과 결과물 도출에 이르기까지 많은 선택지가 학생들에게 주어지고, 모둠원들과 협력적으로 소통하고 교사의 지원을 받아 합리적인 선택을 해 나가는 것이 프로젝트 수행 과정의 핵심 과업이다. 학생에게 선택권을 주는 것은 학생이 스스로 동기를 부여하게 하고, 그 자체로 합리적이고 책임감 있는 선택의 훈련이 된다.

프로젝트 수업의 일반적인 절차와 문학 수업에서의 적용 예시는 다음과 같다. 아래의 예시는 실생활의 문제 해결을 주제로 한 프로젝트 수업으로 국어과와 사회과의 교과 융합 수업을 설정해 본 것이다.

일반적인 절차	실생활의 문제 해결 프로젝트의 예시
1. 문제 상황 또는 도전 과제 제시(교사 주도) ☑ 프로젝트의 주제 및 범위 설정 ☑ 프로젝트에 관련된 교과 지식 탐색	• 프로젝트 주제: 학교에서 일어나는 여러 가지 갈등을 어떻게 하면 슬기롭게 해결할 수 있을까? ※ 관련 성취기준 　중학교 국어 [9국05-02] 갈등의 진행과 해결 과정을 파악하며 작품을 감상한다. 　중학교 일반사회 [9사(일사)03-01] 공동체 생활에 필요한 정치의 역할을 탐색하고, 다양한 정치 사례를 통해 민주주의의 의미와 필요성을 도출한다.
2. 문제 상황 분석(학생 주도, 교사 지원) ☑ 문제 상황의 조사와 분석 ☑ 모둠별 프로젝트 세부 주제 선택 ☑ 관련된 교과 내용 학습	• 학교에서 일어나는 다양한 갈등 상황을 조사 • 해결하고자 하는 갈등 상황을 선택하고, 같은 것을 선택한 학생들로 모둠 구성 • 국어과에서는 갈등이 드러나는 소설 감상, 사회과에서는 공동체 문제 해결을 위한 민주적 의사결정에 대해 학습
3. 문제 해결(학생 주도, 교사 지원) ☑ 문제의 해법 또는 과제 수행 방법에 대한 토론과 의사결정 ☑ 해법의 구체화 또는 과제 수행	• 갈등 상황의 배경, 상충하는 입장, 요구사항, 기대하는 결과 등에 대한 분석 • 국어과와 사회과에서 배운 내용을 적용하여 해법 모색 • 해법의 구체화
4. 프로젝트 결과물의 공개(학생 주도) ☑ 프로젝트 결과물의 발표 ☑ 프로젝트 결과물의 실행	• 모둠별로 갈등 상황에 대한 해법 발표 • 학내에서 해법의 시범 실행
5. 성찰(학생 주도) ☑ 프로젝트의 성과 분석 ☑ 프로젝트를 통한 배움의 성찰	• 해법 적용의 성과와 한계 분석 • 프로젝트를 통한 배움의 과정과 결과에 대한 성찰지 작성

문학 단독 수업에서의 프로젝트 중심 수업의 예로는 교육과정에서 언급하고 있는 '지역 문학관 제안서'를 비롯하여, '시화 전시회 개최', '연극 공연', '영상 소설 제작', '학내 문학 잡지 출판 기획', '시어 사전 만들기' 등을 생각해 볼 수 있다. 이 때 교육과정에서는 제안서를 작성하는 단계까지만 안내하고 있지만, 가능하다면 프로젝트 성과를 학내나 지역 사회에 공개하는 것이 프로젝트 이후의 유의미한 성찰을 가능하게 하고 학생들이 느끼는 성취감도 더 강화할 수 있다는 점에서 의미가 있다.

그 밖에 탐구 과제로 진행하는 교과 융합 프로젝트 수업의 예로는 한민고등학교에서 실시한 흥미로운 사례를 참고할 만하다. 〈허생전〉을 읽고 나서 학생들은 모둠별로 지리학의 차원에서 '허생이 군도를 이끌고 정착한 섬의 위치는 어디일까?', 인구학의 차원에서 '격리된 섬에서 얼마나 오랫동안 외부 접촉 없이 살 수 있을까?', 영문학의 차원에서 '허생전과 같은 주제를 가진 영문학 소설에는 무엇이 있을까?', 경제학의 차원에서 '허생은 어떻게 매점매석을 성공할 수 있었을까?' 등의 다양한 교과 융합 탐구를 수행했다(한민고등학교 창의융합팀, 2015).

프로젝트 수업의 궁극적인 목표는 크게 두 가지이다(Larmer, Mergendoller & Boss, 2015/2017: 40-44). 하나는 지식의 내면화 또는 '이해가 있는 배움'이다. 학생들은 문학 수업에서 배운 지식과 원리를 실제 상황에 적용해 봄으로써 온전히 자기의 것으로 만들 수 있다. 알고 있는 지식을 실천할 수 있는 지식으로 변환하는 것이다. 프로젝트 수업의 또 다른 궁극적인 목표는 미래 사회가 요구하는 핵심 역량의 성취이다. '4C'로 일컬어지는 4가지의 핵심 역량은 비판적 사고력/문제 해결력(Critical Thinking), 소통 능력(Communication), 협업 능력(Collaboration), 창의력(Creativity)을 가리킨다. 그런데 프로젝트 수업이야말로 이 네 가지 핵심 역량을 모두 성취할 수 있는 유력한 수업 모델이다. 이런 점에서 문학 수업에서도 프로젝트 수업의 실천이 점점 더 강조되고 있다고 할 수 있다.　　　　　　| 송지언

참고문헌

경규진(1993), 「반응 중심 문학교육의 방법 연구」, 서울대학교 박사학위 논문.

경규진(1995), 「문학교육을 위한 반응 중심 접근법의 가정 및 원리」, 『국어교육』 87, 1-23.

김대행(2008), 『통일 이후의 문학교육』, 서울대학교 통일평화연구소.

김성진 외(2023), 『현대소설교육론』, 사회평론아카데미.

김주환(2012), 「고등학교 문학수업에서 토의 학습의 효과」, 『청람어문교육』 46, 26-47.

김흥규(2002), 『한국 고전문학과 비평의 성찰』, 고려대학교 출판부.

남지현(2015), 「교사 주도 문학토의와 학습자 주도 문학토의의 차이점 연구」, 『한국초등국어교육』 59, 243-269.

류수열 외(2014), 『문학교육개론 II 실제편』, 역락.

문영진 외 편(2019), 『처음 시작하는 현대소설 교육론』, 창비교육.

박수현(2022), 「질문하다 보니 궁금해지네: 질문초점을 활용한 수업」, 『함께 여는 국어교육』 148, 140-157.

박인기(1986), 「문학제재의 수용특성과 교수·학습의 조건」, 『선청어문』 14, 52-75.

박태호(2022), 「책임이양에 따른 IRF 수업대화 관찰과 해석」, 『교육논총』 59(3), 58-80.

서명희(2021), 「문학교육 방법으로서 대화의 성격과 구조」, 『고전문학과 교육』 47, 111-142.

손우정(2012), 『배움의 공동체』, 해냄.

송지언(2014), 「학습자 질문 중심의 문학 감상 수업 연구: 〈춘향전〉 감상 수업을 중심으로」, 『문학교육학』 43, 253-283.

송지언(2018), 「해외 교육과정의 유입과 국어교육의 대응: IBDP 문학 수업이 던지는 화두를 중심으로」, 『국어교육』 163, 57-92.

송지언·권순정(2014), 「질문 중심 수업에 참여한 교사와 학생의 반응 고찰」, 『국어교육연구』 33, 131-165.

양정실(2012), 「우리나라 문학교육 연구에서 독자 반응 이론의 수용 현황과 전망」, 『문학교육학』 38, 99-123.

윤여탁 외(2017), 『현대시 교육론』(개정판), 사회평론아카데미.

윤여탁 외(2021), 『문학교육을 위한 현대시작품론』, 사회평론아카데미.

이인화(2013), 「문학토론에서 소설 해석의 양상에 관한 연구」, 『새국어교육』 94, 249-280.

이향근(2013), 「시 텍스트 이해 학습에서 '저자에게 질문하기 방법(QtA)'의 적용」, 『새국어교육』 95, 221-247.

정재찬 외(2017), 『현대시교육론』, 역락, 2017.

정재찬(2015), 『시를 잊은 그대에게』, 휴머니스트, 2015.

정재찬 외(2014), 『문학교육개론 1: 이론편』, 역락.

정정순(2016), 「문학 교육에서의 '반응 중심 학습'에 대한 이론적 재고」, 『문학교육학』 53, 253-279.

정정순(2018), 「사회·문화적 관점에서의 반응 중심 읽기 교육 고찰: 문화·역사적 활동이론을 중심으로」, 『독서연구』 49, 161-191.

정혜승 외(2019), 『학생이 질문하는 즐거운 수업 만들기: 놀이편』, 사회평론아카데미, 2019.

정혜승 외(2020), 『학생이 질문하는 즐거운 수업 만들기: 중등활동편』, 사회평론아카데미, 2020.

조희정(2017), 「고전문학 교육에서 학습자의 감상 질문 생성 경험 연구」, 『고전문학과 교육』 36, 33-72.

최미숙(2005), 「현대시 해석 교육에 대한 비판적 검토」, 『한국시학연구』 14, 51-74.

최미숙(2006), 「대화 중심의 현대시 교수·학습 방법」, 『국어교육학연구』 26, 227-252.

최미숙 외(2016), 『국어교육의 이해』(개정3판), 사회평론아카데미.

최인자(2007), 「'서사적 대화'를 활용한 문학 토의 수업 연구」, 『국어교육학연구』 29, 283-310.

최지현 외(2007), 『국어과 교수·학습 방법』, 역락.

한민고등학교 창의융합팀(2015), 『창의융합 교실 허생전을 파하다』, 지상사.

허형(2010), 「학습촉진자로서의 교사의 역할 변화에 관한 연구」, 『한국교육학연구』16(3), 181-203.

Bakhtin, M.(2006), 『말의 미학』, 김희숙·박종소(역), 길(원서출판 1979).

Gadamer, H. G.(2012), 『진리와 방법 2: 철학적 해석학의 기본 특징들』, 임홍배(역), 문학동네(원서출판 1960).

Larmer, J., Mergendoller, J., & Boss, S.(2017), 『프로젝트 수업 어떻게 할 것인가?』,
        최선경·장밝은·김병식(역), 지식프레임(원서출판 2015).

McTighe, J. & Wiggins, G.(2016), 『핵심 질문: 학생에게 이해의 문 열어주기』, 정혜승·이원미(역),
        사회평론아카데미(원서출판 2013).

Patterson, C. H.(1977), Foundation for a theory of instruction and educational psychology, Harper &
        Row.

Rosenblatt, L. M.(2006), 『탐구로서의 문학』, 김혜리·엄해영(역), 한국문화사(원서출판 1938).

Rothstein, D. & Santana, L.(2017), 『한 가지만 바꾸기: 학생이 자신의 질문을 하도록 가르쳐라』,
        정혜승·정선영(역), 사회평론아카데미(원서출판 2011).

Tyson, L.(2012), 『비평이론의 모든 것: 신비평에서 퀴어비평까지』, 윤동구(역), 앨피(원서출판 2006).

10장 문학 수업 성찰과 평가

학교에서 교사가 하는 일은 실로 다양하다. 학습 코치이자 연구자이자 온라인 교수자, 일대일 교사, 온라인 학습 관리자, 소프트웨어 개발자, 학생 생활 지도사, 상담사, 복지사 등등 팬데믹 이후 교사의 일이 더 다양해졌다고들 한다. 그러나 이 대부분의 일이 결국에는 달라진 교육 환경에서 의미 있는 교육 활동을 하려는 노력과 관련되며, 좋은 수업을 하는 일과 직·간접적으로 연결된다.

이 장에서는 어떻게 하면 문학 교사의 수업 전문성을 기를 수 있을 것인가에 대한 하나의 답을 제안한다. 자신이나 다른 사람의 수업을 대상으로 비평 활동을 일상화하라고 제안한다. 문학 수업에 대한 성찰과 평가가 왜 필요한지, 성찰과 평가의 방법으로서 문학 수업 비평이 무엇이며, 어떻게 해야 하는지 생각하며 읽어 보자.

1 문학 수업 성찰과 평가의 필요성

수업을 왜 하지?

지금까지 학교 수업에 관하여 가장 많이 제기된 질문은 무엇일까? 아마도 '어떻게 하면 수업을 더 잘할 수 있을까?'일 것이다. 그런데 그 질문에 대답하기 위해서 우리는 '학교에서 수업이 어떤 모습으로 이루어지고 있는가?', '학교 수업의 어떤 점이 문제인가?', '그 문제가 발생한 원인은 무엇인가?', '어떤 수업이 좋은 수업인가?', '수업이란 무엇인가?' 등의 서로 연관된 질문에 먼저 답을 할 수 있어야 한다. 즉, '수업을 어떤 눈으로 바라볼 것인가?'라는 질문에 먼저 대답하지 않고는 '어떻게 하면 수업을 더 잘할 수 있는가?'라는 질문에 답할수 없다.

(서근원, 2003: 6)

인용한 글은 교육계에 '수업을 왜 하지?'라는 본질적이면서도 도전적인 질문을 던졌던 책의 머리말이다. '왜'라는 질문을 잊어버린 채 하루하루 무의식적으로 관행에 따라 수업을 해 오던 많은 교육 실천가들에게 신선한 충격을 주었고, 이후 수업을 이해하기 위한 여러 노력이 전개되기 시작했다. 질적 기술 등 수업을 이해하기 위한 방법론이 모색되었고 수업 성찰 및 나눔을 위한 여러 실천적인 움직임도 촉발되었다.

교육의 질은 교사의 질을 넘지 못하고 교사의 질은 결국에는 수업의 질에 다름아니다. 문학 수업의 질 역시 문학 교사의 질을 넘지 못한다. 학생들은 장기간에 걸쳐 여러 국어 교사들에게 문학 수업을 받으면서 문학에 대해 배우고 문학에 대한 태도를 형성한다. 그렇게 수업을 통해 길러진 학생들의 문학 역량이 결국에는 우리 사회의 문학 역량 내지 문화 역량이 된다.

교사 전문성 핵심으로서의 수업 전문성

사실상 문학 교사의 자격이나 전문성을 시험하고 인증해 주는 제도는 존재하지 않는다. 초등 교사 혹은 국어 교사 자격증은 있지만 문학 교사 자격증은 사실상 없다. 그래서 '문학 교사는 존재하는가'라는 다소 도발적이고 본질적인 물음(최지현, 2006: 41-76)을 던진 연구자도 있었고 문학 교사의 정체성에 대해 이야기하는 학술대회[1]가 열리기도 했다. 전 학교급에서 문학을 가르치고 있고 중등에 교과목으로 존재하고 있음에도 불구하고 이러한 물음이 제기된 것은, 아직까지도 문학

....

[1] 1999년 한국문학교육학회의 기획 주제로 '문학 교사의 오늘과 내일'에 대한 종합적인 논의(우한용, 김귀식, 이대규)가 있었으며(한국문학교육학회, 『문학교육학』 제4호, 222-303.), 그 후에도 산발적으로 문학 교사, 나아가 국어 교사에 대한 논의가 전개되어 왔다. 남민우(2008), 이성영(2009) 참조.

교사의 역할과 전문성에 대한 사회적 합의가 분명하지 않은 까닭이다.

　문학 교사의 전문성이란 무엇일까. 어떤 능력이고 또 어떻게 길러지는 것일까. 논자에 따라 조금씩 차이가 나지만 문학 교사가 갖추어야 할 전문성에는 크게 문학 교육 관련 지식과 그 지식을 바탕으로 한 수행 능력이 포함된다. 문학 교사라면 문학과 문학 교육에 대해 알아야 하며, 아는 것에서 한 걸음 더 나아가 아는 것을 바탕으로 잘 가르칠 수 있어야 한다. 여기서 앎, 즉 문학 교육 관련 지식은 문학 교육의 내용이자 근거가 되는데, 처음에는 교사의 외부에 있는 지식에 불과하다가 수업을 통해 체증됨으로써 당사자적 지식 혹은 실천지로 전환되어 이후 교사가 문학 수업을 설계하고 실천할 때 바탕이 된다. 이렇게 앎과 실행의 선순환 고리를 통해 문학 교사의 전문성이 길러진다. 그런데 그 선순환의 고리가 저절로 만들어지지 않는다는 데 어려움이 있다.

수업 전문성 어떻게 길러야 하나

　다시 질문을 던져 보자. 문학 수업 전문성은 어떤 능력이고 어떻게 길러질 수 있는가. 문학 교사로서 나는 어떤 수업을 하고 있을까. 문학 수업 시간에 우리 반 아이들은 과연 어떤 경험을 하는 것일까. 이러한 질문에 대한 답을 찾으려면 어떻게 해야 할까. 수업 경험을 많이 하는 것도 중요하지만 자신이 한 수업이나 다른 교사들의 수업을 관찰하면서 어떤 수업이 좋은 수업인지 보는 눈을 먼저 길러야 한다. 어떤 수업이 좋은 수업이며 수업 시간에 어떤 일이 일어나는지 알아야만 좋은 수업을 기획하고 운영할 수 있기 때문이다. 문학 수업 혹은 문학 수업 현상을 이해하고 해석하는 활동인 문학 수업 비평이 필요한 까닭이 여기에 있다.

　수업이란 일시적으로 현존하는 예술 작품과도 같아서 예술가인 교사의 모든 역량을 보여 준다. 교사들은 자신의 안목과 지식과 기능, 감각을 모두 동원하여 수업이라는 텍스트를 생산해 낸다. 수업, 구체적으로 텍스트의 생산 활동 안에서 이론과 실천이 통합된다. 마찬가지로 수업 비평 활동 역시 이론과 실천의 통합이 일어나는 생산적인 해석 활동일 수 있다. 비평이란 일종의 해석 행위로 언어를 통한 구조화의 경험이라는 점에서 수업에 작용하는 여러 지식과 안목, 기능 등을 포착해 내고 그것들이 어떻게 통합적 실천으로 구현되는지를 읽어 내는 행위이다. 그러한 비평 활동의 과정에서 비평가 자신의 관점이나 지식, 기능, 정서적 특성 등도 객관화되고 성찰의 대상이 된다. 그런 점에서 수업 텍스트는 문학 수업에 대해 배울 수 있는 살아 있는 자료이며 수업 비평은 그 자료를 대상으로 한 학습 활동이라고 할 수 있다. 예비 교사나 교사 모두 자신의 수업을 포함하여 여러 교사의 수업을 보고 비평하는 활동을 일상적으로 수행하면서 문학 교육 관련 지식과 수행 능력을 갖춘 교사로서의 발달을 지속적으로 도모해야 한다. 이것이 교원 평가 등의 제도나 정책을 통해, 그리고 교사의 자발적인 동기에 따라 여러 학교에서 수업을 보고 평가하고 수업에 대해 이야기를 나누는 까닭이다.

2 문학 수업 성찰과 평가 방법으로서의 수업 비평

1) 수업을 보는 여러 방법

수업 전문성을 길러 주기 위한 관찰 및 접근 방법으로는 크게 네 가지를 들수 있다. 수업 장학과 수업 평가, 수업 컨설팅, 수업 비평이 바로 그것이다(이혁규, 2010ㄱ: 85). 이 넷을 모두 아울러 광의의 수업 평가로 묶기도 하고, 실제 국면에서는 이 넷이 명확하게 구분되지 않는 경우가 있으며, 수업 비평과 수업 평가 혹은 수업 컨설팅이 함께 진행될 수도 있다. 그러나 이 넷을 구분하는 것은 수업 및 수업 관찰의 목적이나 여러 방법 및 그 의의를 구체적으로 이해하는 데 도움이 된다. 수업 장학은 교사의 교수 행위 개선을 목표로 하는 데 반해, 수업 컨설팅은 교사의 고민이나 문제 해결을 목표로 하며, 수업 평가는 말 그대로 교사의 수업 능력을 측정하고 평가하는 것을 목표로 한다. 반면에 수업 비평은 수업 현상에 대한 이해와 해석을 목표로 한다. 수업자와 관찰자의 관계 역시 수업 장학에서는 교사와 장학사, 수업 평가에서는 피평가자와 평가자, 수업 컨설팅에서는 의뢰인과 컨설턴트, 수업 비평에서는 예술가와 비평가로 각각 구분된다. 참여의 자발성 여부와 관찰결과를 활용 방법 역시 조금씩 차이가 난다.

수업 비평은 측정과 평가에 초점을 둔 협의의 '수업 평가'와는 구별되지만, '수업에 대한 메타적 활동 전반'을 칭하는 광의의 '수업 평가'의 하위 범주에 들어간다. 그러나 분명한 것은 수업 장학이나 수업 평가, 수업 컨설팅 모두 수업 현상에 대한 이해와 해석을 바탕으로 한다는 점이다. 그런 점에서 수업 장학이나 평가, 컨설팅의 출발점이자 성찰의 주요한 방법이라고 할 수 있는, 수업 비평에 대해 알아볼 필요가 있다.

수업 평가의 전통

우리나라 학교 현장에서는 오랫동안 수업 장학이라는 이름으로 수업에 대한 성찰 및 평가가 진행되어 왔다. 장학이라는 말은 영어로는 'supervision'에 해당하는데, 서울대학교 교육연구소(1994: 576)에서는 "학습 지도의 개선을 위하여 제공되는 지도·조언을 비롯하여, 교육 활동의 전반에 걸쳐 교육 목표를 효과적으로 달성하기 위해 이루어지는 전문적·기술적 봉사 활동 내지 참모 활동"으로 정의하고 있다. 최근에는 그 의미가 확장되어 수업 평가나 수업 컨설팅, 심지어 수업 비평까지 아우르는 개념으로 사용되기도 한다. 그러나 아직까지 장학이라는 말은 교육지원청의 장학사에 의해 이루어지는 학교 운영에 대한 권위적인 관리·감독 행위를 가장 먼저 떠올리게 하는 것이 사실이다. 그리고 수업 컨설팅이나 수업 비평 등 새로운 접근 방법이 등장하긴 하였지만 그 역시도 수업 장학 혹은 그 연장선에 있는 수업 평가의 패러다임에서 자유롭다고 할 수 없다. 제도 교육이 시작된 이래 수십 년간 지속되어 온 수업 장학 및 평가의 역사와 전통이, 교사 개개인과 우리 교육 제도와 문화 안에 내면화되어 여전히 작동하고 있기 때문이다.

최근까지도 보편적이고 익숙한 수업 보기의 장면이란 '일정한 틀에 따라 수업의 형식을 보면서 칭찬과 조언을 주고받는 것'이었고, 전통적인 수업 연구라 할 수 있는 수업 장학은 교사들의 수업 방법 개선, 학생들의 학업 성취 능력 향상, 학교 교육의 효율성 제고를 내세우면서 광범위하게 실행되어 왔다(심준석·김진희, 2012: 108). 정해진 날에 장학사로 대표되는 외부인에게 수업을 공개하고 수업이 끝난 후 '연찬'이라는 이름으로 칭찬과 조언을 주고받는 식이었다. 이것이 수업 장학의 흔한 풍경이다. 그러나 수업 장학은 일회성에 그치는 경우가 많아 교사들의 전문성 향상에 크게 기여하지 못했다(김덕희, 2006: 113-140.). 그래서 수업과 교사 전문성에 대한 관심과 연구가 확산되면서 2010년부터 '교원능력개발평가'라는 제도로 진화하였다. 수업 장학은 그 외연을 확장하고 방법을 체계화하면서 수업 평가라는 용어에 포섭되어 현재에는 수업 장학보다 수업 평가라는 말이 더 일반적으로 사용되고 있다. 수업 관찰의 주체 역시 장학사를 넘어 동료 교사나 학부모, 심지어 학생으로까지 확대되었다.

수업 장학으로부터 시작한 수업 평가의 체계화와 보편화는 수업 능력이야말로 교사가 갖추어야 할 핵심 능력이자 교사 전문성의 중핵이라는 사실과, 교사의 수업이 더 이상 교사 개인의 실천 및 성찰 대상이 아니라 공적인 평가의 대상이 되어야 한다는 인식을 자리 잡게 하였다.

체크리스트로 상징되는 수업 평가의 의의와 한계

수업 평가는 대부분 양적 접근의 방법을 취하며 구조화된 체크리스트를 사용하는 것이 일반적이다. 우리에게 관습화된 일상적 수업 보기 혹은 나누기는 상당 부분 체크리스트를 참조한 수업 보기 혹은 나누기 방식으로 진행되곤 한다. 수업에 관여하는 여러 요인, 특히 수업 효과 등을 여러 개의 단순한 행동 목록으로 만든 후 그 목록 속 행동이 나타났는지 관찰하여 체크하고 평가하는 식이다. 목록에 포함되는 행동 목록의 예를 들자면 '수업 목표를 명시적으로 제시했는가'나 '도입부에서 동기 유발을 적절하게 했는가' 등이다. 수업 평가의 상황에서 대개는 관찰자들에게 이러한 체크리스트가 제공되곤 한다. 그러나 제공되지 않는다 하더라도 관찰자들은 모종의 기준으로 그 수업을 보고 수업에 대해 평가하는데, 그 모종의 기준이 바로 수업 장학과 평가의 전통 속에서 알게 모르게 체득한, 교사 행동에 초점을 둔 체크리스트이다. 수업을 보는 체크리스트가 우리(현장 교사)에게 이미 내면화되어 있다고 할 수 있다(이혁규, 2007: 163; 엄훈, 2012: 146).

이러한 체크리스트는 관찰자로 하여금 목록에 있는 행동에 초점을 맞춤으로써 총체적이며 연속적으로 흘러가는 수업의 특정 부분이나 계기들을 볼 수 있게 한다. 특히 수업의 무엇을 어떻게 봐야 할지 모르는 관찰자에게 유용하다. 관찰의 초점을 제공해 줌으로써 문학 수업에서 어떤 활동이나 행위가 중요한지 알게 하고,

문학 수업에 관여하는 여러 요소와 행위 등에 주목하게 함으로써 수업의 구체적인 국면에 대해 인지하고 판단할 수 있게 한다.

그런데 정재찬(2006)의 말처럼 체크리스트 속 행동, 예를 들어 '학습 목표를 행동 목표로 진술하기'가 나타났는가를 관찰한 결과에 따라 평가하는 것은 수업 사태를 정확하게 반영하는 것이 아니며 교사에게도 별반 도움이 되지 않는다. 행동의 양과 행동의 질이 일치하지 않기 때문이다. 교실에서 일어나는 사건, 사태, 행동의 횟수를 양으로 측정하는 것이 어느 정도의 통찰을 제공해 주기는 하지만, 그것이 구성원이 느끼는 체험의 질을 대표하지 않기 때문이다. 그래서 체크리스트를 넘어 수업의 질을 읽어 낼 수 있는 접근 방법이 필요하다. 여기서 부연할 것은 수업 비평에서도 양적 분석을 위한 다양한 체크리스트를 활용한다는 점이다. 그러나 수업 비평에서는 양적 분석에 그치지 않고 질적 정보까지 종합하여 수업에 대해 분석적이면서도 종합적으로 이야기한다(이혁규, 2007: 180).

수업 장학이나 평가는 수업을 일종의 과학으로 보고 수업을 하는 교사를 교육과정에 따라 수업을 실행하는 기능인으로 보는 은유에 입각해 있다. 행동 목표를 정하고 그러한 행동 목표에 도달할 수 있는 최적의 방법을 찾아 교육('투입')함으로써 소기의 교육 목표를 달성('산출')하는 것이 수업이고, 따라서 행동 목표를 얼마나 명확하게 인식하여 구체적으로 제시하였는지, 투입이 적절했는지(교육 활동이 행동 목표를 달성하는 데 적절한 것이었는지), 원하는 결과 혹은 산출을 얻었는지(학습 목표 도달 여부)에 따라 수업을 평가한다. 투입과 산출을 중시한다는 점에서 공학적 관점(고창규, 2014: 417)에 입각한 접근이라고 부를 수 있다.

그런데 투입-산출 모형과 관련되는 공학적 관점으로는 동시성(simultaneity)과 다차원성(multi-dimensionality), 즉시성(immediacy) 혹은 또는 비예측성(unpredict-ability)을 지니는 수업(Doyle, 1986; 고창규, 2014 재인용)의 질을 모두 포착할 수 없다. '검은 상자'(Fullran & Pomfret, 1997; 정혜승, 2002: 20 재인용)로 비유될 만큼 교육과정 실행의 과정은 예측하기 어려우며 그래서 맥락에 따라 수업이 매번 달라진다. 교육과정과 교과서를 표준화한다 하더라도 수업이 똑같이 진행되지 않으며, 심지어 같은 교사가 동일한 과목을 수업할 때조차 수업은 다 다르게 전개된다(정재찬, 2010). 수업의 표준적인 형식은 중요하지만 형식주의적 잣대로 평가할 경우,

교사와 학생, 교실 상황이나 수업 문화와 제도 등 여러 변인이 복잡하게 얽혀 있는 수업의 생명성 혹은 현장성은 사라지게 된다. 투입-산출 모형이나 공학적 관점을 넘어서는 수업 이해의 새로운 관점과 방법이 요구된다. 수업의 역동성을 포착할 수 있는 질적 접근이 요구되는데, 수업 비평이 그 하나의 접근 방법이 될 수 있다.

2) 수업 비평의 필요성과 특징

수업 비평이라는 말은 2000년대 수업 성찰의 필요성이 부각되고 본격적으로 수업에 대해 기술하기 시작하면서 등장한 개념이지만, 엄밀하게 말하면 수업의 역사만큼이나 수업 비평의 역사도 깊다고 할 수 있다(이혁규, 2016: 225-270). 의식했든 의식하지 않았든, 의도했든 의도하지 않았든, 말로 드러냈든 드러내지 않았든 간에, 수업이 진행되거나 끝나면 수업에 참여한 주체들이 그 수업에 대해 모종의 평가를 하거나 주관적인 어떤 감을 느끼게 된다. 그 주관적인 평가나 경험에 주목함으로써 나의 수업 실천이 학생들이나 교사인 나 자신에게, 우리 교육에서 어떤 의미를 지니는 실천인지 이해하는 것, 그것이 바로 수업 비평이다.

비평의 대상으로서의 수업

수업 비평은 수업을 예술로 보고, 교사를 예술가로 보는 은유에 바탕을 두고 있다(이혁규 외, 2012: 305-325). 교육적 경험의 미학적 특성에 주목한 존 듀이(John Dewey)는 교육을 최고의 예술로, 교사를 최고의 예술가로 비유했다. 교육이 일어날 때 교사나 학생이 경험하는 것이 예술적 경험에 다름 아니며 그런 점에서 교사야말로 최고의 예술가라고 하였다(Simpson et al., 2005; 엄훈, 2010, 81-82 재인용; Eisner, 1979/1983). 예술성이란 결국 경험의 질과 관련된 개념인데, 듀이의 이러한 통찰이 여러 교육학자에게 이어졌다. 엘리엇 W. 아이스너(Elliot W. Eisner) 역시 수업의 예술성에 주목한 대표적인 교육학자이다. 아이스너는 예술성이라는 개념을 직접 언급하지는 않았지만, 교육적 감식안(educational connoisseurship)과 교육 비평(educational criticism)이라는 개념을 제안함으로써 수업의 예술성에 주목했다(Eisner, 1991/2004: 109-180). 수업을, 심미적 감식안이 요구되고 비평의 대상이 되는 예술 텍스트로 소환한 것이다.

"교사의 교수 행위는 불변하는 고정의 세계를 설명하는 것이 아니라 삶에 대한 인간적인 접근을 시도"하는 것이며 "교수 행위의 합목적적이고 패턴화된 균질성을 보장할 수 없는 '지금(now)', '여기(here)'의 특수성에 기댄 행위는 예술가의 창조적 행위와 닮"아 있으며 또한 "교사는 지금 여기(now & here)의 실천 속에서 총체적 상황을 반영한 퍼포먼스를 하는 행위 예술가"(이정숙, 2006: 91)라 할 수 있다. 지금 여기에 일시적으로 현존하는 연행 텍스트가 바로 수업인 것이다. 수업 비평은 수업의 이러한 예술성에 대한 인정에서 시작한다. 그리고 한 시간의 수업에, 연구와 성찰 대상으로서의 지위를 부여했다. 수업을 예술 텍스트로 규정하는 것에서 한 걸음 더 나아가 '사건'으로 볼 필요가 있다는 제안(이혁규, 2016: 257-259)도 있다. '텍스트'이면서 동시에 '사건'이라는 은유를 통해 시시각각 각본 없이 혹은 각본을 넘어서서 진행되는 수업의 유연성과 차이를 포착해 냄과 동시에 여러 수업을 가로질러서 존재하는 구조에 대해서도 사유하자는 제안이다. 예술성으로 은유된 한 시간 수업이 지닌 특수성과 질을 드러내고 이해하는 동시에 한 시간 한 시간의 수업이 지니는 사건으로서의 의미까지 드러내자는 것이다.

그렇다면 이러한 '텍스트'이자 '사건'으로서의 수업을 어떻게 바라보고 이해하고 평가해야 할 것인가의 문제가 대두된다.

엘리엇 W. 아이스너(1933~2014) 수업 비평뿐만 아니라 교양 교육이나 교육과정 설계 및 운영에도 통찰력을 제공해 준 대표적인 교육학자. 예술 교육에서 출발한 그는 수업 행위나 교육과정의 예술적 측면에 주목함으로써 공학적 관점이나 접근에서 간과했던 질적인 특성과 부분을 부각시켰다. ⓒ Stanford Graduate School of Education

수업 비평의 원칙과 방법

아이스너(1991/2004)는 수업 관찰과 분석이 예술 작품에 대한 비평 활동과 흡사하다고 주장한다. 미술 교사 출신이기도 했던 그는 많은 미술 작품을 보고 분석하는 경험을 쌓아야 그림을 보는 눈, 즉 감식안이 생겨나는 것처럼 교육 비평의 경험을 축적해야 교육적 감식안 또한 생겨난다고 하였다. 수업을 보는 눈이나 수업에 대한 깊은 이해 역시 많은 수업을 보고 분석하고 이야기를 나누는 비평 활동을 통해 길러질 수 있다고 본 것이다. 감식안이 있어야 보이고, 본 것을 표현하고 나누는 비평 활동을 통해 감식안이 확장되며, 확장된 감식안이 수업을 볼 때 이전에 보지 못했던 것을 다시 보게 한다는 것이다. 이러한 해석학적 순환을 통해 교사의 수업에 대한 이해가 깊어지고 수업 전문성이 신장될 수 있다.

예술 비평과 마찬가지로 수업 비평은 수업이라는 텍스트에 대한 꼼꼼한 읽기로부터 출발한다. 잘못된 것을 찾아내거나 개선할 점을 제안하려는 목적을 앞세우지 않고 애정을 가지고 수업의 질과 결을 읽어 내고 이해하고자 노력한다. 나아가 해당 수업 텍스트에 대한 철저한 이해적 구성물을 만들어 낸다. 수업을 읽어 내고 읽은 내용을 표현하는 과정에서 수업 비평가 자신은 물론이고 참여한 자들의 수업에 대한 이해가 깊어진다. 그런 점에서 수업 비평은 "수업에 대한 기술과 해석이 주가 되고 그에 기초해 평가가 이루어지는 글쓰기"(정재찬, 2010: 473)라고 정의할 수 있다. 여기서 기술은 해석을 위한 기초일 뿐만 아니라 그 자체로 현상에 대한 이해를 공유하는 한 가지 중요한 방식으로, 질적 접근의 핵심이라고 할 수 있다.

요약하자면 수업 비평이란 수업을 보고 본 경험을 언어화하여 나누는 것이 핵심에 있는 활동이라고 할 수 있다.

3 문학 수업 비평의 지향과 실제

'수업과의 만남을 위한 사전 준비→수업 관찰 및 촬영하기→관련 자료 수집·분석 및 수업 전사하기→수업의 중심 주제 부각하기→수업 비평문 작성하기'(이혁규, 2010: 271-300) 등 수업 비평을 실천하는 데도 단계가 있다. 단계가 엄밀하게 구분되거나 순차적으로 진행되는 것은 물론 아니다. 그러나 단계를 알면 수업 비평이 어떻게 진행되는지 이해하고 직접 실천하는 데 도움이 된다. 여기서는 수업 비평 전, 중, 후 3단계로 나눠, 각 단계에서 무엇을 해야 하는지 살펴보려 한다.

1) 수업 비평 준비

첫째, 문학 수업 평가 계획 세우기

수업 장학 및 평가의 역사가 짧지 않음에도 불구하고 문학 수업을 어떻게 보고 어떻게 비평할 것인가에 대한 안내나 매뉴얼은 찾아보기 어렵다. 그러나 일단은 기존의 수업 평가 매뉴얼들을 참고하여 문학 수업 평가 혹은 비평 계획을 수립할 수 있다.

기존의 수업 평가 항목이나 기준이 교과별 특성을 반영하지 못했다는 비판이 제기되고 대안이 마련되는 과정에서 「수업평가 매뉴얼: 국어과 수업 평가 기준」 (임찬빈·노은희, 2006. 이하 「국어과 수업 평가 매뉴얼」)[2]도 만들어졌다. 「국어과 수업 평가 매뉴얼」은 '교과나 학습자 관련 지식 및 교사의 국어 능력', '계획 수립의 충실성', '실천 능력', '전문성 신장을 위한 노력'이라는 4개의 대영역에 따라 8개의 중영역과 28개의 소영역으로 범주화되어 있다. 국어 수업 평가와 관련된 모두 항목과 기준을 망라하고 있는 까닭에, 국어과 다른 영역과 마찬가지로 문학 영역 역시 「국어과 수업 평가 매뉴얼」에 입각하여 수업 평가를 계획·운영하고 있다. 교육부나 교육청, 학교 현장에서는 이 매뉴얼을 간략화한 버전을 사용하고 있으며, 특히 4개의 대영역 중 세 번째 '실천 능력' 영역에 초점을 둔 평가표를 활용하고 있다. '실천 능력' 영역에 초점을 둔 평가표를 예시하면 [표 10-1]과 같다.[3]

[표 10-1]에 따르면 15개의 평가 지표를 통해 수업 준비가 충실한지, 수업 실행 및 평가가 적절한지 평가하도록 되어 있다. [표 10-1]은 하나의 예시일 뿐, 그것을 활용하는 방법은 다양할 수 있다. 실제로는 15개 항목 전체에 걸쳐 문학 수업을 평가할 수도 있고, 하나 혹은 몇 개의 지표에만 주목하여 평가할 수도 있으며, 또 어

....

2   이 평가 매뉴얼에 대한 분석 및 평가는 주세형(2007)을 참고할 수 있다.
3   2009년 이후 교육부나 교육청들에서 여러 수업 평가지를 예시했는데, 문구가 조금씩 다르기는 하지만 그 내용은 대동소이하다. [표 10-1]은 정재찬(2010: 468-470)이 소개한 교육부 평가표를 일부 수정하여 제시한 것이다.

[표 10-1] 국어 수업 '실천' 영역의 평가 지표에 따른 문학 수업 평가 매뉴얼

평가 영역	평가 요소	평가 지표
수업 준비	교재 연구	수업 연구를 충분히 했는가?
	지도 계획	수업 설계가 정교하고 적절한가?
	학습자 특성 이해	수업 계획 수립 시 학생의 수준을 고려했는가?
수업 실행	수업 환경 조성	좋고 편안한 수업 분위기를 만들고 있는가?
	학습 동기 유발	학생들의 관심과 동기를 이끌어 내고 있는가?
	수업 안내	수업에 대한 안내가 정확하고 적절한가?
	교수 방법	교수 방법이 적절하고 효과적인가?
	상호 작용	학생과의 상호 작용이 활발한가?
	교수 발문	교사의 발문과 질문이 적절한가?
	교수 태도	교수 태도가 충실한가?
	학습 자료 활용	학습 자료 및 매체를 적절하게 활용하고 있는가?
	학습 정리	배운 내용을 잘 정리하고 있는가?
평가 및 활용	평가 계획	평가 계획을 수립하는가?
	평가 내용 및 방법	평가 내용 및 방법이 적절한가?
	평가 결과 활용	평가 결과를 적절히 활용하는가?

*색 표시는 저자.

떤 항목을 추가하여 평가하는 것도 가능하다. 그 어떤 경우이든 간에 수업의 상황에 따라 제시된 평가 지표를 여러 개의 하위 질문들로 구체화·상세화하여 활용하면 좋다.

　문제는 교과 특성을 반영하겠다고 한 「국어과 수업 평가 매뉴얼」이나 그로부터 나온 [표 10-1]과 같은 '문학 수업 평가 매뉴얼' 모두 문학 수업으로서의 특수성이나 정체성을 반영하고 있지 않다는 점이다. 그 결과 학생들의 문학 작품에 대한 이해가 전혀 깊어지지 않은 수업도 [표 10-1]에 따르면 긍정적으로 평가될 수 있다. 발문이 학생들의 수준에 적절하고 교사가 편안한 분위기를 만들어 주었으며 상호 작용이 활발하고 학습 자료와 매체를 적절하게 활용했다면 좋은 평가를 받을 수 있다. 이것이 지금 활용되고 있는 평가표들의 맹점이다. 문학 수업으로서의 특징이나 정체성과 관련된 평가 항목이 추가되어야 한다. 문학 수업이기 때문이다. 문학 수업을 통해 학생들에게 의미 있는 문학 경험이 일어났는지, 구체적으

로 수업 시간에 다룬 작품이나 문학 현상에 대한 이해가 깊어졌는지(인지적 변화), 문학에 대한 관심이나 태도에 긍정적인 변화가 있는지(정서적 변화) 등을 확인할 수 있는 평가 항목이나 질문이 포함되어야 한다.

만약 [표 10-1]에 표시한 '상호 작용'과 '교수 발문'을 평가하는 경우라면, 수업 시간에 일어나는 상호 작용과 교사의 발문이 문학에 대한 인지적 변화와 정서적 변화를 이끌어 내는 데도 기여하고 있는지 살펴보아야 한다. 이를 위해 추가할 수 있는 평가 지표를 예시하면 다음과 같다.

[표 10-2] 추가되어야 하는 문학 관련 기준 예시

- 교사가 작품에 대한 관심과 흥미를 이끌어 내고 있는가?
- 교사의 말이 학생들의 작품에 대한 반응을 촉진하고 있는가?
- 상호 작용을 통해 학생들이 자신들의 반응을 구체화하고 있는가?
  (…)
- 문학 작품에 대한 이해가 깊어졌는가?
- 문학에 대한 관심이 생겨나고 긍정적인 태도가 형성되었는가?

[표 10-2]의 질문은 하나의 예시일 뿐이다. 항목을 더 추가할 수도 있고 삭제할 수도 있고 전반적으로 재구성할 수도 있다. 중요한 것은 현재 사용되고 있는 평가 매뉴얼을 보완해 줄, 필수 항목으로 문학 수업 시간에 일어나는 학생들의 문학 경험을 살필 수 있는 항목이 반드시 포함되어야 한다는 사실이다. 말 그대로 문학 수업이기 때문이다. 이 항목들이나, 이 항목들을 구체화·상세화한 하위 항목들을 추가하여 시중의 참관록이나 분석표, 체크리스트 등을 활용할 때 문학 수업에 대한 온전한 이해나 평가가 가능해진다.

둘째, 관찰의 초점 정하기와 관점 성찰하기

수업 비평은 수업을 잘하고 있는지 평가하거나 수업의 부족한 점을 찾으려는 접근이 아니라, 애정을 가지고 수업이라는 텍스트를 읽어 냄으로써 수업에 대해 깊이 이해하는 것을 목표로 한다. 그런데 수업을 그냥 본다고 해서 읽어 낼 수 있는 것은 아니다. 소설이나 영화를 읽고 보는 행위가 곧 비평 행위가 아니듯이 수업을 보는 행위가 곧 수업 비평은 아닌 것이다. 수업 비평을 위해서는 수업의 무엇을 볼 것인지, 어떻게 관찰할 것인지에 대한 전략적 접근이 요구된다.

수업 전문성을 효과적·체계적으로 신장하려면 처음부터 한 차시 수업 전반에 대해 평가하기보다는 부분에서 전체로, 즉 수업에 관여하는 여러 변인 각각에 주목하여 관찰함으로써 보는 눈을 정교하게 하면서 점차 시야를 확장하는 것이 좋다. 작품 전반에 대한 비평이 있을 수도 있지만, 인물이나 배경, 사건이나 서사 전개에 초점을 맞춘 비평이 있을 수 있듯이 수업 비평 역시 처음에는 수업의 어느 한 부분이나 요소에 초점을 맞춰 관찰하고 비평하는 것으로부터 시작할 수 있다.

사실 '수업의 과정은 너무나 복잡하고 복합적이어서 전문적인 훈련 없이는 효과적으로 관찰할 수 없으며, 효과적인 수업 관찰은 필요한 요소를 선택적으로 주시(注視)하는 과정이고 그것을 위해 교실에서 일어나는 수많은 일 중에서 무엇이 관찰할 만한 가치가 있는지를 먼저 판단'(이창덕 외, 2010: 31)해야 한다. [표 10-1]과 같은 문학 수업 평가 매뉴얼 역시 그러한 판단의 결과이며, 15개의 평가 지표를 관찰할 만한 가치가 있는 항목으로 제안한 것이다.

이들 15개 모두를 체크리스트 삼아 수업 관찰 및 비평을 시도해 볼 수도 있지만, 어느 한 항목이나 몇 개의 항목만을 선택하여 관찰할 수도 있다. 가령, '수업 실행' 전반에 초점을 둘 수도 있지만, '수업 실행' 중에서도 '학생과의 상호 작용'이나 '교수 발문'이 적절한지에만 초점을 맞출 수도 있는 것이다([표 10-1]의 색 표시 부분). 어느 경우이든 평가 지표를 구체화하여 하위 질문들을 만들면 수업의 결을 더 자세히 살펴볼 수 있다.

[표 10-3] 교사-학생 상호 작용에 주목한 두 개의 평가표

(가)	• 교사가 경청하고 있다는 반응을 하고 있는가? 예) '아, 그렇구나.' 등. • 교사가 공감의 표현을 하고 있는가? 예) '맞아'(언어적 표현). /끄덕임(비언어적 표현). • 교사가 학생들의 말을 정리하며 제시해 주고 있는가? • 교사가 학생들의 말을 좀 더 확장하여 표현해 주고 있는가? • 교사가 긍정적인 침묵을 활용하고 있는가? 예) '괜찮아, 천천히 생각해 보렴, 기다릴게.'
(나)	• 학생 한 명 한 명이 모두 수업에 참여하고 있는가? • 학생들은 수업 중 어디에서 머뭇거리고 있는가? • 교사는 학생 한 명 한 명의 중얼거림과 당황함을 받아들이고 있는가? • 예기치 않은 학생들의 반응에 대해 교사가 유연하게 대응하는가? • 학생 서로 간 상호 작용이 활발한가?

앞의 표는 '수업 실행' 중에서도 '학생과의 상호 작용'과 '교수 발문'을 보다 구체화하고 상세화한 평가 물음들이다. (가)는 교사 화법에 주목한 책에서 발췌, 구성한 관찰 항목들(이창덕 외, 2010)이고, (나)는 이른바 '배움의 공동체'에서 활용하는 관찰 항목들이다. 더 많은 항목이 있지만, 비교 설명을 위해 임의로 5개 항목만 선택하여 제시하였다.

교사와 학생 간의 상호 작용에 주목하고 있다는 공통점이 있지만, (가)는 관찰의 초점이 교사에게 있고, (나)는 관찰의 초점이 학생들에게 있음을 알 수 있다. 수업의 두 주체가 교사와 학생이라는 점에서 둘 중의 하나에 초점을 맞춰 관찰할 수 있는데, 우리에게 익숙한 전통적인 방법은 교사의 행동에 초점을 맞춘 (가)와 같은 방식이다. (가)는 관찰의 초점과 시선이 교사의 행동, 즉 그의 말과 반응에 놓여 있다.

(나)는 공급자 중심의 수업으로 인해 정작 소외되었던 학생들의 배움에 주목하는, 이른바 '배움의 공동체'(佐藤學, 2000/2003; 손우정, 2012)에서 표방하는 수업 평가 물음들이다. 관찰의 시선과 초점이 교사가 아니라 학생들에게 놓여 있음을 알 수 있다. 학생 한 명 한 명이 수업에 참여하고 있는지, 어떤 지점에서 머뭇거리고 있는지, 학생 한 명 한 명의 중얼거림이나 당황함을 교사가 인지하고 적절하게 대응하고 있는지, 나아가 학생들 간의 상호 작용은 어떠한지 등에 주목하고 있다. 사실 지금까지의 수업 관찰은 대개 교사의 '행위'에 초점을 두고 있었다. 교육이란 교사의 가르침이라는 관점에 따라 교사의 가르침이 적절한지 또는 효과적인지를

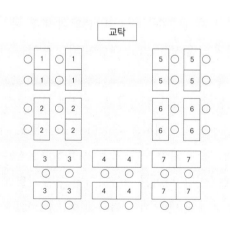

배움의 공동체를 중시하는 교사들은 교탁을 향해 정렬해 있는 교실 배치를 ㄷ 자로 바꾸고 언제든 학생들 간의 모둠 활동이 가능하도록 한다. 수업 관찰 역시 학생들의 반응과 움직임 등에 초점을 둔다.
※그림 안 숫자는 모둠의 번호임.

살핀 것이다. 그런 점에서 학생의 '배움'에 주목한 (나)는 우리에게 내면화되어 있는 익숙한 관점이나 인식을 반성하게 하는 한편, 수업의 주인이 되지 못했던 학생들을 비로소 배움의 주체로 발견하고 다시 세우게 한다.

사실 어떤 평가표 혹은 매뉴얼이든 간에 특정한 관점을 전제하고 있으며, 어떤 수업 관찰도 관찰자의 관점이나 시선으로부터 자유로울 수 없다. 따라서 수업을 관찰할 때는 수업을 보는 자신의 눈에 대해 성찰하는 한편, 자신이 선택한 평가표들이 어떤 관점을 담고 있는지 또한 비판적으로 살펴볼 필요가 있다. 그럴 때 관찰 행위나 평가표의 질문이 수업을 보는 나의 관점을 바꾸거나 수업에 대해 이해를 깊게 할 수 있다.

셋째, 수업 자료 확보하기: 녹화 및 전사

수업 현상을 촬영하고 편집하고 유통할 수 있는 영상 촬영 기술과 웹 기반 환경의 형성이 2000년 이후 수업 비평 등장의 물리적 토대가 되었다(이혁규, 2010ㄱ: 73-75). 기술의 발달로 수업 현상을 공유 가능한 '텍스트'로 만들 수 있게 되었기에 수업 비평이 가능해진 것이다.

기술의 발달과 보편적 활용은 두 가지 측면에서 수업 비평의 확고한 물리적 토대가 되었다. 먼저, 발달된 기술이 연행 텍스트로서의 휘발성을 극복, 수업에 안정적인 텍스트로서의 지위를 부여했다. 발화 즉시 소멸해 버리는 수업 담화를 언제나 꺼내 볼 수 있는 물리적 텍스트로 만든 것이다. 다음으로 수업 공유와 나눔 역시 가능하게 했다. 수업 현장에 있지 않고도 수업을 관찰하고 수업에 대해 말할 수 있게 되었으며 정신없이 지나가 버린 자신의 수업을 다시 불러내 비평 텍스트로 삼을 수 있게 되었고 심지어는 비평의 글을 먼저 읽고 대상이 되는 수업을 찾아보는 것도 가능해졌다.

한 차시 수업은 수업이 끝남과 동시에 사라져 버린다. 현장에 참여하여 직접 수업을 보면서 평가나 비평 활동을 하는 상황에서도 대상이 되는 수업을 녹화하는 것이 필요하다. 확인하고 싶은 내용을 확인할 수 있고 놓친 것을 새삼 인식하면서 비평 활동을 본격화할 수 있기 때문이다. 나아가 가능하다면 수업 장면에서 나눈 대화를 전사하는 것도 필요하다. 녹음된 말을 바로 전사해 주는 프로그램을 활용해도 좋고 누군가의 도움을 받아도 좋지만, 주고받은 대화에 대해 꼼꼼하게 살펴보고 싶을 땐 직접 전사를 하는 것이 좋다. 전사한 텍스트는 그 자체로 수업의 질을 드러내 주는 일차 자료이자 읽기 자료가 된다.

녹화와 전사 계획을 세우고 준비했다면, 이제 문학 수업을 볼 차례다.

2) 문학 수업 보기

수업 비평에서는 수업에서 무엇을 어떻게 볼 것인가(감식안)와 본 것을 어떻게 표현할 것인가(표상 능력)가 중요한 이슈가 된다(엄훈, 2012, 141). 예술 텍스트로서 수업을 보는 것과 본 내용을 기술하고 공유하는 비평적 실천이 그 중심에 놓인다.

'텍스트로서의 수업 보기'는 다양한 방법이 가능하다. 잘 알려진 메이어 하워드 에이브럼스(Mayer Howard Abrams)의 구도(1부 2장을 참고하기 바란다.)를 원용하여 맥락이 수업 주체와 수업 텍스트에 어떤 영향을 주고받는지를 살피는 반영론적 접근, 교사 변인에 주목한 표현론적 접근, 한 차시 수업에서의 실천이 지닌 의미와 효용에 주목하는 효용론적 접근, 수업 텍스트 자체에 주목하는 객관론적 접근이 가능하다는 제안(정재찬, 2006: 398; 진용성 외, 2014: 73-81)도 있었고, 그 밖의 다양한 관점과 방법으로 수업 보기를 시도할 수 있다. 무엇을 어떻게 봐야 할지 막연할 때는 수업의 절차나 행동 목표에 따라 만들어진 체크리스트의 도움을 받을 수도 있다. 체크리스트의 어떤 항목을 골라 그 항목에 주목하여 관찰하되 양적 평가에 머물지 말고 질적 기술을 시도하면 된다.

읽기 시간에 읽기 전 활동과 중 활동, 후 활동을 하는 것처럼, 문학 수업 비평을 시도할 때도 다양한 비평 전 활동과 비평 중 활동, 비평 후 활동(이혁규 외, 2016, 11-46)을 하는 것이 좋다. 수업의 맥락―교사나 학습자, 학습 상황―에 대해 사전 탐색을 한 후에 수업을 볼 수도 있고, 다른 교사의 수업을 보는 경우라면 나라면 어떻게 수업을 했을까, 어떤 수업이 펼쳐질까 미리 상상해 본 후 수업 관찰에 임해도 좋다. 연수나 수업 나눔 등에서 함께 수업을 볼 때는 사전 배경 탐색과 더불어, 수업 비평의 철학과 지향을 공유·확인하는 사전 강의나 관찰자의 문학관이나 수업관 등에 대해 성찰할 수 있는 활동을 할 수도 있다. 어떤 경우이든 간에 어떤 수업이 전개될 것인지 떠올려 본 후 본격적인 수업 보기로 넘어가면 된다.

체크리스트를 활용하여 수업 보기

수업 보기는 관찰자의 눈앞에서 펼쳐지고 있는 수업을 물리적으로 지각하는 행위가 아니다. 수업을 볼 때는 적극적인 관찰을 위해 평가 지표를 바탕으로 만들어진 양적 체크리스트를 활용하거나 수업의 흐름이나 내용을 메모하면서 봐야 한다.

[표 10-4]는 교사 화법에 주목한 평가 내용(이창덕 외, 2010: 54-57)을 참조하여 만들어 본 체크리스트이다.

[표 10-4] 교사의 언어적 상호 작용과 피드백에 주목한 체크리스트

		내 용	예/ 아니 요 (O, X)	평점					빈도 수 정 (正)
				5	4	3	2	1	
교사 의 경청 유형	감탄과 격려 사용 여부	교사가 경청하고 있다는 반응을 하고 있는가?							
	공감하기 표현 여부	교사가 공감의 표현을 하고 있는가?							
	바꿔 말하기	학생들의 말을 정리하며 제시해 주고 있는가?							
	지각력 점검하기	학생들의 말을 좀 더 확장하여 표현해주고 있는가?							
	침묵 활용하기	교사가 긍정적인 침묵을 활용하고 있는가?							

[표 10-4]와 같은 체크리스트를 활용하면 교사가 경청의 표현 중에서도 어떤 부분에 강점이 있고 약점이 있는지 그 빈도수를 헤아려 평정하는 것이 가능하다. [표 10-4]의 질문들은 관찰의 초점을 제공해 주는 것과 더불어 그 자체로 관찰자들로 하여금 문학 수업을 할 때 어떻게 말을 하고 경청해야 하는지를 알게 하고 자신의 행위에 대해 성찰하게 하는 효과도 있다. 침묵을 활용할 수도 있다는 사실을 알게 하고 내가 과연 침묵을 적절히 활용하여 수업을 하고 있는지 성찰해 보도록 한다. 그런 점에서 평가표에 따라 문학 수업을 보는 것은 그 자체로 문학 수업에 관여하는 여러 변인과 내 수업에 대한 이해를 깊게 하는 행위가 될 수 있다. 그러나 앞서 언급한 것처럼 양적 평가가 수업의 질을 담아내지는 못한다. 이렇게 양적으로 드러난 데이터를 바탕으로 문학 수업에서 교사의 말이나 피드백에 대한 질

적인 기술이나 해석까지 나아가야 한다.

한편 체크리스트를 활용하지 않고서도 문학 수업을 보는 것은 가능하다. 수업 현장에서만 느낄 수 있는 주관적인 느낌이나 인상적인 장면, 특이한 점, 반복적으로 나타나는 행동, 의문이 드는 대목 등을 적극 메모를 하면서 보면 된다. 메모한 내용을 바탕으로 이후 관찰한 문학 수업의 특징을 포착해 내고 해석을 시도할 수 있다.

문학 수업 장면 다시 보기

수업 녹화가 가능해짐에 따라 수업이 끝난 후 수업을 다시 보면서 본격적인 해석 및 평가 활동을 하는 경우가 대부분이다. 녹화된 영상을 다시 볼 수도 있고 전사한 기록을 다시 볼 수도 있다. 다시, 혹은 거듭 보다 보면 현장 관찰 시 놓친 부분을 새롭게 볼 수도 있고 수업의 특징과 전체적인 흐름을 파악하는 것이 용이하다. 영상뿐만 아니라 전사한 대화를 살펴보는 것도 같은 효과가 있다. 전사된 수업 대화 자체가 읽기의 대상이 됨으로써 간과했던 것이나 새로운 것을 새삼 읽어 내 발견할 수 있다.

여기서 실행 연구의 과정에서 다시 보기를 시도한 사례를 하나 소개하려 한다. 의도한 수업의 효과가 나타나지 않은 이유를 살피기 위해 자신이 한 수업을 외부 연구자와 함께 다시 봄으로써, 자신의 수업, 나아가 우리나라 문학 수업에서 흔히 볼 수 있는 교사의 발문에 대한 인식 및 성찰로 나아간 경우이다.

연구자들(정현선·이미숙, 2006: 113-154)은 초등 2학년 어린이들이 자신의 내면 세계를 누군가에게 이야기해 주는 활동을 하도록 수업을 기획했다. '나에게만 보이는 친구'를 만들면 나에게만 보이는 친구에게 자신의 이야기를 할 것이라고 가정했다. 그런데 어린 학생들은 자신의 이야기를 꺼내 놓지 않았고 창의성을 발휘하지도 않았다. 교사가 예시한 인물이나 이야기를 단순 모방하는 데 머물렀다. 그 이유가 무엇일까 고민한 연구자들은 그림책 감상의 과정이 부족했다고 판단하여 《알도(aldo)》(1993)라는 작품을 감상하는 과정을 추가하여 다시 활동을 하였다. 작품을 읽고 '알도'와 같은 친구를 만들어 그 친구에게 자신의 이야기를 하도록 한 것이다. 그러나 두 번째 수업 역시 1차 수업 때와 별반 다르지 않은 문제점을 보여 주었다.

그림책《알도》는?

영국의 3대 그림책 작가 중 한 명인 존 버닝햄(John Burningham, 1936-2019)의 그림책. 줄거리를 요약하면 다음과 같다. 친구가 없어서 혼자 있는 시간이 많은 '나'에게 의인화된 토끼 '알도'가 나타난다. '알도'는 나의 유일한 친구이자 보호자로서 내가 외롭거나 괴롭힘을 당했거나 어려운 일을 겪었을 때 늘 '나'를 위로해 준다. 그렇게 '나'는 상상 속의 친구 '알도'를 통해 스스로를 위로하며 조금씩 성장해 간다. '나'와 동일시된 아이들 역시 현실 세계와 환상 세계를 넘나들면서 심리적인 안정과 성장을 경험한다.

두 차례 실행을 했음에도 불구하고 의도한 수업의 효과를 얻지 못한 연구자들은 교사가 한 문학 수업을 다시 보지 않을 수 없었다. 다음은 연구자들이 다시 주목한 교사 수업 담화의 일부이다. 수업 장면을 담은 담화 자료 두 개를 가져왔는데 교사와 학생들 간의 상호 작용에 주목하여 읽어 보자.

> **교사** 먼저 나에게만 보이는 친구를 그리고 이름을 <u>지어 줘야 돼.</u> 자세한 방법은 선생님이 이따가 다시 설명해 주겠지? 그다음에 그 친구에 대해서 설명을 해야 돼. 그러고 나서 그 친구와 내가 겪은 일을 지어서 <u>꾸며야 돼.</u> 그다음에 같은 조 친구들에게 발표하고 그다음에 자기 조에서 제일 재미있는 이야기를 하나 <u>뽑으면 되는 거야.</u>
>
> — 수업 담화 1

> **교사** 자, 그러면, 선생님이 오늘 동화책을 읽어 주신다고 하셨는데 계속 기분에 대한 이야기를 했죠? 그치? 기분을 나타내는 말에 대해서 우리가 지금까지 얘기했잖아요. 그러면 선생님이 오늘 읽어 줄 동화는 무엇과 관련된 얘기일까?
>
> **학생들** 기분.

교사 기분일 것 같아요? 그러면 오늘의 동화책 공개! (책을 보여 주며) 제목은? 제목이 뭐예요?

학생들 알도입니다.

교사 어, 알도예요. 친구들이 한 번 봐 봐. 선생님이 그림책을, 여러분이 한 명씩 다 볼 수 있으면 좋을 텐데, 안타깝게 그러지 못했으니까. 선생님 책을 같이 보자. 보니까, (표지를 보여 주며) 우리가 오늘 얘기한, 기분에 대해 얘기한 색깔이 나와 있네? 그치? 제일 처음에 갈색 바탕이 있고요. (소녀를 가리키며) 이 친구는 무슨 색 옷을 입었지? 노란색 옷을 입었네. (알도를 가리키며) 그리고 얘는 뭐를 닮았지?

학생들 ….

교사 아, 아니, 선생님 말 다시 들어 봐. 이 친구는 무엇을 닮았어?

학생들 토끼.

교사 아, 토끼를 닮았어. 토끼인 것도 같아. 그치? 얘는 무슨 색 목도리를 하고 있어요?

학생들 초록색.

교사 초록색 줄무늬 목도리를 하고 있어.

— 수업 담화 2

‘수업 담화 1’을 보면 교사 말의 특징이 잘 드러난다(정현선·이미숙, 2006: 129). 교사가 이렇게 해야 한다는 식의 지시를 반복하고 있다. 그로 인해 나에게만 보이는 친구를 만들어 내고 내 이야기를 하는 활동이 재미있는 놀이이거나 매력적인 활동이 아니라 해야만 하는 ‘학습’ 활동임을 은연중에 일깨워 주고 있다. ‘수업 담화 2’를 보면 교사와 학생 간 상호 작용의 문제가 비교적 분명하게 드러난다(정현선·이미숙, 2006: 131). 교사의 말이 대부분이라고 할 정도로 발화의 양에 있어서 차이가 나고, 교사가 학생들의 반응을 끌어내는 질문을 던지면서 대화를 이끌어 가고 있다. 질문의 질을 보면 문제가 보다 명확하게 드러난다. 열린 사고를 유도하는 질문은 없다. 정해진 답을 요구하는 질문들만 거듭될 뿐이다. 이런 상황에서 아이들이 창의성을 발휘하고 자신의 속마음을 이야기하는 것이 가능할까. 학생들이 자유롭게 자신들의 의견이나 내면세계를 드러낼 수 있을까. 교사가 애초에 의도한 것처럼 학생들이 자신들의 내면세계를 드러내는 글쓰기를 하기는 어려웠을 것으로 짐작이 된다. 여기서 기억해야 할 것은 이러한 교사의 발언에 대해 개인적인 차원을 넘어 사회·문화적 차원에서 접근하고 해석해야 한다는 점이다. 수업을 한 교사 개인의 문제라기보다는 우리 수업의 문화와 관행 속에서 교사들에게 자연스럽게 내면화되고 자동화된 의사소통 방식일 수 있음을 인식해야 한다. 그 점에 주목했을 때 '수업 담화 1, 2'에 대한 꼼꼼한 읽기와 성찰은 수업을 한 교사 자신뿐만 아니라 그것을 접한 모든 교사들에게도 자신들의 말과 행동에 대해 성찰하는 의미 있는 활동이 될 수 있다.

문학 수업을 다시 봄으로써 연구자들은 애초에 의도한 목표에 도달하지 못한 이유가 교사의 소통 방식에 있음을 확인하였다. 그 결과 "어린이들의 문학적 소통 경험을 진정으로 고양시키기 위해서는 수업의 내용 측면에서뿐 아니라 교사와 학생의 수업 소통 방식에 대해서도 보다 문학적 소통을 고려한 진지한 성찰이 있어야 한다."(정현선·이미숙, 2006: 149)라는 결론에 도달했다.

3) 비평적 글쓰기

수업을 본다고 해서 바로 그 수업을 이해할 수 있다거나 수업을 보는 눈이 생겨나는 것이 아니다. 본 후에 어떤 활동을 하느냐, 즉 어떻게 '기술 및 해석'과 '표현' 활동을 하느냐가 중요하다. 수업을 보고 난 후에, 혹은 보는 과정에서부터 시작되는 기술은 수업을 하나의 텍스트로 다시 구성하는 과정인데, 그 과정에서 그리고 그 후에 자연스럽게 수업에 대한 해석과 평가 활동이 시작된다. 나아가 자신의 주관적인 인상이나 일감을 믿고 여러 접근 방법이나 관찰 항목들을 참고하여 그 수업의 특징을 포착, 주제화하여 표현할 수 있다. 그 과정에서 참여자들은 수업에 대해 새로운 것을 배우거나 미처 인식하지 못했던 것을 알아채게 된다. 그런 점에서 텍스트로서 수업 보기는 수업을 새롭게 규정하고 수업을 보는 방법을 바꾸며 그 과정에서 수업을 보는 '눈'의 변화를 가져온다(엄훈, 2012: 148).

아이스너는 교육 비평이 기술, 해석, 평가, 주제화 등 네 차원으로 구성된다고 하였다. 그러나 실제 수업을 보고 비평하는 과정에서 이 넷은 엄밀하게 구획되지도 구분되지도 않으며, 비평의 글을 쓸 때도 이 순서에 따라 써야 한다거나 이 넷이 모두 포함되어야 하는 것은 아니라고 하였다. 그보다는 이 넷이 일종의 '발견의 도구'로 기능하기를 바랐으며, 이 넷을 늘 염두에 두고 비평적 글쓰기를 시도하기를 희망했다(박승배, 2006: 68-69). 이 책에서 설명할 기술하기와 주제화하기, 표현하기 역시 수업의 질이나 결을 발견하는 도구로 받아들이는 것이 좋다.

기술하기

해리 월코트(Harry Walcott, 1994)는 '기술이 질적 연구의 핵심'이라고 하였다. 기술은 수업에 대한 일종의 질적 연구나 접근의 성격을 지니는 까닭에 수업 비평에서도 중시된다. 기술은 분석과 해석을 위한 기초 작업으로서 의미를 지닐 뿐만 아니라 그 자체가 현상에 대한 이해를 공유하는 한 가지 중요한 방식(조용환, 1999: 41-53)일 수 있다. 기술이 수업 비평의 시작이자 그 자체로 수업 비평 활동일 수 있는 것이다.

수업에 대해 기술한 글(정재찬, 2010: 483-484)의 한 부분을 살펴보자.

> 이제부터가 본격적인 수업이다. 먼저 텍스트를 읽는다. 생텍쥐페리의 〈어린 왕자〉! 뭐니 뭐니 해도 '보아뱀' 에피소드만큼 어른들의 고정관념을 통렬히 고발한 작품도 드물 것이다. 중학교 1학년 학생들의 눈높이에도 딱 알맞은 탁월한 선택이다. 분량은 A4 한 장짜리.
>
> 학생들은 각자 조용히 이 텍스트를 읽고 선생님이 새롭게 나눠 주신 문제지에 답을 한다. 문제지는 다섯 문항으로 되어 있는데 4번까지는 주로 내용 파악을 위한 것이다. 그다지 어렵지 않은 듯 학생들은 쉽게, 그리고 열심히 답을 쓴다. 우리가 주목해 보아야 할 것은 5번이다.
>
> 〔내용 파악을 위한 토의〕
> 5. 위의 이야기처럼 자신만의 독특한 생각이 좌절된 적이 있지는 않았는지요? 나는 어떠한 생각에서 그러한 독특한 생각을 했는지, 그러한 생각

에 대한 주위 사람들의 반응은 어떠했는지 등의 내용을 구체적으로 적어 봅시다.

– 시범 보이기 –
나는 예전에 느끼한 것이 좋아서 라면에 케첩이나 치즈를 넣으면 맛있다고 했다가, 어른들한테 '장난하냐'며 혼났던 경험이 있다. 그런데 지금은 분식집에서 치즈라면이나 치즈라볶이가 메뉴로 나오고 아이들도 많이 사 먹는다고 한다.

주어진 문제를 자신의 삶에 적용해 보는 글쓰기. 이것은 매우 필요한 활동이면서 조금은 어려울 수도 있는 활동이다. 쓰기 수업을 보면 방법적 지식을 일러 주든가 모델을 보여 주든가 최소한 둘 중에 하나는 해야 할 텐데 쓰라는 지시만 있고 정작 어떻게 쓰라는 안내는 부족한 경우가 많은 게 사실이다. 이에 비해 한 선생님 스스로가 자신의 경험담을 바탕으로 '시범 보이기'를 해 놓은 대목이 눈에 띈다. 아이들도 쉽게 용기를 내어 걱실걱실 잘도 쓰는 눈치다.

하지만 역기능도 있다. 때로는 '시범'이 해방의 모델이 아니라 구속이 될 수도 있는 것. 아니나 다를까, 처음에는 '시범 보이기'처럼 주로 '먹을거리' 이야기가 대세를 이룬다. 곰국에 김 넣어 먹기, 허니 머스터드에 케첩 섞어 먹기, 삼겹살을 케첩이랑 마요네즈에 찍어 먹기, 콜라에 핫소스와 치즈 가루 뿌려 먹기 등등. 아이들의 반응은 즐겁지만 이러다간 배가 산으로 가지 않을까 싶을 때쯤….

이 글은 중학교 1학년 학생들을 대상으로 한 수업을 보고 쓴 비평문의 앞부분이다. 범교과 주제를 중심으로 국어과 여러 영역을 통합 운영하는 수업이었는데, 수업의 시작 부분을 시간 순서에 따라 기술하고 있다. 기술한 내용을 보면 학생들이 〈어린 왕자〉(1943) 읽기로 시작하여 독특하거나 창의적인 생각을 했던 경험을 떠올리고 교사의 시범에 따라 떠올린 내용을 써 보는 활동까지 했음을 알 수 있다. 이처럼 기술은 수업의 장면을 글로 보여 줌으로써 수업을 보지 못한 독자들도 수업에 대해 이야기할 수 있게 한다. 자연스럽게 본 것에 대한 해석이나 평가가 수반

되기도 한다. 앞의 비평문에서도 〈어린 왕자〉가 출발 작품으로 적절했다거나 '시범 보이기'가 순기능과 함께 역기능이 있다는 식으로 자신의 생각이나 관점에 비춰 교육 활동에 대한 해석 및 평가를 시도하고 있다.

수업이 어떻게 이루어졌는지 말로써 눈앞에 그릴 수 있게 되면, 그 수업 장면이나 텍스트에 대한 읽기 및 성찰이 가능해진다. 말이나 글로 그려진 수업 장면은 수업자 자신은 물론이고 참여 관찰자나 수업을 보지 못한 독자 모두에게 일종의 해석 텍스트로 기능할 수 있다. 그렇게 수업 현장이 장면화되고 텍스트화됨으로써 그에 대한 해석이나 평가가 본격화될 수 있다.

물론 기술하기의 특별한 방법이 있는 것은 아니다. 문학 수업을 보는 과정에서 혹은 보고 나서 자유롭게 기술해도 좋고 시간 순서에 따라 수업에 대해 기술해도 무방하며 수업의 도입부나 인상적인 부분 등 한 대목에 주목하여 기술해도 좋다.

주제화하기

수업의 초점은 수업 텍스트에서 관찰자가 주목하는 점이며, 주제는 수업 비평 텍스트를 하나로 통일시켜 주는 테마(엄훈, 2012: 161)이다. 더 구체적으로 설명하면 주제는 수업 텍스트로부터 재구성해 낸 의미들에 통일성과 질서를 부여하는 중심 아이디어라 할 수 있고, 수업의 초점과 그 수업만의 차별성 혹은 특이성을 드러낸다.

관찰한 수업을 주제화하는 특별한 방법은 없다. 반복적으로 나타나는 특징이나 논쟁적인 부분, 인상적인 내용, 전체적인 느낌이나 특징 등에 주목하여 주제를 정해 볼 수 있다. 양적으로 체크했거나 질적으로 느낀 것을 바탕으로 관찰한 수업에 대해 제목을 붙이거나 설명하는 문장을 만들어 볼 수도 있다. 그 수업의 특징을 비유적으로 표현해 보는 방법도 흔히 권장된다. 이때 잊지 말아야 할 것은 수업의 맥락을 고려해야 한다는 점이다. 교수자나 학습자, 수업 상황, 학교 문화 등 여러 맥락을 고려해야만 살아 있는 수업의 역동성과 복잡성을 간과하지 않을 수 있다.

사실 주제화하기는 어느 정도 비평가의 주관적 인상이나 평가에 근거할 수밖에 없다. 비평가의 주관적 해석이나 초점화라고 할 수 있는데, 주제화함으로써 수업의 다양한 결 중에서 어느 하나가 전면화되어 부각된다. 관찰자의 수만큼 한 수업에 대한 다양한 초점 부여 혹은 주관적 해석이나 평가가 가능하며, 여러 관찰자가 참여하는 수업 나눔의 자리에서 함께 생각해 봐야 할 문제나 논의할 거리가 풍성해져서 결과적으로 수업에 대해 배울 내용 역시 풍성해진다. 이처럼 본격적인 질적 연구에 비해 좀 더 가벼운 몸과 주관성을 허용함으로써 수업에 대해 문제 제기(정재찬, 2006: 399)를 하는 것이 수업 비평이다.

'우리들의 일그러진 텍스트'(정재찬, 2007ㄴ)나 '국어 시간에 생각하는 "침묵의 소리"'(정재찬, 2007ㄱ)는 수업 비평의 이론과 실제를 모색하던 시기에 나온 수업 비평의 제목이고, '아이들의 삶을 읽는 온작품 읽기'(김덕원, 2020)와 '은유가 별처럼 빛나는 예술 수업'(염수정, 2021)은 수업공모대회(청주교육대학교 교육연구원, 2020; 2021)에서 입상한 수업 비평 글의 제목이다. 제목만 보아도 비평의 글에서 주목한 초점이 무엇인지, 제기한 문제가 무엇인지 어느 정도 짐작이 된다. '우리들의 일그러진 영웅'을 '우리들의 일그러진 텍스트'로 패러디함으로써 문학 자료가 다뤄지는 방식에 주목하였고, 교실에서의 '침묵' 혹은 그 반대 상황에 대해 성찰하게 하는가 하면, 온작품 읽기가 자기 삶에 대한 인식을 확장해 줄 수 있어야 한다는 전제를 드러내기도 하고 은유의 효과에 대해 성찰하도록 한다.

주제를 제목으로 삼을 수도 있고 그렇지 않을 수도 있지만, 어떤 경우에도 관찰한 수업의 특징이나 초점을 자신의 말로 언어화해 보는 것이 좋다. 수업을 보면서 혹은 기술하면서 감지했던 무엇인가가 분명해짐과 더불어 관찰한 수업만의 특징이나 색깔 또한 분명하게 드러날 것이다. 그렇게 기술한 내용을 바탕으로 주제화를 해 보고, 그 주제에 따라 일관된 비평의 글을 쓴다면 한 차시 수업에 대한 구조화된, 깊이 있는 이해가 가능해진다.

표현하기: 비평문 쓰기

수업 비평은 교사와 학생들이 함께 구성해 가는 수업 현상을 하나의 분석 텍스트로 하여 수업 활동의 과학성과 예술성, 수업 참여자의 의도와 연행, 교과와 사회적 맥락 등을 종합적으로 고려하면서 수업을 기술, 분석, 해석, 평가하는 창조적이고 비판적인 글쓰기(이혁규, 2007: 167)이다. 작품을 둘러싼 맥락 정보를 활용하여 문학 작품에 대한 비평을 하는 것처럼 한 차시 수업에 관여한 여러 맥락을 참조하고 해석·평가하여 결국에는 비평문을 쓰는 것이 수업 비평이다.

그러나 비평문 쓰기가 수업 비평의 목표나 최종적인 도달점은 결코 아니다. 비평문은 수업을 관찰하고 기술하고 주제화하는 등 비평 활동의 자연스러운 결과물이어야 한다. 글로 쓰는 데 부담을 느낀다면 메모했거나 체크한 내용을 바탕으로 누군가와 수업에 대해 이야기를 나눠도 좋다. 만약 여럿이 함께 수업을 봤다면 각자 간단히 메모했거나 기술한 내용을 바탕으로 충분히 이야기를 나눈 후에 비평적 글쓰기를 시도해 볼 수도 있다. 수업자의 의도나 수업의 맥락, 교과 특성이나 사회적 맥락 등등을 고려하여 수업 텍스트에 대해 해석하고 평가하는, 다양한 유형의 표현 활동이 가능한 것이다. 기술하고 여러 질문을 던져 가면서 주제화하는 과정 자체가 일종의 비평 행위인바 그 결과를 바탕으로 자연스럽게 글쓰기로 넘어가면 좋다.

'비평적 실천'으로서의 글쓰기나 말하기는 자신의 사적인 관찰 경험을 공적인 행위로 전환하는 실천적 의미를 지닌다. 글로 씀으로써 주관적인 인상이나 파악이 객관화되고 글로 구조화됨으로써 그 자체로 읽을 수 있는 공적 텍스트가 된다. 보고 온 영화에 대해 비평문을 쓰다 보면 막연했던 것들이 분명해지면서 영화에 대한 이해가 깊어지고 다른 사람들이 그 영화에 대해 이해하는 데도 도움이 되는 것처럼, 자신이 본 수업의 특징을 주제화하여 일관된 의미 구성물로 만드는 과정에서, 또 그렇게 작성한 글을 통해서 수업을 보는 눈이 길러지고 수업에 대한 이해가 깊어질 수 있다. 그런 점에서 수업 비평문은 그 자체로 수업에 대해 배우는 자료로 활용될 수 있다. 실제로 한 교사 양성 기관에서 예비 교사들을 대상으로 〈국어 시간에 생각하는 '침묵의 소리'〉라는 비평문을 읽고 비평가가 무엇을 어떻게 보고 본 것을 어떻게 표현했는지 탐구하도록 한 후 실제 수업 비평을 시도해 보는 수업을 실행한 사례(엄훈, 2012: 141-170)도 있다.

우리가 수시로 자신이 좋아하는 예술에 대한 비평을 시도하듯이 수업을 기술하고 해석하고 그 경험을 공유하는 활동을 일상화하고 그러한 활동이 가능한 교육 생태계를 만든다면, 일회성에 그치는 수업 장학이나 평가로 함양할 수 없는 수업 전문성을 기를 수 있을 것이다.

4) 수업 나눔: 수업 비평을 위한 교육 생태계 만들기

OECD(2018)에서는 미래 사회의 학습 개념 틀, 이름하여 '2030 학습 나침판'을 통해 학생의 주도성(student agency)과 더불어 동료와 교사, 학부모 및 지역 사회 간의 협력적 주도성(co-agency) 또한 강조했다. OECD 선언이 있기 전부터 우리 학교에서는 교사들이 함께 배우며 성장할 수 있는 학습 공동체, 즉 전문적 학습 공동체를 운영해 왔다. 전문적 학습 공동체를 중심으로 수업 혁신을 위해 노력해 온 것이 사실이다.

전문적 학습 공동체에서는 학교 운영이나 교육 활동 전반에 대한 학습과 논의, 공동 실행이 이루어지고 있다. '수업' 역시 그 학습 공동체 활동의 중요한 주제가 되고 있다. '수업 나눔'이라는 이름으로 나와 너, 우리의 수업을 배움과 논의의 장, 공론의 장으로 가져왔다. 오늘날 단위 학교에서 실천하고 있는 '수업 나눔' 활동은 전통적인 수업 협의회와는 그 관점과 방법에서 여러 가지 차이가 난다. 그 차이는 [표 10-5]와 같다.

[표 10-5] 기존의 수업 협의회와 수업 나눔회 비교(김효수, 2015)

구분	기존의 '수업 협의'회	'수업 나눔'회
수업 전문성의 이해	교사는 숙달된 기술자	교사는 성찰적 실천가
수업의 성격	기술적, 과학적, 평가적, 양적, 일시적, 객관적-수업의 외적 측면에 주목	예술적, 실천적, 이해, 질적, 장기적, 주관적-수업의 내적 측면에 주목
수업을 보는 관점	체크리스트 방식(양적 방법)의 표준화, 객관화된 틀로 분석(교사의 주관성 불인정)	질적 방법으로 수업자의 고민의 관점에서 수업 속의 의미 있는 지점, 의문 나는 지점을 살피기(교사의 주관성 적극 수용)
수업을 보는 주요 부분	수업 목표 달성도, 교사의 발문, 수업의 조직, 교수 매체 활용, 평가 등	교사의 신념(의도), 학생들의 배움의 양상(학습의 과정), 교사-학생, 학생-학생 간의 상호 작용(관계), 교사와 학색의 정서
방향	내용 중심	과정(경험) 중심+내용 중심
참관자 역할	문제 해결자, 분석자, 평가자	이해자, 공감자, 동행자
사회자 역할	진행자, 타임 키퍼	안내자, 주도권을 갖고 수업자의 성찰의 흐름을 보고 참관자 발언의 기회를 줌
수업 개선 모델	처방 모델	성찰 모델

[표 10-5]를 보면 '수업 나눔'이 수업의 예술성에 주목하고 수업의 질에 대한 이해를 목적으로 하며, 수업에 대한 고민과 여러 문제에 대해 이야기함으로써 성찰적 실천가를 길러 내려 한다는 점에서 여러모로 '수업 비평'의 철학이나 지향과 닮아 있음을 알 수 있다. 이미 여러 단위 학교에서 전문적 학습 공동체 활동의 일환으로 수업 비평을 시도하고 있는 것도 그 철학과 지향이 다르지 않기 때문이다.

다음은 수업 공유와 나눔 경험에 대한, 한 국어 교사의 말이다.

> 여러 사람이 생각을 모으다 보니 수업 자료가 근사하게 만들어졌다. 그렇게 만든 학습지로 수업을 하고 나서는 수업에 대한 이야기를 나누었다. 주로 수업에 활용한 읽기 자료의 적합성, 발문, 활동지 구성에 대한 검토가 많았다. 거기서 나는 사범대학에서 배우지 못한 '수업'을 배웠다.
>
> (김은규, 2020: 79)

16년 차 교사가 수업 나눔을 통해 비로소 '수업'을 배웠다고 고백하고 있다. 교사 학습 공동체를 중심으로 한 수업 나눔의 장에서 수업 비평을 시도해 볼 수 있다. 수업 나눔의 일반적인 절차를 제안한 연구도 있지만,[4] 수업 나눔에 일정한 순서나 형식이 있는 것은 물론 아니다. 수업 비평의 원칙과 철학을 기억하면서, 수업 전반이나 특정 부분에 주목하여 보고, 본 내용을 기술하거나 주제화하고 표현해 보는 활동을 하면 된다. 양적 체크리스트나 메모장, 부분이나 전체를 질적으로 기술하는 활동지 등을 활용하여 수업을 보고, 본 것을 표현하는 비평 활동을 수행하면 된다. 수업 비평 활동을 활성화하기 위하여 실행 가능한 활동들을 예로 들면 다음과 같다.

- 수업에 대한 관점이나 수업에 대한 상(이미지) 나누기
- 성공적인 수업 사례 나누기
- 여러 체크리스트의 장단점에 대해 이야기 나누기

....

4   이 과정은 김효수(2016)가 예시한 과정을 다듬은 것이다.

- 학생 결과물에 대해 함께 읽고 이야기 나누기
- 수업에 대해 기술한 내용을 비교하며 이야기하기
- 각자의 교육 생애사 나누기

이러한 활동들은 수업 비평 활동을 중심으로 한 수업 나눔 연수에서 주로 활용하는 방법들(이혁규 외, 2016: 11-46)이다. 이 모든 활동은 수업을 더 잘 보기 위한 활동이며 관찰한 수업에 대한 이해의 깊이와 폭을 더하려는 표현 활동이다. 기술 없는 개선책은 진단 없는 처방처럼 위험(정재찬, 2006: 390)하다. 수업 비평은 수업 현상에 대한 꼼꼼한 읽기를, 수업 현상 자체에 대한 '질적[충실한] 기술'을 기본으로 한다는 점에서 수업 개선이나 혁신을 위한 수업 나눔의 장에서 유용할 수 있다.

수업 비평은 수업 나눔의 관점이자 내용이며 방법으로 기능할 수 있다. 수업 비평을 실천하고 있는 연구자들은 하나같이 수업 비평이 수업 문화를 개선하고 교사의 수업 전문성을 신장할 수 있는 다양한 길 중의 하나이며 닫힌 교실을 열고 그 속에서 일어나는 수업 실천의 의미를 드러낼 수 있는 길이라고 말한다. 나아가 수업 비평이 자발적인 문화 운동의 차원에서 전개되기를 희망한다(이혁규 외, 2014: 62).

문학 수업 비평은 비평가인 예비 교사나 교사 등이 문학 수업에 대해 해석하고 성찰해 봄으로써 문학 수업에 대한 감식안을 기르는 한편, 감식안을 바탕으로 자신의 수업 개선이나 혁신을 꾀하기 위한 중요한 활동이다. 더 나은 문학 수업을 하기 위해서는 스스로 그리고 동료들과 함께 어떤 문학 수업이 좋은 수업인지, 문학 수업 시간에 어떤 일이 일어나는지 배우고, 배운 것을 바탕으로 보다 나은 실천을 기획해 볼 필요가 있다. 꼬리를 무는 배움과 실행의 과정을 거듭하는 가운데 문학 교사로서의 수업 역량을 길러야 한다. | 염은열

참고문헌

고창규(2014), 「초등교사들이 '박'교사 수업의 평가 사례에서 주목하는 수업내용」, 『인문사회과학연구』 15(1), 391-423.

김덕원(2020), 「아이들의 삶을 읽는 온작품 읽기」, 『제5회 수업성찰과 소통을 위한 수업비평 공모전 수상사례집』, 청주교육대학교 교육연구원.

김덕희(2006), 「학교단위 수업 장학 모형 탐색」, 『교육학논총』 27(1), 113-140.

김은규(2020), 「공유와 나눔으로 수업이 성장하다: 〈고전 읽기〉 수업 기록과 함께」, 『함께여는 국어교육』 139, 78-91.

김종훈(2019), 「교사학습 공동체 교사들이 인식하는 '수업 나눔'의 의미와 그 특징」, 『학습자중심교과교육연구』 19(23), 101-122.

김효수(2015), 「형식적인 '수업연구회'를 성찰 중심의 '수업 나눔회'로 바꾸자」, 『협동학습저널』 18, 30-42.

김효수(2016), 「수업코칭을 통한 학교 문화 변화 사례 연구: S 중학교를 중심으로」, 『학교와 수업 연구』 1(1), 47-74.

김효수·진용성(2017), 「수업나눔을 적용한 단위학교 수업협의 사례 연구」, 『한국교원교육연구』 34(3), 81-107.

남민우(2008), 「문학교사의 전문성과 문학수업에 대한 평가기준 연구」, 『새국어교육』 78, 145-177.

박승배(2006), 『교육 비평: 엘리어트 아이즈너의 질적연구방법론』, 교육과학사.

박태호(2005), 「수업내용 분석과 과정중심 쓰기 수업 장학」, 『국어교육학연구』 24, 5-28.

서근원(2003), 『수업을 왜 하지?』, 우리교육.

서울대학교 교육연구소 편(1994), 『교육학 용어사전』, 하우.

손우정(2012), 『배움의 공동체: 손우정 교수가 전하는 희망의 교실 혁명』, 해냄.

심준석·김진희(2012), 「수업 비평 경험의 교사 이야기」, 『교육연구』 54, 105-134.

엄훈(2010), 「수업 비평 개념에 대한 대안적 탐색」, 『교육과정평가연구』 13(2), 79-101.

엄훈(2011), 「지식으로 수업 보기, 그 관점과 방법」, 『국어교육』 135, 215-242.

엄훈(2012), 「수업 비평 수업의 원리에 대한 성찰」, 『국어교육연구』 30, 141-170

염수정(2021), 「은유가 별처럼 빛나는 예술 수업」, 『제7회 수업성찰과 소통을 위한 수업비평 공모전 수상사례집』, 청주교육대학교 교육연구원.

염은열(2007), 「문학 수업 컨설팅의 구조와 효과에 대한 연구」, 『문학치료연구』 7, 117-144.

이성영(2009), 「국어교사의 양성과 선발」, 『국어교육학연구』 35, 387-414.

이정숙(2005), 「문화현상으로서의 국어수업비평」, 『한국초등국어교육』 29, 277-313.

이정숙(2006), 「쓰기 교수행위의 예술적 의미」, 『어문학교육』 33, 87-120.

이주섭(2003), 「국어과 수업 연구의 한 방식」, 『청람어문교육』 27, 1-38.

이창덕 외(2010), 『수업을 살리는 교사화법』, 테크빌닷컴.

이혁규(2007), 「수업 비평의 필요성과 방법에 대한 탐색적 논의」, 『교육인류학연구』 10(1), 151-185.

이혁규(2010ㄱ), 「수업 비평의 개념과 위상」, 『교육인류학연구』 13(1), 69-94.

이혁규(2010ㄴ), 「수업 비평의 방법과 활용: 자전적 경험을 중심으로」, 『열린교육연구』 18(4), 271-300.

이혁규(2016), 「수업비평의 발현과 전개 과정」, 『시민교육연구』 48(4), 225-270.

이혁규 외(2007), 『수업, 비평을 만나다: 수업 비평으로 여는 수업 이야기』, 우리교육.

이혁규 외(2012), 「수업의 과학성과 예술성 논의와 수업 비평」, 『열린교육연구』 20(2), 305-325.

이혁규 외(2014), 『수업 비평의 이론과 실제』, 교육공동체 벗.

이혁규 외(2016), 「교사 전문성 신장을 위한 수업 비평 연수 프로그램에 대한 반성적 연구」, 『학교와 수업 연구』 1(1), 11-46.

임찬빈·노은희(2006), 「수업 평가 매뉴얼: 국어과 수업 평가 기준」, 한국교육과정평가원.

정민주(2010), 「교육과정 실행 평가로서의 국어과 수업 평가」, 『새국어교육』 86, 329-351.

정재찬(2006), 「국어 수업 비평론」, 『국어교육학연구』 25, 389-420.

정재찬(2007ㄱ), 「국어 시간에 생각하는 '침묵의 소리'」, 이혁규 외, 『수업, 비평을 만나다』, 우리교육.

정재찬(2007ㄴ), 「우리들의 일그러진 텍스트」, 이혁규 외, 『수업, 비평을 만나다』, 우리교육.

정재찬(2010), 「수업 비평적 관점을 통한 중등 국어 수업 사례 연구」, 『국어교육학연구』 39, 467-504.

정현선·이미숙(2006), 「초등학교 저학년 문학 수업에 대한 실행 연구: 그림책 수업 담화 분석을 중심으로」, 『문학교육학』 21, 113-154.

정혜승(2002), 「국어과 교육과정 실행 요인의 작용 양상에 관한 연구」, 고려대학교 박사학위 논문.

조용환(1999), 『질적 연구 방법과 사례』, 교육과학사.

주세형(2007), 「초등 국어과 교사의 문법 수업 전문성 신장 방안 연구」, 『어문학교육』 35, 161-191.

진용성·박태호·신헌재(2014), 「수업비평을 위한 관찰 요소와 모형」, 『청람어문교육』 50, 63-96.

최지현(2006), 「문학교사는 존재하는가: 문학교사에 대한 문학교육학 교수, 예비교사, 그리고 국어교사의 이해」, 『문학교육학』 21, 41-76.

한명희(2002), 『교육의 미학적 탐구』, 집문당.

佐藤學(2003), 『배움으로부터 도주하는 아이들』, 손우정·김미란(역), 북코리아(원서출판 2000).

Doyle, W.(1986), "Classroom Organization and Management". In M. C. Wittrock(ed.), *Handbook on Research on Teaching*, Macmillan.

Eisner, E. W.(1983), 『교육적 상상력: 교육과정의 구성과 평가』, 이해명(역), 단대출판부(원서출판 1979).

Eisner, E. W.(2004), 『질적 연구와 교육』, 박병기 외(역), 학이당(원서출판 1991).

Fullran, M. & Pomfret, A.(1997), "Research on Curriculum and Instruction Implementation", *Review of Educational Research* 47(2), 335-397.

OECD(2018), *The Future of Education and Skills Education 2030*, OECD.

Simpson, D. J., Jackson, M. J. B. & Aycock, J. C.(2005), *John Dewey and the Art of Teaching: Toward Reflective and Imaginative Practice*, SAGE Publications, Inc.

Wolcott, H.(1994), *Transforming Qualitative Data: Description, Ananlysis, and Interpretation*, London: Sage.

제4부

문학 교육의 확장과 미래

11장　미디어 시대의 문학 교육

　　인터넷을 통한 네트워크의 발달과 스마트폰 및 태블릿PC 등의 상시 휴대 가능한 전자 장치의 발달은 인간의 소통 방식에 지속적인 영향을 끼치고 있다. 문학 또한 하나의 소통의 양식으로서 이러한 소통 환경의 변화와 맞물려 새로운 가능성을 탐색하며 그 외연을 끊임없이 확장하고 있는 것으로 보인다. 미디어 생태계 속에서의 문학의 개념이나 위상 그리고 그 역할이 끊임없이 변화하고 있다는 점을 인정한다면, 문학 교육 또한 이러한 '현재 진행형'인 변화에 어떻게 대응해 갈 것인지가 지속적인 화두가 될 것이다.

　　이는 새롭게 출현한 소통 방식으로서의 하위 문학 양식들을 문학 교육 내용으로 고정할 수 없다는 의미이며, 문학 교육 내용 또한 '현재 진행형'인 디지털 미디어 생태계 내에서의 다양한 문학 활동을 지속적으로 포섭하는 방향으로 설계되어야 함을 의미한다. 즉 '미디어 시대의 문학 교육'에 대한 논의는 미디어 기반 소통 환경의 변화에 조응하는 방식으로 지속적인 업데이트가 필요하며, 이는 디지털 세대를 위한 국어과 교육이 처한 필연적 운명인 것처럼 보인다. 그런 점에서 이 장에서는 디지털 미디어 시대의 문학의 위상 및 소통 환경 변화에 대한 탐색을 바탕으로 현재 문학 교육에서의 미디어 관련 내용을 살펴보고, 앞으로의 문학 교육이 추구해야 할 방향성에 대해 살펴볼 것이다. 이는 끊임없이 현실과 소통하는 방식으로의 변화가 필요하다는 점을 전제한 '지금' 시점에서의, 가변성을 전제한 탐색이 될 것이다.

1 미디어 생태계에서의 문학의 위상

1) 대상으로서의 문학: 문학 개념의 확장

표준국어대사전에서 '매체'는 '어떤 작용을 한쪽에서 다른 쪽으로 전달하는 물체, 또는 그런 수단'으로 정의하고 있다. 즉 매개의 특성을 지닌 물체나 수단 모두가 매체에 해당하는 것이 된다. 이때 정보를 수신자에게 중개(매개)하는 데 초점을 맞출 경우 매체는 '기술적 사회·경제적 전달 도구'로 책이나 화보가 이에 해당된다. 기호학의 관점에서 매체는 '코드의 특수한 표현 수단'으로, 페르디낭 드 소쉬르(Ferdinand de Saussure)의 이분법에 따르면 기표에 해당하는 것이다. 즉 내용으로서의 메시지를 드러내는 외적 형식들의 체계로서, 음성 언어, 문자 언어, 이미지, 소리, 동영상, 음악 등이 모두 이에 해당한다. 이를 미디어로서의 매체 개념과 구별하여 사용하기 위해 국어과에서는 '매체 언어'라는 용어를 쓰고 있으며, 이러한 표현 양식을 통칭하여 복합양식성(multi-modality)으로 설명하기도 한다. 실제 국어과 교육과정에서도 "매체 언어 역시 매체 언어 역시 기호라는 점에서 국어과에서 적극적으로 수용할 필요가 있"(박미현 외, 2007:14)다고 제시하고 있기도 하다.

디지털 미디어 환경 속에서 이제 매체 언어는 음성 언어나 문자 언어 못지않은 의미 구성 및 소통의 수단으로 자리매김하였으며, 이러한 미디어 생태계 속에서 문학 활동은 더 이상 '문(文)' 중심의 행위로 한정하기 어렵다. 미디어 생태계에서의 다종다양한 문학 활동은 여전히 '문학(文學, literature)'[1]이라는 용어를 사용하여 논의하는 것이 유효한가 하는 의문을 제기한다. 그럼에도 불구하고 우리는 '문(文)'이 없는 문학, 혹은 부분적으로라도 문(文)을 포함하지 않은 문학을 생각하기 어렵다. 즉 문자 문학의 아비투스(habitus)는 여전히 문학 개념에 강력한 영향을

....

1 '문학(literature)'이라는 말은 알파벳의 한 문자라는 뜻을 가진 'litera'라는 라틴어에서 유래하였으며, 원래 구두 의사소통과 반대되는, 글로 쓰인 형태의 소통을 의미하였다. 그러다 점차 교양과 독서 기술 등 전문적인 함의를 갖게 되었다가 이후 낭만주의 시대에 이르러 예술, 미학, 창조적인 것, 상상적인 것과 같은 통념들과 관련을 가지게 되었다(Easthope, 1991/1994: 18).

미치고 있는 것으로 보인다.

 잠|깐!

아비투스(habitus)

프랑스 사회학자 피에르 부르디외(Pierre Bourdieu)가 사용한 용어로, 오랫동안의 관습이나 환경에 의해 형성된 사고방식이나 습관, 판단과 행동 체계를 가리킨다. 교육 및 사회화의 산물로서, 인간의 사고와 행위의 무의식적 성향을 가리키는 용어로 사용된다.

　　여기서 '문' 중심의 문학 개념을 확장 혹은 재정립해야 할 필요가 제기된다. 현재의 문학 활동 대부분이, 문자만이 아닌 다양한 형태의 의미 구성 양식들(mode), 즉 매체 언어들을 사용하기 때문이다. 가령 사진시[2]의 경우로 생각해 보자.

식사 감사의 기도를 드리는 교인을 향한

인류의 죄에서 눈 돌린 죄악을 향한

인류의 금세기 죄악을 향한

....

2　　이승하 시인은 사진 이외에도 회화, 만화 등 다양한 시각 이미지를 시에 도입하는 실험을 하였으며, 특히 사진을 시의 대상으로 삼아 새로운 의미를 만들어 내는 방식으로 매체의 융합을 시도하였다. 사진시라는 용어는 박경혜(2002)의 명명을 참조하였다.
　　참고로 영상시, 동영상시, 새로운 형태의 낭송시 등을 멀티미디어시로 통칭한 논의(최미숙, 2007)도 있다. 멀티미디어시는 원텍스트인 시를 다양한 매체 언어를 활용한 복합양식 텍스트로서의 (동)영상시로 전환한 경우로, 사진시가 창작의 측면에서 사진을 매체 언어로 활용한 원텍스트에 해당한다는 점에서 차이가 난다. 참고로 원텍스트 형태의 영상시가 '멀티포엠'(장경기 멀티포엠 '몽상의 피')이라는 형태로 실험적으로 시도된 적이 있었으나 대중과 문학계의 주의를 끌지 못한 것으로 보인다.

인류의 호의호식을 향한

인간의 증오심을 향한

우리들을 향한

나를 향한

소말리아

한 어린이의

오체투지의 예가

나를 얼어붙게 했다

자정 넘어 취한 채 귀가하다

주택가 골목길에서 음식물을 게운

내가 우연히 펼친 『TIME』지의 사진

이 까만 생명 앞에서 나는 도대체 무엇을

— 이승하, 〈이 사진 앞에서〉 전문

이승하 시인의 〈이 사진 앞에서〉(2015)는 술에 취한 채 귀가하다 구토를 하던 화자가 우연히 『타임』지에 실린 소말리아 어린이의 '오체투지' 사진을 보고 반성적 참회를 하는 내용을 담고 있다. 이 시에서 문자 텍스트와 함께 제시된 이 사진은 전체 텍스트의 중요한 부분으로서 핵심적인 의미 구성 역할을 할 뿐만 아니라 시 전체의 어조와 분위기 형성에 기여한다. 사진이 전면에 나서고 문자 텍스트는 사진이 촉발하는 정서적 충격을 바탕으로 한 반성적 성찰을 다루고 있다는 점에서 후행적이다.

여기서 더 나아가 박준 시인의 〈세상의 끝 등대 2〉(2012)라는 시는 제목만 문자 언어로 되어 있고 속옷만 입은 여인의 뒷모습 사진(생몰년으로 보이는 숫자가 함께 제시되어 있다)이 본문 전체를 이루기도 한다. 2017년에 나온 서윤후의 《구체적 소년》(2017)이라는 만화시집 또한 주목할 만한 시도로서, 시인과 만화가가 만나 시 자체를 만화로 녹여 낸 경우이다. 아동을 대상으로 한 시그림책들도 시의 영상화라는 점에서 《구체적 소년》의 시도와 동궤에 있다.

문자 중심의 서사 문학 장르에 시각적 이미지를 전면적으로 도입한 예로 그래픽 노블(graphic novel)이 있다. 그래픽 노블은 미국 만화계에서 쓰기 시작한 말로, 소설만큼 길고 복잡한 스토리라인을 가지고 있는 만화책을 가리키며, 픽토픽션(picto-fiction), 시퀀셜 아트(sequential art), 픽처 노블(picture novel) 등으로 언급되기도 한다. '만화는 어린애나 보는 것'이라는 편견에서 벗어나기 위한 고육지책으로 코믹스(comics)라는 말 대신 사용되기 시작한 것으로 알려져 있다. 한국에서는 미국 만화를 넘어 서구 만화 전반을 일컫는 범주로 확대하여 사용하고 있으며, 단행본 만화책 등으로 출판되기도 하였다.

이외에도 무수한 다양한 예들이 있겠지만 여기서 논의의 핵심은, 사진시나 만화시, 시그림책, 그리고 그래픽 노블 등을 문학이라 할 수 있겠는가 하는 문제이며, 이는 인접 분야가 아닌 문학이라는 범주 안에서 이들을 포함하여 문학 교육을 실천할 것인가 하는 문제와 직결된다. 그런데 이상의 예시는 여전히 '책성(book-ness)'을 전제하고 있는 문학으로서, 그렇기 때문에 상대적으로 인쇄 문화 중심의 기존 문학 개념에 포섭되는 것은 그리 어려워 보이지 않는다. 이들은 문자만이 아닌, 새로운 매체 언어, 즉 시각적 이미지를 활용하여, 단순 병행이 아닌 융합의 구조를 실험하면서 문학 속으로 포섭하고 있다는 공통점이 있다.

문학의 개념 혹은 범주와 관련하여 더 문제적인 것은 3차 구술성 시대(임형택, 2017)[3]라 일컬어지는 현재의 무수한 웹 기반 문학 작품들이다. 18만 부 이상 팔려 나간 하상욱의 시집 《서울 시》(2013)의 경우 원래 웹 기반 SNS(페이스북)를 통해 대중에게 알려졌다. 이 경우 4행을 넘지 않는, 즉 디지털 플랫폼에서의 소통과 향유에 최적화된 텍스트였다는 점에 주목할 필요가 있다. 문학성보다 대중성에 초점이 맞춰졌다고도 볼 수 있을 하상욱의 시가, 인쇄 문화의 소통 구조 속에서 대중적으로 인기를 끌었던 기존의 키치시[4]와 다른 점은 디지털 미디어 환경에 최적화된 '공진화(coevolution)'(김문조, 2013: 130)의 산물이라는 점에 있다. 인간이 미디어와

....

3   임형택은 구비전승기를 1차적 구술성, 아날로그 전자기술 시대를 2차적 구술성, 디지털 기술 시대를 3차적 구술성 시기로 구별하여, 여전히 피동과 수동에 갇혀 있던 아날로그 전자 미디어-테크놀로지의 수용자들이 디지털 구술성 시기에 사동과 능동의 능력을 갖추게 된 것으로 보았다.

4   키치(kjitsch)는 보기에 기이하고, 일상적이고 통속적인 미적 가치를 함의하는 말로서, 일반적으로 키치시는 손쉽게 감상·향유될 수 있는, 십 대 소녀를 대상으로 한 대중적인 시 작품들을 가리키는 용어로 사용된다.

능동적으로 결합하여 새롭게 만들어 가는 문화적 현상이라는 것이다. SNS 중심의 모바일 환경에서 어떻게 문학이 디자인되어야 하는가 하는 점에 대한 그의 직관적 판단이 성공적인 결과로 귀결될 수 있었던 것이, 그가 원래 그래픽 디자이너였다는 점과 무관해 보이지 않는다.

이러한 시집의 성공은 이제 기존의 등단과 같은 제도적 관문이 사실상 무의미해졌으며, 문학을 소비하고 향유하는 일반 대중 주체들의 문화 권력이 커졌음을 상징적으로 시사한다. 포털 사이트의 사회 기사문에 댓글로 달린 제페토의 시가 웹 공간을 떠돌아다니는 디지털 대중의 관심과 주목을 바탕으로《그 쇳물 쓰지 마라》(2016)라는 베스트셀러 시집의 형태로 제도권 문학에 편입된 점(이지원, 2017)도 이와 같은 맥락에서 이해 가능하다.

이는 문학으로 '인식'하는 디지털 대중들의 소비 패턴, 그리고 그러한 소비 패턴의 빅데이터를 축적하여 구동하는 알고리즘에 의해, 끊임없이 새로운 문학(혹은 문학이라 여겨지는 것들)이 부침할 수 있다는 것을 의미한다. 이렇게 볼 때 디지털 대중 독자가 문학이라 여기면서 알고리즘의 추천을 통해 반복적, 지속적으로 소비한 것들이 문학이 되는 후장르(post-genre)(허혜정, 2018)[5] 현상은 앞으로 더 가속화될 것으로 생각된다.

웹 공간에서 생산하고 소비되는 문학 콘텐츠는 모바일 기기 등 가시적인 구현 화면에 최적화된 형태로 디지털 공간을 배회하는 디지털 네이티브(digital native)들을 지속적으로 매혹할 수 있는 내용과 형태를 모색할 것이며 이는 전형적으로 '뉴미디어 스토리텔링'(이용욱, 2018) 혹은 '디지털 서사'(박동숙·전경란, 2005: 48)라 통칭할 수 있는 현상으로 기술될 수 있을 듯하다. 디지털 서사(digital narrative)는 디지털 미디어가 일종의 수행 공간(space of performance)의 역할을 하는 서사를 가리키는 용어이다. SNS 문학 혹은 웹문학은 문자 텍스트이면서 모바일 화면에 걸맞은 '페이지' 단위로 콘텐츠를 제공하며, 얼마나 많이 읽히는가 하는 '뷰(view)'의 숫자를 통해 엄청난 수익을 창출하면서 새로운 문학 독자를 창출해 내고 있다.

....

5   일반적으로 post-genre는 탈장르로 사용되는데, 이때 탈장르는 장르의 경계를 넘나드는 현상을 지시하기 위한 용어이다. 허혜정(2018)은 웹 기반 문학 현상을 설명하기 위한 용어로 후장르라 명명하여 설명하고 있다.

2000년대 귀여니로 대표되는 인터넷 소설과, 팬(fan)의 원작 비틀기 혹은 재창작에 해당하는 팬픽션 등을 거쳐 최근에는 웹소설 혹은 웹툰 등 엄청난 물량의 웹문학이 쏟아져 나오고 있는데 최근의 웹문학 대부분이 로맨스, 판타지, 레이드(raid)물,[6] 헌터물 등의 대중성과 오락성의 형태를 띠는 것도 이와 무관하지 않다.

요컨대 기술도구적인 차원에서 시각적 이미지 등 매체 언어를 활용하여 새로운 유형의 시 텍스트(사진시, 그림시 등) 혹은 서사 텍스트(그래픽 노블)로 실현되고 있는 무수한 멀티미디어 콘텐츠들은 지속적으로 문학 범주에 편입되고 있다고 볼 수 있다. 동시에 네트워크라는 수평적 소통 공간이라는 차원에서 새롭게 펼쳐지고 있는 웹 기반의 다양한 문학 또한 문학의 범주 차원에서 지속적으로 탐색되어야 할 필요가 있으며, 이에 대한 문학 교육의 능동적 대응이 필요하다.

2) 행위로서의 문학: 문학 경험의 확장

음악(music)의 개념이 음악하기(musicking)로 바뀌어 가고 있다는 크리스토퍼 스몰(Christopher Small)의 진단은 문학 개념의 변화에도 시사하는 바가 크다(최유준, 2016). 서구 근대 음악 문화에 대한 근본적인 반성을 바탕으로, 음악이 객관화된 고정된 대상이 아니라 음악 전문가가 아닌 일반인의 연주 행위나 청취 행위 등을 포함하는 음악 활동 전반의 의미로 확장되어야 한다는 주장이다.

문학 또한 전통적인 개념의 문학에서 벗어나, 미디어 환경 속에서 다양한 형태의 행위(doing)의 대상이 되고 있다. 시구를 트윗하는 트윗봇을 통해 매일 시를 접하고, 해시태그를 활용하여 SNS상에서 시구를 자발적으로 공유하며, 시요일 등 문학 앱을 활용하여 일기예보를 보듯 일상적으로 문학을 접하는 등 문학 행위는 개인의 일상생활에 편재한다. 자신이 읽은 작품을 소개하고 비평하는 팟캐스트 혹은 다른 미디어 장르로 변환하여 유튜브에 올리는 행위 등은 적극적이고 능동적인 형태의 문학하기 활동에 해당하는 것이라 볼 수 있으며, 이제 문학은 '행위'

----

6   레이드물은 2011년 조아라에 연재된 〈나는 귀족이다〉의 흥행을 기점으로 남성향 웹소설 장르의 주류로 급부상하였다. 헌터물, 게이트물 등의 용어와 함께 쓰이기도 하다.

의 의미로 기능하면서 그 의미를 확장해 간다고 볼 수 있을 것이다. 즉 디지털 미디어 환경에서 문학은 '문학하기(literaturing)'(우신영, 2020: 84)를 통해 가능성의 외연을 확장하고 있다고 볼 수 있을 듯하다.

문학의 탈신비화에서 더 나아가 이제 문학은 문학이라는 실체적 범주를 벗어나 여러 다양한 문화적 실천 중의 하나로 선택되고 공유되며, 재가공되고 놀아지는 것이 되었다(심보선 외, 2009). 미디어 생태계가 문학을 가지고 놀 수 있는, 일상적으로 공유 가능한 이러한 환경을 제공하는 역할을 하는 것이다. 미디어 생태계 자체가 이제 우리의 일상적인 의사소통 환경이라는 점을 부인할 수 없다는 점에서 문학 교육은 기본적인 문학 교육의 방향성과 관련하여 좀 더 적극적인 모색을 통해 대응해 나가야 할 필요가 있다. 문학의 존재론적 조건이 달라졌고, 문학이 기능하고 작동하는 방식이 달라졌으며, 문학을 향유하는 주체들은 끊임없이 새로운 방식으로 문학을 하고 있기 때문이다.

기존의 문학 장르의 장르적 특성을 상당 부분 구현하는 형태로, 웹 공간에서 향유되는 웹문학 이외에도 인터넷에서는 일상적인 것과 비일상적인 것 사이의 경계가 없는, 모든 소재를 글쓰기의 대상으로 삼게 되는 자유로운 글쓰기가 이루어지고 있기도 하다. 다양한 관심사와 일상적인 사건들이 네트워크상에서 손쉽게 표출·공유되고 고급문화와 저급문화의 거리가 좁혀지는, 이러한 문화적 분절화와 일상 미학의 탈수직화 경향(김요한, 2007: 144)은 문학이 더 이상 실체적 범주로 한정되지 않고, 행위로 확장되고 있음을 시사한다.

이러한 방향성은 기존에 문학 교육 내용과 관련하여 문학을 보는 관점으로 정리되어 왔던 논의와 중첩되는 부분도 있다. 실체 중심의 문학관, 속성 중심의 문학관, 그리고 활동 중심의 문학관이라는 세 가지 다른 관점에서의 내용 접근 틀 중 문학 활동을 적극적으로 하게 하는 활동 중심의 문학관(김대행 외, 2000)과 크게 다르지 않은 것이다. 다만 기존의 활동 중심의 문학관이 문학 교육 내용의 위계화와 관련하여 주로 초등학교 문학 교육 내용으로 다뤄져 왔던 점을 염두에 둘 때, 이제 문학 활동 자체, 즉 '문학하기'가 전방위적인 디지털 기반의 소통 활동이 되었다는 점을 고려하여 문학 교육의 틀을 새롭게 모색해 갈 필요가 있을 것이다.

2 문학 교육에서의 미디어

주지하다시피 2022 개정 국어과 교육과정에서는 기존의 '듣기·말하기, 읽기, 쓰기, 문법, 문학'이라는 5개의 영역에, '매체'라는 여섯 번째 영역이 추가되었다. 2015 개정 국어과 교육과정에서 5개 영역에 조금씩 흩어져 있었던 기존의 매체 관련 내용은 새롭게 추가된 매체 영역을 통해 보다 체계적으로 다뤄지게 되었다고 볼 수 있을 듯하다. 이는 매체 관련 내용에 대한 사회적 수요가 그만큼 커졌으며 교육적으로도 보다 중요한 비중으로 다뤄질 필요가 있다는 데 대한 교육 관련 주체들의 합의가 이루어졌음을 전제한다.

이러한 독립된 매체 영역의 설정으로 인해, 기존 국어과 교육과정 각 영역에서 매체와 관련하여 조금씩 다뤄졌던 몇몇 성취기준들은 매체 영역으로 이동하게 되었다. 문학의 경우는 큰 변화 없이, 일반 선택 과목인 문학 과목에서의 매체 관련 내용이 문학과 연계된 형태로 성취기준에 반영되어 있다.

2022 개정 교육과정 '국어' 과목에서의 문학 영역에서는 매체와 관련된 성취기준을 찾아볼 수 없다. 고등학교 일반 선택 과목인 '문학' 과목에서는 "[12문학01-09] 다양한 매체로 구현된 작품의 창의적 표현 방법과 심미적 가치를 문학적 관점에서 수용하고 소통한다."라는 성취기준이 있다. 이는 2015 개정 교육과정 문학 과목에서의 성취기준이 그대로 2022 개정 교육과정에서도 제시된 것으로, 미디어 환경 변화에 따른 문학 과목에서의 내용 변화는 없음을 알게 한다.

성취기준에서도 명료하게 드러나듯, 이 성취기준에서 다루는 대상은 다양한 매체로 구현된 '작품'이다. 또한 초점을 맞추는 교육 내용 또한 창의적 표현 방법과 심미적 가치이다. 다루는 대상이나 그 대상을 통해 구현되는 교육 내용은 기존의 언어 예술로서의 문학관에서 접근했던 문학 교육 내용과 크게 다르지 않다. 언어 대신 '매체 언어' 혹은 복합양식(multi-mode)으로 된 예술 작품으로서의 문학 또는 문학적 영상이 그 대상이 되는 것이다. 즉 동일한 작품이 전달하는 매체의 성격에 따라 미적인 특성이나 감상 내용이 달라지는 데 초점을 맞추며, 이 과정에서 매체의 특성이 창의적 표현 방법이나 심미적 가치에 어떻게 반영되었는지 살펴보게 한다.

이는 기존의 문학 작품이 다양한 매체 언어로 변환되어 수용되는 것에 초점을 맞추고 있는 것으로 예컨대 시가 영상시로 변환된 것이라든지, 소설이나 웹툰이 애니메이션이나 영화로 제작된 경우들을 주 제재로 활용하게 된다. 김훈의 소설 〈남한산성〉(2007)을 원작으로 한 영화를 살펴보면서 소설과 영화의 표현 방식과 그에 따른 심미적 효과가 어떻게 다른지 살펴보는 것 등이 대표적인 예이다.

박상률의 〈택배상자 속의 어머니〉 라는 시를 영상시로 전환한 한 장면 ⓒ한국문화예술위원회 문학집배원 시배달 박성우

주지하다시피 실제 문학 작품을 원작으로 하여 다중 매체로 전환된 사례는 상당히 많다. 학생들에게 보다 익숙하고 친숙한 《해리포터》(1997~2007) 등도 활용할 수 있을 것이다. 특히 이 과정에서 문학 작품으로 접했을 경우와 영화로 접했을 경우 각각의 고유의 의미 구성 방식 및 향유 방식의 차이점에 대해 학습자들이 주체적으로 파악하고 인식할 수 있도록 하는 방식으로 교육 활동이 대체적으로 설계된다.

다중 매체로 구현된 작품의 경우 여러 감각을 동원하여 입체적으로, 생생하게 수용하는 것을 가능하게 하지만, 수용자에 따라서는 자신이 문학 작품을 읽으면서 상상했던 것들과 달라서 실망했다고 하는 경우도 적지 않다. 즉 문학 작품으로 수용할 경우 개인의 상상력을 보다 능동적으로 발현할 수 있도록 한다는 점 등에 주목해 보도록 할 수 있을 것이다.

이해를 돕기 위해 인구에 널리 회자되는, 단 6개의 단어로 된 '초단편소설'을 예로 들어 보자.

For sale: baby shoes, never worn(팝니다: 아기 신발. 사용한 적 없음).

이 소설은 그 짧은 길이에도 불구하고 한 편의 훌륭한 단편으로 손색이 없다고 할 수 있다. 최소한의 단어만으로 독자들로 하여금 한 편의 서사를 읽어 내도록 할 뿐만 아니라 강렬한 페이소스를 유발하기도 한다. 독자는 이 신발이 왜 구매되었는지, 그럼에도 불구하고 왜 사용된 적이 없는지 배경지식이나 상상력을 동원하여 비어 있는 의미들을 채우면서 읽어 낼 수 있으며, 그 과정에서 불러일으켜진 어떤 감정들을 느끼기도 한다. 아기 신발을 샀을 누군가의 행복감, 하지만 상실로 이어진 좌절감과 끝내 이를 팔기 위해 내놓았을 때의 깊은 고통을 떠올렸을 것이며, 그것이 자신의 불행이 아니어서 오는 안도감 등을 느꼈을 수도 있다.

하지만 이를 영상으로 전환한다고 가정해 보면, 상상력을 통해 채워진 많은 부분이 구체화되어 이미지나 장면으로 확정되어야 한다는 점을 알 수 있다. 어떤 모양의 신발일지, 이러한 상실과 고통의 주체는 누구인지, 그들의 슬픔과 좌절은 어

▼ 영상 시의 형태로 제작한 김춘수의
〈샤갈의 마을에 내리는 눈〉

▲ 이효석의 소설을 원작으로 한 애니메이션 〈메밀꽃 필 무렵〉   ▲ 양귀자의 소설을 원작으로 한 만화 〈원미동 사람들〉

『문학』 교과서(김동환 외, 『문학』, 천재교육, 132쪽) 관련 단원 도입부. ⓒ(주)싸이런픽쳐스, 씨제이 엔터테인먼트; 한국문화예술위원회 문학집배원 시배달 장석남; (주)연필로 명상하기; 《만화 원미동 사람들 2》(변기현, 북스토리, 2014)

떻게 표현되어야 하는지 등이 화면상 재현되어야 하기 때문이다.

그러므로 소설에서의 설명이나 묘사가 어떻게 영상에서 화면으로 전환되어 구성되는지를 비교해 보는 활동은 각각의 형상화 방식의 차이에 대하여 이해하게 하는 것에 초점을 맞추게 된다. 즉 각각의 표현 방식이 어떠한 미적 효과를 낳게 되는지 주목해 보게 하는 것이다. 문장으로 표현된 내용이 화면으로 전환될 때 앵글(angle)은 어떻게 하는지, 소설에서의 요약적 설명이나 인물 심리의 직접 서술 부분은 어떻게 영화에서 내레이션 없이 인물의 행동이나 대사 등으로 전환하여 화면으로 구현되는지, 숏(shot)은 어떻게 나누는지 등의 내용들이 주요 교육 내용이 된다. 이외 영화에서는 음악이나 음향 효과 등도 작품의 의미 구성 과정에서 긴밀하게 작용하므로 그 효과에 대해 함께 다룰 수 있을 것이다.

2022 개정 교육과정에서 해당 성취기준 적용 시 고려사항으로 제시된 내용도 살펴보기로 한다.

- 문학 작품의 수용과 생산 과정에서 다양한 디지털 제작 도구, 협업을 위한 사회 관계망 서비스(SNS) 등을 적극적으로 활용하여 학습의 시공간을 확장할 수 있다. 학습자들이 문학 작품에 대한 반응이나 해석, 창조적 생산물을 디지털 매체를 활용하여 제작하고 공유하며 상호 토론함으로써 교실 안팎을 넘나들며 문학의 향유 주체로서 활발하게 참여하도록 한다. 또한 디지털 도구를 활용해 문학 작품을 둘러싼 관련 정보나 평가 등을 탐색하고 선별하는 과정을 통해 문학 작품의 작가와 독자를 둘러싼 맥락, 사회·문화적 맥락, 문학사적 맥락 등을 주도적으로 파악하도록 할 수 있다.

(교육부, 2022: 139)

디지털 제작 도구나 사회 관계망 서비스 등은 문학 작품의 수용과 생산을 위한 물리적 도구 혹은 시공간의 확장 차원에서 '활용'된다. '문학' 과목에서의 '교수·학습 방법' 및 '평가'에서의 다음 내용도 이러한 디지털 미디어 혹은 디지털 미디어 환경이 도구적 관점에서 수용되고 있음을 더 구체적으로 드러낸다.

(라) '문학'의 효과적인 학습을 위해서는 온오프라인 연계 학습을 활용하고, 디지털 도구를 적극적으로 활용할 수 있다.

(교육부, 2022: 142)

(바) '문학'의 온라인 수업 상황에서는 학습자의 성취기준 도달 과정을 교사가 지속적으로 점검하고 피드백하되, 평가 시 다양한 학습 플랫폼과 디지털 도구를 활용하고 이로부터 도출되는 학습의 과정과 결과에 대한 데이터를 분석하고 활용하면서 학습자에게 맞춤형 피드백을 제공할 수 있도록 평가를 계획하고 운용한다.

(교육부, 2022: 143-144)

이상에서 알 수 있듯이 2022 개정 국어과 교육과정을 기점으로 볼 때, 디지털 도구 혹은 환경으로 인하여 문학 자체의 특성이나 문학 범주 자체가 변화한 부분과 관련하여서는 구체적인 교육 내용을 포함하고 있지 않다고 볼 수 있다. 즉 문학교육 내용 차원에서는 디지털 미디어 환경 변화와 적극적으로 연동되는 변화가 있다고 하기 어렵다. 언어 예술로서의 문학 중심주의적 관점이 문학 교육에서의 교육 내용 선정에 핵심적인 원리로 관여하고 있다고 볼 수 있는 것이다.

'문학과 영상'이라는 진로 선택 과목은 이보다는 좀 더 심화된 차원에서 미디어 사회에서의 문학과 관련한 교육 내용을 다룬다고 할 수 있지만, 근본적인 문학 중심주의, 특히 고양된 언어 예술로서의 문학관은 계속 견지하고 있다고 할 수 있다. '지식·이해' 범주에서 문학의 형상화 방법과 영상의 형상화 방법이 동일한 층위의 교육 내용으로 제시되고 있는 것, '과정·기능' 범주에서 문학 창작과 영상 창작이 동일하게 그 요소와 기법에 주목하게 하는 것도 이를 잘 보여 준다.

참고로 '문학과 영상' 과목의 내용 체계를 보면 오른쪽의 표와 같다.

문학과 영상 각각의 형상화 방법에 대한 이해는 각각의 의미 구성 방식에 대한 이해를 하도록 하는 것으로, '과정·기능' 범주에서의 '문학 창작의 요소와 기법', '영상 창작의 요소와 기법'을 익히도록 하는 것과 연계된다. 이는 요소와 기법에 대한 지식이 문학 작품과 영상에 대한 깊이 있는 해석과 감상을 가능하게 하는 원

핵심 아이디어	• 문학은 다양한 형상화 방법을 가진 언어 예술인 동시에 다른 예술 분야에 영감을 주는 상상력의 원천이다. • 영상은 시각적 요소와 청각적 요소의 결합을 통해 현실 세계와 상상의 세계를 효과적으로 구현한다. • 문학과 영상은 긴밀한 연관 관계 속에서 발전해 왔으며 상호 작용을 통해 서로 변용과 창조의 계기가 된다.
범주	내용 요소
지식·이해	• 문학의 형상화 방법 • 영상의 형상화 방법 • 문학과 영상 관련 문화적 소양
과정·기능	• 단일양식과 복합양식의 특성과 효과 고려하여 수용하기 • 인쇄물과 디지털 매체를 통한 공유의 특성과 효과 고려하여 수용하기 • 문학과 영상의 영향 관계와 상호 작용의 효과 파악하기 • 문학 창작의 요소와 기법에 유의하여 수용·생산하기 • 영상 창작의 요소와 기법에 유의하여 수용·생산하기 • 유사한 소재를 중심으로 통합적으로 수용하기 • 적절하고 효과적인 경로로 창작물 공유하기
가치·태도	• 비판적 수용과 성찰 • 창의적 사고와 적극적 소통 • 윤리적 책임 인식과 능동적 참여

리이자 문학 작품과 영상을 창작하는 데 있어 방법론적 원리로 기능함을 의미하는 것으로, 이를 바탕으로 수용 활동과 생산 활동을 하게 하는 것이다. 문학은 어떻게 의미를 구성하는가, 영상은 어떻게 의미를 구성하는가에 대한 이해를 바탕으로 문학과 영상을 수용하는 데에서 나아가 직접 창작해 보게 함으로써 적극적인 문화 향유 역량을 함양할 수 있도록 하기 위한 것이다.

문학 교과서에 수록된 바 있는 웹툰 〈미생〉(2012~2013)의 한 장면과 그에 대한 학습 활동을 참조해 보자(류수열·이지선, 2018: 381).

이 작품의 창의적 표현 방법과 심미적 가치를 파악해 보자.

(2) 다음 장면이 작품에서 하는 역할을 글자의 크기와 배치, 인물의 형상을 중심으로 설명해 보자.

인물의 충혈된 눈은 붉은색의 시각적 요소로 표현되어 있는데, 이는 영업부에서 근무하는 샐러리맨의 업무 강도와 그로 인한 피로감을 강하게 환기한다. '해고예고 수당'이라는 큰 글씨는 인물의 크게 벌어진 입과 병치되어 제시됨으로써 큰 소리로 외치는 소리라는 점을 읽어 낼 수 있게 한다. 붉은색이나 큰 글씨가 어떻게 쓰일 수 있는지 그 의미 실현 방식의 가능성을 염두에 두고 효과적인 표현이 가능하도록 디자인적으로 활용한 것이라 할 수 있다. 이러한 분석적 읽기는 창의적 생산으로 자연스럽게 이어질 수 있다.

이러한 교육적 접근이 중요하고 또 필요하며, 앞으로도 주요 교육 내용으로 지속적으로 다루어질 필요가 있다는 점은 부인하기 어렵다. 다만 디지털 미디어 기반 소통 환경의 변화에 따른 역동적인 문학 현상 및 이와 연동된 학습자의 지속적인 문학 경험의 변화 양상을, 교실 담장 밖의 일로만 여기기 어려운 것이 현실이라는 점 또한 적극적으로 고려할 필요가 있다.

3 디지털 세대를 위한 문학 교육의 방향

앞서 살펴보았듯 미디어 환경의 변화와 맞물려 문학 양식의 종류 및 소통 방식에도 다양한 변화가 이루어지고 있다. 문학 교육학계에서도 이러한 변화를 적극적으로 반영하여 교육 내용으로 다루기 위해 지속적인 관심을 가지고 다양한 모색을 해 왔다고 할 수 있다.

기존의 미디어 환경의 변화에 따른 문학 교육 내용에의 반영 혹은 수용은 대체적으로 원 소스 멀티 유즈(OSMU; One Source Multi Use)로 정리할 수 있는 방식으로 요약할 수 있다. 즉 문학이라는 소스, 즉 하나의 근원이 선행하고, 이러한 문학을 어떻게 다른 미디어로 확장, 재창조하였는가 하는 관점이 주된 교육 내용이었다. 2022 개정 국어과 교육과정에서는 고등학교 선택 과목에 '문학과 영상'이 새롭게 추가됨으로써, 특정 문학 작품과의 상호연관성 속에서 다뤄지는 영상만이 아닌, 영상 자체에만 초점을 맞추는 방식으로도 교육 내용으로 다뤄질 수 있게 되었다. 즉 선행하는 문학 작품 없이 영상만으로 존재하는 텍스트들을 독자적으로도 다룰 수 있게 된 것이다.

그 주된 교육 내용은 앞서 살펴보았듯이 형상화 방법이나 기법에 초점을 맞추어 의미 구성 방식 중심으로 접근하고 있다는 점에서 전이 가능한 근원적인 원리에 대한 학습에 초점을 맞추고 있다. 하지만 급변하는 디지털 미디어 생태계에서의 동시대적이고 역동적인 문화 현상에 대한 고려 또한 보다 적극적으로 이루어질 필요가 있다.

학습자들이 디지털 네이티브(Prensky, 2010/2019)라는 점에서, 이들의 문학 경험을 교육 현장과 지속적으로 연계하는 방식에 대해 고민할 필요가 있다. 그러므로 미디어 시대의 문학 교육의 방향은 문학 양식의 확장성, 문학 경험의 재편성을 염두에 두고 모색되어야 할 것이다. 이를 각각 1) 미디어 문학 텍스트의 확장과 포섭, 2) 미디어 생태계에서의 문학 교수·학습 활동이라는 측면에서 구체화하여 살펴보기로 한다.

1) 미디어 문학 텍스트의 확장과 포섭

기존의 문학 교육에서 미디어 콘텐츠를 교육 내용으로 포함하는 방식은 여전히 문자 문학을 중심으로 하여, 그것의 매체 전환에 초점을 맞춰 왔다고 할 수 있다. 하지만 문학의 위상이나 범주가 디지털 미디어 중심의 소통 환경에서 끊임없이 변화하고 있다는 점을 인정할 때 보다 적극적인 방식으로 새로운 콘텐츠들을 문학 교육 내용으로 포함하는 것을 고려해 볼 수 있다. 즉 OSMU를 넘어 다양한 매체들과 혼용된 문학 텍스트들을 문학 수업의 제재로 다룰 필요가 있다. 소통 생태계의 변화에 대응하여 문자 언어 중심의 '문학' 관념에 내포된 권위를 어느 정도 해체할 필요(엄해영, 2013)가 있는 것이다.

이미 이미지가 중심이 되는 예술 장르인 영화, 미술, 사진 등과 문학의 상관관계 등에 대한 축적된 논의들은 '문학과 인접 분야'라는 형태로 문학 교육에서도 어느 정도 포함하여 다뤄 왔다고 볼 수 있다. 기존 문학 교육과정에서 문학과 미술 간의 관계 등을 다루고 있는 내용이 그것이다.

이제는 하나의 작품 내에 여러 매체가 긴밀하게 작용하면서 의미들을 구성하게 되었다는 점에 좀 더 주목해야 할 것이다. 앞서 언급한 박준의 시 〈세상의 끝 등대 2〉는 시집에 수록된 한 편의 시이지만, 사진이라는 매체(이미지라는 매체 언어)가 의미 구성에 적극적으로 관여하고 있는 시이다. 문학이 이제 문자로만 이루어진 작품이 아닌, 다른 매체를 포함한 다매체 작품으로도 향유되고 있는 것이다.

3차적 구술성 시대라 할 수 있는 디지털 미디어 시대에는 디지털 콘텐츠로 수용되는 대부분의 텍스트가 상호 영향 관계 속에서 생산되고 수용된다. 따라서 문학 콘텐츠 간 상호텍스트적 차용이나 상호 매체적 조합과 생성 등이 항상 일어난다. 개방성과 역동성, 쌍방향성을 지닌 디지털 미디어 생태계 내에서 생산되는 대다수의 텍스트가 다매체(multi-media)성을 넘어 상호 매체적 성격을 띨 수밖에 없게 되는 것이다.

매체의 영향력이 갈수록 막강해지는 시대 변화에 부응하여 문학 또한 형식미학적 조정 혹은 새로운 매체 특성의 문학적 반영 등을 모색해 가고 있다는 점을 고려할 때, 문학 수업 시간에 다루는 문학 텍스트 또한 이러한 매체적 특성을 고려한 문학 제재들을 적극적으로 선정하여 활용할 필요가 있다.

한편 복수의 매체를 활용하여 이야기를 확장적으로 전개하면서도, 하나의 통합된 이야기를 구성하는 서사체가 다양하게 시도되기도 한다. 예컨대 하나의 서사물에서 특정 캐릭터의 스타성이나 잠재력이 크다고 판단될 경우, 다른 미디어 콘텐츠에 삽입하거나 혹은 새로운 미디어 형식을 통해 해당 캐릭터의 특성을 살리는 형태로 또 다른 서사를 창조하거나 하는 방식을 떠올려 볼 수 있다. 실제로 거대한 수익을 창출하는 문화 산업의 일환으로, 미디어를 넘나드는 이러한 방식의 콘텐츠는 할리우드 중심의 거대 미디어 프랜차이즈부터 소규모 독립 콘텐츠까지 다양하게 시도되고 있다. 국내에서도 웹툰을 활용한 사례, 아이돌 혹은 드라마 캐릭터를 활용한 사례들이 있다.[7]

미디어 테크놀로지와 창의적 상상력의 융합은 어떤 형태로든 지속적으로 새로운 문학 텍스트를 생성하면서 그 범주의 외연을 확장해 갈 것으로 생각된다. 문학 교육은 이러한 문학 텍스트들의 확장성을 지속적으로 고려하면서 문학 수업에 반영할 수 있어야 할 것이다. 학습자들의 문화 향유 공간과 문학 교실이 괴리되지 않을 때 문학 교육의 의미와 효과는 더 커질 것이기 때문이다.

동시에 논리적이고 추론적이며 상상력을 자극하는 문자 언어라는 매체적 특성과 감성적, 직관적인 이미지 언어라는 매체적 특성 등을 학습자들의 사고력 발달 등과 연계하여 종합적으로 고려한 새로운 문학 교육의 설계를 적극적으로 모색할 필요도 있다. 문학과 영상을 창의적으로 융합하여 공감 교육을 효과적으로 실현할 수 있는 방식을 모색(고정희, 2015)하거나, 상호텍스트적으로 디지털 미디어를 활용하여 문학 경험의 질성을 제고하고 그 현재성을 가능하게 하는 방식을 모색(오수엽, 2019)하는 등의 접근을 통해 교실에서의 문학 경험의 깊이를 확보해 가야 할 것이다. 디지털 미디어 생태계에서의 문학 현상 및 문학 향유 현상에 대한 문학 교육 연구자들의 지속적인 관심이 필요한 이유이다.

2) 미디어 생태계에서의 문학 교수·학습 활동

생태학적 교수·학습 환경의 중요성을 고려할 때, 소통(수용과 (재)생산)의 환경으로서의 디지털 미디어 생태계를 교육 내용으로 맥락화하는 것 또한 고려해 볼 필요가 있다. 문학 교실이라는 의도된 교육 환경 내에서 수용의 경로를 지정받는 독자에게 소통에 필요한 내용에만 초점을 맞추어 문학 수업을 하는 것에서 나아

----

7   국내의 경우 우투리 설화를 각색한 웹툰 〈우투리〉(2011~2016)를 중심으로 트랜스미디어화하려는 시도가 있었다. 또한 화랑을 모티프로 하여 드라마, 모바일 게임, 웹툰, 웹소설을 활용한 〈화랑〉(2016)과 엔터테인먼트사 판타지오와 웹툰 플랫폼 코미카가 공동 제작한 〈트레니즈〉(2016)가 시도된 바 있다. 또한 특정 드라마에서의 인기 캐릭터를, 전혀 다른 드라마 상황에 원 캐릭터 그대로 투입하여 활용하는 사례도 늘어가는 것으로 보인다.

가 변화된 소통 환경 자체를 교실로 들여오는 것도 고려해 볼 수 있다.

디지털 기반 미디어 생태계에서의 학습독자들의 문학에 대한 경험이 기존의 종이책 기반 문자 언어 중심의 문학에 대한 경험의 양상과 상당히 다르게 전개되고 재편성되고 있다는 점을 인정할 때 문학 교수·학습 상황에서도 이러한 학습자들의 실제적 경험이 반영되거나 구현되도록 하는 방식을 고려해야 한다. 책성을 중심으로 한 문학 경험이 여전히 중요하고 유효하지만, 이러한 새로운 형태의 문학 경험도 교수·학습 상황 속에서 다루어지도록 모색할 필요가 있는 것이다.

일상생활 속에서 쉽게 접근 및 공유 가능한 형태로 이루어지는 문학 경험의 재편성은 기존의 이메일 형태의 '문장 배달(소설과 시)'의 차원을 넘어선 지 오래고, 앱이나 SNS, 실시간 공유 동영상 등의 형태로 끊임없이 그 가능성을 확장해 가고 있다. 공유의 차원을 넘어선 재가공도 쉽게 이루어질 뿐만 아니라 수용자에서 생산자로 자리바꿈을 하는, 즉 다른 사람의 작품을 감상하는 독자에서 자신의 작품을 창작, 가공하여 다른 독자들에게 보이는 작가로의 변신이 이루어지는 일도 비일비재하다.

개인적 취향에 따른 무수한 콘텐츠 경험 및 상호 작용이 이루어지고 있는 디지털 미디어라는 소통 공간에서, 학습자들 또한 다양한 방식으로 문학 콘텐츠를 소비하면서 생성하고 있으며, 이러한 참여의 과정에 대한 교육적 접근이 필요하다. 디지털 미디어는 새로운 소통 공간의 생성이라는 측면에서 공간적(spatial)이고 그러한 소통의 과정에 직접적으로 뛰어든다는 점에서 과정적(procedural), 참여적(participatory)인 특징을 지닌다(Murray, 1998/2001). 이는 별도의 종이나 한글 프로그램 등을 활용한 형태의 기존의 개별적이고 독립적인 쓰기 공간이 아닌, 디지털 미디어 생태계 내에 쓰기 공간이 마련되어 있다는 의미이며, 그러한 생태계 안에서 쓰기 활동이 자연스럽게 이루어질 수 있다는 의미이다.

디지털 미디어 생태계에서의 참여적인 쓰기 활동, 독사에서 작가로의 자리 변환, 현실적인 관심사(쓰기 과제)에 대한 문학적 창작, 바이럴 문학이라는 새로운 문학적 소통 현상의 의미 발견이라는 차원에서 '댓글시'[8] 창작을 교실 수업에 적용한

....
8   실제 사회면 기사에 댓글로 달린 조시(弔詩) 한 편이 엄청난 펌과 공유의 과정을 거치면서 바이럴 문학의 양상을 띠

사례(정정순, 2021)를 참조해 볼 수 있다. 포털 사이트 사회면 기사에 시로 댓글을 다는 활동을 교실 수업에서 구현한 사례로, 디지털 미디어 생태계의 소통 환경에서 현실적인 문제를 시의 제재로 창작하였다는 점에서 실제적(authentic)이고 맥락적인 성격을 지닌 시 창작 활동이자, 사회과와 통합이 가능한 교과 통합적 시도라 할 수 있을 것이다.

이외에도 새로운 '글쓰기 기술'인 미디어의 의미 구성 기술(사진의 앵글, 프레임, 명암과 채도 등)에 대한 이해를 바탕으로 복합 양식적 특징을 지닌 문학 텍스트를 생산하여 자신의 SNS에 올리는 등의 형태로 공유해 보게 하는 활동 등 다양한 시도를 해 볼 수 있을 것이다. 미디어의 의미 구성 기술을 문학적 수사(형상화 방식)의 형태로 활용한 웹툰의 사례 등을 분석적으로 읽으면서 그 의미를 해석하고, 이어서 직접 생산 활동을 한 후 소통 및 공유하는 데에까지 나아갈 수도 있을 것이다.

또한 특별히 강조해 둘 필요가 있는 것은 수용 활동의 차원에서 미디어 기반 제반 문학 현상에 대한 비판적 읽기가 중요하다는 점일 것이다. 이는 기존의 문학 작품 수용 활동의 주요 활동으로 강조되어 왔던 '비평하기' 활동 속에 포함하여 다룰 수 있을 것으로 본다. 엄청난 양으로 쏟아지는 웹툰이나, 문학을 각색 변형한 형태의 다매체 작품 등에 대한 비평적 접근이 적실하게 다뤄져야 할 것이다.

마지막으로 부언하자면 디지털 미디어 소통 환경을 교실로 끌어들이는 생태학적 교수·학습 환경 조성을 위해서는 콘텐츠 접근 장벽이 없는 네트워크 자체의 개방성과 연결성을 고려하여, 수업 활동 과정에서 학습자들이 무방향적이고 무목적적 노마드가 되지 않도록 하기 위한 세심한 설계도 필요하리라 생각된다. | 정정순

참고문헌

고위공(2004), 『문학과 미술의 만남: 상호매체성의 미학』, 미술문화.
고정희(2015), 「문학과 영상의 창의적 융합을 통한 공감교육: NT Live 〈리어왕〉을 중심으로」, 『문학치료연구』
    35, 71-108.

....

게 되고, 그 과정에서 댓글을 달았던 익명의 독자인 제페토(2016)가 《그 쇳물 쓰지 마라》라는 시집까지 내면서 제도권 문학으로 편입된 과정은 디지털 네이티브들의 문학 경험의 확장과 재편성의 가능성을 단적으로 잘 보여 준다.

교육부(2022), 『국어과 교육과정』, 교육부 고시 제2022-33호[별책 05].

김대행 외(2000), 『문학교육원론』, 서울대학교출판부.

김문조(2013), 『융합문명론: 분석의 시대에서 종합의 시대로』, 나남.

김요한(2007), 『디지털 시대의 문학하기』, 한국학술정보.

류수열·이지선(2018), 「문학교육이 디지털 리터러시를 호명하는 방식에 대하여」, 『국어문학』 69, 363-394.

박경혜(2002), 「문학과 사진: 장르혼합의 가능성에 대하여」, 『현대문학의 연구』 18, 37-84.

박동숙·전경란(2005), 『디지털/미디어/문화』, 한나래.

박미현 외(2007), 『2007 국어과 교육과정 해설』, 교육인적자원부.

박준(2012), 《당신의 이름을 지어다가 며칠은 먹었다》, 문학동네.

서윤후·노키드(2017), 《구체적 소년》, 네오카툰.

심보선 외(2009), 「감각적인 것과 정치적인 것 사이에서, 오늘날 시는 무엇을 할 수 있는가」, 『문학동네』 16(1), 1-27

엄해영(2013), 「초등 문학 교육에서 매체 언어의 수용 양상에 대한 비판적 고찰」, 『새국어교육』 94, 225-248.

염은열(2018), 「디지털 시대 고전시가의 발견 및 재구성이 던진 교육적 질문과 과제」, 『문학교육학』 61, 207-236.

오수엽(2019), 「상호텍스트성을 활용한 고전시가 감상 교육 연구: 디지털 미디어를 통한 촉지성과 현재성의
　　　　회복을 중심으로」, 『우리말글』 83, 155-189.

우신영(2020), 「미디어 생태계의 변화에 따른 문학교육 제도의 응답책임성」, 『우리말교육현장연구』 14, 79-118.

이용욱(2018), 「한국 현대문학의 재영역화와 연구 방향」, 『어문연구』 95, 295-313.

이지원(2017), 「디지털 다매체 환경과 문학의 새로운 유통 양상: 바이럴(Viral) 문학의 가능성을 중심으로」,
　　　　『인문컨텐츠』 46, 153-173.

임형택(2017), 「구비문학 3.0: 디지털과 3차적 구술성의 문학 환경에 대하여: 문학의 전화(轉化)에 대한
　　　　미디어철학적 시고(試考)」, 『한민족문화연구』 59, 7-44.

장미영(2012), 「소설과 미디어콘텐츠의 상호매체성: 2000년 이후 한국소설을 중심으로」, 『국어문학』 52, 255-286.

정정순(2021), 「디지털 미디어 환경에서의 '댓글시'에 대한 문학교육적 탐색」, 『문학교육학』 73, 285-308.

제페토(2016), 《그 쇳물 쓰지 마라》, 수오서재.

최미숙(2007), 「디지털 시대, 시 향유 방식과 시 교육의 방향」, 『국어교육연구』 19, 71-98.

최유준(2016), 『크리스토퍼 스몰, 음악하기』, 커뮤니케이션북스.

하상욱(2013), 《서울 시》, 중앙북스.

허혜정(2018), 「문학과 K-팝, 유투브 르네상스」, 『동서비교문학저널』 46, 399-426.

Easthope, A.(1994), 『문학에서 문화연구로』, 임상훈(역), 현대미학사(원서출판 1991).

Jenkins, H.(2008), 『컨버전스 컬처: 올드 미디어와 뉴 미디어의 충돌』, 김정희원·김동신(역),
　　　　비즈앤비즈(원서출판 2006).

Murray, J.(2001), 『사이버 서사의 미래: 인터랙티브 스토리텔링』, 한용환·변지연(역), 안그라픽스(원서출판
　　　　1990).

Prensky, M.(2019), 『디지털 네이티브』, 정현선·이원미(역), 사회평론아카데미(원서출판 2010).

kuungki jang(2011. 11. 26.), "미술방송 아트월드tv | 장경기 멀티포엠 몽상의 피 fantasyblood02 1", https://
　　　　www.youtube.com/watch?v=4oY5rZ0NSwQ(검색 일자 2022년 2월 25일).

12장 통일 시대의 문학 교육

"남북의 학생이 한 교실에서 문학 작품을 읽는 광경은 마치 이교도들이 한데 모여 치르는 종교 집회와 같을지도 모른다는 생각이 든다. 그것은 대단히 혼란스럽고 어색한 자리가 될 것이다. 그러나 그 일이 기어이 있어야 하는 일이라면 그에 대비해야만 한다. 그러나 이를 위하여 우리가 선택할 카드는 그리 많지 않다. 다만 통일이 한 민족의 껴안음이라면 껴안을 만한 사람이 그 일을 해야 한다. 우리 사회의 다양성은 그만한 역량을 갖추지 않았는가 하는 생각도 든다."(김대행, 2000: 78-79)

남북한이 분단된 지 어느덧 80여 년이 지나 한 세기를 향해 가고 있다. 우리 민족의 숙원인 통일! 그날이 언제 올지는 알 수 없지만 내일이라도 당장 남북이 손을 잡고 새로운 통일 국가로의 발걸음을 내디딘다면, 진정한 소통과 통합으로 이르는 길을 문학과 문학 교육이 앞장서서 이끌어 나가야 한다.

1 통일 시대 문학 교육, 왜 지금 논의해야 하는가?

남북 통일과 문학 교육

'남북 통일'은 "남측과 북측으로 갈려 있는 우리 국토와 우리 겨레가 하나로 되는 일"이다. 통일에 대한 열망을 담은 '우리의 소원'이라는 동요가 널리 애창될 만큼, 통일은 오랜 기간 민족의 역사적 과업으로 여겨져 왔다. 그러나 한반도가 분단된 지 어언 80년! 그동안 남북한은 상이한 정치적·사회적 이념을 추구하는 독립적인 국가 체제를 운영해 왔다. 오랜 세월을 가깝고도 먼 사이로 지내 온 만큼 이제는 통일이 된다 해도 사회 통합 과정에서 수많은 갈등과 혼란을 피하기 어려울 것이다. 물론 문학 교육도 예외일 수 없다.

통일 이후 남한과 북한의 문학 교육이 원활하게 통합될 수 있을까? 현재로서는 이에 대한 긍정적인 전망을 제시하기는 어렵다. 근대 국어 교육이 본격적으로 시작되려던 20세기 초, 우리나라는 일제의 식민 지배를 받게 되었다. 1945년에 광복을 맞았으나 곧바로 남북으로 분단되었고, 이후 극도의 사회적 단절 상황 속에서 남북한의 언어와 문학도 점점 이질화되었다.

이처럼 남북한은 근대적 국어 교육이나 문학 교육을 제대로 공유해 보지 못한 채로 분단되었다. 그러므로 통일 이후의 문학 교육은 분단 이전의 문학 교육을 회복하는 것이 아니라 새로운 통일 국가의 가치와 이념에 부합하는 문학 교육을 다시 설계하는 것이나 다름없다. 그러나 이는 영웅 소설의 주인공이 위기에 빠진 나라와 백성을 구해 내듯 뚝딱 해낼 수 있는 낭만적인 일이 아니다. 통일 시대의 문학 교육 앞에는 남북한이 공유하던 언어문화적 동질성을 되살리고 오랜 분단으로 고착화되어 있는 언어문화적 이질성을 완화·극복해야 하는 난제가 놓여 있기 때문이다.

통일에 기여하는 문학 교육

통일 시대란, 남한과 북한이 통일의 이념과 가치를 실현하여 공동의 교육과정과 교과서를 사용할 수 있는 시대를 뜻한다. 이때의 통일은 정치적 통일만을 의미하지는 않는다. 비록 정치적으로는 완전한 통일을 이루지 못했더라도 남북한이 공동으로 통일을 계획하고 준비하여 통일의 이념과 가치를 한반도에서 실현할 수 있게 된다면, 그때를 통일 시대라고 부를 수 있을 것이다. 그리고 그러한 통일 시대에 남북한이 함께 영토와 사회 체제의 통일을 넘어선 '사람의 통일'(진우택, 2000)을 지향하면서 문학 교육의 내용과 방법을 설계하고 이를 공동으로 실천해 나가는 때가 온다면, 이미 통일 시대의 문학 교육이 시작되고 있는 것이리라.

현재 남북한은 여전히 분단 상황에 놓여 있고 언제 어떻게 통일이 될지도 알 수 없는 상황이다. 그러나 통일 시대의 문학 교육과 국어 교육에 대한 논의와 준비를 마냥 미룰 수는 없다. 왜냐하면 통일 시대가 갑자기 도래했을 때 남북한이 정치적·제도적 통일을 넘어 문화적·정서적 통일을 이루기 위해서는 무엇보다 문학과 문학 교육의 역할이 중요하기 때문이다. 독일의 소설가 귄터 그라스(Günter Grass)가 '서로 다른 독일 국가에서 오직 문학만이 독일 전체를 포용할 수 있다.'고 단언했던 통일 독일의 사례가 환기하듯, 통일 이전의 과거사에 대한 논란과 통일 이후의 국가 정체성에 대한 논쟁이 격화될 때 문학은 반성과 성찰, 응시와 대화를 견인하는 역할을 수행할 수 있다(정진석, 2018: 168). 남북한이 진정한 통일을 찾아가는 어둡고 험난한 항해에서 문학과 문학 교육이, 때로는 앞길을 비추는 등불이 되고 때로는 올바른 길을 알려 주는 나침반이 될 수 있어야 한다.

통일 시대 문학 교육에 대한 기본적인 태도

통일 시대 문학 교육은 남북이 서로의 차이를 인정하고 통일 이후의 사회와 교육에 대한 청사진을 공유하면서 지속적으로 대화하고 협력해 나갈 때 원활하게 실현될 수 있다. 그러나 이러한 대화와 협력이 동일한 이념과 가치에 바탕을 둔 단일 체제로의 통합을 지향하는 것은 아니다. 어떠한 사회든 간에 구성원 간의 갈등이 전무한 수준의 완전한 내적 통합은 불가능하며 바람직하지도 않다는 점에서, 통일 시대의 문학 교육이 지향해야 할 이상적이고 궁극적인 목표 지점을 완성된 모형으로 상정하는 것은 적절치 않다(김대행, 2008: 8). 통일 시대의 문학 교육은 남북한의 문학과 문학 교육이 상충하는 가치와 이념들을 다양성의 공존으로 융화하면서 이를 통일 국가의 문화적 역량으로 승화해 나가야 한다.

통일은 '단번에 일어나는 하나의 사건이 아니라 통일의 전에도 후에도 끊임없이 지속되는 일련의 과정'(장지혜, 2016: 109)이다. 그렇기에 통일 시대 문학 교육은 통일의 과정에서 발생할 수 있는 여러 가지 복잡다단한 변수에 유연하게 대처해 나갈 수 있어야 할 것이다. 이를 위해서는 무엇보다도 남북한이 모두 개방적이고 포용적인 태도로 상대방의 문학과 문학 교육을 이해하고 존중할 줄 알아야 한다.

2 가깝고도 먼 북한의 문학 교육

1) 문학관의 차이와 문학 교육관의 차이

오늘날 남한과 북한의 문학 교육은 무엇이 어떻게 다르고, 또 왜 달라졌을까? 이 물음에 대한 근본적인 해답은 이념과 체제의 차이에서 찾을 수 있다. 분단 이후 남북한은 상이한 정치적·사회적 이념을 추구해 왔고, 그에 따라 사회 전반을 운영하는 기본적인 원칙과 가치도 달랐다. 이러한 이념의 차이가 문학관과 문학 교육관에도 고스란히 반영되었다.

남한에서는 예술론, 소통론, 구조주의의 다층적이고 포괄적인 관점에서 '가치 있는 내용의 언어적 표현', '심미적 체험의 소통', '유기적 구조'로 문학에 접근하는 반면, 북한에서는 『주체문학론』(1992)에 기반하여 문학을 '종자'가 뿌리내린 '주체의 인간학'으로 규정한다(정진석, 2018: 167-168). 『주체문학론』은 북한의 문예 정책과 이론의 기본 방향을 정립한 저서로서, 북한의 통치 이념의 근간인 주체사상에 입각한 문예 이론을 다루고 있다. 종자는 북한 문예 창작의 기본 개념으로, "작품의 핵으로서 작가가 말하려는 기본 문제가 있고 형상의 요소가 뿌리내릴 바탕이 있는 생활의 사상적 알맹이"(김선일 외, 2015: 74)라고 정의된다. 종자론에 따르면, 문학 작품의 소재와 주제, 사상, 형식 등은 모두 종자에 의해 규정되고 종자로부터 흘러나온다. 이때 작품의 종자는 무엇보다 '당 정책적 요구'에 부합해야 하고, '형상으로 구현'할 수 있어야 하며, '새롭고 특색이 있는 것'이어야 한다.

이처럼 남북한은 문학과 문학 교육에 대한 이념과 태도를 달리하며, 이로 인해 문학 교육의 구체적 실천 국면에서도 많은 차이를 보이고 있다. 남한의 문학 교육은 문학을 예술이나 사회적 소통으로 여기고 문학을 통한 인간의 보편적인 사유와 정서의 소통을 중시하지만, 북한의 문학 교육은 문학을 정치적·사회적 이데올로기를 담아내는 도구로 간주하고 북한 사회에 필요한 '혁명 인재'의 양성을 강조한다. 물론 이러한 차이는 문학 교육에만 국한된 것이 아니라, 언어와 문학은 물론 인문·사회·예술 분야 전반에서 광범위하게 나타나는 현상이다.

2) 교과서로 보는 북한의 문학 교육

〈사향가〉: 보편적 정서와 거부감

북한의 국어과 교과서를 살펴보면, 남북한의 문학 교육이 어떻게 다른지를 체감적으로 알 수 있다. [그림 12-1]은 북한의 『국어문학: 고급중학교 1』 교과서에 수록된 〈사향가〉이다. 북한에서 〈사향가〉는 "위대한 수령님께서 영광스러운 항일혁명투쟁시기에 몸소 창작하시고 보급하신 불후의 고전적 명작"(라성학 외, 2013; 최미숙, 2020: 314에서 재인용)으로 규정되며, 『국어문학: 고급중학교 1』 교과서의 첫 단원 첫 제재로 수록되어 있다.

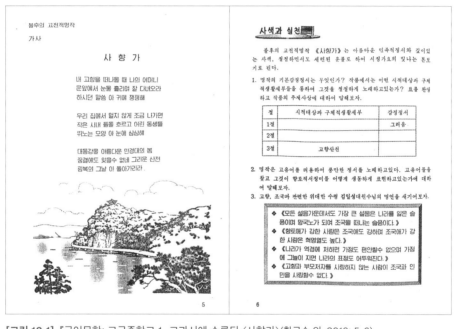

[그림 12-1] 『국어문학: 고급중학교 1』 교과서에 수록된 〈사향가〉(황금순 외, 2013: 5-6)

'고향을 생각하는 노래'라는 뜻의 〈사향가(思鄕歌)〉는 어린 시절의 고향을 회상하고 그리워하는 내용을 담고 있는 작품으로, 북한 사람들이 널리 애창하던 노래이다. 이 노래에서 고향은 어머니와 동생들이 함께했던 아련한 추억의 공간이면서, 아름다운 대동강과 만경대의 산천이 어우러진 곳으로 그려진다. 고향과 가족

에 대한 그리움이라는 보편적 정서를 다루고 있는 만큼 우리 시들과도 그리 멀어
보이지 않는다. 학습 활동 또한 마찬가지이다. 남한 교과서의 학습 활동에 해당하
는 '사색과 실천'의 활동 1과 활동 2까지는 작품의 정서, 주제, 표현을 다루고 있어
남한의 현대시 교육과 큰 차이가 없어 보인다(최홍원, 2019ㄱ: 43).

　　그런데 '사색과 실천'의 활동 3에 이르면, 그 분위기가 사뭇 달라진다. '고향, 조
국과 관련한 위대한 수령 김일성 대원수님의 명언을 새기어 보자.'는 활동 지시문
부터 낯설게 다가오며, '조국', '조국애', '혁명열' 등의 용어는, 북한 문학 교육의 지
향이 인간의 보편적 정서 체험을 넘어 국가적 사명의 완수에까지 이르고 있음을
보여 준다. 또한, 〈사향가〉가 수록되어 있는 대단원의 교수 목적이 "위대한 수령
김일성 원수님께서 지니신 조국과 고향에 대한 뜨거운 사랑을 따라 배워 김정일
애국주의를 높이 발양하도록 교양하며 불후의 고전적 명작들에 담겨진 주제 사상
을 인식시켜 주는 데 있다(라성학 외, 2013; 최홍원, 2019ㄱ: 44에서 재인용)."라는 것을
확인하는 순간, 북한에서 문학이 정치사상과 이념 교육의 도구로 활용되고 있다

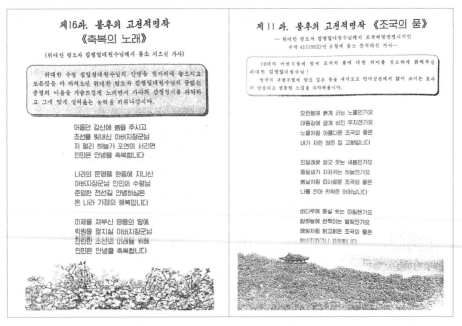

[그림 12-2] 『국어: 초급중학교 2』 교과서에 수록 [그림 12-3] 『국어: 초급중학교 3』 교과서에 수록된
된 〈축복의 노래〉(우인철 외, 2014: 124)　　　 〈조국의 품〉(리근세 외, 2015: 126)

는 점을 더욱 명확히 깨닫게 된다.

남북한은 오랜 역사와 문화를 공유하고 동일한 언어를 사용하는 만큼, 그로 인해 형성되는 정서와 감정의 공감대가 문학 작품 속에 녹아들어 있다. 앞서 〈사향가〉에 나타난 '고향에 대한 그리움'도 남북한 모두 공감할 수 있는 보편적 정서의한 예라 할 수 있다. 그러나 고향, 어머니 등의 소재가 불러일으키는 공통된 정서의 이면에는 남한과 다른 이념과 태도가 존재한다. 김일성과 김정일이 지었다고하는 이른바 '불후의 고전적 명작'들이 교과서에 반복적으로 수록되어 온 맥락이나 많은 작품에서 친숙한 소재와 정서를 통해 정치적·사회적 의도를 환기하는 상황을 목격하게 될 때, 우리는 북한 문학 교육에 대해 강한 이질감을 느낄 수밖에없다.

북한 교과서 수록 작품의 미세한 변화

김일성, 김정일이 지은 작품들 외에도, 북한 교과서에는 김일성 일가와 당을 찬양하고 북한 정치 체제를 옹호하는 작품들과 미국·일본·남한에 대한 적개심을고취하는 내용의 작품들이 다수 수록되어 있다([그림 12-4], [그림 12-5] 참고). 다만,김정은 정권기에 개발된 2013년 개정 교육강령기의 국어과 교과서들은, 이전 시기 교과서들에 비해 김일성과 김정일을 노골적으로 우상화한 제재를 많이 삭제하고 북한 사회의 발전상과 긍정적인 미래상을 제시하는 제재를 다수 수록하는 등의 변화를 보이고 있다(이향근, 2018: 23). 실제로 정치사상적 색채가 드러나지 않는작품도 다수 수록되어 있으며, 김일성이나 김정일이 등장하는 작품들의 경우에도초월적인 능력을 과시하는 작품보다는 인간적인 면모가 부각되는 작품을 더 많이수록하고 있다. 북한 교과서의 이런 경향으로 볼 때, 사상 교양을 위한 문학 교육의 도구성이 점차 약화되는 경향을 보인다고 할 수도 있겠으나, 사실상 이는 북한내부의 권력 구조 개편과 북한 사회의 대내외적 상황 변화에 따른 미세한 변화에불과하다. 북한은 여전히 문학과 문학 교육을 국가 체제 유지를 위한 사상 교육의도구로 간주하는 기본적인 관점과 태도를 굳건하게 유지하고 있다.

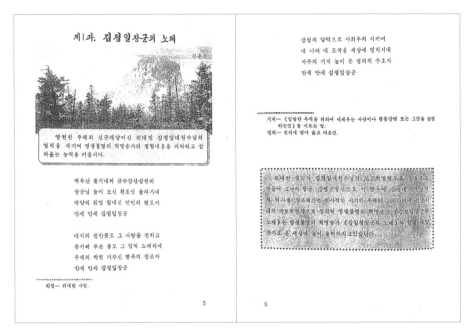

[그림 12-4] 『국어: 초급중학교 2』교과서에 수록된 〈김정일 장군의 노래〉(우인철 외, 2014: 5-6)

『국어: 소학교 2-2』 '미제승냥이' 줄거리

광복되기 전 어느 마을에 열한 살 소년 명섭이 어머니와 함께 살고 있었다. 어느 날 명섭은 산에서 땔나무를 해 오다가 페스머라는 미국인의 사과밭을 지나게 된다. 그때 마침 가을 바람이 불어 사과 한 알이 울타리 밖으로 굴러 나왔다. 명섭이 사과를 주우려는데 크고 사나운 사냥개가 달려들어 명섭을 사정없이 물어뜯었다. 명섭이 들고 있던 작대기로 사냥개를 물리치자, 이번에는 페스머가 나와 명섭을 나무에 묶어 놓고 청강수(염산)로 명섭의 이마에 '도적'이란 글자를 새겼다. 이 사실을 알게 된 명섭의 어머니와 마을 사람들은 도끼와 몽둥이를 들고 찾아가 그 자리에서 페스머를 때려죽였다.

[그림 12-5] 『국어: 소학교 2-2』교과서에 수록된 이야기 〈미제승냥이〉(리수향 외, 2014ㄴ: 78-79)

3) 북한 문학 교육의 특성

남한과 마찬가지로 북한의 문학 교육도 교육 목표, 내용, 방법 등에 관한 일정한 구조와 체계를 갖추고 있다. 이러한 구조와 체계는 북한의 '국어과 교육강령'을 통해 확인할 수 있다. '국어과 교육강령'은 남한의 '국어과 교육과정'에 해당하는 것으로, '교수 목적과 교수 목표, 교수 내용, 교과서 집필에서 지켜야 할 원칙, 학과목 교수에서 지켜야 할 원칙, 학업 성적 평가 원칙' 등의 목차로 구성되어 있다. 북한의 '2013 개정 국어과 교육강령'에 나타난 북한 문학 교육의 특성에 대해 살펴보자.

문학, 국어 교육의 주축

남한의 국어 교육은 '문학'을 '듣기·말하기, 읽기, 쓰기, 문법, 매체'와 함께 국어과의 6개 내용 영역 중 하나로 설정하고, 고등학교 선택 과목으로 '문학', '문학과 영상'을 운영하고 있다. 이에 반해 북한의 국어 교육은 문학을 별도의 '내용 분야'로 두고 있지 않으며, 문학과 관련된 선택 과목도 존재하지 않는다. 북한에서 문학 교육은 '국어'(소학교, 초급중학교) 또는 '국어문학'(고급중학교)이라는 한 과목 내에서 이루어진다.

[표 12-1] 2013 개정 국어과 교육강령에 제시된 북한의 국어과 내용 분야

학교급 내용 분야	소학교			초급중학교	고급중학교
	1학년	2~3학년	4~5학년		
글자 교육	글자 교육				
능력 교육		읽기 및 쓰기 교육			듣기 교육 읽기 교육 말하기 교육 글짓기 교육
		듣기 교육			
		말하기 교육			
	글씨 쓰기 교육				
		글짓기 교육			
지식 교육		기초 원리 지식 교육			

[표 12-1]에서 보듯이, 북한의 국어 교육은 내용 분야를 크게 '글자 교육, 능력 교육, 지식 교육'으로 삼분하고 있다. 그중 능력 교육은 다시 '듣기 교육, 읽기 교육 (읽기 및 쓰기 교육), 말하기 교육, 글짓기 교육'으로 세분된다. 남한과는 달리 문학이 국어과의 하위 내용 영역으로 설정되어 있지 않기 때문에, 언뜻 보면 국어과 내에서 문학 교육의 비중이 높지 않아 보일 수도 있지만 사실은 그렇지 않다. 실제로는 북한 국어과 교과서의 글 제재 중 문학 작품이 60~70%를 차지할 정도로 문학의 비중이 크고(정재림, 2021: 32), 소학교 1학년 때 실시하는 '글자 교육'을 제외하면 모든 학교급의 '능력 교육', '지식 교육' 분야에서 문학이 매우 중요하게 다루어지고 있다. 듣기, 말하기, 읽기, 쓰기와 같이 '능력 교육'에 해당하는 세부 내용 분야에 문학 교육에 해당하는 내용이 두루 포함되어 있고, '지식 교육' 분야에서도 '문법'과 함께 '문학' 지식이 중점적으로 다루어지고 있다.

북한의 국어 교육에서 문학은 국어과를 양분하는 대범주 중 하나로서, 국어과 교육강령 설계의 핵심 기반이다. 2013 국어과 교육강령(고급중학교 '국어문학')의 머리말에서는 '국어문학'을 "학생들에게 우리 말과 글에 대한 지식과 언어 실천 능력을 갖추어 주고", "문학 일반에 대한 기초적인 지식과 능력을 갖추어 주는" 과목으로 규정하고 있다. '국어'의 층위를 '말과 글'과 '문학'으로 설정한 것이다. 이러한 구분은 '교수 목적'과 '교수 목표'에서도 반복하여 기술된다. 이때 '말과 글'은 크게 토막글, 생활적인 말하기, 논리적인 글 등 일상의 언어이며, '문학'은 문학 작품에 특화된 예술의 언어이다. 국어를 일상어와 문학어로 나누는 이분법적 구분

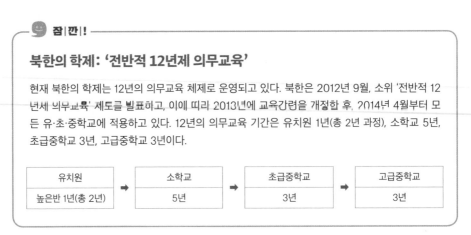

💬 잠|깐|!

북한의 학제: '전반적 12년제 의무교육'

현재 북한의 학제는 12년의 의무교육 체제로 운영되고 있다. 북한은 2012년 9월, 소위 '전반적 12년제 의무교육' 제도를 발표하고, 이에 따라 2013년에 교육강령을 개정한 후, 2014년 4월부터 모든 유·초·중학교에 적용하고 있다. 12년의 의무교육 기간은 유치원 1년(총 2년 과정), 소학교 5년, 초급중학교 3년, 고급중학교 3년이다.

| 유치원 높은반 1년(총 2년) | ➡ | 소학교 5년 | ➡ | 초급중학교 3년 | ➡ | 고급중학교 3년 |

을 교육강령의 설계에서 중요한 기준으로 삼고 있는 것이다(정진석, 2018: 148-149). 이처럼 북한에서는 국어과 내에서 문학이 차지하는 실질적인 비중이 매우 높다.

학교급이 높을수록 중요한 문학 교육

북한에서는 학교급이 올라갈수록 국어과 내 문학 교육 비중이 높아진다. 이러한 양상은 특히 '지식 교육' 분야에서 두드러진다. '지식 교육'은 모든 학교급의 모든 학년에서 이루어지는데, 소학교에서는 문법 지식 중심이다가 초급중학교에 와서 문학 지식이 추가되고 고급중학교에서는 문학 지식이 내용의 대부분을 차지한다. 학교급별 과목명에서도 영역별 위계화의 양상이 선명하게 드러난다. 소학교와 초급중학교에서 '국어'이던 과목명이 고급중학교에 오면 '국어문학'으로 바뀌는데, 이는 단지 명칭만 바뀌는 것이 아니라 실제로 교육 내용의 대부분이 문학 관련 내용으로 채워져 있다.

이처럼 북한의 국어 교육은 학교급에 따른 영역의 위계화 방식을 취하고 있으며, 그러한 위계의 최상위 지점에 문학이 있다. 특히『국어문학』교과서에서는, 학습 활동이 '지식 습득→문학 작품을 매개로 한 다양한 언어 사용 활동→태도 형성'으로 전개되도록 하여 문학을 중심으로 좀 더 심화 발전된 언어 활동을 통해 통합적인 언어 사용 능력을 키우도록 하고 있다(박기범, 2020: 354). 북한 국어 교육의 이러한 학교급별 영역의 위계화는, 남한의 국어 교육이 모든 학교급 모든 학년에서 영역을 '듣기·말하기, 읽기, 쓰기, 문법, 문학, 매체'로 제시하고 있는 것과 비교하여 가장 큰 차이를 보이는 부분이다.

문학, 혁명 인재 양성을 위한 도구

북한의 사회주의 헌법은 사회주의 사상에 입각한 애국자이자 사회주의 건설을 위한 역군 양성을 교육의 목표로 명시하고 있다.

> 제43조: 국가는 사회주의교육학의 원리를 구현하여 후대들을 사회와 집단, 조국과 인민을 위하여 투쟁하는 참다운 애국자로, 지덕체를 갖춘 사회주의건설의 역군으로 키운다(조선민주주의인민공화국 사회주의헌법 제3장 제43조).

북한에서는 이러한 교육의 목표를 달성하는 데 문학이 핵심적인 역할을 담당할 수 있다고 믿는다. 문학을 "학생들에게 자주적인 사상의식과 김정일 애국주의 정신을 심어 주고 그들에게 혁명적이고 풍부한 정서를 키워"(교육위원회, 2013ㄱ: 58) 줄 수 있는 도구로 여기는 것이다. 이러한 도구적 문학관은 '말과 글에 대한 지식과 언어 실천 능력'(교육위원회, 2013ㄷ: 47)의 신장과 함께 '문학을 통한 정치사상 교양과 문화 정서 교양의 실현'(교육위원회, 2013ㄱ: 58)을 국어 교육의 목표로 강조하고 있는 데서도 잘 알 수 있다. 북한에서는 문학의 예술성과 소통성을 이해하고 문학 활동을 경험해 보는 문학 교육에 만족하지 않고, 작품을 '사상미학적으로 뜨겁게 감수'함으로써 '혁명적 세계관'을 갖춘 '강성조선의 믿음직한 역군'이 될 것을 강조한다. 북한 사회가 추구하는 '참다운 애국자', '사회주의 건설의 역군'이 갖춰야 할 정치적·사회적·문화적 이념과 세계관을 문학 교육을 통해 심어 줄 수 있다고 굳게 믿고 있는 것이다.

3 통일 시대 문학 교육의 나아갈 길

통일 시대의 문학 교육 논의에서 가장 많이 언급해 온 개념은 '동질성'과 '이질성'이다. 동질성과 이질성은 통일 시대 문학 교육이 지향해야 할 기본 방향을 비교적 명확하게 제시해 준다. 본래 하나였던 남북한의 언어문화적 동질성을 회복하면서 분단으로 야기된 언어관, 문학관, 교육관의 차이를 완화하거나 극복해 나가야 한다는 것이다(이상일, 2020: 260-261). '동질성과 이질성의 길항'(최홍원, 2019ㄱ)이라 불리는 이러한 기조는 단지 문학 교육뿐만 아니라 통일 시대를 준비하는 모든 교육이 공통적으로 지향해야 하는 기본 방침이라 할 수 있다.

1) 다양성의 공존과 미래 지향적 통합

오늘날 남한과 북한의 문학 교육은 추구하는 인간상, 교육 목표 면에서 근본적인 차이가 있지만, 교육과정상 내용 체계에서는 유사한 점이 없지 않다. 남한의 2022 개정 '문학' 교육과정은 '지식·이해, 과정·기능, 가치·태도'의 범주로 교육 내용을 체계화하고 있는데, 그중 '지식·이해'와 '과정·기능'에 속한 교육 내용의 상당 부분은 북한에서도 '지식 교육, 능력 교육' 분야에서 다루어진다. 또한 북한은 남한의 '가치·태도'에 해당하는 내용 체계 범주를 따로 설정하지는 않았지만, 교육 목표 차원에서 '문학에 대한 관심성을 키워 주는 것'을 명시함으로써 문학에 대한 태도 형성을 강조하고 있다.

그러면 통일 시대 문학 교육의 내용을 남한의 교육과정처럼 '지식·이해, 과정· 기능, 가치·태도'로 나누어 체계화한다고 가정해 보자. 이 세 범주 중 가장 시급하고 중요한 범주는 무엇일까? 물론 장기적으로는 세 범주의 교육 내용을 조화롭게 구성해야 하겠지만, 굳이 가장 중요한 하나를 꼽자면 '가치·태도' 범주일 것이다. 통일 시대 문학 교육을 안정적으로 구상하고 설계하기 위해서는, '남한과 북한에서 각기 다른 문학사적 가치를 지닌 위상을 어떻게 재정립할 것인가?', '남북한이 서로 이질감과 거부감을 느끼는 작품들을 어떤 관점과 태도로 볼 것인가?', '분단기 동안 남북한이 서로 다른 방향으로 지향해 왔던 문학관과 문학 교육관을 어떻게 평가하고 통합해 나갈 것인가?'와 같이 서로의 차이와 이질성을 부각하는 질문들에 먼저 답할 수 있어야 한다.

그렇다면 통일 시대 문학 교육은 이러한 남북 간 이질성에 대하여 어떤 관점과 태도로 임해야 하는가? 이 물음에 대해 문학 교육 전문가들은 '상호 존중과 포용의 태도'를 기본 입장으로 취해야 한다고 입을 모으고 있다. 남한과 북한이 어느 한쪽의 관점에서 일방적으로 상대방을 개조하려거나 포섭하려고 할 것이 아니라 '서로의 언어와 문학에 대한 시각차를 확인하고 성찰하는 것으로 출발하여 다름을 다양성으로 인식하고 그 괴리와 갈등을 지속적으로 대화와 공론의 주제로 삼아야 한다.'(정진석, 2018: 168)는 것이다. 비록 지금은 둘로 나뉘어 있더라도 언젠가 남북한이 통일의 길로 들어서는 때가 올 때, 서로의 차이를 인정하면서 상호 공존을 지향하는 태도가 남북의 진정한 통합과 공존을 가능케 하는 초석이 될 것이다.

2) 동질성의 탐구와 발견

남북한은 오랫동안 동일한 언어, 역사, 문화를 공유해 왔다. 분단 이후 극심한 사회적 단절로 인해 언어문화의 동질성이 상당 부분 훼손되었고, 민족주의에 입각하여 동질성을 강조하는 것이 부적절하다는 우려도 없지는 않지만, 여전히 '연대와 공존을 위한 공통된 기반으로서의 민족'(김대행, 2008: 29) 개념은 남북 통일의 가장 핵심적인 이유로 인정받고 있다.

통일 시대 문학 교육이 민족적 동질성을 회복하는 방향으로 나아가야 한다는 주장은 자연스레 분단 이전의 문학 작품과 언어 자료에 담긴 사유와 정서의 전통으로 이목을 집중시킨다. 일찍부터 고전문학을 통일 시대 문학 교육의 중요한 거치점으로 인식해 온 것(김승호, 2014; 한길연, 2015)도 이러한 맥락에서이다. 고전문학은 민족의 문화적·정서적 동질성을 담고 있고 상대적으로 정치적 이념성이 약하여 남북한이 큰 갈등 없이 활용할 수 있는 현실적인 대안이라 여겨졌던 것이다. 실제로 현재 북한의 '국어', '국어문학' 교과서에는 〈홍길동전〉, 〈춘향전〉, 〈홍부전〉, 〈박씨전〉, 〈관동별곡〉 등의 고전문학 작품과, 김소월의 〈초혼〉(1925), 최서해의 〈탈출기〉(1925) 등 남한의 학교 교육에서도 익숙한 분단 이전 작품들이 다수 수록되어 있다. 비록 이 작품들이 교과서에 수록된 배경과 이유, 수록 장면과 맥락, 작품의 해석 및 접근 태도 등에서는 분명한 차이가 있지만, 남북한이 다수의 분단 이전 작품들을 제재로 공유하고 있다는 점은 통일 시대 문학 교육이 민족적 동질성을 지향할 수 있는 현실적 기반이 된다고 하겠다.

그러면 통일 시대 문학 교육에서 민족적 동질성을 어떻게 다루어야 할까? 분명한 점은 분단 이전 작품에 담긴 동질성의 요소들을 명제적 지식으로 학습하는 데 그친다거나, 동질성이 획일화된 민족주의로 변질되어 오히려 우리 사회의 문화적 다양성을 부정하고 축소하는 근거로 사용되어서는 안 된다는 것이나. 민족직 동질성은 어디까지나 다양성의 가치와 상호보완적 관계를 맺을 때 의미가 있다. 아울러 동질성은 단지 과거로부터 이어진 고정된 실체가 아니라 남한과 북한이 통일을 위해 함께 미래를 향해 나아가면서 새로이 구성할 수 있는 관념과 정서일 수 있다는 점도 고려해야 한다. 동질성은 외부로부터 주어지는 지식이나 이데올로기가 아니라, 남북한의 학생들이 문학을 수용하고 생산하는 활동을 통해 작품에 스며 있는 민족 공동체의 가치를 스스로 탐구하고 발견하는 내적 경험일 때 '연대와 공존을 위한 기반'으로 작용할 수 있는 것이다.

3) 이질성의 상호 존중과 포용

통일 시대 문학 교육이 민족적 동질성에만 주목할 수는 없다. 동질성의 강조만으로 남북한의 미래 지향적 통합을 효과적으로 견인할 수 없기 때문이다. 이 점은 독일 통일의 사례를 통해서도 알 수 있다. 독일은 제2차 세계대전 패전의 영향으로 동서로 분단되었다가 1990년에 서독이 몰락해 가던 동독을 흡수 통합하는 방식으로 통일을 이루었다. 통일 이후 독일은 동서 화합을 위해 동질성을 강조했는데, 시간이 지나면서 오히려 동독인들은 통일독일인이 아닌 동독인으로서의 정체성을 강화하게 되는 경우가 많았다고 한다(장지혜, 2016: 116-122). 이러한 독일의 사례가 아니더라도 동질성의 강조만으로는 남북한의 효과적인 통합을 기대하기 어렵다. 남북한의 문학 교육은 현실적으로 상당한 간극과 차이를 보이고 있으므로, 통일 시대의 문학 교육은 남북한의 통합을 저해할 수 있는 이질성의 문제에 더 관심을 쏟아야 한다.

현재 남한과 북한의 문학 교육이 지닌 근본적인 이질성은 다음과 같다(김대행, 2008: 22-26).

첫째, 남북한은 기본적으로 상이한 문학관을 바탕으로 문학 교육을 설계하고 실천해 왔다는 점에서 근본적인 차이가 있다. 남한에서는 문학을 언어 예술이나 사회적 소통의 관점에서 보는 데 반해 북한에서는 정치적 이념의 실현을 위한 도구로 간주하므로, 남북한의 문학 교육은 그 출발점부터가 완전히 다르다. 북한은 문학을 예술적 감수성의 소산이나 취미 생활의 자료로 보지 않으며, 생활 이외의 활동으로 보지도 않는다. 오히려 문학이 가진 강력한 감염 효과를 강조함으로써 공산주의적 교양의 수단으로 보는 도구적 문학관을 취하고 있다.

둘째, 문학 교육에 접근하는 태도에서도 남북한은 근본적인 차이를 보인다. 남한의 문학 교육은 문학에 대한 지식, 작품의 이해와 감상을 중시해 왔던 데 비해,

북한의 문학 교육은 사상성을 중시해 왔다. 북한 문학 교육이 수령 형상을 강조하고 우상화하는 작품들을 비중 있게 다루면서 사상미학적 교양을 강조하는 것도 기본적으로 문학을 사회 체제를 뒷받침하는 이념의 도구로 인식하기 때문이다. 이에 반해 남한의 문학 교육은 오랫동안 문학을 해석과 설명의 대상으로 인식해 왔다.

셋째, 문학 교육의 제재 선정과 활용 면에서 남북한은 근본적으로 다른 시각을 지니고 있다. 북한의 문학 교육은 문학에 대해 '진보적 문학'과 '반동적 문학'으로 엄격하게 구분하는 선별적 시각을 지니는 데 비해 남한은 문학에 대한 보다 포괄적인 시각으로 작품을 선택한다는 차이가 있다. 북한의 문학은 '문예 정책의 6대 원칙(① 당성·노동계급성·인민성의 원칙, ② 민족적 특성의 원칙, ③ 사회주의적 사실주의 원칙, ④ 군중문학의 원칙, ⑤ 작가의 혁명화·노동계급화 원칙, ⑥ 문학예술인에 대한 당의 영도 원칙)'(김대행, 1990: 36-43)에 부합하지 않으면 반동적 문학으로 간주되었으며, 문학 교육의 대상이 될 수 있는 작품도 소위 진보적 문학에 한정되어 왔다. 이에 비해 남한의 문학 교육은 상대적으로 순수문학을 강조하면서 보다 다양한 경향의 작품들을 교과서에 수록하고 문학 수업에 활용하려 노력해 왔다.

언어와 문학의 이질성은 원활한 의사소통을 방해하고 자칫 사회적인 갈등과 충돌로도 번질 수 있다는 점에서 통일 시대 문학 교육이 우선적으로 해결해야 할 중요한 문제가 아닐 수 없다. 현재 남북한의 문학 교육은 서로가 상대방의 문학에 대해 심리적 거부감을 느낄 정도로 이질화되어 있지만, 문학 교육의 이질성은 하루아침에 해결할 수 있는 문제가 아니다. 이질성 문제의 해결은 남북한이 지속적인 대화와 소통을 통해 긴 호흡으로 해결해 나가야 할 중장기적이고 근본적인 교육 과업이다. 남북한이 상호 이해와 존중의 태도로 통일 시대 문학 교육을 꾸준히 준비해 나가다 보면, 이러한 이질성들이 새로운 공존과 번영을 위한 다양한 지평으로 승화되는 통일의 그날이 어느새 우리 눈앞에 다가와 있을 것이다. | 이상일

참고문헌

교육부(2022), 『국어과 교육과정』, 교육부 고시 제2022-33호[별책5].

교육위원회(2013ㄱ), 『제1차12년제의무교육강령(고급중학교)』, 평양: 교육위원회.

교육위원회(2013ㄴ), 『제1차12년제의무교육강령(소학교)』, 평양: 교육위원회.

교육위원회(2013ㄷ), 『제1차12년제의무교육강령(초급중학교)』, 평양: 교육위원회.

권순희(2018), 「2013년 개정 북한 국어 교과서 분석」, 『국어교육학연구』 53(3), 5-47.

김대행(1990), 『북한의 시가문학』, 문학과 비평사.

김대행(2000), 『문학교육 틀짜기』, 역락.

김대행(2008), 『통일 이후의 문학교육』, 서울대학교출판부.

김미혜(2009), 「다문화 교육의 관점에서 본 북한 서정시와 문학교육」, 『국어교육학연구』 34, 175-209.

김선일 외(2015), 『국어문학: 고급중학교 3』, 평양: 교육도서출판사.

김승호(2014), 「통일 시대를 대비한 고전문학」, 『국어국문학』 168, 51-74.

김진숙 외(2016), 『통일 대비 남북한 통합 교육과정 연구 II: 총론, 국어, 사회과를 중심으로』(연구보고 RRC 2016-2), 한국교육과정평가원.

김진숙 외(2017), 『통일 대비 '남북한 통합 교육과정 연구 III: 총론, 중등 국어과, 중등 사회과를 중심으로』(연구보고 RRC 2017-4), 한국교육과정평가원.

라성학 외(2013), 『국어문학교수참고서(고급중학교 제1학년)』, 평양: 교육도서출판사.

리근세 외(2015), 『국어: 초급중학교 3』, 평양: 교육도서출판사.

리수향 외(2013), 『국어: 소학교 1』, 평양: 교육도서출판사.

리수향 외(2014ㄱ), 『국어: 소학교 2-1』, 평양: 교육도서출판사.

리수향 외(2014ㄴ), 『국어: 소학교 2-2』, 평양: 교육도서출판사.

리수향 외(2014ㄷ), 『국어: 소학교 3-1』, 평양: 교육도서출판사.

리수향 외(2014ㄹ), 『국어: 소학교 3-2』, 평양: 교육도서출판사.

박기범(2019), 「북한 초급중학교 국어 교과서에 나타난 북한 문학교육의 특성」, 『한국문학논총』 81, 55-89.

박기범(2020), 「고급중학교 『국어문학』 교과서에 나타난 북한 문학교육의 특성: 현대소설/영화 단원을 중심으로」, 『국어문학』 73, 353-395.

변경가·권순희(2019), 「북한 고급중학교 『국어문학』에 수록된 제재 양상 및 특징: 김정은 시대의 2013 교육강령 및 교과서를 대상으로」, 『우리말연구』 56, 211-239.

우인철 외(2013), 『국어: 초급중학교 1』, 평양: 교육도서출판사.

우인철 외(2014), 『국어: 초급중학교 2』, 평양: 교육도서출판사.

이경화·김정우(2021), 「북한의 시 교육 연구: 초급중학교와 고급중학교 교과서의 작품과 학습 활동을 중심으로」, 『문학교육학』 73, 223-255.

이상일(2006), 「북한 교과서의 고전문학 작품 선정 원칙과 수록 체제」, 『고전문학과 교육』 12, 131-158.

이상일(2020), 「'남북한 공통국어' 교육 내용 선정의 쟁점과 과제: 중등 문학교육을 중심으로」, 『국어교육학연구』 55(3), 251-281.

이향근(2018), 「북한 김정은 체제의 소학교 국어 교과서 단원 구성과 수록 제재의 특성 분석」, 『교육연구』 73, 23-41.

장지혜(2016), 「타자성과 정체성 개념을 중심으로 한 통일 시대 국어교육의 방향」, 『국어교육』 155, 107-130.

전우택(2000), 『사람의 통일을 위하여』, 오름.

정재림(2021), 「북한 고급중학교 현대문학교육의 성격과 특징」, 『한국어문교육』 35, 31-54.

정진석(2018), 「북한의 2013 개정 교육강령에 나타난 북한 문학교육의 내용 분석」, 『국어교육연구』 68, 145-174.

조선민주주의인민공화국 사회주의 헌법(제15호, 2019. 8. 29. 시행).

주재우(2018), 「김정은시대의 북한 초급중학교 국어교과서 분석」, 『독서연구』 48, 133-163.

진선희(2020), 「'남북한 공통국어' 교육 내용 선정의 쟁점과 과제: 초등 문학 교육을 중심으로」, 『국어교육학연구』
    55(1), 237-264.

최미숙(2020), 「'남북한 공통국어' 과목의 교육과정과 교과서 개발 방향」, 『국어교육학연구』 55(1), 293-321.

최학 외(2014), 『국어문학: 고급중학교 2』, 평양: 교육도서출판사.

최홍원(2019ㄱ), 「동질성과 이질성의 길항과 통일 문학교육의 도정: 교육과정과 교과서를 통해 본 통일
    문학교육의 방향과 과제」, 『문학교육학』 62, 41-87.

최홍원(2019ㄴ), 「북한 문학교육을 통한 문학교육론의 투시와 성찰: 북한의 2013 개정 교육과정 및 교과서를
    중심으로」, 『문학교육학』 64, 343-384.

한길연(2015), 「한민족 통일시대를 위한 고전소설의 성찰과 모색」, 『어문학』 127, 255-288.

황금순 외(2013), 『국어문학: 고급중학교 1』, 평양: 교육도서출판사.

13장 **세계문학과 문학 교육**

1827년 독일의 문호 요한 볼프강 폰 괴테(Johann Wolfgang von Goethe)는 자신의 동료 요한 페터 에커만(Johann Peter Eckermann)에게 '세계문학의 시대'가 도래했음을 다음과 같이 알렸다.

"민족 문학이라는 것은 오늘날 별다른 의미가 없고, 이제 세계문학의 시대가 오고 있으므로 모두들 이 시대를 촉진시키도록 노력해야 해."(Eckermann/장희창 역, 2008: 324)

그러나 200여 년이 지난 현재에도 문학을 통한 전 세계의 활기찬 소통을 원했던 괴테의 세계문학에 대한 희망은 여전히 숙제로 남아 있다.

오늘날 우리는 다양성과 상호문화성의 가치가 존중받는 세계화 시대를 살아가고 있다. 이제 문학 교육도 한국 문학의 울타리를 과감히 벗어나 세계문학의 광야로 달려 나갈 때이다. 그곳은 우리에게 설렘과 즐거움을 주는 새로운 문학 경험들로 가득 차 있을 것이다.

1 세계문학이란 무엇인가?

1) 세계문학 개념의 복잡성

세계문학이란 어떤 문학을 말하는가? 세계문학 교육에 대하여 본격적으로 논의하기 전에 세계문학의 개념을 명확하게 규정할 필요가 있을 것이다. 하지만 이는 생각보다 녹록지 않다. 직관적으로는 세계문학을 '전 세계에 존재하는 모든 문학', 또는 '세계적인 문학'이라고 규정해 볼 수 있다. 하지만 '전 세계의 모든 문학'을 의미하는 세계문학 개념에 대해서는 이미 많은 문학가들이 반론을 제기한 바 있고, '세계적인 문학'이라는 말도 그 의미가 불명확하다. 세계적인 문학이 '세계적으로 유명한 문학'인지, '세계적으로 작품성을 인정받는 문학'인지, '세계인들의 관심사나 국제 정세를 반영한 문학'인지 '세계적'이란 말의 다의성과 모호성이 해소되지 않기 때문이다.

세계문학이 얼마나 복잡하고 다양한 의미의 개념인지는 한 문학 연구자의 다음 진술을 통해서도 잘 알 수 있다.

> 세계문학은 대상인가, 이론인가, 개념인가, 사조인가, 분과학문인가, 생산·유통·소비인가, 조건인가, 패러다임인가? 아니면 독서의 한 유형인가, 교육적 실천인가, 새로운 형태의 정전 형성인가? 그것도 아니라면 프랑코 모레티의 주장대로 "새로운 비평 방법을 요구하는 하나의 문제"인가? 세계문학에 대한 정의는 바로 이 물음에 들어 있다고 하여도 크게 틀리지 않는다. 어떤 의미에서 포스트모더니즘의 큰 범주에 포섭되고 정보화 시대의 세계화와 밀접하게 관련된 세계문학은 이 모든 것을 함께 아우른다고 할 수 있다.
>
> (김욱동, 2020: 307)

이렇듯 세계문학은 누가, 왜, 어떤 관점, 어떤 맥락에서 접근하는가에 따라 다양한 의미를 가지게 되는 일종의 '돌아다니는 개념(traveling concept)'이다(박성창, 2013: 7). 괴테의 세계문학론이 제기된 지 200여 년이나 지났음에도 오늘날 세계문학 담론이 재개되어 활발하게 전개된 것은 1990년대 중반 이후의 일이다. 세계문학은 여전히 '갓 태어난 갓난아이와 같아서 아직도 골격이 형성되고 있는 단계'(김욱동, 2020: 306)에 있는 것이다.

2) 다양한 세계문학의 의미

그렇다면 오늘날 '세계문학'은 어떤 의미로 사용되고 있을까? 세계문학은 구체적으로 어떤 문학을 가리키며 그 실체는 무엇일까? 우리나라에서 통용되고 있는 다양한 '세계문학'의 의미를 살펴보자.[1]

한국 문학이 아닌 문학

우리나라에서 세계문학은 세계 각국의 문학을 한국 문학에 상대하여 이르는 말로 쓰인다. 우리가 대체로 세계문학이라고 하면 한국 문학이 아닌 외국 문학을 떠올리게 되는 것도 이와 관련된다. 한국 문학은 '한국인 작자가 한국인 수용자를 상대로 한국어로 창작한 문학'(조동일 외, 2015: 14)으로서, 오랜 기간 단일 민족의 정체성을 유지했던 한국인의 생활, 사상, 정서를 반영하고 있다. 그래서 한국 문학은 다른 문화권의 문학에 비해 상대적으로 한국인의 국민 문학이자 민족 문학으로서의 위상을 강하게 점하고 있다. 이로 인해 우리가 별다른 조건 없이 '세계문학'을 거론할 때에는 국외 문학, 외국 문학, 해외 문학을 가리키는 경우가 많다.

세계적인 고전과 명작

세계문학은 오랜 시간에 걸쳐 인류에게 읽히는 문학으로서, 고전(classic) 혹은 명작(masterpiece)을 가리키기도 한다. 『시경』, '그리스 로마 신화', 플라톤의 '대화'와 같이 세계문학으로 불리는 작품 중에는 오랫동안 세계적으로 그 가치를 인정받아 온 고전들이 있으며, 이들 중에는 문학뿐만 아니라 역사, 철학, 예술, 과학 등 다른 분야의 고전이 일부 포함되기도 한다. 또한 세계적으로 가치를 인정받는 문학 명작이나 걸작을 가리켜 세계문학이라 부르기도 하는데, 이들 중 비평가들에 의해 반복적으로 칭송받고 문학 교육의 제재로 꾸준히 중용되는 작품들은 정전(canon)의 반열에 오르기도 한다. 이러한 고전, 명작, 정전의 목록은 고정불변의 것이 아니라 시대적·사회적 관심사와 가치관에 따라 계속 변화하고 재구성된다.

....

1   세계문학의 개념에 관한 내용은 이현우(2007: 83-84)를 참고하여 재구성하였다.

보편적인 인간성을 추구한 문학

특정 국민 문학이나 민족 문학 중에서 보편적인 인간성을 반영하거나 추구하는 문학을 세계문학이라 부르기도 한다. 이러한 의미의 세계문학은 세계 곳곳에 있는 국민 문학 또는 민족 문학에 대응하는 것으로 일찍이 독일의 문호 괴테가 제안한 '세계문학(Weltliteratur)'과 그 의미가 유사하다. 괴테는 만년에 보편적인 인간성을 추구한 문학으로서의 세계문학 개념을 제안하며, "민족들이 동일하게 사고해야 한다는 것이 아니라 서로를 알아보고 이해하며 서로를 사랑하지는 못할지라도 최소한 허용하는 것을 배워야 한다."(류수열 외, 2014: 400)고 주장했다. 괴테가 말한 세계문학은 '민족 문학과 민족 사이를 중개하고 각 민족의 정신적 자산을 교환하는 문학'으로서 '여러 국민들로 하여금 문학적인 방법으로 서로 알고, 이해하고, 평가를 내리고, 존중하고 허용하는 것을 배울 수 있게 하는 모든 것을 포함'(윤태원, 2005: 287에서 재인용)하는 포괄적인 개념이다. 괴테는 세계문학을 특정 문학 작품들이 아니라 문학을 통해 다양한 민족과 국가가 상호간의 문화를 존중하며 교류해 나가자는 일종의 '문학 운동'에 가까운 의미로 사용했다.

세계적인 베스트셀러

세계적인 베스트셀러 문학 작품을 가리켜 세계문학이라 칭하기도 한다. J. K. 롤링(J. K. Rowling)의 《해리포터(Harry Potter)》 시리즈나 J. R. R. 톨킨(J. R. R. Tolkien)의 《반지의 제왕(The Lord of the Rings)》과 같은 판타지 소설은 전 세계적인 인기를 끌며 많은 언어로 번역되었고, 영화로도 제작되어 크게 흥행하였다. 무라카미 하루키(村上春樹)나 파울로 코엘료(Paulo Coelho) 같은 유명 작가들의 작품도 전 세계의 문학 시장에서 소위 '잘나가는' 베스트셀러이다. 그러나 작품의 대중적 인기가 꼭 작품성을 대변하는 것은 아니며, 비록 상업적인 성공을 거둔 작품이라 하더라도 고전이나 정전의 지위까지 보장받지는 못한다. 이런 점에서 세계적인 베스트셀러로서의 세계문학은 고전이나 명작으로서의 세계문학과 뚜렷이 구별된다.

전 세계의 모든 문학

세계 곳곳에 있는 모든 문학을 통틀어 세계문학이라 부르기도 한다. 이는 작품에 대한 평가를 최대한 배제한 가치중립적인 개념으로서, 프랑스의 문학가 르네 에티앙블(René Etiemble) 등이 주장하였다. 세계문학에 대한 이러한 넓은 정의는 기존에 세계문학 담론을 주도해 오던 서구 중심주의에 맞서 비서구권 문학에도 관심을 두겠다는 의지의 표현이기도 하다. 지구촌의 여러 국민 문학, 민족 문학, 지역 문학이 이미 오래전부터 서로 교류하고 상생해 왔다는 점을 강조하면서 세계문학을 "전 세계에 존재하는 다양한 문학들의 총체"라고 규정하는 것이다. 그러나 이러한 세계문학 개념에 대한 반론도 만만치 않다. 지구촌에 존재하는 모든 문학을 세계문학이라고 해 버리면, 이는 일반적인 의미의 '문학'과 변별되지 않아 굳이 '세계'라는 말을 붙여 세계문학이라 부를 필요가 없어진다는 것이다.

댐로시의 세계문학론: '체제론'에서 '관계론'으로

세계문학의 개념과 성격에 대한 최근의 대표적인 논의로 미국의 비교문학자 데이비드 댐로시(David Damrosch)의 세계문학론을 꼽을 수 있다. 댐로시는 『세계문학이란 무엇인가?(*What is World Literature?*)』(2003)라는 저서에서 세계문학을 '고정된 정전'이 아니라 '독서와 유통의 유형'으로 파악하였다. 그는 세계문학을 '유통', '번역', '생산'의 세 부분으로 나누어 다루었는데, 어떤 문학 작품이 세계문학이 되기 위해서는 자국에서 창작되어 독자들에게 읽히는 '유통', 언어의 벽을 넘어 세계 문단으로 나아가기 위한 '번역', 그것이 목표 문화권에서 받아들여져 읽히는 '생산'의 과정을 거치게 된다고 하였다(김욱동, 2020: 338-339). 댐로시가 말하는 세계문학은 결국 창작된 언어문화권을 벗어나서 널리 유통되고 향유되는 문학 작품을 가리킨다. 그의 세계문학론은 기존의 '체제론적' 시각이 아닌 '관계론적' 시각으로 세계문학을 이해할 수 있는 전기를 마련했다는 점에서 큰 의의가 있다.

이처럼 우리나라에서 세계문학이란 용어는 다양한 의미로 사용되고 있으며, 세계문학의 개념과 성격을 새롭게 규정하려 하거나 기존의 개념을 수정·보완하려는 시도도 여전히 활발하게 진행 중이다. 다만, 지금까지 논의되어 왔던 세계문학 담론을 종합적으로 고려할 때, 현재의 시점에서 세계문학은 '비록 특정 언어문화권에서 창작되었다고 할지라도 세계적으로 그 문학적 가치를 인정받으며 언어와 문화의 장벽을 넘어 널리 향유되는 문학'이라 정의할 수 있을 것이다.

3) 세계 문학 담론에 대한 비판적 시각

서구 문학 중심의 불평등한 세계문학

우리는 윌리엄 셰익스피어(William Shakespeare), 요한 볼프강 폰 괴테(Johann Wolfgang von Goethe), 빅토르 위고(Victor Hugo), 미겔 데 세르반테스(Miguel de Cervantes) 등을 세계적인 작가로 떠올리고 그들의 대표작들을 세계문학으로 인정하는 데 주저하지 않는다. 물론 오늘날에는 비서구권 작품들이 세계문학으로 인식되는 경우도 늘어났지만, 여전히 세계문학의 장은 서구 문학이 주도하고 있다고 해도 과언이 아니다. 19세기 초 괴테의 세계문학론부터 오늘날까지 세계문학에 대한 이론적 논의들을 서구의 문학가들이 주도해 왔으니, 세계문학 담론은 태생적으로 서구 중심, 자본주의 중심의 권력 구조를 지닐 수밖에 없었던 것이다. 세계문학에 대한 대표적인 이론가인 프랑코 모레티(Franco Moretti), 파스칼 카사노바(Pascale Casanova)의 '세계문학 체제', '세계문학 공화국(La République mondiale des Lettres)'과 같은 용어들도 세계문학의 장이 평등과 자율의 원칙에 따르는 곳이 아니라 중심부와 주변부 간의 경쟁적이고 불평등한 국제적 위계질서가 존재하는 곳임을 시사한다.

국내 학자들도 세계문학 담론의 공공연한 서구 중심주의에 대해 비판의 목소리를 높이고 있다. 기존의 서구 중심 세계문학 담론이 '가상의 문학 공간을 자유와 평등의 원칙이 적용되는 매우 이상적인 세계 공화국으로 신화화하면서 그들의 거대 문학 담론에 더욱 많은 문학적, 실제적 자본을 끌어들이고 스스로를 세계문학 담론의 원천이자 핵심부로 강화하고 세계문학 시장에서 더욱 강력한 영향력을 행사'(한지희, 2010: 307)하려 한다는 것이다. 이러한 주장을 펴는 문학가들은, 서구권 학자들이 주장하는 세계문학의 보편성이 서구의 문화 자본과 권력에 의해 만들어진 이데올로기에 불과하다고 평가하며, 비서구권 문학 작품들이 세계문학 목록에 간간이 유입되는 것도 서구의 자본주의와 미학적 가치 기준에 따른 교묘한 검열의 결과일 뿐이라고 비판한다.

새로운 세계문학을 향한 목소리

최근의 세계문학 담론들은 기존의 서구 중심 세계문학을 비판적으로 성찰하면서 새로운 세계문학 개념을 정립하기 위해 노력하고 있다. 예컨대, 세계문학론을 '서구 중심의 고전 목록이 아니라 각 나라의 문학 문화 전통을 보유하고 있는 작품들'(김미영, 2015: 13)로 규정하거나, 체제론적 시각이 아닌 관계론적 시각에서 '미래의 다문화적 세계의 공동체 문학을 위해 새롭게 거듭나야 하는 세계문학'(정윤길, 2015: 208)을 주장하거나, '세계문학 공간의 불균등한 현실을 직시하면서 동시에 주변부 문학의 적극적 역할을 감안하는 세계문학'(김용규, 2016: 210)으로의 변모를 추구하는 일련의 논의들은 그러한 노력의 소산이다. 세계문학에 대한 이러한 비판적 성찰의 밑바탕에는 공통적으로 세계문학을 더 이상 서구 중심의 고정된 가치 평가 체제가 아니라 다양한 문화권의 문학을 아우르는 상호문화적 문학 소통의 과정으로 이해하겠다는 의지가 담겨 있다.

2 세계문학 교육, 왜 해야 하는가?

1) 세계문학으로 만나는 '너'와 '나'

한국 문학 교육에서 문학 교육으로

우리나라의 문학 교육은 오랫동안 한국 문학 교육이나 다름없었다. 우리의 문학 교육이니 한국 문학을 중심으로 하는 것이 지극히 자연스러운 현상이라 여기기도 했거니와, 광복 이후의 국어 교육이나 문학 교육에서 민족 문학을 강조하던 관성이 큰 저항 없이 지속되어 온 것도 주요 원인 중 하나였다. 그러나 세계화 시대, 다문화 사회로 들어선 오늘날의 언어문화 환경을 고려하면, 한국 문학에 편중되어 있는 현재의 문학 교육은 시대착오적이고 협소하다는 인상을 준다. 우리 사회가 추구하는 기본적인 가치가 '다양성'이라는 점에서 이는 심각한 문제가 아닐 수 없다. 문학 교육의 내용과 방법이 한국 문학의 울타리를 벗어나 세계문학의 장으로까지 확장될 때 비로소 명실상부한 '문학 교육'으로 거듭날 수 있을 것이다.

세계문학 교육의 효용

문학 교육이 한국 문학 교육에서 세계문학 교육으로 그 지평을 확장할 때 다음과 같은 교육적 효과를 기대할 수 있다.

첫째, 세계문학 교육을 통해 보다 다채로운 문학 경험을 할 수 있다. 물론 한국 문학을 통해서도 인간과 세계에 대한 다양한 인식과 사유를 만날 수 있다. 그러나 그 범위가 세계문학으로까지 확장된다면 문학을 통한 학습자의 인식과 경험의 폭은 폭발적으로 확대될 수 있다. 〈춘향전〉과 〈운영전〉만 읽은 독자보다 〈로미오와 줄리엣〉(1594), 〈젊은 베르테르의 슬픔〉(1774), 〈홍루몽〉을 두루 읽은 독자가 사랑, 인간, 문학에 대하여 보다 다양하고 고차원적인 인식과 사유를 경험할 수 있지 않겠는가.

둘째, 낯설고 이질적인 세계문학 작품과의 만남을 통해 상호문화적 소통 능력을 향상할 수 있다. 낯선 세계문학 작품과의 만남은 독자의 내면에 문화적 충격을 주어 국지적이고 제한된 경험에서 비롯된 고정관념이나 편견을 성찰할 수 있게 해 준다. 그리고 이러한 교육적 성찰은 다른 언어문화권의 구성원들과 상호문화적으로 소통할 수 있는 정신적·문화적 기반을 다져 준다. 19세기 초 괴테가 지향했던 세계문학론의 요체도 다름 아닌 문학을 통한 상호문화적 교류와 소통에 있었다.

셋째, 세계문학을 통해 한국 문학의 특수성과 보편성을 더 깊이 이해하고 한국 문학 담당층으로서의 문화적 정체성을 강화할 수 있다. '한국 문학의 보편성과 특수성'은 제6차 국어과 교육과정부터 현재까지 줄곧 문학 교육의 핵심 내용 중 하나였다. 2022 개정 문학 교육과정에도 "[12문학01-05] 한국 작품과 외국 작품을 비교하며 읽고 한국 문학의 보편성과 특수성을 파악한다."(교육부, 2022: 137)가 성취기준으로 제시되어 있다. 한국 문학과 외국 문학을 비교하며 읽음으로써 다른 문화권의 인식과 사유를 경험하고, 이를 통해 한국 문학의 보편성과 특수성을 보다 깊이 이해하고 한국 문학 담당층으로서의 정체성을 강화해 나갈 수 있다.

2) 세계문학 교육의 지향

세계문학 교육은 문학 교육의 자장 안에서 이루어지므로, 기본적으로 문학 교육의 일반적 목표를 지향한다. 2022 개정 문학 교육과정의 경우, 문학 교육의 목표를 '지식·이해', '과정·기능', '가치·태도'의 세 범주로 나누어 제시하고 있는데, 지식·이해 범주에서는 '문학의 본질과 가치, 한국 문학의 성격과 역사에 대해 체계적으로 이해'하는 것을, 과정·기능 범주에서는 '문학 작품의 수용과 생산 활동을 통해 문학 소통 능력과 창의적 사고 능력을 함양'하는 것을, 가치·태도 범주에서는 '문학을 통해 자아를 성찰하고 타자를 이해하며 공동체의 문제에 공감하고 참여하는 태도를 기르는 것'을 목표로 삼고 있다(교육부, 2022: 136). 세계문학 교육은 이러한 문학 교육의 일반적 목표를 달성하는 데 기여할 수 있으며, '세계시민적 교양의 형성', '문학·문화 비교 문식성 함양'이라는 별도의 목표를 추가로 설정할 수 있다.

세계시민적 교양 형성과 문학·문화 비교 문식성 함양

세계문학의 장 속에 있는 고전이나 정전, 낯설고 이질적인 작품들을 접하면서 학습자는 문화적 다양성을 체험하고 자신의 인식과 사유의 지평을 넓혀 나갈 수 있다. 그리고 이러한 지평의 확장을 통해 문화의 다양성을 관용의 태도로 받아들이면서 그것을 자양분으로 삼아 자기를 성찰하고 확장할 수 있는 세계시민적 교양의 점진적인 형성을 도모할 수 있다(류수열 외, 2014: 401).

2000년대 이후 우리나라는 급속하게 다문화 사회로 접어들었고 이에 따라 문화의 다양성을 존중하자는 다문화주의, 다양한 문화 간 평등한 교류와 소통을 강조하는 상호문화주의가 중요한 교육적 화두로 떠올랐다. 기존의 문학 교육은 이 문제를 주로 한국 사회 안에서 다문화 가정이나 이주 노동자들이 겪는 갈등과 고통을 다룬 작품들을 중심으로 다루어 왔는데, 한국 사회의 문화적 차별에만 초점을 맞춘 이러한 미시적 접근 방식으로는 다문화주의와 상호문화주의의 근본적 이상을 실현하기 어렵다. 학습자가 '서로 다른 삶에서 나온 다양한 문학과 문화를 비교할 수 있는 능력, 즉 문학·문화 비교 문식성'(김성진, 2015: 36)을 충분히 갖추었을 때 비로소 다문화주의와 상호문화주의의 이상에 더욱 가까이 다가설 수 있다. 이러한 '문학·문화 비교 문식성'을 기르는 데 가장 효과적인 방법이자 근본적인 토대가 되는 것이 바로 세계문학 교육이다.

3) 세계문학 교육의 실천을 위한 토대

세계화 시대, 글로컬 시대, 다문화 시대를 맞아 문화 간 교류와 소통이 그 어느 때보다 중요해졌고, 이에 따라 문학 교육도 한국 문학 교육을 넘어 세계문학 교육으로 나아가야 하는 상황에 처하게 되었다. 그러나 세계문학 교육으로의 원활한 이행을 위해서는 먼저 그 토대가 마련될 필요가 있다. 그러면 세계문학 교육의 실천을 위해 어떤 토대가 갖추어져야 할까?

세계문학이 숨 쉬는 문학 교육 생태계 구축

세계문학 교육의 안정적인 실천을 위해서는 무엇보다도 문학 교실 안팎에서 학습자가 세계문학을 자연스레 경험할 수 있는 문학 교육 생태계가 구축되어야 한다. 학습자가 문학 수업이나 독서 활동에서 한국 문학뿐만 아니라 세계문학 작품들을 자주 만날 수 있는 생태학적 세계문학 독서 환경이 조성되어야 한다는 것이다. 이를 위한 효과적인 방안 중 하나는 국어과 교과서의 세계문학 작품 수록 비중을 높이는 것이다. 현재 2015 개정 초·중·고 국어과 교과서에 수록된 문학 작품 중 외국 문학 작품의 비율은 10% 미만이며, 그마저도 학교급이 올라갈수록 낮아지는 경향을 보인다. 제6차 교육과정 때 '국어과에서 교수·학습 자료로 제시하는 문학 작품 중 20% 정도를 외국 문학 작품에 할애'(윤여탁, 2013: 69)했던 것에 비하면 30여 년이 지난 현재 그 절반 수준에도 못 미치는 상황이 되었다. 이처럼 외국 문학 작품의 수록 비율이 낮은 것은 세계화 시대, 다문화 시대에 문학 교육이 나아가야 할 방향에 역행하는 것이다. 다만, 국어과 교과서의 문학 작품 수록과 관련된 사항은 국어과 교육과정, 교과서 개발 지침 등과도 연관되어 있는 문제이므로 먼저 국가 수준에서의 정책적인 해결 노력이 선행되어야 한다.

교과서에 세계문학 제재가 충분히 수록되어 있지 않더라도 문학 교사가 문학 수업을 설계하는 과정에서 교과서를 얼마든지 재구성하여 세계문학 작품을 본 제재나 학습 활동의 제재로 활용할 수 있다. '책 한 권 읽기', 자유학기제, 창의적 체험활동 등에서 운영되는 독서 프로그램에서 세계문학을 적극 활용하는 것 또한 세계문학 교육을 활성화하는 좋은 방안이 된다.

💬 잠|깐|!

세계문학은 국어과 교과서에 얼마나 수록되어 있을까?

2015 개정 교육과정 초등학교 국어 교과서에는 총 218편의 문학 제재가 수록되어 있는데, 그중 한국 문학이 194편, 세계문학이 24편이다. 그리고 24편의 세계문학 작품 중 무려 22편이 영미·유럽의 작품이다. 이러한 영미·유럽 문학 편중 현상은 예전 교육과정기부터 지속되어 왔던 고질적인 문제이지만 여전히 개선되지 않고 있다(강서희, 2022: 180-190).

중등학교급의 상황도 이와 다르지 않다. 2015 개정 교육과정 고등학교 『문학』의 경우, 교과서 10종에 수록된 소단원 총 359편의 본문 제재 중 세계문학 작품은 고작 18편에 불과하다. 학습 활동 등에 활용된 43편의 보조 제재까지 포함하더라도 세계문학 작품은 총 61편(본제재 18편, 보조 제재 43편)밖에 되지 않으며, 그중 '근현대 서구권의 시와 소설'이 70% 이상으로, 지역, 문화권, 시대, 갈래의 편중성이 매우 심한 상황이다(고지혜, 2021: 108-110).

세계문학 작품 목록의 다변화

세계문학 교육의 실천을 위한 또 하나의 토대로는 문학 교실에서 제재로 사용하는 외국 문학 작품의 영미·유럽 편중성을 극복하고 세계문학 제재의 목록을 다변화하는 것이다. 그동안 세계문학 시장은 제1세계 문학이라 불리는 영미, 유럽의 문학이 독식하다시피 해 왔고, 이에 따라 『국어』, 『문학』 교과서에 수록되는 세계문학 작품들도 영미와 유럽의 문학이 주축을 이루었다.

세계문학 교육의 목표와 의의가 세계시민 교양의 형성, 상호문화적 이해 능력과 문학·문화 비교 문식성의 함양에 있다는 점을 고려하면, 이러한 서구 문학 편중 현상은 반드시 해결하고 넘어가야 할 문제이다. 이를 위해서는 기존에 세계문학 담론의 주변부에 있던 제3세계 문학에 더욱 더 큰 관심을 가질 필요가 있으며, 외국 문학뿐만 아니라 한국 문학에 대해서도 세계문학의 관점에서 작품을 새롭게 해석하고 재조명해 보려는 태도가 필요하다.

3 세계문학 교육, 무엇을 어떻게 할 것인가?

세계문학 교육은 확정된 정전 목록에 올라 있는 작품들을 섭렵하는 데 만족하거나, 작가나 작품에 대한 지식의 축적에 그쳐서는 안 된다(류수열 외, 2014: 401). 그러면 세계문학 교육은 무엇을 어떻게 가르치고 배워야 할까? 세계문학 교육의 주요 내용과 방법에 대해 살펴보자.

1) 문학의 보편성과 특수성 이해

세계문학 교육 설계의 방법: 비교문학

세계 여러 나라의 문학은 인간의 삶을 언어로 형상화했다는 점에서 보편적인 특성을 공유하면서도, 다른 한편으로는 저마다의 문학사적·사회적·문화적 맥락 속에서 생겨난 특수성을 지니고 있다. 예컨대, 판소리 〈춘향가〉와 희곡 〈로미오와 줄리엣〉의 경우, 두 작품은 청춘 남녀의 사랑이란 보편적 소재를 다루고 있지만, 판소리와 희곡으로서의 갈래 특성이나 작품에 반영된 사회적 현실은 큰 차이를 보인다.

세계의 다양한 문학 작품들이 지닌 공통점과 차이점을 중심으로 문학의 보편성과 특수성을 이해하는 것은 세계문학 교육의 가장 중요한 내용이다. 이때 문학의 보편성과 특수성에 대한 이해는 기본적으로 작품들 간의 비교에서 출발한다. 이 점에서 비교문학(comparative literature)은 세계문학 교육 설계와 실천을 위한 대표적인 방법론이 된다. 비교문학은 다른 국가 또는 문화권의 문학을 서로 비교하여 연구하는 학문을 의미하는데, 문학 양식, 문학 사상, 문학사 등 문학과 직접적인 관련이 있는 것뿐만 아니라 문학의 인접 분야인 예술, 역사, 철학, 종교, 사회 등도 비교의 대상에 포함된다. 비교문학은 비교의 관심과 영역에 따라 한 국가나 민족의 문학이 다른 문학과 주고받은 영향 관계를 연구하기도 하고, 세계적인 시각에서 문학의 일반적 특성을 찾아 이를 바탕으로 각국의 문학적 특수성을 탐구하기도 한다.

한국 문학이든 외국 문학이든 문학 작품을 읽는 것은 그 자체로 가치 있는 문학 수용 경험이다. 다만, 세계문학 교육의 측면에서는 한국 문학과 외국 문학을 비교하며 읽기를 중시한다. 예를 들어 20세기 초반 베트남 문학의 현대화 과정에서 중요한 위치를 차지하고 있는 작가 응웬 꽁 호안(Nguyễn Công Hoan)의 단편 소설 〈배우 뜨벤(Kép Tư Bền)〉(1935) 같은 작품이 교과서에 실려 있다고 가정해 보자. 이 소설은 임종을 앞둔 아버지를 두고 약값을 벌기 위해 무대에 서야 하는 주인공의 모습을 그리고 있다. 희극 연기가 대성공을 거두어 관객의 환호로 막을 내리는 순간 아버지의 죽음을 알리는 소식이 도착하는 결말로 이야기는 막을 내린다. 이 작품은 현진건의 〈운수 좋은 날〉(1924)처럼 아이러니의 효과를 강조한 작품이다. 그러면 이처럼 국적과 문화를 달리하는 두 작가가 행운이 불행으로 전도되는 상황을 그려 낸 이유는 무엇일까? 두 작품의 주인공은 어떤 성격의 인물일까? 작품에 반영된 베트남과 우리나라의 시대적·사회적 상황은 무엇이 같고 무엇이 다른가? 두 작품이 각국의 소설사에서 차지하는 문학사적 위상과 가치는 어떠한가? 이처럼 세계문학 교육은 서로 다른 문학과 문화에 대한 비교를 주된 방법으로 삼는다(김성진, 2015: 54-55). 그리고 이러한 병치와 비교를 통해 학습자는 각각의 작품이 지닌 보편성과 특수성을 탐구할 수 있으며, 실체로서의 작품, 작품 속에 반영된 현실과 문화 등을 심도 있게 이해할 수 있다.

영웅담과 신데렐라 이야기

'영웅담'이나 '신데렐라 이야기'와 같이 세계 곳곳의 민족 문학에서 두루 발견되는 오랜 이야기들은 문학의 보편성과 특수성을 비교 탐구하기에 적합하다. 그리스의 '오이디푸스'와 '헤라클레스', 로마의 '로물루스', 켈트족의 '아서왕', 게르만의 '지크프리트', 유대인의 '모세', 우리나라의 '주몽' 등은 모두 '영웅의 일생'(조동일, 1971)이나 'H-R-L-C 공통 유형'(김열규, 1971) 등으로 불리는 서사 구조를 공유하면서도, 각 민족의 사회·문화적, 역사적 상황을 반영한 개별 이야기로서의 특수성을 지니고 있다. 신데렐라 이야기 또한 프랑스의 '샹드리용(Cendrillon)', 독일의 '재투성이 소녀(Aschenputtel)', 중국의 〈섭한(葉限)〉, 우리나라의 〈콩쥐팥쥐〉 등과 같이 세계적으로 널리 분포하는 이야기 유형이다. 영웅담이나 신데렐라 이야기는 오늘날에도 소설, 희곡, 영화, 드라마, 만화, 웹툰 등 다양한 갈래와 매체로 재생산되고 있어 세계 각국의 문학들이 주고받은 보편성과 특수성의 상호 영향 관계를 통시적으로 이해하는 데에도 큰 도움이 된다.

그 밖에도 세계문학 교육은 다양한 국면의 비교 활동을 구상할 수 있다. 장자못 설화, 지하국 대적 퇴치 설화 등 세계적 분포를 보이는 설화 간의 비교, 이용악의 〈오랑캐꽃〉(1947)과 괴테의 〈제비꽃(Das Veilchen)〉처럼 동일한 대상을 형상화한 작품 간의 비교, 사랑과 이별, 삶과 죽음 등의 유사한 소재나 주제를 다루는 작품 간의 비교, 황진이의 시조, 이백의 한시, 마쓰오 바쇼(松尾芭蕉)의 하이쿠(俳句) 등 각 민족 문학을 대표하는 서정 갈래 간의 비교 등 문학의 다양한 요소와 맥락을 다채로운 관점으로 비교해 볼 수 있다.

😀 잠|깐|!

'영웅의 일생'과 'H-R-L-C 공통 유형'

우리나라의 영웅 소설을 비롯하여 세계의 많은 영웅 이야기는 비범한 능력을 지닌 인물이 고난을 극복하고 승리자가 된다는 서사의 기본 골격을 공유하고 있다. 영웅 이야기의 이러한 유형적인 서사 구조를 '영웅의 일생'(조동일, 1971) 또는 'H-R-L-C 공통 유형'(김열규, 1971)이라고 한다. 이 중 'H-R-L-C'라는 명칭은 영웅 이야기를 연구한 네 명의 학자 '한(Johann Georg von Hahn), 랑크(Otto Rank), 래글런(Lord Raglan), 캠벨(Joseph Campbell)'의 이름이나 작위에서 글자 하나씩을 가져와 붙인 것으로, 'Hahn-Rank-Lord Raglan-Campbell'의 축약어이다.

---

2) '낯섦'에 대한 상호문화적 태도

상호문화적 태도

문학 교육은 전통적으로 '어떤 작품을 가르치고 배울 것인가?', '어떤 작품을 제재로 활용할 것인가?', '어떤 문학 활동을 어떻게 수행할 것인가?'와 같은 물음들로부터 자유롭지 못했다. 그리고 사실상 문학 교육의 역사는 이러한 물음들에 대한 최선의 해답을 찾아가는 과정이었다고 해도 과언이 아니다. 하지만 세계문학 교육에서는 '무엇을 어떻게 가르칠 것인가?'라는 교육 내용과 교육 방법에 관한 물음보다, '어떤 태도로 세계문학을 대할 것인가?', '어떤 태도로 작품을 경험할 것인가?' 하는 물음이 더 중요한 의미를 지닌다. 그리고 이 물음에 대한 해답의 중심에는 다름 아닌 '상호문화적 태도'가 있다.

상호문화란 문화 간에 차별이나 소외 현상이 나타나지 않게 하면서 둘 이상의 문화가 만나고 교차하는 것이다(김정우, 2020: 167). 그러므로 세계문학 작품을 상호문화적 태도로 수용한다는 것은 작품에 담긴 생소한 관념, 정서, 문화 요소 등을 편견이나 선입견 없이 인정하고 존중함으로써, 대화와 소통을 통해 개방적으로 수용할 수 있는 가능성을 충분히 열어 둔다는 것을 의미한다. 그리고 이는 무조건적이고 일방적인 개방이 아니라 학습독자의 성찰과 변화를 위한 상생적 수용을 지향한다.

'낯섦'의 경험을 통한 성장

우리는 다른 문화권의 작품을 읽으며 익숙지 않은 사유와 정서를 경험하기도 하는데, 이러한 '낯섦'[2]과의 만남은 지극히 자연스러운 현상이다. '낯섦'은 때때로 비정상적이고 위험한 것으로 인식되기도 하지만 인간 사회를 구성하는 근본적인 요소로서, 인간은 낯선 것들과의 만남을 통해 성장한다. 그런데 우리가 '낯섦'을 이해하고 수용하는 과정은 일상적인 경험 세계 속에서 자동화되어 있는 '익숙함'에 의해 방해를 받기도 한다. 베른하르트 발덴펠스(Bernhard Waldenfels)는 이러한 '익숙함'을 '개인적 익숙함(자기 중심주의)', '집단적 익숙함(자민족 중심주의)', '보편적 익숙함(로고스 중심주의)'으로 분류하고, 이를 바탕으로 '낯섦'의 세 가지 범주를 제시하였다(권오현, 2010: 18-19).

첫 번째 낯섦은 '일상적 낯섦(alltägliche Fremdheit)'이다. 이는 작품 속에 존재하는 인물의 경험이 독자 자신의 생활 공간과 다르다는 데에서 비롯되는 낯섦이다. 문학 작품 속에 등장하는 생소한 소재, 공간, 사물, 생활 방식 등이 일상적 낯섦에 해당한다. 두 번째 낯섦은 '구조적 낯섦(strukturelle Fremdheit)'이다. 이는 다른 가치 체계나 규범 체계와 마주할 때 겪게 되는 낯섦으로, 우리가 다른 언어나 문화를 접하여 경험하는 생소함이 대표적인 구조적 낯섦에 해당한다. 세 번째 낯섦은

....

2   '낯섦'에 관한 내용은 권오현(2010: 16-23)과 류수열 외(2014: 403-404)를 참고하여 정리한 것이다.

'근본적 낯섦(또는 급진적 낯섦, radikale Fremdheit)'이다. 근본적 낯섦은 잠, 죽음, 도취, 꿈, 신의 세계 등 현실 세계 저편의 낯섦으로서, 일상적 질서가 아닌 새로운 질서가 통용되는 곳에서 활동한다. 이러한 낯섦은 우리의 내면을 크게 뒤흔들어 놓기도 하는데, 특히 자신이 믿고 있던 세계나 가치 체계가 흔들리면서 재편되는 문학적 경험의 반복은 우리를 보다 지혜롭고 유연한 사고를 하는 인간으로 성장할 수 있게 해 준다.

낯선 작품을 읽는 경험은 우리에게 새로운 세계와 만나는 설렘과 즐거움을 선사하기도 하지만, 때로는 어색함과 불편함을 유발하기도 한다. 그러나 이러한 '낯섦의 경험과 이해 과정'이야말로 세계문학 교육의 중요한 내용 요소라 할 수 있다. 우리는 낯선 문화를 항상 익숙한 경험에 비추어서 받아들이기에 상호문화적 이해로서의 세계문학 읽기는 우리 자신을 새롭게 성찰하는 계기를 마련해 준다(권오현, 2022: 142). 외부로부터의 '낯섦'이 우리 내부의 '익숙함'과 충돌하여 균열이 생기고 이 균열이 다시 봉합되면서 인간과 세계에 대한 보다 심화된 세계 인식으로 나아갈 수 있는 것이다.

3) 세계문학으로서의 한국 문학

한국 문학에서 K문학으로

오랫동안 한국 문학은 세계문학 시장의 변방에 있으면서 큰 주목을 받지 못했다. 하지만 최근 한국의 문화적 위상이 높아지면서 K팝, K드라마 등의 조어가 보편화되었고 한국 문학 또한 K문학으로서 국제적인 이목을 끌고 있다. 더군다나 최근 한강의 소설 〈채식주의자〉(2007)가 2016년 맨부커 국제상을, 이수지의 동화 〈여름이 온다〉(2021)가 2022년 한스 크리스티안 안데르센상(삽화가 부문)을 수상하는 등, 2010년 이후 우리 작가들의 작품이 국제 문학상을 수상하거나 최종 후보에 이름을 올리는 일이 잦아지면서 한국 문학에 대한 세계의 관심도 더욱 커져가고 있다. 이처럼 한국 문학은 세계문학 시장에서 점점 더 그 가치와 위상이 높아지고 있으며, 그에 따라 점점 더 다양한 한국 문학 작품이 세계의 독자들에게 다가갈 수 있게 되었다.

번역: 언어의 벽을 넘어서

한국 문학이 번역을 통해 서구권에까지 알려진 것은 그 역사가 그리 길지 않다. 1892년에 〈춘향전〉이 프랑스에서 '향기로운 봄'이란 의미의 〈Printemps Parfumé〉로 번역 출간되었는데, 이는 완역이 아니었던 데다 일부 장면과 등장인물을 서구의 취향에 맞게 바꾼 번안이었다. 이후 캐나다 출신의 유명한 선교사 제임스 스카스 게일(James Scarth Gale)이 『천예록』, 〈춘향전〉, 〈심청전〉, 〈홍길동전〉, 〈구운몽〉 등을 영어로 번역하여 출간하기도 했다.

[그림 13-1] 1892년 〈춘향전〉의 프랑스어 번역본 표지 및 삽화

한국 문학의 세계화를 위해서는 언어와 문화의 벽을 넘어야 한다는 주장이 지속적으로 제기되어 왔고, 이는 항상 좋은 번역의 필요성에 대한 역설을 동반해 왔다. 김만중의 〈구운몽〉을 영어로 번역한 게일은 최초의 한영사전을 발간할 정도로 한국어에 정통한 사람이었고, 소설 〈채식주의자〉가 맨부커 국제상을 수상할 수 있었던 데도 번역가인 데버라 스미스(Deborah Smith)의 공이 작지 않았다고 알려져 있다. 그러나 문학 작품을 제대로 번역하기 위해서는, 번역자가 원천 언어와 목표 언어 모두에 능통해야 하고 문학적 감수성과 표현 능력까지 겸비해야 한다. 1914

년에 빅토르 위고의 〈레미제라블(Les Misérables)〉(1862)이 우리나라에서 '너 참 불쌍타'라는 제목으로 번역되어 소개된 바 있는데, 제목의 어감만으로도 작품이 주는 느낌이 크게 달라진다는 점에서 문학 작품을 다른 언어로 번역하는 일이 얼마나 중요한지 실감할 수 있다.

대다수의 독자들이 외국 문학을 번역본으로 읽는다는 점을 생각해 보면, 번역은 단순한 언어적 변환 이상의 의미를 지닌다. 괴테는 《서동 시집(West-östlicher Divan)》에서 가장 높은 번역의 경지를 '원작에 충실한 번역'이라고 했다. 괴테가 말한 '원작에 충실한 번역'이란 원작에 대한 무조건적인 모방과 추종을 의미하는 것이 아니라 원작과 목표어 '쌍방의 문화가 생산적으로 교류할 수 있는 "제3의 가치"를 창출하는 것'(임홍배, 2020: 128)이다. 괴테의 번역론은 문학 작품의 번역이 '다른 언어로의 옮김'이란 사전적 의미의 실현을 넘어 궁극적으로 새로운 작품의 재창조를 지향해야 한다는 것을 말해 준다.

😀 잠|깐|!

〈너 참 불쌍타〉

〈너 참 불쌍타〉는 1914년 최남선이 《청춘》이란 잡지를 창간하면서 기획한 '세계문학개관'의 첫머리를 장식한 작품으로, 〈레미제라블〉을 소개하기 위해 번역된 것이다. 이 작품은 〈레미제라블〉을 구로이와 루이코(黑巖淚香)가 일본어로 번안한 소설 〈아, 무정(噫無情)〉을 참고하여 줄거리와 흐름만 손상시키지 않는 선에서 과감하게 요약한 것이다(박진영, 2010: 299; 최지현, 2015: 428).

한국 문학의 세계화를 위한 세계문학 교육으로

세계문학 교육은 학습자의 문학 경험을 외국 문학으로까지 확장시켜 준다는 점에서 일차적인 의의가 있지만, 한국 문학 교육의 시각과 지평을 넓혀 준다는 점에서도 큰 의의를 찾을 수 있다. 세계문학 교육은 기존의 문학 교육이 한국 문학을 주로 국민 문학이나 민족 문학으로만 다루어 오던 국지적 관점에서 벗어날 수 있는 계기를 마련해 줄 수 있기 때문이다.

오늘날 한국 문학은 매체의 발달, 온라인 소통 문화의 대중화, 한국어와 K문화의 세계적 유행 등의 흐름을 타고 전 세계로 활발히 진출하고 있다. K문학이 일시적인 유행이 아니라 세계문학의 대표 주자로 자리매김할 날이 멀지 않았는지도 모를 일이다.

그러나 한국 문학의 세계화는 단지 세계문학으로서의 보편성만을 추구하여 이를 수 있는 경지는 아니다. 보편 문학으로서의 세계문학 흐름을 따라가면서 한국 문학에 대해 보다 넓게 이해하는 안목을 키우는 한편, 한국 문학이 지닌 고유한 특수성을 더 깊이 탐구하고 이해하는 노력이 병행되어야 한다. '가장 한국적인 것이 가장 세계적인 것'이라는 말이 한때는 우리 스스로 한국 문화의 우수성을 강조하며 민족주의적 자긍심을 고취하기 위해 외쳤던 구호에 불과했지만, 오늘날에는 이미 현실이 되어 가고 있다. 앞으로도 세계문학의 관점에서 한국 문학의 보편성을 넓게 이해하면서, 역으로 한국 문학이 지닌 고유한 특수성을 더 깊이 탐구하고 새로운 가치를 창출하는 노력을 계속해 나간다면, 언젠가 가장 한국적인 문학이 가장 세계적인 문학이 될 날도 도래할 것이다. 한국 문학 세계화를 위한 이러한 노력에 문학 교육 또한 적극적으로 동참해 나가야 한다.　　　　| 이상일

참고문헌

교육부(2022), 『국어과 교육과정』, 교육부 고시 제2022-33호[별책 5].
강서희(2022), 「초등학교 국어교과서 수록 세계문학 제재의 교육적 활용 양상」, 『세계문학교육과 한국문학교육의 미래』(한국문학교육학회 제91회 학술대회 자료집).
고지혜(2021), 「2015 개정 교육과정에 따른 『문학』 교과서의 '세계문학 교육'에 대한 비판적 고찰」, 『우리말글』 90, 89-120.
권영민(2000), 「한국문학의 세계화 과정 연구: 한국문학의 세계화 방안에 대한 연구」, 『세계비교문학연구』 4, 7-29.
권오현(2010), 「상호문화적 문학교육에서 '낯섦 이해'의 문제: 세계문학 교육과 관련하여」, 『독어교육』 49, 7-37.
권오현(2022), 「세계문학 교육의 '새로운' 이념과 방향 탐색: '상호문화적 이해' 관점에서」, 『세계문학교육과 한국문학교육의 미래』(한국문학교육학회 제91회 학술대회 자료집).
김미영(2015), 「국어 교사를 위한 세계문학 교육」, 『문학교육학』 49, 9-34.
김성곤(2010), 「한국문학의 세계화를 위한 논의와 제안」, 『비교한국학』 18(3), 265-292.

김성진(2015), 「문학교육, 세계를 생각하다: 상호문화주의와 세계문학 교육」, 『문학교육학』 49, 35-58.

김열규(1971), 『한국민속과 문학 연구』, 일조각.

김완균(2022), 「세계문학: 개별성의 이해와 소통」, 『세계문학비교연구』 79, 5-25.

김용규(2016), 「체계로서의 세계문학」, 『코기토』 79, 210-250.

김욱동(2020), 『세계문학이란 무엇인가』, 소명출판.

김정우(2020), 「상호문화적 관점에서 본 한국문화교육의 방향: 문학작품 번역과 해석의 경험을 중심으로」,
    『한중인문학연구』 68, 165-189.

류수열 외(2014), 『문학교육개론 II: 실제편』, 역락.

박기범(2019), 「고등학교 문학 교과서의 현대소설 제재 분석: 2015 국어 교육과정에 따른 검정 교과서를
    중심으로」, 『국어문학』 71, 525-563,

박성창(2013), 「민족문학-세계문학론의 비판적 검토: 경쟁적 모델과 순환적 모델」, 『비교문학』 60, 5-29.

박진영(2010), 「한국의 근대 번역 및 번안 소설사 연구」, 연세대학교 박사학위 논문.

유희석(2010), 「세계문학의 개념들: 한반도적 시각의 확보를 위하여」, 김영희·유희석(편), 『세계문학론:
    지구화시대 문학의 쟁점들』, 창비.

윤여탁(2013), 「다문화 교육에서 문학 교육의 지향과 다문화 교사 교육」, 『다문화사회연구』 6(1), 59-79.

윤태원(2005), 「세계화 개념을 통해서 본 괴테의 "세계문학"」, 『독어교육』 33, 277-298.

이은정(2016), 「세계문학과 문학적 세계 I: 국내 세계문학 담론의 수용 양상과 세계체제론」, 『세계문학비교연구』
    55, 5-38.

이현우(2007), 「세계문학 수용에 관한 몇 가지 단상」, 『창작과비평』 138, 83-96.

임홍배(2020), 「번역과 원작의 재탄생: 괴테의 번역론」, 『독일어문화권연구』 29, 117-143.

정윤길(2015), 「'세계문학'의 긍정성과 현재적 의미에 대한 비판적 고찰: 괴테에서 댐로쉬까지의 개념 읽기」,
    『영어권문화연구』 8(1), 205-227.

조동일(1971), 「영웅의 일생, 그 문학사적 전개」, 『동아문화』 10, 165-214.

조동일 외(2015), 『한국문학강의』(개정판), 길벗.

최지현(2015), 「근대 조선에서의 빅토르 위고 수용과 번역」, 『한민족어문학』 70, 423-449.

한지희(2010), 「자본주의 세계경제체제와 세계문학의 신화」, 『인문언어』 12(2), 297-328.

한지희(2011), 「세계문학으로서 한국문학: 번역과 번역공정의 문제에 대한 고찰」, 『비교문학』 54, 159-184.

허연주·박형준(2020), 「고등학교 『문학』 교과서에 수록된 외국문학 제재의 성격과 함의 연구: 2015 개정 국어과
    교육과정의 『문학』 교과서 10종을 중심으로」, 『우리말교육현장연구』 14(1), 119-148.

Damrosch, D.(2003), *What is World Literature?*, Princeton University Press.

Eckermann, J. P.(2008), 『괴테와의 대화 1』, 장희창(역), 민음사(원서출판 미상).

인용 작품 출처

1장

이광수, 〈문학이란 하(何)오〉, 《이광수 전집 1》, 우신사, 1979.

조지 오웰, 《1984》, 정회성(역), 민음사, 1979.

2장

김기림, 〈바다와 나비〉, 박태상 주해, 《원본 김기림 시 전집》, 깊은샘, 2014.

4장

김소월, 〈엄마야 누나야〉, 김용직 주해, 《원본 김소월 시집》, 깊은샘, 2007.

김용택, 〈이 바쁜 때 웬 설사〉, 《강 같은 세월》, 창작과비평사, 1995.

김종상, 〈길〉, 《김종상동시선집》, 지식을만드는지식, 2015.

김흥규 외 편저, 〈두꺼비 파리를 물고〉, 《고시조대전》, 고려대민족문화연구원. 2012.

백석, 〈산비〉, 고형진 편, 《정본 백석시집》, 문학동네, 2020.

서정주, 〈밀어(密語)〉, 《미당 시전집 1》, 민음사, 1994.

이외수, 〈지렁이〉, 《그대 이름 내 가슴에 숨 쉴 때까지》, 해냄출판사, 2006.

이효석, 〈메밀꽃 필 무렵〉, 《메밀꽃 필 무렵: 이효석 단편선》, 문학과지성사, 2007.

정현종, 〈섬〉, 《나는 별 아저씨》, 문학과지성사, 1978.

피천득, 〈은전 한 닢〉, 《인연》, 민음사, 2018.

5장

최재서, 〈《천변풍경》과 《날개》에 관하여: 리얼리즘의 확대와 심화〉, 《최재서 평론집》, 청운출판사, 1961.

황현산, 〈닭 울음소리와 초인의 노래〉, 《황현산의 사소한 부탁》, 난다, 2018.

6장

김춘수, 〈꽃〉, 《꽃을 위한 서시》, 미래사, 1991.

이남희, 〈허생의 처〉, 《수퍼마켓에서 길을 잃다》, 알앤디 북(R&D Book), 2002.

장정일, 〈라디오같이 사랑을 끄고 켤 수 있다면: 김춘수의 「꽃」을 변주하여〉, 《라디오같이 사랑을 끄고 켤 수 있다면: 장정일 자선시집》, 책읽는섬, 2018.

채만식, 〈沈 봉사〉, 지식을만드는지식, 2014.

7장

김소월, 〈산유화〉, 《진달래꽃》, 민음사, 1994.

김유정, 〈동백꽃〉, 《김유정 단편선》, 문학과지성사, 2005.

김춘수, 〈꽃〉, 《꽃을 위한 서시》, 미래사, 1991.

김현룡 편저, 〈어사출두시〉, 《열여춘향슈절가》, 아세아문화사, 2008.

앙투안 갈랑, 〈천일야화〉, 임호경(역), 열린책들, 2010.

윤동주, 〈쉽게 씌어진 시〉, 윤동주 100년포럼 편, 《윤동주 전시집》, 2019.
이문구, 〈유자소전〉, 《공산토월》, 문학동네, 2014.
정완영, 〈분이네 살구나무〉, 《정완영 동시선집》, 지식을만드는지식, 2015.
최승호, 〈졸음〉, 《말놀이 동시집 3》, 비룡소, 2007.

11장
윤태호, 《미생 1》, 위즈덤하우스, 2012.
이승하, 〈이 사진 앞에서〉, 《공포와 전율의 나날》, 시인동네, 2015.

찾아보기

지은이 소개

최미숙 1부 2장, 3부 8장 집필

상명대학교 국어교육과 교수

『국어 교육의 이해』(공저, 2023), 『문학교육을 위한 현대시작품론』(공저, 2021) 외 다수

염은열 1부 3장, 3부 10장 집필

청주교육대학교 국어교육과 교수

『초기 문해력 교육』(공저, 2022), 『문학교육을 위한 고전시가작품론』(공저, 2019) 외 다수

김성진 1부 1장, 2부 5장 집필

대구대학교 국어교육과 교수

『현대소설교육론』(공저, 2023), 『처음 시작하는 현대소설 교육론』(공저, 2019) 외 다수

정정순 2부 4장, 4부 11장 집필

영남대학교 국어교육과 교수

『문학교육을 위한 현대시작품론』(공저, 2021), 『현대시 교육론』(공저, 2017) 외 다수

송지언 2부 7장, 3부 9장 집필

홍익대학교 국어교육과 교수

『작문교육론』(공저, 2018), 『시조 문학 특강』(공저, 2013) 외 다수

이상일 2부 6장, 4부 12, 13장 집필

가톨릭관동대학교 국어교육과 교수

『질문으로 풀어내는 고전문학교육』(공저, 2022), 『한국 고소설 강의』(공저, 2019) 외 다수